中世王朝物語全集 13

八重葎《やへむぐら》
別本八重葎《べつぽんやへむぐら》

❖神野藤昭夫 校訂・訳注

笠間書院

目次

八重葎

やへむぐら

凡例

一、本編は、『八重葎』の本文・現代語訳、注、登場人物系図、梗概、解題・参考文献一覧、及び「八重葎諸本現態本文翻刻一覧」からなるものである。

二、底本には、紫草書屋蔵『やへむくら物語』（吉田幸一旧蔵、作楽本、滋野安昌書写本）を用いた。当該写本は、菅原夏蔭所持本系統の伝本としては最善本と判断されるものである。

三、本文作成にあたっては、広く一般読者にとって読みやすいものとなるよう配慮して校訂方針を定める一方、できるだけ底本の本文の様態を再現できるよう工夫を凝らして学的精密性をも保持することにも努めた。

四、本文の校訂のために加えた操作の基本的な方針は、次のとおりである。

1、底本の変体仮名を通行の仮名にあらため、仮名遣を歴史的仮名遣に統一し、句読点、濁点、送り仮名を加えた。

2、底本の仮名に漢字をあてたり、底本の漢字表記を仮名に開いたりして、読みやすい表記となるよう整理を加えた。当字、異体字、旧字体は、通行の字体とすることを原則とした。

なお、漢字をあてることによって生じた仮名遣の訂正については、「五の1」の項を参照されたい。

3、反復記号すなわち「ゝ」「〱」「〻」（二の字点）は、本文ではこれを用いず、仮名あるいは漢字を繰り返し表記した。

4、1～3以外に、底本に改訂を加えた場合がある。これについては、「五の2」の項を参照されたい。

5、会話は「　」で括るとともに、改行一字下げにし、内容の把握がしやすいよう配慮した。

6、消息、和歌の引用、内話（心内語）なども「　」で括ったが、内話（心内語）については省いたところがある。

7、和歌は、二字下げにして示した。

8、本文を段落に分け、通し番号と見出しを付した。

9、登場人物には、見出し及び現代語訳に、必要に応じて□の中に人物番号を付し、登場人物一覧、梗概と照応させて、理解のたやすさをはかるようにした。

五、底本の様態を容易に再現把握できるように、次のような操作を加えた。

1、仮名を漢字にあてたものについては、ふりがなを施すことによって、底本の表記を示した。

ただし、その際、字音仮名遣等に訂正を加えたものについては、（　）内にこれを示した。当該箇所の訂正前の様態については、「八重葎諸本現態本文翻刻一覧」の本文を参照されたい。

遺言《(ゆい)》　随身《(ずい)じん》　法師《(ほふ)し》

右の例は、底本「ゆゐ言」を「遺言」と漢字をあてたが、「遺」の字音仮名遣では「ゆい」であることを、また底本「すゐしん」を「随身」と漢字をあてたが、「随」の字音仮名遣では「ずい」であることを示す。「法師」も同様である。

また次のような事例もこれに準じた。

公《(おほやけ)》　海松布《(みるめ)》

この例は、前者は、底本「大やけ」を「公」と漢字をあて、「おほやけ」と訓じたこと、後者は、底本「見るめ」を「海松布」と漢字をあて、「みるめ」と訓じたことを示す。

2、底本に改訂を加えた「四の4」に相当する場合は、本文の右横に、次のように底本の表記あるいは様態を示した。

引きしろ《ら》ふ　語《かたはら》らはれて

右の例は、前者は、底本「引きしらふ」とある表記を「引きしろふ」に、後者は、底本「かたはられて」とある表記を「かたらはれて」と改訂し、さらに「語らはれて」と本文を定めたことを示すものである。

こよなく爽《□□□》やかに　求《もと》めて《□》ん

右の例は、前者は、底本「こよな□□□やかに」と虫損等のために判読できない部分を□で示し、諸本等から勘案して「こよなくさはやかに」と本文を定め、「こよなく爽やかに」と表記したことを示し、後者は、底本「もとめ□ん」とある本文を「もとめてん」と本文を定め、「求めてん」と表記したことを示すものである。

3、当字、異体字、旧字体の表記を、通行の漢字表記にあらためた場合には、本文の右横に、次のように底本の表記を示した。

大弐《二》　船《舩》　声《聲》

4、漢字を仮名に開いた場合には、本文の右横に、次のように底本の表記を示した。

また《又・》　こと《事・》　これ《是・》

右の例は、「又」を「また」に開くことによって生じた二字分目を「・」で示したものである。

5、補助動詞の「たまふ」「はべり」「きこゆ」「まうす」「たてまつる」などは、仮名書きに表記を統一した。底本に漢字が用いられている場合については、本文の右横に、次のように底本の表記を示した。

たまふ《給・》　はべり《侍・》　きこゆ《聞・》　まうす《申・》　たてまつる《奉・・》

右の例は、それぞれ、底本の表記が、「給ふ」「侍り」「聞ゆ」「申す」「奉る」であることを示している。

6、底本に反復記号「ヽ」「〱」「ゝ」（二の字点）が用いられている場合には、底本の表記を本文の右横に、次のように、これを示した。

ただ《ヽ》　ほろほろ《く》と　昔むか《ゝ》し

なお、反復記号を漢字にあらためることによって、濁音が生じた場合には、反復記号の表記を優先するとともに、「ゞ」「〲」などの表記は用いなかった。

また「〱」の繰り返し部分が三字以上にわたる場合には、三字目以降は「・」を用い、「〱・」のように記した。

7、右の方針にもかかわらず、底本に朱筆で付された、「（鉤印）、〳〵（合点・庵点）については、これを省略した。これらの様態については、「八重葎諸本現態本文翻刻一覧」を参照されたい。

六、現代語訳は、本文に即しながらも、それじたいで読むに堪える文章となるよう、時に大胆に訳出を試みることを基本方針とした。

1、逐語的に現代語へ置き換えるのではなく、長文を途中で区切ったり、語句を補ったり、時に文意や語感を敷衍して、理解しやすくなるよう努めるとともに、なだらかな文章となるよう意を用いた。
2、引歌その他の引用が認められる場合には、できるだけ隠された含意があらわれるよう敷衍を試みるように努めた。
七、注の施注の方針および依拠テキスト等については、注の冒頭にこれを記した。
八、解題では、これまで未開拓であった諸本の伝来と性格について、詳述することに努めた。また『八重葎』をいかに捉えるかについては、先行研究を包含することに努めつつ、私の立場から解説を加えた。
九、「八重葎諸本現態本文翻刻一覧」については、当該一覧冒頭の凡例を参照されたい。

八重葎

〔一〕左大臣の継嗣中納言[1]の理想的人柄

人の語りしは、昔むかし、中納言の君《きみ》と聞こえて、容貌《かたち》心ばへをかしかりしは、その頃の中宮の御兄人《せうと》、故《こ》左大臣殿《どの》の御嗣《つぎ》のひとつ子になんおはしける。

母上は、故《こ》上野《かうづけ》の宮の上《うへ》の御妹なり。この宮《みや》のただ独《ひと》り持《も》たまへりける姫君《ぎみ》なん、内裏の御同胞《はら》の中務《つかさ》の宮《みや》の上《うへ》にて、御間《あはひ》もいとうるはしくおはしましけり。

大殿《おとゝ》隠《かく》れさせたまへど、中納言殿おとなびたまふめれば、心もとなきこともあるまじげなるに、まして公《おほやけ》ざまの道《みち》みちしき才《ざえ》などは、故殿《ことの》にもまさせたまひて、またはかなき琴《こと》笛の音も、その心を調《とゝの》へ知《し》り、すべてあかぬことなき人ざまにいまそかりける。

〔二〕中務の宮[9]との交遊と右大臣の姫君[10]との結婚話

二十三、四にもやおはしけむ。中務《つかさ》の宮も同《おな》じ御齢《よはひ》ならんかし。さる御仲《なか》らひといふうちにも、とりわき思《おぼ》し交《か》はして、はかなきことのすぢをも、隠《かく》さむものとは、互《かたみ》に思《おぼ》したら

〔一〕　人の語った話では、遠い昔のこと。中納言の君[1]と申しあげて、容貌、才知の魅力に富んでいた方は、その当時の中宮[2]のお兄君で、亡くなった左大臣殿[3]の御継嗣《けいし》になるただひとりのご子息でいらっしゃった。

母上は、今は亡き上野の宮[4]、その北の方[5]のお妹君[6]にあたる。

この上野の宮がただひとり掌中にしておられた姫君[7]が、帝[8]とご同腹の中務の宮[9]、その北の方であったところから、中納言の君との御仲もたいそう親密でいらっしゃった。

父大殿[2]はお亡くなりになられたが、中納言殿は立派に成人なさっておられ、なんの気がかりもないように見受けられるだけでなく、そのうえさらに朝廷にお仕えするうえで役立つ漢学の素養などは、亡き殿にもましてすぐれておられ、またちょっとした琴や笛の音も、楽の心を心得て奏することに長けていて、まったく非のうちどころのないお人柄でおいでであった。

〔二〕　お齢のほどは二十三、四でもあられたろうか。中務の宮[9]もきっと同じぐらいのお年頃であろう。そういう親しくて当然のお間柄というなかでも、格別に二人《ふたり》互いの気持ちを親しく通わせあって、ちょっとした男女関係のような話題も、隠し立てしようものなどとは、ともに思っておられないふうである。

ざるべし。

「あやしう、今まで独《ひと》り住みにてものしたまふこそ、玉の瑕《きず》にはありけれ」と、世《よ》の中にも言《い》ひ、まして母上《はうへ》はただこのことのみ夜《よる》も昼《ひる》も嘆《なげ》かせたまひて、御みづからも人づてにも、絶えず聞《き》こえたまへり。

　さるは、さりぬべき御間《あはひ》のなきにもあらず。「右の大臣《おとゝ》の中の君《きみ》にあはせたてまつりたまひて、御後見《うしろみ》をもものせさせたまふべく」と、故殿《ことの》の遺言《(ゆい)》に、あなたざまにも内うちにものたまはせおきてしかば、やがて、そのほどにも渡《わた》りたまふべくありしかど、いみじうもの憂《う》がりたまひて、あながちにかけ離《はな》れたまふもいとほしくて、かくはあるなりけり。

[三] 道心を抱く中納言1、母上6をも絆と思う

人知《し》れず、思《おぼ》すことありて、「それならでは」など思《おぼ》すにもあらず。ただいかなるにか、世《よ》をはかなきものに思《おも》ひとりたまひて、「いかでこの世を捨《す》ててしがな。仏の御跡《あと》をまねぶまでこそおほけなからめ、せめて身ひとつの苦《くる》しみをだ

「どんなわけがあるのかわからないが、これまで独身でおられることばかりは、美しい玉に瑕がついているようなもの、もったいないことよ」と、世間でも噂し、まして母上6は、ただこの中納言1が独り身でいることばかりを夜となく昼となく心配しておられて、ご自身からも人に頼んでまでも、絶えず結婚を勧めておられた。

　といっても、結婚相手としてふさわしい間柄の方がないというわけでもない。「右大臣の中の君10と結婚するようになさって、そのご後見をもいただけるように」と、亡き父大殿3の遺言どおりに、あちらの右大臣11方にも、内々にではあるが、相談しておかれたので、しかるべき機会があればすぐにも、お通いになられるばかりであったが、はなはだお気のすすまぬふうで、かといって一方的に疎遠になさるのもお気の毒でもあり、こんな状態のまま独り身の生活を送っておられるのであった。

[三]　じつは、人に知られることなく心に秘めておられることがあって、「その人でなければ」などと、お考えになっているわけでもない。ただどういうわけか、この世ははかないものとお悟りになって、「どうにかしてこの俗世を捨ててしまいたいものだ。仏のご行跡をみならうのまでは畏れ多いことにしても、せめてわが身ひとつの苦からだけでも免れて、この五濁の汚れ深き現世には、再びまた生まれてこないよう

に遁《のが》れて、この[二]五《いつ》つの濁《にご》り深《ふか》き世《よ》に、またも生《う》まれ来《こ》ざらなん。かつは、生《い》けるかぎりも、人の胤《すゑ》のおくるるは口惜《くちを》しきわざなり。[三]聖徳《そうとく》太子だに族《ぞう》絶《た》えんことを願《ねが》ひたまふめるに、何《なに》のいたはりなき身《み》の、世《よ》の常《つね》にて明《あ》かし暮《く》らす、いと心憂《う》きこと」と、年月にそへて思ひなりたまへど、「ただひとところものしたまふ上の、かつ見《み》るだにあかず思《おぼ》したるを、誰に見《み》譲《ゆづ》りきこえてか、さる道にも思《おも》ひ立《た》たん。さらばさはとて、行き離《はな》れなば、かぎりある御命も必《かなら》ず絶《た》えたまひなまし。苦《くる》しみを遁《のが》れんとて、たちまち[四]五つの逆《さか》さまの罪《つみ》に堕《お》ちなば、仏《ほとけ》もよきこととや見たまふべき。いとど、思《おも》ふ道《みち》には入りがたからむ。ただおはしますかぎりは、朝夕に見《み》えたてまつりてんこそめやすからめ。これだにあるを、女とて据《す》ゑおかば、心ゆかずながらも、歳《とし》月にならば、えさらぬ絆《ほだし》どもここら出《い》で来《こ》む。いつの時にか畏《かしこ》き道にはたどり入《い》らん。あなむつかしや」と思《おぼ》す心のみ、おとなびたまふままに深《ふか》くなり行きたまへば、すこしも人びとしきあたりにはなげの情《なさ》けさへ言《い》ひ出づべきものとは

であありたい。それにまた、この現世に生きている間とても、子孫が後に残るようなことは意に染まぬことだ。聖徳太子でさえも、一族の絶えることを願いなさったらしいのに、どれほどの労苦を重ねたわけでもない身が、世の常のありさまで日々を送るのは、なんとも見苦しいこと」と、年月が加わるごとに思いを深めておられる。だが、「ただひとりでお過ごしの母上[6]が、私を見るだけでもの足りなくお思いでいらっしゃるのに、いったい誰に世話をお頼みして、仏道修行一途の道に入る決心ができよう。とはいえそんなことを考えていたらいつまで経っても出家できないと決心して、出家したならば、前世から与えられている定命をも縮めて、母上はきっとお亡くなりになってしまうだろう。現世の苦患を逃れようとして、たちまち母を弑するに等しい五逆の罪を犯すことになったら、私の出家を仏も善行とはごらんになられまい。そうなればますます、めざす出家解脱の道に入るのはむずかしかろう。母上がただ生きておられる間は、朝夕にわが姿をお見せするのが穏やかというものであろう。こういう母上のことさえ心の負担であるのに、妻といって住まわせることになれば、自分がその気にならなくとも、年月がたてば、おのずと逃れようのない絆となる子どもも多く生まれてくることになろう。そうなれば、いつになったら、畏れ多い仏の道に尋ね入ることができようか。なんともわずらわしいことだ」とお思いになる気持ちばかりが、長じられるとともに深くなってゆかれるものだから、少しでもそれ相応の身分ある女性

思ひたま《給・》はず。

[四] 中納言①の独身は好き人ゆえと誤解する世間

宮仕《づか》へ人のはかなきなどには、思《おも》はずなる戯《たはぶ》れごと《事・》も、ことにふれては言《い》ひ交《か》はしたま《給・》へば、下の心のづしやかなるは知《し》る人もなければ、世《よ》の中には、

「徒《あだ》にものしたま《給・》ふ御色好《ごの》みの、好《す》き歩《あり》きの難《かた》からむを思《おぼ》し憚《はばか》りて、かうあぢきなき独《ひと》り住《ず》みせさせたま《給・》ふ」など、言《い》ふめり。

五 まことの聖《ひじり》さへ、女のすぢには道をも失《うしな》ふなれば、ましてかくて一日《ひとひ》も候《さぶら》ひたま《給・》はむほどには、あはれと見たま《給・》ふ御忍《しの》び所《どころ》も、おのづからはなどかなからむ。

[五] 中納言①、中務の宮⑨と紅葉狩りを相談

長月二十《廿・》日のほど《程・》に、例《れい》の中務《つかさ》の宮へおはしましければ、宮は壺前栽《つぼせんざい》の紅葉《もみぢ》のいとをかしき夕映《ゆふば》えを見させたま《給・》ふほどなりけり。御消息《せうそこ》聞こえたま《給・》へば、「こなたに」とて、御褥《しとね》引《ひ》き繕《つくろ》ひて、御対面あり。

互《かたみ》にをかしき御さま容貌《かたち》を、御前《まへ》の人もめでたくぞ見《み》ん。

のあたりには、うわべだけの恋情さえも、口にしていいものとはお思いにならない。

[四] それでも宮仕えの女房で取り立てていうほどにもない者には、思いがけない戯言《ざれごと》なども、何かの折りには口にしあったりなさるものだから、内に潜めた重りかな心などわかる人もなく、それで、世間では、

「移り気でいらっしゃる好き人が、恋の忍び歩きが難しくなることをお嫌いになって、こんなふうにおもしろくもない独り身の生活をしておられるのだ」と、噂しているらしい。

真の聖でさえ、女性のこととなると、道に惑ってしまうものでもあるから、まして、こんなふうに一日も俗世においでになられる間には、いとおしいとごらんになって忍んで通うところも、どうしておのずと出てこないということがあろうか。

[五] 九月二十日の頃に、いつものように中納言の君①は、中務の宮⑨邸へおいでになられたところ、宮は坪庭の植え込みの色づいた紅葉が夕日に照り映えている見事な光景をごらんになっているところであった。ご挨拶を申し入れなさると、「こちらにおこしを」と、お座蒲団をきちんと整えなおしたりして、お会いになる。

おふたりそれぞれに美しいご容姿を、ご前に控えている者たちもすばらしいと見ないではいられまい。中務の宮は、中

「秋も残《のこ》りなうこそなり《成》ゆく《行》めれ。小倉《をぐら》の紅葉《もみぢ》いかに染《そ》めまさん。こ《此》の頃《ごろ》のほどに思《おも》ひ立《た》ちたま《給》ひね。頭《とう》の中将、右衛門の督《かみ》なども、『もの《物》せん』とこそ言《い》ひしか」と、聞こえさせたま《給》ふ。

「しかよく侍らん。されど[六]小倉《をぐら》と言《い》はん山の紅葉ははかば《く》かしき色《いろ》にも侍らざらん。木立《だち》などなつかしう、きはことなるは、こ《此》の御覧ぜらるるにますこと《事》は候《さぶら》ふまじくや」

と、めでたま《給》へば、

「『[七]名《な》にはさはらぬ』とこそ言《い》ひためれ」など、のたま《給》ひて、さるべき御くだもの《物》ども参《まゐ》りて、暮《く》れぬれば、帰りたま《給》ふとて、

「山へは明日《あす》もの《物》せさせたま《給》ひなむや。随身《(ずい)じん》にてを侍らん」

と、のたま《給》へば、

「つとめてより誘《さそ》ひたま《給》へ。されどいな、[八]ことごと《く》しき随《(ずい)》身《じん》はむつかしからむ」と、微笑《ほゝゑ》みきこえたま《給》ふ。

納言に、

「秋ももう残り少なになってゆく気配です。小倉山の紅葉がどんなに色づきまさっていることか。近いうちに紅葉狩に出かけるお気持ちになってください。頭の中将[12]、右衛門の督[13]なども、『見物に出かけよう』と言っておりました」と、お誘いになられる。中納言は、

「それはようございます。しかしお言葉ながら、小倉《おぐら》という山の紅葉は、小暗《おぐら》というほどですから、期待なさるほどの色合いでもございませんでしょう。木立などの、親しみを覚えるきわだつ美しさとなると、こちらのごらんになっておられる庭の紅葉に優っていることはございますまい」と、お褒めになると、

「いやいや『名にはさはらぬ』というではないか。紅葉は赤く照り映えるから、暮れても「をぐら」という名が妨げになることはあるまい、存分に楽しむことにしよう」などと、宮はおっしゃって、時節にふさわしい果物をいろいろお勧めする。やがて日が暮れたので、お帰りになろうとして、中納言の君が、

「小倉山へは明日お出かけになられませんか。随身になりましてお供いたします」と、おっしゃると、宮は、

「朝早くからお誘いください。しかし、随身のほうはいや結構。いかめしい随身ではうっとうしかろうから」と、笑みを浮かべてご返事なさる。

［六］饗応の準備を命じ、中務の宮⑨を迎えに行く

君は帰りたまひて、御乳母《めのと》の子のあきのぶを召《め》して、

「明日の御儲《まう》け、をかしきさまに大堰のわたりに待ちきこえよ。主《あるじ》には左衛門の督《かみ》をこそ頼《たの》みきこえめ」とて、あるべきことどものたまひつけて、またの日の早朝《つとめて》、宮へ参《まゐ》りたまふ。

御車《くるま》ども引《ひ》き続《つゞ》けて、競《きほ》ひおはす。御供《とも》の人も若《わか》きかぎりは、後《おく》れじと走《はし》りのゝしれど、さるはいと騒《さわ》がしうとて、さるべきばかりこれかれ候《さぶら》はせたまふ。

［七］小倉山での紅葉狩りの逸興と和歌の唱和

山《やま》におはしまし着《つ》きて見たまへば、思《おぼ》しやりけるも著《しる》く、染めましける紅葉の色《いろ》いろは〔九〕錦《にしき》暗《くら》う見《み》ゆ。

下枝《しづ》を折りて、〔一〇〕中将の君、青海波《せいがいは》を気色《けしき》ばかり舞《ま》ひたる、いとおもしろし。

「光《ひかる》源氏と聞《き》こえしいにしへの挿頭《かざし》もかばかりにこそ」と、皆《みな》めでさせたまふ。

「いとまばゆき御比《よそ》へになん。その立《た》ち並《なら》びたりけん〔一一〕深山《みやま》

［六］　中納言の君①は、ご帰邸になって、乳母子のあきのぶ⑭を呼び寄せて、

「明日のおもてなしの準備、興趣を凝らして、大堰のあたりでお待ちするようにいたせ。饗応の接待役には、左衛門の督⑮をお頼みするのがよかろう」と、おっしゃって、配慮すべきことをあれこれとお命じになって、翌日の早朝、中務の宮邸⑨へおうかがいになる。

御車を何台も連ねて、先を争っておいでになる。お供の人も、若い者は皆、とり残されてはなるまいと声高に頼みまわってくるが、たくさん引き連れるということになればうるさかろうと、適当な者たちだけ、誰彼とお供としてお連れになる。

［七］　小倉山にお着きになってごらんになると、思いはせておられたとおり、いちだんと色づいた紅葉の色合いは、見はやす人がいなかったら、せっかくの美しさが、闇夜に錦同然になるほどと見える。

紅葉の下枝を折り取って、中将の君⑫が青海波を形ばかり舞ったのが、じつに感興をそそる。

「光源氏と申しあげた方の、昔の、紅葉をかざしにさした舞姿も、このように見事だったのであろう」と、皆口々に褒めそやされる。

「それは気の引けるお譬えでございます。光源氏に立ち並んで舞ったという深山木、あの方（頭の中将）の姿にさえ及びませんのに」と、お笑いになる。

木のかげだに侍らじを」と、笑《わら》ひたまふ《給》。時雨さとして、露ほろほろと乱《みだ》るるほど《程》、いとど艶《(えん)》なり。督《かん》の君《きみ》、

訪《たづ》ね来《こ》し君《きみ》がためとや紅《くれなゐ》の色《いろ》を染《そ》めます時雨なるらむ

と、聞《き》こえたまへ《給》ば、宮、

散らぬ間《ま》はここに千歳《ちとせ》もをぐら山見で過ぎかたき峰《みね》のもみぢ葉

と、興《けう》ぜさせたまふ《給》

「名《な》のみして山はをぐらもなかりけりなべて草《くさ》木の紅葉しつれば

思うたまへ《給》しには、こよなうかはりたる山《やま》のけしきにこそ」と、聞《き》こえたまふ《給》。頭《とう》の君、

ふる里はいづくなるらんをぐら山紅葉の錦《にしき》たち《立》重《かさ》ねけり

嵯峨《さが》野もはるばると見わたされて、霧《きり》の絶え間の女郎花《をみなへし》などは、絵に描《か》きたらんにも劣《おと》るまじき花《はな》の盛《(さか)》りを、「秋風の吹く」など、誰に語《かた》らむとをかし。

時雨がさっと降ってきて、木々の葉から露がはらはらと乱れおちてくる時の間《ま》、なおいっそう優艶の風情がまさる。右衛門の督⑬が、

紅葉狩にお出ましになられた君のためでございましょうか。紅葉の紅《くれない》の色をいっそう深く染めてくれる時雨でございましょう。

と、申しあげると、中務の宮が、

紅葉の散らない間は、ここで千年だって送りたい気持ちになる。ほんとうに小倉山の峰の紅葉は見ずにすますことなどできない美しさではないか。

と、興じられる。

「小倉《おぐら》山とは名前ばかり、いっこうに暗いなんてことはありませんでした。草木という草木がすべて輝くばかりに紅葉したわけなのですから。

際立った美しさではあるまいと思っておりましたのとは、うってかわってのみごとな山の風情でございますね」と、中納言の君は、中務の宮にお応えになられる。頭の中将⑫は、

私の来たふるさとはどちらでしょうか。小倉山の紅葉が錦を裁《た》ち重ねるように重なって、すっかり道に踏み迷ってしまいました。

嵯峨野も、はるか遠くまで見わたされて、霧の晴れ間にみえる女郎花などは、絵に描いた美しさにも劣らない花盛りであるのを見て、「そこは秋《あき》風が飽《あ》くほどに吹いてしみじみ堪能した」などと、誰に語って聞かせようと思ったりするほど

［八］大堰川べりでの思いがけない饗応

こなたかなた行きおはすに、大堰のわたりより少《すこ》しひきのけて、軟障《ぜじやうひ》引きまはし、萩の枝《えだ》など引《ひ》き結《むす》びて、そらだきものいと艶《えん》に薫《かを》りて、さすがに人繁《しげ》くは見えず。

「いかなる者《もの》の秋を惜しむならん。この御気配《けはひ》も、忍《しの》びたまふとも、さりとも聞《き》きたらんに、便《びん》なきさまかな。上《かん》達部《だちめ》上人などにはよも候《さぶら》ふまじ。ただあやしの痴者《しれもの》の己《おの》が徳《とく》あるままに、かくはふるまふに侍らん。なかなかさやうの者《もの》は、憚《はゞか》りたてまつるべきこととも思ひたらじ」など、中納言の君聞《き》こえ居《ゐ》たまふに、左衛門《さゑもむ》の君《きみ》、桔梗《きちこう》の直衣《なほし》二藍《あゐ》の指貫《さしぬき》ゆゑづきをかしきさまして立ち出でたまひて、

三「渚清《なぎさきよ》くは」と、御気色《けしき》賜はりたまふ。さるはさま変《か》へたる岸のわたりなりけり。宮を始《はじ》めたてまつりてあるかぎり笑《わら》ひたまひて、

「痴者《しれもの》はこれな」とて、袖《そで》を引きしろふ。

中納言のつきづきしく言《い》ひためること、語《かた》らせたまへば、この君《きみ》もいみじく笑《わら》ひたまふ。

であるのも感興の種である。

［八］　あちらこちらと逍遙なさるうちに、大堰川のほとりから少し離れて、幔幕《まんまく》をぐるりと張りめぐらし、萩の枝などを引き結んだりして、どこからとも知れない空薫《そらだき》の香りもまことに優艶に漂ってくる。とはいっても人影が多く見えるわけではない。

「いったいどのような者が、秋を惜しんでいるのであろう。宮さま⑨がおいでのこちらの様子も、忍んでおられるとはいえ、いくらなんでも耳にしていように、けしからぬありさまではないか。上達部、殿上人などでは、よもやございますまい。ただ身分低い無礼者が、自分の財あるにまかせて、かように思うがままに振る舞っているのでございましょう。かえって、そういう輩《やから》は、ご遠慮すべきこととも わかっていないのでしょう」などと、中納言の君①がお話しなさっているところに、左衛門の君⑮が、桔梗の直衣に二藍の指貫をはき、奥ゆかしくすばらしいお姿で出て来られて、

「渚が美しいとお思いでございましたら、どうぞおとどまりくださいませ」と、古歌をもって、ご機嫌をおうかがいになる。とはいっても、こちらはあの打出の浜の菊の花を植えた仮屋とは趣を異にした岸の辺りの設けなのであった。宮をはじめ、その場にいた人たちはみなどっとお笑いになって、

「無礼者というのは、これだったか」と、互いに袖を引っぱりあう。

中納言がしごくもっともらしく巧みに喋ったことを、宮が

「今日《けふ》の御儲《まう》けのため、中納言《なごん》の君ののたまひ《給》つけたりしかば、いかでをかしからんこと《事》をと思うたまへ《給》しかど、をれ者の心の掟《おき》てはひがひがしくなん」と、畏《かしこま》りきこえたまふ《給》。

はかなう世《よ》の常《つね》ならずしないたまふ《給》めれば、をかしがりたまひ《給》て、[一四]紅葉を焚《た》かせて大御酒《みき》参《まゐ》る。御供《とも》に候《さぶら》ふ博士《はかせ》召《め》し出《い》でて、苔の緑《みどり》を掃《はら》ふ人もあり《有》けり、琴弾《ことひ》き鳴《な》らし笛吹《ふ》きあはせて、[一五]「伊勢《いせ》の海《うみ》」など、歌《うた》ふ。鹿《しか》も劣《おと》らじと思ひ顔《がほ》に、あはれに鳴《な》き添《そ》へたるほど《程》、言《い》はんかたなくおもしろし。

［九］一行風雅な遊宴を楽しむ

御盃《さかづき》賜《たま》はすとて

[一六]詠むればまた惜しまれて秋霧《ぎり》の立《た》ちわかるべき心地《こゝち》こそせね

と、めでさせたまふ《給》。御さまめでたく、宮と聞《き》こえさせんにことあひぬべし。

[一七]「『散《ち》らぬ間《ま》は』と聞こえさせたまひ《給》し山のため、うしろめたう」と、戯《たはぶ》れつつ、御かはらけ取《と》りたまう《給》て、中納言《なごん》の君、

お話しになられると、この左衛門の君も大いにお笑いになる。「今日のおもてなしの準備のために、中納言の君がご指示なさいましたので、なんとか風雅な計画をと考えましたが、愚鈍な者の了見では、さぞお見苦しかろうと存じます」と、おわびなさる。

［九］　なんということはないものの、ありきたりとは一線を画した儲《もう》けが凝らされていると見てとれるので、宮⑨は興じられて、紅葉を焚かせてお酒を暖めて召し上がる。お供に供奉した博士を召しだして、石上の苔の緑を掃って詩を書かせる人もいる。琴を弾き鳴らし、笛を吹きあわせて、「伊勢の海の　清き渚に」などと、催馬楽の歌を謡う。鹿も楽の音に負けまいと思うかの様子で、胸にしみる妻恋う鳴き声を添える風情は、このうえなく楽趣をそそる。

宮は御盃をお与えになろうとして、

鹿までも詠誦に声をあわせて鳴くので、また名残惜しさがわきあがってきて、この地を秋霧が立つようには、立ち去って帰る気にとうていなれない。

と、愛でておられる。そのご様子は立派で、宮と申しあげるのに、いかにもふさわしい。

「『散らぬ間はここで千年も過ごしたい』とお詠みになったばかりではありませんか。それなのに、ここを立ち去りがたいなどと口になさるのは、小倉山のために気が咎めませんか」などと、戯れ口を交わしつつ、御盃を取り上げられて、中納言の君①は、

いづくとかわきて定《さだ》めん世《よ》の中の色香《いろか》に移《うつ》る人の心は

あまたたびめぐりて、有明の月高《たか》く昇《のぼ》るほどに、御車《くるま》に奉る。

若《わか》き人、帰《かへ》さの道に行き隠《かく》るべき心設《まう》けにや、別《わか》れ別れに帰《かへ》るもただなるよりはをかし。

中納言殿ばかりぞ宮まで候《さぶら》ひたまひて、罷《まか》でたまふ。

[一〇] 中納言1、四条の陋屋の琴の音に誘われる

四条のほどおはすに、いといたう荒《あ》れたれど、疎《うと》ましきほどにはあらぬに、[一八]琴《こと》の音《ね》絶《た》え絶え聞《き》こゆ。何ばかり深《ふか》き手使《てづか》ひにはあらねど、[一九]情《なさ》け加《くは》はる爪音《つまおと》は、めづらしう艶《えん》なる心地《ここち》したまひて、あきのぶを御供《とも》にて、築地《ついぢ》の崩《くづ》れのあるより、入《い》りて見《み》たまへば、蓬《よもぎ》所得て、[二〇]三《み》つの径《みち》も分《わ》きがたきほどなり。

南に向きたる東《ひんがし》の方《かた》に、火の影幽《かげかす》かに見《み》えて、人の気配《けはひ》す。やをら寄《よ》りたまふに、きしきしと鳴《な》る簀子《すのこ》の音《おと》もうるさけれど、聞《き》きつくる人しもなきぞ心やすかりける。

されど、知《し》りけるやうに、琴《こと》は弾《ひ》きさしつ。

どちらがよいと、きっぱり決められましょうか。世の中の色香に迷う人の心には。

と、言う。

何度も何度も酒盃がまわって、有明の月が高くさしのぼる時分に、お帰りの車にお乗りになる。

若い人たちは、帰りがけに女のもとに姿を隠そうという魂胆があってか、めいめいそれぞれに別れて帰るのも、車連ねてなにごともなく帰るよりは気の利いた風情である。

中納言殿だけが、宮のお邸までお供なさってから、帰途につかれた。

[一〇] 四条あたりにさしかかったところ、たいそう荒れてはいるものの、うとましいまでにはみえない邸から、琴の音が絶え絶えに聞こえてくる。どれほどの深い手運びというわけではないが、風情の加わる琴の音は、めったには出会えぬ優艶な情趣とお心誘われて、あきのぶ14をお供に、築地の崩れのある所から、中へ入ってごらんになる。すると、蓬が所得顔に生い茂って、どんなわびしい家にもかならずあるという、踏み分けた三つの径《みち》さえも見分けがつかないほどの荒れようである。

南面する部屋の東側に、灯火の光がかすかに見えて、人のいる気配がする。そっとお近づきになると、きしきしと簀子が鳴る。その音が耳にさわるが、それを聞きつけて出てくる人のないのは一安心である。

だが、人の気配を察したかのように、琴の音はぱたりとと

[二]中納言[1]、美しい姫君を垣間見る

からうして格子《かうし》の隙《ひま》より垣間見《かいまみ》たまへば《給・》、簾《すだれ》高く巻《ま》きて、憂《う》き雲もなくて静《しづ》かに行く月のをかしきを、端近《はしちか》くて見る人の顔《かほ》、言《い》ひしらずらうたげに、肩《かた》のほどに懸《か》れる髪《かみ》のこちたうひかへられける末も、袿《うちき》の裾にかぎりも見《み》えず溜《た》まりてをかしきに、紫苑色《しをんいろ》の御衣《ぞ》に、瞿麦《なでしこ》などの馴《な》れたるをなつかしう着《き》なして、固紋《かたもん》　浮紋《うきもん》などの紅《くれなゐ》よりもなまめかしう見《み》ゆるは、人柄《がら》なめりと見たまふ《給・》に、奥《おく》の方《かた》に一人二人《ひとりふたり》が気配《けはひ》して、

「なほ今一返《ひとかへ》り」と、そそのかしきこゆれど《聞・》、答《いら》へもせず、月に眺《なが》め入りて、

「見しよの秋に」と、言《い》ひ消《け》つは、つらき人のなごりなどを思ふにや。

[三]心惹かれて中納言[1]忍び入る

「かかる道は、いとはるかにあはれを知《し》るべきもの《物・》とも思ひたらぬ我《われ》しも、かばかりにて立《た》ち返《かへ》るべき心地《ここち》もせねば、まして世《よ》の常《つね》ならむ人の、あはれをも懸《か》けざらんはなどかなぎれた。

[二]　どうにか見つけた格子の隙間から、部屋の中をかいま見ると、簾は短く巻き上げ、いとわしい雲ひとつなく、静かに大空を渡ってゆく見事な月を、端近に出て眺めている、その人の顔は、たとえようもなく愛らしくみえ、肩のあたりに懸かった髪が背後に豊かに引かれ延びた、その髪先も袿の裾に限りないほどたたなわって美しい。紫苑色の袿に、瞿麦《なでしこ》色の淡い紅色の馴染んだ上着を親しみ深い感じで着こなしている。綾を固く織った固紋の文様や浮き織りにした浮文の文様が紅よりも優美に見えるのは、「人柄がそう見せるのだろう」とごらんになる。と、奥のほうにひとりふたり人の気配がして、

「もういっぺんお弾きなさいませ」と、お勧めするけれども、返事もなさらぬまま、じっと月に目をとめて、

「月の光ばかりは昔の秋に変わることがないのに」とだけで言いさすのは、つれない人との別れの名残を思い返しているのでもあろうか。

[三]　「こういう向きのことはまったく無縁、恋の情趣などわかるものとも思っていないこの私などが、これほどのことで帰る気にもならないのだから、まして世間尋常の男なら、心を寄せない者があろうはずもなかろう。この今の今、ここに忍んで来る男でもあって、見つけられでもしたら愚かしさをさらすことになろう」と、内心お思い続けになられるが、「ま

からむ。今のほどにも忍《しの》び来《く》る人あらば、見《み》つけられんもをこがましう」と思ひつづけられたま《給》へど、「よしや[二二]行きとまるこそ宿《やど》ならめ、住みはつべき世《よ》の中かは」と、ここにてさへ、厭《いとは》しきかたも催《もよほ》されたま《給》ふ。

「[二三]御車《くるま》　暁《あかつき》にもの《物》せよ」とて、あきのぶをば帰したま《給》ひて、なほ御覧《らん》ずれば、奥《おく》の方《かた》より人出《い》でて、「今は入《い》らせたま《給》ひね。夜《よ》はいたう更《ふ》けはべ《侍》り。『[二四]忌むなるもの《物》にさのみめでたま《給》ふ』と、あなたに聞《き》こえたま《給》ふ」など、いへば、やをらすべり入る。

[一三]忍び入った中納言[1]に、姫君[16]惑乱する

君は、「いかがはせむ、なほ思ひ立《た》つかたのかなはで、心にもあらぬ世《よ》にながらふるほどの慰《なぐさ》めには、この《此》人をや頼《たの》みてまし。ことごとしきものにもあらねば、一夜《ひとよ》二夜《ふた》にて見ざらんも、みづ《身》から独《ひと》りのいとほしさこそあらめ、ここかしこの人聞きを憚《はゞか》るべき際にもあらず」など、思《おぼ》しな《成》りて、ひしひしと下《お》ろすに紛《まぎ》れて、母屋の屏風《びやうぶ》の狭間《はざま》に忍《しの》び入りたま《給》ひて、うち静《しづ》まるほ《程》どに、衣《きぬ》を押《お》しやりて寄《よ》りたま《給》へ

あいい足のとどまったところを宿ともしようか。しょせんいつまでも住むことなどかなわぬ無常の世なのだから」と、こうしたところでさえ、この世を厭う気持ちをお起こしになる。

「御車を暁に用意いたせ」と仰せになって、あきのぶ[14]をお帰しになって、なおもごらんになっていると、奥のほうから、姫君の御前に女房が出て来て、

「そろそろ中にお入りなさいませ。すっかり夜が更けております。『月を眺めるのは避けて慎むもの、そういうものを賞でてばかりおられる』と、あちらで陰口をきいております」

などと言うと、姫君はそっと部屋の中へと姿を隠した。

[一三]　君[1]は、「どうしたものか。やはり心固めている出家の願いかなわず、本意なくもこの世に命長らえている間の慰めには、この人を愛する人として頼みにしようか。たいそうな分際の者でもないから、一夜二夜通ってあとは通わなくなったところで、本人ひとりには気の毒ではあろうが、あちらこちら人がどう聞くか、そんな外聞を気兼ねしなければならぬ身の程の者でもない」などと、ご判断になって、ぎしぎしと格子を下ろす音に紛れて、母屋の屏風の間にこっそりお入りになる。そして人々が寝静まった頃合いに、衣を押しのけて姫君[16]のかたわらに寄り添われる。姫君はまだぐっすり寝入ってはいなかったから、いざとく目覚めて、思いもよら

るに、まだよくもまどろまねば、さとくおどろきて、思《おも》はずなる御気配《けはひ》を、いみじと見るままにあさましうあきれて、いとほしきさまなり。

かねて心を交《か》はしたらんにてだに、まだ世馴《よな》れぬほどは思《おも》ひ惑《まど》ひぬべし、ましてわりなうわななきゐたる、ことわりなり。

〔一四〕中納言[1]、女君[16]を口説きなだめる

「[二五]たゆたふ心のほどはそこにこそ知《し》りたまはめ。『[二六]その夜《よ》ながらのかげは見ざりき』とこそ答《いら》へまほしかりけれ、げに容貌《かたち》匂ひこそ、その夜《よ》の人には劣《おと》りはべらん、心ざしなどぞいかで負《ま》くべき、深《ふか》きためしに今《いま》行く末の人《ひと》にも言《い》はせむ。ゆめむくつけきものに思ひたまふな」と、いとなつかしうやはらかに語《かた》らひたまふに、和《のど》むとはなけれど、「狐《きつね》木霊《こだま》の変化《へんげ》にや」と、たちまちに消《き》え惑《まど》ひしおそろしさは、少《すこ》し鎮《しづ》まりぬれど、何《なに》心もなううち解けたらむほどを見《み》えたてまつりけん恥《は》づかしさは、死《し》ぬばかりわりなくて、汗《あせ》もよよと流《なが》れぬ。

ない男君の存在に、あっこわいと気づいたとたん、意外な事態に茫然自失の体で、お気の毒というほかないありさまである。

あらかじめ互いに心を通わしていたにしても、まだ親しくしないうちはきっと思いまどうにちがいなかろう。ましてどうしたことかわからぬまま、身体を震わせているのは、もっともなことである。

〔一四〕「あなたの琴の音に引きとめられて揺れ動く私の心がどれほどのものか、あなたのほうこそおわかりでしょう。あなたが『月の光ばかりは』と口になさったお歌には『私のほうは、涙にかきくれて月もあなたの姿も見ることができなかった』と、お返ししたくなりましたよ。なるほど容姿、美しさは、その夜の人には劣りましょうが、あなたを思う私の気持ちばかりは、どうして引けをとりましょうか。深い愛情のためしとして、今だけではなく、これから先、世の人たちにも語り種にさせましょう。けっして気味の悪い者などとはお思いくださいますな」と、たいそう慕わしい感じでやさしくお話しになられるので、緊張しきった気持ちが弛むというわけではないが、「狐や木魂といった変化のものか」と思って、たちまち意識もなくなるかと思うばかりにわけがわからなくなるほどの恐ろしさは、少し鎮まったものの、何の心用意もなくすっかりうちとけていた姿を晒した恥ずかしさは、死にたくなるほどにつらくて、汗も涙もしとどに流れたのであった。

[一五] あきのぶ[14]の迎えに驚く侍従[17]

[二七]「夜《よ》を長《なが》月と言《い》ふにやあらん」と言《い》ひし頃なれど、更《ふ》けにしかばや、ほどなく明《あ》け方近《がたちか》うなりぬ。

あきのぶ出で来て、咳《しはぶ》けば、「思ひかけぬことにもあるかな」とて、格子《かうし》放《はな》ちて、侍従《じゆう》といふぞ居《ゐ》て、行く。「『かく参《まゐ》りたり』と聞《き》こえたまへ。いつならはせたまへる御旅寝《たびね》のいぎたなさならん」と、言《い》ふ。「誰《たれ》にか聞《き》こえさせん。かかる御消息《せうそこ》聞こえさすべき人もおはしまさず。門違《たが》へにや」と、言《い》へば、うち笑《わら》ひて、「そこに導《みちび》きたまはぬには、かくしもうち解《と》けたまふべき御有様《さま》かは。あやしの御もののあらがひかな」と、聞《き》こゆるに、あやしうなりて、帰り参《まゐ》り来《く》るを、聞《き》きつけたまひて、「あきのぶは、ものしつや。夜《よ》はまだ深《ふか》からむものを」とて、起《お》き出でたまひて、御直衣《なほし》など、引《ひ》き繕《つくろ》ひて、昨夜《よべい》入りたまひし方《かた》の格子《かうし》、御手づから引き上《あ》げて、もろともに誘《いざな》ひ出でたまふにぞ、おどろかれける。

[一五]

「夜の長いゆえ長月と言うのか」と古歌の言う夜の長い時節ではあるが、夜が更けたせいでもあろうか、ほどなく明け方近くになってしまった。

あきのぶ[14]が迎えに来て、咳払いするものだから、「思いがけないこと、どうしたことかしら」と言って、格子をあげて、侍従[17]という女房が居て応対に出る。「『かようにお迎えにあがりました』とお伝え申しあげてください。いつよそで遅くまでお休みになることを覚えられたのだろうか」と、言う。「どなたに申しあげるのですか。そういうお言伝てをお伝え申しあげなければならない人もここにはおいでになられません。お邸ちがいではございませんか」と言うと、笑い声を洩らし、「あなたがお導きになったのでなければ、こんなにまでおくつろぎになるご様子はありえないでしょう。得心のいかないご抗弁ですな」と、申しあげるものだから、侍従は、わけがわからなくなって、部屋にもどって姫君[16]のおそばにやってくる。その気配を、君[1]は聞きつけられて、

「あきのぶはもう迎えに来たか。まだ夜深いだろうに」と言って、起きだされて、直衣など身なりをととのえて、昨晩お入りになったほうの格子をご自分で引き上げて、いっしょに誘い出て来られたのには、侍従はただおどろくばかりだった。

長年の間、家の前を通り過ぎる際によく拝見して、ごりっぱなお姿を見るたびに、「どんな人が、こういうすばらしい

年頃の前渡《まへわた》りに、よく見たてまつりて、をかしき御有様《さま》を見《み》るたびに、「いかなる人、かかる人《ひと》に思《おも》はれたてまつらむ。さらむはいみじき幸ひ人《さいはひびと》」と、思《おも》ひわたりしに、「さは、わが御許《もと》は、高《たか》き宿世《すくせ》のおはしけるよ」と、いと嬉《うれ》しう思《おも》ひゐたり。「いつのほどに入らせたまひつらん」と、こればかりぞあやしかりける。

[一六] 中納言1と女君16、後朝の歌を詠みあう

明《あ》け方《がた》の月、くまなくさし入るに、女いとど眩《まばゆ》くて、うち背《そむ》きゐる傍ら目《かたはらめ》、髪《かん》ざしの掛《か》かりはしも、やむごとなき人《ひと》にも劣《おと》るまじく、貴《あて》にらうたく見ゆ。

修理《すり》などもせで、久しうなりぬれば、いたう荒《あ》れて、ただいと繁《しげ》き草《くさ》の上《うへ》に、隙間《すき》もなくおきわたしたる露のみ二八「貫《つらぬ》きとめし玉か」と見《み》えて、なかなか花紅葉よりもあはれに見《み》ゆ。

暮《く》るる間《ま》を頼《たの》めてもなほ朝露のおき別《わか》る□はわびしかりけり

鳴《な》き二九乱《みだ》るる虫《むし》の声ごゑ《く》ぞ玉の台《うてな》よりもこよなくまさりけ

方の愛をお受けになられるのだろうか。そうなる人は幸せこのうえない方」と、ずっと考えていたものだから、「それでは、私の御方さまは、抜群の宿縁に恵まれておられたのだ」と、たいそう嬉しく思っていた。「いつの間に部屋にお入りになったのかしら」と、これればかりが不審なのであった。

[一六] 明け方の月明かりが隅々にまで差し込んでくるので、女はなおいっそうのこと気恥ずかしさのあまりに顔をそむけて座ったその横顔、髪先の垂れ懸かりぐあいなどはことに、尊貴の方にも劣らないほどに、上品で愛らしく見える。

修繕などすることもなく、長い間放っておかれたものだから、庭内は荒れ放題で、ただすっかり繁茂した草の上に、隙間もないほどびっしりおいた露ばかりが、あたかも「緒で貫きとめた玉か」とばかりに見えて、かえって花や紅葉よりも風情を感じさせる。

日が暮れたらまた逢いに来る、それまでの短い間を頼みに思ったところで、やはり朝露がおくとともに起き別れてゆかなければならないのは、こんなにもつらくてならないことでしたか。

庭先で鳴き乱れるたくさんの虫の声々ばかりは、玉のごときりっぱな楼台よりも遙かに優っているのであった。

女は、

る。

女、

わび《侘》しとも思《おも》ほえぬかな夜《よ》とともにおき添《そ》ふ袖《そで》の露にならひて

と、慎《つつ》ましげに言《い》ふさま《様》も、なつかしうなまめきて、近《ちか》くて見たま《給》ふはいとどらうたし。

[一七] 女君16に惹かれるわが心を訝る中納言1

殿《との》におはしましても、寝《ね》られたま《給》はず。「をかしかりける人ざまかな。何ばかりの人にかあらん。年《とし》頃《比》の行き帰《かへ》りに、目《め》馴《な》れたりし家居《ゐ》なれど、かくをかしくらうたき者《もの》のもの《物》すべきとや思ひし。一夜《よ》の旅寝《たびね》もむつかしかりぬべき軒《のき》の近《ちか》さはうとましう、繁《しげ》き葎《むぐら》はあつかはしう、さすがにまた《又》あはれにこそ見入られしか。さは、かかる思《おも》ひの草《くさ》も生《お》ふるものかな。さばかり好《す》きごと《事》好《この》む者《もの》どもの、今《いま》まで知《し》らざりけんよ。

我《われ》にてさへ、長《なが》き絆《ほだし》と思《おぼ》ゆるぞ、腹汚《はらぎた》なき心にはあり《有》ける。馴《な》れ行くままに〔三〇〕繁《しげ》からん恋草《こひぐさ》は、そむく山路にはつき

私にはいまさらつらいこととも思われません。ずっと長いこと、袖に露がおくように涙で袖をぬらして暮らすことに馴れてきましたから。

と、遠慮がちに言う様子も、離れがたく感じるほどしっとりとしていて、間近でごらんになるとなおいっそう愛らしさがまさる。

[一七] お邸にお戻りになっても、お休みになれない。「かわいらしい様子の人であった。どれほどの身の上の者だろうか。長年の宮邸への行き来に、見馴れていた住まいだが、こんな美しく愛らしい女が住んでいるなどと考えてもみなかった。一夜の宿りをするにも、気味悪く感じられるくらいの軒近さはいとわしいし、延び放題に繁茂した葎はうっとうしいが、とはいえそれが野趣を醸しているように思えて覗き込む気になったのであった。草が長く伸びるように、このような物思いの草も生えるものでもあるのだな。あれほど好きごとに夢中になる者たちが、よくぞこれまで目にとめずに来たことだ。

こんな私でさえ、この先長く惹かれる縁になると予感されるのは、なんとも心というものはねじくれたものではあった。馴染みが深まるにつれて恋する気持ちが繁くなってくるとしたら、出家の道にはふさわしくないことであろう。またこの俗世を遁れ出る宿縁にはなくて、世俗の人でありつづけるに

なかるべし。また世の中を逃《のが》るる宿世《すくせ》なくて、例《れい》の人にてあらんにつけても、このかたに現心《うつし》なう心焦《い》られしてかかづらひありく、人のうへさへもどかしう、見苦《ぐる》しきわざなり。今より絶《た》え絶えにならば、さはかれも目馴《めな》れて、待《ま》たるる宵《よひ》もなからまし」と、のどかに思《おぼ》しやすらふは、なほこよなき御まめ心なれど、世《よ》の中には徒《あだ》に言《い》ふを、みづからも聞《き》きたまひては、「いかなれば」と、微笑《ほゑ》まれたまふべし。

〔一八〕女君[16]の身の上と叔母君[19]の撫育

中務《つかさ》の宮へ参《まゐ》りたまふ帰《かへ》さのついでには、必《かなら》ずとどまりたまへり。

この宿《やど》の主《あるじ》は、故《こ》肥後の守なりける者《もの》の妻《め》になんありける。

女君は、右大臣殿の御子にて、この北《きた》の方《かた》の姉《あね》なりける人の腹《はら》なり。二つばかりになりたまへるほどに、母君《はゝ》ははかなくなりたまひてしかば、叔母君《をばぎみ》あはれに心苦《くる》しきことに思ひて、こまかに育《はぐゝ》み生《お》ふしたてたまふ。

「いは《わ》けなきほどは、いかにもうしろめたければ、狭《せば》き袖

しても、こういう色事にうつつをぬかしいらいらと心の落ち着きを失って俗世とかかずりあっているのは、それが他人のことであっても難じたくなるし、見苦しいことでもある。今からとぎれとぎれの通いに馴れさせておくならば、女のほうでもそれがならいとなって、夜ごとに訪れを待たれるということもなくてすむだろう」と、悠長に心を定めかねておられるのは、やはりこのうえないご誠実さからゆえであるが、世間では浮気な方であるように噂するのを、ご自身お聞きになることにでもなったら、「どうしてそんな噂が立つのか」と、苦笑いなさるにちがいなかろう。

〔一八〕　中務の宮邸[9]に伺ったお帰りのついでには、かならずお泊まりになった。

この宿の持ち主は、亡き肥後の守[18]であった者の妻[19]であった。

女君[16]は、右大臣殿[11]の御子で、この肥後の守の北の方の姉[20]にあたる人の腹に生まれたのであった。二歳ほどになられた頃に、母君はお亡くなりになってしまったものだから、叔母君が心からかわいそうにと同情して、愛情こまやかに養い育てあげられた。

「いとけない間は、どうあろうと心配でならないから、私のゆとり乏しい袖のなかではあっても大事に庇《かば》い入れて、わが身のそばから放たず面倒をみてさしあげよう。大きくおなりになったら、身分卑しいわが身の傍らにおいては、人並みの

に包《つゝ》みても身を放《はな》たず見たてまつ《奉》りてん、大人《おとな》しくなりたまはば、あやしき身《み》に引《ひ》き添《そ》へては、人びと《ゝ・》しき世《よ》をもえ見たま《給》ふまじければ、いかなるたよりを求《もと》めても、殿のわたりに仄《ほの》めかしなん。あはれと思《おぼ》したりしかば、ことの外には思ひたま《給》はじ。かつは心[三]の闇《やみ》に惑《まど》はぬ親《おや》はあるまじげなれば、必《かなら》ず数《かず》まへられたま《給》はん」と、思ひつつ明《あ》かし暮《く》らすに、十二三になりたま《給》ふままに、めでたくをかしき御さまなれば、いとどらうたく嬉《うれ》しくて、

「この《此》春のほどにも聞《き》こえむ」など、守《かみ》とも言《い》ひあはせて、内《うち》うち《く》にその心儲《まう》けどもしたま《給》ふに、守俄《かみには》かに心地《こゝち》わづらひて失《う》せにしかば、はかなく悲《かな》しきこと《事》を思ひ嘆《なげ》きつつ、忍《しの》[三]ぶ草摘《ぐさつ》むべき忘《わす》れ形見《かたみ》もなければ、領《し》るところ《處》なども、よそのものになりて、心細《ぼそ》かりければ、「この君《きみ》をさへ放《はな》ちては、恨《うら》めしき世《よ》の中を片《かた》時経《ふ》べき心地《こゝち》もせず。かつはこの人を思《おも》はむ人をよすがにて、ながらへむかぎりの世《よ》にはあらん、容貌《かたち》のめでたくおはすれば、不意《ふい》に引《ひ》き出でたま《給》ふ幸もなどかなくてはあらん」と、念《(ねん)》じ過ぐして、ここ

結婚もおできになるまいから、どのような縁故をたどってでも、父殿のところに事情を伝えるようにしよう。亡き母君のことをも、殿は愛情を抱いておられたから、意外な話とはお思いになるまい。それにまた、わが子に対する情愛には思い惑わずにいられる親のあるはずもないのだから、きっとお子さまの中に入れてくださるだろう」と、考えつづけて一日一日を送っていた。年のほども十二三になられると、すばらしく美しいご器量なものだから、ますますいとおしくも嬉しい気持ちになって、

「この春の頃にも父殿にお話し申しあげよう」など、夫の肥後の守と相談して、内々にその心準備をあれこれ整えていた。ところがそんな矢先に、守がとつぜん病にかかって亡くなってしまったものだから、あっけなく悲しい夫の死を思い嘆きつづけてばかりいた。しかも、二人の間には亡き人を偲ぶ忘れ形見となる子もなかったから、所有していた土地なども他人のものとなり、頼りない不安な気持ちになって、「この姫君までも手放しては、恨めしい気持ちばかりの世のなかを、一時とて過ごしてゆける気がしない。またこの姫君を思ってくれる人に頼って、この世に生きている間を過ごすことにしよう。ご器量好しでいらっしゃるから、思いがけないご幸運にきっとめぐり会われるにちがいない」と、じっと堪え忍ぶ時を過ごし、何年も歳月が重なるうちに、このように思いがけずに、すばらしいご宿縁にめぐりあわれたものだから、なんともかんとも嬉しく、嘆きつづけた積年の苦労の甲斐があ

らの年月《とし》も重《かさ》なりけるに、かく思《おも》はずに、うつくしき御宿《すく》世《せ》の出《い》でまうで来《き》しかば、いともいとも嬉《うれ》しう嘆きわたりける年頃のしるし見《み》えて、いと心行きぬ。

[一九] 冬日、中納言[1]、女君[16]と語らい、素性を問う

例《れい》の宮よりの帰《かへ》さに、忍《しの》び紛《まぎ》れて入りたまふ。

冬立《た》つままに、日にいくたびか晴れ、曇り、時雨《しぐ》るる木枯《こが》らしに、うち散りたる楢《なら》の葉は、遣《やり》水も見《み》えず埋《うづ》みて、庭《には》の褥《しとね》と言《い》はまほしく、山里の心地《ここち》して、をかしきを、そよめきわたり入りたまふに、今もさと吹き出づる風にはらはらと散《ち》りて、御冠《かうぶり》直衣《なほし》の袖《そで》にとまる紅葉のをかしきを、

「かれ見たまへ。[三三]二月の雪こそ衣には落《お》つなれ。さま変《か》へたるわざなりや」と、払《はら》ひたまふ。紫《むらさき》の濃《こ》き直衣《なほし》に映《は》えたまへる手《て》つき、顔《かほ》の匂《にほ》ひの愛敬《あい(きやう)》は、女もをかしと見たまふらむかし。例のこまかにうち語らひ、[三四]長《なが》き世《よ》をさへかけて頼《たの》めたまふこと多《おほ》かるべし。

「[三五]いかで名《な》乗《の》りしたまへ。かばかりになりぬれば、いかな

らわれて、すっかり念願かなって満足したのだった。

[一九] 中納言[1]は、いつもの中務の宮[9]邸からの帰りに、人目につかないように姫君[16]のもとに隠れてお入りになる。

冬になるや、日になんどか晴れたり曇ったり、しぐれ模様の木枯らしの風に吹かれてうち散った楢の葉は、遣水も見えないほどに積み重なり、庭の褥と言いたいほどになって、山里の風情を醸して興趣がある。そういう中をかさかさとかすかに音を立てて入ってゆかれると、今しもさっと吹き出した風に葉がはらはらと散って、御冠や直衣の袖に落ちとまる、その紅葉の美しさに、

「あれをごらん。梅の花を手折ると、二月の雪となって衣に落ちるというが、紅葉が落ちるとは、これはまた一風変わった趣ではありませんか」と言って、払い落としになる。紫の色濃い直衣に、くっきり映える手つき、顔の輝き、その魅力は、女もすばらしいとごらんになっていよう。男君のほうもまた、いつものように愛情こまやかに語り合い、先の世々までも契るお言葉を尽くして約束なさっているに相違ない。

「どうか名前をお明かしくださいな。これほど親しくなったのですから、どんな身の上の人であろうと疎略に考えるようなあなたとのご縁ではないのですから」と、お聞きになりたがるが、隠し通すつもりではないものの、口に出して言うこ

りとも疎《おろ》かに思ふべき仲《中》の契《ちぎ》りかは」と、ゆかしがりたま《給》ふに、忍《しの》び過《す》ぐすべきにはあらねど、言《い》ひ出でむこと《事》の慎《つゝ》ましう恥《は》づかしければ、

三六「木《き》の丸《まろ》殿に侍らばこそ」と、言《い》ふもはかなだちてをかし。

「おぼつかな誰《た》が植《う》ゑそめて紫《むらさき》の心を砕《くだ》くつまとなりけん

なほ聞こえたま《給》へ。かう隔てたまふは、行く末長《すゑなが》かるまじき心と疑《うたが》ひたま《給》ふや。三七君によりてを、遠《とほ》き恋路《こひぢ》の苦《くる》しさをも馴《な》らひたれば、ましていつ知《し》るべき徒《あだ》し心ぞ」と、のたま《給》へど

冬枯の汀《みぎは》に残《のこ》る紫《むらさき》はあるにもあらぬ根《ね》ざしなりけり

と、ほのかに言《い》ふ。

「あやし、三八この《此》紫《むらさき》こそ武蔵《むさし》野のにも劣《おと》るまじうなつかしけれ」と、戯《たはぶ》れたま《給》ふもいとをかし。

[三〇] 中納言[1]、女君[16]を自邸に迎えたいと思う

暁《あかつき》露に濡《そぼ》ちつつ歩《あり》きたま《給》ふも苦《くる》しければ、「朝夕眺《あさゆふなが》むる所へ率《ゐ》て行《ゆ》かまし」と、途絶《とだ》えがたく思《おぼ》しなるは、初《はじ》めの御心に

とが気が引け恥ずかしいので、

「ここが朝倉の木の丸殿でございましたら、名乗りもするのでございますが」と、言うのも、男君にははかなげにみえて愛らしい。

「訝《いぶか》しくて訝しくてたまりません。いったいどなたがお植えになって、私の心をなやませる慕わしい紫草となったのでしょうか。

やはりお話しくださいましな。このように隔てを置かれるのは、末永く頼みにすることのできない心とお疑いなのですか。あなたゆえ、遠い恋の通い路の苦しさも学んだのですから、まして私に浮気心などを覚える時がやって来たりしましょうや」と、おっしゃるが、

冬枯れの汀に残っている紫草の根のような私なのです。わざわざ名乗るほどではない生まれなのでございます。

と、ほのかな声で答える。

「妙なことだな。この紫草のほうが、あの武蔵野の紫草にもまして懐かしく感じられるなんて」と、興じておっしゃるのもおもしろい。

[三〇]　暁の露にぬれて歩いて通われるのも難儀なことであるので、「朝夕思いに耽るばかりの邸に連れて行きたい」と、とぎれることがないほどにお思いになるのは、当初のご意向とは異なる思うにまかせぬ皮肉なことのなりゆきである。だが、父殿[3]が結婚相手として言い残された右大臣[11]家あ

は違《たが》ひにたるあやにくさなりや。

　されど、のたまひおきし御あたりをさへ、いとほしく聞《き》き過ぐすに、心にまかせたる私《わたくし》のものあつかひをしてねぢけたることにかたがたに聞《き》かれたてまつらんもはしたなかるべし。

　上《うへ》ばかりこそ愛《かな》しきものにせさせたまふあまりに、かかることもいとほしく、けしからずとも聞《き》かせたまふまじけれ、かの大臣《おとゝ》のわたりに言《い》ひ騒《さわ》がむ言《こと》の葉《は》さへ思ひつづけられたまへば、恥《は》づかしくて、あるまじく思《おぼ》す。

〔三〕中納言[1]、女房たちと座談の応酬

　上《うへ》の御許《もと》に渡《わた》りたまへば、[三九]長炭櫃《すびつ》に炭《すみ》おこして集《あつ》まり居《ゐ》る人の有様《さま》、[四〇]いづれとなくめやすく、裳《も》唐衣《からぎぬ》のいろいろやすらかに着《き》なして、候《さぶら》ひ馴《な》れたる気配《けはひ》を、をかしと見たまひて、

「いで何事《なに》を聞《き》こゆるぞ。そと聞《き》かせよ。なきほどは誰も心地《こゝち》よげにて、をかしき歌《うた》ものがたりもすると見《み》ゆれど、まろだに来《く》れば、いみじき虫《むし》などの這《は》ひ来《く》るやうに、それそれと言《い》ひてゐざりのき、[四一]音無《おとなし》の里《さと》つくり出づるや。


たりとの縁談をさえも、あちらは気の毒にも聞き流してそしらぬふりをしているのに、自分の思いのままの世話焼きにかまけてひねくれた話だと、あちらの耳にもこちらの耳にも達するということになれば、みっともないことであろう。

　母上[6]だけは、君[1]を愛されるあまり、こうしたことも、右大臣の姫君[10]がお気の毒で尋常でないことだともお聞きになられまいが、あの大臣邸あたりで、騒ぎ立てる言葉までもおのずから次から次に思い浮かんでくるので、恥ずかしく、女君[16]を迎えることなどあってはならないこととお思いになる。

〔三〕　母上[6]のもとにお渡りになると、長炭櫃に炭をおこして、集まっている女房たちの様子は、皆がみな感じよく、さまざまな色の裳や唐衣をゆったりくつろいだふうに着て、いかにも仕え馴れている雰囲気に、中納言の君[1]は興をお感じになって、
「さてどんな話をしていたのか。ちょっと聞かせてくれまいか。私がいない間は誰もかれも気分よさげに、おもしろみのある歌や物語りをしているとみえるけれども、私がやって来ただけで、まるで気味の悪い虫でも這ってきたかのように、『さあさあ』といって、引き下がって、音無の里さながらといったありさまになってしまう。いくら黙って音無の里を決め込んだところで、それではかえって、いずれ音無の涙を流

さるは四二つひに流《なが》れ出《い》づる涙《なみだ》もあらんを」と、微笑《ほゝゑ》みて聞《き》こえたまふに、若《わか》き人びとは死《し》にかへりわびあへり。大人《おとな》びたるは、なかなかもて出《い》でて、

「さに侍り。四三森《もり》の下草さへ『駒だにすさまば』と、思うたまふれば、まして若《わか》き人は『四四川と流《なが》れず』といふことなくや侍らん。ただその水上《みなかみ》四五は、御前《まへ》ぞ知《し》らせたまふべき」と、答《いら》へきこゆるに、え堪《た》へですべり隠《かく》るるもあり。あるはつきじろひうつ伏《ぶ》しなどすべし。

「あやしきわざかな。この聖《ひじり》をさのたまはんは、四六三瀬《みつせ》川の導《しる》べにやあらん。仏《ほとけ》の顔《かほ》より外に見《み》るべきものも思《おぼ》えぬしれじれしさを」とて、立《た》ちたまふ。

かの四七葎《むぐら》の宿《やど》のひじきもは、忍《しの》びたまへど、ほのぼのみな聞《き》きてければ、

「いでそれは仏《ほとけ》にやおはす」と、言《い》へば、そばなる人、

「四八如意《い》輪《りん》観世音《くわむぜおん》にてこそいませ。さばかりの御身にて、虚《そら》言《ごと》は何せさせたまはん」など、ささめきて、忍《しの》び笑《わら》ふ。

すことになるにちがいなかろうに」と、微笑んで話しかけられるものだから、若い女房たちは、死なんばかりの困り果てようである。年嵩《かさ》の女房のほうは、こちらはかえって君の前にしゃしゃり出て、

「そのとおりでございます。森の下草同然の私どもなどでさえ、『せめて馬だけでも食んでくれれば』と、思うのでございますから、若い女房たちなら『かなわぬ物思いの涙が川となって溢《あふ》れ出ない』などということはございませんでしょう。みな口に出さずに思うばかり、そのみなもとはと言えば、あなたさまご自身がよくおわかりでしょうに」と、やりこめるばかりにお返事するものだから、いたたまれなくなってそっと座をはずして隠れてしまう者もいる。その場に残っている者も、お互いに膝をつついたり、顔を伏せたりなどするようである。

「それは妙なことですね。この聖同然の私のことを、そんなふうにおっしゃるのは、契りを交して三途《さんず》の川の手引きにしようというわけなのでしょうか。仏のお顔よりほかに見るものがあるとも知らない愚かさかげんの私ですのに」と、言って、その場をお立ちになる。

あの葎の宿の女⑯のことは、お隠しになってはいたが、ほのかながらに女房たちはみな耳にしていたから、

「さあそれでは、その方は仏さまでいらっしゃるのかしら」

と、言うと、側の女房が、

「きっと如意輪観世音でいらっしゃいます。中納言の君は、

〔三〕母君[6]のもとに伺候する中納言

御前《まへ》へ参《まゐ》りたまへば、上《うへ》は、白き御衣《ぞ》に、二藍《あゐ》の小袿《こうちぎ》奉りて、御几《き》帳引《ひ》き寄《よ》せ、をかしげなる御火桶《ひをけ》に凭《よ》り居《ゐ》させたまふ。[1]見《み》つけたまひて、めづらしからむ人のやうに急《いそ》ぎ出で向《む》か□はせたまひて、愛《かな》しういとほしきものに思《おぼ》したる御さまもあはれに忝《かたじけな》し。

「御帳に入らせたまひね。隙間《すき》の風もわりなう吹きはべる」

と、聞《き》こえたまへど、

「さも思《おぼ》えずや」とて、なほついゐさせたまへば、立《た》ち寄《よ》りたまひて、几《き》帳手《て》づから引《ひ》き寄《よ》せ、御火桶《ひをけと》取りまかなひたてまつりたまふに、涙《なみだ》さへこぼしたまひて、頼《たの》もしう嬉しと見たまふもことわりなりかし。

君にも同《おな》じさまなる御火桶奉り、上臈《らう》だつ人一人二人《ひとりふたり》御前《まへ》に候《さぶら》ひて、さるべきくだものなど参《まゐ》りて、しめじめと御ものがたり聞《き》こえおはす。

あれほどの御身でいらっしゃいますから、うそなどおっしゃるはずはないでしょう」などと、こそこそ忍び笑いを洩らす。

〔三〕　中納言の君[1]が母上[6]の御前にうかがうと、上は白いお着物に藍に紅を重ねて染めた二藍の小袿をお召しになって、御几帳を引き寄せ、風情を感じさせる火桶に凭れておられる。君の姿を目にとめられるや、久しぶりの人に会うかのように、そそくさと出てこられて、身に沁みていとしくてならない者とお思いになっているご様子も、ほんとうにもったいない感じがする。

「御几帳の中にお入りください。すきま風がむやみと入ってきますから」と、申しあげるが、母上は、

「さほど寒くも感じませんよ」と言って、なおそのまま座っておられるので、君は座を立ってお近づきになって、几帳をご自身で引き寄せ、火桶を動かしてさしあげられると、母君は涙までもお落としになって、頼もしく嬉しいと思ってごらんになるのも、もっともなことではあろう。

中納言の君にも同じような火桶をご用意し、上臈ふうの女房がひとりふたり御前につき従って、しかるべき季節のくだものを差し上げて、しんみりとお話を申しあげておられる。

[三] 結婚の意志を問う母君6と中納言1の抗弁

「かの御遺《(ゆい)》言はいかが思《おも》ひなりたま《給・》ふ。上《うへ》にも聞《き》かせたま《給・》ひて、『僻《ひが》ひがしき《く》ことかな。大殿《おと、》の言《い》ひおかずとも、さやうの後見儲《うしろみまう》けて、ただよはしからで朝廷《おほやけ》に仕《つか》うまつらんこそかしこからめ。まいて遺言《(ゆいごん)》にしたなること《事・》を聞《き》かざるは、いかなる心ならむ。亡《な》き人のためも、うしろめたき心なり』と、のたま《給・》はせたりと、昨日《きのふ》、中宮よりわざと中納言《なごん》の君して伝《つた》へき《聞・》こえさせたま《給・》ひつる。年《とし》の内はほど《程・》もなければ、年返《帰》りて、如月《きさらぎ》ばかりに思ひたちたま《給・》はば嬉《うれ》しかるべきわざを」と、のたま《給・》へば、

「内裏《うち》にさへ、さ聞《き》こえさせたま《給・》はんぞ、辛《から》き心地《こゝち》しはべ《侍・》る。何《なに》か僻《ひが》みたる心づかひはもの《物・》しはべ《侍・》らん。かの母君ぞ、『左《さ》大将かさらずは尚侍《ないし》にて帝《みかど》に奉らんなど、思ひかしづきしに、思ひの外の宿世《すくせ》』とて、心もゆかず貶《おとし》めらるるとまねぶ人の侍れば、いと口惜《くちを》しう思うたま《給・》へらるる。殿《との》の愛《かな》しう思《おぼ》すあまりに、さらでもありぬべきこと《事・》どもを、あながちにのたま《給・》ひおかせたま《給・》ひて、かたがたに味気《あぢき》《く》なくむ

[三] 「あの父上3のご遺言は、どうお考えになりますか。帝8もお聞きになられて、『とんでもない考えちがいだ。大殿3が言い残されなくとも、そのような後ろ楯を得て、しかと身の安定を図って、朝廷にお仕えするのが賢明というものであろう。まして遺言として残されたという言葉に従わないとは、どういう料簡であろうか。亡くなった人のためにも、気掛かりでならぬ考えである』と仰せになられたと、昨日、中宮2のところからわざわざ女房の中納言の君21を通してお伝えくださいました。年内はもう日数もありませんから、新年を迎えて、二月の頃に、結婚のご決心をなされば、喜ばしいことですが」と、おっしゃるので、君1は、

「主上にまでも、そうお話しになられるとは、つらい気持ちがいたします。どうして私がねじけた心を働かせたりいたしましょうか。あちらの母君22が『左大将23か、そうでなければ、尚侍として帝にお仕えさせようと考えて育ててきたのに、相手が中納言1とは思いもよらない宿運ですこと』といって、意に満たぬことと見さげておられると、そっくり告げてくれた人がございますので、まことに残念な気持ちにおのずからなりました。父殿が私に愛情を注いでくださるあまりに、それほどにまで考えなくてもよいことを、お気持ちのままにお言葉をお残しになられて、あちらにもこちらにも思いどおりならぬご不快な話をお耳に入れることでございます」と、申しあげられると、母上6は、

「それはおかしな話ね。それは思い違いでしょう。『大臣11

つかしき耳《みゝ》を聞《き》かせたまふこと」と、申したまへば、「あやし。それは僻事《ひがごと》ならん。『大臣《おとゞ》も上《うへ》ものの憂《う》げに見《み》えたまふとて、恨《うら》みのたまふ』とこそ、ここなる御達《ごたち》の知《し》れる者《もの》の、かのわたりにあるなん語《かた》りしと聞《き》く。おほかたもさこそ仄《ほの》めかしたまへ。大将殿は知《し》らず。内裏《うち》には弘徽《(こう)き》殿候《でんさぶら》ひたまふに、同《おな》じ枝《えだ》にてつらなり御覧ぜさせむとは、二所ながらよも思ひたまはじ。ただ懸《か》け離《はな》れむとせちに省《はぶ》きたまふあまりのつくりごとならん」と、のたまひあはせたるもいみじうをかしけれ、とつれなく念《ねん》じて、「したたかに積《つ》もりけるかな」と、雪に紛《まぎ》らはしてやみたまひぬ。

[三四] 母君[6]、新年の衣装に女君[16]の存在を知る

師走《しはす》のほどは、いとどかきくれ、[四九]雪霰《ゆきあられ》がちに降《ふ》り乱《みだ》るるに、葎《むぐら》の宿《やど》は、たえて住《す》むべき心地《こゝち》もあるまじげなれど、内《うち》うちのまめやかなるかたさへ、あはれにありがたくとぶらひきこえたまふに、慰《なぐさ》むこと多《おほ》かるべし。

一日《ついたち》の装《よそ》ひも思《おぼ》し遣《や》りて、女の装束《さうぞく》一領《くだり》ものすべきよ

も北の方[22]も、あなたが気が乗らないようにお見えだと、恨んでお話しになっている』と、こちらの女房たちの知り合いで、あちらにお仕えしている女房が語っていたと聞いています。世間一般でもそうお噂しています。大将殿[23]のことは知りませんが、宮中には弘徽殿[24]がお仕えしておられるのですから、ご姉妹で揃ってお目にかけようとは、お二方ともけっしてお考えにはならないでしょう。この縁談から距離をおいて、ないことになさろうとするあまりのあなたの作り話でございましょう」と、言い当てになられるのも、たいそうおかしい気になるが、そしらぬ顔をつくろって、「ずいぶんと積もりましたね」と、話を雪に紛らわせておやめになってしまった。

[三四] 師走の頃は、いちだんと空暗くたれこめて、雪や霰ばかりが多く降りしきるようになった。葎の宿では、とても生活できるところという気にもなるまいと見えるが、男君[1]が内々の暮らし向きのことまでも、心こめてもったいないほどに見舞いのお世話をしてさしあげられるものだから、心慰められることが多いようである。

新年ついたちの晴れの衣装にも気をお配りになって、女の装束一領を用意するようにということを、中将の君[25]のもとにお言いつけになられたから、中将の君は美しい綾織物を幾

し、中将の君のもとへのたまひ《給・》たれば、うるはしき綾織《あやおり》物あまた取り出でて、上《うへ》の御前《おまへ》にかうかう《く》と聞《き》こゆれば、

「誰にもの《物・》するにか。これをやかれをや」と、御覧《らむ》じ比《くら》ぶ。

人び《ゝ・》と突《つ》きしろふに、心得《え》させたま《給・》ひて、

「あはれと思ふ人や持《も》たる。もしさやうの領《(りやう)》ならば、映《は》えなきはものしと見るべきぞ。山吹濃《こ》き綾《あや》の袿《うちき》、桜《さくら》の細長《ほそなが》こそあざやかにをかしうはあれ」とて、参《まゐ》らせたま《給・》ふにも、

「例《れい》の人の心《こゝろ》ならましかば、ここ《ゝ》らうつくしくらうたき稚《ち》児《ご》どもあ《有・》りて、かくつ《く》れづれなるに孫《(うまご)》あつかひして慰《なぐさ》めてましを、あさましう世《よ》づかぬ有様《さま》こそ誰《た》がためも苦《くる》しけれ」と、のたま《給・》はするついでに、中将の君忍《しの》びて、こ《此・》の人知《し》れぬ御もの《物・》あつかひを聞《き》こえさすれば、微笑《ほゝゑ》みたま《給・》ひて、

「いつよりぞ。か《ゝ》かる者《もの》ありと見《み》ゆるばかりの気色《けしき》も見《み》えぬは、まろのみやさは見るらむ。男《をとこ》といふものの、彼《かれ》がやうなるやある。子ながらもあ《有・》りがたきまめ人なれば、候《さぶら》ふ人び《ゝ・》とも少《すこ》しあはあ《く》はしく見《み》ゆるなどは恥《は》づかしくこそあれ」と、のたま《給・》ふ。


揃いも選び出して、母上⑥にこうこうの次第でございますとお話しすると、

「いったいどういう人のために用意するのかしら。これにしようかあれにしようか」と、見比べてごらんになる。


女房たちがそっとつつきあっているものだから、事情をお察しになられて、

「かわいいと思う人を持っているのかしら。もしそうした人のための衣装ならば、見栄えのしない地味なものは気に入らないと思うでしょう。山吹の濃い綾の袿に、桜の細長が、きわだって華やかでいいでしょう」と言って、お選びしてあげるにつけても、

「世間一般の男と同じ気持ちをもっておられたなら、たくさんのかわいい子たちが生まれていて、このようになすこともないことですから、孫の世話焼きをして気を紛らせたいところですのに。あきれるほど世の男たちとは異なる生活ぶり、それが誰のためにも心の痛んでならないことですよ」と、おっしゃる。それをよい機会と、中将の君はこっそり男君の人には知られないお世話の筋のことをお話しすると、笑みを洩らされて、

「いつからのこと。そんな人がいるなんていっこうに見えないのは、私だけがそう見ているだけのことかしら。男というもので、あの人みたいな人はいますかしら。わが子ながら、めったにいないまじめ一辺倒の堅物ですから、お仕えする女房たちにしたって、少し軽薄なところのある人などは、恥ず

〔三五〕中将の君[25]、母君[6]にあきのぶ[14]の話を語る

「下にても、それと見咎《とが》めたてまつる《奉》ばかりの御気配《けはひ》は、つゆ《露》見《み》えさせたま《給》はず。かのわたりのことうるさがりたま《給》ふを、いかなればなど、おのがじし語《かた》らひ嘆《なげ》きはべ《侍》りしに、『今はいと疎《うと》くならせたま《給》はん。しかじかの御慰《なぐさ》め所あり《有》』と、あきのぶの朝臣《あそん》の語りはべ《侍》りし。『いみじう隠《かく》させたまふ《給》。ゆめ気色《けしき》見《み》ゆな』と、こそ戒《いまし》められはべ《侍》りし。御前《おまへ》にも、さ心得《え》させたま《給》ふべく」と、申せば、頷《うなづ》きたま《給》ひて、

「まことに、かの大臣《おとゞ》のわたりに聞《き》きたま《給》はむは、いとほしかるべきわざなり。みづからも、それを思ひてぞ忍《しの》ぶらむ。我《われ》にて知《し》り顔《がほ》にもの《物》せんは、ここかしこ、聞《き》き苦《ぐる》しかるべし。人びともその《其》由《よし》にもてなさむなんよかるべき。めづらしきさまになどは聞《き》かぬか。さやうの下草にだに」と、のたま《給》ふものから、

「知《し》らず顔《がほ》つくらむと言《い》ひしには、またこよなく変《か》はりたり」とて、笑《わら》ひたま《給》ふ。

　年《とし》も暮《く》れぬ。

かしさに気が引けるでしょう」と、おっしゃる。

〔三五〕　「私たち女房たちの下の局などでも、これといって私どもがあやしく思いますような方がおいでになるそぶりもお見せになりません。それなのにあの右大臣[11]家あたりのお話となるとうっとうしがりなさるので、どうしてなのかしらなどと、女房たちめいめいに語りあって嘆いておりましたところ、『今ではますます疎ましい気持ちにおなりでしょう。こうこうのお心を慰める通い所がありますから』とあきのぶの朝臣が語ったのでございます。『たいそう忍んでおられる。けっして知っている気配をお見せなさいますな』と釘をさされております。ご前にもそのようにご承知くださいますよう」と、申しあげると、頷《うなず》かれて、

「ほんとうに、あちらの右大臣殿[11]あたりのお耳に達したなら、お気の毒にちがいないことです。ご自身も、それを考えて人目を隠しておられるのでしょう。私のほうでも万事心得顔でいるのは、あちらにもこちらにもぐあいのよろしくないことでしょう。あなたたち女房方もそのように心得て振る舞うのがいいでしょう。ご懐妊の様子などとは聞いていませんか。せめてそんな日陰の身でもいいからお子が生まれたら」と、おっしゃるそばから、

「知らないふりをいたしましょうと言ったのに、すぐまた掌を返すようにうって変わってしまってまあ」と、言って、お笑いになる。

　こうして、年も暮れていった。

〔三六〕新年、参内する中納言[1]の姿に人びと感嘆

立《た》ち返る空《そら》は、[五一]昨日《きのふ》に変《か》はるけぢめも見えねど、風の音《おと》もうちつけに緩《ゆる》く聞《き》きわたされ、鳥の囀《さへづ》りも霞む心地《こゝち》してをかしきに、中納言殿、梅の御直衣《なほし》青鈍《あをにび》の固紋《かたもん》の御指貫《さしぬき》をたをたをと着《き》なしたまひて、まづこなたに渡《わた》りたまひて後《のち》、御車《くるま》に奉りて、内裏に参りたまふ御様《さま》の、せちになまめかしきぞ、今日のことぶきにもましてめでたく見《み》えける。

〔三七〕中納言[1]、葎の宿でくつろぎ、女君[16]と語り合う

公《おほやけ》私《わたくし》、ものさわがしきほど過《す》ぐして、葎《むぐら》の宿へは訪《おとづ》れたまふ。

女君、ありし御心ざしのいろいろを、をかしう着《き》なしたまふ。たそがれの傍《かたは》ら目《め》、髪《かみ》の懸《か》かり、言《い》ひ知《し》らず貴《あて》にらうたげなり。紐《ひも》解き散《ち》らし、うちとけたまひて、

「かくてこそ心やすかりけれ。『[五二]玉の台《うてな》も八《や》重葎《へむぐら》』とは、よくも言《い》ひけるふるごとかな」とて、腕《かひな》を枕《まくら》にて、臥《ふ》したまふに、枕《まくら》のほどに、箏《さう》の琴《こと》の端《はし》少《すこ》し見《み》ゆれば、およびて引《ひ》き寄《よ》せたまひて、

〔三六〕　新たな年を迎えた空は、昨日の空と変わる違いは見えないけれど、風の音もたちまち緩やかに聞きわたされ、鳥の囀りまでもかすむかのように聞こえるのに感興を誘われて、中納言殿[1]が、梅襲の直衣に青鈍の固紋の指貫をゆったりお召しになって、まずこちらの母上[6]のもとにご挨拶にお越しになられた後、お車に乗られて、宮中に参内されるお姿のじつに物柔らかな気品に満ちたお姿は、今日のめでたい言祝ぎにもましてすばらしくお見えであった。

〔三七〕　朝廷でもご自邸でも、なにやかや行事で心あわただしい時期が過ぎるのを待って、葎の宿へはお訪ねになった。

女君[16]は、君[1]から贈られたさまざまな色合いのお召し物を、美しく着こなしおられる。夕暮れ時の明かりにほの見える横顔や、肩へと垂れ下がる髪のさまは、いいようもないほど上品で愛らしく見える。君[1]は紐をほどき、お寛ぎになって、

「こんなふうにしてはじめてゆったりした気持ちになれる。『玉のうてなも八重葎。ふたりで休むところがいちばん』とは、よくも巧みに言った古歌ですね」と、言って、腕を枕に横になられると、枕のあたりに、箏の琴の端が少し見えるので、手を伸ばしてお引き寄せになり、

「これが、二人を取り持つ橋渡し役というところでしょう。だから、しごく親しみを持たなければいけないところだが、これがまたどんな男を誘い入れることになるかと思うと、案

「このもの《物》よ、まろが仲人《なかだち》なめり。いと睦《むつ》ましう思ふべきを、またいかならむ人をか引《ひ》き入れましと思《おも》ふぞ、うしろめたき」と、微笑《ほゝゑ》みて聞《き》こえたまふ《給》に、女いみじう恥《は》づかしと思ふ。

　手《て》まさぐりにしたまふ《給》を、「同《おな》じくは」と、ゆかしげに見《み》ゆれど、「このわたりにも、我《わ》がごとくなる人もあるべし。忍《しの》ぶとすれど、おのづから『それかあらぬか』と、気色《けしき》見る人もあらんに、このものの音《ね》に、さればよなど、著《いちじる》くかかるやつれを知《し》られんも苦《くる》し」と、思《おぼ》せば、

「いな、ここにては慎《つゝ》まし。心《こゝろ》やすき隈《くま》もとめてぞ、天地《あめつち》を動《うご》かすばかりも弾《ひ》き出《い》でむ。ものの上手はおぼろけにては、手《て》ふれぬものぞ」など、笑《わら》ひたまひて、

「さまざまの音《ね》を調《しら》べととのふるより、枕《まくら》にしたるはこよなくをかしきぞ。君も寝《ね》たまへ。いざもろともに」とて、うち臥《ふ》したまふにぞ、身の口惜《くちを》しさは、返《かへ》す返《く》す思ひ知《し》られける。

じられてしようがない」と、微笑んで話しかけられると、女はひどく恥ずかしいと思う。

　琴を弄んでおられるので、「同じことなら」と、弾く音を聴きたそうな気配と察しはするが、「このあたりにも、自分のように徘徊する男もいるかもしれない。忍んだところで、しぜん、『誰が弾くのか。中納言①だろうかどうだろうか』と、様子をうかがう人もいように、この琴の音を聞いて、やっぱり中納言であったかなどと、はっきりとこうした忍び歩きを知られてしまうのも耐えがたい」と、思案して、

「いやいや、ここでは気が引ける。もっと気遣いのいらない所を捜し求めてから、天地をも感動させるくらいに弾くことにしよう。名人上手は、そうかんたんに弾じたりしないものだから」などと、お笑いになって、

「いろいろな調子に音をととのえたりするよりも、枕にしたほうがはるかに気がきいている。あなたも横におなりなさい。さあご一緒に」と、言って、お休みになられるのに、女君はわが身のほどの情けなさを悔やむ気持ちをつくづく味わわされるのだった。

[三八] 明け方、中納言①と女君⑯、歌を贈答

明《あ》け行《ゆ》くに、帰《かへ》りたまふとて、妻戸《つまど》押《お》し開《あ》けて見出だしたまふに、垣根《かきね》の雪は、春を知《し》らぬ顔《かほ》に凍《こほ》りとぢめて、白《しろ》く見《み》ゆるに、空はやや霞《かす》みわたりて、藪《やぶ》し隠《がく》れの鶯《うぐひす》も、今《いま》ぞ目覚《めさ》まして、若《わか》やかに鳴《な》く。

「[五四]春霞《かすみ》立ち居《ゐ》にかかる心とはあしたの空《そら》を見ても知《し》らなん

[五五]しづ心《こころ》もなしや」と、のたまふ。

「我《わ》がためといかで見るべきおしなべて春のものとてかすむ霞《かすみ》を」

「思《おも》はずにもとりなしたまふかな。[五六]深《ふか》きところをたづねたまはば、我《わ》が心にこそ入りたまふべけれ」とて、なほ立ち帰り出《い》でがてにやすらひたまへり、とか。

[三九] 一日、中納言①、中務の宮⑨と歓談

去年《こぞ》の大堰《ゐ》の紅葉《もみぢ》の宴を、宮常《みやつね》にのたまはせいでて、

「またさばかりのをかしさもがな」と、聞《き》こえたまへば、「かう長閑《のどか》ならず、紛《まぎ》れありくも、その

[三八]　夜の明けゆく気配に、お帰りになろうとなさって、妻戸を押し開けて、外を眺めやられると、垣根に残った雪は、春の到来を知らぬげにすっかり凍《い》てついて、白く見えるものの、空はほんのり霞が一帯にかかって、藪の中の鶯も、今、目覚めたばかりにういういしい声で鳴く。

「春霞が立って、流れたりとどまったりしている。この春霞と同じ、私の心は居ても立っても始終、あなたのことを思っていることを、この朝の空を見てもわかってほしいものです。

心静まる時とてありはしません」と、おっしゃる。

「私のことをあなたがいつも思ってくださるせいで、霞が立っているとどうしてわかりましょうか。霞は、春のものというわけで立っているだけなのですもの」

そう女君が応じるので君は、

「思いがけない受けとめかたをなさるものですね。霞の奥深くまでお尋ねくださったら、私の心がおわかりになるでしょうに」と、言って、また引き返し、帰りかねて足をとめておられた、とか。

[三九]　去年の大堰での紅葉の宴遊を、中務の宮⑨はいつも話題になさって、

「またああいう興趣を楽しみたいものだ」と、中納言①にお話しになられると、中納言は「こんなふうに心穏やかさを失って、人目忍んで出歩くようになったのも、あの帰り道のことからであった」と、まず内心思い出されて、

帰《かへ》さからぞ」と、まづ思《おも》ひ出でられたまひて

「右衛門の督《かみ》なども、忘《わす》れぬさまに申されはべる。花《はな》盛りのほどに、大原へ御供仕《ともつか》うまつりて、小塩《をしほ》の花御覧ぜさせむ。神代のこと思《おぼ》し出でむにますこと候《さぶら》ふまじ」と、聞《き》こえたまへば、

「必《かなら》ず後《おく》らかしたまふな」など、のたまひ暮《く》らすに、

[三〇] 二月、母上[6]発病重篤、人びと案ずる

二月の十日頃より、母上《はゝうへ》御胸《むね》を病《や》みたまひて、苦《くる》しがりたまふ。仮初《かりそめ》にもあらで、いと大事に見《み》えたまへば、なにがしかれがしと、僧《そう》ども召《め》し寄《よ》せて、御祈禱《いのり》はじめたまひ、殿《との》の内騒《さわ》ぎののしるほど、思《おも》ひやるべし。

君はつと添《そ》ひ居《ゐ》たまひて、御湯《ゆ》など勧《す》めたまへど、つゆも御覧《らん》じ入れねば、いみじう思《おぼ》し嘆《なげ》き、夜昼《よるひる》とあつかひ、「いかさまにして救《すく》ひたてまつらむ」と、ここらの御願《ぐわむ》ども、思《おぼ》しいたらぬ隈《くま》なげなり。

中宮よりも、しばしばとぶらひきこえたまふ。ただこの御方《かた》をまことの御親《おや》とも頼《たの》ませたまへば、嘆《なげ》き思《おぼ》したるさ

「右衛門の督[13]なども、忘れがたいように申しておられます。花盛りのころに、大原にお供いたしまして、小塩の桜をお目にかけましょう。小塩の桜を見まして、神代の昔を思い出すよりまさることはございませんでしょう」と、申しあげられると、

「けっして私を置いてゆくようなことはなさるなよ」などと、話をして一日をお過ごしになる。

[三〇] と、そのうち、二月十日の頃から、母上[6]が胸の病《やまい》を患われて、お苦しみになられる。すぐ直る一時のものではなく、重篤の病状とお見えなので、誰それと、名のある僧たちをお呼び寄せになって、ご快癒祈願のご祈禱を始められて、お邸中おおさわぎになる。それがどれほどのものかは想像にまかせるとしよう。

中納言の君[1]は、ずっと母上のお側に付ききりになって、薬湯などを飲ませて差し上げようとなさるが、いっこう見向きもなさらないので、たいそうお嘆きになり、夜も昼も看病に明け暮れ、「どのようにしてお救いしようか」と、数多のご祈願を、思いつかない寺社なきほどにお立てになる。

中宮[2]からも、しばしばお見舞がある。もっぱらこちらの北の方をほんとうの親と頼みに思っておられたから、そのご悲嘆ぶりは、なみひととおりのものではない。中納言の君[21]とか宰相の君[26]といった女房たちを、母上のお側にお付けになり、ご自身もお見舞に里帰りなさりたいとおっしゃられる。

ま、いかでおろかならん。中納言の君、宰相《さいしやう》の君など、付《つ》けおかせたまひ、御みづからもおりさせたまはんことをのたまはす。

中務《つかさ》の宮《みや》も、いみじう嘆《なげ》かせたまひて、心深《ふか》く聞こえさせたまふ。上《うへ》はたましてかなしう思《おぼ》すままに、みづから渡《わた》りたまひて、見たてまつりあつかはせたまふ。

さらぬところどころの御とぶらひきこえ入るもひまなげなり。

[三二] 中納言1、帝8の叡慮に母君6の看病に付ききり

かかる御心惑《まど》ひの折からなれば、あら[五八]ぬねざしなどへも渡《わた》りたまはず。御心地《みこゝち》のさまなど聞こえたまひて、御文《ふみ》ばかりぞ、いくたびとなく書《か》きつくしたまふ。

されど、あたりたる御宮仕《みやづか》へは欠《か》かしたまはねば、内裏ばかりへは参《まゐ》りたまふを、上《うへ》も御覧《らん》じて、

「さばかり心苦《くる》しきことをおきて、かつ仕《つか》ふるはあるまじきことなり。よろづを捨《す》てて、静《しづ》かに籠《こ》もり居《ゐ》て、よろしく見たてね」と、忝《かたじけな》くのたまはすれば、畏《かしこ》まりたまひて、

中務の宮9もまた、たいへんお嘆きになって、心のこもった見舞いのご挨拶を差しあげられる。宮の上7もまた、宮にもまして悲しくお思いのお気持ちのままに、ご自身でお見舞にお越しになって、病気のご様子をご覧になって、ご看病になられる。

そのほかの方々のお見舞も引きも切らずにやってくるありさまである。

[三二] このようなお心取り乱した折であるから、「名乗るほどではない生まれですもの」と答えた女君16のもとにもお出かけにならない。母上6のご病状のことなどをお伝えになって、お手紙ばかりは、なんどとなく書きつくして送られる。
こんな状態ではあるが、勤務にあたる宮仕えは休まれることなく、宮中にだけは参内なさる様子を、帝8もごらんになって、

「あれほど心配なことを二の次にして、その一方で宮中勤務をするなどとはあってはならぬことである。なにもかも放擲《ほうてき》して、静かに自邸に籠もって、よくお世話いたせ」と、畏れ多くも仰せになられるので、恐懼《きょうく》なさって、母上にも「こうこうでございます」と、仰せごとのかたじけなさをお話しなさると、母上もはっきりとはおわかりにならない意識ながら、

上にもしかじかなんと、仰言の畏《かしこ》さを語り申したまへば、ものも思《おぼ》えたまはぬ心地《こゝち》にも、ありがたく思《おぼ》し喜《よろこ》ぶ。

[三二] 大弐[28]、大宰府に下向、再婚相手に叔母[19]を望む

その頃、中務《つかさ》の宮の御乳母《めのと》の男《をとこ》、大弐になりて筑紫《つくし》へ下る。

北《きた》の方《かた》は、三四年さきに失《う》せにき。「いかでさるべき人もがな。語《かた》らひて行《ゆ》かん」と思《おも》ひなりて、この御叔母《をば》の隣《となり》の主《あるじ》は、早《はや》うより知《し》れる仲《なか》らひにて、折《をり》をり出《い》でまうで来《く》る。齢《とし》四十七八なりける。

「など、今《いま》までかくては過ぐしたまふ。女君《ぎみ》たちも多《おほ》くものしたまふに、後見《うしろみ》なきは心苦《ぐる》しきわざになむ」と、聞《き》こゆれば、

「さかし。我《われ》もさ思ひたまふれど、その絆《ほだし》どものあつかひをうるさく思《おも》ふにや侍らむ、承《う》け引《ひ》く方の侍らねば、今日《けふ》今日と過《す》ぐして、なにがしが知《し》るまじきわざまで取《と》り賄《まかな》ひて、いと堪《た》へがたく、見る目《め》も頑《かたくな》しう侍り。ゆゑづきたる嫗《うば》も候《さぶら》はば、仲立《なかだ》ちしたまへ。

このあなたにおはせし人は、今に独《ひと》りやものしたまふ。

ありがたいこととお喜びになる。

[三二] その頃、中務の宮の乳母[27]にあたる人の夫[28]が、大宰府の次官である大弐に任官して、九州に下向する。

乳母であった北の方は、三四年前に亡くなっていた。「なんとか似合いの人がいないものか。妻にして伴って行こう」と考えるようになっているところへ、この姫君の叔母[19]の隣家の主[31]は、昔からなじみの関係であるところから、折にふれて大弐のもとにお伺いにやってくる。大弐の齢のほどは四十七、八であった。その主が、

「どうして、いままでこうして独り身でお過ごしなのですか。女君たちもたくさんおいでなのに、お助けする人のないのはおいたわしいことで」と、同情して言うと、

「そのとおりなのです。私もそうは思っているのですが、この足手まといの者たちの世話をうっとうしく思うのでしょうか、承知してくれる人がございませんで、今日は今日はと時を過ごして、私などがわきまえてないことまで面倒をみなければならないようなありさまで、じつに辛抱できかねることでもあり、傍目《はため》にも愚かしく見えることでございます。相応の品格を身につけた年配の者でもおりましたら、どうぞ仲立ちしてください。

お宅の隣に住んでおられる人[19]は、今も独り身でおいでですか。この方などはその気になってくださらないでしょうか。姪とか申しあげた女君[16]も、いっしょにお誘いいただけれ

これなどは思《おも》ひたちたまふまじくや。

御姪《めい》とか聞こえし女君も、もろともに誘《いざな》ひたまはば、民《みん》部《ぶ》の大輔《たゆふ》に婚《あ》はせたてまつりて、我《わ》がひとつのあとをも領《し》ろしめさせむと思《おも》ふは、似《に》つかはしからぬこととや思《おぼ》す」と、言《い》ふ。

〔二二〕大弐[28]、民部大輔[30]と女君[16]の結婚を勧める

「それなん、いとよき御仲《なか》らひにものしたまはん。さも思《おも》ひたまはば伝《つた》へてんを、去年《こぞ》の秋よりいかなる頼《たよ》りにか、故《こ》左《ひだり》大臣《のおと、》の中納言の君通《きみかよ》ひたまひて、よろづにまめやかに聞こえたまへば、『思《おも》はずにうつくしき御宿世《すくせ》ありて、この御徳《とく》を見ること』と、いみじう喜《よろこ》びたまふめれば、何《なに》かはるばると下《くだ》らんとは、思ひたちたまはん、と思《おも》ひ侍る」など、言《い》へば、

「あなはかなや。さてその上達部《かんだちめ》のおはすらむを、よき御幸《さいは》ひとや思ひたまふ。よろづの才《ざえ》すぐれ、容貌《かたち》心もかしこうおはすとて、公《(おほやけ)》の忝《かたじけな》く恵《めぐ》みたまふに、心奢《こゝろおご》りしたまひて、大殿《おと、》の御遺言《(ゆい)》に『右大臣殿《どの》の中の君《きみ》に婚《あ》はせたてまつ

ば、息子の民部の大輔[30]と結婚願って、私の亡き跡を継がせたいと思いますが、似つかわしくはないかどうか。いかがでしょう」と、言う。

〔二二〕「それは、たいへん結構なご縁組でございましょう。そうお考えならばお伝えしようと思いますが、去年の秋ごろから、どうしたつてがあってのことか、亡き左大臣[3]のご子息の中納言の君[1]がお通いになって、あれこれ生活向きのことまで世話をなさっておられて、『思いがけずに申し分のないご宿縁に恵まれて、そのご恩恵をうけている』と、たいそう喜んでおられるようですので、どうしてはるばる太宰の地まで下ってゆこうという、そんな気にはおなりになるまい、と思います」などと、言う。すると、
「なんとも頼りないこと。それでは、その上達部がお通いになるのを、めでたいご宿運とお思いなのですか。あの方は学問万般にすぐれ、容貌もお心も優れていらっしゃるということで、帝[8]がありがたくもお情けをかけられるのに、思いあがりなさって、大殿のご遺言に、『右大臣殿[11]の中の君[10]と結婚させなされて、ご後見をもおさせなされるよう』、実際また内々にも『この右大臣殿をお頼みして、私と思ってくれれば、あの世への旅路も安心なのだが』と、繰り返し言い置

りたま《給・》ひて、御後見《うしろみ》をもせさせたまふ《給・》べく』、また内《うち》うちにも『この殿《との》を頼《たの》みきこえて、なにがしと思《おも》はんなむ、行《く》く道も嬉《うれ》しかるべく』と返《かへ》す返す聞《く》こえおきたま《給・》ひてしかば、殿《との》よりはいと懇《ねんご》ろに、度たび聞こえたま《給・》へど、『帝《みかど》の姫君ならでは得《え》たてまつ《奉・・・》らじ』とて、三十路《みそぢ》近《ちか》くなるまで、独《ひと》り住《ず》みして暮《く》らしたま《給・》ふよ。

この女君などは、思《おぼ》すことかなふまでの慰《なぐさ》めなり。さるは、江口《えぐち》[五九]の君《きみ》などと同《おな》じことには侍らずや。今一年《とせ》二年《とせ》がほど《程・》にすすめられたま《給・》ひて、藻《も》[六〇]に住む虫《むし》のわれからと音《ね》を泣《な》きたま《給・》はんは、いとほしきことなりや。

民部《みむぶ》の大輔《たゆふ》が妻《め》にておはしまさば、官位《つかさくらゐ》こそ、その《其・》中納言殿《どの》には及《およ》びはべ《侍・》るまじけれ、顔容貌《かほかたち》はあまり負《ま》けたてまつ《奉・・・》ることも侍るまじ。心はたまめやかなる者《もの》なれば、高《たか》きも短《みじか》きも、なべて女の忍《しの》びがたきことにしたまふ《給・》なる脇目《わきめ》も使《つか》ひはべ《侍・》らじ。これぞ、まづ何《なに》の宝《たから》にもまさりて、心ゆきたま《給・》はん。その《其・》外のもてなしは、大臣大将の北《きた》の方《かた》にも落《お》としたてまつ《奉・・・》らじ。

かれたので、右大臣殿からは、たいそう懇ろになんどもご縁談をもってゆかれたが、「帝の姫君でなければいただくまい」と固辞して、三十近くになるまで、独身生活をとおしておられるのです。

この女君⑯などは、お望みがかなうまでの慰めでしかありません。それでは、江口あたりの遊女とおなじことではございませんか。あと一年か二年のうちに捨てられなさって、藻に住む虫のわれからではありませんが、われから声をあげてお泣きになるようになられること、なんとも気の毒なことではございます。

民部の大輔㉚の妻でおいでならば、官位ばかりは、その中納言殿①には及びもつきませんが、容貌ならあまりひけをとることもございますまい。性格もまたきまじめな人間ですから、身分の高い低いにかかわらず、おしなべて女性には耐えがたいことと聞いております浮気などもいたしますまい。これればかりは、どんな宝にもまして満足なさることでしょう。それ以外のお世話は、大臣や大将の北の方に比べても劣るようにはいたしますまい。

男女の仲で、人の隠し妻くらいいまいましいことがありましょうや。子どもが生まれてくれば、本妻の子として取られたり、あるいは本妻に苛められて、尼法師になって山里に引き籠もったところで、もともと本心からの出家心ではないわけですから、仏のお心にもかなわず、現世も来世も無にすることになりはしませんか。

[六一]世の中に人の陰妻《かげめ》ほど口惜《くちを》しきこと《事》あらんや。子など出で来《く》れば、まことの上《うへ》の御子に取《と》られ、あるは本妻に責《せた》められて、尼法師《あまほうし》になり《成》て山里にとり籠《こ》もれど、もとより催《もよほ》さぬ道心なれば、仏《ほとけ》の御心にもかなはで、この《此》世《よ》もかの世《よ》もいたづらになさずや。

少《すこ》しも心かしこき人は、『[六二]一《ひと》夜二夜のふしはよしなし』とて、主《しう》のたまふ《給》ことをさへ否《いな》びはべる《侍》など、聞《き》き伝《つた》へはべる《侍》。されどことわりなりかし。男《をとこ》だに知恵《ちゑ》才覚《さいかく》あるはかたければ、ましてはかなき女におはすれば、嬉《うれ》しうめで[六三]たきことにのたまふ《給》も」など、畳《たゝみ》を突《つ》きしろひつつ、はちぶきをるに、はやこの《此》人も語《かた》らはれて、

「まことにのたまふ《給》ことにひとつして徒《あだ》なること《事》は侍らぬ」など言《い》ふも、をこがまし。

[三四]叔母君[19]、隣家の主[31]に説得される

昔より隔てなく言《い》ひかはす中にて、例《れい》も互《かたみ》に行き通《かよ》へば、その《其》夕暮《ぐ》れに隣《となり》の主《あるじ》詣《まう》で来《き》て、大弐の言《い》ひしことども心地《こゝち》よげに語《かた》り伝《つた》ふれば、もとより少《すこ》し鄙《ひな》びなほなほしき《く》叔母《をば》君に

少しでも気のきく心の持ち主ならば、『どれほどのご身分とて、一夜二夜のかりそめの契りではしかたがない』といって、主人の命じられることでさえ拒むもの、という話を聞き伝えております。とはいっても、そんなふうに考えるのはもっともなことです。男だって知恵も才学も兼ね備えている人は少ないのですから、まして思慮のおよばぬ女の身でいらっしゃるのですから、中納言殿のお通いを嬉しくありがたいことにおっしゃるのも無理からぬ話ですが」などと、言って、畳をつついては、口をとがらせ不満げなそぶりに、たちまちこの人も説得されて、

「ほんとうにあなたのおっしゃることには、ひとつとして実のない話はございません」などと、返答するのも、笑止千万なことである。

[三四] 昔から腹蔵《ふくぞう》なく言葉を交わしあう間柄で、ふだんもお互いに行ったり来たりするところから、その夕暮れに隣の主[31]がやってきて、大弐[28]が語った話を得々とした様子で語り伝えたところ、もともと少々田舎びて深い思慮をめぐらすには欠けた凡庸なところのある叔母君[19]で、「どうしてそんなことを」などともいえず、微笑み頷いて、

て、「いかでか」なども言《い》ひあへず、うち笑《ゑ》み頷《うなづ》きて、

「みづから《身》のこと《事》は、いまさら《今・更》の齢《よはひ》に、また人に見《み》えたてまつ《奉》らむもよきこととは思ひはべら《侍》ねど、いみじうかなしと思ふ君《きみ》のためだによろしきことにて侍らば、命をさへ失《うしな》ひてもと思うたまへ《給》ば、ましてこれは世《よ》の常《つね》あること《事》なれば、いかが《奈》はせんに思ひ弱《よわ》りて、もろともにもの《物》しはべらむ。年《とし》たけ、もの《物》の心も少《すこ》しは弁《わきま》へたる我《われ》だに、行く末《すゑ》のことまではたどり得で、ただこの《此》頃《ごろ》の御有様《ありさま》を、ひとへにめでたしと見《み》たてまつれば、まして若《わか》き心にはひたみちに靡《なび》きたまひ《給》て、あはれなること《事》に見《み》えたまへ《給》ば、あり《有》のままに聞こえさせば、伴《ともな》ひがたくや。ただよく弛《たゆ》めて、筑紫《つくし》へまかるほどに誘《いざな》ひてまし」と、言《い》ふ。

「それにまさることやは。さらば大弐にその《其》由《よし》を」など、言《い》ひて帰《かへ》りぬ。

［三五］叔母君⑲、中納言①との縁の断念を思う

心の中にも、「見《み》る目《め》にあかぬ御さま、容貌《かたち》のめでたきに迷《まよ》ひて、よき幸《さいはひ》も出《い》で来《き》しかなと思ひしかど、行く末頼《すゑたの》もし

「私じしんのことは、今さらまたという齢ですから、いまいちどほかの男と結婚するのもよいこととは思いませんが、いとおしくてならない姫君⑯のためにだけでもいいことでございますれば、自分の命だって失っても惜しくないと思っております。ですから、ましてこの再婚話などは、世間ではよくあることですので、しかたのないことと我を折りまして、一緒についてまいりましょう。齢を重ねて、世の道理も少しは心得ているつもりの私でさえ、将来のことまではあれこれ考えめぐらすことができずに、ただ近ごろの姫君のありさまを、ひたすら恵まれたご幸運とばかり拝見しておりました。ですから、まして若い姫君のお心には、ひとすじに中納言の君①に心をお寄せになって、思いを交わしておいでとお見えですから、ありのままにお話し申しあげましたなら、お連れすることはむずかしいでしょう。ひたすら警戒心をもたないよう上手にはからって、筑紫へ下ります時に、誘ってゆくことにいたしましょう」と、言う。

「それがいちばんいい考えではないでしょうか。では、大弐にそういうご意向を伝えましょう」などと言って、帰って行った。

［三五］　叔母君⑲は自分の心の中でも、「いくら見ても飽きることない中納言の君①のお姿、顔かたちの魅力に惑って、すばらしいご幸運が得られたことと思ったけれども、これから先頼もしいご待遇が待ち受けているとも思われない。なに

き御もてなしあらんとも思《おも》はず。まづはかくほど経《ふ》るまで、殿《との》にも渡《わた》したまはず、おはしますとても、盗《ぬす》人など言《い》ふひたぶる者《もの》の忍《しの》びありくらんやうに、夜中暁《よなかあかつき》ならで見《み》えたまふこともなきを、あやしう思ひゐしは、さは大弐のたまへるやうに、＊秋風立《た》たば離《か》れたまはんとにや。またさらで、大臣《おとゞ》へ渡《わた》りたまふにしては、はらからものしたまはんも、またいかにぞや。さばかりめでたく、あなたこなたにもてかしづかれたまはんに、姉妹《いもうと》にてだにおはせで、なまなまのこのかみにて、陰妻《かげめ》になりて、いづ方《かた》ざまにもめざましきものに貶《おとし》められて、かくあぢきなき住《す》まひにておはせむは、胸痛《むねいた》きことのかぎりなるべし。とてもかくても、この君にかかづらはんは、いとあるまじきこと」と、思ひなりぬ。

〔三六〕叔母君⑲、姫君⑯に筑紫下向の決意を語る

「よし何事《なにごと》も、前《さき》の世《よ》の御契《ちぎ》りとて、宿《すく》世《せ》のままに見放《はな》ちきこえて下《くだ》らむこと、はたさらぬ別《わか》れの道《みち》ならでは、一日もあるべきことかは」と、思ひつづけて、こなたに来《き》て見たま

よりも、このように時が経つまで、お邸にお迎えくださらないし、こちらにおいでになるといっても、まるで盗人などという粗暴な者が人目に立たぬよう身をやつして出歩くかのように、夜中か暁以外にはお見えになることもないことを、不審に思っていたのは、それでは大弐㉘のおっしゃったように、秋風が立ち、飽きて草木の枯れるがごとくにお通い離《か》れ絶えようというおつもりなのか。またお見捨てになることはないものの、中納言の君が右大臣⑪のところにお通いになられるということになったら、そちらには妹にあたる方がおいでになるというのも、またどんなものだろうか。あちらはあれほどご立派に、あちらからもこちらからも大切にされておられるのに、姉妹と認められることさえなくて、なまなか年上の身であるのに、隠し妻の身となって、どちらからも見下げられて、こんなふうに情けない住まいにおいでなのは、胸の痛むだけのことになるだろう。どちらにしても、この中納言の君と縁を切れずに関わっているのはあってはならないこと」と、思案するようになった。

〔三六〕「たとえ何事も前世からの約束であったとしたところで、宿縁のままに姫君⑯のことを見捨てて筑紫に下ることはまた、死に別れるのならとにかく、一日だってそんなことできることではない」と、思いつづけて、こちらの姫君のもとに来てごらんになると、愛らしく美しいお姿であるのも、民部の大輔㉚などというような男にめあわせるどころのもの

へば、らうたくをかしげなる御様も民部《みんぶ》の大輔《たゆふ》など言《い》ふらん人に見すべくもあらず。

「心にまかせぬ世《よ》の中とは、昔より言《い》ひ置《お》きはべれど、身にあててはこの頃こそ思ひ知《し》られぬれ。『筑紫《つくし》へ行く人の、誘《いざな》ふべきと、せちに言《い》ふなれば、思ひたちね』と、和泉殿《いづみどの》の北《きた》の方、聞こえたまふ。亡《な》き人のためうしろめたく、さりとて若《わか》きにもあらず。殿《との》の御心のあはれに頼《たの》もしうおはすを見たてまつれば、かくて見置《みお》きたてまつるも、心もとなき筋《すぢ》はことに侍《はべ》らねど、ここらの年月、片時《かたとき》も外ほかに馴《な》らはざりしに、別《わか》れたてまつらん悲《かな》しさは、これぞえ堪《た》ふまじき心地《こゝち》のしはべれば、思ひたたんことはあるまじく返《かへ》す返す聞こえしかど、和泉殿《いづみどの》さへいまして、『このことと聞《き》き入《い》れずは、命を失《うしな》ふか、さらでは都《みやこ》の中《うち》にもありがたし』と、せちに責《せ》めのたまはすれば、え否《いな》びはてでなむ、まからんに定《さだ》めぬ。

『君をもろともに誘《いざな》ひたてまつらむ』と、聞こえやりはべれば、『さやうにうつくしくあはれと思《おぼ》す人のおはすら

ではない。

「思うままにならない男と女の世の中とは、昔から言い伝えておりますけれども、わが身のこととしては、この頃になってようやく身に沁みてわかってきました。『筑紫へ下向する人が、あなたを連れてゆきたいと、熱心に言ってますから、心をお決めなさいまし』と、和泉殿㉛の北の方㉜が、お話しになられます。亡くなった夫⑱にはすまない気がするし、かといって、私じしん若いわけでもありません。中納言殿①のお気持ちも愛情深く頼もしくていらっしゃるのを拝見しておりますので、このままこちらにお残ししたところで、気がかりな筋合いは格別ございませんが、長の歳月、片時の間も離れ離れに暮らすことに馴れてまいりませんでしたから、お別れする悲しさ、こればかりはとても堪えられない気持ちがいたしますので、そんな決心はとてもつかないと、なんどもなんども申しあげたのですが、和泉殿までもがおいでになって『この話を承諾しなければ、命を落とすか、生きていたとて、都のうちにはいられないぞ』と、しきりに脅すように言われるので、お断りしかねて、下向することに決めました。『姫君もご一緒にお誘い申したいのです』と、言ってやりましたところ、『そのように、いとしいと愛情をもっておられる人のおありになる方を、どうして西の国の果てまでお連れ申せよう。もともとわが身の傍らにお置きするお身の上であっても、このようなご幸運をこそ願うことであろう。ご一緒に下向することは、思うもまかせぬことながら、けっしてあ

ん人を、いかで西《にし》の国のはてへ率《ゐ》てたてまつ《奉》らん。もとより己《おの》が身に引《ひ》き添《そ》へたてまつ《奉》る御身なりとも、かかる御幸《さいは》ひをこそ願《ねが》ふこと《事》にはあらめ。それなんあやにくにかけてもある《有》まじきこと《事》』と、言《い》ふなれば、いづかたにつけても別《わか》れたてまつ《奉》らんこそ悲《かな》しう苦《くる》しけれ」とて、うち《打》ひそみたまふ《給》。

[三七] 女君[16]、話に心乱れる。大弐[28]、叔母君[19]に通い初める

聞《き》きたまふ《給》心地《ここち》は、今少《すこ》し乱《みだ》れまさりて、「いかにせまし。あはれなること《事》に人も言《い》ひ知《し》らせ、みづからの心にも、月日にそへて心深《ふか》く契《ちぎ》りのたまはすれば、変《か》はりたまふ《給》べきさま《様》にも見たてまつ《奉》らねど、いざまた我《われ》だに知《し》らぬ心《こころ》のはては、まして行く末うちとくべくもあらず、かれはてたまは《給》ん浅茅《あさぢ》が原《はら》をも、この人にもて隠《かく》されてこそ露のよすがもあらめ。ただひとかた《一》に慕《した》ひきこえ《聞》てまし」と、思《おも》ふには、またさすがなること多《おほ》く思ひつづけられて、いみじう悲《かな》しければ、もの《物》も言《い》はず泣《な》きたまふ《給》。

大弐は、やがてそ《其》のほど《程》に通《かよ》ひそめてけり。

ってはならないことです』と、言っておりますので、いずれにしても、お別れするのが悲しく苦しくてなりません」と、言って、顔をゆがめられる。

[三七] それを聞いておられる姫君[16]のお気持ちは、いまいちだんと心乱れて、「どうしたものかしら。愛情の深いお気持ちをあの方[1]も私に言い聞かせ、私の心にも、月日とともに心込めてご愛情を約束してくださるから、心変わりなさるようにはお見受けしないけれども、さあ私とてまたこれからどのような気持ちになるのかわからないのだから、まして将来気を許していられるはずもない。お通い離《か》れはてたなら、この枯れた浅茅が原での生活も、この叔母君[19]に守られてこそはかない命も永らえられようというもの。だからただこちらの叔母君のほうにつき従ってゆくことにしようか」と思うが、そのとたん、またさすがに思い切れない中納言の君への思いが次々に湧いてきて、なんとも悲しくてならないので、ただ黙ってお泣きになるばかりである。

大弐[28]は、すぐその頃から、叔母君のもとに通いはじめた。「年老いた身で、いまさらこんな夜歩きする後ろ姿をさらすのも愚かしいにちがいなかろうから、六条にある自分の家に

「古《ふる》めかしき身の、今さらかかるありきの後《うし》ろ手《で》もをこなるべければ、六条《でう》なるおのが家に渡《わた》さん」と、聞《き》こゆ。

〔三八〕母君[6]、病状回復して、中納言[1]を思いやる

かく言《い》ふに、弥生《やよひ》も十日あまりになりぬ。上《うへ》の御悩《なや》み同《おな》じさまにて、晦日《みそか》にさへなれば、誰《たれ》も誰《たれ》も、いみじう思《おぼ》し嘆《なげ》くに、御祈禱《いのり》の僧《そう》も、今までその験《しるし》の見《み》えぬは、行《おこな》ひの弛《たゆ》きかたに、人の見《み》るらんも口惜《くちを》しき心地《こゝち》して、いみじう心をおこし、数珠《ずず》の緒《を》も摩《す》り切《き》りつつ、祈《いの》りさわぐに、少《すこ》しよろしう見えたまへば、人びと嬉《うれ》しう尊《たふと》がらせたまふに、汗《あせ》うち拭《のご》ひて、咳《しはぶ》きゐたるもしたり顔《がほ》なり。

中納言の君の、いみじき御心づくしに、少《すこ》し面《おも》痩《や》せたまへるを、昨日今日《きのふけふ》もの思《おぼ》えたまふほどにて、かなしと見たまふままに、うち泣《な》かせたまひつつ、

「心地《こゝち》は、こよなく爽やかにこそ思《おぼ》ゆれ。さりともこのままにやと思ふ」など、聞こえたまへば、

「かひなく見たてまつりはべらましかば、いかに口惜《くちを》しくと思ふたまへしに、今日《けふ》の御気配《けはひ》見たてまつるは、言《い》ふべ

連れてゆこう」と、話をする。

〔三八〕　こうしているうちに、三月も十日余りになった。母上[6]のご病状はあいかわらずのままで、月の末にまでもなったので、誰も彼もたいそう心配の嘆きを口になさるし、ご祈禱の僧も、これまで効験があらわれないのは、祈禱に弛みがあるからではないかと人が見とがめるかと思うと、いまいましい気がして、懸命に心を振るいたたせ、数珠の緒も摩り切れるほどに念誦の声高く祈るうちに、すこし病状が回復したようにお見えになる。すると、人びとが嬉しさのあまりにしきりにありがたいという気持ちをお示しになるものだから、僧も汗を拭って咳払いしているのも、いかにも得意満面という顔つきである。

中納言の君[1]が、お心を労するあまり、少し面やつれしておられるのを、母上は昨日今日、意識がはっきりして来られたところで、いとおしいとごらんになったとたん、涙をこぼされては、

「気分すっかりさわやかになった気がします。いくらなんでも、このままよくなるのではないかと思います」などと、お話しになられるので、君は、

「祈禱の効験が現われないようでしたら、なんとも残念なことと思っておりましたが、今日のご回復のご様子を拝見いたしますのは、言葉にならぬほどの喜びでございます」と、申しあげられる。

くもあらぬ喜《よろこ》びになむ」と、聞こえ給ふ。

「惜《を》しげなき命のほど《程》を、かく聞《き》こえむは、子ならざらん人はいかで」と、いと泣《な》きまさりたまふ《給》。

「例の方《かた》へおはして、休《やす》みたまへ《給》。ここには、これかれ《是》もの《物》すれば、心もとなきさまにもあらず」と、のたまふ《給》御心の中には、かのわたりのこと《事》さへ思《おぼ》し出《い》でて、「いかに思《おぼ》しやらん。少《すこ》し忍《しの》びては渡《わた》りたまひ《給》ねかし。あまりなるまでのまめやかさなれば、『宮仕《みやづか》へもすまじく籠《こ》りゐね』と忝《かたじけな》くのたまはせ《給》し仰言《ごと》を聞《き》きては、私《わたくし》のありきはなか《中》なかすまじき心ばへなるぞ」など、つくづくとまもらせたまひ《給》て、

「なほ渡《わた》りてもの《物》したまへ《給》。花どもも盛《さか》りならん」と、せちにのたまへ《給》ば、候《さぶら》ふ人びと《ゝ》も
「渡《わた》らせたまひ《給》ね。かばかり御心を入れさせたてまつり《奉》たまふ《給》も、かへりてわろきこと《事》なり」など、聞《き》こゆれば、おはしましぬ。


「たいして惜しくもない命を、こんなふうに言ってくださるのは、わが子のほかに誰がいましょう」と、なおいっそう涙を流される。

「いつもの自分のお部屋にいらしてお休みなさい。ここには誰彼皆が控えているので、お気遣いに及ぶまでもありませんから」と、おっしゃられる母上のお胸のうちでは、あの女君⑯あたりのことまでもお思い出しになられて、「どんなに心配して思いやっていることだろうか。ちょっとは人目を忍んでこっそりおでかけなさいな。それほどまでしなくてもよいのにと思うような気まじめさだから、『宮仕えもしないようにして、家に籠もって看病いたせ』と、畏れ多い帝⑧の仰せごとを聞いたからには、私事の夜歩きなど易々《やすやす》とするはずのない性格だから」などと思って、じっと君のお顔をごらんになって、

「やはりお部屋に戻ってお休みなさい。花々もさかりの頃でしょう」と、しきりにおっしゃるので、おそばの女房たちも、

「あちらにおいでくださいまし。これほどお心遣いをおさせなさるのも、かえってよろしくないことです」と、申しあげるので、ご自分のお部屋へとおいでになった。

［三九］中納言[1]、童女に戯れ言を言ってくつろぐ

六六綻《ほころ》びがちなる衵《あこめ》うち着《き》て、小《ちひ》さき童《わらは》のをかしげなる、さるべき御くだものなどもて参《まゐ》る。

「ここさへ久《ひさ》しう見ざりけり」とて、御手《て》づから御簾《みす》高《たか》く巻《ま》かせたまひて、六七童《わらは》べに御足《あし》まゐりて、端《はし》つかたに添《そ》ひ臥《ふ》したまふ。傍《かたは》らなるくだものをうちまさぐりつつ、この子にも賜はせつつ、

「あこは上《うへ》の御心地《ここち》の悪《あ》しきは、いかに見たてまつる。あはめたまふに嬉《うれ》しとや思ふ」と、のたまへば、

「いな、さは侍らず。悲《かな》しうこそ」とて、伏目《ふしめ》になりて、顔《かほ》を赤《あか》くすりなす。

「いかでさはあらん。六八平中《ちう》が涙《なみだ》なりな。さらでは、くだものの追従《ついそう》ならんかし」と、戯言《ざれごと》したまふを、まめやかにせちにわびしと思《おも》へる気色《けしき》の、をかしくらうたきを、「なほ童《わらは》べこそよき慰《なぐさ》めには、ありけれ」と思《おぼ》して、

「よし言《い》はじ。憎《にく》しと思ふらん。いと恐《おそ》ろし」など、のたまひて、紐解《ひもと》きわたして匂《にほ》ひみちたる花どもの、とりどり

［三九］ 縫い残しをみせた衵を着て、幼い童女でかわいらしい子が、ちょっとした果物を運んで差し上げる。

「そなたにまでも長いこと会わないことであった」と、言って、君ご自身で御簾を高く巻きあげなさって、童女に足を揉ませ、部屋の端近のところで凭《もた》れるように横になってお休みになる。おそばにある果物を手にとってえらんでは、この子にも与えて、

「そなたは上[6]のご加減の悪いのをどう拝見しているかな。お窘《たしな》めになられるから、叱られずにすんで嬉しいと思うかな」と、おっしゃると、

「いえ、そんなことはございません。悲しく思っております」と、言って、目を伏せがちにして、涙をこすって顔を赤くする。

「どうしてそんなことがあるものか。その涙は、平中のうそ泣きの涙にちがいないな。それでなければ、きっと果物ほしさのご機嫌とりだろう」と、からかって言われるのを、すっかり困りきっている様子が、おかしく愛らしくてならないものだから、「やはり童は心のよい慰めになるものであった」と、お思いになって、

「もうなにも言わないよ。私のことをにくらしいと思っているのだろう。こわいこわい」などと、おっしゃって、庭一面に蕾を開かせて美しさに満ちている花々の、それぞれの花の美を眺めやっておられる。

にをかしきを眺《なが》めいだしたまふ《給・》。

〔四〇〕中納言[1]、樺桜をつけて女君[16]と歌を贈答

樺桜《かばざくら》[六九]のもの《物・》よりことにすぐれてさしいでたるを、気高《けだか》く心深《ふか》きかたはこよなくおくれたれど、貴《あて》に匂ひやかなるかたは、この花にや比《よそ》へてましと、なつかしう思《おぼ》し出《い》づるに、恋《こひ》しううち《打・》むかはまほし。硯《すゝり》引《ひ》き寄《よ》せつつ、こまかに書《か》きたまひて、

「移《うつ》るなよよそふるからに色も香もあはれも深《ふか》き花とこそ見れ

八千代《やちよ》も経《へ》ぬる心地《こゝち》のみするは、ことわりなりかし。昨日《きのふ》今日《けふ》のほどだに、『千代《ちよ》[七〇]しも』と言《い》へば」など、尽《つ》きせぬことども聞こえたまひ《給・》て、すぐれたる枝《えだ》につけて遣《つか》はしつつ、なほ眺《なが》めおはすに、曇《くも》りなく長閑《のどか》に見ゆる空《そら》の気色《けしき》も、しづ心なくいづかたにつけても思《おぼ》し乱《みだ》るる心には、羨《うらや》ましく見わたさせたまふ《給・》ほどに、あり《有・》し御返《かへ》り参《まゐ》らすれば、急《いそ》ぎ見たまふ《給・》。

「桜《さくら》花深《ふか》き色香《いろか》を見るままになほ移《うつ》ろはむこと《事・》をしぞ思

〔四〇〕 樺桜がほかの花よりもとくに抜きんでて輝いている。それを見て、あの女君[16]は、身分高貴で思慮深いという面ではとうてい及びもつかないけれども、上品で美しいという点では、この花に譬えたくもなろうかと、慕わしさのわきあがる気持ちで思い出すと、恋しさのあまり直に逢いたくなる。硯を手もとに引き寄せて、細々とお書きになって、

「花の色が移ろうように、心変わりしたりしなさいますな。樺桜はあなたにそっくりと思うと、色も香りも情趣の深い花と思われてきます。

もう八千代も過ぎてしまったような気持ちばかりするのは、もっともなこと。昨日今日隔てをおいただけだって、『千代を経た気持ちがする』と言いますから」

など、尽くしきれないお言葉をめんめんと書き連ねて、とりわけ見事な樺桜の枝につけて、お遣わしになる。そのあともなおも眺めておられると、曇りもなく光やわらかな空の景色も、心おちつかず母君[6]のことも女君のことも思い乱れるお心には、羨ましく眺められるばかりである。そのうちに、さきほどのご返事が戻ってくる。それを差し上げると、急いでごらんになる。

「桜花の深い色香を見るにつけ、やはり、あなたのほうが心変わりをなさるのではないかということばかりを案じております。

お噂を聞くだけのほうがようございました。お会いできな

ふ

[七一]おとにぞ人を」

と、薄標《はなだ》の紙に、さきざきよりもものの嘆《なげ》かしげに、心《こゝろ》とめたる書《か》き様文字《ざまもじ》やうなど、すぐれたることは何事《なにごと》にも見《み》えねど、らうたく見まほしきかたはこよなくも、とうち返《かへ》しうち返し見たまひて、[七二]「恋《こひ》しきこともなからまし」と聞こえたる歌《うた》のもとを、やがてこの端《はし》に手習《てなら》ひしつゝ、筆持《も》ちながら、少《すこ》し微睡《まどろ》みたまふに、

[四二]母君[6]の苦しみに、中納言[1]、出家の本懐を思う

また苦《くる》しがりたまふとあれば、急《いそ》ぎ渡《わた》りたまひて、いみじと思《おぼ》したり。

[七三]「さらぬ別《わか》れは世《よ》の常《つね》なれば、あながち嘆《なげ》きしづむべきにもあらず。御形見《かたみ》の色《いろ》をそのまゝに、やがてこの世《よ》をゆき離《はな》れて、いはけなきほどより思ひそめし本意《ほい》をも遂《と》げて、迷《まよ》ひたまふらん[七四]心の闇《やみ》の導《しる》べをもしたてまつり、またかく味気《あぢき》なき身の落《お》ち着《つ》くべき所も求《もと》めてんと思《おも》ふ道の光《ひかり》には、むなしく見たてまつる口惜《くちを》しさは、こよなく慰《なぐさ》むべけれど、『[七五]ことをし思ふ』と聞こえし人の

い恋しさに苦しまなくてすみましたから」

と、淡い藍色の薄標の紙に、先々の折りよりも嘆きの風情が加わって、心を込めた書きぐあい文字つきなど、特にきわだっているところは何も見えないが、いたいけなさに会いたさ募ることこのうえないと、なんどもなんどもお読みになって、「おとにぞ人を」と書いて寄越した歌の上句「あひ見ずは恋しきこともなからまし」を、そのまま、この手紙の端になんども書いて、筆をもったまま、とろとろと居眠りなさる。

[四二] と、そこへ母上[6]がまたお苦しみとのお伝えが来て、急いでお渡りになって、ご心痛の思いにかられる。

「この世に生きる者には、避けることのできない死別というものがあり、それは世の常のことであるから、むやみに悲嘆に沈んでばかりもいられない。故人を偲ぶ喪服の色を常服《じょうふく》に着替えることなく、そのまま俗世を離れて、幼いころから心に期した出家の本懐を遂げて、子を思う心の闇に中有《ちゅうう》に迷って往生できずにおられる母上の手引きをもしてさしあげ、またこのように俗世にあることを無益に思うわが身の落ち着くべき境涯をも求めよう、そう願ってきた道を照らす光と考えれば、母上の亡くなられる悲しみの無念な気持ちは、このうえなく慰められもしようが、『なほ移ろはむことをしぞ思ふ』と歌を詠んだ女君の面影が、いつにもまして思い浮かんで、

面影《おもかげ》、常《つね》より思ひ出でられて、あはれに恋《こひ》しければ、我《われ》ながらあさましくうかりける心のほどや、仏《ほとけ》は[七六]耶輸《やしゆ》陀羅《だら》夫人《ぶにむ》をだに捨《す》てさせたま《給・》ひて、さばかりの御身をさへやつした《給・》まふに、何《なに》の数《かず》といふべくもあらぬ[七七]陰《かげ》の小草《こぐさ》の露のあはれにかけとめられて、ここらの年《とし》月思ひわたる道《みち》を尋《たづ》ねで、この《此・》世《よ》もかの世もいたづらになしたらむ、これ《是・》こそ仏《ほとけ》の堅《かた》く戒《いまし》めたま《給・》ふ道《みち》なれ」と、心強《つよ》く思ひとりたま《給・》ふには、我《わ》が身も残り少《すく》なき心地《こゝち》したま《給・》ふ。

[四三] 出立の近づく叔母君[19]と大弐[28]の子どもたち

かしこには、北《きた》の方《かた》、六条へ移《うつ》りたま《給・》へば、いとど《く・》いとどつれづれ《く》と心細《ぼそ》く眺《なが》めたま《給・》ふに、

「この《此・》十六日なん、日もよろしく侍れば、門出《かどで》しつべく」など、言《い》ひおこせたま《給・》へるに、たちまちに別《わか》れむことの悲《かな》しさを、ことごとなく《く》嘆《なげ》きゐたま《給・》へり。

大弐の子ども、民部《みんぶ》の大輔《たゆふ》は、このかみにて、二十《廿・》五六にぞ見えける。これぞ、かの宮《みや》の御乳主《ちぬし》にはあり《有・》ける。容貌《かたち》もさるかたに愛敬《あいぎやう》づき、誇《ほこ》りかにをかしき若人《わかうど》なるを、少《すこ》

心の底から恋しい気持ちがわき上がってならない。わがことながらあさましいほど憂《う》い心のほどではないか。釈尊は耶輸陀羅夫人をさえお捨てになられて、あれほどの御身をまで変えて出家姿となられたのであった。それなのに、どれほどの身分ともいえない物陰に生える小草同然の女君に対する、露ほどの恩愛に引きとめられて、長の年月思いつづけてきた仏道をもめざさず、この世も来世もむなしくしてしまうことにでもなったら、これこそ仏の堅く戒めておられる法の道というものであるにちがいない」と、意志堅固に推しはかって考えてみると、この俗世でのわが身も残り少ない気になられてくるのであった。

[四三] あちらの姫君[16]のほうでは、北の方[19]が大弐[28]の六条の家にお移りになったので、それまでにもましていっそうなすこととてない心細い気分に沈んでおられるところに、「この十六日は、日取りもよろしいので、出立するつもりでございます」などと、言ってこられたので、姫君はにわかに別れてしまうことのかなしさ、そのことばかりをお嘆きになるほかなかった。

大弐の子どものうち、民部の大輔[30]はいちばんの年長で、二十五六に見えた。これがあの中務の宮[9]の乳母子にあたるのであった。容貌もそれなりに人を惹きつける優しさを備え、自信に満ちた魅力ある若者であるから、少々呆れかえるほどに情けないと評するほかない人の目からすると、なにもかもすばらしく欠けたところがないように見なされて、

し浅《あさ》ましく口惜《くちを》しき人の目《め》には、何事《なにごと》もめでたくかたほならず見なされて、

「父主《ちゝぬし》の『吾《あ》が仏《ほとけ》』と、言《い》ひたるもことわりなり」と、北《きた》の方《かた》人知《し》れず目とどめたまふ《給・》。

つぎつぎ《く》は、女にて三人あり《有・》けり。一人《ひとり》は紀《き》の守《かみ》なりける人にはやとく婚《あ》はせてけり。三四をも、ここかしこより言《い》ひわたれど、

「まだ片生《かたお》ひなれば、まづこの度は不用《ふよう》なり」と答《いら》へて、筑紫《つくし》へ率《ゐ》てゆく。

[四三] 叔母君⑲、隣家㉛に後事を頼む

その《其・》日になりて、まだ暁《あかつき》に、北の方《かた》おはしたり。見し人にもあらず若《わか》やぎて、よろしき衣《ぬ》ども取《と》り重《かさ》ねて、いと心地《こゝち》よげなり。

まづ仲立《なかだ》ちの方《かた》へ立ち《□□》寄《よ》りて、

「今日なん門出《かどで》しはべ《侍・》る。聞こえさせしやうに、あなたにもの《物・》したま《給・》ふ人を誘《さそ》ひたてんとて、かく詣《まう》ではべる。日頃《ごろ》、よく弛《たゆ》めおきつれば、調度やうのものもとりしたたむ

「父君が『わが仏』と言っているのももっともなこと」と、北の方となった叔母君⑲はひそかに目をとめてごらんになる。

その下は女で三人いるのであった。一人は紀伊の守であった人に早々と縁づけていた。三、四番目の娘にもあちらこちらから縁談が持ち込まれるが、

「まだ結婚する年齢に達しておりませんで、まず今のところはお役に立ちません」と返事をして、筑紫へと連れてゆく。

[四三]　その日になって、まだ暁のうちに北の方⑲は姫君⑯のもとにおいでになった。以前の人とは別人かと思うほど、すっかり若やいで、まずまずの衣服を着重ねて、いかにも満足というふうに見える。

まっさきに仲立ちしてくれた隣の主㉛のもとに立ち寄って、

「今日、出立いたします。お話し申しあげましたように、あちらにおいでの姫君を誘い出そうと思いまして、こうして出かけてまいりました。このところ警戒心をおこしたりなさることのないよう心弛《ゆる》めておきましたので、手まわり道具類のようなものも整理しておくだけの配慮も、思いかなわぬままになっております。厚かましいことですが、連れて行きまし

べき心使《こゝろづか》ひもえ思《おも》ひ寄《よ》りはべらでなん。便《びむ》なきことなれど、率《ゐ》て行《ゆ》かん後《あと》に入りおはして、さるべきやうに拵《こしら》へて持《も》たせたまへらんや。また盥《たらひ》、貫簀《ぬきす》などやうの、くだくだしく見苦《みぐる》しきものどもは、使《つか》ひたまふ御達《ごたち》の里《さと》へものしたまへ。何《なに》の益《やう》には侍らざなれど」など、うち笑《わら》ひ語《かた》らひて、「これはたあやしう侍れど、置苞《おきづと》とかやいふことの侍れば、また対面《ゝいめん》賜はるまでの形見《かたみ》に見たまはばなん嬉《うれ》しかるべし《き》」など、言《い》ひて、綾織物《あやおりもの》のをかしき御衣ども取り出《い》でたまへり。

た後にお入りいただいて、しかるべく荷造りして持たせてくださいませんか。また盥やら盥にかける貫簾などのようなこまごまとしたみっともないあれやこれやの類は、使っておられる女房の里にお遣りください。なんの役に立つものでもございませんが」など、笑い声で頼み込んで、「これはまたお見苦しいものでございますが、こうした折りの置き土産ということもございますので、またお会いできるまでの形見の品としてごらんくだされば嬉しく存じます」などと、言って、綾織物のなかなかよい衣類をお取りだしになったのであった。

[四四] 挨拶に来た叔母君⑲、姫君⑯を誘い出す

かねて、「暁《あかつき》に」と、聞こえたまへば、かしこにも疾《と》く起《お》きたまひて、待《ま》ちおはすに、車《くるま》の音《おと》の聞《き》こえければ、「例の忍《しの》びたまへる人《ひと》にや」と、ただ今などはあるまじきことを思ひ寄《よ》りたまふ。「北《きた》の方《かた》おはしたり」と、消息《せうそこ》すれば、侍従《じゝう》向《む》かひに出《い》で来《き》たる。「そこたちをも、明日《あす》よりはいみじう恋《こひ》しうこそ思ひ出で

[四四]　前もって、「夜明けのうちに伺います」と、お伝えしてあったので、あちらの姫君⑯のところでも、早くにお起きになって待っておられると、車の音が聞こえたので、「あの忍んでお越しになられる男君①ではないかしら」と、今さしあたってそんなはずのないことを思ったりなさる。「北の方⑲がおいでになられました」と、お言伝てがあって、侍従⑰が応対に出てきた。「あなたたちのことをも、明日からはずいぶんと慕わしく思い出すことになるでしょう。まして姫君がお悩みになるお気持ちを思うと、胸がつまって」と、言いながら車から下りて、中へと入った。

め。まして姫《ひめ》君の思《おぼ》さなむ心苦《くる》し」と、言《い》ふ言ふ下《お》りて入りぬ。

「ただ今こそまかりはべ《侍》れ。かねてかう思ひそめし道《みち》なれど、さしあたりては、なほ空《そら》より出《い》で来たる心地《こゝち》して、堪《た》へがたくこそ。[六八]遅《おく》れ先立《さきだ》つ悲《かな》しさは、[七九]さらぬ別《わか》れに慰《なぐさ》めて、[八〇]忘《わす》れ草《ぐさ》も繁《しげ》るものなり。生《い》けるかぎりのかかるこそ命《いのち》にもまさりて、心肝《きも》も失《う》するやうに思《おぼ》えはべ《侍》れ」とて、うち泣《な》きつつ言《い》ひおはす。

親《おや》の悲《かな》しさは、いかなるもの《物》とも知《し》りたま《給》はねば、さしも思ひ出でたま《給》はず。ただこの《此》御方《かた》を頼《たの》みきこ《聞》えて、はかなかりし身をしも生《お》ふしたてられたる人にしあれば、かかる別《わか》れの悲《かな》しさも、いかでなのめならん。せきあぐる涙《なみだ》に噎《む》せて、答《いら》へだにはかばかしうも続《つゞ》けたま《給》はぬを、御方《かた》心苦《くる》しき□□さまにもてなして、

「このまま別《わか》れたてまつ《奉》らむは、あまり晴《は》るけどころ《所》なき□心地《□ゝち》しはべ《侍》れば、難波《なには》まで伴《ともな》ひたてまつ《奉》りて、かかるついでに住吉《よし》にも詣《まう》でさせたてまつ《奉》らん。かつは[八一]あとの白浪《しらなみ》を

「ただ今から出立いたします。前からこうと思い定めた旅路ですが、いざその段になってみると、やはり天から降って湧いたようなことに出会う気がして、堪え難うございます。しかし、遅れ先立つ死の悲しみならば、それは人の避けられない別れであるとあきらめもつき、時とともに忘れ草も生い茂って悲しみも薄らいでゆくものです。生きている間のこうした別れは、命の別れよりもまさって、魂までもが失せるような気がいたします」と言って、涙を見せては喋っておられる。

母親[20]とは早くに死に別れた姫君は、親の死の悲しさはどんなものかともご存じにならないので、それほどお思い出しにならない。ただこの叔母君をお頼みして、よるべのなかった身を育てあげられた人であったから、こうした別れの悲しさも、どうしてなみひととおりのことがあろう。とどめかねて流れ出る涙に噎《むせ》んで、返事さえはきはきとおできにならないのを、叔母の御方も、心つらくてたまらないというふうに装って、

「このままお別れするとしたら、あまりに心の晴らしようのない気持ちがいたします。ですから、難波までお連れして、このようなついでに、住吉にもお参りさせてさしあげましょう。それにあわせてもうひとつ、船出する私たちの残す白波をごらんになってお見送りくださいませ。中納言殿[1]の母上[6]のご病状、まだはきはきとはご本復になられないご様子と耳にしておりますから、今日明日のうちには、殿もこちらにお越しになることはないでしょう。たとえ住吉に詣でたとお

も御覧《らん》じおくれ。上《うへ》の御心地《こゝち》まだいと懈《たゆ》げに、と聞《き》きたまふれば、今日明日《けふあす》の中には、殿《との》もおはしまさじ。たとへ聞《き》かせたまひても、『悪《あ》し』と、のたまはせんことにもあらず。さ思《おぼ》しなれ」

「御膳参《ものまゐ》らせよ。君たちも拵《こしら》へたまへ」など、言《い》ひて、御台手《だいて》づから賄《まかな》ひ唆《そゝのか》し、掻練《かいねり》の濃《こ》き薄き打《う》ちたる綾《あや》など、車《くるま》より取り出《い》でて、これかれとかしがましう言《い》ひ騒《さわ》ぎたまふ。

[四五] 姫君⑯、叔母君⑲に連れ出される

「とてもかくても同《おな》じ悲《かな》しさなり。動《うご》くべくも思《おぼ》えはべらず」と、泣《な》く泣《く》く聞こえたまふに、

「あないみじや。しばしにても見まほしくは思《おぼ》さで、あひなくかく聞こえたまふよ。思《おぼ》すらん人の、そのほどにもものしたまはば、逢《あ》ひたてまつりたまはざらん口惜《くちを》しさに、かく心こはくは見えたまふか。『女は男《をとこ》に見ゆめれば、愛《かな》しうする親同胞《おやはらから》もおほかたのものになりはべる』とは、これにやあらん。さまで離《はな》れがたく思《おぼ》すな。この世ならず、後の世《よ》も添《そ》ひたまふ御仲なり。一世《ひとよ》にかぎるみづからをば、

聞きになられたところで、『けしからぬ』とおっしゃるようなことでもございません。そうお思いなさりませ」と言う。

「姫君にお食事をさしあげなさい。あなたたちも出かける身支度をなさい」などと命じて、お膳を自分の手でととのえお勧めし、紅梅襲《がさね》の濃いものや薄いもの、打って光沢を出した綾織物などを車から取り出して、これやあれやとやかましいほど声高におしゃべりになる。

[四五] 「難波まで出かけて見送りしても、ここで見送りしても、悲しみは同じです。ここを動けそうにも思えません」と、泣く泣くお話しなさると、

「まあなんということ。ほんのしばらくの間だけでも会っていたいとはお思いにならず、いやなこと、こんなふうにおっしゃられるなんて。たいせつにお思いの人が、出かけている間にもお通いになられたら、お逢いできなくなることがくちおしいばっかりに、こんなにつれない態度をお見せになるのですか。『女は男と契りができたとなると、いとおしく思っている親やきょうだいも、通り一遍のものになる』とは、こういうことなのでしょうか。それほどまで中納言殿①と離れがたいものとお思いになりますな。中納言殿とは、この世だけでなく後の世までご一緒になる二世のご縁なのです。この現世の縁でしかない私のことは、中納言殿のかたはしほども

その片端《かたはし》だに慕《した》ひたまはで」と、うちむつかりたまへば、思《おも》はずにとりなしたまふも、いみじう恥《は》づかしくて、ただまかせられたまへり。

「いづら。車寄《くるまよ》せよ。人びと参《まゐ》りたまへ」など、かひがひしく言《い》ひ散《ち》らして、『夜《よ》の中に淀《よど》に』と、大弐のたまはせしに、こは明《あ》けぬるは。車走《くるまはし》らせてよ」と、ただ急《いそ》ぎに急《いそ》ぎて、六条《でう》におはすれば、

「など、今《いま》まで遅《おそ》くはありし」など、言《い》ひて、待《ま》ちつる人びとの馬車引き続《つゞ》けて、〔八三〕弓胡籙《ゆみやなぐひ》負ひたる男《をのこ》ども立《た》ちさまよひて、頼《たの》もしげに見《み》ゆ。

〔四六〕叔母君⑲、策を弄して連れ出したことを明かす

難波《なには》わたり、逍遥《せうえう》しつくして、舟《ふね》に乗《の》りたまふ。女君をもかき抱《いだ》き下《お》ろして、

「徒《あだ》なる御心ばへを頼《たの》みきこえて、また見譲《みゆづ》る人もなき九重《こゝのへ》におはしまさせんは、生《い》ける心地もしはべらねば、同《おな》じ道《みち》にとかく計《はか》らひたり。ものしとや思ひたまふ。ものの心も弁《わきま》へたまへば、さりともと思ひてなん。

お慕いくださらないで」と、機嫌を損ねられるものだから、姫君⑯は、思いもかけないふうに叔母君⑲がおとりになるのも、ただただ恥ずかしくて、そのまま言いなりにお任せになった。

「さあ。車を寄せなさい。みんなこちらにおいでなさい」など、てきぱき遠慮会釈もなく言いまくって、

「『夜の明けないうちに淀に』と、大弐殿㉘がおっしゃられたのに、これでは、夜が明けてしまう。車をもっと早く走らせなさい」と、ともかく急ぎに急いで、六条の大弐の家においでになると、

「どうして、こんなにまで遅くかかったのか」などと、言って、待ち受けていた人たちが馬や車を引き連ねて、弓や矢を入れる胡籙《やなぐい》を背負った男連中が、行ったり来たりうろつきまわって、いかにも頼もしく見える光景である。

〔四六〕 難波の辺りをすっかりめぐって、船にお乗りになる。女君をも船の中に抱き下ろして、

「実意のない中納言殿①のご意向をご信頼して、私をおいてあなたのお世話を託す人もいない都にお残しするのでは、生きた心地もいたしませんので、同じ旅路にお連れしようとじつはこのような思案をめぐらしたのです。ご不快にお思いになられましょう。しかし、物ごとの道理もおわかりになれば、今はお気持ちに沿わないようであっても、お許しいただけようと思いまして。姫君の御ためにならないことを、企てたり

御ためよろしからぬことは思ひ構《かま》へじ。今こそ嬉《うれ》しく侍れ」と、うち笑《わら》ひをるにぞ、御調度なども持《も》て来《き》たる。

「さは謀《たばか》りたまふにこそ」と、口惜《くちを》しういみじければ、言《こと》にものも言《い》はれず、引《ひ》き被《かづ》きて臥《ふ》したまふ。「思ひたまへらん心のほどは、年《とし》頃よろづにありがたく思ひ知《し》らるれば、のたまはせんことをおほかたに背《そむ》ききこえんにもあらず。『かくこそは思《おも》へ』など、心うつくしう聞こえたまはば、人知れぬあはれを思《おも》ふまでこそあらめ、来《き》し方《かた》行く先《さき》かき集《あつ》め、思ひ乱《みだ》るるばかりは、いとしもなくやあらん。さるを、隈《くま》なく思《おぼ》し構《かま》へて、弛《たゆ》めたまふは、いかがうらめしからざらむ。今より後《のち》も、よろづまことしう睦《むつ》びきこえん心地《こゝち》もせず。うしろめたう思ひならるるにつけては、なかなか知らぬ御心《こゝろ》を頼《たの》みきこえんは、憂《う》きもことわるかたもあらまし」と、京《きやう》のかたのみ恋《こ》ひしくて、涙《なみだ》さへとまらぬを、「またいかに思《おぼ》しのたまはん」と、慎《つゝ》まし。

などするものですか。今は安堵《あんど》して、満足な気分でございます」と、笑っているところに、姫君のお道具類なども運ばれてきた。

「それでは私のことを思いどおりになるよう騙《だま》しなさったのか」と思うと、いまいましくてならないので、口をきくこともならず、衣を頭からひき被って伏してしまわれる。「私のことを心配してくれる心がどれほどのものか、長年なにごとにつけ世に稀なありがたいものであることはわかっている。だから、叔母君のおっしゃられることを、むげに逆らおうというつもりなどありはしない。『こんなふうに考えている』と、心優しくお話しくださるなら、人には言えないあの方への愛情のことは考えてはみても、これまでのこともこれからのこともさまざまにかき集めて思い悩むまでのことはないだろう。それなのに、抜け目なくひそかにはかりごとをめぐらして油断させなさるなんて、どうして恨めしくないことがあろう。これからのちも、なにかにつけかにつけほんとうに親しもうという気持ちもしない。気が許せないと思うようになってしまったからには、かえってほんとうのところがわからないあの方のお心をお頼みしたほうが、つらいことがあったにしても、納得ができるというもの」と、今や中納言の君のいる京のほうばかりが慕わしく思われて、涙までもとまらないが、「こんなことではまた、どんなふうに受け取っておっしゃることか」と気の引ける思いがする。

［四七］叔母君[19]と大弐[28]の会話に、女君[16]悲嘆にくれる

あるかぎりの人は心地《こゝち》よげにて、「これは、かれは」と、海山《うみ》かけて尋《たづ》ね聞《き》きて、

「かしこの入江に青《あを》くなつかしげに見ゆるは何《なに》ぞ」など、言《い》へば、

「かれなん、名《な》に負《お》ふ難波《なには》の葦《あし》と申す」と、教《をし》ゆるを、聞《き》きたまふままに、

「津《つ》の国の難波《なには》の葦《あし》を吹《ふ》く風のそよかかりきと君に伝《つた》へよ

八十島《やそしま》かけて」など、思ひ続《つゞ》けられて、目《め》もあはぬに、ただこの隔《へだ》ての枕《まくら》のほどに、声したたかにてもの言《い》ふ男《をとこ》は、「大弐にや」と聞《き》くに、

「ありがたきまでものしたまへる御有様かな。中納言殿《どの》の心ざし深《ふか》くものしたまふ、と聞《き》きてしかば、容貌《かたち》をかしくおはせんとは思ひたてまつりしかど、かばかりまでは推《お》し量《はか》られざりけり。大輔《たゆふ》には忝《かたじけな》く見《み》えたまへり」と、言《い》へば、北《きた》の方《かた》、

［四七］　船の中にいる人たちはみな、いい気分とみえて、「これはあれは」と、海山を見つけて、尋ね聞いて、「あちらの入江にある、青く慕わしい感じに見えるものはなに」などと、言うと、「あれですか。あれは有名な難波の葦と申します」と、教えているのが耳に聞こえてくるままに、女君[16]は、

「津の国の難波の葦を吹き渡ってゆく風よ。風がそよと吹きかかるように、そうよ、私はこうしていたと中納言の君[1]にお伝えしておくれ。

私は大海原を八十島をめざして漕ぎ出て行ったと」などと、ひとり思いつづけて、まんじり瞼《まぶた》の閉じる時とてないところに、この隔ての枕辺にやってきて、大声でしゃべる男がいる。

「大弐[28]であろうか」と思って聞いていると、「めずらしいまでのご器量ですな。中納言殿が深くご執心でおられると聞きましたから、美しい容貌でおられるだろうとは思いましたが、これほどまでの方とは想像もできませなんだ。大輔[30]にはもったいないほどにお見えでしたな」と、言うと、北の方[19]が、

「たいそう嬉しいことをおっしゃいます。私が身びいきでかわいいと思うだけで、ご器量さほどのことないのではないかと案じておりましたが」などと、話のやりとりするのをお聞きになって、今いっそう生きた心地もなくなるほど、つらく悲しいと思うこと、世の常などというものではない。「そのうえつらい身の上のまま、それでもなお生き長らえるなら、

「いと嬉《うれ》しうのたまへり。己《おの》が愛《かな》しう思ふままに、かたほならずやとこそ思ひしに」など、言《い》ひ交《か》はすを聞《き》きたまふに、今少《すこ》し心地《ここち》も消《き》え入りぬべく、つらく悲《かな》しきこと、世《よ》の常《つね》ならず、「かつ憂《う》き身ながらも、なほながらへば、必《かなら》ず心ならぬ世《よ》をも見《み》るべきにこそ。かう心ならず謀《はか》りごたるる身とはいかで知《し》りたまふべきなれば、『さは思ひつかし』と、思《おぼ》し寄《よ》らん恥《は》づかしさは、まいてなのめなるべき心地《ここち》もせねば、この海にも転《まろ》び入りぬべく悲《かな》しきに、さはたちまちに流《なが》れ出でぬも、〔八六〕憂《う》きに堪《た》へける命にや」と、口惜《くちを》し。

〔四八〕叔母君⑲の言葉に従うふりをする姫君⑯

北《きた》の方寄《かたよ》りおはして、「などかく埋《うも》れては見えたまふ。今さらの齢《よはひ》になりて、亡《な》き人のため、うしろめたき心をあつかひて、かかる道《みち》に出《い》で立《た》ちはべるも、ただひとへに『君の御行く末を、長閑《のどか》に見なしたてまつらん』と思ふばかりにこそあれ。身のあはあはしさも省《はぶ》き捨《す》てて、あはれに思《おも》ひいたつきたてまつる己《おの》れをば、あるものとも

きっと望まぬ相手と結婚をすることになるだろう。かように自分の意に沿わない騙《だま》された身の上にあるなどとは、中納言の君はおわかりになるはずもないにちがいない。だから、『そんなところかと思ったよ』とでもお考えになるようであったら、その恥ずかしさは、ましてまともに生きていられる気もしない。そうなったら、この海のなかに転げ込まずにはいられないほど悲しくてならないが、そうはたちまちにこの身が涙とともに海に流れ出ることのないのも、辛さに堪えてまだ死ぬことができないでいる命なのか」と思うと、くやしくてならない。

〔四八〕　北の方⑲が近づいて来られて、「どうしてこう引きこもってばかりおいでなのです。この期《ご》に及んで結婚などしなくてもいい年齢になって、亡くなった夫⑱のために咎めに思う気持ちを抑えて、こうした旅路に出立いたしましたのも、ただひたすら『姫君⑯のご将来を、安心できるものに見届けたい』と思う願いからだけなのです。私のことを浅はかであるとみる蔑《さげす》みもふり捨てて、心の底から姫君を案じお世話する私のことを、そういう者がいるともお認めくださらないで、もったいなくもご自身をご自分から見すぼらしい姿になさろうとするのですか。男というものは、

思《おぼ》したらで、あたら御身を心づからもてやつしたま《給・》はんとや。男《をとこ》と言《い》ふものは、さのみこそあれ、忘《わす》るること《事・》は常《つね》のこと《事・》なれば、よし聞《き》きたま《給・》へ。都《みやこ》には思《おぼ》し出《い》づる人も侍らじ。のちのち《く》はよく言《い》ひしと思《おぼ》しあはせんぞ。かつは知《し》らぬ人び《ゝ・》との見聞《き》き思《おも》ふらんほども恥《は》づかし、とは思《おぼ》さずや」と、聞《き》かるべくもあらぬことごと《事・》どもを、うち交《ま》ぜうち交《く・》ぜ言《い》ひ続《つ》けたま《給・》へるに、例《れい》のもの《物・》も言《い》はれたま《給・》はねど、「せめて賺《すか》して、思ひ立《た》つ道だに心やすく」と、思ひなりたま《給・》へば、せめてためらひて、

「別《わか》れたてまつ《奉・・・》らむこと《事・》を、嘆《なげ》きわたりしより、胸《むね》ふたがりて、悩《なや》ましう思《おぼ》えたま《給・》へし。今は心ゆく道に連《つ》れられたてまつれば、いかにもその《其・》なごりはものしはべ《侍・》らねど、かかる道《みち》は、人によりて心地《こゝち》の悪《あ》しきと聞《き》きしか。そのたぐひにや、いと苦《くる》しくて、いかにも起《お》き居《ゐ》られはべ《侍・》らぬ」と、まことしう、らうたげに聞こえたま《給・》ふ。かたへの人びと《ゝ・》も酔《ゑ》ひ臥《ふ》して、苦《くる》しがるもあれば、まして繊弱《ひわづ》なる御身はさもやと思《おも》ひて、御もの《物・》の勧《すゝ》め、よろづに思《おぼ》しあつかふ。

そんなものです。忘れることは常のことなのですから。まあいいお聞きください。都には姫君をお思いだしになる人もございますまい。後々になってみて、よく言ってくれたと思いあたる時がやってまいりましょう。そればかりではありません。事情を知らないまわりの人々が、どんなふうに見たり聞いたり、どんなふうに思うか、それも恥ずかしいとはお思いになりませんか」と、とても耳にしてもいられない言葉の数々を、話にとりまぜては言い続けなさるので、いつものことながらなにもおっしゃれないが、「ここはなんとかなだめすかして、自分の心に固めた決意だけでもかなうようにしよう」と、お思いになるものだから、乱れる気持ちをじっと堪えて、

「あなたとお別れすることを、嘆き暮らすようになってからというもの、悲しみで胸がいっぱいになって、気分がすぐれないように思われてきたのです。今はふさぐ気も晴れる旅路に連れられてまいりましたので、少しもそのような気分は残っておりませんが、こういう船旅では、人によっては気分の悪くなるものと聞きました。それと同じ類なのでしょうか、とても苦しくて、どうにも起きて座っていられないのです」と、いかにもほんとうらしく、いとおしげな様子で訴えられる。同行の女房たちも船酔いに横たわって、苦しんでいる者もいるから、まして華奢なお身体ではなおのことと心配して、召しあがりものをすすめ、あれやこれやと気を使ってお世話をする。

[四九] 姫君16の心中を知らない侍従17の配慮

離《はな》れず近《ちか》く添《そ》ひゐる侍従《じゆう》ぞ、思《おぼ》し入りけるほどのいみじさは、かつがつ見知られけれど、かうたちまちに思ひ定《さだ》めたまはんとは、いかで思《おも》ひ寄《よ》るべき。

「我《われ》にてだに思ひ出《い》づる御有様のをかしさは、ましてことわりぞかし」と、心苦《くる》しければ、言《い》ひ出《い》でんにつけても、催《もよほ》されたまはん御涙のいとどしさもいとほしくて、よろづに紛《まぎ》らはして、言《こと》に言《い》ひ出でぬを、「これさへつれなう心づきなし」と、思《おぼ》すらんかし。

[五〇] 船中の歓声のなかで死を決意する女君16

八七「この煙《けぶり》の消えかへり絶え絶えに見ゆめるは、須磨《すま》の浦にや」

「いづら」

「淡路《あはぢ》の嶋はいづこぞ」

など、くちぐちに言《い》ふも、さすがに片耳《かたみ》に入れば、

八八「藻《も》塩焼《しほや》く煙《けぶり》も絶《た》えぬ何《なに》をかも思ひ焦《こ》がるるたぐひとはせむ

八九『我《わ》が心にこそ入らめ』と、のたまひしは、まことなり

[四九] 姫君16のお側を離れることなく、近仕している侍従17は、姫君がどれほど思いつめておられるか、その嘆きのほどは、少しは察しがついたけれども、こんなふうににわかに死の決意を固めておられようとまでは、どうして思い及ぼうか。

「私でさえ、思い出す中納言の君1の素敵なお姿は忘れがたいのに、まして姫君がお慕いになるのはもっともなこと」と、かわいそうでならないから、話にのぼせるだけでも、それに誘われて御涙をいっそうこぼされるのがふびんでならないから、あれやこれやに紛らわせて、とりたてて話にしたりしないのを、そうとは知らない姫君は、「この侍従までも情け知らずで気に入らない」と、お思いになっていよう。

[五〇] 「あの煙が空にあがっては消え、あがっては消え、とぎれとぎれにたなびいて見えるのは須磨の浦かしら」、

「どちら」、

「淡路島はどこなの」などと、思い思いにおしゃべりする声も、聞かぬようにしてはいても、姫君16の小耳に聞こえてくるので、

「都へとたなびく藻塩焼く煙も絶えてしまった。今はいったい何を私の思い焦がれるよすがに眺めたらよいのかしら。

『奥深くまでお尋ねくださったら、私の心がおわかりになるでしょうに』と、あの方がおっしゃったのは、ほんとうのことだった。その一方で、私は命長らえられそうになって

けり。かつながらふまじくなり《成》行くは、おほ《大》かたの深《ふか》さにもあらぬを、また知《し》らせたてまつ《奉》らまほし。

　思ひ出《い》づる人もあらじなわびはてて淡路《あはぢ》の嶋《しま》のあはと
　　消《き》ゆとも

難波《なには》の葦《あし》の吹《ふ》き寄《よ》らん風《かぜ》の伝《つて》にも、聞《き》きたま《給》ふやうはあらんを、『さは我《われ》ゆゑ』とは、いかで思《おぼ》さむ」と、思《おも》ふも悲《かな》し。

九〇 涙《なみだ》の床に満《み》ちて、起《お》きも上《あ》がりたま《給》はねど、身をつくしとなりたま《給》ふ御様《さま》は、いとどあはれにをかしげなれば、大弐の娘《むすめ》たちも、なつかしう睦《むつ》びきこ《聞》えまほしくて、心寄《よ》せきこゆるも、いとむつかしうややましけれど、「うたて心づきなきものには思ひ出でられじ」と、亡《な》からん後《あと》を思《おぼ》せば、なつかしう答《いら》へなどしたま《給》ふを、北《きた》の方《かた》めやすく思《おも》へり。

[五二] 嵐に遭遇の後、明石に着く

明石《あかし》へ今時の間《ま》と見《み》ゆるに、俄《には》かに風の気色《けしき》あやにくに吹《ふ》き出《い》でて、山か何ぞと見《み》ゆる波《なみ》の暇《ひま》なくうちかけて、沖《おき》もいと暗《くら》う、そこ所とも見《み》えず。舟《船》は今《いま》ただ海《うみ》の底《そこ》に沈《しづ》みぬべく

ゆくのは、あの方への気持ちの深さがなみひととおりではないからであることを、いまいちどお伝えしたいもの。

　思い出してくれる人もだれもいないことでしょう。私が
　悩みのはてに、淡路の島の泡のようにはかなく消えてし
　まったところで。

難波の葦が風に吹き靡く、その風のたよりにでも、私の消息を中納言の君①がお聞きになることはあるだろうけれど、『それでは私への思いゆえであったか』とは、どうしてお考えになられようか」と思うと、悲しくなる。

　中納言の君を恋うる涙が流れて床辺に満ち溢れて、起き上がりもなさらないが、身をつくして慕っておられるおありさまは、いっそう見る者の心を打ち、美しい姿に見えるので、大弐㉘の娘たちも、心惹かれてむつまじくしたい気持ちを寄せるのも、姫君にはわずらわしく悩ましいが、「ひどく気にくわないいやな人であったと思い出されたくはない」と、自分の亡くなったあとのことをお考えになるものだから、慕わしい感じでご返事などなさるのを、北の方⑲は感じのよいことと思って見ている。

[五二]　明石までほんの時の間と見えるところで、とつぜん風が思いの外の暴風となって吹き出して、山だろうか何だろうかと見えるほどの大波が、次から次に船に襲いかかって、沖もすっかり暗くなって、そこがどこかいるところもわからなくなる。船はいまにも海の底に沈んでしまわんばかりで、海上をぐるぐる旋回する。その心細さといったらない。

て、いみじう眩《くるめ》きたるに、わびしきこと《事》言《い》ひしらず、舟《ふね》のうち、上下《かみしも》こぞりて、童《わらは》べ女房《ばう》などは、まだきに泣《な》きののしる。

また《又》なくいみじと思へど、舵取《かぢと》りはいささかことども思《おも》ひたらぬさまにて、帆《ほ》をとり下《お》ろし、櫓《ろ》どもおしたてて、とかくさわぐを見るなん頼《たの》もしかりける。げにことなく水《み》際《ぎは》に舟漕《ふねこ》ぎ入れて、繋《つな》ぎければ、誰《たれ》も誰も今ぞ生《い》き出《い》でける心地《こゝち》しける。

同《おな》じ風にて、三四日も過《す》ぐれば、所せき舟《ふね》のうち苦《くる》しとて、「宿《やど》り取り出《い》でて、泔《ゆする》などせん」とて、大弐《二》も北《きた》の方《かた》も上《あ》がりたま《給》へり。

〔五三〕船に残った姫君[16]、反故を破り捨てる

君をも誘《いざな》ひたま《給》へど、いみじかりし騒《さわ》ぎに、いとどあ《有》るかなきかにな《成》りたま《給》へば、「今しもかき乱《みだ》れて」と、聞《き》こえたま《給》ふ。しひてのたま《給》ふをば、苦《くる》しと思《おぼ》したれば、こと君たちばかり引《ひ》き連《つ》れたま《給》へり。遅《おく》れじと競《きほ》ひ争《あらそ》ひて、心地《こゝち》よげなるも、いと羨《うらや》まし。

船の中では、身分の高いものも低いものもみんな、なかでも子どもや女房などは早くから泣きさわぐ。

このうえなく恐ろしいと思うが、船の舵取りはいっこうに大したことともに意に介していない様子で、帆を下ろし、櫓を次々に押し立てて、あれこれ大声をあげているのを見るのは、なんとも頼もしいことであった。なるほど思いどおり無事に水際へと船を漕ぎ入れ、岸に繋いだ、その時になって、誰もみな息を吹き返したような気がしたのであった。

同じような強風が三四日も続いたので、身動きのままならない狭い船の中ではたまらないというわけで、「仮寝の宿を探しだし、髪を洗ったりしよう」ということになって、大弐[28]も北の方[19]も船から陸にお上がりになった。

〔五三〕　姫君[16]もお誘いになったけれども、恐ろしい目にあった騒ぎのせいで、なおのことあるかなきかに衰弱なされたので、「折りから今気分が乱れておりまして」と、お伝えになる。大弐[28]が強くお誘いになるのを、姫君が苦痛にお思いになっているものだから、北の方[19]はほかの娘君たちだけを引き連れてゆかれた。みな遅れてなるまいと、先を争って船を下りて、ほっとした様子もしごく羨ましいありさまに見える。

侍従[17]が船中に残っているのを、姫君は体も弱ってきたように自覚されるので、「あとあと残って見られてはぐあいの悪い反故の数々も、破り捨ててしまおう」と思いついて、無

侍従《じゝう》ぞ残《のこ》り居《ゐ》るを、心地《こゝち》も弱《よわ》く思《おぼ》ゆれば、「残《のこ》りてかたはならん反故《ほうぐ》どもも、破《や》り捨《す》てむ」と、思ひなりて、せちに唆《そゝのか》し遣《や》りたまひて、いと苦《くる》しきをせめてためらひ起《お》き出でて、近《ちか》き調《てう》度より、つれづれなるままに、はかなくかき集《あつ》めたる藻塩草《もしほぐさ》ども取《と》り出《い》でたまふに、かの御手《て》なる文《ふみ》の三つ四つあるを、ことごとよりもなつかしうて、引《ひ》きあけたまへるに、をかしき節《ふし》もあはれなる節《ふし》も、さまざま見所多《おほ》く書《か》きなしたまふは、かからぬ人だにあはれと見《み》んを、まいていかでか浅《あさ》かるべき。せきあへぬ涙に文字《もじ》も流《なが》れぬべし。

「その夜《よ》に、かかる別《わか》れは思《おも》ひかけざりき。今は上《うへ》の御心《こゝ》地《ち》もよろしからん。おはしやしたまひけん。『徒《あだ》におはす』と、人びとは聞こえ知《し》らすれど、心にはさしも思《おも》はず。忘《わす》れやしたまひけん。『さりとも思《おぼ》し出《い》づることもあらん』と、思ひやらるるは、我《わ》が心のならひにや。寝《ぬ》る夜《よ》なければ、夢《ゆめ》にさへありし夜《よ》は見《み》ず。またなきものに聞《き》きわたりし御調《しら》べも聞《き》かずなりにしよ」など、かずかず思《おも》ひつづくるに、

理やりすすめて侍従を出かけさせなさって、苦しくならない身をたって我慢して起き出し、近くにあるお道具類の中から、ひとり紛れることもないままに、あてもなく書き集めた詠草の数々を取り出してごらんになると、その中にはあの中納言の君[1]のお書きになられた文が三四通あるのを、ほかのものよりも心惹かれて、ひき開けてごらんになると、おもしろい風情の一節もしみじみ胸に沁みる一節も、それぞれに見所多くお書きなさっているのは、このような立場にはない人だって、心惹かれるだろうに、まして姫君に与える感銘の浅いはずがあろうか。とどめかねて落ちる涙のために、文に書かれた文字も流れてしまわんばかりである。

「あの夜に、こうした別れがあるなんて思いも寄らなかった。今はもう母上[6]のご病気もよろしくなったことでしょう。中納言の君はあの葎の宿においでになられたかしら。『心の移ろいやすいお方でいらっしゃる』と、人はみな話して聞かせるけれども、私の心にはそうとは思えない。私のことをお忘れになられたかしら。いくらお忘れになったと言っても、私のことを思い出してくださることだってあるだろうと、そんなふうに考えてしまうのは、私の心があの方のことを思ってばかりいるためかしら。恋しさのあまりまんじりと眠る夜とてないのだもの、お姿を夢に見ることもかないやしない。並ぶ人なき名手と聞いていた琴の調べも、とうとう聴かずじまいになってしまったこと」などと、あれこれ考えつづけると、君を思う涙が汀まさるばかりに溢れ出てくるので、途中で見

汀《みぎは》[九二]まされば、なかなか見さして細《こま》かにひき破《や》りて、海に落《お》としつつ、

思ひきや書《か》き集《あつ》めたる言《こと》の葉《は》を底《そこ》の水《み》屑《くづ》となして見《み》むとは

とて、袖を顔《かほ》におしあてたまへるに、御心ざしの山吹《ぶき》なるも、いとど心《こゝろまど》惑ひして、

恋《こひ》しとも言《い》はれざりけり山吹の花[九三]色衣《いろごろも》　身をしさらねば

と、泣《な》く泣《く》く書《か》きつけたまふ時しも、民部《みんぶ》の大輔寄《よ》り来《く》る。

[五三]大輔30の口説きに姫君16惑乱して中納言1を思う

まほならねど、御有様を見《み》てければ、人びとのなき折をよき隙《ひま》と思ひて、懸《け》想《さう》するなりけり。

いとどかき暗《く》れ惑《まど》ふに、今ぞまことに消えはてぬべき。いとどひき被《かづ》きて、転《まろ》びのきたまふを、「などかくいぶせき御もてなしぞ。昔《むかし》の御かはりに思《おぼ》し擬《なずら》へよ。御有様《さま》、もてなしにこそ、端《はし》が端《はし》にもあらざめれ、深《ふか》き心ざしのほどは、負《ま》けたてまつらじ。何か疎《うと》み思《おぼ》す。

るのをやめて、小さく引き裂いて、海に少しずつ落としては、

こんなこと思ってもみたかしら。あの時この時に書き集めたお言葉の数々を、海の底の水屑にしてしまうなんて。

と思って、袖を顔に押しあてられたが、その袖が中納言の君から贈られた山吹色の衣であることに気づいて、なおいっそう心乱れて、

君のことを恋しいと口に出して言うこともできないのでした。くちなし色の山吹の衣を身に纏《まと》っているのでしたから。

と、泣く泣く書きつけられたまさにその時、民部の大輔30が近寄って来た。

[五三]　大輔30は、すっかりとではないものの、姫君16のお姿を見てしまったものだから、人々のいないのをよい潮時と思って、恋心を訴えるのであった。

大輔のそんな行動に、姫君はますます目の前がまっくらになるほど途方にくれて、今にもほんとうに消え入ってしまうばかりである。なおいっそう衣を頭から引き被って、ころげるようにして離れられると、大輔は、

「どうしてこんなふうに気のふさがるような態度をお見せになるのです。昔の方の身がわりと思いなしてください。お姿や態度ばかりは、端の端にも及ばないでしょうが、愛情の深さでは引けをとったりいたさぬつもりです。どうして疎疎しくお思いになるのです。遠く胡の国に赴いた王昭君という女もいたではございませんか。王昭君と同じ類とお諦めになっ

胡《こ》の国へ行きし女も侍らずや。其の類《たぐひ》にも思《おぼ》し弱《よわ》りて、一言《こと》御声をだに聞《き》かさせたまへ。

つれなくかけ離《はな》れたまふとも、かばかり洩《も》らしそめはべれば、はかなき御心に賺《すか》されてやむべきにも侍らず。この頼《たの》もし人にしたまふ人の御おもむけも許《ゆる》しきこえんと思《おぼ》しなりてこそ、かく御心ゆかぬ道《みち》にもものしたまへ。つひには逃《のが》れぬ宿世《すくせ》と思《おぼ》し弱《よわ》れ。

巌《いは》にも松は生《お》ひずやはべる。をかしき浦《うら》の景色《けしき》、山の佇《たゝず》まひをも御覧《らん》ぜよ。絵にかきたらんのみ目馴《めな》れたまへらんに、まことのけはひに眺《なが》め比《くら》べたまへ。所どころをも教《をし》へたてまつらん。かうのみ、沈《しづ》みたまひては、いとどかき乱《みだ》るるものに侍り。ひたぶる心はつかひ侍らじ。疎《うと》ましきものには思《おぼ》さで、うしろやすく思《おぼ》しなりて、思《おぼ》すらん人の御上をも語《かた》りたまへ。

なにがしが母《はゝ》なん中務《つかさ》の宮の御乳母《めのと》にてものしたまひてしかば、其のゆかりにかの宮《みや》には、親《した》しく仕《つか》うまつりはべる。

この御思ひ人なん、いとよき御仲《なか》らひにて、聞《き》こえかは

て、一言で結構ですからお声だけでもお聞かせください。

あなたがすげなく距離をおこうとなさったところで、このようにわが胸中を洩らしそめたからには、この場しのぎのかりそめのお心に騙《だま》されて、引っ込んでしまうつもりはございません。あなたが頼みになさっている人のご意向も受け入れようとお思いになったからこそ、このようにお気のすすまない旅にも出かけられたのでしょう。いずれは逃れることのできない私との宿縁であったと諦めてお従いください。

岩からであっても一粒の種から松は生い育つもの、私に恋心がある以上、いずれはあなたとお逢いすることになるのです。風情溢れる浦の景色や、山のすがたをもごらんください。絵に描いた風景ばかりは見馴れておられましょうが、実際の風光と眺め比べてごらんなさい。あちらこちらをも、そこがどこか教えてさしあげましょう。こんなふうに沈んでばかりおられては、なおのこと心鎮まるどころか思い乱れてくるものです。むやみに自分の思いを遂げるような無体なことはいたしますまい。見も聞きもしたくない疎ましい者とはお考えならずに、私を頼みになる者とご安心なさって、思っておられる方のことなどもお話しください。

私の母親[27]は、中務の宮[9]の御乳母でございましたから、その縁でかの宮には親しくお仕えしております。

このあなたがお思いの方は、宮とは親友のお間柄で、互いにおつきあいなさっておられますから、私もいつしかお近づきをえまして、慕わしいそのお人柄も、よく承知しておりま

したま《給》へば、おのづから馴《な》れたてまつ《奉》りて、なつかしき御気配《けはひ》も、いとよく見知《みし》りて侍る。

かかる御仲《中》をかけ離《はな》れたま《給》ひて、なにがしが妻《め》など聞こえさせんは、思《おも》へば忝《かたじけな》しや。さるは前《さき》の世の宿世《すくせ》も疎《おろ》かならず思ひ知《し》られて、かつはかなき己《おの》が身も心おごりせらるるにや、この《此》なめげさを御覧ぜさする」など、さまざまく聞こえつづくれど、聞《き》かれたま《給》ふべくもあらず。

いとむくつけくわびしくて、汗《あせ》も涙《なみだ》も流《なが》れ出《い》づ。「さるはかの思ひかけざりし秋の夕《ゆふ》べは、かばかりにや惑《まど》ひしにくき心かな」とみづから思《おぼ》し知《し》らる。

[五四] 侍従17の助けで、姫君16難を逃れるも衰弱する

このかずかず言《い》ひ集《あつ》むる中にも、かの御上《うへ》は耳《み》とどまりけり。「何《なに》に侍従を放《はな》ちやりつらむ」と、悔《くや》しきこと《事》さへやるかたなくて、いよいよ顔《かほ》を引《ひ》き入れて、たけきこと《事》とは音《ね》をのみ泣《な》きたま《給》ふを、見聞こえんと、上《うへ》の御衣《ぞ》かなぐり引《ひ》きしらふほど《程》にぞ、侍従帰《かへ》り来《き》たる。

この《此》人の見《み》るらんを憚《はゞか》りきこゆべきにもあらねど、うち

す。

このような中納言殿1とのご縁からかけ離れて、私の妻などと申しあげるのは、思えば恐縮至極のことではあります。とはいえ私の前世からの宿縁もなみひととおりのものではなかったのだと身に沁みて感じられて、それと同時にとるにもたりない我が身もなかなかのものと慢心する気持ちになるからでしょうか、こういう無礼な始末をお目にかけるしだいです」などと、さまざまにくどきつづけるが、姫君はお聞き入れになられるどころでない。

なんとも気味悪く困惑のあまり、汗も涙もひとつとなって流れ出てくるほどである。「といったところで、あの思いもよらなかった中納言の君と逢った秋の夕べには、これほどまでに思い惑ったかしら。はしたないわが心だこと」と、姫君ご自身で身に沁みてわかって来るのだった。

[五四] この大輔30があれやこれやとりあげて話す話題の中でも、あの中納言の君1のこととなると、心が動いて耳にしてしまうのであった。「なんだって侍従18を側におかずに出かけさせたりしたのかしら」と、悔しくわだかまる思いまでもやりばのないまま、ますます顔を衣の中にうずめて、できるせいいっぱいのこととては声をあげてお泣きになるばかりである。そういう姫君16の様子を拝見しようと、上のお召し物をひきはがそうと揉みあっている、まさにその時に、侍従が帰って来たのだった。

この侍従が見ているのを気兼ねしなくてはならないわけの

つけなるさまを見《み》えむも、さすがにまばゆくをこがましくて、出《い》でなんとす。

海松布《(みるめ)》刈《か》るかたな厭《いと》ひそかばかりに濡《ぬ》るるは海人《あま》の袖《そで》
とこそ見《み》れ

など、したり顔《がほ》に言《い》ひて、立《た》ち出づるにぞ、この御許《もと》は、「さななり」と、思ひて、

「こはあなむくつけ。御心地《こゝち》悪《あ》しきあたりに、いとどかくれて思《おぼ》さむ、いとほしく」と、言《い》ふ言ふ入り来《く》て見たてまつれば、亡《な》き人のやうにものしたまふ。

御衣《ぞ》引《ひ》きのけ、濡《ぬ》れたる御まみのほど引《ひ》きつくろひ、御湯《ゆ》参《まゐ》らせなど、よろづに試みるに、あるかなきかに消《き》え入りつつ、頼《たの》もしげなく見えたまへば、驚《おどろ》き騒《さわ》ぎて、北《きた》の方《かた》へも告《つ》げやりけるに、惑《まど》ひおはして、見たまふに、まことに常《つね》より弱《よわ》く、今いまと見《み》ゆれば、「いかさまにせん」と、思ひ嘆《なげ》く。

ものではないが、ぶしつけな振る舞いを見られるのも、さすがに気おくれがするし物笑いになりそうな気がして、大輔はその場を立ち去ろうとする。

私と逢うことを嫌がったりなさらないでください。わたしの袖は、海松藻《みるめ》を刈りとる潟《かた》の海人《あまびと》の袖のように、こんなにまで涙で濡れているのです。

など、うまく詠めたものと得意顔に歌を残して立ち去ってゆく段になって、この侍従は、「さてはこういうことだったのかしら」と事態を察して、

「これはなんておそろしいこと。ご気分すぐれない方に近くなんて、ますます悲しみにくれる思いでいらっしゃいましょう。おかわいそうに」と、言いながら入って来てご様子を拝見すると、姫君は亡き人でもあるかのようにぐったりしておいでである。

被っていた姫君のお召し物を取りのけ、涙でぬれた目もとのあたりを拭いさって、お湯をさしあげるなど、あれこれ介抱してみるが、生きているのかどうかわからないほどぐったりして、回復のきざしも期待できそうにない状態とお見えである。そこで、侍従は、驚きあわてて、北の方⑲にも知らせてやったところ、北の方は大慌てでおいでになる。ごらんになると、ほんとうにいつもよりも衰弱して、今にも絶え入ってしまうばかりに見えるので、「どうしたらよいかしら」と、悲しみ嘆く。

【五五】船を返して、祈禱するも、姫君[16]危篤

大弐も寄《よ》り来《き》て、「この《此》御有様《さま》にてはいかがはせん、御祈禱《いのり》こそ、この《此》かたには頼《たの》もしきもの《物》なれど、この《此》浦にさるべき験者《げんざ》もあらじ。まだ京も近《ちか》ければ、呼《よ》びに遣《つか》はしてん。その来《く》るらんを待《ま》たむもおぼつかなし。いかにせん」など、言《い》ひさわぐ。

「この風には、漕《こ》ぎ返《かへ》さんは、いとよかなり。荒《あら》きほど《程》にも侍らず。ただ難波《なには》へ帰《かへ》りたま《給》ひてよろしからむ」と、楫《かぢ》取《と》り聞《き》こゆれば、「さらば、さしてん」とて、漕《こ》ぎ出《い》づるに、あやにくなること《事》もなく、やがてもとの江に帰《かへ》りぬ。

宿《やど》り取《と》り出《い》でて、その《其》わたりさるべき御祈禱《いのり》の僧《そう》、ここかしこより求《もと》め出《い》でて、加持《かぢ》参《まゐ》らせさわぐ。

もの《物》のけなどにて、とみに取《と》り入《い》れたる御心地《こゝち》にもあらず。もの《物》きこしめさで、日頃に弱《よわ》くなり《成》たま《給》へば、何のかひなし。叔母《をば》君つと添《そ》ひおはして、

「いみじきこと《事》かな。目《め》をだに見開《あ》けたま《給》へ。舟心地《ふねごゝち》とのたま《給》ひしかば、世《よ》の常《つね》にこそ思ひ弛《たゆ》みしに、いかで己《おのれ》を捨《す》

【五五】 大弐[28]も近づいて来て、「このご容態ではいかんともしがたい。ご祈禱こそがこうした場合には頼みとなるものだが、この浦に効験を発揮してくれるような験者もおるまい。まだ京も近いから、呼びにやることにしよう。それにしても、その来るのを待つ間ももどかしい。どうしたものだろうか」と、冷静さを失って言う。

「この風ですと、漕ぎ返すにはお誂《あつら》えむきです。烈しいというほどでもございません。まっすぐ難波にお戻りになるのがよろしいでしょう」と、舵取りがすすめるので、「ではそうすることにしよう」と、船を漕ぎ返しはじめたところ、折悪しき風の吹くこともなく、たちまちに出発した入江に戻ることができた。

宿を探し出して、その地の効験をあらわすことができそうな祈禱僧を、あちらこちらから探し求めてきて、あわてふためいて加持をしてさしあげる。

物のけなどが因《もと》で、急に悪くなったご容態というのでもなく、物を召し上がらず、日々に衰弱なさったものだから、なんの効き目もあがらない。北の方[19]は姫君[16]のそばをじっと離れず付き添って、

「なんて悲しいこと。せめて目だけでもおあけくださいまし。船に酔った気分とおっしゃったので、世によくあるお苦しみなのだろうと気を許しておりましたうちに、どうしてこの私を見捨ててあの世にゆこうとまでお思いになられるのですか。京にお残ししなかったことも、姫君を疎略に扱ったと

てて行《ゆ》かんとは思《おも》ひなりたまふぞ。京に留《と》めたてまつらずなりにしも、おほかたにや思《おぼ》す」など、ただ泣《な》きに泣《な》きて、聞こえたまへど、答《いら》へもえしたまはず。

[五六] 姫君⑯亡くなる。荼毘に付す

かくして、二日といふあけぐれに、消《き》えはてたまひぬ。

北《きた》の方《かた》いみじと惑《まど》ひたまふこと、言《い》はんかたなし。

むつかしげにも見えず、いと清《きよ》らにらうたげにて、ただ寝《ね》入《い》りたらむ人のさまして、ささやかに臥《ふ》したまへるを見《み》る心地《ここち》ども、惜《あたら》しともなかなかなり。大弐もよよと泣《な》きぬ。民部《みんぶ》の大輔《たゆふ》に言《い》ひあはせて、むなしき骸《から》を取《と》り出《い》づるほど、あるかぎり泣《な》きののしる。この人はましてせきとめんかたなく、「かくながらだに見《み》る世《よ》の中のならひもがな」と胸《むね》も拉《ひし》げて思《おも》へり。

[五七] 侍従⑰、入水するも助けられ、尼となる

そのわたり近《ちか》き御津《みつ》の寺《てら》の法師《(ほふ)し》語《かた》らひ出でて、煙《けぶり》となしたてまつる。

侍従なん生《い》くべき心地《ここち》もせず。とある

お思いなのですか」などと、ただ泣くばかりのありさまで話しかけられるが、姫君はご返事もなされない。

[五六] こうして、二日という明けぐれの時刻に、姫君⑯はお亡くなりになった。

北の方⑲が悲しいと思い惑われるありさまは、言いようもない。

姫君はうとましい感じにも見えず、ほんとうに美しく愛らしい様子をして、ただ寝入っているだけの人のようで、ちんまりと横になっておられるお姿を見る人びとの気持ちは、もったいないことと言ったところで言葉足りるものではない。大弐㉘もおいおいと泣いた。民部の大輔㉚に相談して、亡骸を運び出す間も、その場にいる人たちはみな声をあげて泣く。この民部の大輔は、まして涙のとどめようもなく、「せめて屍《まま》の状態でもいいから長く見ていられる世の習いがあればいいのに」と、胸もひしゃげる思いでいた。

[五七] その辺り近くの、御津寺の法師に頼み込んで、姫君⑯を荼毘《だび》の煙にお付しする。

侍従⑰は、生きてゆける気持ちも失せて、ああいうことにもこういうことにも、姫君のお傍を離れずにいるのがあたりまえのことになっていたから、荼毘の煙にもたち遅れまいとこと《事》にもかかること《事》にも、離《はな》れたてま《奉》つらでならひにしに、煙《けぶり》にも立《た》ち遅《おく》れじと泣《な》き焦《こ》がれて、やがて海に転《まろ》び入りけるを、人《〻》びと早《はや》く見つけて、引《ひ》き助《たす》けてけり。

「かくまで思ひ入りぬるは、あり《有》がたきこと《事》なれど、独《ひと》り持《も》たる子を失《うしな》ひてだに、かばかりに思ひなるは、かたきわざになむ。まづは我《われ》こそかくある《有》べき道なれど、亡《な》き人のため、異《こと》なる後《のち》の世《よ》の功徳《くどく》ともならざらんもの《物》から、かへりて罪得《つみう》べきこと《事》と思ひかへせば、さはひたみちにも思ひなられず」など、泣《な》く泣く《く》諫《いさ》めたま《給》へば、

「さらばかたちをやつして御墓《はか》の宮仕《みやづか》へをだに」と、せちに聞こえて、尼《あま》になり《成》ぬ。

かの御装束調度《さうぞくてうど》やうのもの《物》、さるべきは仏《ほとけ》に供養《くやう》し、尼《あま》君にも賜《給》はせ、また《又》かうながら、世《よ》の中をわたるべきかたも懇《ねん比》ろに思ひやりたま《給》ひて、はかなく七日も過ぎぬれば、悲《かな》しとても、かくても月日を経《ふ》べき道《みち》にもあらねば、舟《船》漕《こ》ぎ出《い》だして下《くだ》りたま《給》ふに、「現《うつゝ》とも思《おぼ》えず」とて、北《きた》の方《かた》は、涙《なみだ》のいとまなくて海《うみ》も深《ふか》くなる心地《こゝち》したま《給》ふ。

泣き焦がれて、たちまち海に転がり込んだのを、人びとがいちはやく発見して、引き上げ助けたのだった。叔母君19は、

「これほどにまで思いつめるのは、ありがたいことだけれども、親が一人っ子を亡くしたって、このように死ぬ気にまでなるのは、なかなかできないことです。まず私こそ後を追うのがふさわしい道でしょうが、そうしたところで亡くなった人のためには、この世と異なる後世の功徳ともならないものですのに、かえって往生の妨げとなる罪障になろうと思い直してみるものですから、そのようにいちずには思えないでいるのです」などと、泣く泣くお諫めになるので、侍従は、

「それでは出家して、お墓の宮仕えだけでもいたしとうございます」と、どうしてもとお頼みして、尼となったのであった。

姫君のお召し物やお道具類のうち、相応のものは仏に供養として捧げ、尼君となった侍従にもお与えになり、さらにまたこのまま尼としてこの世を過ごしてゆくことができるようその手だても、こまやかな心づかいを先々まで心配なさっているうちに、たちまち七日も過ぎてしまった。悲しいからといっても、こうして月日を送ることのできる旅でもないので、一行は船を漕ぎだして筑紫へとお下りになるが、「現実《うつつ》のこととも思われない」と言って、北の方は涙の止まる時とてなく流して、涙で海が深くなるほどの気になられるのであった。「ついちょっと口になさる一言も、人を引きつける魅力がおありだったのに」と、娘たちもお慕い申しあげるのであった。

「はかなうのたまひ出《い》づる一言も、なつかしうものしたまひしものを」と、娘《むすめ》どもも恋ひきこえけり。

〔五八〕中納言[1]、葎の宿に文を送り、女君[16]の死を聞く

まことや、かのありし葎《むぐら》の宿《やど》りへは、立《た》ちたまへりしまたの日、御文《ふみ》ありけり。門鎖《さ》して人気《け》も見《み》えねば、「もの詣《まう》でやしたまひし。さるにても一人二人《ひとりふたり》は留《と》めたまはぬやうはあらじを。あやしくもありけるかな」と、こなたかなた見巡《めぐ》らせど、影《かげ》だに見《み》えねば、この隣《となり》に寄《よ》り来《き》て、「しかじか《く》」と、尋《たづ》ねければ、主《あるじ》の女出《い》で来《き》て、まづうち泣《な》きて言《い》ひやるかたなし。いとど心得《え》ず思ふに、聞こゆるやう、「このあなたにものしたまふ姫君の御後見《うしろみ》は、如月《きさらぎ》の頃《ころ》ほひより、大弐の北《きた》の方になりて、近《ちか》きほどに筑紫《つくし》へものせんと出《い》で立《た》ちたまふを、いと悲《かな》しうしたまひて、泣《な》き沈《しづ》みてものしたまふと聞《き》きたまへしが、俄《には》かに絶《た》え入らせたまひしかば、『あまりいみじとものを思《おぼ》したるにこそ。さりともいたづらにはならせたまはじ』と、思ひあつかひたまひけるに、かばかりにかぎりける御命にや、げに其のまま

〔五八〕　そうであった。件《くだん》の葎の宿へは、姫君[16]が出立なさった翌日、中納言[1]からのお手紙が届けられたのだった。

使いの者は、門を閉ざして人の気配も感じられないので、「物詣でに出かけられたか。それにしても、留守居のひとりふたりは宿にお残しにならないわけはあるまいに。訝《いぶか》しいことではある」と、あちらこちら見てまわったが、人影さえ見えない。そこで、この隣の家に立ち寄って、「こうこうだが」と尋ねたところ、その家の主の女[31]が出て来て、口を開く先から涙をこぼして言葉にならないありさまである。ますます不審に思っていると、その女が話すには、

「この隣にお住まいの姫君のお世話役[19]は、二月の時分から、大弐の北の方になって、近いうちに筑紫に下向するつもりとご出立になられるのを、姫君はたいそうお悲しみになって、泣き沈んでおられると聞いておりましたが、にわかに気を失われたものですから、『悲しみのあまり悩みわずらわれたのだろう。とはいえ、このままお亡くなりにはなるまい』と、看病なさっておりましたが、これまでと定められたご寿命であったのか、ほんとうにそのままお亡くなりになってしまったので、誰もみな言葉もなく嘆いたのでございました。昔物語には、こうしたことは聞き伝えていることでございますが、じっさい、間近に見た話でございます」と語って、忌まわしいばかりに泣いた。

にて、絶《た》えはてたまひぬれば、誰も誰も言《い》はむかたなく思ひ嘆《なげ》きたまへし。昔《むかし》ものがたりにこそ、かかることは聞《き》き伝《つた》ふることに侍るを、目《め》に近《ちか》くも見たまへしかな」とて、まがまがしううち泣きぬ。

[五九] 隣家の女31、女君16の死の事情を騙る

あるべきことども思ひかけねど、「なげのあはれをつくり出でむに、その人に近《ちか》き縁《ゆかり》にてだに、かうまで涙《なみだ》の落《お》ちぬべきにもあらぬを、ましてよそに聞《き》くらんあたりを、かばかり見ゆるは、浮《う》きたることにはあらじ」と、思ひたどられて、「いとこそあやしきわざには侍れ。いかで『かくなむ』とは、告《つ》げたまはざりし。御骸《から》はいかがしたまひてし」と、問《と》ふ。

「御悩《なや》みのわたりへ聞こえさせても、今はかひなきものから、かつはまことしう思《おぼ》すべき御仲にもあらず、数《かず》ならざらん身の何《なに》かはとて、やがてその夜忍《しの》びて煙《けぶり》になしたてまつりたまふ。

御しるしさへここに残《のこ》したまはぬは、筑紫《つくし》にと思ひたまへるなるべし。かの今《いま》の殿《との》には、明日明後日《あすあさて》のほどに門出《かどで》

[五九] ほんとうの話と受けとめることもできないが、「見せかけの悲しみを装ってみせたところで、その人に近い縁者であってさえ、これほどまで涙の落ちそうにもないのに、まして他人の話として聞いたところで、これほど嘆いている様子は、根も葉もない話ではあるまい」と次々に考えをたどってみて、

「ずいぶん不審な話でございますね。どうして『こういうわけです』と、お告げにならなかったのでしょうか。お亡骸《なきがら》はどうなさいましたか」と、尋ねる。

「ご病人のある方のところにご連絡したところで、今となってはかえらぬこと、それにまた表立ってお考えくださっている姫君との仲でもなく、物の数でもない身がどうしてお知らせできようかと、そのままその夜こっそりと、荼毘《だび》の煙にお付しになられたのです。

お形見となるものまでも、ここにお残しにならなかったのは、筑紫に持ってゆこうと思いになったのでしょう。あの新たな殿が、明日明後日のうちに門出するつもりだと、お話しになられたものですから、こうした穢れをお避けにならなければいけない時ですので、あちらの方にも深く秘しておられ

したまふべきと聞こえたまへば、かかる穢《けが》らひ、忌《い》みたまひぬべきをりなれば、あなたざまにも深《ふか》う隠《かく》し聞こえたまひし」など、つきづきしく聞こえなす。

「さらばかくこそ申さめ」とて、帰《かへ》りぬ。

[六〇] 中納言①、大輔㉚の介在を疑う

参《まゐ》りて、有様詳《さまくは》しく聞こえさすれば、

「たとへさることあらんにつけても、使《つか》ひの来《き》たらんに、『かく聞こえよ』と、聞こえおく文などは残《のこ》すべきを」

と、のたまふ。

「それなん尋《たづ》ねはべりしに、『かの御後見《うしろみ》は少《すこ》しなほなほしき人にて、己《おのれ》を慕《した》ひてかくなりたまひぬるを、いとほし悲《かな》しとも深《ふか》く思ひたらで、行く道にのみ心をやりて、慌《あわ》ただしく急《いそ》ぎ立《た》ちたまひしかば、さやうのかたはよも思《おも》ひ寄《よ》りたまはじ』と、こそ聞こえはべりつれ」と、申すに、まことにやと思《おぼ》し寄《よ》るも、夢《ゆめ》の心地《こゝち》ぞする。

「大弐と聞《き》けば、その子の大輔《たゆふ》などや率《ゐ》て隠《かく》しつらん。懸《け》想《さう》じ寄《よ》らむに難《かた》かるべき住まひかは。みづからの本性はた

ました」などと、もっともらしくお話しする。

「では、そういうふうに申しあげよう」と言って、使者は帰っていった。

[六〇] 中納言の君①のもとに帰参して、事情を詳しく報告申しあげたところ、

「たとえそういうことがあるにしても、使いの者が来たら、『こうこうお話し申しあげよ』と、伝えおく手紙などは残すのが当然だろうに」と、おっしゃる。

「それを尋ねましたところ、『あのお世話役⑲は少し慮《おもんぱか》りに欠けるお方で、自分を慕ってのあまり、このようにおなくなりになったのに、かわいそうだ、悲しいと深く嘆くでもなく、これからの旅路ばかりに心奪われて、あたふたと支度をととのえてご出立になったので、そうした心遣いまではとてもお考えつかなかったのでしょう』と、話しておりました」と、申しあげるので、では本当のことなのかと思うにいたるのも、夢のような気持ちがする。

「大弐㉘と聞くからには、その子の大輔㉚などが姫君⑯を連れ出して隠したのではなかろうか。思いを寄せて近づくには、入るに堅固な住まいではない。ご本人の生まれつきの性質もまたおっとりとやさしげで、気丈に拒めるような強いところはなかった。どんなふうに思いをかけられてさすらい出ていったことか。私がかわいいと思っていたのだから、そうは言

柔《やは》らかになつかしうて、強《つよ》きところはなかりきかし。いかに思ひ懸《か》けられて、はふれ行きけん。あはれと思ひしかば、さりとも我《われ》を忘《わす》るるにはあらぬものから、心の外にこそ率《ゐ》てゆかれつらめ」と、まだ疑《うたが》はしきかたは添《そ》ひぬれど、かうさださだと聞《き》きたまふには、徒《あだ》なる命を頼《たの》み疑《うたが》ひたまふべきにもあらねば、またうちかへし、なき道《みち》に思《おぼ》し弱《よわ》るに、いみじう悲《かな》し。

［六二］女君16を自邸に迎えなかったことを悔いる

「もとよりまことしう思ふべき人にはあらぬものから、なほ心より外にかくてあらんほどの慰《なぐさ》めには、ますことなくこそあはれなりしか。ここに忍《しの》びて渡《わた》してましを。さりとてそのほどにかぎりたらん命のはかなさは、必《かなら》ずそれによるべきならねど、目の前《まへ》の別《わか》れは悲《かな》しさの一筋《すぢ》こそあらめ、かつおぼつかなき嘆《なげ》きまでは添《そ》へざらましを」と、取《と》り集《あつ》め思《おぼ》しつづくるに、らうたかりし面《つら》つき、なつかしかりし気《け》配《はひ》は、ただうち向かひたる心地《こゝち》したまふに、やがて御涙《なみだ》の催《もよほ》すつまにぞありける。

ってもわたしのことを忘れたわけではないものの、思いに反して連れてゆかれたのだろう」と、まだ信じられない気持ちが湧いてはくるが、こうこうしかじかとはっきりとお聞きになると、はかない命をまだ生きているのではないかとあてにして、お疑いできそうなことでもないから、また一転して、今は死出の道をたどっているのだと心弱く考えると、悲しくてたまらない。

［六二］「もともと正式な妻として待遇しなければならないような人ではなかったけれども、やはり自分が俗世にある間の慰めとしては、この上なくいとしい人であった。この邸にひそかに引き取ってしまうのがよかったのだが。そうは言ってもいついつとあらかじめ決まった定命のはかなさは、必ず引き取ったからといって変わるものではなかろうが、目の前での死別は、その悲しさはいちずなものがあるにしても、一方では事情不審の嘆きまでは加えなくてすんだろうに」と、あれもこれも一緒くたに思い続けになられると、愛らしかった顔つき、やさしかった気配が、まるで眼前で向かい合っているかのように感じられて、たちまちに涙を流すよすがとなるばかりなのだった。

〔六三〕中納言1、落花を見て、女君16を追想する

御心地《こゝち》の少《すこ》しよろしく思《おぼ》さるる頃なれば、例《れい》の我《わ》が御方《かた》にて眺《なが》めたまふに、[九八]「空《そら》に知《し》られぬ雪」と、降《ふ》りゆく庭の景色《けしき》にも、[九九]「いづれかさきに」と、まづ思《おぼ》さるるに、[一〇〇]「『なほ移《うつ》ろはん』と、言《い》ひ来《こ》し日の、見《み》しさきざきよりも、あはれに心とどめしは、さはそれがかぎりなりけり。なほ立《た》ち帰《かへ》りきこえてだに、気色《けしき》も見るべかりきを」と、それさへ返《かへ》す返す悔《くや》し。

我《われ》もさこそ惜《を》しみしものを桜《さくら》花などもろともに散《ち》らず
　なりけむ

[一〇一]日は入《い》りはてぬれど、ひかりはなほ残《のこ》れるに、薄黄《うすき》ばみたる雲《くも》のたなびきたる空《そら》は、あはれなることに言《い》ひおきしを、[一〇二]もの思ふごとに眺《なが》められたまふ御心には、ましておほかたならざらんや。

今はただむなしき空《そら》を仰《あふ》ぎつつたなびく雲を形見《かたみ》とや
見《み》む

〔六三〕　母上6のご病気が小康を得たとごらんになられる頃なので、中納言の君1はいつものようにご自分のお部屋にいて、思いにふけって外を見ておられると、桜の花びらが「空には知られぬ雪か」と思うばかりに降り落ちてくる。そんな庭の風情につけても、「いったい花と人の命とどちらが先に散るのであろうか」と、すぐさま世の無常をお考えになると、女君がかつて「『あなたのほうが心変わりをなさるのではないかとばかり心配になります』と歌を贈ってきた日のことが、それまでに逢ったどの時よりもいとしいと心に残ったのは、それではあれが最後の逢瀬だったのだ。やはりせめてもう一度便りを出して、女君の様子をうかがうべきだったのに」と、そんなことまで思うたびに悔やむ気持ちが湧きあがってならない。

　私もあれほどまでいとおしく思っていたのに、桜の花びらが散るように、どうしてあなたとともに私も死ななかったのだろうか。

　日はすでに沈んでしまったが、光はなお空に残っていて、淡い黄味を帯びた雲がたなびいている空は身にしみてあわれである、と古人は言い残したが、物思いに沈むたびに眺めやられてしまう君のお心には、ましてなみひととおりのあわれではないであろう。

　今はただむなしく空の煙となったあなたを偲んで、空をふり仰いでは、たなびく雲を形見と思ってみることにしようか。

[六三] 中納言[1]、女君[16]の死をよすがに、勤行に励む

何《なに》につけても紛《まぎ》らはしがたきに、有明《あけ》の月もやうやう高《たか》くさし出でたり。

[一〇三]「かばかりは慰《なぐさ》めかねじ更級《さらしな》やをば捨《す》て山の月にはありとも

思《おも》へばいとよしかし。入りがたき道《みち》の導《しる》べには、なほこの嘆《なげ》きの繁《しげ》きこそたつきにはならめ」と、いとどこの世《よ》をかりそめに思《おぼ》しならるるには、なかなか嬉《うれ》しき契《ちぎ》りなりしを、あひ見し初《はじ》めつかた、絆《ほだし》にやなど思《おぼ》えて、馴《な》れゆくさへ厭《いと》ひて、途絶《とだ》えがちなりけんよ」と、またうちかへし悔《くや》しきは、なほ口惜《くちを》しき心のほどと、みづから思ひ知《し》られたまひて、御行《おこな》ひをいとまめやかにしたまふ。

[六四] 母上[6]、女君[16]の死に心痛、縁談に耳をかさない

かの人の七日七日の法事《(ほふ)じ》ども、横川《よかは》のなにがしの僧都は、日頃の御得意《とくい》なりければ、のたまはせつけて、尊《たふと》くせさせたまふ。

御心にも、ただ今日《けふ》今日と思ひたちたまへど、この御心《こゝ》地《ち》を見たてまつり捨《す》てんことはいかにもかたく、あはれに

[六三] なににつけても悲しみの気持ちを紛らわしようもなくているうちに時が経過して、有明の月もしだいに中天高く輝き出た。

「この私ほどには心慰めできかねたということはなかろう。あの姨捨山に出る月を見て嘆いた昔の人の悲しみと比べてみても。

考えてもみると、よい機会ではある。容易に入ることのできない仏道へのみちびきには、やはりこの絶え間ない嘆きこそが、かえって出家を遂げる方便となろう」と、ますますこの世を仮初のものとお思いになられるにつけては、かえって嬉しいと考えてよい因縁なのであった。それなのに、女君[16]と契りを交わした当初は、俗世を離脱したいという志の妨げになるのではないかと思われて、馴染みを深めることまで避ける気持ちがはたらいて、「途絶えがちにしか通わなかったことであった」と、またあらためて悔やむ気持ちが沸き上がってくる。それはやはり、自分の度量がこの程度の情けないものでしかなかったのだと、自ら身にしみて悟られて、勤行をたいそう真剣におつとめになる。

[六四] かの女君[16]の七日七日ごとの忌日供養は、横川の某僧都が、日頃からご昵懇の間柄であったから、僧都にご依頼になって立派に営まれる。

ご自身の心の中でも、すぐさま今日にも出家したいという気になられるが、このご病気の母上[6]をお見捨てすることはいかにも実現困難なことであるし、そんなことをしたら心底

忝《かたじけな》きかたはまさりたまへば、「行《ゆ》く方《へ》なく聞《き》かれたてまつらんことはあるまじく、かくもの思ふ気色《けしき》も御覧じ知《し》らば、苦《くる》しきかたてにいとほしく思《おぼ》し乱《みだ》れむ」と、それさへ漏《も》らしたまはねど、かくなど候《さぶら》ふ人びと忍《しの》び聞こえてければ、いみじう悲《かな》しと思《おぼ》す。

「すべて何事も心に入らんことはあるまじき頃《ころ》しも、その気色《けしき》さへ見せずもて消《け》ちて、いつとなき心地《こゝち》のむつかしさを、あはれにものしたまふこと」と、愛《かな》しう思ひきこえたまふこと」と、世《よ》の常ならず。

「かく見《み》させたまふよに、右の大臣《おとゝ》へ渡《わた》りたまはなん、よろしかるべき。嬉《うれ》しと御覧《らん》ぜむに、爽《さは》やぎたまふこともあらん」など、中宮中務《つかさ》の宮《みや》など、聞《き》こえさせたまふ。

上もさ思《おぼ》したれど、かかるほどにはあるまじきこととうるさがりたまふに、この人知《し》れぬ御嘆《なげ》きさへうち添《そ》ひたれば、いとどいかにといとほしくて、この頃は、上《うへ》さへもろともに聞《き》き入れたまはぬを、世《よ》の中には、ひがひがしきやうに聞こゆる人もあるべし。

畏れ多いと思う気持ちがまさってこられる。であるから、「自分の行方がわからなくなるようなことをお耳に入れてはならないし、こんなふうに悩んでいる様子もおわかりになったら、ご病気でお苦しみの一方《いっぽう》で、私のことを不憫に思ってお心を乱しなさるであろう」と考えて、姫君の死の話さえお漏らしにならない。だが、こういう事情でございますとおそばの女房たちがこっそりお話ししてしまったものだから、母上はたいそういたわしいことと心揺さぶられる思いになられる。

「まったくほかには心を分けることなどできる余裕のあるはずのない折りであるのに、そんな悲しみのそぶりさえ見せないようにふるまって、いつ治るともしれない私の病気を、心こめて看病してくださること」と、中納言の君①をいとおしくご案じになられること、なみひととおりではない。

「母君がこんなふうにお元気にお見えのうちに、右大臣の姫君⑩のもとにお渡りになられるのがよろしいでしょう。嬉しいとごらんになったら、ご病気のよくなられることもあるでしょう」などと、中宮②や中務の宮⑨などがお話しになられる。

　母上もそうはお思いになったが、中納言は、「母上がご病気というような時などにあってはならない話である」とお嫌いになられるうえに、この女君の死という人には知られぬお嘆きまで加わったものだから、母上はなおいっそうのこと君がどんなに悲しんでいることかと思うと、かわいそうでならず、この頃は、母上もごいっしょになって結婚話に耳を傾け

[六五] 母上[6]出家して、病状さわやぐ

なほ御心地《こゝち》の頼《たの》もしげなく思《おぼ》えたまふままに、御髪《ぐし》下《お》ろしたまふ。さるは故殿《ことの》の、隠《かく》れたまひしほどにと思《おぼ》し立《た》ちしかど、「かはらぬ御さまにて、大臣《おとゝ》へ御渡《わた》りのほどをもあつかひ、御覧ぜられんはよろしかるべし」など、かたがたより聞こえたまへば、今まで過《す》ごしたまうてけり。

四十《よそぢ》に一つ二つ余《あま》りたまへば、まだいと若《わか》うをかしき御さまなればあるもあるも悲《かな》しと惜《を》しみきこゆ。されど、忌《い》むことの徴《しるし》にや、こよなく爽《さは》やぎたまひて、祭《まつ》りの頃は、常《つね》のおましにも出《い》でたまへば、中納言殿《どの》をはじめ誰も誰も嬉《うれ》しう思ひきこえたまふ。

今少《すこ》しなごり残《のこ》りたれど、「かばかりに見《み》えたまへば、心《こゝろ》もとなきほどにもあらず」とて、君は内裏へ参《まゐ》りたまふ。

[六六] 中納言[1]中務の宮[9]邸に立ち寄り若君[33]をあやす

帰《かへ》さに中務《つかさ》の宮《みや》へ渡《わた》りたまへば、宮《みや》は上《うへ》の御方《かた》にて、若《わか》君をもてあそびておはしますほどなりけり。

「かくなん」と、御消息《せうそこ》聞こゆれば、

ようとなさらないのを、世間では、事情のわからぬままに、ひねくれた態度であるかのように陰口をきく人もいるようである。

[六五]　母上[6]はあいかわらずご容態が頼りなくお感じになられたので、髪を下ろして出家される。じつは亡き殿[3]がお隠れになられた時にその気になられたのだが、「尼姿ではなく変わらぬお姿で、中納言の君[1]が結婚して右大臣[11]家にお通いになるまでお世話して、そのお姿をごらんになるのがよろしいでしょう」と、ほうぼうからお宥《なだ》めなされたものだから、これまで出家することなく、過ごしてしまわれたのだった。

お齢は四十を一つ二つ越えられたほどで、まだずいぶんと若くお綺麗なお姿であるから、誰もみな悲しいこととお惜しみする。しかし、戒を受けた効験であろうか、かくだんにご気分さわやかに元気を取り戻されて、賀茂祭の頃には、床を離れてふだんのお居間にお出ましになられたものだから、中納言殿をはじめ誰も彼もみな、うれしくお思いになる。

まだ病後のおやつれは感じられるけれども、「これほどご回復の様子にお見えだから、もう心配でたまらないほどではない」と思って、中納言の君は、宮中に参内なさった。

[六六]　その帰りに、中務の宮[9]邸にお越しになると、宮は、北の方[7]のお部屋で、若君[33]を相手に遊んでおられるところであった。中納言[1]が、

「お伺いいたしました」とご挨拶を申し入れると、

「こなたに」とて、母屋《もや》の御簾《みす》下《お》ろして、入れたてまつりたまふ。

「ただ今《いま》などは思ひかけざりしに、めづらしき御渡《わた》りかな」と、御直衣《なほし》引き繕《つくろ》ひ、御茵《しとね》参《まゐ》りそへて、御対面《對》あり。

「いかにおはすべきにかと、内《うち》うちにも嘆《なげ》きたまへしに、かく平《たひ》らかにものしたまふこと、御心にも劣《おと》らず思《おぼ》しめす」など、聞こえたまふ。

「例のあつしさにも侍らず、いと苦《くる》しげに見《み》えはべりしかば、ただ今《いま》かう爽《さは》やぎたまふべくも思うたまへらざりしに、あやしきまで御心に入れきこえさせたまふ御とぶらひの、疎《おろ》かならぬ力《ちから》にやと、喜《よろこ》び思うたまへる」など、畏《かしこま》りきこえたまふに、若君《わか》御簾《す》を引《ひ》き着て、いとうつくしき御顔《かほ》にて、さし出《い》でたまへるを、中納言の君、扇《あふぎ》にて招《まね》きたまへば、すがすがと奥《（あう）》なく走《はし》りおはして、膝《ひざ》につい居《ゐ》させたまふ。いとらうたくて、

「久しく見たてまつらざりしほどに、こよなくも大人《おとな》びさせたまへるかな。某《なにがし》が子にならせたまへらむや。さらばい

「こちらにおいでください」と、母屋の御簾を下ろして、中納言を中へと招じ入れられる。

「ほかならぬ今の今おいでくださるとは、思ってもみませんでしたのに、久しぶりのお出ましですね」と言って、ご自身の直衣の乱れを整え、お座蒲団をさしあげて、お会いになる。

「母上⑥のおぐあいどんなでいらっしゃるかと、私も心ひそかに嘆じておりましたが、このようにご平癒とのこと、あなたのお気持ちにも劣らぬほど私も喜びに思っております」などと、お話しになられる。

「いつものご病状ともちがっておりまして、ひどく苦しいふうにお見えでございましたものですから、すぐにはこのようにご本復になられようとも思いませんでしたが、これも恐れ多いほどに深くお心こめてくださったお見舞の、ひとかたならぬお蔭によるものかと、喜びに思っております」などと、お礼を申しあげられる。そこに、若君㉝が下ろされた御簾を引きかぶって、たいそう愛らしいお顔で覗き込まれたのを、中納言の君が扇で手招きをなさると、さっさとためらう様子もなく走ってらして、膝の上にちょこんとお座りになる。かわいさのあまり、

「長いこと拝見しないうちに、ずいぶんと大きくなられましたね。私の子におなりになりませんか。そうしたらもっともっとかわいがってさしあげますよ」と、お話しになると、若君はこっくりうなずかれる。

「父宮さまと私とでは、どちらがお好きですか」と、お訊ね

とど愛《かな》しう思ひたてまつらん」と、聞こえたまへば、頷《うなづ》きたまふ。

「宮《みや》の御前《まへ》とは、いづれか思《おぼ》す」と、のたまへば、宮の御方《かた》を見《み》やりて、ものしげにためらひ居《ゐ》たまふを、

「なほなほ」と、聞こえたまへば、耳《み》にうつくしき御口《くち》をあてて、

「己《おのれ》を思ふぞ。宮はむつかりて憎《にく》し」と、ささめかせたまふさまのいは《わ》けなくをかしきに、宮《みや》、

「何《なに》なに」とて、近《ちか》く寄《よ》らせたまへば、いとど首《くび》に掻《か》い付《つ》きたまひて、

「率《ゐ》て立《た》ちね」と、身を揉《も》ませたまふに、いみじうらうたくをかしくて、抱《いだ》きたてまつりて、例《れい》の客居《まらうどゐ》の方《かた》におはしたれば、宮も渡りたまひて、御ものがたり濃《こま》やかに聞《き》こえおはすに、暮《く》れはてぬ。

〔六七〕中納言[1]、中務の宮[9]に、女君[16]のことを話す

御前《おまへ》の[104]橘《たち花》のいとなつかしううち香《かを》るを、避《よ》きて[105]ほととぎすのいづち行くらん、忙《いそ》がしげに鳴《な》きすてて過《す》ぐるも、この頃《ごろ》は

になると、父宮のほうを見やって、困ったふうに返事をためらっておられるのを、

「さあさあ」と、ご返事を催促なさると、中納言の君の耳にかわいらしいお口をあてて、

「おまえのほうが好きだよ。父宮はお小言があるから気に入らない」と、小声でささやかれる様子がいかにも幼子らしくてかわいらしい。宮が、

「なになに」と言って、近くに寄ってこられると、なおのこと君の首にひしとしがみつかれて、

「あっちへ連れていって」と、身体を揺すってせがまれるので、なんとも愛らしくかわいくて、若君をお抱きしたまま、いつもの客間のほうにおいでになったところ、宮もそちらにおいでになられて、お話を懇ろにかわしておられるうちに、すっかり日が暮れてしまった。

〔六七〕　お庭前《にわさき》の橘の花が、まことになつかしく香って、昔の人を偲ばせるかのようである。それなのに、橘の香に立ち寄らずに、ほととぎすは、どこに飛んでゆくのか、忙しげに鳴きすてていってしまう声も、近頃は平生より身にしみて耳

常《つね》よりあはれに耳《み》とどまりて、ふと、
時鳥恋《こ》ふると告《つ》げよ亡《な》き人に死出《しで》の田長《たをさ》と名《な》には立《た》た
ずや
と、思ふこと《事》とて言《い》はれたま《給》ふを、
「あやし。ところ《處》こそ」と、紛《まぎ》らはしたま《給》へど、宮はいと
疾う聞《き》かせたま《給》ひて、
「立ち帰り鳴《な》きて知《し》らせよ時鳥いかなる人の別《わか》れなるら
ん
かばかり思ひたま《給》へらむことを、つれなく忍《しの》びたま《給》ふは、
なほ心《こゝろ》の隈多《くまおほ》く隔《へだ》てたま《給》へり」と、恨《うら》みたま《給》ふ御さまのを
かしく、あながちに隠《かく》すべきにもあらず、心ひとつに苦《くる》し
きを聞こえてだに、慰《なぐさ》まほしければ、え包《つゝ》みたま《給》はで、
「過《す》ぎし秋の紅葉の帰《かへ》さに、葎《むぐら》の宿《やど》り、見《み》入りて侍りしに、
らうたげなりし人の閉《と》ぢられたらんは、いかが思ひの外に
をかしうあはれ《哀》に思《おぼ》えはべ《侍》らざらん。くねくねしう賢《さか》しら
だつものも見《み》えず、あはれに心やすく、まことになにがし
が縁《よすが》と頼《たの》むべきに、ゆゑづきたる人に侍りしかば、時どき

に残って、たちまちに、

ほととぎすよ。私が恋い慕っていると亡き人に伝えておくれ。おまえは死出の山を越えて冥界を行き来する死出の田長として世に知れているではないか。


と、心に思っていることとて、つい口に出してしまわれたものだから、中納言[1]は、

「礼を失しまして。宮[9]の御前という所もわきまえませず」

と、紛らわしなさるが、宮は耳敏くお聞きになられて、

「もういちど舞い戻って教えておくれ。ほととぎすよ。おまえが鳴いて飛び去るのは、いったいどういう人との悲しい別れがあったからなのだろうか。


これほどまでにお嘆きでいらっしゃることを、表に出さずに秘めておられるのは、やはり心の奥底で私に隠していることがたくさんあって、隔てをおいておいでになるのですね」と、恨み言を口になさるご様子が中納言にはおかしくて、どうしても隠しとおさなければならないことでもなく、自分の胸ひとつに収めていては苦しい話を、せめて打ち明けて自分の心を慰めたいと思うものだから、包み隠しきれずに、

「去年の秋の紅葉刈りに出かけました折り、あの帰り道、葎の生い茂る宿が目に入ることがございまして、そういうところに、いかにもいたいけな女が閉じこめられておりますなら、どうして思いがけなさに興をそそられ、心を動かされないことがございましょうか。心ねじけたお節介風《かぜ》を吹かせる者もおりませんで、いとおしくて心のどかな気持ちになれ、

罷《まか》り通《かよ》ひて、世の中の憂《うれ》はしさも、互《かたみ》に聞こえかはすにつきなからず、彼《かれ》はたまして背《そむ》くべくも見えはべらざりしかば、いとどうち捨《す》てがたくて、過ぐしたまへしに、この弥生《やよひ》の末《すゑ》つかたに、『俄かに失《う》せにき』と、聞きつけたまへしかど、目《め》の前のいみじさを捨《す》てて罷《まか》るべきにも侍らざりしほどに、其のほどのことはおぼつかなくて過ぐしたまへしかど、さすがに忘《わす》れがたくて、かく咎《とが》めきこえさせたまふまでに御覧ぜられしこと」と、語《かた》りきこえたまふに、宮、「いとはかなくあはれなりけることかな。かう月頃ありしに、その気色《けしき》も見せたまはざりしはこよなき聖《ひじり》心かな」と、聞こえたまふ。

［六八］中納言①、葎の宿を過ぎ、感慨に耽る

帰りたまふとて、かの葎《むぐら》の門《かど》おはし過ぐるに、いとど荒《あ》れぬる心地《こゝち》するに、月のみ昔ながらにさし入るもあはれ少《すく》なからず。一〇六 梢ばかりぞ隠《かく》るるまで見送《おく》りぬべう見《み》わたされたまふに、例《れい》の涙《なみだ》のほろほろと御袖《そで》にかかりければ、八重葎蓬《やへむぐらよもぎ》がもとはよそに見て行き過《す》ぐるにも袖ぞ露け

ほんとうに私の通い相手として頼みにするにふさわしく、なかなか由緒を感じさせる情趣を身につけた人でございましたので、時どき通っておりました。そして、世の中の嘆かわしい気持ちも、互いに話し合う相手として似つかわしく、女のほうもまた、まして他の男と親しくして背くようにも見えませんでしたので、なおいっそうのこと見捨てる気にもならず時を送ってきたのでございます。ところが、この弥生三月の末頃、『とつぜん女が亡くなった』と聞きつけたのでしたが、目の前の重篤の母上⑥を放って出かけてみるわけにもゆかないでおりましたものですから、その間の事情はいったいどういうことかわからぬままに過ごしてまいりました。とはいえさすがに忘れかねて、このようにお咎めをうけるほどの姿をお目にかけてしまったというわけでございます」と、お話しになられると、宮は、

「なんともはかなく胸にしみるお話です。この間、何か月もありましたのに、そのような動揺のそぶりをいっこうお見せにならなかったとは。あなたはなんとも堅固な道心の持ち主ですな」と、お話しになられる。

［六八］　中納言①は、中務の宮⑨のもとから、ご自邸にお帰りになろうとして、あの葎の宿の門前を通り過ぎられる。すると、前よりなおいっそう荒廃の加わった感をうけるが、あの女君はいなくなっても月の光ばかりは昔に変わらずに射し込んでいるのも、ひとしおの感慨がわき上がってくる。せめてその宿の梢が隠れて見えなくなるまで見つづけていたい

き

おはしまし着《つ》きても、ここにはならひたまはねど、御傍《かたは》らさびしき心地《こゝち》して寝《ね》られたまはねば、例《れい》の御行《おこな》ひに紛《まぎ》らはしたまひて、明《あ》け方近《がたちか》う大殿籠《おほとのごも》る。まれまれ夢《ゆめ》に見たまへど、ただありし夜《よ》のこと、その折《を》りの心地《こゝち》のみなれば、かひなく嘆《なげ》きくらして、夏も過《す》ぎ、秋にもなりぬ。

[六九] 八月、母上6とともに有馬の湯治にゆく

上《うへ》の御心地《こゝち》、なほ残《のこ》りありて悩《なや》ましげに見えたまへり。「かかるには、有馬[一〇七]の湯浴《あ》みたまふなんよろしう侍《はべ》る」と、聞こゆる人ありければ、朝廷《おほやけ》に御暇《いとま》聞こえたまひて、上具《うへぐ》したてまつりて、八月[一〇八]十日のほどに、思《おぼ》したちけり。

御送《おく》りに人びとあまたものしたまへど、ことさらことごとしかるまじく「忍《しの》びて」とのたまひて、山崎《ざき》より、皆《みな》帰したまふ。

秋の野もやうやうなまめかしくて、山やまの錦《にしき》も片方《かたへ》色《いろ》

と、眺めやられずにはいられない。と、例のごとくに涙がはらはらと袖に落ちかかってくるので、

八重葎に蓬の生い茂るばかりのこの宿は、あなたのいない今となっては、もはや縁のないところ。そう思って行き過ぎる。だが、それだけでも、わが袖は涙の露で濡れそぼってしまう。

お邸にお戻りになられても、こちらでは女君16と共寝をなさることはなかったけれども、ひとり寝のかたわらさびしい気持ちにお休みになれず、いつものように勤行にお気持ちを紛らわして、明け方近くにようやく御寝の床に就かれる。

ごく稀に女君の夢をごらんになることもあるが、この世にあった時のこと、その時そのままの気持ちに返るだけで、実際に会えるかいがあるわけでなく、嘆きの日々を送るうちに、夏も過ぎ、秋にもなったのだった。

[六九] 母上6のご病気は、なおすっかりは本復せず、すぐれない気分がお残りのようにうかがわれた。「こうしたご経過には、有馬の湯浴みをして湯治をなさるのがよろしうございます」と、お勧めする人がいたものだから、朝廷に休暇のお願いを申し出て、母上をお連れして、八月十日の頃に出立をお決めになった。

お見送りにはおおぜいの人びとがついて来られたが、あまりものものしくならぬよう「こっそり出かけるのだから」と仰せになって、山崎の地から、見送りの人々を皆お帰しになる。

づきつつをかしう見《み》ゆるは、さは言《い》へど絵にも劣《おと》るまじげなり。朝夕見《み》んだに、なほ時どきに移《うつ》りかはるけぢめはこよなかるべきを、ましてめづらしう見たまふには、をかしうのみ。一〇九賤《しづ》の男《を》の田《た》を刈《か》りて、稲担《いねにな》ひ持《も》てる顔《かほ》の辛《から》きもあはれに御覧ず。

「これなん一一〇猪名《（ゐ）な》の笹《さゝ》原」など、申すを聞きたまひても、中納言殿《どの》は、例《れい》の心にまかせぬ御身にひきかけたまひて、かかるところにだに笹《さゝ》の庵《いほ》も引《ひ》き結《むす》ばまほしう思《おぼ》すに、いとど、

かくてのみいつまでか世《よ》に有馬山猪名《（ゐ）な》の笹原《さゝはら》いなと思《おも》へど

おはしまし着《つ》きて、湯《ゆ》におりたちたまふ。

[七〇] 母上[6]、快復。有馬の湯浴み風景を見る

一一一七日にて試みさせたまふに、こよなうよろしう思《おぼ》えたまへば、「今《いま》ひとまはり」と思《おぼ》しのたまふ。

近《ちか》きあたり遠《とほ》き国国《く》より、年老《としお》いたる親兄人《おやせうと》やうの者《もの》、また若《わか》やかなれど悩《なや》ましと見《み》ゆるなどを、とかくつくろひ

秋の野もしだいにしっとりとした美をみせ、山々の紅葉の錦もなかば色づきをみせて、興趣をそそるさまは、まだなかばとはいえ、絵にも劣らぬほどの美しさである。朝夕に眺めていたところで、やはり季節から季節へと推移する変化は、ことのほか美しいにちがいないが、まして稀にごらんになる目からすれば、すばらしい趣と感嘆するばかりである。

身分卑しい男たちが田を刈って、稲を担って運んでいるつらそうな顔つきも、同情の眼差しでごらんになる。

「これが有名な有馬山の猪名の笹原でございます」などと、説明申しあげるのをお聞きになられるにつけても、中納言殿[1]は、あの忘れがたい姫君[16]のことを思い出し、いつもの思うにまかせぬまま俗世での生活を続けているわが身に引きつけてお考えになって、もはや逢うことがかなわぬならば、せめてこうした所でよいから笹葺きの草庵を引き結んで住みたいとお思いになられる。するとなおのこと、思いが募って来る。

こんなふうにして、いったいいつまでこの俗世に身をおくことになるのか。この有馬の猪名の笹原ならずとも、この世にあるのは、いやもういい、と思っているのに。

有馬にご到着になって、湯にお入りになられる。

[七〇] 七日間の湯治療法をお試しになられたところ、母上[6]は格別に効き目があらわれるようにお感じになられて、「もう七日間湯治をしたい」とおっしゃる。

近郷近在だけではなく、遠い国々からも、年老いた親や兄

かき抱《いだ》きてののしり騒《(さわ)》ぐさま、いとあはれに、「何《なに》ばかりの身にもあらぬを、絶《た》えずもてあつかふらん。思《おも》へば命こそ求《もと》めがたきもの《物》にはあれ」と、まづ近《ちか》き夢《ゆめ》の覚《さ》ましがたきを思ひ出でたまふ《給》。

かかる所にては、いとどたぐひなげに見《み》えたまふ《給》を、見馴《な》れたてまつる《奉》人さへをかしう見《み》たてまつれば、ましてあたりの山賤《がつ》などは、恐《おそ》ろしきまで思《おも》へり。

京よりも、こなたかなたの御とぶらひいとしげう聞こえたまへ《給》ば、もの《物》のさびしき御旅居《たびゐ》の心地《こゝち》もせず。そのわたりの者《もの》にも、ほどほどにつけて、何《なに》やかや賜《給》はせければ、あ《有》りがたくまたなきこと《事》に、めでたのののしりけり。

［七一］帰途、母上6とともに住吉に詣でる

かかるついでならで、もの《物》したまふ《給》べきならねば、帰《かへ》さには、難波《なには》へ渡《わた》りたまひ《給》て、それ《夫》より舟《船》にて、住吉《すみよし》へ詣《まう》でさせたてまつり《奉》たまふ《給》。

ここかしこと、めづらしき御逍遥《せうえう》に、いよいよ御心地《こゝち》も爽《さは》やぎはてたまへ《給》ば、この《此》御悩《なや》みのなからましかば、いか

弟連れと見える者、また若くは見えるが病気に悩む様子の者など、あれやこれやと療治をしたりだき抱えたりして、にぎやかに声をあげて湯浴みをする光景は、心にしみて、「どれほどの身でもないのに、絶えず大事に面倒をみているのだろう。思えば命というのは望んで得られるというものではないのであった」と、すぐさま間近に味わったばかりの慰めようのない夢のような経験を思い出しになられる。

　こうした所では、君1のお姿は都よりなおのこと比べもののないほど輝いてお見えになる。そのお姿を日ごろからお見馴れしている供人たちでさえすばらしいと拝見するほどであるから、ましてこのあたりの山家住まいの者たちなどは、この世のものとは思われないと恐懼するほどに思っている。

　京からも、あちらからの、こちらからのと頻繁に見舞いの品々が届けられるものだから、心細い旅さきでのお暮らしという感じもしない。その土地の者たちにも、それぞれの分に応じて、あれやこれやとご下賜になられたから、畏れ多くもまたとないお心づかいであると、口々に感嘆の声をあげるのだった。

［七一］　こうした機会でもなければ、おいでになることのできない話なので、都への帰途には、難波にお立ち寄りになって、そこから船を使って、母上6を住吉に詣でさせてさしあげる。

　あちらこちらと、見たことのないご遊覧に、ますます母君はご気分もすっかりよくなられて、このお苦しみがなかった

で御覧ずべきとをかしう思《おぼ》す。候《さぶら》ふ人びとはまして[一二]千代《よ》をも経《へ》ぬべく、若《わか》き人はすずろに帰らまうく思ふもをかしかりけり。

[七三]中納言[1]、散策して御津の寺にいたる

君は夕暮れのほどに、さるべきかぎり一人二人《ひとりふたり》御供《とも》にて、そのあたり見たまふとて、

「いづら、人びとの言《い》ふ御津《みつ》の寺《てら》は。このほどにや」と、訪《たづ》ねおはすに、村《むら》雨のほろほろとかかりければ、[一三]「名《な》には隠《かく》れぬ」と貫之《つらゆき》が託《かこ》ちけん古言思《ふることおぼ》し出でられて、

名《な》にし負《お》はば濡《ぬ》るとも行《ゆ》かん難波潟《がた》田蓑《みの》の島《しま》の雨の夕
暮《ぐ》れ

寺《てら》のさまはいとあはれに、年経《としふ》りたる軒《のき》の板間《ま》に忍《しのぶ》の露繁《しげ》きを、小法師《こ(ほふ)し》ばらのうち払《はら》ひ出で入るもはしたなきほどにはあらず見《み》ゆるに、例《れい》の古《ふる》ごとまづ思《おぼ》し出《い》でて、

[一四]掃苔路《さうたい》滑《なめ》らかにして僧寺《そうてら》に帰《かへ》る

と、うち誦《ずむ》じて、こなたかなた佇《たゝず》み歩《あり》きたまふ。

なら、どうしてごらんになれたことかと、楽しいお気持ちになる。おそばにお仕えする人たちは、まして心あくがれて気がつくとこの地で千年の時をも過ごしてしまいそうで、とりわけ若い女房たちは、わけもなくここから帰りたくないと思っているふうに見えるのも笑いを誘われることであった。

[七三]　君[1]は、夕暮れ時に、供とするにふさわしい一人二人だけを連れて、その近辺をごらんになろうとお出かけになり、

「どこだろうか、世の人びとが評判にする御津の寺は。このあたりだろうか」と、探し歩いて行かれると、にわか雨がざっと降りかかってくる。そこで、「おお『名には隠れぬ』、田蓑という土地の名前があったところで、雨に隠れることはできないのであった」と貫之が託つけて詠んだ古歌がふと思い出されて、こう詠む。

蓑という名があるのなら、たとえ濡れてもこのまま行くことにしよう。難波潟の田蓑の島の雨降る夕暮れなのだから。

寺の様子はたいそう風情があって、年をへて古びた軒の、板と板の隙間から生え出た忍ぶ草に露がしとどにおいている。その雨露を小法師たちが払い落としながら出入りするのも、君の目には見苦しくない姿に見えて、いつものごとくに古詩をすぐさま思い浮かべて、

蒼苔路滑らかにして僧寺に帰る

と、口ずさみ、あちらで佇《たたず》みこちらで佇みして見てまわられ

〔七三〕中納言[1]、幡を見て、女君[16]の装束かと思う

仏《ほとけ》の御飾《かざ》りなどは、いとみやびかなれど、幡《はた》のさまはさすがに年経《としふ》りしほど著《しる》くて、いと染《し》み深《ふか》う煤《すゝ》けたるも、なかなか今様《いまやう》の今めかしさよりあはれにをかしう思《おぼ》されて、二五待《ま》たれける鐘《かね》のつくづくとながめゐたまふに、山吹《ぶき》色の幡《はた》の、これはまだはなやかなるを、昔《むかし》の人に遣《つか》はしたまふ衣《きぬ》の色思《おぼ》し出でて、「もしそれにやあらむ。亡《な》き数《かず》に聞《き》けば」と、類《たぐひ》多かるものなれど、忘《わす》れず思《おぼ》しわたる筋《すぢ》なれば、うちつけになつかしき心地《こゝち》したまひて、立《た》ち寄《よ》りて見たまふに、端《はし》の方《かた》にもの書《か》きたるやうに見ゆ。いとどあやしう御心とまりて、見《み》たまへば、

二六「花《はな》色衣身をしさらねば」と、あるを、かの人の手《て》と見なしたまふに、胸《むね》うち騒《さわ》げど、「いかでさはあるべきことぞ」と、せめて見たまふに、あるかなきかに二七墨枯《すみが》れして書《か》きたれど、紛《まが》ふべくも見えぬに、まづほろほろと零《こぼ》したまふ。

この歌《うた》の本《もと》のゆかしければ、またこれにやと仏《ほとけ》の御左《ひだり》のかたにあるをもたづねたまへど、鼠《ねずみ》の食《く》ひける跡《あと》のみあり

る。

〔七三〕　仏を荘厳《しょうごん》するお飾りなどは、ずいぶんと優美さを伝えているが、幢幡《どうばん》のさまはさすがに年をへて古びたことが歴然と見てとれ、すっかり染み深く煤《すす》けているのも、かえって近頃かけられたばかりのものの派手派手しさに比べると、胸にしみ心ひかれるとお思いになる。そんなところに、心待たれていた入相の鐘の音が聞こえてくる。じっと思いに沈んで眺めておられると、山吹色の幡で、これはまだほかのとはちがってはなやかな色合いであるのが目にとまる。昔懐かしい人にお贈りになられた衣の色を思い出されて、「もしやそれではなかろうか、今は亡くなったと聞いているから」と、似たものの多いものではあるが、忘れることなく思いつづけておられるむきのことであるから、たちまちに懐かしい気持ちが湧きあがって、近寄ってごらんになる。すると、端のほうになにか書いてあるように見える。いっそういぶかしさにお心がとまってごらんになると、

「花色衣身をしさらねば」と、書いてある。それを、かの女君[16]の筆跡かとお認めになられるや、悪い予感に胸が高鳴るが、「どうして女君のものだなどということがあろうか」と、あやしんで、よくよくごらんになる。すると、読めるか読めないかほどに墨枯れした字が書いてある程度だが、まちがえようもなく女君の手とわかったとたん、いちはやく涙をはらはらお落としになる。

この歌の上句はなんだろうか、知りたいと思って、またこ

て、文字《もじ》は見《み》えず。

「この《此・》食《く》ひける下《した》にやあり《有・》つらん。かかるものまで損《そこ》なひけん、さがなきものかな」と、憎《にく》く思《おぼ》さるるも、この《此・》筆《ふで》のすさびのあながちに見まほしき御心の行く方《へ》なりけり。

[七四] 中納言[1]、僧から幡の寄進事情を聞く

法師《ほふし》の書《か》ける願文にも、「大弐の御娘《むすめ》の菩提《ぼだい》」など、あり。かからぬほどだにあやしう思《おぼ》しぬべきを、思ひかけぬ千歳《ちとせ》の形見《かたみ》に、なほ来《き》しかたの確《たし》かに知《し》らまほしければ、あきのぶを召《め》して、

「この《此・》主《あるじ》の僧はここにもの《物・》すや。この《此・》寺《てら》を建《た》てそめつらん昔語《むかしがた》りも尋《たづ》ねまほしきに、率《ゐ》てまゐれ」と、のたまふ《給・》。

畏《かしこ》まりて、しばしありて、あやしき法師《ほふし》を率《ゐ》てまゐる。

かかるものさへ、仏《佛》の御跡《あと》をまなぶは羨《うらや》ましうて、弟子にもならまほしう見たまふ《給・》。

「主《あるじ》はなすべきことあり《有・》て、この《此・》頃《ごろ》京にものしはべる《侍・》」と、申す。古《ふる》きこと《事・》尋《たづ》ねたまふ《給・》べきさま《様・》もしたらねば、ただゆかしきことの筋《すぢ》のみ問《と》ひたまふ《給・》。


ちらかと御仏《みほとけ》の左のほうにある幡もよくごらんになってみるが、鼠の食い齧った跡が残っているばかりで、文字は見えない。

「この食い齧ったところに書いてあったのだろうか。このような尊いものまで傷つけたとは、手に負えないいたずらものだ」と、憎らしくお思いになるのも、この心のままに書かれた筆の跡をどうしてもよく見たいとのお気持ちからなのであった。

[七四]　法師の書いた願文にも、「大弐の御娘の菩提を弔うために」などと、書かれてある。このようなものを見なくとも、いぶかしくお思いになって当然のこと。それが、思っても見ない千歳の形見ともなるものを見つけて、やはりこれまでの一部始終を確かに知りたい気持ちが募ってくる。そこで、中納言[1]は、あきのぶ[14]を呼び寄せて、
「この寺の主の僧[34]はここに住まっているか。この寺を建立した昔の縁起も尋ね聞きたいと思うから、連れてまいれ」と、お命じになる。

　あきのぶはかしこまりましたと承って、しばらくして、粗末ななりの法師を連れて参上した。こんな者ではあっても、御仏の御行跡を学ぶのはうらやましく、仏弟子にもなりたい気持ちでごらんになる。

「主の僧は用向きがございまして、このところ京に出かけております」と申しあげる。寺の古い由緒をお聞きになれそうな様子にも見えないので、もっぱら知りたい向きのことだけ

「こ《此・》の山吹の幡《はた》は、いづくよりもの《物・》しつるぞ。いまめかしく見ゆれば、近《ちか》きほどしるくて、あはれに聞《き》かまほしき」と、のたまふ《給・》

「これ《是・》なん、去《い》にし弥生《やよひ》の末《すゑ》つかたに、筑紫《つくし》へ下りたまふ《給・》大弐《二》とやらんの御娘の、とみに隠《かく》れたまふ《給・》とて、この寺《てら》に率《ゐ》て詣《まう》でてをさめたまひ《給・》し、その《其・》御装束《さうぞく》に侍る。御しるしは、あの透垣《すいがい》の中にもの《物・》したまふ《給・》、御乳母《めのと》にや侍りけん、若《わか》き女のいといたう悲《かな》しみたまへ《給・》しが、頭下《かしらお》ろして、やがて近《ちか》くおこなひたまふ《給・》。御忌日《き》ならでも、しばしば詣《まう》で来《く》て、いまにいみじう恋《こ》ひ泣《な》きたまふ《給・》める。なほくはしく聞《き》こしめすべきことに侍らば、かの尼君《あま》を率《ゐ》てたてまつり《奉・・・》てん」と、申す。

頑《かたくな》しう語《かた》りなせど、紛《まが》ふべくもあらねば、いと悲《かな》しう湧《わ》きかへる心地《ち》したまへ《給・》ど、強《し》ひてつれなくもてなしたまひ《給・》て、さるべきもの《物・》など賜は《給》せて帰《かへ》したまふ《給・》。

をお尋ねになる。

「この山吹色の幡は、どこから寄進されたものか。目新しく見えるところからすると、最近のものであることがはっきりわかるが、気の毒な気持ちがしてわけを聞きたいものと思うが」と、おっしゃる。

「これは、去る三月の末頃に、筑紫に下向される大弐㉘とかの娘君⑯が、急にお亡くなりになったといって、この寺に連れてまいりましてお納めになられました、その御装束でございます。その徴《しるし》となる墓は、あの垣のうちにございます。御乳母⑰でもございましたろうか、年若い女でたいそう悲しんでおられた方が、剃髪して、そのまま寺近くでご供養のお勤めをしておられます。七日七日の御忌日でなくとも、たびたび寺に参詣にまいりまして、いまもたいそう恋い慕って泣いておられるようです。さらに詳しくお聞きになられたいことでございますなら、その尼君を連れてまいりましょう」と、申しあげる。

ぶこつな話しぶりではあるが、紛れようもなさそうなことであるから、悲しさのあまり心中湧きかえって感情を揺すぶられるけれども、むりに忍んでなにごとでもないかのように平静を装われて、相応の品などをお与えになってお返しになられる。

〔七五〕中納言[1]、女君[16]の墓に涙し、尼[17]を訪う

人の思ふらんも憚《はゞか》られたま《給》へど、いづれも睦《むつ》ましきかぎりなれば、さのみもえつつみたま《給》はで、法師《(ほふ)し》の教《をし》へしかたをそこ 二八 はかと訪《たづ》ねいますに、いと草高《くさたか》う露しげく、かかる御思《おも》ひを知《し》り顔《かほ》に、虫《むし》も外よりは泣《な》き添《そ》へたるに、御袖《そで》のいとまなくて、道もたどたどしきを、御指貫《さしぬき》少《すこ》し引《ひ》き上《あ》げて、強《し》ひて分《わ》け入りて、それと見つけたま《給》ふ御心迷《まよ》ひ、いへばさらなり。

かくまで弱《よわ》くある《有》べきことかはと、せめてためらひしぼり開《あ》けて、

二九 成等正覚《じやうとうせうがく》

など、のたま《給》ひて後《のち》、

淀《よど》むやと待《ま》ち来《こ》しものをそこはかと見るに涙の瀼《たぎ》まさりけり

この下にもあはれとは見たま《給》ひてんを、松《まつ》風の声《聲》のみを聞《き》くは、なほかかるならひとも思《おぼ》えず、いはんかたなく思《おぼ》す。

かかれとは契《ちぎ》らざりしを亡《な》き人も苔《こけ》の下にや思ひ出づ

〔七五〕　供人たちがどんなふうに思うか、その思惑も気になされはするが、みんな親しい者たちばかりであるから、そう包み隠してばかりもおいでになれず、法師の教えてくれたほうを目当てに、どこが墓か探し尋ねて行かれる。と、たいそう高く延びた草に露がしとどにおいて、こうした君の悲しみのお気持ちを知るかのように、虫の音もほかよりはいっそう鳴き慕っているものだから、君もまた流れる涙をとどめようとお袖をたえまなくあてて、道もおぼつかないところを、指貫の裾を少しひきあげて、むりやり分け入って、これかと思われる墓をお見つけになった時の悲しみに乱れたお気持ち、それはあらためて言うまでもないことである。

これほどにまで心弱いことでいいかと、懸命に心の動揺に堪え、やっとのこと声をしぼりだし、

成等正覚

などと、お唱えになってのち、

涙の淀む時もあろうかと、それを頼りにここまでやって来たのに、そこがあの人の墓かと見たとたん、涙は淀むどころか瀼《たぎ》りまさって溢れ出てしまった。

この墓の下でも、亡き人が私の姿をきっとかわいそうにと泣いて見ていられるだろうが、松風の声を聞くばかりなのは、やはりこれが無常の世の道理なのだとも思われず、いいようもなく悲しくお思いになる。

こんなふうになろう、などとは約束はしなかったのに。亡くなったあの人も苔の下で同じ思いを抱いて思い出し

らん
　巡《めぐ》りの草など引《ひ》きのけて、かひがひしく《く》見《み》ゆるは、かの尼《あま》のしわざにやと、あはれはつきせず。
「いかにすべき。なほかの尼《あま》に会《あ》ひて、あり《有》し世《よ》のこと《事》も聞《き》かまほしきを、召《め》し寄《よ》せんも、人目しげき所便《(びん)》なかるべし。この《此》帰《かへ》さにみづからもの《物》せんと思ふを、ふとさし覗《のぞ》かんもはしたなく、かれも思《おぼ》えなき心地《こゝち》すべきを。なほ《猶》あきのぶ行きて、案内《あない》きこえ《聞》よ」と、のたまふ《給》。
　畏《かしこ》まりて行《ゆ》く。

〔七六〕あきのぶ⑭、侍従の尼⑰の庵を訪ねる

　この《此》寺の下にて、いと近《ちか》かりけり。門などいふべくも見えず、あはれに心細《ほそ》き遣《やり》戸《と》おしたてて、灯火《ともし》かすかに透《す》き透《く》きより見《み》ゆるに、初夜《そや》のおこなひするなりけり。溺《おぼ》ほれぬる回《ゑ》向《かう》の末《すゑ》つかた、この人さへ悲《かな》しと聞《き》く。うちたたけば、「誰《た》そ」など、言《い》ひて開《あ》けたり。

　忍《しの》びたまへ《給》ど、おのづから言《い》ひ伝《つた》へて、この《此》あたりに物したまふ《給》など、尼《あま》君も聞《き》きて、いとど昔《むかし》を思ひ出でて、人《ひと》

ていようか。

墓のまわりの草などは抜いて取り除いて、きれいにしてあるように見えるのは、あの尼⑰のしたことでもあろうかと思うと、悲しみはつきることがない。

「どうしたものだろうか。やはりその尼に会って、女君⑯が生きていた当時のことも聞いてみたいが、呼び寄せるにも、人目の立つところではぐあいが悪かろう。この帰り道に私自身寄ってみようと思うが、いきなり顔を出すのもきまりの悪いことだし、あちらも思いがけない気がしよう。ここはやはりあきのぶ⑭、そなたが行って、来意を申し入れてまいれ」と、お命じになる。

　そこであきのぶは謹んで承って出かけて行く。

〔七六〕　尼⑰の庵は、この寺の下にあって、しごく近くなのであった。門などといえるほどのものもなく、みすぼらしいすぐにも壊れんばかりの頼りない引戸をかたちばかり閉ざして、灯火がほのかに、隙間から漏れて見えるところからすると、初夜のお勤めをしているところなのであった。涙にむせんで成仏を祈る回向の声が終わろうとするあたり、このあきのぶ⑭まで悲しさに誘われてその声を聞く。あきのぶが戸を叩くと、
「どなた」などと、言って引戸を開けた。

　君①は、目に立たないようにしてはいたが、いつのまにか口から口へと伝わって、このあたりに中納言の君がお越しに

び《く》としきほどならましかばと、数《かず》ならぬ身のうれひさへうち交《ま》ぜて泣《な》きゐたりけるに、かく思《おも》はずなる御消息《せうそこ》に、あきれ惑《まど》ひて、なかなか《中く》うれしなども思《おも》はず、すずろに泣《な》くめり。

ことわりに思《おぼ》えて、この《此》人もうち泣《な》く。待《ま》ちおはすらんに、心地《こゝち》なくやと、急《いそ》ぎ立ち帰り率《ゐ》て奉る。仏《ほとけ》の御前《まへ》に入れたてまつ《奉》りて、尼《あま》君畏《かしこ》まりきこゆ。

[七七]中納言[1]、侍従の尼[17]に会う

かかるところとも見《み》えず、いともの《物》むつかしう、身をだにやすうふるまふべくも見えぬを、「あはれにいかにして暮《く》らすもの《物》にか」と、御覧ず。言《い》ひ出でたまふ《給》べき言《こと》の葉《は》も思《おぼ》えたまは《給》ず、いといたう泣《な》きたまふ《給》。主《あるじ》はたましてせきあぐる心地《こゝち》して、「忝《かたじけな》く」ともえ言《い》ひ出でず。

ややためらひたまひ《給》て、

「さてもかかるかたにて対面《たいめん》すべきとは、そのかみゆめ思ひかけざりしを、これ《是》こそさだめなき世のさがにはあり《有》け

なっていると、この尼君も聞いて、平生にまして昔を思い出して、ひとなみの身の程でもあったならと、お目見えかなわぬ取るにたらないわが身の嘆きまでも加えて泣いていた。そういうところに、このような思いがけない案内を問う声があったものだから、事の意外さにすっかりおろおろして、かえって嬉しいなどとも思わず、わけもなく泣くばかりと見える。

そんな姿を見せるのももっともなことに思われて、あきのぶ自身ももらい泣きをする。君が待っておられるだろうに、こうしていては思いやりのないことと思って、急ぎ立ち戻って、君をお連れする。

[七七]　仏の御前に、君[1]をお入れして、尼君[17]は畏れのあまり身を固くしてお話しする。

そこはこうした仏間とも見えない、なんとも気のふさぐばかりの狭さで、身体をさえ容易に動かすことがむずかしかろうに、「かわいそうに、いったいどうやって暮らしているものか」と、ごらんになる。君は、なにをどう話したらよいか、口にする言葉も思い浮かばないまま、ひどくお泣きになる。主の尼もまた、君にもまして涙せきあげるばかりで、「畏れ多くもお出ましくださって」とのご挨拶も口にすることができない。

君は、しばし気をお鎮めになって、

「なんともこういうところで、顔を合わせることになろうとは、その昔にはまったく思ってもみないことであった。これが無常の世の習わしというものと思い知った。このように深

れ。かく深《ふか》き契《ちぎ》りの、見し世《よ》にははかなくも別《わか》れぬるかな。

今は聞きてもかひなく、聞《き》かんにつけては[二〇]忍《しの》ぶの草も摘《つ》みわびぬべけれど、なほありけんさまのゆかしきを、くはしく聞こえたまへ」と、のたまふ。

〔七八〕尼[17]、女君[16]が連れ出された事情を語る

「聞こえさせたまふやうに、聞《き》こえさせむにつけても、いみじき御心惑《まど》ひは亡《な》き御ためにも、かへりて罪深《つみふか》かるべき心地《こゝち》したまふれど、またおぼつかなく忍《しの》び過ぐしはべらんも、いとやくなし。

かのありし葎《むぐら》の宿《やど》の主《あるじ》は、昔《むかし》人の御叔母《をば》に侍り。年頃独《としごろひと》り住《ず》みにて過ぐしたまひしを、如月《きさらぎ》の頃、中務《つかさ》の宮《みや》の御乳母《めのと》の男《をとこ》、大弐になりて、筑紫《つくし》へ下るに、誘《さそ》はれたまひて、出で立《た》ちたまひし。ここらの年《とし》月離《はな》れずならひたまひしかば、はるばるものしたまはんを、いといみじう思《おぼ》したりき。

その日になりて、叔母《をば》君おはして、『しばし御覧じ送《おく》れ。かかるついでにもの詣《まう》でもせさせたてまつらん。かばかりにてはあへなし』など、聞こえ動《うご》かして、強《し》ひて唆《そゝのか》し率《ゐ》て

い縁で繋がっていたにもかかわらず、あの人が生きていた時の別れ方はいともあっけないものだった。今となっては、事情を聞いたところで、あの人を偲ぶ気持ちが募って、ますますつらい気持ちになろう。だが、やはり女君のありさまがどんなだったか知りたくてならない。詳しくお話しなされよ」と、おっしゃる。

〔七八〕「お言葉に従いまして、お話し申しあげるとなれば、それにつけても君[1]のお心をお乱しすることになりましょう。そのご執心が亡き女君[16]の往生の妨げとなって、かえって罪深いことになるような気持ちがいたしますが、またはっきりお話ししないまま、私の胸ひとつにおさめて過ごしたところで、しかたのないことでございます。

あの、かつての葎の宿の女主[19]は、亡き女君には叔母にあたるのでございます。長年、独り身の生活を通して来られましたが、二月の頃、中務の宮[9]の亡くなられました御乳母[27]、その夫[28]が、大弐になりまして、筑紫に下向する際に、ともにと誘われなさって旅立たれたのです。長の歳月、女君は叔母君と離れることなく一緒に生活しなれておいででしたから、叔母君が遙々と下向してしまわれることを、たいそう嘆いておられました。

その日がやってきまして、叔母君がお見えになり、『少しの間だけでも、お見送りください。こうしたせっかくの機会に物詣でもさせてさしあげましょう。これほどだけでお別れしてしまうのでは、あっけなくて満たされぬ気持ちがいたし

たてまつ《奉》りたま《給》ひし。

　かりそめのこと《事》と思うたま《給》へしかば、物などしたたむまでも侍らず、尼《あま》なども御供に罷《まか》でさぶら《候》ひしを、その《其》まま舟に移《うつ》したてまつ《奉》りたま《給》ふを、あさましく、かく弛《たゆ》めたま《給》ひけるほど、また御前《おまへ》の聞《き》こしめさんこと《事》、あはれなりし御心ざしなど、思《おぼ》しつづけて、いといたう泣《な》き沈《しづ》みおはせしに、かしこにおはしつきては、『大弐[二]の兄《このかみ》の民部《みむぶ》の大輔《たゆふ》にあはせたてまつ《奉》らむ』など、ほのぼの聞《く》こえはべ《侍》りしを、聞きつけたま《給》ひて、いとど涙《なみだ》の色深《ふか》く見えたま《給》ひしが、ひたすらなき道にと思《おぼ》しなりけるにや、五日六日過ぐるまで、つゆ《露》ばかりのもの《物》も御覧《らん》じ入れざりしが、つひにかうならせたま《給》へる」と、泣《な》く泣《く》くそのほどのこと《事》、訝《いぶか》りしくちずさびのもと[三]「かかりと告《つ》げよ」とことづて、[三]「あはと消《き》ゆとも」と泣《な》きこがれたま《給》ひし、その世《よ》のことも、いとよく思《おぼ》えて語《かた》りきこゆ。


ます』などと、女君のお心が動くよう熱心にお話しして、強引に勧めて、お連れ出しになられたのです。

　私などもほんの一時《いっとき》のことと思いましたものですから、あれこれものを支度するだけの余裕もございませんで、この尼などもお供におつきして来たのですが、そのまま船にお移しになられるものですから、意外なことのなりゆきに驚きあきれて、こんなふうに油断させなさったこと、またあなたさまがどうお聞きになられるかということ、心にしみるばかりであったご愛情のことなど、女君はお考えつづけになられて、たいそう涙に沈んでいらっしゃいました。すると、筑紫にお着きになったら、『大弐の長男である民部の大輔㉚と結婚おさせしよう』などということを、おぼろげに話しておりました。それを聞きつけなさって、ますます嘆きの涙の色を深くしておられるとお見えでしたが、ひたすら死にたいとお思いになられたのでしょうか、五日六日と過ぎるまで、ほんの少しのお食事さえも召し上がらずにおりましたが、とうとうこんなふうにおなりになられたのでございます」と、涙ながらに、その間の事情や、「あるにもあらぬねざしなりけり」と女君が口ずさんで、君が知りたいと思っていたその出自や、「風よこんなふうにしていたと君に伝えておくれ」と詠んだ歌のことや「泡のように消えても誰も思い出してくれないでしょう」と泣きこがれた、あの生前のことも、まざまざと思い出し語ってお聞かせする。

〔七九〕尼17、女君16の素性を明かす

疑《うたが》はしきかたの交《ま》じりし時だに、あかぬ別《わか》れの一すぢはいみじう思《おぼ》したりしを、多《おほ》くはわが情《なさ》けに消《き》えける命《いのち》のほどと聞《き》こしめす心地《こゝち》、現《うつゝ》とも思《おぼ》えたま《給》はねど、御袖《そで》の雫は、よよと落《お》ちけり。

「言《い》ひもてゆけば、ただみづからのあやまりになんあり《有》ける。とく迎《むか》へましかば、かくいみじき別《わか》れはあり《有》なんや。月頃《ごろ》経《ふ》るまで、御名乗《なの》りだに聞《き》かざりし心ぬるさのあまりぞかし。さてもいかなる人にか。今だにゆかしきを」と、のたま《給》ふ。

「いと便《びん》なく、かつは御心劣《おと》りもせさせたま《給》はんと、慎《つゝ》ましうこそ。今、聞《き》こえさせし御叔母《をば》の姉《このかみ》は、侍従《じゝう》の君とて、右の大臣《おとゝ》の上《うへ》の御方《かた》に候《さぶら》ひたま《給》ひしを、右大臣こそまだ中将にもの《物》したま《給》ひし時《とき》、御覧じ過《す》ぐさずや侍りけん、この《此》君生まれたま《給》ふ。平《たひ》らかにはもの《物》したま《給》ひながら、月頃《ごろ》のもの《物》思ひにや、はかなく消《き》えたま《給》ひしかば、かの御代《か》はりに、叔母《をば》君なん生《おふ》ほし立《た》てたま《給》ひし」と、聞《き》こゆ。

〔七九〕　君1は、女君16が亡くなった事情の真偽に疑問をさしはさんでいた時でさえ、死別したという一事じたいは悲しくてならなかったが、それが多くは自分に対する愛情ゆえに消え入ったとお聞きになったその気持ちは、それが現実の話ともお思いになれないものの、お袖にあまる涙が、よよとばかりに落ちるのだった。

「せんじつめてみれば、まったく自分の過失であったのだ。もっと早くに邸に迎えていれば、こんな悲しい別れにあうことはなかったろうに。何か月もたつまで、お名前さえ聞かなかったという懈怠《けたい》のあげくがこれなのだ。それにしても、いかなる人であるのか。今さらながら知りたくてならないのだが」と、おっしゃる。

「女君が明かさなかったことを私が申しあげるのは、ぐあいの悪いこと、それにまた君がお聞きになって、幻滅のお気持ちを抱かれるのではないか、と気が引けまして。今、お話し申しあげました叔母君19の姉上20は、侍従の君と申しまして、右大臣殿11の北の方22のおそばにお仕えしておられましたが、右大臣殿がまだ中将でいらした頃、お見過ごしになれなかったのでございましょう。この女君がお生まれになったのです。無事ご出産なされたものの、何か月ものお悩みからでしょうか、あっけなくお亡くなりになったのでございます。というわけで、その母親代わりとなって、叔母君19がお育てになられたのです」と、お話しする。

「しかるべき妻として処遇したところで期待に背かなかった

「さるべきかたにて見んも口惜《くちを》しかるまじきを」と、いとどあはれに思《おぼ》さる。「面持《おも》ちなどの、かの大臣《おとど》に似《に》たりしはや」と、今さら思《おぼ》しあはせらる。

〔八〇〕中納言1、尼17に女君16のための法事を語る

かの中だちのつきづきしく言《い》ひたりし空《そら》言も語《かた》りたまふ。

「昔より、深《ふか》き本意《ほい》ある身にて、なべての人の持《も》つなる絆《ほだし》なども、あながちにかけ離《はな》れて、ひたみちに思ひならるれど、独《ひと》りものしたまふ上《うへ》の思《おぼ》し嘆《なげ》かん心憂《う》さに、今日《けふ》までかくてながらへぬるを、かかる別《わか》れは、かへりて嬉《うれ》しかるべき道《みち》のしるべなれど、なほさは思ひなられず」とて、またいみじう濡《ぬ》らし添《そ》へたまふ。

「よし、今《いま》はことごとは言《い》ひてもかひなし。〔三三〕蓮《はちす》の露を玉と磨《みが》かむのみこそ、亡《な》き人のためなるべけれ。さらにあらためてさるべき法事《ほふじ》をと思ふ。主《あるじ》の帰《かへ》らむほどに、さ聞こえたまへ」

「いとありがたく、亡《な》き人の御ためは面立《おもだ》たしかるべけれど、また軽《かろ》がろしく聞こえなす人も侍《はべ》らんは、御ためいと

ろうに」と、君はこれを聞いてなおのこといとおしくお思いになる。「お顔つきなどがあの右大臣に似ていたな」と、今になって思いあわせられる。

〔八〇〕　君1は、あの中に入った隣家の者がいかにももっともらしく喋った作り話のこともお話しになる。

「昔から、出家したいという心からの願いをもっている身で、世の男ならおしなべて持つと聞く絆《ほだし》となる妻をもつことなどにも、頑として耳をかさずに距離をおいて、出離のことひとすじに考えて来たのだが、ただひとりご健在の母上6がお嘆きになられる心つらさに、今日までこうして出家を果たすことなく俗世に居つづけてしまった。だから、このような女君16との別離はかえって仏の道への嬉しい導きではあるのだが、それでもなおそうするだけの踏ん切りがつかないでいる」と、言って、あらためてまた袖をいっそう濡らされる。

「よし、今はあれこれ言ったところでしかたがない。浄土の蓮台への往生を願って仏道に勤しむことだけが、亡き女君のためになることにちがいなかろう。事あらためて、しかるべき追善供養をしようと思う。主の僧33が帰った時にこのような意向をお話しくだされ」

「たいへんありがたいことで、亡き君のためには光栄なことにちがいございませんが、またそのようにご配慮くださることを軽々しいことにわざわざ評する向きもございましたら、中納言の君の御ためにおいたわしうございます」と、申しあげる。

ほしう」と、聞《き》こゆ。

かかるきはの人は、身の口惜《くちを》しさもたどらぬもの《物》なるに、いと思ひやり深《ふか》き心のほど《程》を、めやすくあはれに見たま《給》ふ。

〔八二〕中納言[1]、侍従の尼[17]と語り、わが身を嘆く

「京などへもの《物》したま《給》へ。聞《き》きても聞《く》きてもあかず、残《のこ》り多《おほ》かる夢《ゆめ》もの《物》がたりも、常《つね》に聞こえまほしう」と、なつかしう聞《き》こえたまふ。

今更にあま[一三四]の栲縄《たくなは》繰《く》りかへし泡《あわ》と消《き》えにし人を恋《こ》ふらん

とて、つきせずおし拭《のご》ひたま《給》へる御容貌《かたち》の見しをりよりもをかしうあはれになまめかしきを見たてまつ《奉》るままに、賤[一三五]の苧環《をだまき》ならぬ世《よ》の中ぞ、かへすがへ《く》すも恨《うら》めしう、身《み》も浮《う》きぬべき心地《こゝち》ぞする。

「かばかりに袖《そで》や絞《しぼ》りし朝夕《あさゆふ》に濡《ぬ》るるはあまのならひなれども

かたはらいたう」と、聞こゆるさまもいと堪《た》へがたげなり。

つきせぬ御ものがたり《物語》に、明《あ》け方近《かたちか》うなりぬ。霧《きり》たちこ

このような身分の者は、自分がどれほど言うにたりない身の程であるか思いいたらぬものであるのに、じつにこちらの身まで気づかう深い思慮を、感じのよいものとしてしみじみ嬉しくごらんになる。

〔八二〕　「京などにも出ておいでなさい。いくら聞いたところでものたりない、残りを聞きたくなる夢のような物語も、いつもお話ししたいと思うから」と、慕わしくなるばかりにお話しになられる。

いまさらしかたのないことながら、海人が栲縄を繰るように、私も繰り返し繰り返し、泡のようにはかなく消えてしまったあの人のことを恋い慕い続けるのだろうか

と、言って、尽きることなく涙を拭っておられるお顔だちの、かつてお会いした時よりも魅力的で情味があり、しっとり上品なご様子を拝見すると、倭文《しず》の苧環《おだまき》を繰るように、あの昔を今に繰り返し、とりもどす手だてのないお二人の中のことが、いくら考えても悔しく、涙で身も浮かぶばかりの気持ちがする。

「これほどまでに涙でぬれた袖を絞ったことはございませんでした。朝に夕にこの尼が涙でぬれるのは、海人がぬれるように、日頃馴れてのことではございますけれども。

お見苦しいさまをお見せいたしまして」と、申しあげる様子も、まことに堪えがたいふうである。

とめどないお話に、明け方近くになってしまった。霧が深くたちこめ、どう踏み分けて帰ったらよいのか、その道も見

めて分けたまふべきかたも見《み》えぬ空《そら》のけしきにも、来《き》し方《かた》の暁《あかつき》思《おぼ》し出づるに、変《か》はることのみ多《おほ》くなりにしを、な[一三六]ほもとの身にてわれのみつれなきは口惜《くちを》しうあはれに思《おぼ》さるべし。

〔八二〕中納言[1]帰京、帝[8]に有馬の湯の霊力を語る

かの法師《（ほふ）し》の料《れう》、また尼《あま》のためなど思《おぼ》しやりて、黄金《こがね》多《おほ》く遣《つか》はしたまふ。「昨夜《よべ》は御津《みつ》の寺《てら》に詣《まう》でて、こよなう更《ふ》かしはべりしかば、御宿直《とのゐ》にもものしたまへず」など、聞こえたまふ。

今日《けふ》ぞ京へ帰りたまふ。御迎《むか》への人びとあまた引《ひ》きつづけ、参《まゐ》りたまひて、なごりなくおこたりたまふを、喜《よろこ》びあへり。

中納言殿は、まづ内裏に参《まゐ》りたまひて、田舎《ゐなか》のことども奏《そう》したまへば、湯《ゆ》のかしこさを、をかしがらせたまふ。

〔八三〕秋、母上[6]の持仏の準備を手伝い、嘆きを深める

騒《さわ》がしきほど過《す》ぐして、上《うへ》は御持仏《ぢぶつ》の飾《かざ》りをいそぎ思《おぼ》したるに、君もとよりこのかたにはすすみたまへる御心にて、も

分けがつかない空の様子も、かつての契りを交わした暁のことを思い出すと、昔とは違うことばかりが多くなってしまったのに、あいかわらずもとの身のままで、自分だけはなにごともないかのごとくこの世にあるのは、不本意で嘆かわしくお思いになられよう。

〔八二〕　かの法師[33]のための布施、またこの尼[17]のための布施などご配慮なさって、黄金をたくさんご下賜になられる。「昨夜は、御津の寺に参詣して、すっかり夜更かしいたしましたので、お相手におうかがいもいたしませず」などと、母上[6]にはご挨拶なさる。

今日という日、都にお帰りになられる。お迎えの人たちが、何台もの牛車を引き連ねて参集なさり、母君が予後の心配がないまでにご本復になられたことを、みな慶びに思っている。

中納言殿[1]は、まずはじめに宮中に参内され、田舎のさまざまな話を申しあげられると、主上[8]は有馬の湯のありがたい霊力に興味をお示しになられる。

〔八三〕　あれこれあわただしい時を過ごしてから、母上[6]は身辺に安置する御持仏の装具の準備をお考えになられるが、君[1]もいうまでもなくこの仏の道には進んで望むお心をもっておいでだったから、一緒にお相手して、その道の名人上手の者たちをお呼び寄せになり、細心の配慮が加わるように注

ろともにあつかひ、道道《みちく》のものの上手ども召《め》し寄《よ》せて、こまかなる心しらひ添《そ》ふべくのたまはせつく。法服《（ほふぶく）》やうのもの、何《なに》くれと内《うち》うちにもものしたまふに、うち紛《まぎ》れたまふやうなれど、[二七]あるを見るだに恋《こひ》しき秋の悲《かな》しさはなべてだにあるを、まして御覧《らん》じそめしこの頃も、ただ今《いま》の心地《こゝち》したまへば、床《とこ》も涙《なみだ》の露繁《しげ》くて、寝覚《ねざ》めがちなり。

常《つね》よりも思ひぞいづる暁《あかつき》の鴫《しぎ》の羽掻《はねがき》[二八]かき集《あつ》めつつ

かく眺《なが》め明《あ》かしたまふ明日《あした》の空に、薄霧たちまよひて、籬《まがき》の菊もおぼつかなく、

〔八四〕中納言①、悲しみとともに、聖同然の生活を送る

紅葉の色もほのかにをかしきを、端《はし》のかたについゐて笛を少《すこ》し吹《ふ》き鳴《な》らしたまふに、われながらあはれに心細《こゝろぼそ》ければ、

笛竹のこのうきふしよ世の中をそむく山路のしるべともなれ

と、独《ひと》りごち居《ゐ》たまふ。

さるは、月日にそへ、いとど聖《ひじり》になりまさりたまふ。

かの御津《みつ》の尼《あま》をも絶《た》えずとぶらひたまふに、あはれに

文をおつけになる。法服などのようなもの、なにやかやと、君ご自身でも内々にご用意になられたりする。そうしたことに、気持ちがお紛れになられるようであるが、この世に生きてある人を見るのでさえも恋しさ募る秋がもの悲しいものであるのは世の常のことでもあるのに、ましてお亡くなりになった女君⑯と初めてお逢いになったこの秋の頃も、ほんの今の今のような気持ちがなさるものだから、お休みになる床も涙の露ばかり溢れて、夜も寝覚がちである。

暁は、いつもよりもことに思い出されてつらくてならない。あの時この時の後朝の別れの悲しみが、かき寄せ集まるかのように一緒になって。

〔八四〕　このように思いに沈む夜をお過ごしになられた翌朝の空には、薄霧がかすかにかかって、籬に咲く菊もおぼろにみえ、紅葉の色もほんのり滲んで、その趣に誘われて、縁先に膝をついて、笛を少し吹きならしなさる。と、われながら心にしみてものさびしい気持ちが募ってきて、

この笛のつらくかなしい音色よ。どうか私を導いてこの世を背いて山路へと分け入る道の案内役をはたしておくれ。

と、ひとり呟かれる。

こうした悲しみに沈んではおられるものの、月日の過ぎゆくとともに、ますます聖同然におなりである。

あの御津にいる尼⑰をも、絶えずお見舞いなさるので、尼は心底からもったいないことと恐縮して、出家しなければこ

忝《かたじけな》く、かからざらましかばと、捨《す》てけるほどを、嬉《うれ》しう思《おも》ひける、とか。

このような厚いもてなしをうけることもなかったろうと、世を捨てたことを嬉しく思った、とかいう。

注

本注は、典拠・引歌・注目すべき語彙・表現などについて、出典、用例、語義などに注を加えたものである。本文校訂・解釈については、訳文ほかに譲って、これを最小限にとどめた。

ここでは、いわゆる引歌表現については、他の物語に類例がみえるかどうかに意を用いて、指摘するようにした。

引用表現には、典拠となる本歌を強く意識して明示的に引用する場合から、本歌にもとづきつつも、繰り返し引用されることによって歌ことば表現として自立的に用いられるレベルのものまで、さまざまな層の広がりがある。

このような類例の指摘を通じて、『八重葎』における引歌表現のありかたを把握する基礎作業となるよう心がけると同時に、より広範囲に、物語の間でさかんに用いられる引歌表現が場面の形成や人物造型、ストーリーに与える力などを考えたり、逆に個性的な表現を生み出していると判断したりするなど、いわゆる引用の問題を、『八重葎』だけにとどまらない、より広い視野から捉える提起となるよう配慮した。

類似表現や類似語彙についても、同様の問題意識から、指摘を試みた。

とはいえ、まだ問題提起の試みにとどまって、調査のいたらざるところの多いことを自覚している。新たな増補訂正の研究の出現を期待したい。

出典の引用にあたっては、主要なものは、次のテキストを用いて、私に訂することをさけることを原則とした。

歌集類は、『新編国歌大観』による。掲出にあたっては、勅撰集の場合、歌をあげ、括弧内に、詞書／作者　歌集名・巻名など・国歌大観番号を、順に表記することを原則とした。他は、歌集の性格に応じ、適宜表記したが、国歌大観番号は明示した。

『源氏物語』（新編日本古典文学全集）、『狭衣物語』（岩波日本古典文学大系）、『夜の寝覚』（日本古典文学全集）、『浜松中納言物語』（岩波日本古典文学大系）、中世王朝物語については、『鎌倉時代物語集成』によった。

その他には、注の本文中に記すようにしたが、「日本古典文学大系」は「古典大系」、「新日本古典文学大系」は「新大系」、「日本古典文学全集」は「全集」、「新編日本古典文学全集」は「新全集」、「日本思想大系」は「思想大系」のように略称を用いた。

なお、先学により指摘のあるものについては、明示するようにしたが、容易に判明するものについては、これを省略した。

一　玉の瑕―「玉の瑕」の表現用例には、『仲文集』（八四）に「をしまればころものうらにかけてみむたまのきずとやならむとすらむ」、『源氏物語』「賢木」巻に、「御歯のすこし朽ちて、口の内黒みて、笑みたまへるかをりうつくしきは、女にて見たてまつらまほしうきよらなり。いとかうしもおぼえたまへるこそ心憂けれ、と玉の瑕に思さるるも、世のわづらはしさのそら恐ろしうおぼえたまふなりけり」、また「藤裏葉」巻に「その夜は、上（紫の上）添ひて参りたまふに、御輦車にも、立ちくだりうち歩みなど人わるかるべきを、（明石の君は）わがためは思ひ憚らず、ただかく磨きたてまつりたまふ玉の瑕にて、わがかくながらふるを、かつはいみじう心苦しう思ふ」などがある。なお、「玉に瑕」の用例が、「手習」巻や『有明の別』にみえる。

二　五つの濁り深き世―「五濁《ごぢょく》」の訓読みで、この世は、却《こう》濁《じょく》・見《けん》濁・命《みょう》濁・煩悩《ぼんのう》濁・衆生《しゅじょう》濁、の五つが現れることによって衰微する、とみる仏教的な世界観。「五濁悪世」の思想。表現用例には、『三宝絵』序に「五ノ濁ノ世ヲ厭ヒ離給ヘリ」（新大系）ほかがあるが、『源氏物語』「蓬生」巻に「（源氏は）仏、菩薩の変化の身にこそものしたまふめる。五つの濁《にご》り深き世になどて生まれけむ」とある。音読みでは、『狭衣物語』巻二には、いかにして仮にも宿らせ給ひけん」と評し、同じ巻二に狭衣が「五濁悪世をまぬがれて、かの、契りし阿私仙に仕へん」と思う場面がある。また『日本往生極楽記』の聖徳太子の条には「吾久しく五濁に遊ばむことを欲はずとのたまへり。妃即ち袂を反して嗚咽しぬ」（思想大系）がある。

三　聖徳太子だに族絶えんこと―「聖徳太子だに族絶えんこと」を願ったというのは、『徒然草』六段にみえる思想を反映するか（堀部正二・今井源衛・田村俊介ほか）。「わが身のやんごとなからんにも、まして数ならざらんにも、子といふ物なくてありなん。前中書王・九条太政大臣・花園左大臣、みな族《ぞう》絶えん事をねがひ給へり。染殿大臣も、「子孫おはせぬぞよく侍る。末のおくれ給へるはわろき事なり」とぞ、世継の翁の物語にはいへる。聖徳太子の、御墓をかねて築かせ給ひける時も、「ここを切れ、かしこを断て、子孫あらせじと思ふなり」と侍りけるとかや」（新全集）とあることによる。ただし、「染殿大臣」（藤原良房）の文言は、『大鏡』には「子のおはしまさぬこそ口惜しけれ」（新全集）であり、聖徳太子の話も『聖徳太子伝暦』では大規模な墓の造営を戒めるところに真意がある。『徒然草』では、**二**「五つの濁り深き世」に掲出したように、聖徳太子の「吾久しく五濁に遊ばむことを欲はず」の思想が底辺にあり、「族絶えんこと」を願う思想として受容したのであろう。

四　五つの逆さまの罪―五逆罪のこと。仏教語。父を殺すこと、母を殺すこと、阿羅漢を殺すこと、仏身を傷つけること、僧の集団を破壊することをいい、これを犯すと、無間地獄に落ちるという。ここでは、母を弑するに等しい罪をいう。『日本霊異記』中・第九に「大集経に云はく「僧の物を盗む者は、罪五逆より過ぐ云々」と」、『往生要集』に「造五逆罪、亦得生西方」、『今昔物語集』巻三・二十七に「我レ（阿闍世王）五逆罪（父王殺したこと）ヲ造レリ。道行カム間ニ大地割テ、地獄ニモゾ堕入ル」（新大系）、『大鏡』地・師輔の条に「いみじからむさかさまの罪ありとも、この人々をば思しゆるすべきなり」（新全集）などがある。母を殺す罪に相当する用例には、『平家物語』巻一・祇王に「いまだ死期《しご》も来らぬ親に、身をなげさせん事、五逆罪にやあらんずらむ」、「げにさやうにさぶらはば、五逆罪うたがひなし」（新全集）がある（田村）。

五　まことの聖さへ、女のすぢには道をも失ふなれば―久米の仙人の話が想定されていよう。『七大寺巡礼私記』や『扶桑略記』などのほか、説話では、『今昔物語集』巻十一・二十四、『徒然草』八段、『発心集』などにみえる。飛仙となって、空を飛んでいた久米の仙人が、川辺で衣を洗う若い女の白い脛《はぎ》を見て欲情をもよおし、通力を失って、墜落し、後、その女を妻として暮らしたことをいう。『徒然草』八段では、「久米の仙人の、物洗ふ女の脛《はぎ》の白きを見て、通《つう》を失ひけんは、誠に手足・はだへなどのきよらに、肥えあぶらづきたらんは、外の色ならねば、さもあらんかし」とあり、色香に迷う人間の欲望を肯定的に論評する。

六　小倉と言はん山の紅葉ははかばかしき色にも侍らざらん―「小倉《をぐら》」に「小暗《をぐら》」を掛ける。『飛鳥井雅有日記』「さがのかよひ」に「嵐山の近きしるしにて、小倉《をぐら》の山の名をかへて、雲霧もなく晴れたる空に、華やかにさし昇る月のさやけさ」（浜口博章『飛鳥井雅有日記注釈』）があるが、この一節は、「いづくにか今夜の月のくもるべき小倉の山も名をやかふらん」（だいしらず／大江千里『新古今』秋上・四〇五。ただし、『深養父集』（三三）は、清原深養父歌とする）を引くもの。『源氏物語』「夕霧」巻の「十三日の月のいとはなやかにさし出でぬれば、小倉《をぐら》の山もたどるまじうおはするに」は、暗い山も迷うことなくの意。「大井河うかべる舟のかがり火にをぐらの山も名のみなりけり」（大井なる所にて、人人さけたうべけるついでに／なりひらの朝臣『後撰集』巻十七・雑三・一二三一）も、同種の発想の表現である。

七　名にはさはらぬ―「もみぢ葉をけふは猶見むくれぬともをぐらの山の名にはさはらじ」（大井河に人人まかりて歌よみ侍りけるに／よしのぶ『拾遺集』巻三・秋・一九五）を引く。なお、『能宣集』（二六）の詞書には「十月十日ばかり　うへの人おほく大井にまかりてもみじ見侍るにひかされて　まかりてかはらけとりて」と月日が明示されており、参考になる。

八　ことごとしき随身はむつかしからむ―類似表現例に、『源氏物語』「藤裏葉」巻に、「（柏木が）「御供にこそ」とのたまへば、（夕霧が）「わづらはしき随身はいな」とて帰しつ」とある（田村）。

九　錦暗う見ゆ―見る人がなかったら、闇夜の錦同然の意を表現する。『源氏物語』「賢木」巻に、光源氏が藤壺に山の紅葉を命婦に託して「紅葉は、ひとり見はべるに、錦くらう思ひたまふればなむ」とあるのと同工の表現。この「賢木」の条は「見る人もなくて散りぬる奥山の紅葉は夜の錦なりけり」（北山に紅葉をらむとてまかれりける時によめる／貫之　『古今集』巻五・秋歌下・二九七、『古今和歌六帖』第六・紅葉・貫之・四〇六三、『和漢朗詠集』巻上・秋・落葉・三一六）による。なお『古今集』歌の「夜の錦」は、『漢書』項羽伝「富貴不帰故郷、如衣錦夜行」を典拠とする。また『夜の寝覚』巻二に、宰相の中将が「よろづ、さもかひなく、闇の夜の心地するかな」、巻五の入道殿発言「見はやす人なくてやみなむは、錦暗かりぬべかりつる紅葉を」、『浜松中納言物語』巻一の、一の大臣家の「楼台の上にさしおほひたる紅葉の、きてもまことに夜の錦かと見えたるに」も、『古今』の「見る人もなくて」歌を本歌とする。特に『夜の寝覚』巻五の例は、『八重葎』と同工の表現である。中世王朝物語では、「錦暗き心地」という表現が、『在明の別』二に「かのきたをもてをやは御らんぜせ給はぬ。にしきくらき心ちもし侍かな」とあり、「夜の錦」という表現が『苔の衣』春夏に「まことにありがたかりしちごおいを、よるのにしきにてやまむも、いとおしかりぬべし」とある。

一〇　中将の君―物語場面としては「中納言のことを誤ってかく記したか」（今井）とみたいところだが、［五］に「頭の中将、右衛門の督なども」とあるので、本文（諸本同じ）に従って「中将の君」とみておく。「中将の君」と記したのは、『源氏物語』「紅葉賀」巻、藤壺の御前での試楽に「源氏の中将は、青海波をぞ舞ひたまひける」とある表現を意識してのものであろう。［七］段落の同一場面にみえる「頭の君」も「頭の中将」のことか。ただし、こちらの「頭の君」は「頭の弁」と解する余地がある。

一一　深山木のかげだに侍らじを―『源氏物語』「紅葉賀」巻、藤壺の御前での試楽場面に「片手には大殿の頭中将、容貌《かたち》用意人にはことなるを、立ち並びては、なほ花のかたはらの深山木なり」を踏まえる表現。注一〇「中将の君」参照。

一二　秋風の吹く―「をみなへし花のさかりにあき風のふくゆふぐれを誰にかたらん」（題しらず／よみ人しらず『後撰集』巻七・秋下・三四一）を引く（妹尾好信）。

一三　渚清くは―「さざらなみまもなくきしをあらふめりなぎさきよくは君とまれとか」（『大和物語』・百七十二段・黒主）を引く。続く「さま変へたる岸のわたり」は、『大和物語』の亭子の帝の石山参詣からの帰途「打出の浜に、世の常ならずめでたき仮屋どもを作りて、菊の花のおもしろきを植ゑて御まうけつかうまつれりけり」（新全集）と準備し、国守たちはみな隠れて、大伴黒主だけをそこにひかえさせていたという。『八重葎』では、左衛門の督が黒主の役に該当する。「さま変へたる」は、たんに歌だけではなく、『大和物語』にみえる逸話じたいを踏まえたうえでの表現とみる。同内容の説話は、『石山寺縁起』にも引かれている。

一四　紅葉を焚かせて大御酒参る／苔の緑を掃ふ人もありけり―「林間に酒を煖めて紅葉を焼く　石上に詩を題して緑苔を掃ふ」（『和漢朗詠集』巻上・秋興・二二一・白居易）による。七言律詩「送王十八帰山、寄題仙遊寺」（『白氏文集』第十四）の第五句・第六句にあたる。『平家物語』巻六・紅葉には、嵐のあと、下役人が、吹き落ちた葉や落ちた枝をかき集めて燃やしてしまう。紅葉の名残の風情を楽しもうとした高倉天皇は、「林間に酒を煖めて紅葉を焼く」の詩の心を誰が教えたのかと尋ねて、咎めることをしなかった逸話が出てくる。

一五　伊勢の海―催馬楽（伊勢の海）「伊勢の海のきよき渚に潮《しほ》間《がひ》になのりそや摘まむ貝や拾はむや　玉や拾はむや」（新全集）。『源氏物語』「明石」巻に「伊勢の海ならねど、清き渚に貝や拾はむなど、声よき人にうたはせて、我（光源氏）も時々拍子とりて」とあり、「宿木」巻に、匂宮の「伊勢の海うたひたまふ御声のあてにをかしきを」とある。『とりかへばや』巻二には、産養の場面で「中納言ひやうしとりて、「伊勢の海」うたふ声、すぐれて面しろうきこゆるを」とある。なお、「伊勢の海」は現行の催馬楽でも歌われる曲。

一六 詠むれば―鹿の鳴く声を「ながむ」と表現する例に、『蜻蛉日記』中巻に「「こはなにぞ」と問ひたれば、「鹿のいふなり」と言ふ。などか例の声には鳴かざらむと思ふほどに、さし離れたる谷の方より、いとうら若き声に、はるかにながめ鳴きたなり」がある。

一七 散らぬ間はと聞こえさせたまひし山のため―［七］で、中務の宮が詠んだ歌「散らぬ間はここに千歳もをぐら山見で過ぎかたき峰のもみぢ葉」を引いての表現。

一八 琴の音絶え絶え聞こゆ―類似表現例に、『源氏物語』「賢木」巻に「秋の花みなおとろへつつ、浅茅が原もかれがれなる虫の音に、松風すごく吹きあはせて、そのこととも聞きわかれぬほどに、物の音ども絶え絶え聞こえたる、いと艶なり」、「橋姫」巻に「近くなるほどに、その琴とも聞きわかれぬ物の音ども、いとすごげに聞こゆ。……箏の琴、あはれになまめいたる声して、絶え絶え聞こゆ」などがある（田村）。

一九 情け加はる爪音―天保本以外の四本には、合点が付されている。「典拠あるか、未詳」（今井）。

二〇 三つの径―『源氏物語』「蓬生」巻に、荒廃した末摘花邸の「いづれか、このさびしき宿にもかならず分けたる跡あなる三つの径とたどる」とある表現による。「三つの径」は、陶淵明「帰去来辞」に「三径は荒に就けども、松菊猶存す」とあり、松・菊・竹を植えた小道。『凌雲集』に菅原清公の「結菴居三径、灌園一生」がある。陶淵明に傾倒した白居易には「何処春深好　春深貧賤家　荒涼三径草　冷落四隣花」（「和春深二十首」）があり、「蓬生」場面は、これをも引いて貧を表現する（新間一美『源氏物語と白居易の文学』）。『蒙求』「蔣詡三径」の注にも「竹下ニ三径ヲ開ク」とあり、今井源衛は「帰去来辞」よりは、『蒙求』によるとみる（「漢籍・史書・仏典引用一覧」）。『源氏物語』の注釈史では『紫明抄』や『河海抄』が「三径は門にゆくみち井にゆくみち厠にゆくみちなり是はいかなる家にもある道也」と注して以来、このように理解されることも多い。

二一 見しよの秋に―『山路の露』の浮舟の歌に「さとわかぬ雲ゐの月のかげのみやみしよの秋にかはらざるらん」がある（妹尾）。『山路の露』では、薫が尼姿の浮舟をかいま見ているところで、浮舟が詠む歌。『八重葎』とは場面としても類似する。なお、［四］では、『山路の露』のこの浮舟歌に対して、薫の歌「ふる郷の月は涙にかきくれてそのよながらのかげはみざりき」の下句を引用して、中納言が答える場面がある。『山路の露』との関連をうかがわせる注目すべきところ。旧説（今井）では、『源氏物語』の「賢木」巻における源氏の藤壺との贈答歌「月かげは見し世の秋にかはらぬをへだつる霧のつらくもあるかな」とする。なお、『浜松中納言物語』巻一にも「虫の音も花の匂ひも風のを《お》とも見し世の秋にかはらざりけり」があるが、［四］「その夜ながらのかげはみざりき」との照応を考えるならば、『山路の露』歌を引いたとみるのが適切か。

二二　行きとまるこそ宿ならめ―「世中はいづれかさしてわがならむ行きとまるをぞやどとさだむる」（題しらず／よみ人しらず『古今集』巻十八・雑歌上・九八七）。なお、『源氏物語』「夕顔」巻には、「いづこをさして」の部分による引歌表現が「見入れのほどなくものはかなき住まひを、あはれに、いづこかさしてと思ほしなせば、玉の台も同じことなり」とあり、『石清水物語』上にも「をのづからかよひ給所〳〵あれど、いづくをさして、心のとまりともなるべくもあらねば」、『言はで忍ぶ』二にも「いかにも〳〵心とまりぬべき人ざまなり。いづくをさしてとおぼゆる事はなけれど、たぐひなき御事にも、なにとやらん、うちかよひたるこゝちするに」とみえる。

二三　御車暁にものせよ―類似表現例に、『源氏物語』「帚木」巻に、空蟬のもとに忍び入った源氏が「「暁に御迎へにものせよ」とのたまへば」とある。

二四　忌むなるものにさのみめでたまふ―月の顔をみるのは忌むことという俗信の表現には、『竹取物語』に「在る人の「月の顔を見るは、忌むこと」と制しけれども」とあり、翁もまた「月な見たまひそ。これを見たまへば、物思す気色はあるぞ」（新全集）という。和歌では、「ひとりねのわびしきままにおきゐつつ月をあはれといみぞかねつる」（月をあはれといふはいむなりといふ人のありければ／よみ人しらず『後撰集』・恋二・六八四）の例がある。『源氏物語』では、端近に出て月を見る中の君が老い人に、「今は入らせたまひね。月見るは忌みはべるものを」（「宿木」）とたしなめられる。『更級日記』にも月の光を忌む表現がある。

二五　たゆたふ心のほどはそこにこそ知りたまはめ―『源氏物語』「須磨」巻にみえる、五節の「琴の音にひきとめらるる綱手縄たゆたふ心君しるらめや」の歌の「君しるらめや」を生かして、中納言の心に転じた表現。

二六　その夜ながらのかげは見ざりき―『山路の露』四の薫の歌「ふる郷の月は涙にかきくれてそのよながらのかげはみざりき」を引く。注二一「見しよの秋に」に掲出した、浮舟の「さとわかぬ」の歌を「と、しのびやかにひとりごちて、なみだぐみたるさま、いみじうあはれなるに、まめ人も、さのみはえしづめ給はずやありけん」に続いて出てくる。『山路の露』場面との照応の密接性に注目される。

二七　夜を長月と言ふにやあらん―「秋ふかみこひする人のあかしかね夜を長月といふにやあるらん」（こたふ／みつね『拾遺集』・巻九・雑下・五二三）を引く。ただし『忠岑集』（一三四）には、躬恒ではなく、「ただみね」の歌としてみえる。

二八　貫きとめし玉か―「白露に風の吹敷く秋ののはつらぬきとめぬ玉ぞちりける」（延喜御時、歌めしければ／文室朝康『後撰集』巻六・三〇八）による表現。ただし、『八重葎』の諸本いずれも「つらぬきとめし玉か」である。

二九　鳴き乱るる虫の声ごゑぞ玉の台よりもこよなくまさりける―類似表現に、「虫の声々乱りがはしく」（『源氏物語』「夕顔」巻）、「いづこかさしてと思ほしなせば、玉の台も同じことなり」（「夕顔」巻）などの例がある。後者については、『源氏物語』の注釈類では、「なにせんにたまのうてなも八重むぐらいづらんなかにふたりこそねめ」（『古今六帖』第六・むぐら・三八七四）を引く。

三〇　繁からん恋草―『狭衣物語』巻四、斎院を訪問した狭衣が、その帰途、「「恋草積むべき料にや」と見ゆる力車どもも、あまた遣りつゝ、行違ふを」見る。さらに男たちが大声で今様歌を歌うのを聞いて、狭衣は「七車積むともつきじ思ふにも言ふにもあまるわが恋草は」と詠む。ここの「恋草」は、「こひくさを　ちからくるまに　ななくるま　つみてこふらく　わがこころから」（広河女王『万葉集』巻四　六九七）による。同歌は『古今和歌六帖』（第二　くるま　ひろかはの女わう　一四二二）や『古来風体抄』上（五七）にもみえ、「恋草」が歌ことば化していたことが知られる。

三一　心の闇―「人のおやの心はやみにあらねども子を思ふ道にまどひぬるかな」（太政大臣の、左大将にてすまひのかへりあるじし侍りける日、中将にてまかりて、ことをはりてこれかれまかりあかれけるに、やむごとなき人二三人ばかりとどめて、まらうどあるじさけあまたたびののち、ゑひにのりてこどものうへなど申しけるついでに／兼輔朝臣　『後撰集』巻十五・一一〇二）による表現。『兼輔集』（一二七）にも「このかなしきなど人のいふところにて」とみえる。『源氏物語引歌索引』によれば、『源氏物語』における引用は二六回に及ぶ。本物語では、[四一]に「心の闇の導べをもしたてまつり」ともある。中世王朝物語にも「心の闇」をはじめ、同歌にもとづく引歌表現が数多くみえ、ここでは掲出を割愛する。

三二　忍ぶ草摘むべき忘れ形見―「結びおきしかたみのこだになかりせば何に忍の草をつままし」（兼忠朝臣母身まかりにければ、兼忠をば故枇杷左大臣の家に、むすめをばきさいの宮にさぶらはせむとあひさだめて、ふたりながらまづ枇杷の家にわたしおくるとてくはへて侍りける／兼忠朝臣母のめのと　『後撰集』巻十六・雑二・一一八七）による表現。『古今和歌六帖』（第五　三一三三）にも。『狭衣物語』巻三の狭衣の歌にも「忍ぶ草見るに心は慰まで忘れ形見に漏る涙かな」とあり、飛鳥井姫君腹の忘れ形見は「忍ぶ草」と呼ばれている。「忍ぶ草」の語じたいの用例は『狭衣』には頻出し、歌ことば化していたことが知られる。「忍ぶ草」を子に譬える例じたいは、中世王朝物語にも、『秋霧』下に「をのづからながらへば、しのぶぐさをも、わが物に見るよもありなん」、『浅茅が露』に「ゆくゑもしらずなりしを、月ごろいづくにあるらんとばかり、たづねまほしく侍りつれど、かゝるしのぶ草のたねとるべしとはおもひよらず侍りけるに」、『言はで忍ぶ』抜書本では「しのぶぐさかた身にのこるたねしあればあはれをかけよ我ならずとも」、さらに「露かけてあはれわするなしのぶぐさしのばれぬ身のかたみなりとも」の歌があり、『苔の衣』秋冬に「ゆくゑなくたづねうしなひたるしのぶ草、いかなるさまにておひ出らん」などをはじめ、常套的な表現とみることができる。「忍ぶ草」とよばれる「忘れ形見」は、物語における重要な話題であったことを示唆してもいよう。

三三　二月の雪こそ衣には落つなれ―「松根に倚つて腰を摩れば　千年の翠手に満てり　梅花を折つて頭に挿めば　二月の雪衣に落つ」（子日／尊敬　『和漢朗詠集』巻上・三〇）による表現。なお、類似句に『白氏文集』巻二十「二月五日花下作」には「二月五日花雪の如し、五十二の人頭霜に似たり」がある。

三四　長き世をさへかけて頼めたまふこと多かるべし―類例的表現には、『源氏物語』に「この世のみならぬ契りなどまで頼めたまふに」（「夕顔」巻）「弥勒の世をかねたまふ。行く先の御頼めいとこちたし」（「夕顔」巻）などがある（今井・田村）。

三五　いかで名乗りしたまへ―『源氏物語』「夕顔」巻、某院におもむいた源氏は、夕顔に「今だに名のりしたまへ」という。この場面、夕顔は「海人《あま》の子なれば」と言って答えない。『八重葎』の女君の場合と答えない点で響きあうところがある。注三六「木の丸殿に侍らばこそ」参照。なお、夕顔の返事は、「しらなみのよするなぎさによをすぐすあまのこなればやどもさだめず」『和漢朗詠集』巻下・遊女・七二二）による。『新古今集』（題しらず　巻十八・雑歌下・一七〇三）、『風葉和歌集』（あま人のむすめ　巻十八・雑三・一二五三）にもみえ、散逸物語でも知られた歌であり、男の尋ねる素性に女がはぐらかす物語の筋が多くあったことをうかがうことができる。

三六　木の丸殿に侍らばこそ―「あさくらやきのまろどのに我がをれば名のりをしつつ行くは誰が子ぞ」（題しらず／天智天皇御歌　『新古今集』巻十七・雑中・一六八九）。本歌は、神楽歌の「朝倉」（「朝倉や　木の丸殿に　我が居れば　我が居れば　名告りをしつつ　行くは誰（一説に「行くは誰が子ぞ」とも）」に由来する。中世の歌書には、多く採られて知られた歌である。『更級日記』には「朝倉や今は雲居に聞くものをなほ木のまろが名のりをやする」がある。菅原孝標女の作と伝える物語に「あさくら」（『御物本更級日記』奥書）があり、『物語二百番歌合』には「なのるともきのまろどののくもゐなるあさくらまではたれかたづねむ（右　みそめたまへりしころ、わが心ながらうつし心もなきほどに、人のそしらむこともたどるまじうおぼゆるを、おぼつかなきなむ心うき、なほなのりせよとのたまひければ／朝倉女君　『物語二百番歌合』後百番歌合・三〇八）との一節のあることが知られる。本場面の中納言の「いかで名乗りしたまへ」に対して姫君が「木の丸殿に侍らばこそ」と答えるのは、「夕顔」巻で、源氏の「今だに名のりしたまへ」に対して夕顔が「海人《あま》の子なれば」と応答する会話と照応するものがある。

三七　君によりてを―「君により思ひならひぬ世の中の人はこれをや恋といふらむ」（『伊勢物語』三十八段）を引く。

三八　この紫こそ武蔵野のにも劣るまじう―「紫のひともとゆゑにむさしのの草はみながらあはれとぞ見る」（『古今集』巻十七・雑上・八六七・よみ人知らず）による。『源氏物語』では、「若紫」巻の巻名はもとより、源氏が紫の上への執着心を詠んだ「手に摘みていつしかも見む紫のねにかよひける野辺の若草」を始め、本歌を引く例が数多くある。同じ「若紫」巻の、源氏が紫の上に手習いを教える場面で「『武蔵野のといへばかこたれぬ』

と紫の紙に書いたまへる」とあるのは「しらねどもむさしのといへばかこたれぬよしやそこそはむらさきのゆゑ（『古今和歌六帖』第五・むらさき・三五〇七）を引くものだが、同様の発想の歌で、両歌ともに響かせられていると読むことのできる例が多い。『狭衣物語』巻一では、帝の女二の宮を賜るとの話に狭衣は「いでや、武蔵野のわたりの夜の衣ならば、げに、かへまさりもや思えまし」と、源氏の宮だったらと思う場面をはじめ、この歌を響かせる例が多く、『夜の寝覚』『浜松中納言物語』にもあり、さらに中世王朝物語でも、本歌の語句による引歌表現は頻出する。

三九 長炭櫃に炭おこして集まり居る人―炭櫃や長炭櫃のもとに人が集まる風景には、「炭櫃に火おこして、物語などして集まりさぶらふに」（『枕草子』二百八十段「香炉峰の雪いかならん」の条）がある。また『うつほ』では、仲忠が雪の日涼のところに出かけ語り合う場面に「御前の長炭櫃の火多く起こさせたまひて」（「楼の上・下」巻）とあり、兼雅が女三の宮と語る場面では、「御火桶清らにておはす。炭櫃に火など起こしたり」、さらに仲忠が仲頼の妹と語る場面では「赤色の火桶、絵をかしく描きたるに、火起こして出だしたり」（ともに「蔵開下」巻）（新全集）とある。火桶をめぐる風景は［三］にみえる。

四〇 いづれとなくめやすく―「いづれとなくめやすく」の類似表現例には、『源氏物語』「総角」巻「さぶらふかぎりの女房の容貌、心ざま、いづれとなくわろびたるなく、めやすくとりどりにをかしき中に」がある（田村）。

四一 音無の里つくり出づるや―「恋ひわびぬねをだになかむ声たてていづこなるらんおとなしのさと」（題しらず／よみ人しらず『拾遺集』巻十二・恋二・七四九）、『古今和歌六帖』（第二・一二九六）にも。『狭衣物語』では、巻一に、狭衣が飛鳥井女君にいう「音無の里尋ね出でたらば、いざ給へ」ほかがある。なお、「おとなしのさと」ではなく「おとなしのたき」とする『拾遺集』歌本文もあり、巻三の「「音無の滝」は、漏り出でそめなば、心弱く、塞き難かりぬべければ」は、「たき」とする本文の引歌例。『夜の寝覚』巻二に「西の対には、大納言殿の音無しの里にしたまへば」（全集本は「里」を「窓」とする。今、前田家本による）、『浜松中納言物語』巻五に「（中納言の様子を）人の見とがめん所をしづめつくろうべきかたなければ、音なしの里と思ひなして、おきふし思しつづくるに」がある。中世王朝物語では、「ねをだに」の部分を引く用例が『小夜衣』『松浦宮物語』にみえる。

四二 つひに流れ出づる涙もあらんを―「おとなしのかはとぞつひに流れけるいはで物思ふ人の涙は」（しのびてけさうし侍りける女のもとにつかはしける　もとすけ『拾遺集』巻十二・恋二・七五〇）。『拾遺集』では、注四一掲出の「恋ひわびぬ」の歌と連続しており、セットとして意識的に引用されていよう。

四三 森の下草さへ『駒だにすさまば』と―「おほあらきのもりのした草おいぬれば駒もすさめずかる人もなし」（題しらず／よみ人しらず『古今集』巻十七・雑歌上・八九二、『古今和歌六帖』第二・もり・をののこまち・一〇四六、『和漢朗詠集』

巻下・草・四四一）を引く。『源氏物語』「紅葉賀」巻では、源典侍が「「森の下草老いぬれば」誰も相手にしてくれないと戯れかかり、源氏との間に引歌の応酬がある。この前後は、当該場面を物語教養として意識しつつ、作者の表現力を発揮した場面である。また『狭衣物語』巻三では女房を相手に、狭衣が「森の下草」こそ、辛きわざなめれ」と、女房に戯れかかる場面がある。

四四　川と流れず―注**四二**「つひに流れ出づる涙もあらんを」所引の「おとなしのかはとぞつひに流れけるいはで物思ふ人の涙は」による。恋の物思いをしている人の涙が川となって流れ出ないということはないでしょうの意。

四五　その水上は―「なみだがはそのみなかみをたづぬればよをうきめよりいづるなりけり」（題不知／賢智法師『詞花集』巻十・雑下・三六八）。また「さまざまにながるるのりのみづなれどその水上はひとつなりけり」（左京のかみ顕輔、和歌曼陀羅といふものかきて供養しける日、法花経歌人人によませけるに、無量義経をよめる『続詞花集』巻十・釈教・四五四）、あるいは「色ふかき涙の川の水上は人をわすれぬ心なりけり」（恋の歌の中に／西行法師『後続拾遺集』巻十二・恋二・西行法師・七六〇、『山家集』下・雑・一一八三にも）によるか（今井ともみられる。文意は「涙の水上は、あなたさまのほうがおわかりでしょう」であるから、涙・川・水上から連想される表現類型としての利用であろう。

四六　三瀬川の導べにや―三瀬川は、死人が冥土に行く途中で越える川、三途の川のこと。渡り川ともいう。女は死ぬと、三途の川をはじめて逢った男に背負われて渡るという俗信をふまえての表現。『地蔵菩薩発心因縁十王経』（平安時代の偽経）に「初開の男を尋ねてその女人を負わせ」とあるが、『信明集』にみえる「行平が三君をたえたるころ、女／わびつつもこのよはへなんわたりがは後のふちせとたれにとはまし／かへし／此よをばおひもかづきてわたしてん後ははじめの人をたづねよ」（一五・一一六）の贈答歌は、この俗信を反映する。『源氏物語』「真木柱」巻では、玉鬘を鬚黒に奪われた源氏が「おりたちて汲みはみねども渡り川人のせとはた契らざりしを」と詠み、玉鬘が「みつせ川わたらぬさきにいかでなほ涙のみをのあわと消えなん」と答える場面がある。なお、『蜻蛉日記』付載歌集「みつせがはあささのほどもしらはしと思ひしわれやまづ渡りなん」、『とりかへばや』巻四「三瀬川のちの逢瀬は知らねども来む世をかねて契りつるかな」があるが、『狭衣物語』巻三では、飛鳥井女君の一周忌の法要を催した狭衣は、夢に女君が「暗きより暗きにまどふ死出の山とふにぞかゝる光をも見る」、おかげで成仏できたというのを見て、「後れじと契りしものを死出の山三瀬川にや待ち渡るらん」と思いやる場面があり、注目される。なお「三瀬川」の語例は、『石清水』下、『風に紅葉』一、『苔の衣』秋冬、『木幡の時雨』、『雫に濁る』、『とりかへばや』一、『松陰中納言』三（隠岐の島）にもみえるほか、「渡り川」の語例もあるが、ここでは掲出を割愛する。

四七　葎の宿のひじきも―「思ひあらば葎の宿に寝もしなむひし

きものには袖をしつつも」（『伊勢物語』三段）による表現。『大和物語』百六十一段にもみえる歌。『八重葎』には、類似の表現として、「葎の宿」、「玉の台も八重葎」が〔二七〕、「葎の宿り」が〔五八〕、「葎の門」「八重葎蓬がもと」が〔六八〕、「葎の宿（かのありし葎の宿の主）」が〔七八〕などにみえる。

四八 如意輪観世音―如意宝珠と宝輪をもって、衆生の願いを意のごとくにかなえるとされる観音。ここでは女性に譬える。如意輪観世音ではないが、吉祥天女の像に恋慕する話は『日本霊異記』中巻や、『古本説話集』にみえる。『源氏物語』「帚木」巻の「吉祥天女を思ひかけむとすれば、法気《ほふけ》づき霊《くす》しからむこそ、また、わびしかりぬべけれ」の一節が想起させられる。なお、如意輪観音の語例は、『海人の刈藻』四、『夜寝覚』一にみえるが、これらは語そのものにとどまり、譬的な意味合いは担わされていない。

四九 雪霰がちに―冬の景色の常套的表現。「霜月ばかりになれば、雪霰がちにて、外には消ゆる間もあるを、朝日夕日をふせぐ蓬、葎の蔭に深う積もりて」（『源氏物語』「蓬生」巻）、「霜月の十日なれば、紅葉も散り果てて、野山も見所なく、雪霰がちにて、物心細く」（『狭衣物語』巻二）などがある。

五〇 もてなさむなんよかるべき―底本（作楽本）・静嘉堂文庫本・東海大学本「もてなさなんよかるべき」。天保本「もてなさんなんよかるべき」、原本「もてなさ［む歟］なんよかるべき」。底本は、頭注に朱で「夏蔭伝もてなさむなんとありしなるへし」とあり、この改訂説に従った。天保本・原本の本文は、それを反映したものと考えられる。

五一 昨日に変はるけぢめも見えねど―「かくて明けゆく空のけしき、昨日に変りたりとは見えねど、引き替ふめづらしき心ちぞする」（『徒然草』十九段「折節の移り変るこそ」の段）を模すか。注三「聖徳太子だに族絶えんこと」にみえる『徒然草』引用として、成立年代と関わらせて、堀部正二、今井源衛の指摘するところ。ただし、「新大系」の『徒然草』の注では、「「いかに寝て起くるあしたにいふことぞ昨日を去年とけふを今年と」（後拾遺集・春上・小大君）「去年といふ昨日にけふは変らぬをいかに知りてか鶯の鳴く」（千五百番歌合・春一・小侍従）などに通う感じ方」（久保田淳）と指摘する。『徒然草』固有の典拠とみるより、同工の表現とみるべきか。

五二 玉の台も八重葎―「なにせんにたまのうてなも八重むぐらいづらんなかにふたりこそねめ」（むぐら『古今和歌六帖』第六・三八七四）による。なお同歌は、『伊勢物語』三段や『源氏物語』「夕顔」巻の「玉の台も同じことなり」の条では古注以来掲出されてよく知られる歌である。

五三 それかあらぬか―男が女の琴の音を「それかあらぬか」と表現する例には、『兵部卿物語』一「たそかれにそれかあらぬかことのねをしらべかはらできくよしもがな」がある（妹尾）。文意は引歌を想定せずも通じるが、『兵部卿物語』との引歌関係を認めれば、本物語成立の重要な手がかりのひとつになる。

五四 春霞立ち居にかかる心とは―類似の表現歌に「しるらめやかづらき山にゐる雲のたちゐにかかる我がこころとは」（恋歌

中に／式子内親王　『新後撰集』巻十一・恋歌二・七七九、『式子内親王集』七四）がある。

五五　しづ心もなしや―「久方のひかりのどけき春の日にしづ心なく花のちるらむ」（桜の花のちるをよめる／きのとものり『古今集』巻二・春歌下・八四）を響かせる。

五六　深きところをたづねたまはば―「山よりもふかきところをたづねみばわが心にぞ人はいるべき」（女の、ふかき山にもいらまほしきよしいひて侍りければ、つかはしける／大納言斉信『千載集』巻十五・恋歌五・九一二）による。なお、三句目を「尋ぬれば」として『続詞花集』巻十三・恋下・六六三）にも見える。また、類想的表現の贈答歌として、『公任集』に、「山におはしける比／ただのぶの中将　世をうしとのがるときけば我はいとどこれよりふかく入りぬべきかな」（四八二）とあり、これに対して、公任が「かへし　山よりも深き所をもとむれば我が心にも君はいらなん」（四八三）とある。

五七　神代のこと―「おほはらやをしほの山もけふこそは神世の事も思ひいづらめ」（二条のきさきのまだ東宮のみやすんどころと申しける時におほはらのにまうでたまひける日よめる／なりひらの朝臣　『古今集』巻十七・雑歌上・八七一）。同歌は『伊勢物語』七十八段や『古今和歌六帖』（第二・九一七）にも。「神代のこと」は「をしほのやま」や「すみよし」と結びついて用いられることが多い。引歌の例に『いはでしのぶ』（抜書本）に「神世のことども、いひ侍る人もあらんこそ」がある。

五八　あらぬねざし―姫君16のこと。[一九]にみえる「冬枯の汀に残る紫はあるにもあらぬ根ざしなりけり」の歌による。

五九　江口の君―遊女のこと。江口は、淀川の交通の要衝。熊野、高野山、四天王寺、住吉社参詣の人びとの宿泊地。平安から鎌倉にかけて多くの遊女たちが集まった。『大和物語』百四十五段には「川尻」に「うかれめに、しろといふ者ありけり」とある。江口の盛行ぶりは大江匡房の『遊女記』から知られるが、そこにも「白女」の名がみえる。『山家集』『西行物語』『撰集抄』などには西行と江口の遊女の贈答が出てくる。『西行物語（文明本）』下には、「天わう寺へまいりける道にて雨のふりければ、ゑぐちの君がもとにやどをかりけるに、かさゞりければ、君のならひ、せい〳〵とある人をこそとゞめんとすれ、たゞひとりまよひありく入道にやどかさぬはことはりとおぼえて、／世の中をいとふまでこそかたからめ　かりのやどりをおしむ君かな／これを見て、さすが心ある君にて、人をはしらかしてかくぞ。／世をいとふ人と《（ママ）》ゝしきけばかりのやどに　こゝろとむなとおもふばかりぞ」とある。また『西行上人集』（李花亭文庫本）には「返し　遊女たへ」とみえる（久保田淳編『西行全集』による）。

六〇　藻に住む虫のわれからと―「あまのかるもにすむむしの我からとねをこそなかめ世をばうらみじ」（題しらず／典侍藤原直子朝臣　『古今集』巻十五・恋歌五・八〇七）。『伊勢物語』六十五段、『古今和歌六帖』（第三　われから／内侍のすけきよいこ）ほか歌書にも。『源氏物語』では「夕顔」巻で引くほか、諸注釈が「蓬生」「柏木」「夕霧」「宿木」の諸巻の参考歌としてあげる。「藻に住む虫のわれからとのみ、世にありてかかるめもみること、かなしけれど」(『讃岐典侍日記』)などのように、定着した表現として用いられることが多い。『海人の刈藻』の題号や散逸物語『藻に住む虫』『われから』の題号も本歌による。ほかに物語中の引歌例が多くあり、当該本文もまた、そのような引歌表現史のうえに登場してくるもの。

六一 世の中に人の陰妻ほど―『狭衣物語』巻一では、道成が、飛鳥井女君の乳母に「さやうの細公達の蔭妻にておはすらん、口惜しき事なり。たゞ心見給へ。御もとの御幸い《(ひ)》にてこそあらめ。違へ給な」という。物語の設定とあわせての表現として注目される。道成は、さらに投身を覚悟する飛鳥井女君に「なにがしの少将の蔭妻にて、道行人言に心を盡し、胸をつぶし給ふ心もやは」と口説いているほか、巻三でも、母代が狭衣に飛鳥井女君の消息を伝える場面でも「いでや、さやうの生公達の蔭妻にて。益なし」とあり、『狭衣物語』では、飛鳥井女君のキーワードである。

六二 一夜二夜のふしはよしなし―「たかくともなににかはせんくれたけのひとよふたよのあだのふしをば」(おなじ女(修理の君)『大和物語』九十段・一三四)による。『元良親王集』では「すりのいそのおもとにおはせんと、のたまへりければ、女 一一七)とあり、『新勅撰集』では「兵部卿もとよしのみこ、ふみつかはしける返ごとによみ侍りける/修理 巻十二・恋歌二・七三五)とある。ただし、同歌は『古今著聞集』(巻八好色第十一)の「三三一後嵯峨天皇某少将の妻を召すこと並びに鳴門中将の事」(大系本)では、女房がこの「ふるき歌」を口ずさみ、後嵯峨天皇に召され、夫の中将は、ために隠遁するが、のち召されて中将となる。この歌がもととなって『なよ竹物語』(『鳴門中将物語』)が作られ、絵巻ともなった。同歌の流布基盤は広さをうかがわれる。

六三 はちぶきをるに―ふくれつらをすること。『源氏物語』「松風」巻に「鬚がちにつなし憎き顔を、鼻などうち赤めつつはちぶきいへば」、「若菜下」巻では、小侍従が柏木にむかって「いとむくつけきことをも思しよりけるかな。なにしに参りつらん」と、はちぶく」の例がある。

六四 いかがはせんに思ひ弱りて―類似表現に『源氏物語』「総角」巻、薫が大君にいう言葉に「いかがはせむに思し弱りね」がある(田村)。

六五 さらぬ別れの道―「老いぬればさらぬ別もありといへばいよいよ見まくほしき君かな」(業平朝臣のははのみこ長岡にすみ侍りける時に、なりひら宮づかへすとて時時もえまかりとぶらはず侍りければ、しはすばかりにははのみこのもとよりとみの事とてふみをもてまうできたり、あけて見ればことばはなくてありけるうた『古今集』巻十七・雑上・九〇〇)、「世中にさらぬ別のなくもがな千世もとなげく人のこのため」(返し/なりひらの朝臣『古今集』巻十七・雑上・九〇一)、ならびに『伊勢物語』八十四段による。「さらぬ別れ」の用例は、『源氏物語』「夕顔」巻に、源氏が乳母の大弐の三位に「さらぬ別れはなくもがなとなんなどこまやかに語らひたまひて」とあるほか、「松風」

「若菜上」巻にもみえる。『在明の別』三に「めのまへのさらぬわかれをみにしればいよ〳〵君をこひぬひぞなき」、『石清水物語』上に「は、宮の御かたへまいり給へれば、「いづくよりものし給へるぞ。しばしも見たてまつらぬは、くるしう」とて涙をうけて、「さらぬ別のなからむ程は、めかれなく」と聞え給ふついでに」、『松陰中納言物語』一「濡れ衣」に「御かたちのいとちいさうなるまゝに、やがて桐にうづもれたまへば、さらぬわかれの御心地ぞし給へる」、『夢の通ひ路』一に「いかにもして、さらぬわかれのなくもがなと、明くれむねのあくべき時もなふ」、『夜寝覚物語』一に「御いのりの事、ほうしやうじのそうづに、かぎりなくおほせられて、「さらぬわかれは、扨のみやは。つゐの事なり」とおぼして」、『我身にたどる姫君』一に「いとゞしくしづかなる世のけしきに、宰相の君の、さらぬわかれいとゞとりそへ、うちなかれぬ」など数多い。なお、本物語では、[四二]には「さらぬ別れは世の常なれば」、[四四]には「さらぬ別れに慰めて」の引用例がある。

六六　綻びがちなる衵―「ほころびがちなる」については、『枕草子』百三十八段（正月十余日のほど、空いと黒う）「髪をかしげなる童の、衵どもほころびがちにて袴萎えたれど」（新全集）がある。岸上慎二（古典大系）は「「ほころび」の意は古来不明。着方の一種か。衵は下着とするのが本体だが、ここは上着として十分たくしあげている意か」と注する。田中重太郎（枕冊子全注釈）は、「髪をかわいらしく結っている少女で着ている衵はあちらこちら（糸が切れて）ほころびていて、袴はくしゃくしゃになっているが」と通釈し、萩谷朴『枕草子解環』は「髪の美しい女の子で、衵なんかも綻びがちで、袴は着くたびれているが」と口訳するが、ともに注はない。「新潮古典文学集成」には注、傍訳ともにない。「新全集」は「髪の美しげな女の子で、みんな衵は切れほころびて、袴はよれよれになっているけれど」と訳し、「「ほころびがち」はきれほころびたものと見る」と注する。「新大系」に注はない。能因本による松尾聡の「全集」本は、「髪の美しげな女の子で、みんな衵はほころびがちで、袴はよれよれになっているけれど」と訳し、「「ほころびがち」は切れほころびたものとも、縫い残しが多いものとも、着方の一種ともいう」と注する。『枕草子』の場面は、桃の木をめぐって子供たち騒ぎをえがく場面であるから、切れほころびるで解釈できるが、『八重葎』本文の場面では解釈しにくい。今、縫い残しの多いものの意で訳したが、その実際は不詳である。

六七　童べに御足まゐりて―類似場面に、『源氏物語』「葵」巻に、葵の上亡きあと、二条院に帰った源氏は「御方に渡りたまひて、中将の君といふに、御足などまゐりすさびて大殿籠りぬ」とあり、「玉鬘」巻で、右近が源氏に玉鬘との邂逅を報告する場面でも「大殿籠るとて、右近を御脚まゐりに召す」とある。

六八　平中が涙―うそ泣きのこと。平中が女のもとを訪れて、硯の水をつけて泣くふりをしたが、それと知った女が墨をすって入れておいたので、顔が黒くなって露顕したという失敗譚による。ただし現存の『平中物語』にはみえない。『源氏物語』「末摘花」巻に、源氏が紫の上と戯れて「平中がやうに色どり添へたまふな。赤からむはあへなむ」とある古注に（『源氏釈』『河海抄』など）、この平中の涙の滑稽譚が引かれるほか、『古本説話集』などにその説話がある。この話をパロディふうに利用した物語に『堤中納言物語』所収の『はいずみ』がある。

六九 樺桜のものよりことにすぐれて―『源氏物語』「野分」巻に、紫の上をかいま見た夕霧は「ものに紛るべくもあらず、気高くきよらに、さとにほふ心地して、春の曙の間より、おもしろき樺桜の咲き乱れたるを見る心地す」とある。「幻」巻には、紫の上が「外の花は、一重散りて、八重咲く花桜盛り過ぎて、樺桜は開け、藤はおくれて色づきなどこそはすめるを、そのおそくとき花の心をよく分きて、いろいろを尽くし植ゑおきたまひしかば」とあり、「樺桜」には紫の上のイメージが付与されているか。『八重葎』本文の「樺桜の物よりことにすぐれて」という形容には、『源氏物語』における「樺桜」の価値観の反映が認められるか。

七〇 千代しも―「別れてはきのふけふこそへだてつれちよしもへたるここちのみする」（うらむること侍りて、さらにまうでこじとちかごとして、ふつかばかりありてつかはしける／謙徳公『新古今集』巻十四・恋歌四・一二三七）による。『一条摂政御集』（一〇一）にも。『恋路ゆかしき大将』巻三には「へだゝりつる日数思ふに、ちよしもへたらん心ちして、いそぎわたり給へれば」との引用表現がある。

七一 おとにぞ人を―「あひ見ずはこひしきこともなからましおとにぞ人をきくべかりける」（題しらず／よみ人しらず　『古今集』・巻十四・恋歌四・六七八、『古今和歌六帖』第四・こひ・一九九五）を引く。

七二 恋しきこともなからまし―注**七一**「おとにぞ人を」の歌の二句目と三句目にあたる。

七三 さらぬ別れは―「世中にさらぬ別のなくもがな千世もとなげく人のこのため」（なりひらの朝臣　『古今集』巻十七・九〇一）による。注**六五**「さらぬ別れの道」参照。［四四］には「さらぬ別れに慰めて」がある。注**七九**参照。

七四 心の闇の導べ―「人のおやの心はやみにあらねども子を思ふ道にまどひぬるかな」（兼輔朝臣　『後撰集』巻十五・雑一・一一〇二）による。注**三一**「心の闇」参照。

七五 ことをし思ふ―［四〇］の歌「桜花深き色香を見るままになほ移ろはむことをしぞ思ふ」の結句にあたる。

七六 耶輸陀羅夫人―釈迦の出家前の夫人。王妃。羅睺羅《らごら》の母のこと。後、釈迦の養母とともに出家する。『海人の刈藻』巻四に「七多太子の王宮をいで給しには、ちゝみかど、やしゆだら女（耶輸陀羅女）の御わかれやおはしけん」とある。

七七 陰の小草―「み山木のかげのこぐさは我なれやつゆしげけれどしるひともなき」（伊勢　『新勅撰集』巻十二・恋二・七一三）を引く。『狭衣物語』巻一に「（狭衣は）世の男のやうに、をしなべて、乱りがはしくあは〳〵しき御心ばへぞ、なかりける。夢ばかりもあはれをかけ給はん蔭の小草（深川本では「木草」）などをも、思し心に思し放つべくもなかりけれど」とある。また「数ならぬ人は、好々しくあるまじからん事好まで、さりぬべからん蔭の小草の、つゆより外は知る人なからんこそよからめ」とあり、巻三に「（飛鳥井女君は）「蔭の小草にしも、生ひ初めけんよ」など、（狭衣は）数ならず思し出づるも」とあり、さらに巻三、宮の中将の歌にも「吹きまよふ風のけしきも知らぬかな萩の下なる蔭の小草は」とある。『狭衣』用語ともいうべき色彩がある。

七八　遅れ先立つ悲しさ―「すゑのつゆもとのしづくや世中のおくれさきだつためしなるらん」（題しらず／遍昭　『新古今集』巻八・哀傷・七五七）による。『古今和歌六帖』（第一　しづく・五九三）、『和漢朗詠集』下　無常　良僧正・七九八）、『遍昭集』（一五）にも。『源氏物語』「葵」巻に、源氏は「後れ先立つほどの定めなさは世の性と見たまへ知りながら」と左大臣に語り、「柏木」巻では、朱雀院「後れ先だつ道の道理のままならで」、夕霧が柏木に「後れ先だつ隔てなくとこそ契りきこえしか」と言い、夕霧は落葉の宮に「後れ先だつほどのけぢめには」と言う。さらに「御法」巻の紫の上終焉の場面では、源氏は「ややもせば消えをあらそふ露の世に後れ先だつほど経ずもがな」、源氏を弔問した致仕のおとどは「後れ先だつほどなき世程なりけりや」と思う。「椎本」巻では、大君が薫に「我も人も後れ先立つほどしもやはべらむなど」と言い「宿木」巻で、薫は「誰ものがれぬこととながら、後れ先だつほどは、なほ、いといふかひなかりけれ」と言う。『源氏物語』では、こなれた定型表現となっている。同じ本歌の引用でも、『狭衣物語』巻三の、狭衣の心中思惟「嘆く〱、はかなき『もとの雫』の程は、を《お》のづから過ぎなん」とのみ、思とり給ふに」、巻三の、同じく狭衣の心中思惟「殿・うへの御心どもは疎かに思されねど、もとの雫、いつとても同じことなれば」と「もとの雫」を引くところに特色がある。『浜松中納言物語』巻四では、中納言の言葉「この世の常なきありさまにてかゝるをくれ先だつほどの思ひなくやはある」とある。中世王朝物語では、「おくれ先立つ」などのほか「おくれ先立たむこと」「おくれ先立たむつひの道」「おくれ先立ちて」「おくれ先立つためし」「おくれ先立つならひ」などの表現が定型化して頻出する。

七九　さらぬ別れ―「世中にさらぬ別のなくもがな千世もとなげく人のこのため」（『古今集』巻十七・九〇一・業平）。〔三六〕に「さらぬ別れの道」、〔四二〕に「さらぬ別れは」がある。

八〇　忘れ草も繁るものなり―「すみよしとあまはつぐともながゐすな人忘草おふといふなり（あひしれりける人の住吉にまうでけるによみてつかはしける／みぶのただみね　『古今集』巻十七・雑歌上・九一七）、『古今和歌六帖』（第六・わすれぐさ・二八五一）、『忠岑集』（一六一）ほか、「忘れ草」の語彙をもつ歌は多い。

類似表現として、『狭衣物語』巻三に、狭衣が、入水した采女の亡骸を見た奈良の帝の心中を「忘れ草も繁りまさりけん」と推測するが、狭衣が飛鳥井女君との照応で用いられている点に注目したい。巻四に「を《お》のづから心よりほかに、忘れ草の生ふるやうもありなん」とあるが、ここは宰相の中将の妹君と契った狭衣が彼女を迎えとったら、妹君は母上との別れをまぎらせられるだろうとの思惟の場面。なお、『源氏物語』にも「須磨」巻に「やうやう忘れ草も生ひやすらん」、「宿木」巻「さて、なかなか皆荒らしはて、忘れ草生ほして後なん、右大臣も渡り住み」、「浮舟」巻「あまたの子どももあつかひに、おのづから忘れ草摘みてん」の例がある。中世王朝物語では、「忘れ草」「忘れ草植ゑ」「忘れ草生ふるならひ」「忘れ草のしるべ」「忘れ草の種」「忘れ草をまかせ」など「忘れ草」表現が頻出する。

八一　あとの白浪―「世の中をなににたとへむあさぼらけこぎゆく舟のあとのしら浪」（題しらず／沙弥満誓　『拾遺集』巻二十・哀傷・一三二七）による。『古今和歌六帖』（第三・ふね・さみませい）、『和漢朗詠集』（下・無常・沙弥満誓・七九六）にも。『源氏物語』「総角」巻、中の君との後朝、匂宮の目に見えた宇治の光景「例の、柴積む舟のかすかに行きかふ跡の白波、目馴れずもある住まひのさまかな」。『狭衣物語』巻二、飛鳥井女君の投身を知った狭衣「甲斐なくとも、かの跡の白波を見るわざもがな」。巻一、狭衣が飛鳥井女君の夢を見る場面の歌「行方なく身こそなり行けこの世をば跡なき水のそこを尋ねよ」にも、入水直前の歌「寄せ返る沖の白波たよりあらば逢瀬をそこと告げもしなまし」にも本歌の響きを認めることができる。中世王朝物語では、「あとの白波」では『夢の通ひ路』五に、「金の御さきとやらんに、かりに船とめておはす。折からもむつかしうくもりて、とま打かけし船どもの、こぎわかれゆく跡の白波立かへるだに、おかしう、なきかこちて、ふしおはすに」とあり、『白露』下の冒頭は「しらなみのあとなきかたに漕行ふねも、風のたよりはありぬべきを」と始まる。これも本歌による表現例である。

八二　掻練の濃き薄き―「掻練」は砧で打ってやわらく光沢を出した絹、あるいは「掻練襲」すなわち襲の色目で、表裏とも赤で、冬から春まで用いるものを意味する。『源氏物語』「末摘花」巻では、末摘花のことを命婦が「掻練このめるはなの色あひや見えつらむ」という。ここでは末摘花の鼻を掻練の赤にたとえる。「玉鬘」巻では、九州から上京した三条が「田舎びたる掻練に衣など着て」、「初音」巻では、新年二条東院を訪れた源氏は「光もなく黒き掻練のさゐさゐしく張りたる一襲、さる織物の袿を着たまへる」末摘花を見る。「夕霧」巻では、落葉の宮と契りを交わした夕霧だが、女房たちは「あざやかならぬ色の、山吹、掻練、濃き衣、青鈍などを着かへさせ」とあり、掻練の用例には洗練されない、時に田舎ものふうのイメージが付着させられているところに特色がある。『八重葎』の当該箇所にもそういうイメージが反映していよう。

八三　弓胡簶負ひたる男ども―矢を入れて背中に負う武具のこと。『狭衣物語』巻一、飛鳥井女君が欺かれて、筑紫下向の船に乗せられることになる場面「門引き出づるより、胡簶など負ひて、見も知らず恐ろしげなる姿したる者ども多くて」と『八重葎』と類似した場面で出てくる。

八四　そよかかりきと君に伝へよ―『大和物語』百四十八段、男と別れて京に来た女は「前に荻すすき、いとおほかる所になむありける。風など吹けるに、かの津の国を思ひやりて、「いかであらむ」など、悲しくてよみける」に続いて出てくる「ひとりしていかにせましとわびつればそよとも前の荻ぞ答ふる」の歌の表現による（今井・田村）。『八重葎』本文の直前に出てくる「名に負ふ難波」は、「難波潟」という歌ことばがあるように干潟で、葦の名所でもあるからだが、「君なくてあしかりけりと思ふにもいとどなにはの浦ぞすみうき」（なにはにはらへしにある女まかりたりけるに、もとしたしく侍りけるをとこのあしをかりてあやしきさまになりてみちにあひて侍りけるに、さりげなくてとしごろはえあはざりつる事などいひつかはしたりければ、をとこのよみ侍りける　『拾遺集』巻九・雑下・五四〇）および「あしからじよからむとてぞわかれけんなにかなにはの浦はすみうき」（返し　同五四一）の話をも反映していよう。これは『大和物語』百四十八段の後段に出てくる話でもあって、『八重葎』のこの一節は、いわゆる芦刈伝説譚を一連のものとして念頭に置きつつ書いたとみることができる。なお【五〇】にみえる「難波の葦の吹き寄らん風の伝にも」の表現や、【六九】「賤の男の田を刈りて」の表現にも、この話の反映が認められよう。

八五　八十島かけて―「わたのはらやそしまかけてこぎいでぬと人にはつげよあまのつり舟」（おきのくにながされける時に舟にのりていでたつとて、京なる人のもとにつかはしける／小野たかむらの朝臣　『古今集』巻九・羇旅・四〇七）による。この話は、歌書、説話（『今昔物語集』ほか）、歴史物語類にみえ著名であって、「わたのはらやそしまかけて」あるいは「やそしまかけて」の句をもつ歌は物語中にも頻出する。本歌の「人にはつげよ」の箇所を引いた例には、『松陰中納言物語』一「濡れ衣」に「人にはつげよと、ながめ給ひつる海づら見わたさるゝに」がある。

八六　憂きに堪へける命―「おもひいでてたれをか人のたづねましうきにたへたる命ならずは」（ひさしくまうでこざりける人の、おとづれたりける返事につかはしける／小式部　『千載集』巻十四・恋四・八四三）による表現か（妹尾）。「なにかいとふよもながらへじさのみやはうきにたへたる命なるべき」（題しらず／殷富門院大輔　『新古今集』巻十三・恋歌三・一二二八）、『いはでしのぶ』（抜書本）には、「大なごんの君などの、人にとりて、わかうおひへ（びれカ）たりしけしきながら、うき世をもおもひわき、そむきはてにける心のほど、つく〴〵あはれにうちまぼられ給つゝ／なべて世のうきにも人はそむきけりなどかうき身のうきにたへたる」、『唐物語』には、「もろともににしきをきてやかへらましうきにたへたる心なりせば」（夫（朱買臣）・一二八）などがあり、定型的表現とみることができる。その一方、「憂きに堪へたる命」として『石清水物語』下には「みづからが心には、うきに絶たる命の猶消やらで、物をおもひなげかんことの口おしさは」、『むぐらの宿』には「うきにたへたる命の、いまゝでありて、見つるこそうれしけれ」、『夜寝覚物語』二の歌「おもふともかひなかるべしおほかたのうきにたへたるいのちともがな」、四「今もむかしも、うきにたへたるいのちのながさなれば、夢のよもすぐしさだめがたくなり侍る程に」、五「うきにたへたるとかや、ながらふべくもなかりしこゝち、いまのやうにおぼえて」などの例は、本歌を引いたものとみることができる。なお、「憂きに堪へける命」には、「年月のうきにたへけるならはしに猶ゆく末もさてやすぐさむ」（嘉元百首歌奉りし時、述懐／民部卿実教『続千載集』巻十七・雑歌中・一八八一）ほか「うきにたへける」の用例歌はあるが、引歌とするにふさわしい積極的な意味は見出しがたい。

八七　この煙の消えかへり絶え絶えに見ゆめるは、須磨の浦にや―この表現の発想の基盤には、「すまのあまのしほやく煙風をいたみおもはぬ方にたなびきにけり」（題しらず／よみ人しらず『古今集』巻十四・恋歌四・七〇八）がある。

八八　藻塩焼く煙も絶えぬ―藻塩は、海草に潮水を含ませ焼き、水に溶かした上澄みを煮詰めて塩を得るためのもの。その藻塩を焼く煙に、都を恋しく思うようすがを重ねる用例には、『飛鳥井雅有日記』「春の深山路」に「塩焼く煙の西に靡きたるを見て／来しかたに靡きにけりな藻塩焼く煙にたぐふ我が思ひかな」がある。「新全集」の頭注は、「浦風になびきにけりな里のあまのたくもの煙心よわさは」（後拾遺・恋二　藤原実方）をあげる。ここでは、たなびく煙も絶えて今は都の男君を思うよすがもなくなったの意を表現する。

八九　我が心にこそ入らめ―［二八］の中納言の言葉「深きところをたづねたまはば、我が心にこそ入りたまふべけれ」をうける。注五六「深きところをたづねたまはば」参照。

九〇　涙の床に満ちて、起きも上がりたまはねど、身をつくしとなりたまふ御様―「君こふる涙のとこにみちぬればみをつくしとぞ我はなりける」（寛平御時きさいの宮の歌合のうた／藤原おきかぜ『古今集』巻十二・恋歌二・五六七）による表現。『興風集』（九・六四）『古今和歌六帖』第三（一九六一・結句「いまはなりぬる」）ほかにも。水路を示す「澪標」と「身を尽くし」とを掛ける。

九一　寝る夜なければ、夢にさへありし夜は見ず―「こひしきを何につけてかなぐさめむ夢にだに見えずぬる夜なければ」（天暦御時歌合に／したがふ『拾遺集』巻十二・恋二・七三五）による。ただし、「天徳内裏歌合」に能宣の歌としてみえ、『能宣集』（三三〇）にもみえるように、「したがふ」とあるのは誤りであろう。類想歌に「夢にだに見る事ぞなき年をへて心のどかにぬるよなければ」（題しらず／よみ人しらず『後撰集』巻九・恋一・五三八）がある（妹尾）。『源氏物語』「帚木」巻では、源氏が「見し夢をあふ夜ありやとなげく間に目さへあはでぞころも経にける」の歌に続けて「寝る夜なければ」とある。『石清水物語』下には「身をはなれぬ御俤の忘るゝよなく、関守りなき夢路にだに、解てぬる夜なければ」とある。

九二　汀まされば―「きみをのみなみだおちそひこのかはのみぎはまさりてながるべらなり」（わかれ／つらゆき『古今和歌六帖』第四・二三四五、『貫之集』七三〇）による。『源氏物語』「須磨」巻には、源氏が藤壺にあてた文に「来し方行く先かきくらし、汀まさりてなん」とあり、『恋路ゆかしき大将』四には「はるかにつたへてきくも、人やりならずあはれなれば、まことにみぎはまさりつゝ」とある。

九三　山吹の花色衣―「山吹の花色衣ぬしやたれとへぞこたへずくちなしにして」（題しらず／素性法師　『古今集』巻十九・雑体・一〇一二）による。『古今和歌六帖』第五（くちなし／そせい・三五〇九）にも。山吹色は「梔子《くちなし》」の実で染めたところから、「口無し」と結びつけて発想する歌は多い。『狭衣物語』巻一では、狭衣が源氏の宮への思慕を秘めて「くちなしにしも、咲き初めにけん契りぞ、口惜しき。心の中、いかに苦しからん」といい、「いかにせむ言はぬ色なる花なれば心の中を知る人もなし」の歌を詠む。『いはでしのぶ』巻二には「山ぶきの御こうちきをたてまつりたるも、いはぬ色なるわがめからかと」がある。また類想歌に「声にたてていはねどしるしくちなしの色はわがためうすきなりけり」（くちなしある所にこひにつかはしたるに、いろのいとあしかりければ／よみ人しらず　『後撰集』巻十七・雑三・一二二六）があり、この歌を引歌とするものも多い。

九四　胡の国へ行きし女も―王昭君のこと。前漢の元帝の後宮にあったが、画師に賄賂を贈らなかったため醜婦に描かれ、選ばれて、匈奴の王に嫁ぎ、生涯を胡地に送ったという。『西京雑記』などほかにみえる逸話。『今昔物語集』巻十第五には「漢前帝后王昭君行胡国語」として見える。『源氏物語』「絵合」巻では、源氏が「長恨歌、王昭君などやうなる絵は、おもしろくあはれなれど、事の忌あるはこたみは奉らじ」と斎宮の女御に贈るのを控えたとある。『更級日記』に「長恨歌といふふみを物語に書きてあるところあんなり」、『夜の寝覚』巻三に「長恨歌の御絵」とある例から徴して、『王昭君』の物語もあった可能性があるか（藤井貞和『物語文学成立史』付論「平安時代前期散佚物語」）。『夢の通ひ路物語』六に「此国人（胡の国人）にならむものとは」など、いとあわれに書すさみ給へるを」とあるのは、「おもひきやふるきみやこをたちはなれこのくに人にならむものとは」（王昭君をよめる／僧都懐寿　『後拾遺集』巻十七・雑三・一〇一七）の歌を引く例である。

九五　巌にも松は生ひずやはべる―「たねしあればいはにも松はおひにけり恋をしこひばあはざらめやは」（読人しらず『古今集』巻十一・恋一・五一二）による。『古今和歌六帖』（第五・二五五六）にも。『狭衣物語』巻二には、狭衣の言葉に「さらずとも、「岩にも松は生ひずやは」とあり、巻三には「げに、岩根の松の末も傾きぬべし」の表現がある。『浜松中納言物語』巻三には、中納言が唐后との再会の願いが「おなじ世のうちのことは、あるまじう思なる事なれども、岩の上のためしを頼む事にて、つもり行く事ありなんと思べきを」と表現される。『秋霧』下には「さりながらも、いわにもまつはおふるためしなくやある」とある。

九六　かの思ひかけざりし秋の夕べ―中納言がはじめて忍び入って姫君が惑乱した夜のこと。［一三］参照。

九七　御津の寺―「みつ」は、港の意。「三津」とも表記する。古代の難波には船の着く津が各所にあり、総称して難波津と称したが、「御津」は、今の大阪市南区の三津寺町に、その名をとどめるか（日本歴史地名大系『大阪府の地名』）。『浜松中納言物語』が『御津の浜松』と呼ばれるように、「御津」は「御津の浜」「御津の浦」などとも詠まれる摂津国の歌枕。

九八　空に知られぬ雪―「さくらちるこのした風はさむからでそらにしられぬゆきぞふりける」（亭子院歌合に／つらゆき　『拾遺集』巻一・春・六四）を引く（今井・妹尾）。『古今和歌六帖』（第六・さくら・四一八二）、『貫之集』（八一八）、『和漢朗詠集』（上・春・落花　貫之・一三二）などにも。

九九　いづれかさきに―「花よりも人こそあだになりにけれいづれをさきにこひむとか見し」（さくらをうゑてありけるに、ややく花さきぬべき時にかのうゑける人身まかりにければ、その花を見てよめる／きのもちゆき『古今集』巻十六・哀傷・八五〇）を引く（妹尾）。『伊勢物語』百九段、『古今和歌六帖』（第四・かなしび・二四八八）にも。

一〇〇　なほ移ろはん―中納言が樺桜をつけて贈った歌に対する女君の答歌「桜花深き色香を見るままになほ移ろはむことをしぞ思ふ」をさす。［四〇］にみえる。

一〇一　日は入りはてぬれど、ひかりはなほ残れるに―「日は入日。入り果てぬる山の端に、光なほとまりて、あかう見ゆるに、薄黄ばみたる雲のたなびきわたりたる、いとあはれなり」（『枕草子』「日は」・『新全集』二三四段）。能因本では「日は　入り果てぬる山ぎはに、光のなほとまりて、あかう見ゆるに、薄黄ばみたる雲のたなびきたる、いとあはれなり」（『全集』二二七段）。続く「あはれなることに言ひおきしを」とあるのは、『枕草子』によるものであることを明かしている。

一〇二　もの思ふごとに眺められたまふ―「おほぞらはこひしき人のかたみかは物思ふごとにながめらるらむ」（題しらず／さかゐのひとざね　『古今集』巻十四・七四三、『古今和歌六帖』第一・あまのはら・二五五）による。『源氏物語』では、「葵」巻に、葵の上の急逝に「大臣（左大臣）の闇にくれまどひたまへるさまを見たまふもことわりにいみじければ、（源氏は）空のみながめられたまひて」とあり、「幻」巻に、紫の上亡き後、五月雨の雲間に出た月を眺める源氏に、夕霧は「心には、ただ空をながめたまふ御気色の、尽きせず心苦しければ」と思うとあり、源氏自身も「「なき人をしのぶる宵のむら雨に濡れてや来つる山ほととぎす」とて、いとど空をながめたまふ」とある。また、「柏木」巻の、柏木の死の弔問に訪れた夕霧に致仕の大臣は「空を仰ぎてながめたまふ」、あるいは「夕霧」巻の、死を前にして落葉の宮の母御息所は「末の世までものしき御ありさまを、わが御過ちならぬに、大空をかこちて見たてまつり過ぐすを」も引歌として響いているとみられよう。これらは故人を追懐する文脈に出てくるという特色がある。一方、「竹河」巻では、亡き鬚黒の大君に心を寄せる少将が贈った惜春の歌に、女房の中将のおもとは「今日ぞ知る空をながむる気色にて花に心をうつしけりとも」と戯れごとのように返歌する。「総角」巻では、匂宮は宇治への行楽をはかるが従者多くはたさず「みづからの御心地には、胸のみつとふたがりて、空をのみながめたまふに」とあり、八の宮邸を遠望するばかりだったという例もある。『狭衣物語』巻一上では、狭衣の笛に天稚御子が天下って連れ去ろうとした場面に「帝の袖をひかへて惜しみ悲しみ給ふ、親達のかつ見るをだに飽かず後めたう思したるを、行方なく聞きなし給ひて、虚しき空を形見と眺め給はむ様の悲しさに、この度の御供に参るまじき由を」（『日本古典全書』）とある（流布本系統の本文による。深川本系統にはみえない）。また『夢の通ひ路』六「大空をのみ」、同四には「空をのみ」、同五には「ともすればうちながめがち」また『風につれなき』上には、「空のみ」などの部分を引いて、本歌を響かせる表現が見出される。

一〇三　かばかりは慰めかねじ更級やをば捨て山の月にはありとも―「わが心なぐさめかねつさらしなやをばすて山にてる月を見て」（題しらず／よみ人しらず『古今集』巻十七・雑歌上・八七八）、『大和物語』百五十六段、『古今和歌六帖』（第一・ざふのつき・三二〇）による。『大和物語』のいわゆる姨捨伝説をふまえる。『源氏物語』には、「宿木」巻に、匂宮が夕霧の婿に迎えとられ、中の君が嘆いて「わが心ながら思ひやる方なく心憂くもあるかな、をのづからながらへば、など慰めんことを思ふに、さらに姨捨山の月澄みのぼりて夜更くるままに、よろづ思ひ乱れたまふ」とある。このような明示的な場合だけでなく、「宿木」巻の、匂宮が中の君を慰めて「いとほしければ、よろづに契り慰めて、もろともに月をながめておはするほどなりけり」とある場面について、「新全集」頭注は「月との関連でこのあたりから」本歌が「投影されているらしく」と記す。「若菜上」巻の、源氏が朱雀院を見舞い「いと忍びがたきこと多かりぬべきわざにこそはべりけれど、慰めがたく思したり」とある表現も本歌の語彙が溶かし込まれている例とみることができる。『更級日記』の書名の由来となった「月も出でで闇にくれたる姨捨になにとて今宵たづね来つらむ」は本歌をふまえる。『狭衣物語』巻一で、狭衣は「我心も慰め侘び給て、「猶を《（お）》のづからの慰めもや」と、しのび歩きに心入れ給へれど、ほのか也し御腕の手当りに似る物なきにや、姨捨山ぞ、わりなかりける」とあり、巻三で、宮の中将が狭衣に「姨捨ならぬ月の光は、あり難げなる御心にこそ侍めれど」とあり、巻四で、狭衣は「この頃は、姨捨山の月にはあらぬわが心も、きこえやらむ方なくて」とある。『夜の寝覚』の場合を抄録すれば、巻一に「今宵もいとさやかにさしいづる月の光、姨捨山の心地して」、巻二に「さすがに、姨捨山の月は夜更くるままに澄みまさるを」、巻四に「もし姨捨ならぬこともやと」、巻五に「姨捨山の月見む心地して」とあり、「姨捨」をきかせて慰めがたい気持ちを表現する。さらに『浜松中納言物語』では、巻四に「恋しさのなぐさむやうなくいよ〳〵姨捨山の月を見ん心ちして」とある。中世王朝物語においても、本歌の「をばすて」、「さらしな」、「慰めがたき」、「慰めかね」「をばすての山」、「をばすて山」などの言葉によって、その話を引いたり、響かせたりの事例が頻出するが、今、例示は割愛する。

一〇四　橘のいとなつかしうち香るを―「さつきまつ花橘のかをかげば昔の人の袖のかぞする」（題しらず／よみ人しらず『古今集』巻三・夏・一三九、『伊勢物語』六十段、『古今和歌六帖』第六・たちばな／伊勢なりひらとこそ・四二五五、『和漢朗詠集』

上・夏・橘花・一七三）を響かせる。

一〇五　ほととぎすのいづち行くらん―「五月雨に物思ひをれば郭公夜ぶかくなきていづちゆくらむ」（寛平御時きさいの宮の歌合のうた／紀とものり『古今集』巻三・夏歌・一五三）による。『古今和歌六帖』（第六・ほととぎす・とものり・四四四二）にも。『源氏物語』「蛍」巻では、「軒の雫も苦しさに、（蛍兵部卿宮は）濡れ濡れ夜深く出でたまひぬ。ほととぎすなど必ずうち鳴きけむかし」などの引歌例がある。なお、本歌について『毘沙門堂古今集註』（三八・三九）には、「しでの山越えてぞ来つるほととぎすこひしき人の上語らなむ」「むべしこそしでの田をさと名付けけれほととぎすとぞ鳴きわたるなり」をあげている。

一〇六　梢ばかりぞ隠るるまで見送りぬべう見わたされたまふに―「君がすむやどのこずゑのゆくゆくとかくるるまでにかへりみしはや」（ながされ侍りてのち、いひおこせて侍りける／贈太政大臣『拾遺集』巻六・別　三五一）による。『夜の寝覚』巻一では、中納言がまたその素性を知らぬ女君との別れの場面で「やどの木ずゑはげにかくるゝまでぞかへりみられ給ける」とある。中世王朝物語では、『八重葎』だけでなく、『言はでしのぶ』（抜書本）に「うち出給ぬる御うしろの、かくるゝまで、心ぐるしくぞ見をくりきこへける」、『夜寝覚物語』一に「おぼしわびてかへり給ふに、やどのこずへは、かくるゝまでかへり見られて」とみえ、さらに『海人の刈藻』三には「あやしく夢おぼしあはせて、「やどのこずゑ」などうちながめて」があり、『松陰中納言』一「ぬれぎぬ」では、「なれ〳〵し宿の木末に今はとして月やあるじとすみかはるらん」と歌に詠み込まれている例がある。

一〇七　有馬の湯―神戸市北区、六甲山の北麓にある古来から知られた名湯。『日本書紀』では、舒明天皇、孝徳天皇が行幸。有間皇子は、後の孝徳天皇が有間湯治中に生れたので、その名があるともいう。『万葉集』巻三には石川命婦（坂上郎女の母）が病気療養のため有間温泉に出かけている。平安時代には、貴顕も訪れる湯治場として知られ、藤原道長、藤原頼通も出かけている。白河法皇、後白河法皇・建春門院も御幸している。鎌倉以降では、藤原定家はたびたび有馬を訪れ、『明月記』では、貴族・僧侶のための「有馬湯屋」に滞在している。当時は、湯治に七～十日間程度滞在し、日に三、四回入湯している記録がある。南北朝から室町時代になると、なおいっそう賑わっていたことが知られる（『日本歴史地名大系・兵庫県の地名』参照）。

一〇八　八月十日のほどに―『源氏物語』「夕霧」巻には、「八月中の十日ばかりなれば、野辺のけしきもをかしきころなるに」とあって、『八重葎』本文に「秋の野もやうやうなまめかしくて」とある季節感推移の理解の参考になる。

一〇九　賤の男の田を刈りて―『大和物語』百四十八段（『拾遺集』巻九・雑下・五四〇・五四一参照）にみえる芦刈伝説に登場する男の一節「蘆になひたる男のかたゐのやうなる姿なる」（『大和物語』）あるいは「あしをかりてあやしきさまになりて」（『拾遺集』）を想起させるものがある。注八四「そよかかりきと君に伝へよ」参照。

二〇 猪名の笹原―「ありまやまゐなのささはら風ふけばいでそよ人をわすれやはする」（かれがれになるをとこのおぼつかなくなどいひたるによめる／大弐三位　『後拾遺集』巻十二・恋二・七〇九・大弐三位）を引く。『後拾遺集』の「ゐなのささはら」は「猪名の笹原」で、「猪名野」「猪名の伏原」などとも詠まれた歌枕。兵庫県の東南部を流れて、神崎川と合流する猪名川流域に広がる平野。現在の川西市・伊丹市・尼崎市を流れる。『八重葎』の諸本の表記は、すべて「いな」である。「稲担ひ持てるに」の「いね」から「いな」そして「ゐな」への掛詞的連想の興が隠されていよう。

二一 七日にて試みさせたまふに―室町中期の僧で『臥雲日件録』を残した瑞渓周鳳（一三九一〜一四七三）の「温泉行記」（『五山文学新集』第五巻所収）からは、当時の有馬の繁栄ぶりや入浴法が具体的に知られる。入湯は「三七日」を限度として、入湯回数は第一周は少なく、第二周は多く、第三周は少なくするのがよいとされ、その心得は「湯文」として近世にまで伝えられている。本段落で語られる風景は、湯治客でにぎわったさまをよく伝えるものといえよう（『日本歴史地名大系・兵庫県の地名』『古事類苑・地部三』参照）。

二二 千代をも経ぬべく―「いつまでか野辺に心のあくがれむ花しちらずは千世もへぬべし」（はるのうたとてよめる／そせい（素性）『古今集』巻二・春歌下・九六）。『古今和歌六帖』（第一　なかのはる・そせい・五五）にも。『源氏物語』「梅枝」巻には、螢兵部卿宮が「「鶯の声にやいとどあくがれん心しめつる花のあたりに　千代も経ぬべし」と聞こえたまへば」との引歌例がみえる。

二三 「名には隠れぬ」と貫之が託ちけん古言―「あめによりたみのの島をけふゆけど（一本に、きたれども）名にはかくれぬ物にぞ有りける」（なにはへまかりける時、たみののしまにて雨にあひてよめる／つらゆき　『古今集』巻十七・雑歌上）。『貫之集』（第九・八三一）、『拾遺集』（巻六・別・三四三）、『古今和歌六帖』（第一・あめ・四六五、第三・しま・一九一七）などにも見える。なお『源氏物語』「澪標」巻では、源氏が「露けさのむかしに似たる旅衣田蓑の島の名にはかくれず」と、本歌を引いた歌を詠んでいる。

「田蓑の島」は、大阪市の淀川河口付近にあったといわれる島。契沖の「古今余材抄」は「天王寺のかたはら」という。『日本歴史地名大系・大阪府の地名』の田蓑神社（大阪市西淀川区佃一丁目）の項によれば、神崎川と左門殿《さもんど》川の分岐点南方に鎮座して、往古は現社地付近は田蓑島《たみののしま》と称したという。堂島川の田蓑橋にその名をとどめるともいう。

二四 蒼苔路滑らかにして僧寺に帰る―「蒼苔路滑らかにして僧寺に帰る　紅葉声乾いて鹿林にあり」（『和漢朗詠集』巻上・秋・鹿・三三四・温庭筠《おんていいん》）による。温庭筠は、晩唐の詩人。「宿雲際寺に宿す」と題する七言律詩の第三句と第四句。ただし、温庭筠「詩集別集」によれば「蒼苔路熟僧帰寺　紅葉声乾鹿在林」。

二五 待たれける鐘―「またれつる入逢の鐘のおとすなりあす

もやあらばきかんとすらむ」（題しらず／西行法師　『新古今集』巻十八・雑歌下・一八〇八、『山家集』九三九）による（今井）。

二一六　花色衣身をしさらねば――［五二］の女君の歌「恋しとも言はれざりけり山吹の花色衣身をしさらねば」をさす。

二一七　墨枯れして書きたれど――「墨枯れ」の用例に、『狭衣物語』巻二「御硯の水いたく凍りけると見えて、墨がれしたる、あてにをかしげなり」がある。ただし、春宮から源氏の宮に贈られた文中の和歌についてである。

二一八　そこはかと――「そこはか」に「目当て」の意と「墓」をかける。この例に「けふすぎばしなましものを夢にてもいづこをはかと君がとはまし」（まかりいでて御ふみつかはしたりければ／中将更衣　『後撰集』巻十・恋二・六四〇）があり、『源氏物語』「浮舟」巻では、死を覚悟した浮舟は匂宮に「からをだにうき世の中にとどめずはいづくをはかと君もうらみむ」と書く。『更級日記』の姉の死に人びとが哀悼の歌を贈答する場面では「この乳母、墓所《はかどころ》見て、泣く泣くかへりたりし。「昇りけむ野辺は煙もなかりけむいづこをはかとたづねてか見し」／これを聞きて継母なりし人、「そこはかと知りてゆかねど先に立つ涙ぞ道のしるべなりける」」とある。

二一九　成等正覚――菩薩が修行をして、仏の悟りを得ること。死者の成仏を祈って唱えることば。この場面に近い用例としては、『曽我物語』巻十「曽我にて追善の事」の「僧たちをやりたてまつり、成等正覚《じやうたうしやうがく》、頓証菩提《とんしやうぼだい》とぞとりおさめける」がある。なお、「成等正覚」の意を伝える用例には、『平家物語』灌頂巻・大原御幸に、後白河法皇に尼が悉達太子が「難行苦行の功によって、遂に成等正覚し給ひき」がある。

二二〇　忍ぶの草も摘みわびぬべけれど――「結びおきしかたみのこだになかりせば何に忍の草をつままし」（兼忠朝臣母身まかりにければ、兼忠をば故枇杷左大臣の家に、むすめをばきさいの宮にさぶらはせむとあひさだめて、ふたりながらまづ枇杷の家にわたしおくるとてくはへて侍りける／兼忠朝臣母のめのと『後撰集』巻十六・雑二・一一八七、『古今和歌六帖』第六・かたみ・三一三三）による。『源氏物語』では、明示的場合としては、「葵」巻に、葵の上亡き後「若君を見たてまつりたまふにも、「何に忍ぶの」といとど露けけれど、かかる形見さへなからましかばと、思し慰む」、「宿木」巻に、薫が中の君から浮舟の存在を聞いて「宮の忍びてものなどのたまひけん人の忍ぶ草摘みおきたりけるなるべしと見知りぬ」があり、ほかに文に溶かし込まれている例が、「若紫」巻、「柏木」巻、「手習」巻などにある。『夜の寝覚』巻二、広沢から帰った中の君が大納言の文を「見ぬやうに紛らはしたまへど、忍ぶ草の露も、同じくほどけてかかりたまへど」とある。『浜松中納言物語』巻二には、中納言は尼姫君との仲の子を「われは外の世に立ち離れ、かゝるしのぶ草も摘みいでけるよと、誰も見おぼさん事、後かくれなかるべけれど」とある。中世王朝物語では本歌を引歌あるいは歌ことばとしての利用例は、きわめて多い。ここでは『木幡の時雨』の「二たびと見はてぬゆめのかたみとてしのぶの草をみるぞかなしき」と、『我身にたどる姫君』八の「霧ふかきみち行ずりのふるさとに人のしのぶの草をみしかな」をあげておく。なお、同発想の本歌として「如何せん忍の草もつみわびぬかたみと見えしこだになければ」（めなくなりてのちに、子もなくなりにける人を、とひにつかはしたりければ／よみ人しらず『拾遺集』巻二十・哀傷・一三一〇）があり、妹尾はこちらを引いた可能性を指摘している。

一三一　かかりと告げよ―　［四七］女君の歌「津の国の難波の葦を吹く風のそよかかりきと君に伝へよ」をさす。

一三二　あはと消ゆとも―　［五〇］の女君の歌「思ひ出づる人もあらじなわびはてて淡路の島のあはと消ゆとも」をさす。

一三三　蓮の露を玉と磨かむのみこそ―　『源氏物語』「匂兵部卿」巻に、薫の母女三の宮を思う心中思惟に「はかもなくおほどきたまへる女の御悟りのほどに、蓮の露も明らかに、玉と磨きたまはんことも難し」がある。「蓮」は極楽浄土を、「露」は人間を比喩して、「玉」と言い換え宝珠のイメージを加えることが多い。ここでは、女君が極楽往生できるように供養することを喩的に表現している。なお、類似の表現例としては、「若菜上」巻の明石入道の消息のなかの「蓮の上の露の願ひ」がある。

一三四　あまの栲縄繰りかへし―　「いせのうみのあまのたくなはくりしあへば人にゆづらんと我がおもはなくに（『古今和歌六帖』第三・たくなは・一七七九）による。なお、今井は、『千載集』（堀河院御時、百首歌たてまつりける時、述懐のうたによみてたてまつり侍りける／源俊頼朝臣　巻十八・雑歌下・雑体・一一六〇）の「もがみ川　せぜのいはかど　わきかへり　おもふこころは　おほかれど」から始まる長歌の末尾「つのくにの　いく田のもりの　いくたびか　あまのたくなは　くり返し　心にそはぬ　身をうらむらん」を指摘する。「あまの栲縄」は海女が海に入る時の命綱のこと。歌語としては「うちはへて」を導く例が多い。

一三五　賤の苧環―　「いにしへのしづのをだまき繰りかへし昔を今になすよしもがな」（『伊勢物語』三十二段）。本歌による表現には、『狭衣物語』巻三に、源氏の宮を思慕する狭衣の心が「谷深くたつをだまきは我なれや思ふ心の朽ちてやみぬる」と歌われ、『浜松中納言物語』巻三では、大弐女の歌「契りしを心ひとつに忘れねどいかがはすべきしづのをだまき」（『無名草子』にも）がある。『夜の寝覚』巻三では、寝覚の上の歌に「ももしきを昔ながらに見ましかばと思ふもかなししづの苧環」などがあり、さらに「しづの苧環、かかるにつけても思ひ出づらむかし」ともあり、下の句の「昔を今になすよしもがな」の意を響かせる。また『とりかへばや物語』巻三、今大将の独詠歌にも「くり返してもくり返しても恋しきは君にみなれし倭文の苧環」などのほか、「賤の苧環」の引用例には、『在明の別』三に「しづのをだまき、いかばかりかはと、こぼしかけ給ぞ」、『小夜衣』下に「いづかたも今は思はずのみ成ゆく身のありさま、返す〳〵しづのをだ巻くりかへさまほし」、『我身にたどる姫君』三に「あまうへの、さばかりにくかりしにだに、しづのをだまきとりかへさぬくやしさを」などの例がある。

一三六　もとの身にてわれのみつれなきは―　「月やあらぬ春や昔

の春ならぬわが身ひとつはもとの身にして」（五条のきさいの宮のにしのたいにすみける人にほいにはあらでものいひわたりけるを、む月のとをかあまりになむほかへかくれにける、あり所はききけれどえ物もいはで、又のとしのはるむめの花さかりに月のおもしろかりける夜、こぞをこひてかのにしのたいにいきて月のかたぶくまであばらなるいたじきにふせりてよめる／在原業平朝臣　『古今集』巻十五・恋歌五・七四七）による表現。『伊勢物語』四段、『古今和歌六帖』（第六・むかしをこふ・なりひら・二九〇四）、『業平集』（三七）などにも。『源氏物語』「早蕨」巻には「まして「春や昔の」と心をまどはしたまふどちの」、「手習」巻には「紅梅の色も香も変らぬを春や昔のと、こと花よりも」と本歌の引用表現がある。『夜の寝覚』巻二、大納言は中の君を思慕して「七月七日の夜、月いと明きに、「去年のこのごろぞかし」などぞ、思ひつづくるに」とあり、中間欠巻部に相当する「さきにほふ花もかすみももろともに見しながらなる春のあけぼの」（ひろさはにひとりながめて、あねのうへもろともにおきふしなれにしかたを思ひいでたまふにも、はるやむかしのとのみしのばれて　『物語二百番歌合』（後百番歌合・三番右・二〇六）および「さき匂ふ花も霞もみやこにて見しながらなる春の曙」（ひろさはにすみ侍りけるころ、あさぼらけのけしきにもみしよのほど思ひ出でられければ／ねざめのひろさはの准后　『風葉集』巻二・春下・八七）の歌、巻三には、寝覚の上は心中「例の言ぐさの、「春や昔の」とのみ、うちながめられたまふに」とあり、巻四の、宰相の上の歌「いつとだに憂き身は思ひわかれぬに見しに変らぬ春の曙」にも反映が認められる。『浜松中納言物語』巻一には、唐土の中納言は「年立かへりぬる朝の空は、いづくもかはらぬものなれば、霞める空も鶯の音も、春やむかしのとのみ思ひまがへたるにも、去年のこの頃の人々の御気色ども思ひ出づるに」とある。中世王朝物語では、作中人物が直接的に歌を口ずさんだり、その表現を明示的に引用されることが多い。『海人の刈藻』三には「せいりやうでんの花もやう〳〵ひもときわたりたるを、ながめ入給て、「月やあらぬ」などひとりごち、まぎらはしつゝ」、『石清水物語』上には「ありしその夜のをまし、ふしたりし所もかはるけぢめもみえぬに、人かげもせずかいすみて、むなしきあとの俤だに残らぬをみるに、いみじうかなしくて、「春やむかしの」といひけん人もかくやと、思ひしらるゝ」、『風につれなき』下には、歌につづけて「「春やむかしのとのみこそ」とほのかにの給けちたるを」とある。さらに『木幡の時雨』では「五条わたりのあばらやに、かりふししたる所のあめるを見て、「春やむかしの」と口すさびたるもてなしけわい、いみじうらうたげに」、『小夜衣』中には「月もやう〳〵かたむきて、更行けしきなれば、出給ふに、まへちかき紅梅も色も香もなつかしげに、鶯さへ過しがたからんと思ひやるに、「春やむかしの」と心まどはし給ふ」、『夜寝覚物語』二には「ひめ君は、「春やむかしの」とうちながめ給へど、「はるはおりをしりたるに、かすみわたれるを、わが身ひとつこそ、もとの身ならざりけれ。いつまでものをもはで、人のこゝろのへだてなくうちながめけん」と」とあり、『白露』下には「月の花やかにさし入たれば、「我身ひとつは」と打独ごちて」とある。

一三七　あるを見るだにー「時しもあれ秋やは人のわかるべきあるを見るだにこひしきものを」（きのとものりが身まかりにける時よめる／ただみね　『古今集』巻十六・哀傷歌・八三九）による引用表現。『忠岑集』（一六二）にも。本歌の「時しもあれ」を引いた例には、『源氏物語』「葵」巻に、源氏は「かたはらさびしくて、「時しもあれ」と、寝覚めがちなるに、声すぐれたるかぎり選りさぶらはせたまふ念仏の」、『風に紅葉』二には、「うちのをとゞは時しもあれ、あきのすゐばのかぜのをと、むしのね、物ごとになみだをもよをしつゝ」がある。

一三八　鴫の羽掻ー鴫が飛び立とうとして羽ばたきをすること。「暁のしぎのはねがきもゝはがき君がこぬ夜は我ぞかずかく」（題しらず／よみ人しらず　『古今集』巻十五・恋歌五・七六一）。『古今和歌六帖』第六（しぎ・四四七一）にも。『狭衣物語』巻一の、狭衣が「折につけたる花・紅葉・霜・雪・雨・風につけても、あはれまさりぬべき夕暮、暁の鴫の羽風などにつけても、思ひがけず、いづれにも音づれ給ふことは、かげろふに劣らぬ折々もあるに」の一節、『夜の寝覚』巻五の、寝覚の上の、たとえ内大臣に「百夜にあらんしぎのはねがきも、なにと心とまるまじく」と叙せられる心境も本歌を引くとみるのが通説。ただし、ここでは、下句「鴫の羽掻かき集めつつ」からは、『古今和歌六帖』第六「あかつきのしぎのはねがきもゝはがきかきあつめてぞわびしかりける」（しぎ・四四七四）との親近性が高く、これを踏まえた表現とみたい。なお、『奥儀抄』下（五四一）には「暁のしぎのはねがきもゝはがきかきあつめてもなげくころかな」がある。

八重葎　登場人物系図・梗概・解題

登場人物系図

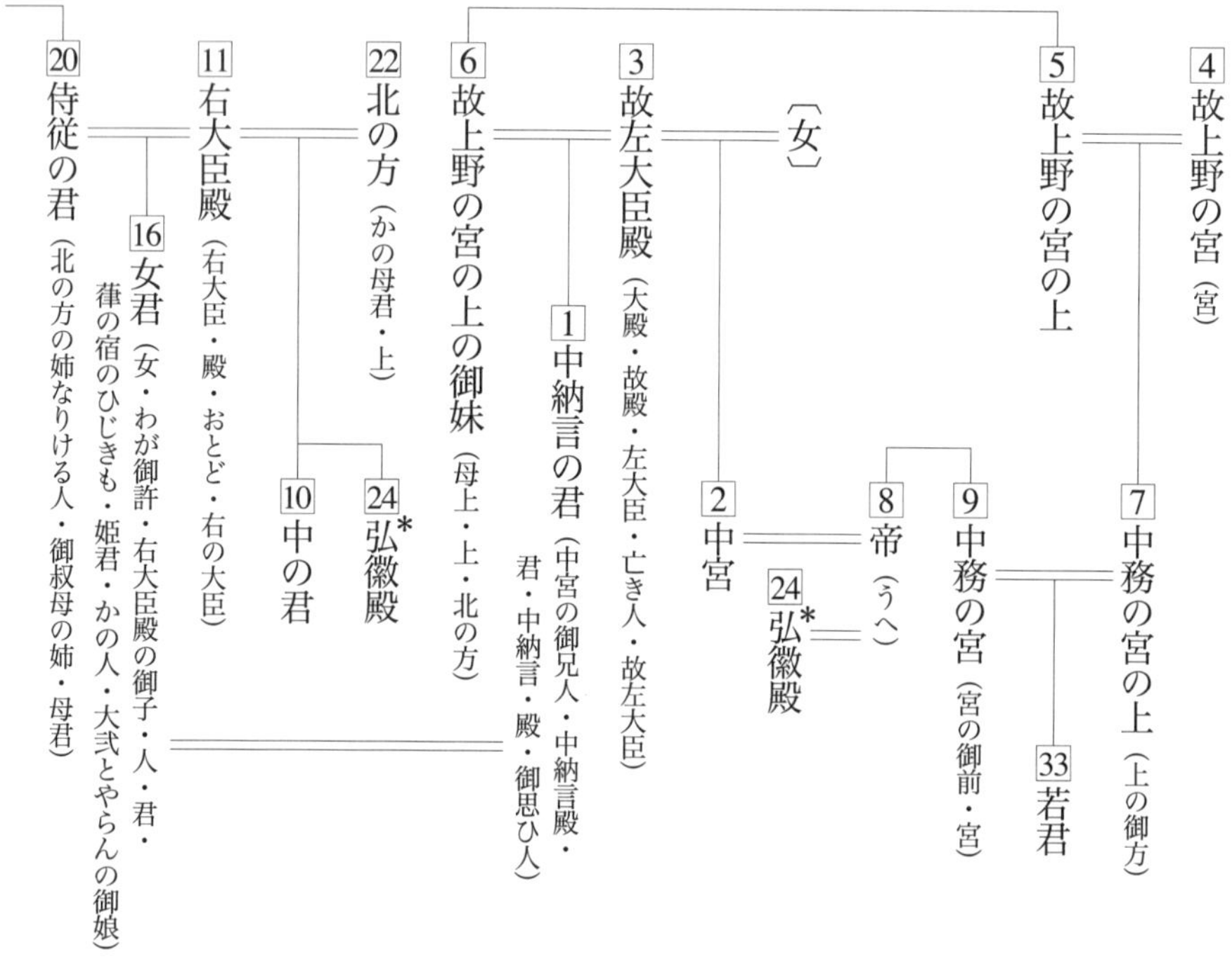

12 頭の中将（中将の君・頭の君）［注10参照］

13 右衛門の督（督の君）

15 左衛門の督（左衛門の君）

14 あきのぶ（御乳母子のあきのぶ・あきのぶの朝臣）

17 侍従（この御許・尼君・御乳母・若き女・尼・御津の尼）

21 中納言の君［中宮2付き女房］

26 宰相の君［中宮2付き女房］

23 左大将（大将殿）

25 中将の君［母上6付きの女房］

34 主の僧（主）

＊―同一人物

18 故肥後の守（守・亡き人）

19 叔母君（宿の主・故肥後の守なりける者の妻・北の方・叔母・御叔母・御後見・御方・頼もし人・ありし葎宿の宿の主）

28 大宰の大弐（中務の宮の御乳母の男・大弐・父主・をとこ）

30 民部の大輔（宮の御乳主・大輔・兄の民部の大輔）

女＝紀の守

三（大弐の娘たち・娘ども）

四（大弐の娘たち・娘ども）

27 北の方（中務の宮の御乳母・なにがしが母）

31 和泉殿（隣の主・仲立ち）

32 和泉殿の北の方（主の女）

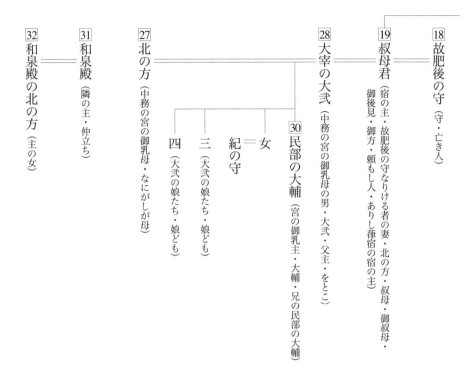

梗概

故左大臣[3]の息である中納言[1]は、容貌、才知に富んだ魅力ある宮廷人で、同じ年頃の中務の宮[9]と親しかったが、独り身を通していることだけが人びとを嘆かせた。もとよりふさわしい女性がいないわけではない。亡き父大臣は、右大臣[11]の中の君[10]との結婚をと遺言を残していたからである。しかし、中納言は、世をはかないものと悟って、俗世を捨てたいと思い、それには母親[6]さえも絆《ほだし》と思いつつも恩愛にひかれて時を過ごしているばかりだった。そんな内心を知らない世間は、中納言がじつは色好みゆえに結婚によって身を縛られることを厭っているのだと誤解している。（〔一〕～〔四〕）

長月二十日の頃、中務の宮[9]のもとを訪ねた中納言[1]は、小倉山への紅葉刈りに誘われる。翌朝、一行は車をつらね、小倉山で色づいた紅葉のもとで、青海波を舞い、和歌を唱和して、逸興を楽しむ。さらにかねて中納言が手配していた大堰川のほとりに場所を移し、酒を飲み、管絃を奏で、遊宴の時を有明の月がさしのぼる頃まで楽しみ、散会する。（〔五〕～〔九〕）

中務の宮[9]邸まで見送ったその帰り、四条あたりにさしかかった中納言[1]は、陋屋《ろうおく》とみえる邸から琴《こと》の音の聞こえるのに誘われ、築地の崩れから中に入って、美しい姫君[16]の姿をかいま見る。魅了された中納言は、中に忍び入り、惑乱する姫君を口説きなだめ、翌朝を迎える。事情を知らない姫君の女房侍従[17]は、中納言の供人あきのぶ[14]の迎えに驚きつつも、男君が中納言と知って嬉しく思う。中納言は、後朝の歌をかわして帰途につくが、女君に惹かれるわが心を訝《いぶか》しく思うほどであった。（〔一〇〕～〔一七〕）

こうして中納言[1]は女君[16]のもとに通うことになった。この女君は、じつは右大臣[11]の子として生まれたのであったが、二歳の時母と死別して、今は、母の妹、叔母にあたる肥後の守[13]の妻[19]に養育され、美しく成長して、父右大臣にうち明けようと夫と相談している矢先、肥後の守は、病に世を去ってしまったのであったから、女君の家の人びとは、中納言との宿縁を喜びに思うのであった。しかし、中納言は、そんな詳細な素性は知らない。冬日、中納言は女君と語らい、素性を尋ねるが、女君ははぐらかす。男君は思うに異なるわが心の成り行きに訝りつつも、自邸に迎えたいとまで思うが、右大臣の姫君[10]のことが心にかかって決心がつかないでいる。（〔一八〕～〔二〇〕）

中納言邸では、中納言[1]の忍び歩きを女房たちも知るようになっていた。思いやり深い中納言は母君[6]のもとに伺候してやさしく接するが、母君は右大臣の姫君[10]との結婚を年内にもという。中納言は、右大臣家では、自分との結婚よりも、左大将[23]か尚侍としての出仕を望んでいるらしいと話をはぐらかす。やがて師走となって、葎の宿の女君[16]のもとにやる新年の衣装を女房の中将の君[25]に頼んだところから、女君の存在は母君の知るところとなった。母君は、中納言が世間並みの心を持っていることを嬉しく思い、中将の君は、ひそかにあきのぶ[14]から聞いた話を語るのだった。（〔二一〕～〔二五〕）

新年、母君[6]に挨拶し、参内する中納言[1]の姿を人びとは賛嘆する。朝廷の慌ただしい行事が過ぎるのまって、中納言は、贈られた衣装も新たな女君[16]のもとを訪れ、くつろぎ、語り合う。夜の明けゆく気配に、垣根に残雪がのこりはするが、空はほんのり霞がかかり、鶯の鳴く庭を眺めて、歌を交わしあい、立ち去りがてに足をとどめていた。（〔二六〕～〔二八〕）

中務の宮[9]は、去年の紅葉の宴が忘れられない。中納言[1]は、春は小塩の桜をと歓談しながら、女君[16]との出会いのことを思い出すのだった。（〔二九〕）

ところが二月の十日頃から、母君[6]が重く胸を病んで、名のある僧たちをよんで病気平癒の祈禱をするなど大騒ぎになる。中納言[1]は、母君の側につききりになった。中宮[2]、中務の宮[9]をはじめ、見舞い客が数多く、帝[8]には宮中に出仕するに及ばずとの叡慮があって、中納言は母君の看病に明け暮れることになった。（〔三〇〕〔三一〕）

その頃、中務の宮の乳母[27]の夫[28]が大宰府の次官である大弐になって、九州に下向することになった。北の方[27]を三四年前に亡くして、隣家の主[31]を仲立ちに、その再婚相手に、女君[16]の叔母[19]を望み、さらに、女君には息子の民部の大輔[30]との結婚を熱心に勧める。ひそかに中納言[1]が通うことにも、隠し妻の身ではその将来に望みがないとの隣家の主の話に、叔母君はすっかり説得されて、女君をも誘おうと答えた。（〔三二〕～〔三四〕）

叔母君[19]は、中納言[1]との将来が頼もしいとは思われない、女君[16]にはじつは妹にあたる右大臣[11]の中の君[10]のもとに中納言が通うことになったら、隠し妻の身に見下げられるだろう、だから、中納言との縁は断念するのがよいと思案して、女君をも騙《だま》してつれてゆこうと考える。女君のもとを訪れた叔母君は、自分の筑紫下向の挨拶に来ただけのように装った。こうして、大弐[28]は叔母君のもとに通いはじめ、やがて自分の邸に迎える話をする。〔三五〕～〔三七〕

やがて弥生三月。中納言[1]の母君[6]の相変わらずであった病状も、少し回復して、中納言は久し振りに自分の部屋で、童女を相手にくつろぎ、女君[16]に樺桜をつけて心変わりしなさいますなと歌を送る。女君からあなたのほうこそと返歌が来た。そんなところに母君が再びお苦しみとの伝えが来る。中納言は、心痛と恩愛に、出家本懐の気持ちに誘われるのだった。〔三八〕～〔四一〕

一方、大弐邸に移った叔母君[19]は、十六日に出立という。大弐[28]には、中務の宮[9]の乳母子にあたる民部の大輔[30]のほか、結婚していない娘たちを連れて下向する。その日の暁、叔母君は、隣家の主[31]に後事を頼んで、女君[16]には別れの挨拶に来たように装って、せめて難波までお連れして住吉詣でをさせたいという。悲しみに動じない女君ではあったが、結局、叔母君のなすがままに車に乗せられ、六条の邸へと連れ出される。〔四二〕～〔四五〕

難波の辺りを遊覧しつくしたところで、叔母君[19]は、女君[16]をも船に乗せ、策を弄して連れ出したことを明かす。女君は、口もきかず悲嘆にくれるばかりである。船旅にはしゃぐ人びとの声を聞きながら、女君は、難波の葦吹く風に、「私は心ならずも八十島をめざして漕ぎ出て行った」と中納言[1]に伝えて欲しいと思う。その枕辺では、大弐[28]と叔母君とが大輔[30]との結婚話をしている。悲嘆にくれる女君は、叔母君の慰めの言葉に従うふりをしつつも、須磨の藻塩焼く煙ののぼる話を耳にしながら、しだいに死への思いを深めるのだった。〔四六〕～〔五〇〕

ところが、明石へあと時の間とみえるところで、嵐に遭遇、船は三四日の間、強風に揉まれて、海の底に沈みかねないほどであったが、頼もしい舵取りのおかげで、岸にたどりつき、大弐[28]たち一行は、陸にあがったが、女君[16]は、居残る侍従[17]をも出かけさせ、ひとり残って、見られてはならぬ手紙類を破り捨てながら、中納言[1]との日々を思い返して嘆きを新たにする。〔五一〕〔五二〕

そういうところに、船に残っていた民部の大輔[30]が接近して、言葉をつくして女君[16]を口説くが、女君は惑乱して、中納言[1]との出会いを思い出すばかりだった。大輔のために危ういとみえたその時に、侍従[17]が戻ってきて、女君は難を逃れたが、あるかなきかに衰弱するばかりである。伝え聞いた叔母君[19]と大弐[28]は、船を難波に返して、その地の僧に加持祈禱をさせるものの、二日の明けぐれに女君は世を去って、亡骸は荼毘《だび》に付された。侍従は悲しみのあまり入水するが、人びとに助けられて、尼となった。たちまちに七日が過ぎて、大弐一行は、筑紫へと下って行った。（［五三］～［五七］）

さて、都では、女君[16]が連れ出されたその翌日、中納言[1]の使いが文を持って訪れ、隣家の主[31]は、叔母君[19]が筑紫に下向とすると知って、女君は嘆きのあまり亡くなったと涙ながらに騙《かた》り、下向を急ぐ大弐[28]にも隠して、荼毘の煙に付したという。中納言は、夢のような思いでその話を聞きながら、あるいは民部の大輔[30]のしわざなどではなかろうかと思ったりもするが、嘆きに沈んで、女君を自邸に迎え入れなかったことを悔いる。母君[6]の小康に自分の部屋に戻った中納言は、散りゆく花を見ながら、女君を追想し、その死をよすがに、勤行に励み、女君の忌日ごとに横川の某の僧都に依頼して供養して、右大臣の姫君[10]との縁談にも耳をかさない。（［五八］～［六四］）

母君は、容態相変わらずであったが、出家をして病状がさわやぐようになって、中納言[1]は、宮中に参内、その帰り、中務の宮[9]邸に立ち寄った。宮の若君[33]をあやしたりして、久し振りに中務の宮と歓談の後、女君[6]とのことを打ち明ける。その帰途、葎の宿を過ぎて、中納言は深い感慨に耽るのだった。（［六五］～［六八］）

母君[6]はなお本復にいたらないが、有馬の湯浴みをするのがよいとの勧めに、八月十日の頃、有馬へと出立する。秋の野は錦に色づき、有間山の猪名の笹原を過ぎて、有馬につく。七日間の湯治療法がきいたか、さらに滞在することとなった。有馬には諸国からさまざまな人びとが湯治に来ている。その帰りには、難波に立ち寄り、母君を住吉詣でにお連れしたのだった。（［六九］～［七一］）

その夕暮れ、中納言[1]は、供人と散策して御津の寺にいたりついた。堂内をみると、古びた幢幡の多いなかに、山吹色の幡《はた》でまだはなやかな色合いのものがある。胸をつかれる思いで近づいてみると、そこには「花色衣身をしさらねば」と書いてある。まさしく女君[16]の筆跡とさとった中納言は、願文に「大弐の娘の菩提のために」とあるのにいっそう事情を知りたく思う。呼び寄せた法師は、去る三月の末頃、筑紫へ下向する大弐の娘君が急に亡くなったことを語って、近くに剃髪して菩提を弔う尼君[17]なら委細を知っているはずという。（［七二］～［七四］）

中納言[1]は、法師の教えてくれた墓を訪ね、あきのぶ[14]を先に立てて、侍従の尼[17]の庵を探させる。仏前で会った二人は女君[16]を偲んで涙にかきくれる。こうして尼の口から、女君が叔母君[19]に謀られて連れ出され、民部の大輔[30]に言い寄られて、中納言を慕いつつ、むなしくなった事情も、女君の素性も明かされる。中納言は、尼に女君のための法要をと語り、夜を徹して、二人は語り合って、中納言はわが身の嘆きを深くするのだった。（〔七五〕～〔八一〕）

中納言[1]は、法師や尼たちのために黄金を下賜して、京へ帰った。さっそくに参内して、帝[8]に有馬の湯の霊力をかたると、帝も興味を示された。こうしたあわただしい時を過ごして、母[6]の持仏供養の準備を手伝いながら、秋の悲しさに嘆きを深めて、自分もまたと思う。かくして、月日とともに中納言は、聖同然の生活を送るばかりになった。侍従の尼[17]にも絶えず見舞いが来る。出家しなかったら、こんなもてなしを受けることもなかったろうと侍従の尼は思ったとかいうことである。（〔八二〕～〔八四〕）

解題

本解題は、『八重葎』の諸本の実態と、それらがどのような歴史的経緯をへて、今日に及んだか。さらにそれらの諸本の性格がどのようなものであるか。本編の本文と口語訳からはうかがい知れない、この物語の写本たちの歴史について発掘し、記述することを前半の主たる目的とし、後半は、『八重葎』がどう捉えられ、評価されて来たか、その研究史を整理した上で、あらためてどのような理解、把握ができるかについて執筆するものである。

1 『八重葎』はいかにして知られるようになったか

『八重葎』は、中世王朝物語あるいは鎌倉時代物語に属する一作品として知られるようになったのは、遠い昔の話ではない。

近代に入って、その存在が知られるようになったのは、鹿嶋（堀部）正二が「散佚物語「八重葎」に就いて」（『国語・国文』第四巻第七号　昭和九年七月）を発表してからである。おそらく鹿嶋は、昭和四年二月に刊行された『静嘉堂文庫国書分類総目録』の「三　和文　物語」の条に「八重葎」の名のあるのを見出し、調査するにいたったのであろう。その結果、「筆者寡聞にして、その伝本の存在を報じ内容の片鱗をだに言及されたのを聞かない」とみて、長らく散佚していた物語と判断を下し、最初の紹介者の役を果たすことになったのである。

ただし、鹿嶋は気づかなかったが、幕末・維新期を生きた考証学者岡本保孝（一七九七～一八七八）に「物語書名寄」があり、その本編のあとに「コレハ岡本况齋先生ノ補ハレシ也」と記された「補」が見え、そこに「八重葎《ムグラ》一冊写本　前田夏蔭所蔵」の記述がある。况齋は保孝の号である。この「物語書名寄」は、『物語艸子目録　前編』（大岡山書店　昭和十二年、後『物語艸子目録』角川書店　昭和四十六年）所収によって、知られるようになるから、昭和九年の時点では「言及されたのを聞かない」と記したのも無理のないところであろう。なお、『補訂版国書総目録』によれば、「物語書名寄」は、国会図書館に写本が「敝帚雑誌の内」と記して補訂されてあるのを知ることができるのみである。

この静嘉堂文庫本を、「八重葎（翻刻）」として、その全容を紹介したのは、三谷栄一（『実践女子大学紀要』第六集　創立六十周年記念号　昭和三十四年十二月）である。

ついで、今井源衛による、詳細な解題と付注を伴う『やへむぐら』が古典文庫（昭和三十六年十二月）の一冊として刊行され、この物語を読むための基本的テキストとなった。同本は、この静嘉堂文庫本を底本としたものであるが、同時に、吉田幸一の所蔵にかかる二本（作楽本・天保本）の存在に言及、略述して、新たな伝本情報を提供している。

静嘉堂文庫本の「八重葎」は、現在、マイクロフィルム「静嘉堂文庫所蔵物語文学集成」（第三編　説話物語・擬古物語・物語草子　三十　雄松堂　昭和五十九年六月）に収められて、その写真版を見ることができる。

この静嘉堂文庫本を底本とした、田村俊介による「『八重葎』注釈」上・中・下（『富山大学人文学部紀要』49・50・51号二〇〇八年八月・二〇〇九年二月・八月）は、読解に資する新たな校訂本文を作成し、注釈を施したものである。

次に、今井が紹介した吉田幸一旧蔵のうち一本（作楽本）は、市古貞次・三角洋一の『鎌倉時代物語集成』第五巻（笠間書院　一九九二年四月）に収められ、その全容を翻刻本文により知ることができる。

さらに、池田亀鑑旧蔵の古典籍が、東海大学の所有するところとなり、『桃園文庫目録』中巻（東海大学付属図書館　昭和六十三年三月）が刊行されるに及んで、『やへむくら物語』の新たな一本の存在が知られることとなった。当該本については、下鳥朝代「東海大学付属図書館桃園文庫蔵『やへむくら物語』翻刻（上）」（『湘南文学』37号　平成十五年三月）に、前半部の翻刻紹介がある。

こればかりではない。この四本に加えて、平成二十一年（二〇〇九）、原豊二が、坊間よりさらに一本を発見して、現在、原の架蔵に帰している。

この原豊二本を底本として、全文の通釈を試みたのが、妹尾好信の「通釈『八重葎物語』」（『広島大学大学院文学研究科論集』71巻・二〇一一年十二月　その一、72巻・二〇一二年十二月　その三、広島大学表現技術プロジェクト研究センター『表現技術研究』7号・

二〇一二年三月　その二、8号　二〇一三年三月　その四、11号・二〇一六年三月　補遺）である。注としては引歌を示すにとどまるが、通釈と銘打つことによって、注釈的内容をも訳文に生かそうとした労作である。

この間、数は多くないが、『八重葎』という作品をどう捉えるか、その作品としての定位をめぐる注目すべき論考も出るにいたっている。

2諸本の書誌情報と伝来事情

こうして知られるにいたった五本の『やへむぐら物語』伝本は、どのようなものか。本節では、その書誌と伝来事情について、やや詳しく記す。

(1)静嘉堂文庫蔵本

(a)書誌情報

写本一冊。表紙は、薄紺色紙表紙。表紙と裏表紙の下部に花文様を散らす。表紙のみ改装。寸法は、二三・八cm×十五・八cm。

外題は、題簽（十六cm×三cm）に「八重葎　完」と記し、左上に貼付する。内題はない。右下に、函架番号（14982/1//81/68）の貼付がある。

料紙は薄様楮紙、袋綴。遊紙は、前後ともになく、墨付き六十八丁。一面十行、一行二十四字前後。蔵書印は、一丁オ上部に「稲涵舎蔵書」、同下部に「静嘉堂蔵書」、本文末尾に「静嘉堂蔵書」がある。

書入には、引歌、引詩のあることを示す庵点（合点〽）がある。本文と同筆か。

奥書識語はない。

本写本の書写時期については、「書写はさう古いものではないが、さりとて江戸時代を余り下るものでもあるまい」（鹿嶋正二）、「江戸初期写」（三谷栄一）、「近世初期の書写」（今井源衛）と見るのが通説である。

なお、本写本を底本にした今井源衛編『やへむぐら』（古典文庫）が、外題の『八重葎』の表記を採用しなかったのは、表紙・題簽ともに改装されたものとみての所為か。表紙及び内扉の変体仮名「やへむくら」は、当該写本に一例のみ出てくる箇所の表記を生かしたものである。

(b) 伝来事情

静嘉堂文庫本の伝来については、「稲廼舎蔵書」印がほぼ唯一の情報である。この印文表記は「稲廼舎蔵書」であるが、印譜類ほか先行書に従い「稲廼舎蔵書」と表記する。

「静嘉堂文庫蔵（岸本由豆伎旧蔵）」（三谷）、「静嘉堂本は岸本由豆伎旧蔵で「稲廼舎蔵書」印があり、奥書はない」（今井）とするのが、今日までの通説である。しかるに、実際にその確認作業を試みると、やっかいな問題に逢着する。一度は、通説を踏襲する確証が得られないということを、別稿「『やへむぐら物語』諸本の書誌と伝来」（『跡見学園女子大学文学部紀要』第四十六号　二〇一一年三月）で述べたところである。しかし、その後、新たに通説に有利な情報の刷新もあり、なお問題を残しているので、この間の事情を縷述する。

これまで踏襲されてきた通説は、どのようなところにもとづくのか。別稿では、その確認作業の間、静嘉堂文庫本の「稲廼舎蔵書」印をもって、岸本由豆伎旧蔵とすることの確証が得られないので、慎重であるべきであると考えた。

それは、『名家伝記資料集成』（森繁夫編、中野荘次補訂　思文閣出版　一九八四年二月）の朝田（岸本）由豆伎の条には、「号弓槻　由徴」とあるばかりで、「稲廼舎」の号は見えないこと、及び、その他の伝記情報、印譜類をも調べた範囲では、その裏付けを見出すことができなかったことによる。

そこで、あらためて「稲廼舎」の号をもつ人物を『名家伝記資料集成』の索引からさぐると、その候補として寺田秀幸なる人物が、「稲廼舎」と称していたことが浮上する。摘記すれば、「武蔵　北埼玉郡里宮村　幼名　康之丞　準作　寒翠稲廼舎　号旭堂　松風斎旦翠　嘉永二巳酉（二五〇九）十一月五日生　佐々木弘綱門　遠州流挿花をも能す（以下略）」とある。二五〇九は皇紀、西暦では一八四九年。この人物の蔵印との推測も可能だが、それを証する裏付けが得られない。

次に、渡辺守邦・島原泰雄編『蔵書印提要』（青裳堂書店　昭和六十年三月）を検するに、その印文篇に「稲廼舎蔵書　日下田足穂」とあるのを見出すことができる。「日下田足穂」の号が「稲廼舎」というのは洒落が効いていていかにもふさわしい。足穂は「稲屋之印」の蔵印も持っていたという（同書）。しかし、ともに、図版の掲出はない。

幸い『図書寮叢刊　書陵部蔵書印譜　下』（宮内庁書陵部　平成九年三月）に「日下田足穂」として、静嘉堂文庫本と同じ「稲廼舎蔵書」の印影が掲出されている。さらに、渡辺守邦・島原泰雄編『新編蔵書印譜』（青裳堂書店　平成十三年一月）もまた、「日下田足穂」として、同じ「稲廼舎蔵書」の印影と「下野佐野稲舎蔵書」の印影とを掲出しているのである。

『新編蔵書印譜』所載「稲廼舎蔵書」印

その後、充実しつつある国文学研究資料館の蔵書印データベースを「日下田足穂」で検索すると、「稲廼舎蔵書」四件がヒットする。うち三件は同一と考えられるが、一件は横がやや広く外枠（二重枠がつぶれている状態かもしれない）で、他の二重枠と異なっている。字体は同一と見られるが、前者三者の細身に比して横幅が広い印影で同一のものではない。

前稿では、由豆伎が「稲廼舎」と号したことの確認がとれないこと、「稲廼舎蔵書」が日下田足穂の蔵書印とみられることの二点から、「稲廼舎蔵書」を根拠に「岸本由豆伎旧蔵」とすることには、慎重であるべきだと考えたわけである。

実際、右の書の情報と手続きの範囲からすれば、静嘉堂文庫本は、日下田足穂旧蔵であると判断されよう。

日下田足穂《くさかだたりほ》（一八一四〜一八九〇）とは、どのような人物か。『日本人名大事典』（平凡社　一九八六年版）によれば、次のようである。

徳川末期―明治時代の国学者。文化十一年八月五日上野館林に生る。通称嘉平、名は足穂、稲舎と号す。朝倉茂右衛門の五男。幼少より足利町の商売小佐野清七に養はれ、清七、歌をよくしたので吟詠を学び、また江戸に赴くごとに橘守部の門を訪うて教をうけ、長歌をよくしたが、のち遠藤氏の養嗣となる。明治二十三年十二月六日歿、年

七十七。その著に『稲舎長歌集』がある。（国学者概伝　窪田）

『稲舎長歌集』は、明治十九年七月、東京の金花堂から、和装二冊本として出ている。佐々木弘綱・佐佐木信綱編『続日本歌学全書』第九編（近世長歌今様歌集）（博文館）は、「稲舎長歌集（抄）」を収める。彼の長歌は、新体詩以前の明治の新様を意図するところがあったが、「形式価値の旧套を出でない昔ながらの長歌の亜流にすぎなかった」と『増補改訂日本文学大辞典』（新潮社　昭和二十五年）の「新体詩」の項は評している。

幼少より預けられたのは、呉服商であり、その主人清七に学んで和歌に親しみ、江戸への往還を通じて、橘守部（一七八一～一八四九）を訪ねて和学を学ぶことになったことになる。向学の心をもった商人層が、近世後期の和学を支え、交流圏を形成していた時代の動向を視野に入れれば、本写本が日下田足穂のもとにあったことをことさら異とするにはあたらない。とすれば、その足穂の蔵書が、後に静嘉堂文庫の所蔵するところとなったことになろうか。

なお、丸山季夫の『静嘉堂文庫蔵書印譜』（青裳堂書店　昭和五十七年三月）には、「稲廼舎蔵書」印は収載されていない。あるいは、本写本の印影が鮮明を欠くところがあるからかとも考えたが、不審である。

しかるに、本解説の推敲段階にいたって、再考すべき情報に出会った。

その一は、渡辺守邦・島原泰雄編『新編蔵書印譜』が、『増訂新編蔵書印譜』三冊本となって出現し、その下（平成二十六年十二月刊）の「追補」に、日下田足穂の項が見え、「静嘉堂文庫」の細身の印影と同じ「稲廼舎蔵書」のさしかえとして、「稲廼舎蔵書」の字体は同じながら横幅の太い印影が掲出されていることである。それは、蔵書印データベースにみえる一件と同じものかと思われる。「さしかえ」とあるのは、細身の印影は、日下田足穂のものではないとの判断が下されたことになる。従前の印影は、新たに設けられた「朝田由豆伎」の項に見える。

『増訂新編蔵書印譜』所載「稲廼舎蔵書」印（日下田足穂）

その二は、国立国会図書館編『人と蔵書と蔵書印―国立国会図書館所蔵本から―』（国立国会図書館　二〇〇二年）に「岸本由豆流」の蔵書印として、「岸本家蔵書」と「朝田家蔵書」の二つの印影が掲出されているが、その由豆流の解説の末尾に、「なお、由豆伎の蔵書印の印文は「稲廼舎蔵書」で、当館には六点の旧蔵書がある。」と記されていることである。その「稲廼舎蔵書」の印影がどのようなものか、掲出されているわけではないから、確認がとれたわけではないが、「稲廼舎蔵書」印が由豆伎のものであるという可能性が浮上したことになる。

その三には、日下田足穂の印とする『図書寮叢刊　書陵部蔵書印譜　下』には、「稲廼舎蔵書」印が『紫日記』（黒川本）ほかにも見えることの指摘がある。同本は、『影印本　紫日記』（笠間書院　昭和四十五年四月）として世に出ている。ただし、蔵書印の部分は、影印では掲載がないが、書誌については、解説担当の秋山虔の詳述がある。それによれば、上巻の表紙には「由豆流旧蔵本」と墨書があり、右下に「朝田所蔵」「青木印」の朱印を捺した押紙二枚があり、第一丁表には「黒川真道蔵書」と「稲廼舎蔵書」の印があるという。

『紫日記』（黒川本）の「稲廼舎蔵書」印が、『図書寮叢刊　書陵部蔵書印譜　下』では、日下田足穂のものと判断されていることになるが、一方『人と蔵書と蔵書印』解説では、由豆伎の蔵書印との記述があり、判断に相違があることになる。さらに『紫日記』が「由豆流旧蔵本」であることを考えれば、由豆伎の蔵書印の可能性も考えなければならない。いわばこの蔵印の認定をめぐって、現時点では、日下田足穂蔵とする説と岸本由豆伎蔵とする説の二つが識者の間で分かれていることになる。

それにしても、日下田足穂と岸本由豆伎の蔵印が、なぜ酷似しているのか。新たな疑問も出て来るところである。しかし、本解題としては、慎重を期して両説を併記する。

しかしながら、この結果、「稲廼舎蔵書」印をもって、岸本由豆伎旧蔵を証する可能性が復して来たと言えよう。では、「岸本由豆伎旧蔵」と見る場合について、考えてみよう。

岸本由豆伎は、岸本由豆流（一七八八～一八四六）の息、嘉永四年（一八五一）十一月十三日、三十一歳没（『和学者総覧』による）とあるから、文政四年（一八二一）の生誕になる。由豆伎については、森繁夫編・中野荘次補訂『名家伝記資料集成』

（思文閣出版　昭和五十九年二月）に詳しい資料情報の記載がある。

父、由豆流は、伊勢国飯南郡朝田村（三重県松阪市）の人。江戸に出て、弓弦師岸本讃岐の養子となる。通称大隅権之進とあり、「ゆづる」は、弓弦師の家にちなんでの名乗りであろう。だが、由豆流は早くより書を読むことを好み、家業は長子に譲り、村田春海（一七四六～一八一一）門に入り、㭊園《やまぶきのその》、棣堂、尚古考証園、露園などと号して、『万葉集考証』『土佐日記考証』『後撰集標注』など本文校訂や考証にすぐれた注釈を残している。由豆流は、生家の朝田姓の方を、次男弓槻に継がせ、みずからは著述に専念したという。蔵書家としても知られ「ソノ儲ヘタル書、三万巻ニ及ベルトゾ」とあり、狩谷棭斎とはことに親しかったという（『国学者伝記集成』ほかによる）。

由豆流の師事した村田春海門としては、清水浜臣（一七七六～一八二四）や考証学者でこれまた蔵書家として知られる小山田与清（一七八三～一八四七）がいることに注目させられる。

こうした経緯からすれば、岸本由豆伎は、朝田由豆伎と表記するのがよく、『和学者総覧』は「朝田由豆伎」で掲出している。通称は権之丞。由豆伎（弓槻）の名は父の養家の業にちなみ、学は父の業を継いだということになる。

父由豆流が亡くなった年（一八四四）、由豆伎は二十五歳。だが、彼は三十一歳（一八五一）の若さで亡くなる。

本写本は、蒐書に熱心であった父由豆流の代に蔵するところとなったものかもしれないが、由豆伎であることをわざわざ示す「稲廼舎蔵書」印のあることは、由豆伎が襲蔵したことを示すものである。とすれば、その押印は十九世紀の半ば近くのことになる。これは、他の『八重葎』諸本の伝来事情と本文の性格を考え合わせる時に、古い物語がいかに今日に伝来するにいたったかを知るうえで、興味深いと言えよう。

(2)紫草書屋蔵作楽本（吉田幸一旧蔵本）

(a)書誌情報

写本、一冊。寸法は、二七・三cm×十九・五cm。帙入。ただし帙は後補。

外題は、「やへむくら物語」と記す題簽を、左上に貼付する。字母は「屋遍武具良」である。内題は、中央に「やへむくら物語」と打付書（直書）にする。こちらの字母は「耶敝武具良」である。

内題の右下に「會田家蔵書」の蔵書印がある。

「會田家蔵書」作楽本印影

料紙は、楮紙。あらかじめ漢数字で丁数が付されたもので、袋綴。本文は、墨付四十九丁。遊紙は、前後ともになく、一面十二行、一行二十七字前後。

保存状態は、やや良だが、一部虫損がある。

墨付き一丁オ右上に「源朝臣作樂印」の丸形の蔵書印がある。

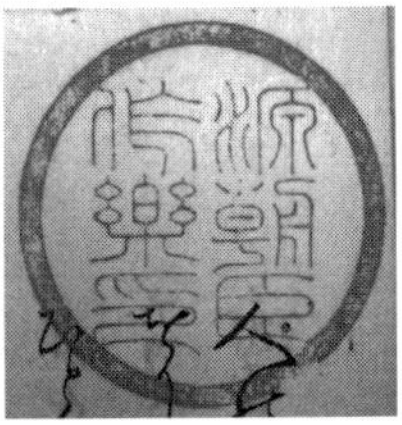
「源朝臣作樂印」作楽本印影

本文のほかに、庵点、圏点、傍点、鉤印の書き入れがある。これらは朱筆である。また、傍記に「歟」の表記箇所があるが、これには朱筆のものと墨筆によるものとがあり、さらに、濁点の点の部分のみ、朱筆の箇所がある。ほかに「夏蔭云」という墨筆による書き入れが三箇所ある。
奥書は、朱筆によるものと墨筆によるものとがある。

朱筆によるものは、本文が四十九オ一行でおわり、その余白に、左寄せ、三字下げ三行書きで、次のように記す。

文政の五とせといふとし霜月はしめつかた一わたり本によみ
あはせつ此物語はわか友殿岡従か難波より得て帰れ
るを借て今井清蔭に筆とらせしなり　菅原夏蔭

墨筆によるものは、四十九ウに、これまた空白をおいて、左寄せ、三字下げ四行書きで、次のように記す。

此ものかたりふみはよにいとめつらかなるものそとて夏繁大人
のかしあたへられたるをかたのことくうつしと、めたるは
慶応の四とせといふとしのきさらきはしめつかたなり
滋野安昌

なお、併せて「八重葎諸本現態翻刻本文一覧」を参照されたい。朱墨は同筆であるかは不詳。本文書写の後、書き入れられた可能性が高い。この点については、後述する。

なお朱筆部分の「殿岡従」を、今井源衛は「殿岡漢」と読んでいる。

後者の識語から、本伝本は滋野安昌による慶応四年（一八六八）二月初旬の書写であることが判明するから、「滋野安昌書写本」「慶応本」などと称することもできるが、今井源衛が既に「作楽本」と称しているので、混乱を避けるために、この呼称を踏襲する。

(b) 伝来事情

本写本の伝来にかかわる情報には、①朱筆による菅原夏蔭の識語、②墨書による滋野安昌の識語、③「會田家蔵書」印、④「源朝臣作樂印」印がある。

識語①の文意は、「文政五年（一八二二）十一月初め、はじめから終わりまでひととおりもとの本と読み合わせて校合した。この物語は、私の友人である殿岡従が難波から入手して持ち帰ったものを借覧して、今井清蔭に書写させたものである。菅原夏蔭」というものである。

②の文意は、「この物語書は、たいへん珍しいものであるといって、夏繁大人が貸してくださったのを、その本のとおりに書き写したが、それは慶応四年（一八六八）の二月初めのことである。滋野安昌」というものである。

②は、当該写本に関する情報であり、①は、親本に記されていたものということになる。

はじめに、親本の、菅原夏蔭が、殿岡従所持本を、今井清蔭に書写させたものという情報について検証する。

この本を関西より入手してきた殿岡従とは、殿岡従瓊《よりよし》（一七八二～一八六五）のことである。名は「従」（『和学者総覧』汲古書院　平成二年三月）。慶応元年六月に八十三歳で亡くなっている。丸山季夫『泊洦舎年譜』（私家版　昭和三十九年）の文化六年（一八〇六）十月の条により、やや詳しく記せば「青木従、幼名鉄太郎、通称又一、号北海、神通、真臣、海雲、墨顚、瓊華堂、後年殿岡氏を称す。浜臣及田中大秀門人。書家として、又越中地誌の著者として知らる。慶応元年六月十一日歿す。年八十三。」とある。

菅原夏蔭とは、前田夏蔭（一七九三～一八六四）のこと。『和学者総覧』には本姓「菅原」とみえる。寛政五年（一七九三）に生まれ、元治元年（一八六四）八月に、七十二歳で没している。清水浜臣門下で、天保（一八三〇～四〇）頃、下谷泉橋通に開塾。水戸烈公（徳川斉昭）の愛顧をうけ、水戸藩の江戸駒込中屋敷で国学を講じ、斉昭の息である慶喜も師と仰いで「未ダ齢三十ニ至ラズシテ、既ニ諸侯ノ弟子、門ニ満チ溢レ」たという（『国学者伝記集成』所収「高等国文」）。

ちなみに、水戸藩上屋敷の庭園が小石川後楽園である。藩主の住む上屋敷は、現在の後楽園遊園地や後楽園ドーム球場を包み込んで、白山通りに接するところまで広がっていた。右に出てくる中屋敷は隠居や跡継ぎ、参勤交代でやって来た家臣団が多くいたところであって、昔の一高、今の東京大学の農学部から工学部のあるところにあたる。明治に入って、今の言問通りによって農学部（弥生キャンパス）と工学部（本郷キャンパス）の地は分断されているが、かつては一続きの水戸藩の中屋敷であり、若い日の夏蔭は、そこで国学を講じていたことになる。ちなみに、赤門やいわゆる三四郎池（心字池）は、加賀藩前田家の上屋敷であって、両者は隣接していた。

夏蔭の塾があったという「下谷泉橋通」とは、「下谷和泉橋通」のことであろう。神田川にかかった和泉橋から始まる通りで、今、『江戸明治東京重ね地図』を見ると、その通りは、下谷御徒町、下谷和泉橋通御徒町と続き、その延長上、通りの右手にある「伊予大洲藩」邸の東北の角、通りの左手二区画に「前田」とだけ書かれた地がある。さらに「江戸切絵図」（東都下谷絵図　一八六二年）を抜き見ると、その地の名義は「前田健助」「前田忠三郎」となっている。『国学者伝記集成』によれば、夏蔭の通称は「健助」である。二区画のうち、一区画が夏蔭の塾であることは、ほぼ特定できたことになる。

ちなみに、この和泉橋から続く通りは、現在の昭和通りであって、その通りの上には首都高速一号上野線が走っている。さらに、旧夏蔭邸の地は、この昭和通りと春日通り（地下はメトロ都営大江戸線）の交差する東南の角辺に位置していたことになる。

夏蔭の家塾にこだわったのは、古い物語を読み集めていただけではなく、詩歌、雅文に心を寄せる人びとともに、互いに新たな物語を作り、それを読んで批評しあう「文会」が、おそらくここを舞台に開催されていたらしいからである。『井関隆子日記』上中下のうち下巻（深沢秋男校注　勉誠社　昭和五十三・五十五・五十六年）によれば、天保十四年（一八四三）十一月五日のこと、旗本の夫人である井関隆子（一七八五〜一八四四）のもとに、「杉嶋ノ勾当」がやって来て、こう言ったという。

「前田夏蔭が催しにて文会の侍る。それ水鳥といふ題をまうけおの〳〵物語などかく。己れ文書きたど〳〵しければ心に思ふことをえ言つゞくるべくもおぼえず。然思ふはかう〳〵也、此おもむきよさまに物し給はなむ」とこふ。

杉嶋勾当は、「かついつ」とも表記され、盲人だが、隆子のもとを頻繁に訪れ、本を読み聞かせてもらい、歌を詠み、あるいは世間の情報を語り伝えもする、風雅を解する士として、『日記』にしきりに登場する。

彼は、夏蔭のもとにも出入りしていたらしい。その文会に「水鳥」を題とする物語を書きあって出すことになった。だが、文書きに自信の持てない彼は、自分の考えた内容のあらましを隆子に伝え、その文を隆子に書いてほしいと乞うたというわけである。二人の心知りのほどが知られる一節である。

この話題は、きわめて「今めかしき事」である。それを「雅びかにとなさむとする」ことには、「みじかき筆あさき心」には、自信がなかったが、その責任、自分が負うものではないと思って、隆子は、書いて与えている。

冬の一夜、ある貴人が枕辺に青い狩衣を着た美しい男の姿を夢見る。男は、自分は、下総の国の某の沼に年来住んでいたが、不本意なことが出来したので、こちらの庭の池に住みたいと思う、と言う。そこで目覚めて、かの沼には蛟《みづち》とかいう神が治めているのが夢に現れたのかと思う。その姿は龍のごとく鱗は金色に輝き、稲光がひらめき、冬の夜にもかかわらず汗もしとどになって、朝を迎える。そっと妻戸を開けてみると、庭の池には、いつもは見ることのない水鳥たちが群れて鳴き騒いでいる。青き衣を着ていたと夢にみたのは、この鳥たちが姿を変じたものであったかと思う。

「今めかしき事」とは、水野忠邦による印旛沼の干拓を踏まえている。それを「雅びか」な「水鳥」と題するにふさわしい「物語」に仕立てているわけである。ここではあからさまではないが、隆子は忠邦の印旛沼干拓に批判的であって、日記のそこここにその叙述のあることを、深沢秋男は指摘している（『井関隆子の研究』和泉書院　二〇〇四年）。

『日記』（天保十四年一月晦日）には「神代のいましめ」と題した物語を書いたことを記してもいる。「隠れ蓑隠れ笠の物語」を踏まえたものという。この物語は、日記とは別に今にその作品が残っており、深沢の書によって見ることができる。隆子が古物語に親しみ、その趣向を生かして物語を書いていることは興味深い。さらに東北大学図書館の狩野文庫には『さくら雄が物語』があり、新田孝子による翻刻がある（「さくら雄が物かたり―館蔵稀覯本翻刻―」『図書館学研究報告』〈東北大学〉第10号　昭和五十二年十二月）。

さらに桑原やよ子の『宇津保物語考』の、深沢によれば隆子自筆書写本（静嘉堂文庫所蔵）を残したりしており、その雅文教養と才筆が物語との親昵によるものであることをうかがわせる。

「水鳥」を題とする物語を依頼した杉嶋勾当にもどれば、彼の和歌、古典に関する教養はじつはただならぬものがあって、『日記』によれば、盲人の官職、掟、系譜などを書き、平家語りのことをも記した『当道要録』を書いたのは、杉嶋勾当かついちであるという（『井関隆子日記』天保十三年八月七日）。

彼らが夏蔭と歌や物語を介して交流があったことになる。

さらに日記からばかりではない。吉海直人による「新出資料『物かたり合』の翻刻と解題―井関隆子周辺の創作活動」（同志社女子大学『日本語日本文学』第八号　一九九六年十月）によれば、序抜、奥書などの情報はないものの、十九人の人物による二十編の、いわば新作物語が収められている。

その冒頭は、夏蔭の「ふたへ山」。さらに隆子の「いなみ野」、一一の「苔むしろ」という物語が収録されている。一一は、吉海の推測どおり「かつぃち（かづいち）」であろう。女性は隆子ひとりのようだが、「昭古」は「あきこ」で女性の可能性があるか。

この影月堂文庫所蔵の資料は、『日記』とはまた別の、夏蔭の主宰する文会の成果と見てよいだろう。

大きく迂回したが、夏蔭に焦点を合わせれば、彼が『八重葎』のような物語を読み、書写させたのは、彼ひとりの個人的趣味というものではない。物語をめぐる文雅の交流圏が背景としてあって、その中で捉えることができることになる。

しかし、夏蔭は、たんなる風雅の士だけではなかった。時代は幕末。嘉永七年（一八五四）、松前半島をのぞく蝦夷地全域を直轄支配下においた江戸幕府の命で、『蝦夷志料』の編纂にあたることになった。その前年より、プチャーチンが度々、長崎に来航。嘉永七年が安政元年となった同一八五四年に、日露和親条約を結ぶわけだが、幕府としては領土の確定保存のためにも、その編纂を急いでいたことになる。夏蔭は、その任にあたったわけである。しかし、明治維新の直前、慶応元年四月『蝦夷志料』二百十巻の完成（一八六五）の前年に亡くなっている。

再び、従（従瓊）と夏蔭との関係に戻ると、二人は、清水浜臣の同門であるところから、その縁で借覧することを得たと推測することができよう。当該作楽本の親本にあたる夏蔭本は、文政五年（一八二二）、従が四十歳、夏蔭が二十九歳の時に書写されたことになる。

ここで遡って、二人の師事した清水浜臣（一七七六～一八二四）は、安永五年（一七七六）に生まれ、文政七年（一八二四）に、四十八歳で没した和学者で蔵書家である。号は泊洦舎《さざなみのや》。既掲出の丸山季夫の『泊洦舎年譜』は、その詳細な年譜であるだけではなく、その師弟・交友関係の情報をも収載しており、同時代の和学の動向を浮かび上がらせてくれる労作である。浜臣は、江戸派歌人で国学者の村田春海（一七四六～一八一一）門下で、同門の小山田与清（一七八三～一八四七）と双璧と仰がれたという（『日本古典籍書誌学辞典』岩波書店　一九九九年）。
①の識語に戻ると、その夏蔭が、実際には「今井清蔭」に殿岡本を写させたということになる。清蔭とはどういう人物

か。『和学者総覧』には「清蔭」を名乗るもの七名がみえるが、特定に至らない。おそらく夏蔭の門人であろう。なお、紫草書屋架蔵に、中国風の美人画に、女子教訓を意図した長歌仕立ての画賛を認めた一幅がある。その署名に「清蔭」とある。ただし、「今井清蔭」と同一人であるかどうか確証を得るにはいたらない。情報の一端として記しおく。

次に②の識語、すなわち当該作楽本そのものに関わる情報について見よう。

この識語によれば、滋野安昌（一八三二〜一八九五）が、慶応四年（一八六八）の二月初め、夏蔭（今井清蔭書写）本を「夏繁大人」から借りて「かたのことく」写したものであるという。

「夏繁大人」とあるのは、夏蔭の息である前田夏繁（一八四一〜一九一六）のこと。国学を父に学び、十四の年から『蝦夷志料』の編纂に従い、完成目前だった父の遺業を引き継ぎ、大正五年（一九一六）に七十六歳で亡くなっている。明治以降の夏繁については、南啓治「前田夏繁考―江戸派の行方に関連させて―」（『賀茂真淵とその門流』続群書類従刊行会　平成十一年）に詳しい。

①の夏蔭本は、息の夏繁が所蔵しており、作楽本の親本である夏蔭本は、慶応四年（一八六八）二月までは存在していたことになる。

既にふれたように、岡本保孝が『物語書名寄』に「補」として追記したのは、まさにこの本である。

この慶応四年二月というのは、一月三日に鳥羽伏見の戦いがあり、十五日に新政府が王政復古を各国の公使に通告。二月十二日に徳川慶喜が上野寛永寺に蟄居するという緊迫した時期にあたる。その頃、滋野安昌は夏蔭の息夏繁から夏蔭本を借覧し、「かたのとおり」すなわち忠実に書写したということになる。

本写本の書入には、「夏蔭云」という墨筆による頭書が三箇所みえる。①の識語及び庵点、圏点、傍点のほか鉤印の書入などは、いずれも朱筆である。これらは、今井清蔭に書写させた本文に、夏蔭が書き加えた識語などを明示しようとした可能性が高い。すなわち本写本が、夏蔭本の面影を「かたのことく」写したという②の識語の情報を反映しているものと見ることができる。とすれば、書写年時じたいは古くないが、夏蔭本の面影を伝えるという点では信頼性をおくことができる本であると評価できよう。

ただし、さらに遡って、夏蔭本（今井清蔭書写）じたいが、その親本である殿岡従本をどこまで忠実に書写したものかは、なお検討の余地を残している。

次に、この当該作楽本が、夏蔭・夏繁と相伝されて来た伝本を書写した、滋野安昌書写本そのものであるかどうかについても、慎重に検証しておく必要があろう。

そこで注目されるのが、③の「會田家蔵書」印である。

『大日本人名辞書』（明治十九年初版。今、大正十年増訂九版の『大増補　大日本人名辞書』による）の「アヒダ　ヤスマサ」（會田安昌　一八三二〜一八九五）の項には、「會田安昌は歌人なり国学に通ず宮内省御歌所に仕ふ明治二十八年一月廿一日没す年六十四」とあり、『国学者伝記集成』続の総叙は、この項を引用している。また、『泊洦舎年譜』享和二年（一八〇二）十一月の条には、「会田安昌、滋野氏、号芳園、前田夏蔭門人。御歌処門人、御歌所出仕。明治二十八年一月二十一日歿す。年六十四」とある。すなわち、滋野安昌は、會田安昌と同一人物であり、夏蔭の門人でもあったから、夏蔭の息、夏繁から親しく借覧することができたのであろう。

したがって、本伝本は、慶応四年二月、安昌三十七歳の時に書写されたことになるが、同年の前月には、「正月七日会田安昌前田夏蔭本により、浜臣校本のうつほ物語考を書写す」（『泊洦舎年譜』）とあって、書写を通じて、師の仕事を継承しようとする意図をもっていたことをうかがわせる。

この「會田家蔵書」印は、『図書寮叢刊　書陵部蔵書印譜　下』、『新編蔵書印譜』、『増訂新編蔵書印譜』上にも見えるところである。

そこで、④「源朝臣作樂印」印にうつる。

「源朝臣作樂印」は、丸山作楽（一八四〇〜九九）の印である。これは、林正章編『近世名家蔵書印譜―無窮會圖書館神習文庫本に據る―』（青裳堂書店　昭和五十七年四月）、丸山季夫『国学史上の人々』（丸山季夫遺稿集刊行会編、吉川弘文館（発売）一九七九年）の「父を語る」の章に見出すことができる。丸山季夫は、作楽晩年の四男である。

この蔵印から、「會田家蔵書」の滋野安昌自筆書写本が、後に源朝臣作楽すなわち、丸山作楽の所有に帰したことが判明する。
丸山作楽とはどういう人物か。
丸山作楽は、島原藩士の丸山正直の長男として生まれ、漢学・洋学を修めるが、国学を平田鉄胤に学ぶに及び、勤王の志士として幕末の国事に奔走。明治維新とともに、明治二年（一八六九）神祇官権判事として新政府に出仕。幕末の官学と明治の大学との分水嶺に位置する、明治二年設立された大学校にあっては、国学派の急先鋒として、漢学派と対立し、ために大学校は、翌年瓦解することに繋がる（大久保利謙著作集4『明治維新と教育』吉川弘文館　昭和六十三年）。ついで外務大丞に転じて樺太に赴き、ロシアの南下政策による紛争の外交折衝にあたるも、作楽の対抗論は政府の容れるところとはならず外務権大丞に降格させられ、帰京する。彼は、時の朝鮮問題についても征韓論に共鳴し、密かに攘夷派のテログループと強硬策を企てて、明治四年（一八七一）に捕縛され、終身禁獄となる。後、明治十三年（一八八〇）に恩赦により出獄。国権派の立憲帝政党を組織して、自由民権派に対抗した保守派の政治家として、帝室制度取調掛、元老院議官、貴族院議員などを歴任している。

このような波瀾にみちた人物のあらましから、本伝本を所有するにいたる経緯を知ることはむずかしいが、彼が外務大丞として樺太問題に関わっていることは、夏蔭・夏繁が父子二代にわたって『蝦夷志料』を完成していることと、大きな接点を見出すことができよう。しかしながら、このような作楽の人生の大略から、安昌本が作楽の所有に帰した時期を考えてみると、安昌の晩年あるいは没後かと推測されるが、委細は不明というほかない。

それが、坊間に流失した後、流転して吉田幸一の蔵するところとなったこと、帙の題簽に「幸」の朱印にその痕跡を残していることになる。

吉田の没後、再び坊間に流失、八木書店をへて、現在、紫草書屋の蔵するところとなっている。

(3) 紫草書屋蔵天保本（吉田幸一旧蔵本）

(a) 書誌情報

帙入り写本一冊。帙には、左に「八重葎物語　一冊」と記した題簽があり、題簽の左下に、吉田幸一の旧蔵本であることを示す「幸」の小印がある。帙は後補。

料紙は楮紙で袋綴。裏表に柿渋色の紙を貼り表紙とする。原装。寸法は、二七・六㎝×十九・七㎝。

外題は、表紙中央に「やゑむくら物語」と打付書で記す。内題はない。

裏表紙の右肩に、「ISSEIDO」（一誠堂）のレッテルがある。

本冊内に蔵書印はない。

遊紙は、前にのみ一丁。墨付き六十二丁。一面十一行。一行二十五字前後。

書入は、朱による濁点表記、朱による本文訂正箇所がある。「八重葎諸本現態翻刻本文一覧」及び凡例を参照されたい。

書写年時は、天保十二年十二月書写。

保存状態は　やや良だが、一部虫損がある。

奥書は、本文が六十一丁オ九行目で終わり、やや字体を小さくして三字下げ三行書きで、次のように記す。内容的には作楽本の②に同じである。

文政の五とせといふとし霜月はしめつかた一わたり本によみ
あはせつ此物語はわか友殿岡従か難波より得て帰れ
るを借て今井清蔭に筆とらせしなり　　菅原夏蔭

さらに、六十一丁ウから二行分ほど間を空けて、識語が、こちらは本文と同じ高さで、かつやや大きな字体で、六十二丁オにかけて、次のようにある。

筆をとれはものかゝれ杯をとれは酒を思ふとの給ひしことく世の中にあるとあることすく世なくては行あふ事かたし
われはやふより物かたりものに心いれて明くれのもてあそひものとてはもの、本より外なししかるにこたひとし子の
君よりかしあたへ給ふたるやえ（ママ）むくらてふ物語はあはれにをかしき草紙にて言葉のみやひかなること又うたのえんに
やさしき事中〳〵こと物語にすくれてをかしうち見るたひ毎にめさましき心地してたゝにうちすておかんもおこなる

わさとてつたなき筆に書うつすものは
天保十二巳冬月末写之　廣田信子
六十二丁ウは白。続く裏表紙の右の箇所に、次の書き入れがある
末の世の人しみの住かとなすことなかれ
なお、帙内には、吉田幸一による、次のようなメモ書きが貼り付けられている。
伝本
一、静嘉堂文庫本
一、弘文荘目録　第六号（昭和十年十二月）に
八重葎　富士谷成章自筆写本
宝暦九年二月中院　成章
寛政七年中夏写之　成孚
一、架蔵本　菅原夏蔭奥書本
天保十二年文月写　廣田信子筆者
他に伝本を聞かず　以上
吉田幸一誌
ただし、二番目の「弘文荘目録」云々の部分は、赤鉛筆で四角に囲み、「八重葎」とある上部に「やへむくら物語にあらず」と記す。
弘文荘目録所載の「八重葎」は、現在、『別本八重葎』として知られているものである。このメモを書いた後、吉田はこちらも入手して、『やへむぐら物語』ではないことを確認して赤鉛筆で書き入れをしたと推測できる。また、このメモに「他に伝本を聞かず」とあるところから、吉田は、この天保本を先に入手し、後に、作楽本を入手することになったと推測される。

なお、本写本は、吉田の手を離れた後、八木書店をへて、現在、紫草書屋の蔵するところとなっている。本写本もまた、今井源衛に従い「天保本」の呼称を用いる。

(b) 伝来事情

本写本の伝来にかかわる情報を、あらためて付番すれば、①菅原夏蔭の識語、②廣田信子の識語、③末の世の人しみの住かとなすことなかれ、④一誠堂のレッテル（表紙見返し右上部）、⑤帙内に書かれた吉田幸一のメモ、ということになる。

①から得られる情報は、既に述べたところであって、本写本が、殿岡本―夏蔭本の系統であることを証するものである。

②の文意は、「筆を手にすれば、なにか文を綴らずにいられない。盃を手にすれば酒を思わずにいられない。そう古人が述べられたように、この世の中のことはすべて宿縁というものなしにしてはめぐりあうことのできないものである。私は齢若い時から、物語類に夢中になって、日々の慰みものとしては、書物よりほかになかった。ところがこのたびとし子の君の方からご貸与くださったやえむぐらという物語はしみじみとした感興をそそられる草紙で、その言葉の雅趣に富んでいること、またその歌の趣深いやさしさに満ちていること、ずいぶんと他の物語と比べ優れておもしろく、読み見るたびごとに、目の覚める感じがして、読むだけで捨てておくのはおろかなことと考えて、拙い筆をとって書き写したものである。　天保十二年十二月末にこれを写す　廣田信子」というものである。

「筆をとればものか、れ杯をとれは酒を思ふ」は、『徒然草』にみえる「筆を執れば物書かれ、楽器を取れば音をたてんと思ふ。盃を取れば酒を思ひ、賽をとれば攤打たん事を思ふ。」（『新潮日本古典集成』第百五十七段）の一節によるもので、「古人」とは兼好をさしていよう。

天保十二年は一八四一年。「巳冬月」（みふゆづき）は十二月のこと。⑤の帙内の残された吉田メモが「文月」とするのは、「巳冬月」と読むべきところを誤ったものか。

①の奥書があるところから、「とし子の君」なる人物が持っていたのは、夏蔭本系統の本であることがわかる。もとより夏蔭本そのものとは考えがたく、夏蔭本の転写本であろう。それを廣田信子が、天保十二年十二月に転写したのが当該本ということになる。知られる範囲内では、

殿岡本―夏蔭本―とし子所持本―廣田信子本（天保本）

という書写系譜が想定される。

廣田信子の書写態度は、写本をみるかぎり丁寧にみえるが、本文じたいは、諸本の性格の項で述べるように、誤写・誤脱が少なからず目につく。その杜撰さは、廣田信子の所為ばかりに帰すことはできない。「とし子の君」なる人物の所蔵本に由来する可能性も想定しておく必要があろう。

さて、「とし子の君」とはいかなる人物か。

『名家伝記資料集成』を検するに、飯田俊子（一八一七〜一八八三）なる人物を見出すことができる。「鳥取県気高郡の人　飯田年平の姉　飯田秀雄の女　京都東図寮士杉本主膳に嫁す　本居大平門　和歌を能くし　古典に通ず　晩年気高郡に帰り風月に心を潜む」とあり、鳥取大学付属図書館には『飯田俊子歌集』がある（未見）。父秀雄（安政六年歿）、弟年平（一八一〇〜一九〇四）ともに『国学者伝記集成』にその履歴が載る。とくに年平については、本居大平・加納諸平に学び、歌人として知られ、維新後は新政府に仕え、国学所の教授となり、その墓は青山霊園にある。「飯田俊子」は、この物語の伝来史にかかわるにふさわしい存在と思われて来る。

しかし、飯田俊子は、右の情報の範囲内では、長く京都にあったとみられ、年平の存在を考えても、夏蔭の転写本を所持し、廣田信子にそれを貸与するという接点を想定するには、難がある。また、廣田信子の書写が、天保十二年に遡ることも、「とし子の君」を飯田俊子と同定することを困難にしていよう。

「とし子の君」は、現時点では不詳とするのが穏当な判断であろう。

「廣田信子」についてはどうか。

『江戸現在広益諸家人名録』（天保十三年〈一八四二〉夏　版元須原屋佐助　『近世人名録集成』〈勉誠社　昭和五十一年四月〉所載による）に、次のような記事を見出すことができる（阿部江美子の教示による）。

文雅　名　濱荻　四谷傳馬町三丁目
濱荻　神風舎　廣田伊兵衛

和歌　名　信子　　四谷傳馬町三丁目
信子　同人妻　廣田濃婦子

文雅として「廣田濱荻」の名があるが、狩野快庵編『狂歌人名辞書』（文行堂広田書店　一九二八年、臨川書店　一九七七年）には、「神風舎濱荻、通称廣田伊兵衛、東都四ッ谷傳馬町に住す、天保頃。」とあり、狂歌師として知られていたことがわかる。信子は同人の妻で、歌人として人名録に掲出される存在であった。同一人の可能性が高いのではないか。信子が『やへむぐら物語』を書写したのは、天保十二年（一八四一）のことであった。

少し広い視野からみると、夏蔭所持本が、女性の手に渡って転写されていることは、江戸時代の女性たちの王朝物語愛好の流行の系譜に加えるにふさわしい情報として注目されるところであり、井関隆子の場合については既に述べたとおりである。

③は、信子の本物語あるい本写本に対する愛着をしのばせるものである。

④のレッテルは、本書が、一誠堂の手をへて、吉田幸一の蔵するところとなったと推測させる。帙の題簽『八重葎物語一冊』の下に「幸」の朱印がある。吉田幸一蔵であった来歴を示す。なお、吉田没後、八木書店の手をへて、現在は、紫草書屋の蔵するところとなっている。

(2)(3)との伝来を図示しなおしてみると、次のようになる。

殿岡本―夏蔭本┬(2)安昌本（慶応四年）
　　　　　　　└とし子所持本―(3)信子本（天保十二年）

(3)の信子本（天保本）は、天保十二年（一八四一）と書写年代において、(2)の安昌本（作楽本）の慶応四年（一八六七）に先立つが、(2)・(3)それぞれの書写本文の検討、および(2)が夏蔭本の丁寧な子本であるのに対して(3)が孫本に相当すること、の二点から、(2)の作楽本のほうが善本であると判断される。なお、本文上からの判断については、後述する。

(4)東海大学付属図書館桃園文庫蔵本

(a)書誌情報

写本一冊。表紙共紙とも原装。寸法は、二七・一㎝×十九㎝。料紙は、薄様楮紙。袋綴。外題「やへむくら物語」（屋弊無九羅物語）は、表紙左に、打付書。右肩に「部／第廿八／共」のラベル。右下に「桃園文庫／函／架／冊／No.7494」のラベル。他に「桃園文庫　桃12／36／冊1／・607861／東海大学」の見出しラベルが添付されている。

内題は、左部に「やへむくら物語」とある。遊紙前後ともになく、墨付七十四丁。一面十行、一行二十字前後。

墨付一丁オの右上に「松平家藏書印」。右下に「和學講談所」の蔵書印がある。

さらに、七十四丁ウの左下に「塙忠寶圖書印」がある。

書入には、庵点、鉤印がある。奥書、識語はない。

書写年時は、江戸時代後期か。

短冊が三枚挟み込まれ、それぞれ次のような記載がある。東海大学付属図書館の手になるものであろう。

　青紙　7494／607861／2362

白紙　やへむくら物語　古写一冊　貴　7494

鉛筆メモ書き　保己一の男　塙次郎（忠宝）の所蔵カ

白紙の「貴」のみ朱筆きである。

本写本については、『桃園文庫目録』中巻（東海大学付属図書館　昭和六十三年三月）のほか、前半部については下鳥朝代の翻刻があること既述のとおりである。

なお以下本写本を、東海大学図書館本あるいは東海大学本と略称する。

(b)伝来事情

本写本の伝来にかかわる情報は、次のとおりである。

①「和學講談所」印（一オ　右下）、②「塙忠寶圖書印」印（末尾　左下）、③「松平家藏書印」印（一オ　右上）。

まず関連性が強い①と②から得られる情報について考える。

『新編蔵書印譜』所載「和學講談所」印

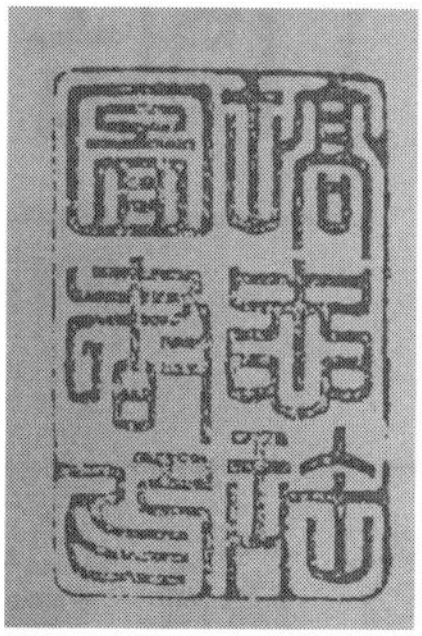
『新編蔵書印譜』所載「塙忠寶圖書印」印

①は、よく知られた縦長の蔵印である。和学講談所は、塙保己一（一七四六〜一八二一）が、寛政五年（一七九三）に幕府の公許を得て、江戸麹町裏六番町に設立。のち表六番町に移る。林大学頭の支配をうけ、幕府の文教体系のなかに組み込まれたことになる。門人屋代弘賢（一七五八〜一八四一）、中山信名（一七八七〜一八三六）らの協力のもとに『群書類従』『続群書類従』『武家名目抄』などの編纂を行ったこと、広く知られるとおりである。

保己一の没後、その子忠寶《ただとみ》（一八〇七〜一八六二）が、文政五年（一八二二）に和学講談所御用掛となり、事業を継続する。本写本②の蔵書印が忠寶のものであることは、『新編蔵書印譜』によって知られる。その忠寶は、明治前夜の風雲ただならぬ時代、尊攘派のために暗殺される。その間の事情について『大増補大日本人名辞書』は、「鈴木重胤その日本書紀伝に記して云く次郎前田夏蔭と老中安藤信正の命を以て廃帝の典故を按ずと蓋し屢々信正の邸に召されて寛永以前幕府が外国人を遇せる式例等を取調べしを誤り伝へたるならん」と記す。この時の下手人は、伊藤俊輔（博文）、山尾庸三であったという。この件については、春畝公追頌会編『伊藤博文伝』上（昭和十五年）の本編にも記すところがあり、さらに参考として後出されている「塙次郎斬殺に関する田中光顕書簡」によれば、「拝啓陳者御問合塙次郎の事は、明治四年欧米旅行中に春畝公（博文）より親敷承り候処に據れば、廃帝の故事取調を命ぜられ居候とのこと確に聞込候故、山尾庸三と二人にて、国学入門として塙の宅に至り、よく〳〵其面貌等を見認め置き、或夜塙他より帰宅の途上番町同人宅の付近にて斬殺せしと申事確に承り申候。坊間の書物によれば、公が深夜次郎の寝所に押入り斬殺せしものと相成居候得ども　全く誤謬と存じ候。匆々拝復。昭和八年一月尽日　田中光顕　小松緑殿」とある。田中光顕（一八四三〜一九三九）は土佐藩の出身。岩倉使節団に加わり、諸官を歴任の後、宮内大臣となり、後年は維新の志士たちの顕彰に努め、情報通であったことが知られる。小松緑は、本編の編纂主幹である。

伊藤博文側からの証言によれば、尊皇側からは、孝明天皇を廃帝とするための暗躍と見ていたことになるが、じつは、彼が関わっていたのは「寛永以前幕府が外国人を遇せる式例等」の取調べであったという。

ここで「前田夏蔭」の名前がともに出てくることに注目させられる。夏蔭は『蝦夷志料』の編纂にかかわっており、外国ことに十八世紀末より頻々と北辺に来航するロシア船との対応については詳しかったと見られ、忠寶もともに外国人待遇の式例を尋ねられていたものであろう。しかし、忠寶は、誤解のために暗殺されたことになる。

三代目にあたる忠韶《ただつぐ》（一八三二〜一九一八）は、その業の継承と再興をはかるが、和学講談所は、明治元年（一八六八）に廃される。廃止当時の所員は四十一名、継続年数七十六箇年であった（『日本古典籍書誌学辞典』による）。完成していた四三〇冊の史料は、明治政府に引き継がれることとなったが、福井保（「和学講談所と内閣文庫」『塙保己一論纂』上巻　温故学会編錦正社　昭和六十一年三月）によれば、和学講談所は、実質上、明治新政府に献納され、蔵書の管理もまた忠韶に委任される。しかるに、明治五年に書籍館の新設に伴い、政府は、その蔵書の充実のために諸家に献納を求め、忠韶もまた「明治五年三月、文部省編輯寮十等出仕塙忠韶は家伝の蔵書二、〇三五部、九、六六二冊を文部省に献納し、金三百円の賞賜を受けた」という。

また『和学講談所蔵書目録』（写本）は、およそ三一〇〇部一万八千冊をあげる。旧蔵書の約半分は、現在、内閣文庫に残る。

こうした大局の上から推論する。

和学講談所は、その編纂事業の目的のために、善本を蒐集したり、諸家から借覧書写した新写本を数多く作成したであろう。現存する『やへむぐら物語』は、このような意図に沿って作られた新写本であるか、あるいは蒐集しえた伝本であったとみられる。

はじめに、新写本である可能性について推測してみよう。

忠寶の不運の死にいたる情報から知られるように、前田夏蔭（一七九三〜一八六四）とは年上ではあるが、忠寶は知己の間柄であったと考えられる。本『やへむぐら』は、夏蔭を通じ、夏蔭本を借覧し、書写したものかと推測できる。和学講談所で行われている事業については、夏蔭もまた承知していたはずであるから、積極的に提供したことを想定することができよう。とすれば、書写者は忠寶あるいは和学講談所の一員の手になろうか。

右の想定の可能性ついては、作楽本（安昌本）および天保本（廣田信子本）の本文との近似を考えあわせることが求められることになる。

この場合、和学講談所・塙忠寶の所蔵の後に、書籍館への献納から漏れた本冊が、松平家に渡ったということになる。しかしながら、和学講談所の蒐集した伝本である可能性についても推測、検討を加えておかなければなるまい。この場合、③の「松平家蔵書印」は「和学講談所」印に先立って押されてあり、松平家本が和学講談所に収まることになったという順序を考えることになるであろう。

とすると、この「松平家蔵書印」は、いったいどこの「松平家」のものであろうか。俗に十八松平の呼称があるように、松平姓は数多く、特定が必要になって来る。だが、『増訂新編蔵書印譜』ほか諸印譜を調べた範囲では、東海大学本の「松平家蔵書印」と同一の蔵印を見出すことができない。「松平家」とあっても、例示すれば「川越藩松平家」「白河藩松平家」「福井藩松平家」「松江藩松平家」のように、藩名とともに記されるのが普通であり、個人の場合では、その名、号、文庫名を記すことが多い。これまた例示すれば、松平春嶽（一八二八〜九〇）には「慶永」「慶永之印」「春嶽」「謙益斎」「養賢堂」、松平定信（一七五八〜一八二九）には「楽翁」「楽亭文庫」、松平忠房（一六一九〜一七〇〇）には「島原秘蔵」「尚舎源忠房」「文庫」があるがごとくである。類似するものとしては、松平斉典（一七九七〜一八五〇）に「松平氏蔵書印」、松平康国（一八六三〜一九四五）に「松平蔵書」をあげうる程度にとどまる。斉典は、好学の川越藩主として知られるから、「川越松平家」の印ではないことによって、斉典じしんの蒐集になる蔵書であることを示すところがあろう。康国は、久松松平家の流れを汲んでいる存在ではあるが、近代の漢詩文家として知られ、早稲田大学名誉教授となったひとであって、この「松平蔵書」は個人蔵書であることを示す色彩の濃いのものである。

しかるに、国文学研究資料館蔵書印データベースを検索すると、京都大学附属図書館・谷村文庫の『太閤南北合戦記上下』（京都大学電子図書館貴重資料画像）と早稲田大学図書館・九曜文庫『夢のなこり』（早稲田大学図書館古典籍総合データベース）の二件の蔵印と一致することが判明する。

さらに、近時、正保版二十一代集のうち、『拾遺和歌集』下、『後拾遺和歌集』上下、『詞花和歌集』、『千載和歌集』の五冊を架蔵することを得たが、その五冊のいずれにも東海大学図書館本の印影と同一と判断される「松平家蔵書印」が押されている。

「松平家藏書印」紫草書屋蔵『詞花和歌集』印影

と同時に、この本には「原氏忠子」蔵印もあって、その蔵印の位置関係から、「原氏忠子」が先で、その後に「松平家蔵書印」が押されていることがわかる。この五冊が、正保版であることはまちがいなく、版面、料紙ともに綺麗ではあるが、版の磨滅が認められるところから、江戸後期以降の後刷かと判断される。

「原氏忠子」についても特定できないが、国文学研究資料館蔵書印データベースでは、早稲田大学図書館雲英文庫の『しをり萩』に押されているものと同じである。早稲田大学図書館古典籍総合データベースによれば、『しをり萩』は、加藤暁台（一七三二〜一七九二）の俳書であって、明和七年（一七七〇）の刊である。

また、「松平家蔵書印」のある『夢のなこり』は、江戸末期の写本で、柳原安子（一七八三〜一八六六）の著になるものである。

こうした周辺情報を参看したうえで推断すれば、この「松平家蔵書印」は、古く遡ることのできるものではなかろう。この「松平家蔵書印」の特定については、なお識者の示教を俟ちたい。

このように迂路をたどってみると、東海大学図書館本は、和学講談所、塙忠寶の蔵をへて、「松平家」の収蔵するところとなった可能性が大きい。それが坊間に流出して、池田亀鑑の桃園文庫をへて、東海大学付属図書館の蔵するところとなったと考えるのが穏やかな推断であろう。

とすると、東海大学図書館本は、殿岡本―夏蔭本系統に属する本文の可能性が高いことになる。その本文の実態については、後述に譲るが、本文は良質であるが、誤脱が存することを考えると、少なくとも、殿岡本・夏蔭本の本文系統を遡るものでないことは、はっきりしている。

(5)原豊二蔵本

(a)書誌情報

写本一冊。表紙本文とも原装。表紙の料紙は、本文の楮紙に同じ仮綴で、袋綴。寸法は、二七・二cm×十九・三cm。外題は、表紙中央に「八重葎物語」と打付書にする。内題はない。

遊紙は前にはなく、後に一丁。墨付六十一丁。一面十行。一行二十四字前後。

本冊内に蔵書印はない。

書入は、庵点がある。まま濁点表記がある。奥書、識語などはみえない。

保存状態は並だが、虫損が認められる。書写年時は江戸時代後期と推測される。

本写本の書誌情報は、原豊二の調査報告と写真提供ならびに実見にもとづき、書き記したものである。

本写本は、原豊二本と称することにする。

(b)伝来事情

奥書・識語、蔵書印などはなく、本写本の伝来を探る直接的な手がかりはない。

他本との校合を通じて、本写本の性格を把握することによって、伝来の事情をうかがうほかないが、作楽本、天保本、東海大学図書館本と著しく性格を異にする伝本ではない。

このような仮綴写本が伝わることは、『八重葎』の流布を考えるうえで興味深い一本であるといえよう。

3 静嘉堂文庫本の本文(1)—他諸本との対比的性格

ここでは、諸本の本文の性格について、「八重葎諸本現態本文翻刻一覧」にもとづき、その観察しうるところを述べ、諸本伝来事情の項での課題についても論及する。

現在、その存在が確認される五本の現態本文を一覧する範囲において、諸本間に、表現内容に著しく関わるような本文異同はないと判断される。その限りにおいて、共通の祖本に由来するものと見られる。

その一例証として、五本のいずれもが、引歌の存在を示すかと思われる庵点（合点〽）を、その数に相違はあるものの、共通に持っていることをあげることができる。

次に注目すべき例証として、静嘉堂文庫本以外の他の四本のうち、作楽本・東海大学図書館本・原豊二本の三本には、その数に相違があるものの、本文中に、鉤印（┘）を付した箇所がある。これは鉤印をもった本に由来すると推測することができる。天保本に鉤印は存在しないが、既に述べたように、天保本は、夏蔭本を祖本としており、作楽本と共通する。この点に着目するかぎりにおいて、四本は近似性をもっていると目することができる。

このような大略の観察の上に、静嘉堂文庫本と他の四本の関係、ついでこの四本について、諸本の関係、性格等について述べる。

4 静嘉堂文庫本の本文(2)—仮名遣意識とその検証

「八重葎諸本現態本文翻刻一覧」の異同を一覧して看取される、もっとも注目すべき点は、静嘉堂文庫の本文に対して、他の四本が共通本文をもっている事例の多いことである。

その異同は、どのような性格のものか。その圧倒的な多くは、仮名遣表記の差異に由来するものである。では、その差異すなわち静嘉堂文庫本の仮名遣意識とはどのようなものであるか。

それを明らかにするために、その検証手続の第一として、静嘉堂文庫本の仮名遣表記に対して、他の四本が共通に異なる表記をもつ事例を、本文の順序に従って、これを抽出した。これが作業手順の①である。

次に、第二として①で得られた事例を、同様の仮名遣とみられるものを、最初の見出し事例本文のもとにグループ化して、一括した。これが作業手順の②である。

こうして得られた結果が、静嘉堂文庫本の仮名遣表記意識を検証する対象となるものということになる。その表記傾向については、国語史にある程度通暁しているものならば、一見して、いわゆる定家仮名遣を反映したものではないかと見当づけられよう。

しかし、それがどの程度の反映であるのか。仮名遣表記意識には緩やかであって、まま定家仮名遣が傾向として認められる程度であるのか、逆にもっと積極的なものであるのか。第三として、その検討が求められよう。その検証作業手順が③ということになる。

そこで、ここでは、その③の検証手続として、①の抽出と②の整理によって得られた見出し項目事例について、『下官集』（定家）、『仮名文字遣』（行阿）、『易林本節用集』（慶長二年版本）の三種と照合して、その有無を調査した。その結果にもとづいて静嘉堂文庫本の仮名遣表記意識についての判断評価を加えてみようというわけである。

次にここで示すのは、右のような目途にもとづいて行なった一連の作業手順の結果得られたあらましであるが、このような作業を、いわばサンプル調査として行なった理由について、築島裕の『歴史的仮名遣い　その成立と特徴』（中公新書一九八六年）によって若干の説明を加えておく。

『下官集』は、藤原定家が歌書の類を書写する際の手引き書を意図して書かれたものであり、そこで仮名遣表記の事例として掲出されている語彙用例は、数も少なく採録語彙は二三〇余りである。これがいわゆる定家仮名遣であるが、この語彙数を拡大し、その後、広く普及したのが行阿の『仮名文字遣』（『行阿仮名遣』『定家仮名遣』とも）である。その語彙数は、諸本によって異なるがざっと五倍以上に拡大している。

室町時代には、広汎な層にまで流布した実用的な辞書類が出現することが知られる。その代表的なものが『節用集』の類である。それらの中で、定家仮名遣を使用しているものとして、『易林本節用集』がある。平井版易林本の跋の末尾には「惟取テ二定家卿ノ仮名遣ヲ一分チ二書メ伊為越於江恵之六ツヲ隔段ニ一以テ返スト レ之ヲ云旹慶長二丁酉易林誌」とあり、『仮名文字遣』の仮名遣が原則的に適用されていることが指摘されている。橋本進吉によれば、この点において、他の『節用集』とは一線を画す特色をもっている（上田萬年・橋本進吉『古本節用集』東京帝国大学　大正五年）。

そこで、この三種との照合をはかって、静嘉堂文庫本が江戸時代以前の定家仮名遣にどの程度の精度に従って表記しているかを判断する目安とした。ただし、ここでは、一語一語についての煩瑣な調査結果情報の明示については、割愛した。より具体的作業として、『下官集』については、福井久蔵編『国語学大系』第六巻仮名遣一（昭和十四年）、『假名文字遣』については、『駒沢大学　国語研究　資料第二』（汲古書院　昭和五十五年）所収の文明十一年本（東大本）、慶長板（国会図書館本）、文禄四年梵舜書写本（陽明文庫本）の三本校異を用い、『易林本節用集』については、『古本節用集六種研究並びに總合索引』（中田祝夫　風間書房　昭和四十三年）を利用し、検索、照合を行なった。

その結果を、ここでは事例群Ⅰ〜Ⅲとして示した。見出し事例本文は、静嘉堂文庫本。傍線部を付した箇所が他の四本とは異なることを示す。その下に見出し事例箇所の丁数と行数をあげて、「八重葎諸本現態本文翻刻一覧」によって容易に知ることができるようにした。ただし、その見出し事例のもとにグループ化した事例語群の丁数と行数の記載とは、これを省略した。また見出し事例末尾（　）内には、他の四本に共通する仮名表記を示した。なお、（　）内の＊の意味するところについては、項を改めて述べることとする。

【事例群Ⅰ】は、『下官集』、『仮名文字遣』、『易林本節用集』の間で、矛盾することなく確認できる事例を掲出したものである。

【事例群Ⅱ】は、右の三者のうちのいずれかに同一の表記事例を見出すことができても、異なる表記が掲出されている場合もある。その事例を掲出したものである。

【事例群Ⅲ】は、右の三者には、用例が見出せない、いわば確認のできない事例を掲出した。さらに少数ではあるが、三者のなかに異なる仮名表記しか見出せない事例をもここに含めて掲出した。

なお、各群末尾に、具体例に関する補足説明を加えた。

【事例群Ⅰ】（『下官集』『仮名文字遣』『易林本節用集』のいずれかに同一の仮名遣表記が見出される事例）

「心ばへおかしかりしは」1オ二（＊を）

「もみちのいとおかしき夕はへ」「かたみにおかしき御さまかたち」「たれにかたらんとおかし」「おかしきさまして」「おかしからん事をと」「おかしかり給ひて」「たゝなるよりはおかし」「行月のおかしきを」「たまりておかしきに」「おかしき御有さまを」「おかしかりける人さまかな」「おかしくらうたきもの」「おかしき御さまなれは」「山里の心ちしておかしきを」「もみちのおかしきを」「はかなたちておかし」「たはむれ給ふもいとおかし」「けはひをおかしと見給ひて」「おかしきうた物語もする」「いみしうおかしけれと」「あさやかにおかしうはあれ」「かすむ心ちしておかしきに」「おかしうきなし給ふ」「こよなくおかしきそ」「らうたくおかしけなる御さまも」「わらはのおかしけなる」「とり〳〵におかしきをなかめいたし」「ほこりかにおかしきわかうと」「おかしき御そとも取いて給へり」「かたちおかしくおはせん」「思ひいつる御有さまのおかしさは」「あはれにおかしけなれは」「おかしきふしもあはれ成ふしも」「おかしきうらのけしき」「わかうおかしき御さまなれは」「いはけなくおかしきに」「らうたくおかしくて」「うらみ給ふ御さまのおかしく」「思ひの外におかしうあはれに」「色つきつゝおかしうみゆるは」「み給ふにはおかしうのみ」「おかしう見奉れは」「おかしうおほす」「思ふもおかしかりけり」「あはれにおかしうおほされて」「おかしうあはれになまめかしきを」「おかしからせ給ふ」「ほのかにおかしきを」

「の給せをきてしかは」2オ二（＊お）

「女とてすへをかは」「をきわたしたる露」「あさ露のをきわかるゝは」「をきそふそての露」「の給ひをきし御あたり」「おとゝのいひをかすとも」「さいしやうの君なとつけをかせ給ひ」「行道もうれしかるへくきこえをき給ひて」「かくてみをき奉るも心もとなきすちは」「をきつと、かやいふ事の侍れは」「きこえをく文なとはのこすへきを」「あはれ成事にいひをきしを」

「人のすゑのをくるゝは」2オ十（＊お）

「こよなくをくれたれと」「をくれしとはしり」「をくれさきたつかなしさは」「しらなみをも御らんしをくれ」「をくれしときほひあらそひて」「たちをくれしとなきこかれて」「御らんしをくれ」

「もみちのいとおかしき夕はへ」3ウ四（え）

「御くた物ともまいりて」4オ四（＊ゐ）

「たちかへりまいりくるを」「御まへゝまいり給へは」「とてまいらせ給ふにも」「うちにまいり給ふ御さまの」「うちはかりへはまいりたまふを」「御くた物なともてまいる」「有し御かへりまいらすれは」「ひと〳〵まいり給へなと」「御ゆまいらせよなと」「かちまいらせさはく」「ゐてまいれとの給ふ」「あやしきほうしをゐてまいる」

「ゑにかきたらんにもをとるましき」5ウ一（＊お）

「しかもをとらしと」「よの人にはをとり侍らん」「をとるましくあてにらうたくみゆ」「むさし野のにもをとるましう」「御心をとりもせさせ給はん」

「さしぬきゆへつき」6オ二（＊ゑ）

「ゆへつきたるうはもさふらはゝ」「ゆへつきたる人に侍りしかは」

「なを今ひとかへり」8オ四（＊ほ）

「なを御らんすれは」「なを思ひたつかたの」「なをあさ露の」「なをきこえ給へ」「なをついゐさせ給へは」「なをたちかへりいてかてに」「なをわたりて物し給へ」「なをわらはへこそよきなくさめ」「なをなかめおはすに」「うき身なからもなをなからへは」「なを心より外に」「ひかりはなをのこれるに」「なを此なけきのしけきこそ」「なを〳〵ときこえ給へば」「なを心のくまおほく」「うへの御心ちなをのこり有て」「なをきしかたの」「なをくはしくきこしめすへき事に」「なをかゝるならひとも」「なを有けん有さまの」「なをさは思ひなられす」「なをもとの身にて」

「ことはり」9オ八（＊わ）

「うれしと見給ふもことはりなりかし」「されとことはり成かし」「ことはりなりかし」「ましてことはりそかしと」「ことはりにおほえて」

「いかなりともをろかに思ふへき」14オ三（＊お）

「をろかならす思しられて」「御とふらひのをろかならぬちから」

「かうへそめて」14オ七（＊ゑ）

「いひさはかんことのはさへ」15オ三（＊わ）

「物さはかしきほとすくして」「とかくさはくを見るなん」「いみしかりしさはきに」「おとろきさはきてきたのかたへ」「いかにせんなといひさはく」「かちまいらせさはく」「むねうちさはけと」

「たへてすへりかくるゝも有」15ウ八（え）

「おとこといふもの、かれかやう成やある」19オ三（＊を）

「御めのとのおとこ大二になりて」「おとこたに」「女はおとこに見ゆめれは」「したゝかにて物いふおとこは」「御めのとのおとこ」

「むくらのやとへはをとつれ給ふ」20オ八（お）

「しのふとすれとをのつから」20ウ十（＊お）

「をのつからなれ奉りて」「をのつからいひつたへて」

「かならずをくらかし給ふな」22オ五（＊お）

「御身つからもをりさせ給はん事を」22ウ七（お）

「心をこりし給ひて」24ウ六（＊お）

「心をこりせらるゝにや」

「中なこんとのにはをよひ侍るましけれ」25オ八（＊お）

「いかゝはせんに思ひよはりて」26ウ四（わ）

「心ちもよはくおほゆれは」「其たくひにもおほしよはりて」「すくせとおほしよはれ」「つねよりよはく」「ひころによはく成給へは」「なき道におほしよはるに」「かくまてよはく有へき事かは」

「をこなひのたゆきかたに」29ウ二（＊お）

「御をこなひをいとまめやか」「例の御をこなひにまきらはし」「そやのをこなひする也」

「こよなくさはやかにこそ」29ウ九（わ）

「なといまゝをそくは有しなと」36ウ三（＊お）

「ゆみやなくゐおいたる」36ウ五（＊ひ）

「うきもことはるかたもあらましと」37ウ四（わ）

「かはかりまてはをしはかられさりけり」38オ六（お）

「しゐての給ふをはくるしと」41ウ八（ひ）

「しゐてつれなくもてなし」「ひきあけてしゐてわけ入て」「しゐてそゝのかし」

「心ちもよはくおほゆれは」42オ一（＊わ）

「いかてをのれをすてゝ行かんとは」46オ九（＊お）

「をのれをしたひて」「をのれを思ふそ」

「かくるゝまて見をくりぬへうみわたされ給ふに」56ウ三（＊お）

「やり戸をしたてゝ」62ウ七（＊お）

「あはときえにし人を」66ウ九（＊わ）

「なこりなくをこたり給ふを」67ウ五（お）

右の事例のうち、最初の、

「心ばへおかしかりしは」1オ二（＊を）

に注目してみると、次のようになる。

「おかし」は、『仮名文字遣』の国会図書館本、陽明文庫本に「おかし　可咲」、『易林本』に「可咲《オカシ》」とみえる。ちなみに、『古本節用集六種研究並びに總合索引』にみえる『易林本』以外の他五本の用例はすべて「ヲカシ」である。

これに準ずる事例を、以下、掲出したわけである。

また、「まいる」「なを」などの事例は、それぞれ『易林本』に「参《マイル》」、「なを」は「尚《ナヲ》」のようにみえるものであって、実際に確認できる用例としては、『易林本』の場合が多い。

【事例群Ⅱ】（『下官集』『仮名文字遣』『易林本』『易林本節用集』のいずれかに同一の仮名遣が見出されるが、異なる表記も見出される事例）

「かけはなれ給ふもいとおしくて」２オ（ほ）
　「いとおしかなしとも深く思ひたらて」
「えんにかほりて」５ウ五（＊を）
「きちかうのなをし」６オ一（＊ほ）
　「なをしのそて」「むらさきのこきなをしに」「むめの御なをし」「御なをしひきつくろひ」
「身つからのいとをしさこそ」８ウ十（ほ）
　「いとをしくけしからすと」「いとをしき事なりや」「御なみたのいと、しさもいとをしくて」「かきくれておほさんいとをしくと」「いとをしくおほしみたれんと」「いかにといとをしくて」「御ためいとをしうときこゆ」
「をき出給ひて」10オ八（＊お）
　「とくをき給ひて」「ためらひをき出て」「くるしくていかにもをきゐられ侍らぬと」「なみたのとこにみちてをきもあかり給ねと」「せめてためらひをき出て」
「さるはつゐになかれいつるなみたも」15ウ二（＊ひ）
「心もゆかすをとしめらる、と」17オ十（＊お）
　「めさましきものにをとしめられて」

「ゆみやなくゐおいたるおのことも」36ウ五（＊を）
「御心の行ゑなりけり」60オ九（＊へ）
「ついにかうならせ給へると」65オ一（＊ひ）

右の事例のうち、

「えんにかほりて」5ウ五（＊を）

について見ると、『下官集』『假名文字遣』では「かほる」とあるが、『易林本』には「馥《カヲル》」とある。

また「なをし（直衣）」の用例が五例あり、『假名文字遣』では「なをし」とみえるが、『易林本』では「ナフシ」である。

このように、三者のうちに、異なる仮名遣表記がみられる事例をここに収めたわけである。

「さるはつゐになかれいつるなみたも」（15ウ二）の「つゐに」の場合、『下官集』には「つゐに遂に色にそいてぬへき」とあって一致する。『假名文字遣』でも「つゐに」とはするものの、「遂　終　竟つゐトモ」との表記がある。それが『易林本』では「終《ツイニ》」「遂《同》」「竟《同》」とあって、揺れの生じていることがわかる。じつは、静嘉堂文庫の本文内部においても、「ついにかうならせ給へると」（65オ一）の例が出てくる。しかしながら、他の四本がいずれも「つひに」であることと対照させるならば、これまた定家仮名遣と目される範囲内にあると判断される。

同様に、「をき出給ひて」（10オ八）の「をきわかるゝは」「ためらひをき出て」ほかの語例では、『易林本』じたいに「夙興《ツトニヲク》」「晨起《ツトニヲク》」がある一方で、「起揚《オキアガル》」があり、『假名文字遣』では「おきわかれ　起別暁とき」がある。これもまた定家仮名遣として通用している中での揺れとみられる。しかし、静嘉堂文庫本はいずれも「をき」であり、「おき」とする他四本の表記とは異なっていることになる。

【事例Ⅲ】（『下官集』『假名文字遣』『易林本節用集』には確認できる用例を見出すことができないが、他の四本とは異なる仮名遣を示す事例、および異なる表記しか見出せない事例）

「をのかとく有まゝに」5ウ九（お）

「をのかいへにわたさん」「をのかかなしう思ふまゝに」「をのか身も」「をのかしゝかたらひなけき」

「なさけくは、るつまをと」7オ九（＊お）
「このをともうるさけれと」「をとなしのさとつくり出るや」「風のをともうちつけにゆるく」「をとにそ人をとうすはなたのかみに」「くるまのをとのきこえけれは」
「おは君あはれに」12オ九（＊を）
「御かうむり」13ウ六（ふ）
「二月の雪こそころもにはをつなれ」13ウ八（＊お）
「しつくはよ、とをちけり」「なみたのをちぬへきもあらぬを」
「かおのにほひのあいきやうは」13ウ十（けう）
「なしなとのはいくるやうに」15ウ一（＊ひ）
「をとなひたるは中〱もていて、」15ウ四（お）
「こよなくもをとなひさせ給へるかな」
「うるはしきあやをり物」18オ十（＊お）
「うれしきかるへしなといひてあやをり物の」
「むまこあつかひしてなくさめてましを」（う）18ウ七
「の給はするつゐてに」18ウ九（い）
「か、るつゐてにすみよしに」
「大臣大将のきたのかたにもをとし奉らし」25ウ三（お）
「ちへさいかくあるはかたけれは」26オ一（ゑ）
「た、みをつきしろひつ、はちふきおるに」26オ三（＊を）
「打わらひおるにそ」
「すこしひなひなを〱しきをは君にて」26オ八（ほ）

「すこしなを〳〵しき人にて」
「いかゝはせんに思ひよはりて」26ウ四（＊わ）
　「其たくひにもおほしよはりて」
「かゝる御さひわひをこそ」28ウ六（い）
「あちきなき身のをちつくへき所も」（＊お）32ウ四、
「ほとけはやすたらふにんをたにすてさせ給ひて」32ウ八（しゆ）
「なといひをこせ給へる」33オ七（＊お）
「またかたほひなれは」33ウ七（＊お）
「たらいぬきすなとやうの」34オ六（ひ）
「これさへつれなふ心つきなしとおほすらんかし」40オ五（う）
「なみのひまなくうちかけてをきもいとくろう」41オ五（＊お）
「こまかにひきやりてうみにをとしつゝ」42ウ八（＊お）
「いはにもまつはおいすや侍る」43ウ八（＊ひ）
「もやのみすをろして」53ウ六（お）
「しつのおの田をかりて」57ウ二（を）
「ねすみのくいけるあとのみ」60オ六（ひ）
　「此くいけるしたにや」
「ゆかしき事のすちをのみといい給ふ」60ウ十（ひ）
「をしのこひ給へる御かたちの」66ウ十（＊お）

右は、三者に用例が確認できない場合としてあげたものであるが、たとえば、「なさけくはゝるつまをと」（7オ九）をはじめとする六例の「をと」を、『仮名文字遣』にみえる「をとつれ」（「音信」「音」）から推断するならば、事例群Ⅰに入れることも可能である。「をのかとく有まゝに」（5ウ九）には、易林本に「をのれ」（己）があるのを参照して事例群Ⅰに入れることも可能だが、用例の確認できないものとして処理した。

類似の事例に「なみのひまなくうちかけてをきもいとくろう」（41オ五）の「をき」では、易林本に「興小島」を「ヲキノコジマ」と訓じている。これからすれば、同意とみてⅠ群に入れることも可能である。

「たゝみをつきしろひつゝはちふきおるに」（26オ三）には、易林本に「ヲリ」（坐）を見出すのみなので、これも本事例群Ⅲに含めた。同様の事例には「かゝる御さひわひをこそ」（28ウ六）は、易林本では「さいはい」（貴福・福・幸）の例などがある。

事例群Ⅲは、定家仮名遣として流通していたことを、調査対象の三者からは用例を見つけることができないというまでであって、少なくとも、他四本の仮名遣とは明らかな違いを見せていることになる。

このように、右の【事例群Ⅰ～Ⅲ】の掲出を通じていえることは、次のようなことである。第一は、静嘉堂文庫本が、他の四本とは明瞭に異なる仮名遣表記を見せていること。第二は、Ⅰ・Ⅱから、それが定家仮名遣に準じた一定の仮名遣意識にもとづいて表記されていると判断してよいこと。第三に確証をあげるにはいたらないが、Ⅲも、定家仮名遣の流れを汲むものとの推測可能なものが多く、その仮名遣表記が恣意的なものとはいえないだろうこと。この三点である。

右の結果を受けて、その本文の仮名遣表記が、恣意的ではなく、意識的であろうとする姿勢を持って書かれているところに、静嘉堂文庫本の性格があることを、別の角度から照射してみたい。

そこで次の【事例群Ⅳ】をあげる。これは【事例群Ⅰ～Ⅲ】では掲出対象としなかった事例である。

【事例群Ⅳ】

「かくさん物とはかたみにおほしたらさるへし」1ウ四（む）

「おもふ道には入かたからん」「ひとひさふらひ給はんほとには」「をのつからなとはなとかなからん」「すいしんはむつかしからんと」「つゆほろ〱とみたるゝほといとゝえん也」「いろをそめます時雨なるらん」「あはれをもかけさらんはなとかなからん」「いかなる人かゝる人におもはれ奉らん」「此春のほとにもきこえん」「心くるしきわ

さになんときこゆ」「あとをもしろしめさせん」「なにかしとおもはんなん行道も」「みんふのたゆふかめにて」「いか丶うらめしからさらん」「なけのあはれをつくり出んに」「けさうしよらんにかたかるへきすまひかは」「なにかしか子にならせ給へらんや」「もしそれにやあらんなきかすにきけは」「このかみのみんふのたゆふに」

右はいずれも、静嘉堂文庫では、撥音を、原則として「ん」で表記している事例である。他の四本のすべてが「む」であるのに、静嘉堂文庫本のみが「ん」とある事例である。ただし、これは、他の四本がすべての箇所で「む」を用い、「ん」は用いないということではない。他の四本すべての撥音表記が「む」であるにも関わらず、静嘉堂文庫本では「ん」とある事例である。

右の事例では、他の四本では、助動詞「む」「らむ」、助詞「なむ」のほか、名詞「えむ」「みむふ」などと表記されている「む」の箇所が、すべて「ん」と表記されていることがわかることになる。

さらに、静嘉堂文庫では、右の他本四本との相違が明瞭な場合だけではなく、一般に撥音に相当する部分が「ん」と表記されている事例としては、次のようなものがある。

「おはしけん」「むまれこざらなん」「思ひた丶ん」「のがれん」「そめまさん」「御よそへになん」「時雨なるらん」「びんなかるへし」「やんことなき人」「ねんし」「かのわたりに有なん」

すなわち、静嘉堂文庫本では、「ん」の表記を用いる点で、そのほとんどが一貫しているといえるのである。

ところが、例外がただ一箇所ある。次がそれである。

「たれも〱いはむかたなく思ひなけき」48ウ五（む）

ただし、これについては、その理由が推察できる。「八重葎諸本現態本文翻刻一覧」の当該箇所をみるならば判然とするように、この「む」は改行の冒頭に出てくるものである。一例に過ぎないが、「ん」は行頭には用いない、という表記上の禁則意識が明確にはたらいているかとみられる事例だからである。

このような徴証から翻って、大局的に合わせ見るならば、静嘉堂文庫本は、先行する定家仮名遣の本文を継承しつつも、本文表記において整備意識の加わった伝本であるということができる。従って、仮名遣からは、本伝本が「江戸初期」書写とする通説を裏書するものであり、その限りにおいて『八重葎』の他本に対する古態的性格をうかがうことができると言えよう。

5作楽本・天保本・東海大学図書館本・原豊二本の本文の共通性格――その仮名遣意識

では、このような静嘉堂文庫本の仮名遣に対して、共通した差異をみせる作楽本・天保本・東海大学図書館本・原豊二本の四本の仮名遣は、どうみることができることになるか。

ここで看取しようとしているのは、静嘉堂文庫本の仮名遣表記に対して、他の四本が共通にみせる仮名遣に限定しての判断である。従って、四本各々の本文表記の個性、信頼性等の問題については、それぞれ検討すべき課題を有しているわけではあるが、静嘉堂文庫本に対して、これだけの共通本文をもっていることは、四本が共通の仮名遣を基本としていたことをうかがわせることになる。

ここで、前節で説明を保留にしておいた、【事例群Ⅰ～Ⅲ】の静嘉堂文庫本の仮名表記とは異なる（　）内に記した四本の共通表記のうち、＊を付した事例について、述べることにしたい。

この＊は、楫取《かとりな》魚彦《ひこ》の契沖仮名遣にもとづく仮名遣辞典ともいうべき『古言梯』で確認することのできる表記事例であることを示したものである。

すなわち、定家仮名遣に準拠している静嘉堂文庫本に対して、他の四本が契沖仮名遣に準拠している事例であることを示し、両者が異なる仮名遣であることを互いに証しあう関係にあることになる。

従って、他の四本は、いわゆる契沖仮名遣で書かれているということになるわけであるが、いったいいついかなる事情があって、定家仮名遣の写本が契沖仮名遣による写本へと書き換えられたのか。仮名遣表記をめぐる大きな時代状況とあわせて、それがなされる『八重葎』伝本の書写事情が明らかにされる必要があるだろう。それは『八重葎』固有の問題にとどまるものではなく、他の物語写本が転写を通して、後に生き延びてゆくケースにも想定されることである。

それには視野を少し広げて問題を考えてみなければならない。

6 『八重葎』における契沖仮名遣表記への転換のドラマと『古言梯』

仮名遣の歴史において、契沖（一六四〇〜一七〇一）の『和字正濫鈔』が、古文献の仮名の用法にある法則性を、用例をもとに正して、それまでの仮名遣に大転換をもたらした業績であることはいうまでもない。しかし『和字正濫鈔』の出現によって、それ以降の仮名遣が劇的、急速に普及したというわけではなかった。普及という観点からは、『和字正濫鈔』をもとに、仮名用法の典拠をより広くもとめ、なおかつ、五十音順に語彙を配列した楫取魚彦（一七二三〜一七八二）の『古言梯』の出現が果たした役割は大であったということができる。

『古言梯』について、赤堀又次郎の『国語学書目解題』（吉川半七　明治三十五年〈一九〇二〉）は、次のように述べている。

はじめにかなづかひの事を種々論じ、本文には一々據をあげて、五十音の順に排列して、かなのまぎる、詞二千四百をあげたり。定家かなづかひをはなれて、古のかなづかひを考へしるせるは、和字正濫抄を始めとすれど、その書はもと草稿にてありしを、ある人の世にひろめたる由にて、出所などの全からざることなきにあらず、此書に至りて、それらの点は大いに詳なることを得たり。但し、此書もなほ、おをの所属の誤をうけつげり。されどかなづかひの書にて、最ひろく世に行はるゝものなり

右の『古言梯』の評価は、現今もそのまま継承されているといえよう。すなわち、『和字正濫抄』の典拠の不備を補い、五十音順の信頼できる仮名遣辞典として、広く流布し、今日における歴史的仮名遣への基盤を確立した書である。ただし、「おをの所属の誤」とは、「お」がワ行に、「を」がア行に配列されていることをいう。

そこで、この『古言梯』の著者とその成立背景、及びその継承と普及について叙述し、迂回することとなるが、もう少し視野を広げ、そのうえで『八重葎』の契沖仮名遣表記への転換のドラマをうかがってみたい。

著者である楫取魚彦は、賀茂真淵（一六九七〜一七六九）の門下であり、加藤宇万伎（河津美樹　一七二一〜一七七七）、加藤千蔭（橘千蔭　一七三五〜一八〇八）、村田春海（一八四六〜一八一一）とともに県居門の四天王のひとりとして知られている。

この『古言梯』初版の国立国会図書館本（林義雄解説『古言梯』勉誠社文庫58による　昭和五十四年）には刊年の記載はない。しかし、「藤原宇万伎（加藤宇万伎）」の記した序文には「明和二のとし四月」とあり、『古言梯』本文の末尾には、「明和

のはじめのとしの八月にあつめ終ぬ　下つ総の国なる楫取魚彦」とあり、その成立が「明和元年（一七六四）八月」であったことがわかる。さらに賀茂真淵の跋文が付されている。すなわち、本書は、県門派を背景に生まれた書であり、仮名遣の根拠を出典を示すことによって実証するところに大きな価値があり、しかも五十音順に配列することによって、仮名遣の実際的な用例集として幅広く支持され、活用されるにいたったということができる。

その『古言梯』流布の一端は、管見の範囲内でも推察することができる。架蔵本『古言梯　再考』には三冊あるが、うち二冊は、江戸室町三丁目の須原屋市兵衛と大坂心斎橋順慶町の柏原屋清右衛門の版。美濃判の大本で刊記はない。もう一冊は同じ『古言梯　再考』ではあるが、「明和二年乙酉五月原刻　文政三年庚辰十二月再刻」の刊記を持ち、浪華書林の「今津屋辰三郎　加賀屋善蔵　河内屋茂兵衛　河内屋吉兵衛　河内屋源七郎」版である。無刊記のものに掲載された二丁の広告書目とは異なる内容の三丁の目録が掲載されている。後者に、文政三年（一八二〇）再刻とあるが、本文じたいは同一であるものの後刷であることが明確で、これだけでも「再考」本が繰り返し出ていたことがわかる。

この「再考」本は、初版の目次が、ア行「あ一　い四　う十一　ゑ十三　を十四」（漢数字は丁数）、ヤ行「や五十九い既出　ゆ六十　え六十二　よ六十三」及びワ行「わ六十六　ゐ六十七　う既出　ゑ既出　お六十九」とあるところを、それぞれ「あ一　い四う十一　え六十二　を十四」「や五十九　い既出　ゆ六十　え六十二　よ六十三」「わ六十六　ゐ六十七　う既出　ゑ十三　お六十九」と五十音図順における「ゑ」「え」の位置を訂正し、本文の「為部」の次に、初版にはない「恵部」を立て「此部上に在こゝに出べし」と記す。この点が初版からの大きな訂正点である。もうひとつ十二丁目の不鮮明であった「うらなひ」の印影を明確化したところに差異がある。ただし、ア行にみえる「を」とワ行にみえる「お」については、訂正がない。

おそらく「初版」が多く出まわる前に「再考本」が出て『古言梯』としては、これが広く流布したとみられる。

「再考本」の次に『古言梯　再考　増補標註』がある。刊記は、「再考」本の浪華書林版に同じだが、匡郭の上部に、村田晴海（寛政七年〈一七九五〉四月）、清水浜臣（享和二年〈一八〇二〉四月）の標注が加えられているところに増補のゆえんがある。難波の「書商人」の再刻にいたる経緯についての、浜臣による後序（文政四年〈一八二一〉六月）があり、浜臣じしんが難波に下って、一見し、補刻させた経緯が記されている。

さらに、古言梯竟宴歌が掲出されているが、これも浜臣が見出したものであると記されている。この竟宴の時期については明示がないが、『大船楫取魚彦雑集』（『続日本歌学全書第八編　近世名歌歌集下巻』博文館）には「明和五年霜月十七日に古言梯あつめをはりて人々集ひうたげすとて」とあり、魚彦の歌のみが収載されている。

この版の目次では、再考本の目次ア行「あ一　い四　う十一　え六十二　を十四」をそのまま踏襲しているが、その上部欄外に「春云」すなわち晴海による「おはあ行にあるべく　をはわ行にあるべき」ことの指摘があり、「再考　増補標註」の様相の一端を見ることができる。

翻って『再考』（浪華書林）版ならびにこの『再考　増補標註』に記されている「明和二年乙酉五月原刻」からは、初版に刊記はないが、初版が明和二年の刊行であったかと推測させられる。しかしながら、岡田希雄は、その開版は、真淵書簡から明和六年とする。林義雄は、『享保以後江戸出版書目』及び『再考　増補標註』掲出の古言梯竟宴が明和五年十一月十七日に行われたところから、実際には明和五年十一月頃の刊行かという（『古言梯』勉誠社文庫58　昭和五十四年）。

ここで観点をかえて『本居宣長全集　別巻三』に収載されている来簡集を眺めてみることにしたい。

すると、「八九明和五年六月十七日　賀茂真淵」には、「門人楫取魚彦てふ人、仮字の本を此度出判ニ候、いまた出来かね候、秋中に出来候ハヽ可遣候、百枚ほと有之を一冊にいたすと申也」とあり、「九〇明和五年某月某日　賀茂真淵」の別紙にも「近日、古言梯出来候ハヽ可遣候、是ハ百枚ハかりを一冊にせんといへり」とほぼ同内容のことが記されている。ところが、「九一明和六年五月九日　賀茂真淵」書簡では、「アイウエヲを、或一伝のまゝに、ゐのかな」に書いたが、「アイウヱヲ」に改めるべきことを説き、「古言梯ニモその事改めよといひしを」とある。さらに「御当地拙之門人才子とも近年死去いたし、漸古言梯之序を書たる宇万枝【加藤大助といふ、大番与力也、】尾張黒生といふのみ今御当地にてハ有之候」とある。

ここから『古言梯』の初版が「あいうゐを」になっているのは、『古言梯』がこの間には既に出版されていたことを推測させる。初版の刊行時期についての林義雄説は妥当な判断であろう。

この初版に対して、「再考」本では「あいうえを」になっているのは、いったん刊行後、真淵の教示によって訂正したかららしいと推測される。「九五明和六年カ某月某日　賀茂真淵」書簡に「古言梯のみ遺候」とある『古言梯』は、初版の可能性が高く、その刊行時期について林説に従えば、この書簡じたい「明和五年カ」と全集本の「明和六年」説を訂する判断もありうる。

なぜならば、真淵は、明和六年十月三十日に亡くなっており、真淵の死の前後については、「九六明和六年十一月廿日　楫取魚彦」書簡が詳しく書き送っているが、その追伸に「古言梯被仰下、則壱部為差登候、少々直し有之候本ニ御座候」とある。「少々直し」とあるのは、「あいうえを」に訂した再考本のことであるにちがいない。

そして、これを魚彦は宣長のもとに送ったところ、宣長のもとからもっと送って欲しいとの注文があったらしい。「九七明和七年四月廿一日　楫取魚彦」書簡では、「古言梯六部被仰下候へとも、是は甚はやり物にて、追追摺出候へとも、間ニ合兼、先三部為差登、考（万葉考）、梯ともに近日摺らせ候而、出来次第、迹為差登可申候」と述べており、魚彦の手許にも余裕のないほどの売れ行きであったことがわかる。さらに以下の文を掲出すれば、次のとおりである。「古言梯ハ段々追ハれ候、名護屋本町藤屋にても売弘メ申候由ニ御座候、京大坂へも少しツヽ遣し、先江戸にて間ニ合不申候故、他（京大坂等也）ヘハ多ク出しかね候」。まさに識者の多く買い求める書物であった様子がうかがえる情報である。

再び、『古言梯』の「初版」から「再考」そして「再考　増補標注」と本じたいの発刊状況と重ねてみると、これが魚彦の業をベースに、県門派の人びとを初め幅広い支持のもとに、魚彦没（一七八二）後も訂正増補され、版を重ねていったことになる。

さらに本書は、「弘化四丁未春発兌　増補古言梯標註　全　東都書肆　青雲堂梓」とある、『増補古言梯標註』版として現れる。真淵の跋の余白に「山田常助増補　江戸書林　英文蔵梓」とある版である。清水浜臣の後序や古言梯竟宴歌はないが、『再考　増補標註』の本文末尾欄外に掲出されている「寛政七年四月　平晴海」「享和二年四月望　浜臣」の後に、「弘化三丙午春　山田常典」の追記がある。彼の注記には本文欄外に「典云」と記されている。『国学者伝記集成』によれば、山田常典（一八〇八〜一八六三）は「称常介」とあり、常典・常助は同一人物である。文久三年（一八六三）七月七日没。

五六（イ七）とある。『和学者総覧』では「五七」とする。「村田晴海門、一作浜臣門」とあるが、晴海は文化八年（一八一一）には亡くなっているから、晴海の学統にあって、浜臣門（文政七年〈一八二四〉）に連なり、『丹鶴叢書』編纂の中心的存在として活躍した人物である。『増補古言梯標註』を著すにふさわしい存在であったことになる。

こうした『古言梯』の元版をベースにした系譜とはべつに、『袖珍古言梯』のような横長の袖珍本がある。

『袖珍古言梯』は、早稲田大学の古典籍データベースによって、容易にみることができる。この版は、『古言梯』の初版をそのまま生かして、袖珍本の形態に改めたものであること、序の末尾に「古板大本之古言梯を以て其侭開板す尚頭書者本文の下に小書す見る人こゝろうべし」と述べているところから知られる。その目次のア行が「あいうゑを」となっているのは、『古言梯』初版のとおりである。

刊記は、天保五年庚午（一八三四）十二月。浪華書林（今津屋辰二郎・加賀屋善蔵・河内屋吉兵衛・河内屋源七郎）。

ところが、右の『袖珍古言梯』の末尾目録の中には『掌中古言梯』の書名がみえる。これは、架蔵本の刊記に、文化五年戊辰（一八〇八）正月、阪陽書肆（奈良屋長兵衛・河内屋茂兵衛・河内屋嘉七・加賀屋善蔵・河内屋吉兵衛・今津屋辰三郎）とあるものである。序は賀茂季鷹（一七五四～一八四一）。京の文人だが、江戸遊学中に、村田晴海や加藤千蔭らと親交を結んだ人物である。自序は藤重匹竜。これは『古言梯』の体裁を利用し、その収録語彙を大幅に増補したものであって、一六一丁の厚冊である。目次のあ行、や行、わ行も、本文じたいも正しくその順序に配列されている。文化五年（一八〇八）の刊記からすると、『古言梯　再考　増補標註』が出るより早く、出版されていたことになる。すなわち、『古言梯』は、その本来の系譜だけでなく、このような発展的な本まで登場していたことがわかる。

『古言梯』についていささか縷述しすぎたかもしれない。しかし、これによって、『古言梯」がいかに広く流布したか、そのことをとおして、いわゆる契沖仮名遣が支持され、普及していった様相を知ることができよう。時代は、十八世紀後半から十九世紀の前半にかけてのことである。

ここで、『八重葎』に回帰するならば、定家仮名遣表記に準じた静嘉堂文庫本に対して、他の四本は、契沖仮名遣へと表記を転換した伝本群として共通の性格を有していたわけであって、ここには、定家仮名遣に準拠する表記をもった伝本から、契沖仮名遣に準拠する表記をもった伝本へと書き改められるドラマがあるのである。

では、そのドラマはどの時点で起きたものであろうか。

本書の底本である作楽本『八重葎』は、殿岡従が難波より持ち帰った本を前田夏蔭が借覧して書写せしめた本に由来するのであった。すなわち作楽本は、夏蔭本を「かたどおり」に書写したものであった。これによれば、夏蔭本が契沖仮名遣によって表記されていたことは疑いがない。逆に難波から持ち帰った殿岡本が契沖仮名遣で表記されていた可能性は低いのではあるまいか。

夏蔭は、『古言梯　再考　増補標註』において、村田春海とともに注を増補し、後序を記した清水浜臣の門下である。殿岡従とは浜臣の同門なのであった。『古言梯』の著者魚彦と晴海は、ともに真淵の門下であって、その晴海を浜臣は師としたわけであって、まさに契沖仮名遣への変革が積極的にはかられるサークルの渦中で、夏蔭本は書かれたことになるわけである。

天保本が、その夏蔭本を祖本とするものであることは、既に述べた。

東海大学図書館本も、その伝来事情から、夏蔭本との親近の可能性の高いことについては、既に述べたところであり、作楽本との本文に近似性の高いことは、後に指摘する。

原豊二本の伝来事情は不明ながら、仮名遣表記において、同一群に属すると判断される範囲で、夏蔭本との近似を想定するのが妥当であろう。

かくして、静嘉堂文庫本以外の四本が夏蔭本の影を帯びているとみられるわけである。

しかしながら、これは本編『八重葎』だけの問題ではない。江戸後期における物語書写に広くかかわる問題である。さらには、書写だけの問題ではない。たとえば『湖月抄』の本文に朱で仮名遣の訂正が書き入れられた版本など、坊間ではしばしば目にするところであって、そうした仮名遣を訂しつつ『源氏物語』を読む読者の出現と踵を接していたこととは無縁ではありえない。

本書収録『別本八重葎』の本文の背後にも、同種のドラマが透かし見えるのであって、このことについては、『別本八重葎』の解題をも参照されたい。

7 静嘉堂文庫の本文はどこまで固有か

静嘉堂文庫が、定家仮名遣に準じて表記されていることはわかった。では、仮名遣表記の如何は問わず、他の四本とは明らかに異なる本文には、どのようなものがあるか。そして、そこからどのような判断が下せるだろうか。

静嘉堂文庫本の固有本文箇所を掲出すれば、次のようになる。静嘉堂文庫本の本文に対して、当該部分の他の四本の本文を（ ）内に示した。異同の認められる静嘉堂文庫本本文箇所に傍線を付した。傍線のみの箇所は、当該部分の見えないことを示す。

「ことにふれて―いひかはし」（3オ六）（ことにふれてはいひかはし）
「とう中将―ゑもんのかみ」（3ウ九）（とう中将右衛門のかみ）
「これかれとさふらはせ給ふ」（4ウ四）（これかれさふらはせ給ふ）
「はつかしさもしぬはかり」（9ウ六）（はつかしさはしぬはかり）
「風もわりなうふき入侍る」（16ウ二）（風もわりなうふき侍る）
「御ひをけ取まかなひて奉り給ふ」（16ウ四）（御ひをけとりまかなひ奉り給ふ）
「思ひの外なるすくせとて」（17オ十）（思ひの外のすくせとて）
「みゝをきかさせ給ふ事と」（17ウ四）（みゝをきかせ給ふ事と）
「有さまこそたかためにもくるしけれ」（18ウ九）（有さまこそたかためもくるしけれ）
「―ゑもん」（22オ二）（右衛門）
「よろつの事をすてゝ」（23オ七）（よろつをすてゝ）
「思ひわたる道をもたつねて」（33オ二）（思ひわたるみちをたつねて）
「かくこそ―おもへなと」（37オ七）（かくこそはおもへなと）

「心つきなきものに｜思ひ出らしと」（40ウ十）（心つきなきものには思ひ出らしと）
「そてを―――ゝしあて給へるに」（42ウ十）（そてをかほにおしあて給へるに）
「かつはゝ｜はかなき」（44ウ一）（かつはかなき）
「其日しのひてけふりに」（49オ六）（其夜しのひてけふりに）
「宮の｜かたをみやりて」（54ウ三）（宮の御かたをみやりて）
「いそかはしけになきすてゝ」（55オ二）（いそかしけになきすてゝ）
「右大臣殿また中将に物し給ひしとき」（65ウ五）（右大臣こそまた中将に物し給ひしとき）
「あかつきはしきのはねかきかきあつめ」（68オ七）（あかつきのしきのはねかきかきあつめ）

既に検討した静嘉堂文庫本の独自の仮名遣表記による違い、あるいは「そうつは」（僧都は）、「又これにやと」（また是にやと）などの表記の違いなどを別にすれば、異文として、他の四本と相違する箇所は、ほぼ右の範囲にとどまる。ざっくり言えば、本文としては、大きく異なるものとはいえないであろう。

「風もわりなうふき入侍る」「有さまこそたかためにもくるしけれ」「右大臣殿また中将に物し給ひしとき」などの箇所は、静嘉堂文庫本の優位性を読み取ることが可能である。しかし、直接的な親子関係を想定する積極的な徴証とまではいいがたい。

文字表記ではないが、庵点（〽）に注目すると、他の四本にあって、静嘉堂文庫本にない箇所が、次のようにある。

「｜ちらぬ間は」（静6ウ八）（〽ちらぬ間は）
「｜もりの下くささへ」（静15ウ五）（〽森の下草さへ）
「｜やそしまかけてなと」（静38オ一）（〽やそしまかけてなと）

逆に、静嘉堂文庫本にあって、他の四本のいずれにもないという事例はない。この点を視野に入れれば、静嘉堂文庫本が他の四本の直接的な祖本として想定する根拠とはなしがたいところがある。しかし、他本が、静嘉堂文庫本を反映する本文に庵点を増補したとみる想定は可能であって、この点では、静嘉堂文庫本の固有性よりも関係性を示すものであろう。

なお、この庵点の有無の問題については、伝本間の性格と関係とを探る手がかりともなるので、次節で一覧を掲出して考察することにする。

静嘉堂文庫本は、定家仮名遣に準じた表記をもつ点で、契沖仮名遣に準じた他の四本よりも、表記のうえでは古態性をもつといえるが、その本文は、他の四本に比べ、大きな異同は認めがたくむしろ親近性の高い点に注目しておきたい。

次には、静嘉堂文庫本も視野に入れつつ、他の四本がお互いにどのような関係にあるか、それぞれの性格はどのようなものかを把握することが求められて来よう。

8 他四本間にはどのような関係があるか

現在、知られる『八重葎』の諸伝本では、その五本すべてが庵点（〽）を持っている。また、静嘉堂文庫本以外の四本のうち、作楽本、東海大学図書館本、原豊二本の三本は、鉤印（」）を持っている。鉤印を持たない天保本も、その本文が、前田夏蔭本を祖本としており、作楽本と同じグループに属すると見られるから、鉤印は、静嘉堂文庫本以外の四本の関係性を見きわめる手がかりとなる可能性がある。

さらに、個々の伝本の本文については、項を改めて記すが、作楽本には、本文の欄外に「夏蔭云」の注記が二箇所に加えられている。この外的因子ともみられる注記が他の諸本にどう反映しているのか、いないのかも、四本間の関係をさぐる手がかりとなろう。

このような問題意識のうえに立って、この三点について、諸伝本間の情報を整理し、考察を加えることにしたい。

(1)作楽本、東海大学本、原豊二本の三本には、本文中に、区切りを示す鉤印が付されているが、はじめに、この問題をとりあげる。最初に、三本における鉤印の分布を示した一覧を示す。

○付数字①〜㉝は、三本全体を統合して、整理のために付した通し番号である。「作」は作楽本、「東」は東海大学本、「原」は原豊二本の略。通し番号の箇所に鉤印がある場合には、順に算用数字を付し、ない場合は×を付したものである。

掲出本文は、底本である作楽本であるが、検索しやすいように、鉤印有無の所在箇所を静嘉堂文庫本によって示した。

すなわち（静3ウ二）は静嘉堂文庫本の3丁目ウラ二行目の部分に諸伝本における鉤印の有無の問題があることを意味する。

	作	東	原	
①	1	1	×	御しのひところもおのつからはなとかなからむ」（静3ウ二）
②	2	2	×	すゐしんはむつかしからむとほゝゑみきこえ給ふ」（静4オ七）
③	3	3	×	宮までさふらひ給ひてまかて給ふ」（静7オ六）
④	4	4	×	しぬはかりわりなくてあせもよゝとなかれぬ」（静9ウ七）
⑤	5	5	×	是はかりそあやしかりける」（静10ウ六）
⑥	×	6	×	ちかくて見給ふはいとゝらうたし」（静11オ八）
⑦	6	7	×	しるしとみえていと心行ぬ」（静13ウ二）
⑧	7	8	1	はつかしくて有ましくおほす」（静15ウ五）
⑨	×	9	×	しめ〳〵と御物かたりきこえおはす」（静16ウ八）
⑩	8	10	×	雪にまきらはしてやみ給ひぬ」（静18オ四）
⑪	9	11	×	こよなくかはりたりとてわらひ給ふ」（静19ウ九）
⑫	10	12	×	としもくれぬ」（静19ウ十）
⑬	11	13	×	いてかてにやすらひ給へりとか」（静21ウ八）
⑭	×	14	×	きこえ入るもひまなけなり」（静23オ一）
⑮	12	15	×	ありかたくおほしよろこふ」（静23オ十）
⑯	×	16	×	大弐に其よしをなといひてかへりぬ」（静27オ一）
⑰	13	17	×	いみしうかなしけれは物もいはすなき給ふ」（静29オ七）
⑱	14	18	×	わか身も残りすくなきこゝちし給ふ」（静33オ四）

⑲	15	19	×	あやおりものゝをかしき御衣とも取いて給へり」(静34ウ二)
⑳	16	20	×	ふねにのり給ふ」(静36ウ七)
㉑	17	21	2	いかにおほしの給はんとつゝまし」(静37ウ六)
㉒	18	22	×	きたのかためやすくおもへり」(静41オ二)
㉓	19	23	×	やかてもとの江にかへりぬ」(静46オ三)
㉔	20	24	×	むねもひしけておもへり」(静46ウ十)
㉕	×	25	×	うみもふかくなるこゝちし給ふ」(静47ウ八)
㉖	21	26	×	むすめともゝ戀聞えけり」(静47ウ十)
㉗	22	27	×	御なみたのみもよほすつまにそ有ける」(静50ウ九)
㉘	23	28	×	御おこなひをいとまめやかにし給ふ」(静52オ二)
㉙	24	29	×	なけきくらして夏もすき秋にもなりぬ」(静57オ一)
㉚	25	30	×	山かつなとはおそろしきまておもへり」(静58オ八)
㉛	26	31	×	かへらまうく思ふもをかしかりけり」(静58ウ九)
㉜	27	32	×	かのあまのしわさにやとあはれはつきせす」(静62オ十)
㉝	28	×	×	おほしやりてこかねおほくつかはし給」(静67ウ一)

右の一覧から、三本全体では、鉤印（」）が三三箇所で認められるが、そのうち作楽本は二八箇所、東海大学本は三二箇所、原本は二箇所にあるということがわかる。

第一に、原豊二本に注目してみよう。

原豊二本にみえる⑧と㉑の二箇所の」は、作楽本にも東海大学本にもある。従って、」のある本から写したものであることを証していよう。ただし、二箇所に過ぎないのは、たまたま二箇所だけはこれを書き写してしまったということではないか。」を転写することは、原豊二本は基本方針としていなかったと判断される。しかしながら、たまたま記載された二箇所の」によって、その親本が、」を持った本、すなわち作楽本、東海大学本と共通性の高い本であるとみることができよう。

第二に、作楽本と東海大学本との関係に着目すると、その相違には、興味深いものがある。

東海大学本が、三三例のうち、三二箇所で認められるのに対して、作楽本は、二八箇所にとどまる。すなわち作楽本は⑥⑨⑭⑯㉕が欠脱しているのに対して、東海大学本は㉝が欠脱しているすぎない。しかしながら、東海大学本の欠脱箇所が、じつは作楽本にはあることになるので、単純な増減の問題ではない。

両本が、」を持った本を親本としていたことにはまちがいがない。しかしながら、この差異はどうして生じたものか。

そもそもこの区切りは、どのような段落を意味するのか、今の私には明解を与えることができない。数だけからいえば、東海大学本が優位にあるといえるが、一例㉕と㉖などは、東海大学本ではその間わずか一文である。これに対して作楽本は、㉕はなく欠脱かと見えるが、㉖が「戀聞えけり」のあとに」があり、続いて「まことやかの有しむくらのやとりへは」とあるのは、」の機能として納得のゆくところであって、東海大学本の㉕は誤りかともみられる。作楽本の㉕は欠脱とばかりは言えない。同様に⑭と⑮の近接もまた同じような懸念を抱かされる。さらに逆に、東海大学本は㉝を欠くのである。では作楽本の方が正確であると説明できるかと言えば、そうも言えない。いったい作楽本の」は、朱書なのである（凡例末尾参照）。ひととおり書写し終えた後に、書き入れたことにまちがいがない。逆に見落としが東海大学本より数が少ないという結果として現れている可能性も考えてみなければなるまい。

ここではこれ以上の深入りすることは避けて、ひとまず大局に立ち戻り推断を記して先に進むことにしよう。すなわち、作楽本・東海大学本ともに、その親本には鉤印（」）が付されていた。これはまちがいがない。しかも両本の数の相違にかかわらず、一致するところが多いことを思えば、ともに同系統の本であったことと見られよう。作楽本が夏蔭本を親本としているのは奥書の記すところだが、東海大学本もまた夏蔭本との親近性が高いことになるだろう。その親近の実態と評価については、後に述べることにしよう。

⑵次に、もうひとつの観点、庵点（〽）が諸本によってどう付されているか、その点について、一覧を作成し、眺めてみることにしたい。

いずれかの本に庵点（〽）がある場合をすべて抜き出して、整理番号①～㊷を付し、〽とともに該当箇所の本文を引用し、検索の便のために静嘉堂文庫本における該当箇所を記したこと、鉤印の場合に準じている。

	静	作	天	東	原	
①	1	1	1	1	1	〽なにはさはらぬとこそいひためれなと（静4オ三）
②	2	2	2	2	2	〽なきさきよくはと御けしき給はり給ふ（静6オ三）
③	3	×	3	3	3	〽紅葉をたかせて大みきまゐる（静6ウ一）
④	4	×	4	4	4	〽苔のみとりをはらふ人も有けり（静6ウ二）
⑤	×	3	5	5	5	〽ちらぬまはと聞えさせ給ひし山のため（静6ウ八）
⑥	5	4	×	6	6	〽なさけくはゝるつまおとはめつらしうえんなる（静7オ八）
⑦	6	5	6	7	7	〽見しよの秋にといひけつはつらき人の（静8オ五）
⑧	7	6	7	8	8	〽行とまるこそやとならめ住はつへきよの中かは（静8ウ一）
⑨	8	7	8	9	9	〽たゆたふ心のほとはそこにこそしり給はめ（静9オ八）
⑩	9	8	9	10	10	〽其よなからのかけは見さりきとこそ（静9オ八）
⑪	10	9	10	11	11	〽よをなか月といふにやあらんといひし比（静9ウ七）
⑫	11	×	11	12	12	〽心のやみにまとはぬおやはあるましけなれは（静12ウ六）
⑬	12	10	×	13	13	〽しのふくさつむへきわすれかたみもなけれは（静13オ二）
⑭	13	11	12	14	14	〽二月の雪こそ衣にはおつなれ（静13ウ七）
⑮	14	12	13	15	15	〽きのまろ殿に侍らはこそといふもはかなたちて（静14オ五）

⑯	15	13	14	16	16	〽君によりてをとほきこひちのくるしさをも（静14オ九）
⑰	×	14	15	17	17	〽もりの下草さへ駒たにすさまはと思う給ふれは（静15ウ五）
⑱	16	15	15	18	18	〽川となかれすといふ事なくや侍らん（静15ウ六）
⑲	×	16	×	×	×	〽みつせ河のしるへにやあらん（静15ウ十）
⑳	17	17	16	19	19	〽玉のうてなもやへむくらとはよくもいひける（静20ウ二）
㉑	×	18	×	×	×	〽もに住むしのわれからとねをなき給はんは（静25オ六）
㉒	18	19	17	20	20	〽ひと夜二夜のふしはよしなしとて（静25ウ九）
㉓	19	20	18	21	×	〽平ちうかなみたなゝりなさらては（静31オ二）
㉔	20	21	×	22	21	〽ちよしもといへはなとつきせぬことゝも（静31ウ六）
㉕	21	22	19	23	22	〽おとにそ人をと薄はなたの紙に（静32オ三）
㉖	×	23	×	×	×	〽こひしき事もなからましと聞えたるうたのもとを（静32オ六）
㉗	×	24	×	×	×	〽ことをし思ふと聞えし人のおもかけ（静32ウ六）
㉘	×	25	×	×	×	〽あとのしらなみをも御らんしおくれ（静35ウ二）
㉙	×	26	20	24	23	〽やそしまかけてなと思ひつゝけられて（静38オ一）
㉚	22	27	×	25	24	〽うきにたへける命にやとくちをし（静38ウ六）
㉛	23	28	21	26	25	〽わか心にこそ入めとの給ひしは（静40オ十）
㉜	24	29	22	27	26	〽身をつくしとなり給ふ御さまは（静40ウ七）
㉝	25	30	23	28	27	〽みきはまされは中〳〵見さして（静42ウ七）
㉞	×	×	*24	×	×	〽思ひきやかくあつめたることの葉を（静42ウ九）
㉟	26	31	25	29	28	〽いはにも松はおひすや侍る（静43ウ七）
㊱	27	32	26	30	29	〽そらにしられぬ雪とふりゆく庭のけしき（静50ウ十）

㊲	28	×	27	31	30	〽梢はかりそかくるゝまて見おくりぬへう（静56ウ二）
㊳	29	33	28	32	31	〽なにはかくれぬとつらゆきかかこちけんふること（静59オ二）
㊴	30	34	29	33	32	〽さうたい道なめらかにしてそうてらにかへると（静59オ八）
㊵	31	35	30	34	33	〽またれけるかねのつく〱となかめゐ給ふに（静59ウ三）
㊶	32	36	31	35	34	〽賤のをたまきならぬよの中そ（静67オ二）
㊷	33	37	32	36	35	〽あるを見るたにこひしき秋のかなしさは（静68オ三）

整理番号㉞、＊を付した天保本の24は、現態本文翻刻一覧においては、庵点とみて処理したが、この合点のみ朱書であり、他の庵点は墨書である。

さて右の一覧から、どのようなことが知られるだろうか。

しかしながら、この一覧のみから知られる情報は断片的であって、他の要素と結びつけて考える必要があるだろう。五本における庵点の存否に注目して、気がつくいくつかの現象を指摘すれば、次のようである。

(a)静嘉堂文庫本は、すでに指摘したところだが、⑤⑰㉙がない。他の四本には共通に存在するのにである。

(b)作楽本は、最多であって、そのうち⑲㉑㉖㉗㉘が作楽本のみ。逆に③④⑫は他本にあるが、作楽本にはない。

(c)その作楽本と個々の他本との比較では、静嘉堂文庫本とでは、作楽本にあって静嘉堂文庫本にない例は、⑤⑰⑲㉑㉖㉗㉘㉙㊲の九箇所。逆に、静嘉堂文庫本にあって作楽本にない例は、③④⑫の三箇所である。

(d)作楽本と天保本とは、祖本を同じくすることが判明しているから、一致することが期待されるわけだが、作楽本にあって天保本にない例が、一〇箇所に及ぶ（⑥⑬⑱⑲㉑㉔㉖㉗㉘㉚）。このうちの五箇所（⑲㉑㉖㉗㉘）は、他の諸本にもなく、作楽本独自のものである。逆に天保本にあって作楽本にない例は、五箇所（③④⑫㉞㊲）であるが、このうち、㉞を除く四箇所（③④⑫㊲）は、いずれの他本にも共通に見えるものである。

祖本を共通として、その近似性が期待されるのに、この差異はいったいどうしたことか。天保本の㉞は、既にふれたように、天保本の〵のうち、他はすべて墨筆であるのに、これのみが朱筆で書かれている。まま見られる濁音の濁点符のみが朱筆で記されていること（「現態本文翻刻一覧」凡例参照）などと考えあわせれば、なんらかの理由によって、後に書き入れられたものだろう。墨筆で書かれた〵は、天保本の本文の精度ともかかわるが、後にふれるように、当該本の本文の杜撰さとも関わるだろう。一方、作楽本は本文の書写が済んだ後に、符号（」〵）、さらに本文横の「、」「。」などとともに書き入れられたと考えられる。その際に、転記を見落としたり、作楽本の見識で独自に加えられた可能性がある。前者の例には、③④⑫㊲があり、後者の例には、⑲㉑㉖㉗㉘が考えられる。後者などは、〵があっても不思議がないところである。しかしながら、作楽本の〵に関する限り、本文の精度に比して、先行する親本を後に転記した際の正確さについては疑いがある。

(e)〵の数及びその存否状況から、親近性のあるものとして、東海大学本と原豊二本の関係がうかがわれる。前者が三六箇所、後者が三五箇所。両方の〵を比較してみると、原豊二本が㉓を欠くのみである。

原豊二本は」は二箇所にすぎなかったが、その親本には」があったろうと推測した。東海大学本もまた、」を有しているから、この範囲においては両者の親近性に注目しておいてよい。一方、」を類似的に有していた作楽本と東海大学本においては、〵は数において作楽本がまさるが、作楽本はいずれの諸本に対しても欠くところ（③④⑫㊲）があり、ここでは両者の親近性をことさらに指摘するには至らない。

(3)三点目として、作楽本には、「夏蔭云」の注記が、本文の欄外に三箇所にわたって見られる。その情報は「現態本文翻刻一覧」にも加えたところであるが、(a)静19ウ六、(b)静26オ四、(c)静34ウ一がそれである。興味深い事例であるので、順に再掲出して、検討を加えたい。

(a)静　人〳〵も其よしに|もてなさ――――なんよかるへき（静19ウ六）

作　人〻　も其よしに|もてなさ――――なんよかるへき

《夏蔭云もてなさむなんとありしなるへし》

天　人〻　も其よしにて|もてなさ|ん|　なんよかるへき

東　人〻　も其よしに―もてなさ――――なんよかるへき
原　人〻　も其よしに―もてなさ【む歟】なんよかるへき
(b)静　此人もかたはられてまことにの給ふ事　に（静26オ四）
作　此人もかたはられてまことにの給ふことに
《夏蔭云かたらはれて歟》
天　此人もかたらはれてまことにの給ふことに
東　此人もかたはら《らは歟》れてまことにの給ふことに
原　此人もかたはら《らは歟》れてまことにの給ふことに
(c)静　かたみに見給はなん　う　れしかるへしとなといひて（静34ウ一）
作　かたみに見給はなん　う　れしかるへしとなといひて
《夏蔭云うれしかるへきなるへし》
天　かたみに見給はなん　う　れしかるへきとなといひて
東　かたみに見給はなん【う】れしかるへし《き歟》となといひて
原　かたみに見給はなん　う　れしかるへきとなといひて

作楽本の「夏蔭云」及び諸本の注記「歟」の類はいずれも墨筆だが、作楽本の左に付された小さい。のみ朱筆である。また【　】は傍書挿入であることを示しているので、本文としては「うれしかるへし」である。

「夏蔭云」とはあっても、(a)(b)(c)において、本来の原本文を本行において維持しているのは、作楽本のほかは、静嘉堂文庫本、東海大学本のみである。天保本は、(b)と(c)では「夏蔭云」で述べるところを本文本行において変改している。ただし(a)は独自判断である。東海大学本は、(a)は作楽本の原本文の本行を維持するが、(b)では、「夏蔭云」の見解を「らは歟」として、(c)でも「き歟」のように注記する。この点において、作楽本と東海大学本との親近性の高さが認められる。少なくとも、(a)(b)(c)の事例では、作楽本と東海大学本とは夏蔭本あるいはそれにかなり忠実に本文に従っている可能性が高いと見られる。原豊二本も、(a)(b)から夏蔭本の系統であることが推測される。(c)は、天保本同様、本文を夏蔭説に従って書写したとみてよいであろう。

(1)〜(3)の情報整理から、浮上してくる情報として、(1)と(3)から、作楽本と東海大学本の近似性の高いことがあげられよう。(2)では、東海大学本と原豊二本との近似性が指摘できたが、情報の整理傾向の域を出ず、ここは、あらためて諸本の本文の性格について、項をあらたにして瞥見することが課題になって来る。

9他四本間の本文の性格とその評価

(1)天保本の性格

天保本および作楽本は、前田夏蔭本を共通の祖本として持っていることは、繰り返し述べているとおりであるが、書写の時期からいえば、廣田信子が天保十二年十二月に「とし子の君」所持本を転写した天保本の方が古く、滋野安昌による慶応四年（一八六八）二月初旬の書写である作楽本が新しい。ここでは、天保本の本文を吟味する。

天保本本文は、諸本の「現態本文翻刻一覧」を一見するのみにても、他本に比して、いちじるしい異同の認められることがたちどころに看取されよう。ここでは網羅的にではなく、例証を掲出するにとどめる。

(a)はじめに、本文の脱落と思われる箇所の例、それも他の三本と比較して明らかな事例を数を限って掲出する。前者が天保本、傍線部分の脱落が推定される箇所。括弧内には作楽本によって本文を示したが、いずれも東海大学図書館本及び原豊二本と共通本文である。

「――かうつけの宮」（こかうつけの宮）、「あはせ――給ひて」（あはせ奉り給ひて）、「御色このみのすき――かたからむ」（御色このみのすきありきのかたからむ）、「染増――る」（染増ける）、「御けしき――給ふ」（御けしき給はり給ふ）、「御車――奉る」（御くるまに奉る）、「あてに――見ゆ」（あてにらうたく見ゆ）、「見入られしか――は」（見入られしかさは）、「きゝ給ひて――いかなれは」（きゝ給ひてはいかなれは）、「いてなに事――きこゆるそ」（いてなに事をきこゆるそ）、「きこえ給へと――おほへすやとて」（きこえ給へとさもおほえすやとて）、「くた物を――

─まさくりつゝ」（くた物をうちまさくりつゝ）、「の給はんとつ、まし─有かきりの人は」（の給はんとつ、まし─有かきりの人は）、「かれなん──なにはのあし」（かれなんなにおふなにはのあし）、「かたはならすやと──思ひしに」（かたはならすやとこそ思ひしに）、「しらせ──まほし」（しらせ奉らまほし）、「ならさらん──かへりてつみうへき事」（ならさらん物からかへりてつみうへき事）、「やよひの末つかた─俄にうせにき」（やよひの末つかたに俄にうせにき）

いずれも、天保本の脱落と推定されるところである。具体的説明は省くが、文意としては続く例が圧倒的であって、転写の際の誤脱とみられるものである。

しかしながら、次のように八字分が欠脱するという極端な例もある。

「まつはかくほとふるまてとのにもわたし給わす──ぬす人なといふひたふるもの、」（まつはかくほとふるまてとのにもわたし給はすおはしますとてもぬす人なといふひたふるもの、）

もっとも、「現態本文翻刻一覧」をみれば明らかなように、「給わす」で24ウ（天保本）が終わって、25オに丁が移るので、それが誤脱の原因かもしれない。しかしながら、諸本のなかでは誤脱の類がもっとも多いのは、疎漏と評してもしかたないだろう。

(b)庵点（〽）については、既に掲出し判断したところであって、天保本の疎漏、作楽本の後筆による脱落と過剰との両面を指摘したところであった。

(c)次に本文を異にする事例を掲出する。これらも例示にとどめる。傍線は括弧内の作楽本ほかと異なることを示す。

「おもひまとひぬへき」（おもひまとひぬへし）、「からき心ちし侍り」（からき心ちし侍る）、「君もね給へいまもろともに」（君もね給へいさもろともに）、「二月の廿日」（二月の十日）、「あるしははやくよりしれる」（あるしははやうよりしれる）、「くちをしき事や─あらん─子なと出くれは」（くちをしき事あらんや子なと出くれは）、「いとかなしう見給ひて」（いとかなしうし給ひて）、「よそちに一ツ二ツ御あまり」（よそちに一つ二つあまり）、「わかやかなれとなやましうとみゆる」（わかやかなれとなやましとみゆる）、「きこへ──んにつけても」（きこえさせんにつけても)、「いかはかり袖やしほりし」(かはかりにそてやしほりし)、「きこえ給へは」(きこえ給へ)、「玉のうてなよりも――増りてみゆ」、(玉のうてなよりもこよなく増りける)、「をは君そあはれに心くるしき事に」(をは君あはれに心くるしき事に)、「かけめになりてはいつかたさまにも」(かけめになりていつかたさまにも)、「心えなきすちは」(心もとなきすちは)、「えたふましくなんある心地のし侍れは」(えたふましきこゝちのし侍れは)、「そのしるしなけれは」(そのしるしのみえぬは)、「くるしみ給ふとあれは」(くるしかり給ふとあれは)、「せきあへてなみたに」(せきあくるなみたに)、「見きゝとふらはんほとも」(見きゝおもふらんほとも)、「ゆかしきことのはいとひ給ふに」(ゆかしきことのはとひ給ふに)

思わず例証が増えたが、これらのいちいちについて説明はしないが、天保本でもいちおう文意が通じるところからすると、書写の過程で書写者の理解でつくりあげてしまったものや仮名遣表記に意識的でないために生じた異文の類かと推測される。少なくともここから親本の姿をげんみつに再現することについては、慎重にならざるをえない。

要するに、これらの異文もまた、転写の際の丁寧さを欠いたところから生じたものとみられる。ただし、それがとし子本の段階で生じたか、廣田信子本の段階で生じたか、あるいはその双方が加わって増幅したかはわからない。しかしながら、少なくとも信子本は、(a)～(c)から看取できるような性格をもった本文であるということができる。

すなわち、相対評価的な判断として、天保本は本文の信頼性においてやや劣るということができよう。

しかし、まったく観点を異にすれば、この本は、この奥書の情報がものがたるように、「とし子君」から「廣田信子」へと書写され、愛読された本でもあって、そうした愛読がゆるやかな本文となっているのだということもできよう。

(2)作楽本の性格

作楽本のあらましの性格については、(a)鉤印(」)、(b)庵点(〽)、(c)「夏蔭云」の注記の三点から既にうかがったところである。

ここでは主として、天保本・作楽本・東海大学図書館本・原豊二本の四本の本文のなかにおける作楽本の主にその固有本文に焦点をあてて観察してみたい。

はじめにその観察結果を先に述べるならば、この四本のなかで、もっとも固有本文の少ないのが、作楽本である。固有本文というのは、四本のなかで、作楽本にしか見出せない本文ということであって、逆に言えば、作楽本の本文は、たとえ一本でも他と重なるものが多いということである。

その固有本文には、大きくわけて二種類ある。その一は、事例ごとに事情はあるにせよ、ともかく本文を異とするとみてよいもの。その二は、異文といっても、表記それも主として仮名遣にかかわるものである。前者を(d)1、後者を(d)2に分けて、例をもって示す。

(d)1　他の三本に対して、あきらかに本文を異にする例には、次のような場合があるが、その数はきわめて僅少である。

次のような欠脱のケースは、用例は少ないが、静嘉堂文庫本も含め他本と異なる点で興味深い。

「あやしうなりて――かへりまゐりくる」(あやしうなりてたちかへりまゐりくる)(静10オ七)

「いふか――りしくちすさひの」(いふかしかりしくちすさみのもと)(静65オ二)

これは、他本には「たちかへり」あるいは「いふかしかりし」とあるところから、夏蔭本じたいは、他本のような本文であったかと思われる。ともに誤脱の結果の異文とみてよい。ただし、本文作成においては、両者ともに底本である作楽本に従って、校訂を加えていないことを付記する。

ところで、次のような場合がある。

「はかな【○くか歟】きあつめたる」(静42オ五)

このケースは、「はかなきあつめたる」に補入記号○を付して「くか歟」とし「はかなくかきあつめたる」と本来の本文を推定したものではあるが、「はかなきあつめたる」の本行に「○くか歟」までも親本の姿であった可能性がある。ところが、東海大学本が作楽本とまったく同じ表記になっている。直前の二例からは、作楽本が東海大学本の親本であるとは考えられないから、東海大学本も同様にそれぞれの親本の姿を残したものであろう。ちなみに原豊二本では「書きあつめたる」とあり、これは本文そのものを「はかなくかきあつめたる」と本行化し、さらに漢字をあてた表記ということになる。

次も同様の例と考えてよいだろう。

「御物かたりこまやか【に歟】きこえおはすに」（静54ウ十）

ここも静嘉堂文庫本には「に」はない。ところが、東海大学本もまた「御物かたりこまやか【に歟】きこえおはすに」と本行化しており、原豊二本は「こまやかきこえおはすに」と「に歟」はない。

この二例などは、親本の姿をげんみつに書写しておこうという姿勢の結果の反映であるとみてよいだろう。あわせて東海大学本と共通する姿勢であることにも注目しておきたい。

ほかには次のような例があることを指摘しておく。

「いとゝ〳〵つれ〳〵と」（いとゝつれ〳〵と）（静33オ五）

これなどは「〳〵」を重複させてしまったミスだろう。

「かい【ねり（はい）】の」（かうはいの）（静35ウ七）

これは本行「かいはい」。これでは意が通じないと考えてか、朱でミセケチにして「ねり」に直し、「かいねり」としたもの。この種の朱は、後の書き入れであって、本来の作楽本の本文ではない。ただし他本はすべて「かうはい」であるから、「かいはい」はミスだろう。

「あらぬ事ことゝもをうちませ」（あらぬ事ともをうちませ）（静39オ八）

これは「事」を書き、「とももを」と続けるべきところを、ふたたび「こと」を開いて書いてしまったために「ことゝ」と重複させてしまったミスである。現状では「事」が朱で囲んである。おそらくこれは「事」をとれば文意が通じるところから、重複ミスであることを表記しようとしたものであろう。

右は作楽本の本文のミスであるが、いずれもその理由が推測できる例である。

(d)2　次に仮名遣の異なる事例をあげれば、次のようである。同じ事例でも、他の箇所では作楽本に同じ場合がある。

ここでは、作楽本の当該箇所の仮名遣表記が、他の三本では共通に異なるケースのみにとどめた。

「ことの、ゆゐ言」（ことの、ゆい言）、「すゐしんにてを」（すいしんにてを）、「如いりんくわむせおん」（如いりんくわんせおん）、「二あゐのこうちき」（二あいのこうちき）、「いとほしきものにおほしたる」（いとをしきものにおほしたる）、「すこしみゆれはおよひてひきよせ給ひて」（すこしみゆれはをよひてひきよせ給ひて）、「つまとおしあけて」（つまとをしあけて）、「いわけなきほとより」（いはけなきほとより）、「ひわつなる御身は」（ひはつなる御身は）、「やはらかになつかしうて」（やわらかになつかしうて）、「すこし給うてけり」（すこし給ふてけり）、「思う給へらさりしに」（思ふ給へらさりしに、天＝思ふ給へさりしに）、「よろこひ思う給へるなと」（よろこひ思ふ給へるなと）、「くひにかいつき給ひて」（くひにかひつき給ひて）、「いわけなくをかしきに」（いはけなくをかしきに）

作楽本の朱筆による後筆の鉤印（」）や庵点（〽）、さらには「現態本文翻刻一覧凡例」の末尾に記した数多くの朱筆の書き入れに対して、墨筆による本文じしんについてみると、右の結果からは、異同の少なさ、親本の本文を尊重しようとしている姿勢、他本と異なる場合にも仮名遣にもとづくことが多いことなど、ミスはあるにしても、静嘉堂文庫本に対する四本のなかではきわめて信頼性の高い本文であると評することができよう。

(3)東海大学図書館本の性格

東海大学図書館本には奥書などはないが、蔵書印から推測される伝来や(a)鉤印（」）や(c)庵点（〽）の存在分布から、夏蔭本系統の本文に属するものかと推測できる。

ここでは、具体的な異同箇所の事例をあげて、本写本の性格について述べる。

(d)次のような事例は、他本との比較から、単純な誤脱、誤写によって生じたとみてよい場合である。以下、例示する。

「いかてを｜しからんことをと思ふ給へし」（いかてをかしからんことをと思ふ給へし）、「此ことのみよる｜ひるもなけかせ給ひて」（此ことのみよるもひるなけかせ給ひて）、「しらさりけんともわれにてさへ」（しらさりけんよわれにてさへ）、「むさし野のに｜おとるましうなつかしけれと」（むさし野のにもおとるましうなつかしけれと）、「つ

らつきなつか――りしけはひ」（つらつきなつかしかりしけはひ）、「おほさる、に猶うつろはんといひ―し」（おほさる、に猶うつろはんといひこし）、「よろしきことにて侍る|は命をさへ」（よろしきことにて侍らは命をさへ）

しかしながら、なかには興味深い例もある。

「さくらのほそなか―そあさやかにをかしうはあれ」（さくらのほそなかこそあさやかにをかしうはあれ）（静18ウ四）

ここは、係り結びの関係を考えれば「そ」ではなく「こそ」とあるべきところであるが、じつは、原豊二本も東海大学本に同じであって、その親近がうかがわれる例である。

もとより不審の例も存在する。

「このとのをたのみきこえてなにかしとおも見|なむ行道もうれしかるへく（このとのをたのみきこえてなにかしとおもはんなむ行道もうれしかるへく）（静24ウ九）

ここは、当該本の他の字形に照らしても「見」と判読するしかない。あるいはまた、

ことの外に【○は】ゑひ給はし（ことの外に【○は】思ひ給はし）（静12ウ五）

ここの「ゑ」は一般に「思」に類似するが、当該本の双方の字形例と見比べても「ゑ」と判読するしかないところである。この二例などは、このままでは意味をなさないから、親本の字形をこのように読み誤り、機械的に書写したのであろうか。

しかし、当該写本の性格をみきわめるうえで、もっとも注目すべき決定的な事例は、次の例である。

袖て|そ露けきおはしましつきて――ねられ給はねは（袖そ露けきおはしましつきてもこゝにはあらひ給はねと御かたはらさひしきこゝちしてねられ給はねは）（静56ウ六～七）

他本の「袖そ露けき」の部分の表記は、作楽本に拠ったが、それ以降は諸本の一致するところであって、ここには東海大学本の本文に大幅な脱落があることになる。その脱落の理由を推測してみるに、脱落部分を飛ばして、「おはましつきてねられ給はねは」でも文意が通じるところから、次行へと目移りした結果の脱落と見てまちがいないであろう。

本写本は、後半にいたって、濁点が多くなって来ること、一覧によって見られるとおりである。この現象は、小声を出

しながら作業的に書き写してゆく書写態度の反映ではなかろうか。それは一方では、親本の姿をそのまま写し取って行く正確さに繋がるものであるだろう。それが、天保本などの恣意性とは異なる東海大学本の特色となっていると言えそうだが、しかし、この一行分ほどの脱落が、本写本が、他四本に先立つ親本的な立場の本文でないことを証立てることになる。

ここの欠落にも関わらず、本写本は、他本、とくに作楽本の性格の(d)1でも言及したように、親本の姿をできるだけ残そうとする姿勢がうかがわれ、その本文の信頼度には高い評価が与えられるであろう。なお、この東海大学本の親本は夏蔭本の可能性が高いと考えられる。

(4)原豊二本の性格

原豊二本が、静嘉堂文庫本に対して、作楽本を始めとする他の四本のグループに属する(a)鉤印（┘）や(b)庵点（〽）における特に東海大学図書館本との近似については、既に言及して来たところである。

(d)1実際、原豊二本は、同一グループ内における表記上の異同は別にして、独自の本文を例示すれば、次のようなものである。括弧内は、他本の当該部分の共通本文を示す。

心さしなとはいかてまくへき（心さしなとそいかてまくへき）、そうとく太子たにそうたえむ事をはねかひ給ふめるに（事をねかひ給ふめるに）、いつの時に―かしこき道には（いつの時にかかしこき道には）、明かたちかう［なりぬ］あきのふ出きて（あけかたちかう成りぬあきのふ）、あやしう思ひ給ひしはさは（あやしう思ひゐしはさは）、あつかひてけ―るみちに（あつかひてかゝるみちに）、いとほしく―――みたれむとそれさへ（いとほしくおほしみたれむとそれさへ）、なみたまさりけりこ【け歟】の下にもあはれとは（涙まさりけりこの下にも）、あはれとはいひ出―――へきことのはも（いひ出給ふへきことのはも）、あまのならひ―――ともかたはらいたうと（あまのならひなれともかたはらいたうと）

右は、静嘉堂文庫本をも含めた他四本とは異なる本文事例であるが、ここから、原豊二本の書写姿勢の個性がうかがわれよう。すなわち、原豊二本を読むかぎり、いずれも文意の通じるところである。他本と比較すると、誤脱あるいは加筆と見られるところは、書写者が、機械的に書写するのではなく、本文を読みながら書写してゆく過程において生じたものと理解される。

例えば、「なみたまさりけりこ【け歟】の下にもあはれとは」（なみたまさりけりこの下にもあはれとは）の箇所に【け歟】が書き添えられている例などは、文意を考えつつ書写していったからであろう。

(d)2表記に関していえば、他本に対して、漢字表記がまま多い傾向にある。これまた、例示にとどめるが、次のような事例がある。

透間の風もわりなう（すき間の風もわりなう）、かひなを枕にてふし給ふに（かひなをまくらにてふし給ふに）、鶯も今そめさまして（うくひすもいまそめさまして）、花とも、盛ならむ（花とも、さかりならん）、うす黄はみたる雲の棚引たる空は（うすきはみたるくものたなひきたるそらは）、年頃ひとり住にて過し給ひしを（としころひとりすみにて過し給ひしを）

これらも、底本を尊重しつつも、文意を理解しつつ、書写しようとした結果生じた表記ではないか。

(d)3さらに、撥音を他四本が「ん」と表記するところを「む」と表記する事例が目立つ。

いとまはゆき御よそへになむ（いとまはゆき御よそへになん）、殿のわたりにほのめかしなむ（殿のわたりにほのめかしなん）、花とも、盛ならむ（花とも、さかりならん）、思ひ出られしとなからむあとをおほせは（思ひ出られしとなからんあとをおほせは）

右もまた例示にすぎないし、原豊二本は、撥音「ん」の表記を用いないということではない。書写者が「ん」と「む」の書き分けに厳密ではなかったこと、「む」と表記する志向をもっていたことの反映とみるのがよい。

このように見るならば、その親本を特定するにはいたらないが、その本文が夏蔭本と異なる系統に属するものではないと判断することができよう。

また、本伝本が仮綴のような体裁であることも興味深い。すなわち、本写本が、「八重葎」楽しむために残した本かと思われるからであり、その本文が読むための配慮が加えられている点に注目したいところがある。

10殿岡従本を幻視する——静嘉堂文庫本は殿岡本か

これまで、『八重葎』の書誌情報を記し、その情報を分析し、その諸伝本の本文の校異を「八重葎諸本現態本文翻刻一覧」として明らかにし、その諸伝本の性格を客観的な情報として、紙幅をいとわず縷述して来た。

その結果、『八重葎』の伝本史において、定家仮名遣から契沖仮名遣への転換のあることが判明したことは大きな成果である。まさに、その仮名遣の転換がおこった時代とそれを押し進めた人びとのなかで、『八重葎』の伝本の多くは今日まで残ることを得たということができよう。

ここまで、解題として、冷静に書き進めて来たつもりであるが、最後に大胆な憶測を記してみることにしたい。

それは、夏蔭本の親本であった殿岡本についてである。作楽本、天保本、東海大学図書館本、原豊二本からは、夏蔭本まで遡及することができる。夏蔭本そのものは現存を確認できないが、その姿はあらまし透かし見ることができるわけである。そしてドラマは、夏蔭本において起こったのであった。夏蔭本において仮名遣が改められ、『八重葎』は今日に伝えられたのであった。

その夏蔭本の親本は、殿岡従が難波より入手して来たものという。その殿岡本の姿となると、これは杳としてわからない。

しかし、殿岡本は、定家仮名遣で書かれていた本であるにちがいない。仮名遣は改められても、本文としては、大きな違背があるわけではあるまい。

ここから幻視である。仮名遣表記を別にすれば、静嘉堂文庫本が他四本との間にある相違、静嘉堂文庫本の固有本文にはどのようなものがあったか。それはどのようなものであったか。既に7でふれたところであった。そこでの観察を一歩踏み込んでみるならば、そこには大きな差があるとは言えないのではないか。それは同じ『八重葎』だからだといえば冷静な判断としてそれで済むであろう。

じつは、静嘉堂文庫本は、殿岡本なのではないか。これが大胆なる仮説のゆえんである。これを検証するには、ここから出発して論全体をもう一度あらためる必要がある。しかし、こうした仮説にたどり着いたのは、長々しい作業を通じてなのであるから、今、それをしない。

静嘉堂文庫の「稲廼舎蔵書」の印をめぐっては、慎重な判断を下したところであった。しかし、それが岸本由豆伎説に復しつつあることも既に本文でふれたところである。ここから少々我が田に水を引く。その父岸本由豆流（一七八八〜一八四六）は、村田春海門、清水浜臣は晴海の門下であり、夏蔭（一七九三〜一八六四）は浜臣の門下なのであった。殿岡従（一七八二〜一八六五）もまた浜臣及び田中大秀門下なのであった。こうした状況については、これまた既に述べたことである。岸本由豆流の息由豆伎（一八二一〜一八五一）は若くして亡くなったわけであった。その彼の蔵書が、今、静嘉堂文庫に入っていたとすれば、状況論からではあるけれども、殿岡本が岸本家のものとなり、静嘉堂文庫本として残るという想定は、ありうることではないか。

そういう可能性を幻視の結論として抱いて、『八重葎』諸本についての解題とする。

11 物語というジャンルの特色

物語の時代を大きく、九世紀末から十五世紀初め頃までとして捉えてみよう。終わりはいわゆるお伽草子（室町時代物語）と重なりつつ、その光芒をもう少しあとまで延ばすこともできようが、その間ざっと五百年余り。この物語というジャンルは、この間に盛衰をみせたことになるが、この物語なるものはいったいどのような性格と特色をもったジャンルであったか。

初期物語の時代は、物語はさまざまで、一様ではなく、ジャンルとしては、あえていえば可能性に満ちた混沌あるいは柔軟さを抱えていたと言えよう。その混沌と柔軟さからの発展が豊饒なる『源氏物語』の出現を可能にしたと見ることができる。

ところが、その『源氏物語』の出現は、物語なるものの路線基準を規定する力となってはたらくことになる。初期物語が持ち得ていた多様な発展の可能性は失われて、しだいに純化の道をたどることになる。すなわち物語なるものは、説話的な物語（『今昔物語集』のような）や、歴史物語（『栄花物語』や『大鏡』のような）、さらには歌物語（『伊勢物語』や『大和物語』

のような）とも一線を画すこととなって、仮構を命とする「作り物語」こそが物語だと考えられるようになる。「作り物語」の実際の用語例が出現するのは、『今鏡』（一一七〇年成立）にみえる「作り物語のゆくへ」が初例と考えられるが、その概念は『源氏物語』以降にしだいに熟成して来たものであろう。

いったい『無名草子』では、物語は「つくる」と表現され、「書く」とは表現されない。『枕草子』は書かれることによって成立した作品であったが、物語はつくられることによって成立する作品なのである。物語は「つくる」ことによって生まれるものであるとの意識は截然としている。

十三世紀後半（文永八年〈一二七一〉）に成立する物語歌集である『風葉和歌集』は、二十巻のうち末尾二巻を欠いた現存する範囲内だけでも、およそ二百種類の物語を対象に、物語中の歌を採録して勅撰和歌集の体裁に仕立てたものである。そこに登場するのは、まさに「つくりものがたりのうた」にほかならなかった。そこでは『伊勢物語』や『大和物語』のような歌物語さえ排除されている。それらは対象としないことを序文が明言しているのである。

このように俯瞰して見るならば、王朝物語そして中世王朝物語へと通貫するのは、作り物語への道であったことになる。そして、この「作り物語」というタームで括られる物語は、物語的な表現世界を共有するところに大きな特色があった。既にある物語の世界を呼吸するように、往還しつつ、新たな物語を作ること、読者もまた、今まさに読んでいる物語をその物語を超えた物語世界との往還を自在に繰り返しつつ読みすすめてゆく。「作り物語」は、緩やかなネットワークで繋がれた、大きくて閉ざされたジャンルとしての世界があるところに、特性があったということができよう（神野藤昭夫『知られざる王朝物語の発見―物語山脈を俯瞰する』笠間書院　二〇〇八年）。

『源氏物語』以降の物語では、しばしば先行する物語の影響とか引用とかがとりざたされ、それらとの差異によって〈個〉の価値や位相の測定のなされることがしばしばある。それゆえ言葉をかえれば、それらの物語は古典主義あるいは擬古典主義であることを特色にしていることになり、ついにはそのジャンルの閉鎖性ゆえに創作力の枯渇に至るとまで貶められる。それはそうであるにちがいない一面があるが、このような特性を持った「作り物語」というジャンルのたどらざるを得なかった宿命であるともいえるし、逆にそこにこそ当時の読者たちからすれば、物語に同化し親昵する魅力があったということなのでもあろう。

『八重葎』は、このような長い「作り物語」の伝統のうえに立つものであることをまず押さえておかなければならない。

12　『八重葎』をどう捉えるか

『八重葎』は、物語の歴史が育んで来たものを意識的にも無意識的にも抱え込んだ作品である。『八重葎』とはどのような作品であるか、どう捉えることができるかは、どういう点に目を向けて光を照らしてみるかによって、見え方、捉え方が異なって来る。

後続の物語が先行する物語をいかに取り込んだかという問題を、「物語取り」という観点から具体的事例を幅広く探索したうえで提起した論として、久下裕利の「中世擬古物語の発想と形成―「物語取り」の方法から―」（『平安文学研究』第六十六輯　昭和五十六年十一月）という論文がある。これは後に『平安後期物語の研究　狭衣浜松』の第二章の三「『狭衣物語』の影響―「物語取り」の方法から―」（新典社　昭和五十九年十二月）に収載されるが、中世王朝物語を大きく俯瞰するという観点からは、初出の論題の方が有効性が大きく、捨てがたい。

そこで久下は、本歌取りと照応させつつ、物語取りという技法を考え、「作中人物名を引用する方法」とか、「本文盗り」といってもよい文章の流用剽窃とか、「形態取り」の一種としての「冒頭取り」、特定の官位名称が繰り返して用いられる「人物取り」（ここでは按察使大納言に着目する）、そして「構想取り」のあることなどを、広く考察している。そのうえで、「構想取り」の例として、『狭衣物語』の飛鳥井姫君譚の場合をとりあげ、その構造分析を指標として、本格的に『八重葎』について論じている。

源氏は、蓬葎の宿に住む姫君である末摘花に、琴《きん》の琴に巧みだという触れ込みから惹かれ通うことになるが、源氏の須磨流謫の間、末摘花は零落その度を加えて、叔母が夫の大宰大弐赴任に伴い、末摘花を筑紫の地に誘おうとするのであった。それは「蓬生」巻に語られるところである。末摘花は頑として従わなかったわけではあるけれども、この構想が『狭衣物語』における飛鳥井姫君が、乳母の奸計によって、筑紫に下向する式部大夫道成の船に乗せられ、悲嘆のあまり入水をはかる話を生み出すことになる。『八重葎』はその構想取りという観点からは、みずから死を選びとるにいたるまで、その典型的応用ということになる。

『八重葎』の話は、末摘花の筑紫下向譚と飛鳥井姫君譚とが結びつけられたものであって、先行する物語を発想の基盤として、その物語世界が形成されたものだということになる。

物語の発生、成長、崩壊の過程を広汎にかつ深く追求した、古典的名著に三谷栄一の『物語文学史論』(有精堂出版 昭和二十七年初版、昭和四十年新訂版)がある。久下の論は、この書の影響下にこれを継承、発展させてみようとしたものということができる。『物語文学史論』の時点では、『八重葎』は三谷の視野には入っていない。三谷が『八重葎』の静嘉堂文庫本を翻刻して、『実践女子大学紀要』第六集に発表するのは、昭和三十四年十二月にくだるからである。

しかしながら、『狭衣物語』の後続の物語に与えた影響のきわめて大きいものとして、飛鳥井姫君譚があることを、具体例をあげて詳述したのは『物語文学史論』であった。

三谷は、『狭衣物語』内部においてさえも、飛鳥井姫君をめぐる物語には、数々の異本が生じていることを指摘し、それが浮舟的な人気を受けていると同時に「飛鳥井姫自身のもつ悲劇性の魅力によるもの」と見ている。その悲劇性は、『狭衣物語』巻一の終わりで、身を投じようとして残した歌、

はやき瀬の底のもくづとなりにきと扇の風に吹きも伝へよ

の持つ悲哀美にあるといい、お伽草子に変容した『さごろものさうし』の諸本などでも、この歌だけは継承されていることを指摘する。そればかりではない。後々、虫明の瀬戸では、民間伝承として語り伝えられ、その伝承の核心に「はやき瀬の」の歌があることまで発掘している。

じつはこの歌が『八重葎』にも影を落としていることを、久下は指摘している。すなわち、

津の国の難波の葦を吹く風のそよかかりきと君に伝へよ

思ひきや書き集めたる言の葉はを底の水屑となして見むとは

の二首の歌がそれであるという。

前者の歌は、本文では「かれなん、名に負ふ難波の葦と申す」という場面に登場するもので、注八四では、もっぱらいわゆる芦刈伝説譚との関係を中心に記述したが、飛鳥井姫君譚を底においてみれば、久下の指摘通りである。

このように、『八重葎』には、飛鳥井姫君譚を取り込み重ねることによって、成り立った物語である。とすると、そこにこそ、この悲哀の物語の魅力、核心がある、ということになる。『八重葎』は、女君の悲哀の美を語った物語であるというふうに。

さらに、その悲劇性を『狭衣物語』との関係において、精密に読み解いて見せた論として、辛島正雄の「『八重葎』物語覚書—中世物語における『狭衣物語』受容の問題と『八重葎』の位置」（「文学研究」八十二輯、一九八五年三月）がある。これは『中世王朝物語史論　下巻』（笠間書院　二〇〇一年）に収められ、「『八重葎』覚書—『狭衣物語』顕彰の物語として」と改題されている。

辛島はそこで、『八重葎』では、『狭衣』の「早き瀬に」の歌にかわるものとして用意されたのが、次の歌であろうという。

恋しとも言はれざりけり山吹の花色衣身をしさらねば

死を覚悟した『八重葎』の女君は「恋しとも言はれざりけり」と書きつける。ついに私のあなたを恋い慕う気持ちを口に出して言うことができなかった。私はいつも山吹の衣を身にまとっている身でしたから。山吹はクチナシ（梔子）色。内心を明かすことのできなかった姫君の、それゆえの精一杯のこころの歌、絶唱ということができよう。

それが、後に母を有馬の湯治に連れての帰り、御津の寺に立ち寄った中納言によって発見されるのである。女君の歌は、じつは彼女の衣に書かれていたらしい。その山吹色の衣が仏供養のための幡に姿をかえ、その下句「花色衣身をしさらねば」だけがかろうじて読める。その上句は、左の方にある幡かと思って見るが、こちらは「鼠の食ひける跡のみありて、文字は見え」ないのであった。だが、その寄進された幡が縁となって、今は尼となって女君の菩提を弔っている侍従と再会することになるのである。

そればかりではない。遡ればこの山吹の衣は、姫君の存在を聞き知った中納言の母君が、彼女のために選び取ったものであった。とすれば、飛鳥井姫君譚における「早き瀬」の歌にかかわる「恋しとも」の歌は、たんなる悲哀美の表現としてあるばかりでなく、母君を伴っての湯治の帰途の、男君による発見という結構と照応して、緊密にしてみごとな呼応、構成をなして生かされているとも評することができよう。『八重葎』は、飛鳥井姫君譚の変奏にはちがいないが、たんなる模擬の域にある物語ではない。それを脱した個性を持った佳品となり得ている。そういうことができよう。

『八重葎』は、女君の物語なのだ。その女君像をどう捉えるかについて、別の視点からの照射もある。田村俊介の「『八重葎』の姫君の真実と心象―『源氏物語』の大君と浮舟の投影―」（『富山大学人文学部紀要』四十七二〇〇七年八月）がそれである。とくに注目させられるのは、『源氏物語』の大君と『八重葎』の女君との表現の類似である。いったいみずから死を覚悟し庶幾するという点で、大君と女君とは似ている。『八重葎』は「其わたりさるべき御いのりの僧、こゝかしこより求めいでゝ、加持参らせ騒ぐ。物の怪などにて、とみに取り入りたる御心地にもあらず。物聞こしめさで、日頃に弱く成り給へば、何のかひなし」と語る。それに対して、『源氏物語』では、老女房が「物をなむさらに聞こしめさぬ。……はかなき御くだものだに御覧じ入れざりしつもりにや、あさましく弱くなりたまひて、さらにたのむべくも見えたまはず」という。薫の方では、「所どころに御祈祷《いのり》の使出だしたてさせたま」うけれども、「物の罪めきたる御病にもあらざりければ、何の験《しるし》も見えず」とある（引用本文は田村論文に準拠する）。

さらにその死の姿の描写ではどうか。大君が「ただ寝給へるやうにて、変りたまへるところもなく、うつくしげにてうち臥したまへる」のを、薫は見て「かくながら、虫の殻のやうにても見るわざならましかばと思ひまどふ」。そして「今はのことどもするに、御髪をかきやるに、さとうち匂ひたる、ただありしながらの匂ひになつかしうかうばしきも」とあるところ。『八重葎』の女君は「むつかしげにも見えず。いときよらにらうたげにて、たゞ寝入りたらむ人のさまして、さゝやかに臥し給へる」のであった。そこで「民部の大夫に言ひ合はせて、むなしき殻を取り出づる程、ある限り泣きのゝしる」が「この人（民部の大夫）はましてせきとめん方なく、かくながらだに見る世の中の習ひもがなと胸もひしげて思へり」とある。

『八重葎』が、『源氏物語』の大君の死の場面状況とその表現を自分の物語設定のなかに取り込みみずからの言葉のように語り直していることはまちがいないだろう。田村は、その類似とともに、その差異すなわち大君と女君を比較して「『八重葎』の姫君の方が「総角」巻の大君よりも愛情溢れる女性だった」のではないかと言う。

田村は、『八重葎』の女君像が、総角の大君をめぐる表現に拠っていることを指摘することを通して、さらに「愛情溢れる女性」という人間像まで読み取ろうとしているわけである。

ここで一息入れて、『八重葎』がどう評価されていたか、研究史を遡って、振り返ってみたい。『八重葎』の、第一の記念碑ともいうべき、鹿嶋正二による最初の紹介（昭和九年）では、次のように評価されていた。

　此の物語は中納言の廿三四の秋から翌年の秋まで満一ヶ年のはかない恋愛生活を描いたもので、当時の「苔の衣」・「石清水」・「わが身にたどる姫君」・「海人の苅藻」・「恋路ゆかしき大将」等の如き筋の複雑な展開は存しない。実際登場人物も十指を屈するに足らず、その間物語に特有な官位の昇進等の記事もないので、極めてまとまつた感じを与へる。その為、読者をして多岐亡《ママ》洋を嘆ぜしめる事なく、流暢な文体と相俟って一気に読了せしめる。

として、次のように言う。

　要するに、此の物語は、鎌倉室町頃の現存してゐる擬古物語の内では、相当文学的香気の高いユニークな作品といへようと思ふ。

また、第二の記念碑ともいうべき、今井源衛による丹念な注と精細な解題を伴った古典文庫版の『八重葎』が出現した時（昭和三十六年）には、和歌を精査した後に、今井はこう述べる。

　紙幅に比して、引歌数や和歌数が多い点も目立つのであり、而もその技巧はかなり上等であつて、文体や歌体にほとんどあらわな破綻を見せていないのは、その才能の凡でないのを察せしめる。

さらにこの作品が擬古物語の中では秀作に属することについて、次のように言う。

　その理由の第一は緊密な構想である。先掲の年立や人物表によつても分るように、登場人物にも無駄が少く、また脇道にも入らず、しかも首尾一貫して、よく整つているのである。

そしてさいごにこう述べる。

風葉集以降の擬古物語には「松陰中納言物語」「忍音物語」「木幡のしぐれ」其他数編が現存するのであり、その多くは説話的な解体現象を起していることは、市古貞次氏「中世小説」、三谷栄一氏「物語文学史論」に詳説された所である。八重葎もまた「忍音」などの系譜に立つ作品である事はいうまでもない。この作品も、それらの例に漏れず、一言でいえば源氏や狭衣など古典の切り継ぎにすぎない。しかし、他の擬古物語の多くは、全くの切り継ぎに終始して、作品としての主体性も個性も持つていない場合が多いのに反して、この作品では、ともかくも作品としての統一性を保つており、とくに性格表現などにおいて、類型に堕し切らず、状況に応じた個性的表現に成功しているのは、珍とすべきである。

その後に、現れた『八重葎』についての解説は、基本的には、右二説の評価をほぼ継承しつつ、そのうえで部分修正が加えられて来たといえよう。

こうした見方に対して、果たしてほんとうにそう言えるか。問題点を検証したうえで、再評価を加えてみようとしたのが、妹尾好信の「『八重葎』の再評価」(『中世王朝物語の新研究』新典社 二〇〇七年)である。

妹尾の論で、もっとも注目させられるのは、『八重葎』を男主人公の側から捉え返してみようとする視点である。いったいこの物語では、中納言の母親の存在が大きい。中納言自身の出家の本懐の絆にもなっているし、母北の方の病気が中納言の女君のもとへの夜離れの原因にもなっているし、その母の有馬への湯治が御津の寺での亡き女君の今は幡となっている山吹の衣の発見にも繋がっているわけであった。そしてその山吹の衣は、女君の存在を知った母北の方が選んだものであった。

こうした点に着目して妹尾は、「この物語は中納言の母への思いが推進力となって展開している」のではないかと言うのである。であるから、この物語は中納言の強烈なマザーコンプレックスゆえに引き起こされた悲恋であり、特異な母子愛の物語になっていると主張し、さらには踏み込んで、中納言の出家願望には、父を失った悲しみと追慕の念があり、それは学問する中で身につけた儒教的な倫理観にもとづく孝行心ゆえだろうと言う。つまりこの物語は「中納言の抱く強い親子愛が引き起こした悲恋物語として描かれて」おり、この親子愛と恋愛の相剋こそが『八重葎』の主題であると述べる。

父親への儒教的な孝心、親子愛と恋愛の相剋には異論もあろう。しかし、男主人公の側に視点を移してこの物語を眺めてみるならば、確かに中納言の親への並みひととおりではない愛情が引き起こした物語として、先に述べた女主人公に着目した時とは異なる『八重葎』の相貌が立ち顕れて来ると言うことができよう。

また妹尾の再評価項目としてあげられたひとつに「登場人物に無駄はないか」があり、小倉山の紅葉狩りに関する場面がある。「詳しく語られるこの紅葉狩りの場面が物語中でやや浮いた感じにもなっている」と評している。

大倉比呂志もまた「『八重葎』試論」の「紅葉見物の意味」の節で、この場面が「作品全体の話筋の本流をはずれているのに、なぜ詳細に語られているのだろうか」という問いを立てている。しかし、大倉は、この場面の「なぎさ清くは」と催馬楽「伊勢の海」の引用に着目し、この二つ歌詞に〈性〉への誘いが隠蔽されていると読み、それが中納言の四条あたりの荒廃した家から聞こえる琴の音に、姫君をかいまみ、「行きとまるこそ宿ならめ」と思う次の場面への展開に連接しているのだと説いている。

大倉の論は、妹尾がこの場面を「やや浮いた感じ」と評したことに対して、その必然の糸を探ってみせたことになろうか。

『八重葎』をどう捉えるか。どこに光をあてるか。どこに力点を置くか。それによってこの物語の見え方、輝き方が変わって見えて来ること、このようである。

13『八重葎』を俯瞰する

ここで、あらためて、物語の全容がどのように俯瞰できるかについて、考えてみよう。

この物語は、中納言の物語、男主人公の物語が大枠としてある。その彼が経験した八重葎の女君との出会いと別れが包み込まれてある。その内包は、飛鳥井姫君譚を踏まえつつ、巧みに男主人公の外延の世界と連接させられている。そういう構造になっていると見ることができる。

その男主人公の物語にも型が踏まえられている。作る側でも読む側でも、まったく新しい独創的な世界を作り上げて行こうというのでも、それを期待しているのでもない。ある種の約束のような成り行きが暗黙のルールのように沈められていて、そのルールに準じつつ、それをずらしたり、変化させたり、話の展開によっては顚末がすっかり変わったりということがあろう。

蓬葎の宿にはかなげな女性がいるというのは、いったいロマンの原型ともいうべきものであって、物語がどのように分化してゆくか、その力となる原基であろう。そこからどんなふうに物語が展開するか。しかし、それは野放図な展開を意味するものではなく、物語の歴史はそれをある種の期待される地平、分化される想像力として培って来たし、物語場面の表現の積み重ねは、その一端を示すだけで読者をたちまちある種の物語的時空へと誘わないではおかなかった。それが作り物語という世界のジャンルとしての特性なのである。そういう仕掛けとその成り行きが柔らかなパターンとして生まれてくる。あるいは典型もまた柔らかなパターンへと溶かされて行く。それが物語における型というものであろう。従って、この型なるものをあまりスタティックに考えてはなるまい。

この物語を男主人公の側から眺めてみると、いわゆるしのびね型とよばれる物語の型に準じて語られている。しのびね型の物語、そのモノサシとなる例として『しのびね物語』を想起してかまわないが、そういう想像力の枠組みを響かせつつ物語は動的に語られていると見ることができる。

いったい、しのびね型を想起させる物語は数多くあって、それは現存する物語だけではなく、散逸した物語にまで視野を広げてみると、しのびね型の物語展開を想定することによって復原や特色の把握ができる事例がとくに短編物語には数多くある（神野藤昭夫「後期散逸短編物語論―その沃野と〈しのびね型〉散逸物語の発掘」『散逸した物語世界と物語史』笠間書院一九九八年）。

蓬葎の宿に、はかなげな美しい姫君を見出すのは、しのびね型に限らないわけではあるが、しのびね型なるものを成り立たせてゆく原基であるともいえよう。『八重葎』の場合、そのような蓬葎の宿とそこから浮かび上がって来る幻想が、『源氏物語』の末摘花の物語に負うところの多いことは、既に久下の指摘するところであった。

と同時にそれは、物語の培って来た物語の文法と相乗してもいて、大井での雅びな場面の華やかな気分の後、若き人びとが、それぞれに「行き隠るべき心設けにや」、それぞれに散会して行くようすを叙して、その風雅な余韻と色めいた気分が四条陋屋から聞こえてくる琴の音に、中納言もまた誘われることになる。

四条のほどおはすに、いといたう荒れたれど、疎ましきほどにはあらぬに、琴の音絶え絶え聞こゆ。何ばかり深き手使ひにはあらねど、情け加はる爪音は、めづらしう艶なる心地したまひて、あきのぶを御供にて、築地の崩れのあるより、入りて見たまへば、蓬所得て、三つの径も分きがたきほどなり。

いかにも物語的な展開ながら、流麗典雅に表現されていると言えよう。「三つの径も分きがたきほどなり」とあるあたり、読者はたちまち「蓬生」巻の一節「このさびしき宿にもかならず分けたる径あなる三つの径とたどる」を想起することになる。しかし、それは取ってつけたような引用ではない。『八重葎』の文脈、文体に巧みに溶かし込まれている。

本文の段落［二］の、かいま見る男君の前で、侍女の琴を「なほ今一返り」という勧めにも月に眺め入って、女君は「見しよの秋に」と言いさす。ここは『山路の露』で、薫が尼姿の浮舟をかいま見ているところで浮舟が詠む歌「さとわかぬ雲の月のかげのみやみしよの秋にかはらざるらん」を引くかとみられるところ、注三に縷述したとおりであって、段落【一四】では、忍び入った中納言は、この浮舟の歌に対する薫の歌「ふる郷の月は涙にかきくれてそのよながらのかげはみざりき」の下句を引用して、「『その夜ながらのかげは見ざりき』とこそ答へまほしかりけれ」と女君を口説き慰めるのである。『八重葎』は物語展開だけではなく、その表現とその利用にも凡手ではないこと、『山路の露』を巧みにを引いていることの明らかことなどが知られて興味深い。

こうして始まった女君との恋路に、中納言は女君を自邸に迎えたいと思うにまでいたるのだが、そうは事は運ばない。その事情は二つ。そのひとつは、中納言は、かねてより意にそまぬ右大臣の姫君との結婚話があること、そしていまひとつは母君が病を得て重篤になること、である。

『しのびね物語』では父親の手によって強引に押し進められた権門の姫君との結婚が、既に子までなしていた女君が姿を隠すことに繋がるのであった。『八重葎』における男君の右大臣の姫君との結婚話は、父大殿の遺志であって、しのびね型との暗合を読み取ることができる。しかし、それは強調するには及ばないことであって、要は、こうして蹉跌が起きるのが、物語の文法でもあるわけである。

母君は、ひそかに女君のことを知っていて、けっして女君との恋を拒む存在ではないのだが、母親の重篤が、中納言の夜離れに繋がることになる。

この間、女君の哀しい物語展開が始まるのだが、これこそが飛鳥井姫君譚に相当することになる。しかしながら、筑紫の地に連れ去ろうとする叔母の暗躍は、『八重葎』では、『源氏物語』の「蓬生」巻をも想起させつつ、語られ、なおかつ独自の展開へと物語を導くわけである。読者は、同じような事情にあった末摘花を筑紫の地へ誘おうとした叔母と頑として動かなかった末摘花とを比較するばかりでなく、作者もまたそれを意識しつつ書いているわけである。飛鳥井姫君譚にはちがいないが、たんなる型のなぞりや変奏ではない。

『八重葎』の女君の死にいたる、ことに山吹の衣と「恋しとも言はれざりけり山吹の花色衣身をしさらねば」の歌をめぐる展開が、いかに悲哀、哀切な物語と化しているか、については、既に辛島がじゅうぜんに説くところであった。

女君亡きあとも物語はすぐには終わらない。この物語は、親子愛の物語ではないか、と妹尾が言うほどに、母親介護の話が続くからでもある。この中には、有馬の湯治に近郷近在のみならず遠方からも老若男女がやって来て、湯治のさかんだったさま（注一〇七参照）まで語られ、その帰りに御津の寺にいたり、姫君の消息と今は尼となっている侍従に再会して、その菩提を弔うことになるのである。親子愛と恋愛とのあやにくな葛藤をみることができると言ってもよいが、母親の出家、孝養の後に、女君の死をも知って、聖同然の生活へと入って行くのであるから、しのびね型の男主人公がしばしば出家遁世をするが、ここでもしのびね型に沿う終わりかたになっていると見ることができる。

男君の側からのしのびね型の話型が枠としてあって、女君側からの飛鳥井姫君譚的物語へと連接内包して、入れ子型の構造をなしているところに、この物語を大きく俯瞰した時の全体像があると言えよう。

14 『八重葎』はいつ頃成立したものか

この物語がいつ成立したかについては、概略的な範囲でしか述べることができない。詳細を詰めるにいたらないからである。

鹿嶋正二は、『風葉集』には見えないこと、『徒然草』の影響かとみえる箇所のあることから、南北朝期に入ってからの成立かと見ていた。

段落〔三七〕には、女君のもとで寛ぎつつ語り合う中納言が、琴を前に「それかあらぬか」と思って弾くのをやめる場面がある。注三三に記したように、妹尾は、ここを『兵部卿物語』にみえる「たそかれにそれかあらぬかことのねをしらべかはらできくよしもがな」の引歌かとする。現代語訳では引歌を認めずとも解しうるとの立場で訳出したが、その引歌関係を認めれば、『八重葎』との前後関係を知る手がかりとなる。『兵部卿物語』さらに『木幡のしぐれ』『しのびね物語』などは作風を同じくすることについては、辛島に指摘があり、それらの成立時期がそれぞれ飛び離れてあるものではないことを示唆していると見られる。

『山路の露』を巧みに引用していることについては既に述べたところである。

南北朝期後半頃の成立かと推定しておきたい。

本解題を執筆するにあたり、静嘉堂文庫、東海大学付属図書館、原豊二氏には格別のご高配を賜った。また跡見学園女子大学図書館には多大なお世話になった。さらに岩田秀行氏には種々ご教示ご支援を賜った。記して感謝申しあげる。

【参考文献一覧】

年号表記は、文献資料の表記によることを原則とし、発刊順によった。なお、関連文献等については、解題をも参照されたい。

『静嘉堂文庫国書分類目録総目録』（静嘉堂文庫　昭和四年）
鹿嶋正二「散佚物語「八重葎」に就いて」（「国語・国文」第四巻第七号　昭和九年七月）
三谷栄一「八重葎（翻刻）」（「実践女子大学紀要」第六集、昭和三十四年十二月）
マイクロフィルム「静嘉堂文庫所蔵物語文学集成」（第三編　説話物語・擬古物語・物語草子　三十　雄松堂　昭和五十九年六月）
神野藤昭夫「やへむぐら」『研究資料日本古典文学』①物語文学（明治書院　昭和五十八年）
『桃園文庫目録』中巻（東海大学付属図書館　昭和六十三年）
市古貞次・三角洋一編『鎌倉時代物語集成』第五巻（笠間書院　平成四年）
妹尾好信「『八重葎』引歌表現覚書」（「国語の研究」第十七号　平成四年十月）
下鳥朝代「王朝文学と音楽」展「目録と解説」（東海大学付属図書館　平成十四年十一月〜十二月七日開催）
下鳥朝代「東海大学付属図書館蔵『やへむくら物語』翻刻（上）」（『湘南文学』第三十七号　平成十五年三月）
三谷栄一『物語文学史論』（有精堂　昭和二十七年　新訂版昭和四十年）
今井源衛『やへむぐら』（古典文庫　昭和三十六年）
→『王朝末期物語論』（桜楓社　一九八〇年）解説部分のみ
小木喬「八重葎物語」『鎌倉時代物語の研究』（東宝書房　昭和三十六年　有精堂新版　昭和五十九年）
神野藤昭夫・原國人・藤井貞和「物語文学総覧700」（「解釈と鑑賞」45巻1号、一九八〇年一月）
石津はるみ「やへむぐら」（「解釈と鑑賞」45巻1号、一九八〇年一月）
久下晴康「中世擬古物語の発想と形成―「物語取り」の方法から―」（「平安文学研究」六十六輯、一九八一年十一月）

→『平安後期物語の研究　狭衣浜松』（新典社　一九八四年）
辛島正雄『八重葎』物語覚書―中世物語における『狭衣物語』受容の問題と『八重葎』の位置」（「文学研究」82輯、一九八五年三月）
→『中世王朝物語史論　下巻』（笠間書院　二〇〇一年）
中野幸一「八重葎」『日本古典文学大辞典』第六巻（岩波書店　一九八五年）
塩田公子「『八重葎』題名考」（「岐阜女子大学紀要」十九号、一九九〇年三月）
菊地仁「やへむぐら物語」『体系物語文学史第五巻　物語文学の系譜・鎌倉物語2』（有精堂　平成三年）
井上真弓「中世王朝物語と平安時代物語」（『中世王朝物語・御伽草子事典』勉誠出版平成十四年）
杉澤美那子「八重葎」（『中世王朝物語・御伽草子事典』勉誠出版　平成十四年）
妹尾好信「『八重葎』の再評価」『中世王朝物語の新研究』（新典社　二〇〇七年十月）
田村俊介「『八重葎』の姫君の真実と心象―『源氏物語』の大君と浮舟の投影―」（『富山大学人文学部紀要』47号　二〇〇七年八月）
田村俊介「『八重葎』注釈」上・中・下（『富山大学人文学部紀要』49・50・51号　二〇〇八年八月・二〇〇九年二月・八月）
大倉比呂志『八重葎』試論（「学苑」八一九号　二〇〇九年一月）
→『物語文学集攷―平安後期から中世へ』（新典社　平成二十五年二月）
妹尾好信「通釈『八重葎物語』」（『広島大学大学院文学研究科論集』71巻・二〇一一年十二月　その一、72巻・二〇一二年十二月　その三、広島大学表現技術プロジェクト研究センター『表現技術研究』7号・二〇一二年三月　その二、8号　二〇一三年三月　その四、11号・二〇一六年三月　補遺）

八重葎　諸本現態本文翻刻一覧

凡例

一、本「八重葎諸本現態本文翻刻一覧」は、現在、その存在が知られる五本の伝本を対象として、その現態を、本文だけではなく、記号・符号をも含め、できるだけ忠実に翻刻、再現し、その異同を一覧できるようにしたものである。

二、ここで取り上げる五本の伝本と、本一覧で用いる呼称及び略称は、次のとおりである。

静嘉堂文庫蔵『八重葎』（静嘉堂文庫本）　静

紫草書屋蔵『やへむくら物語」（吉田幸一旧蔵、作楽本）　作

紫草書屋蔵『やゑむくら物語』（吉田幸一旧蔵、天保本）　天

東海大学付属図書館蔵『やへむくら物語』（桃園文庫旧蔵、東海大学図書館本）　東

原豊二蔵『八重葎』（原豊二本）　原

なお、これら諸本の呼称、書誌、伝来、性格等の詳細については、解題を参照されたい。

三、本一覧は、静嘉堂文庫本の丁数、行数ならびに文字数どおりに翻刻した本文に、他の四本の本文を併置して、比較しやすいように整えたものである。他の四本については、行数は明示しないが、丁の半折末尾の文字ごとに、▼を付し、（1オ）（1ウ）のように丁数とそのオモテ、ウラをそれぞれの下段に明示した。

四、本全集の底本として用いた作楽本の本文は、これをゴチックで示した。また、本編の本文との照応を、段落の冒頭ごとに、＊を付し、[一]のように、段落番号を明示して、容易に検索ができるよう配慮した。

五、翻刻にあたっては、変体仮名は通行字体にこれをあらためた。漢字の字体も通行の字体で表記することを原則としつつも、できるだけ底本の字体を生かすように努めた。例えば、秋・烁、声・聲、大弐・大弍・大二、舟・船・舩などの混在は、底本の表記を反映したための差異である。

六、本文の現態を再現するという方針に従って、煩瑣になるが、補入、ミセケチ、欠字、重ね書き（なぞり書き）、書入、符号・記号、本文欄外の注記などの本文状況をできるだけ詳細に把握できるように工夫した。

ただし、天保本などにみられる、胡粉による訂正のある箇所については、胡粉のうえに書かれた文字をそのまま翻刻して、胡粉の有無については指摘しない。また、ミセケチには、文字の左横に「、」を付すもの、文字の上に付すもの、文字の上に「｜」を付すものなどがあるが、それらを一括して、ミセケチとして処理した。重ね書き（なぞり書き）をしたり、さらにそれを横に書き直したりしているものについては、これがわかるようにした。

朱筆は、作楽本と天保本の二本と東海大学図書館本にごく僅少認められるが、現態を示すという方針から、朱筆もそのまま翻字してある。朱筆の存在箇所については、本凡例の後尾に一括して、これを示した。

例えば、濁音表記のある文字は、そのまま翻刻したが、現態では、天保本では、清音に濁点（濁点符）を付した濁音表記は、すべて濁点（濁点符）の部分のみが朱筆である。作楽本では、「えぐちのきみ」（作18オ）「おきづと」（作25オ）の二例のみが、「ぐ」「づ」の濁点部分のみ朱筆になっている。この二本には、朱点以外に濁音表記が施されている事例はない。このような朱筆箇所の存在は、一覧中に書き入れることが特に困難なので、朱筆情報については、一括してこれを示すこととしたしだいである。

七、文字情報だけではなく、記号・符号などの情報も一覧できるようにした。これらは、伝本の性格や関係を考えるうえでも重要な情報となる。以下、例示する。

底本（作楽本）の「夏蔭云」とある本文にかかわる注記については、これを本文中に併記した。

1　〽　引歌等の存在を示唆するかと思われる合点が、五本に共通して存在する。合点の形状は一様でないが、いまこれを〽（庵点、歌記号）で示すこととした。例示すれば、次のようである。

〽なにはさはらぬ（作3オ）

〽の存否には諸本間に異同がある。本一覧ならびに解題を参照されたい。

なお、作楽本の〽は、すべて朱筆である。

ただし、作楽本の「ひとまはり」（作41ウ）の右横には、朱で━━線が付されている。朱の色調、形状等から、へではないと判断されるので、━━線を付して処理した。

2　」　作楽本、東海大学図書館本、原豊二本には、段落末尾に」様の鉤印を付した箇所がある。いまこれを」で示した。

例示すれば、次のようである。

　あせもよゝとなかれぬ」（作7ウ・東11オ）

なお、この」の存在箇所とその数には三本間に異同がある。本一覧ならびに解題を参照されたい。

3　、、、　。。。　作楽本にあっては、語句の右横に「、、」様の圏点、左横に「。。」様の圏点が朱筆で記されているところがある。それぞれ例示すれば、次のようである。

　いむなる物（作6ウ）　　しけきむくら（作8ウ）

　おはすに（作4ウ）　　たまはすとて（作5オ）

これらは、本文中で再現するとともに、本凡例後尾に、、、あるいは。。の施された語句箇所のすべてを一括して掲出した。

なお、右に似てはいるが、。が右横に付された次のような事例が一例のみある。

　うれしかるへし（作25オ）

　この朱による。は、欄外に「夏蔭云うれしかるへきなるへし」と注のあることを示す符号である。

八、本文再現のために用いた記号は、次のとおりである。以下、例とともに掲出する。

なお、記号を付した箇所の読み方については、⇩以下の「　」に示した。

1　□　欠字等のために不明な文字は□で示した。多くは虫損による場合が多いが、推定できる場合には文字を□で囲んで表記した。例示すれば、次のようである。なお〈□〉の場合については、4をみられたい。

　山のため[う]しろめたう（作5ウ）

⇩「山のためうしろめたう」

えつゝみ給は□□きし秋の（作39ウ）

⇩「えつゝみ給は□□きし秋の」

2

【 】、【○ 】　前者は傍書による補入、後者は補入記号（○）の付された補入であることを示す。

なてしこ【なと】のなれたる（天7オ）の現態は、次のとおりであることを示す。

なてしこの《なと》なれたる

なてしこ【○なと】のなれたる（作6オ）の現態は、次のとおりであることを示す。

なてしこ○《なと》のなれたる

⇩いずれも「なてしこなとのなれたる」

なお、特殊な補入記号として△が用いられる箇所が一例ある。

【△字○】○　△から○まではさまれた部分が、後の○印（補入記号）部分に傍書補入されていることを示す。

【△とまねふ人の侍れはいとくちをしう思ふ給へらるゝ○】○（天15ウ）の例があるが、ここは符号・本文ともに朱筆である。

3

［ ］、【［ ］】　いわゆるミセケチは［ ］で示した。ミセケチにしたうえで傍書による補入のある場合は、【［ ］】で示した。

又［は］いかに（原35ウ）

⇩「又いかに」

【木［御］】たちなと（東4ウ）

⇩「木たちなと」

なお、朱によるミセケチの符号があるものについては、後に掲出した。

また、［ ］として処理したが、「原10オ」の場合には、――線による抹消ともみえるケースなので、特例として、次のようなかたちで示した。

明かたちかう［~~なりぬ~~］あきのふ（原10オ）
⇩「明かたちかうあきのふ」

4　〈　〉、〈□〉、（　）、（□）いったん書いた字の上に重ね書き（なぞり書き）をしてあるものを〈　〉で示し、重ね書きのために判読できないものは〈□〉で示した。また重ね書きをした下の字が判読できるものは（　）で示し、判読できないものは（□）で示した。ただし、これらは、具体的には、以下のような事例のために用意したものである。

しり〈け□〉るやうに（天6ウ）
⇩「しりけるやうに」

きこゆれ【と〈と（は）〉】いらへもせす（天7オ）
⇩「きこゆれといらへもせす」。ここは、「は」の字の上に朱で「と」と重ね書きし、さらに右横に朱で「と」と傍書し直した事例である。

よそにきく【らん〈らん（こん）〉】あたり（天44ウ）
⇩「よそにきくらんあたり」。ここも、「こん」の上に朱で「らん」と重ね書きしたうえで、さらに右横に朱で「らん」と傍書した事例である。

九、作楽本、天保本および東海大学図書館本の朱筆箇所について

五本のうち、作楽本、天保本および東海大学図書館本には、朱筆による部分がある。本一覧では、朱筆であることを明示することができなかったので、以下一括して朱筆箇所を指摘する。

1　作楽本の朱筆箇所

」・〽の箇所は、すべて朱筆である。

、、、の施された語句とその所在は、次のとおりである。これらは、すべて右横に、、、が施され、その圏点部分のみ朱筆である。

いむなる物（作6ウ）、しけきむくら（作8ウ）、むくらのやと（作12オ）、おはすと（作12オ）、むくらのやと（作12オ）、

むくらの宿（作15オ）、おきづと（作25オ）、むくらのかと（作40ウ）、やへむくら（作40ウ）

◦◦◦の施された語句とその所在は、次のとおりである。これらは、すべて左横に◦◦◦が施され、その◦部分のみ朱筆である。

おはすに（作4ウ）、たまはすとて（作5オ）、おはすに（作5ウ）、なからふほとの（作6ウ）、さ（作11オ）、おはすと（作12オ）、やふしかくれ（作15ウ）、かゝし（作17オ）、おはすを（作20ウ）、おはすに（作23オ）、すに（作25オ）、おはすに（作39ウ）、おはすに（作42オ）、したゝむまても（作45ウ）、よゝとおち（作46ウ）

次のように右横に◦が付された事例が一例ある。この◦も朱筆であるが、これは欄外に注のあることを示すものである。

うれしかるへし◦（作25オ）（七3、十参照）

このほかに、次のような例がある。

ひとまはり（作41ウ）の右横の——線のみ朱筆。合点に類似するが、朱の色を異にしているように見えるので、——線を付すにとどめた。（七1参照）

かい【ねり［はい］】（作26オ）の「ねり」及び「はい」に付された「、、」によるミセケチ記号のみ朱筆。

えぐちの君（作18オ）、「おきづと」（作25オ）の濁点のみ朱筆。

[事]（作28ウ）の□のみ朱筆。

奥書のうち「作49オ」の部分は全文朱筆。

以上が、作楽本の朱筆箇所のすべてである。

2　天保本の朱筆箇所

清音の右肩に付された濁点（濁音符）の部分のみすべて朱筆である。

以下個別に、朱筆該当部分を「　」内に指摘する。

たかせ〈て（し）〉（天5ウ）の「て」

しり〈け□〉る（天6ウ）の「け」

きこゆれ【と〈と（は）〉】（天7オ）の両方の「と」

はづかしけれ【は】（天10ウ）の「は」

あ【か】つき（天13オ）の「か」

【△とまねふ人の侍れはいとくちをしう思ふ給へらる、○】○（天15ウ）の「△とまねふ人の侍れはいとくちをしう思ふ給へらる、○○」

〈な（ま）めかしきそ〉（天18オ）の「な」

なからひ【○にて】（天21ウ）の「○にて」

わかき【に】もあらす（天25ウ）の「に」

かく［かく］心こわく（天33オ）の後者の「かく」の「——」によるミセケチ記号部分
見へ給へり【と】（天35オ）の「と」

きこへ［し］かはし（天40オ）の「し」の「、」によるミセケチ記号部分
まこ【と】や（天43ウ）の「と」

よそにきく【らん〈らん（こん）〉】（天45オ）の両方の「らん」

く〈や（た）〉やしき（天47オ）の「や」

させ給ふる［か］かな（天49オ）の前者の「か」の「、」によるミセケチ記号部分
あ【か】つきの（天61ウ）の「か」

以上が、天保本の朱筆箇所のすべてである。

3　東海大学図書館本の朱筆箇所

やり水も見えす［こからしに］（東15ウ）の「こからしに」の「——」によるミセケチ記号部分
か丶るこそ［い］（東37ウ）の「い」の「、」によるミセケチ記号部分

以上が、東海大学図書館本の朱筆箇所のすべてである。

十、作楽本における本文外の注記

本文外の注記をもったものが、作楽本に三箇所ある。それを掲出すれば、次のとおりである。なお、これについては本一覧中に併記した。

夏蔭云もてなさむなんとありしなるへし（作14ウ）

夏蔭云かたらはれて歟（作19オ）

夏蔭云うれしかるへきなるへし○（作25オ）

右の例のみ本文中の「うれしかるへし」の「し」の右横に朱の○がある。

十一、——線について

本一覧では、諸本の本文を羅列並記するだけではなく、諸本間に本文異同が認められる箇所に右横——線を付して校異がわかりやすいようにした。あえて、表記の差異、記号・符号の有無のある箇所にも、これを付した。一覧すれば、——線表記箇所が、諸本の性格や諸本間の関係を捉えるうえで、幅広い情報であることが知られよう。

十二、最後に、本一覧作成にいたる経緯について記して、関係各位に謝意を表したい。閲覧、翻刻のご許可をいただいた静嘉堂文庫、東海大学付属図書館ならびに新出写本を惜しげもなく提供してくださった原豊二氏に厚く御礼申し上げる。亡き吉田幸一氏には、笠間書院を通じて、作楽本、天保本二本の写真版を提供くださったことにも過去に遡って御礼申し上げたい。なお、吉田氏の旧蔵本は、坊間をへて、紫草書屋の架蔵するところとなり、モノクロの写真では判然としなかった朱筆の存在を知ることができたのは幸いである。

十三、本一覧の作成にあたっては、神野藤の翻刻した静嘉堂文庫本をもとに、写真版により、作楽本と天保本との校合を行ない、本一覧の第一次礎稿を作成した。ついで、原豊二氏のご好意を得て、原豊二本を加えた第二次礎稿を作成した。この間の作業については、八重葎の会の若き人びとの協力を得たことを記す。

さらに、東海大学図書館本との校合翻刻、作楽本、天保本の原本についての校合、全体の点検、確認、校正等の作業を神野藤が全面的に行なって完成稿としたものである。なお、——線の付与及び本一覧体裁の編集整備については、笠間書院編集部の協力を得た。

十四、八重葎の会のメンバーは、かつて跡見学園女子大学大学院人文科学研究科日本文化専攻に籍をおいた阿部江美子、伊能千絵、小川亜矢子、大石裕子、高山由記子、中村美貴である。特に第二次礎稿段階までの作成過程では、その中心となった阿部江美子に負うところが多く、また入力整備の作業には、伊能千絵の協力を得たことを特に記して感謝する。

静一　人のかたりしはむかし〳〵中なこんの君　ときこえて
作　*人の語　りしは昔　〻　中納言　のきみと聞　えて【一】
天　人の語　りしは昔　〻　中納言　のきみと聞　へて
東　人の語　りしは昔　〻　中納言　のきみと聞　えて
原　人の語　りしは昔　〻　中納言　のきみと聞　えて

静二　かたち心はへおかしかりしは其ころの中宮の御せう
作　かたち心はへをかしかりしは其比　の中宮の御せう
天　かたち心ばへをかしかりしは其頃　の中宮の御せう
東　かたち心はへをかしかりしは其比　の中宮の御せう
原　かたち心はへをかしかりしは其頃　の中宮の御せう

静三　とこ　さ　大臣とのゝ御つきのひとつ子になんおはしける
作　とこ　左　大臣とのゝ御つきのひとつ子になんおはしける
天　とこ　左　大臣とのゝ御つぎのひとつ子になんおはしける
東　とこ　左　大臣とのゝ御つきのひとつ子になんおはしける
原　と故【〇左】大臣殿　の御つきのひとつ子になむおはしける

静四　はゝうへは　こ　かうつけの宮のうへの御いもうと也　此　宮　の
作　母　上　は　こ　かうつけの宮のうへの御妹　なりこのみやの
天　母　上　は　かうつけの宮のうへの御妹　なりこのみやの
東　母　上　は【〇こ】かうつけの宮のうへの御妹　なりこのみやの
原　母　上　は　故　かうつけの宮のうへの御妹　也　此　宮　の

静五　たゝひとりも給　へりけるひめ君　なんうちの御はらから
作　たゝひとりも給　へりける姫　きみなん内　の御はらから
天　たゝひとりも給　へりける姫　きみなん内　の御はらから
東　たゝひとりも給　へりける姫　きみなん内　の御はらから
原　たゝひとりもたまへりける姫　君　なむ内　の御はらから

静六　の中つかさの宮　のうへにて御あはひもいとうるはしくおは
作　の中つかさのみやのうへにて御あはひもいとうるはしくおは
天　の中つかさのみやのうへにて御あそひもいとうるはしくおは
東　の中つかさのみやのうへにて御あそひもいとうるはしくおは
原　の中つかさのみやのうへにて御あはひもいとうるはしくおは

静七　しましけりおとゝかくれさせ給へと中なこんとのおとな
作　しましけりおとゝかくれさせ給へと中納言殿　おとな
天　しましけり男　かくれさせ給へと中納言殿　おとな
東　しましけるおとゝかくれさせ給へと中納言殿　おとな
原　しましけりおとこかくれさせ給へと中納言殿　おとな

静八　ひ給ふめれは心　もとなき事も有　ましけなるにまして
作　ひ給ふめれは心　もとなき事もあるましけなるにまして
天　ひ給ふめれは心　もとなき事も有　ましけなるにまして
東　ひ給ふめれは心　もとなき事もあるましけなるにまして
原　ひ給ふめれはこゝろもとなき事もあるましけなるにまして

静九　大　やけさまのみち〱しきさえなとはことのにもま
作　おほやけさまのみち〱しきさえなとはことのにもま
天　おほやけさまのみち〱しきざへなとはことのにもま
東　おほやけさまのみち〱しきさえなとはことのにもま▼（1オ）
原　おほやけさまのみち〱しきさえなとはことのにもま

静十　させ給ひて又はかなきことふえのねも其心をと、のへ▼（1オ）
作　させ給ひて又はかなきこと笛　の音も其心をとゝのへ
天　させ給ひて又はかなき琴　笛　の音も其心をと、のへ
東　させ給ひて又はかなきこと笛　の音も其心をと、のへ
原　させ給ひて又はかなきこと笛　の音も其心をと、のへ

静一　しりすへて　あかぬ事なき人さまにいまそかりける廿
作　しりすへて　あかぬ事なき人さまにいまそかりける廿* ［二］
天　しりすへて　あかぬ事なき人さまにいまそかりける廿
東　しりすへて　あかぬ事なき人さまにいますかりけり廿
原　しりすへて▼あかぬ事なき人さまにいまそかりける廿（1オ）

静二　三四にもやおはしけん中つかさの宮もおなし御よはひ
作　三四にもやおはしけむ中つかさの宮もおなし御よはひ
天　三四にもやおはしけむ中つかさの宮もおなし御よはひ▼（1オ）
東　三四にもやおはしけむ中つかさの宮もおなし御よはひ
原　三四にもやおはしけむ中つかさの宮もおなし御よはひ

静三　ならんかしさる御なからひといふうちにも取　わきおほ
作　ならんかしさる御なからひといふうちにもとりわきおほ
天　ならんかしさる御なからひといふうちにもとりわきおほ
東　ならんかしさる御なからひといふうちにもとりわきおほ
原　ならんかしさる御なからひといふうちにもとりわきおほ

静四　しかはしてはかなき事　のすちをもかくさん物　とは
作　しかはしてはかなき事▼のすちをもかくさむものとは（1オ）
天　しかはしてはかなきことのすちをもかくさむものとは
東　しかはしてはかなき事　のすちをもかくさむものとは
原　しかはしてはかなき事　のすちをもかくさむものとは

静五　かたみにおほしたらさるへしあやしう今までひとり
作　かたみにおほしたらさるへしあやしう今までひとり
天　かたみにおほしたらさるへしあやしう今までひとり
東　かたみにおほしたらさるへしあやしう今までひとり
原　かたみにおほしたらさるへしあやしう今までひとり

静六　すみにて物　し給　ふこそ玉のきすには有けれとよの中
作　住　にてもの　し給　ふこそ玉のきすには有けれとよの中
天　住　にてもの　し給　ふこそ玉のきずには有けれとよの中
東　住　にてもの　し給　　こそ玉のきすには有けれとよの中
原　住　にてものしたまふこそ玉のきすには有けれと世の中

静七　にもいひましては、うへはた、此　事　のみよるもひるもな

作　にもいひましては丶うへはた丶此　ことのみよるもひるもな

天　にもいひまして母　うへは只　この事　のみよる　ひるもな

東　にもいひましては、うへはた、此　ことのみよる　ひるもな

原　にもいひまして母　うへはた、此　ことのみよるもひるもな

静八　けかせ給ひて御みつからも人つてにも　たえすきこえ給へり

作　けかせ給ひて御みつからも人つてにも　絶　すきこえ給へり

天　けかせ給ひて御みつからも人づてにも　絶　すきこえ給へり

東　けかせ給ひて御みつからも人つてにも▼絶　すきこえ給へり（1ウ）

原　けかせ給ひて御みつからも人つてにも　たえすきこえ給へり

静九　さるはさりぬへき御あはひのなきにもあらす右のおと、

作　さるはさりぬへき御あはひのなきにもあらす右のおと丶

天　さるはさりぬへき御あはひのなきにもあらす右のおと、

東　さるはさりぬへき御あはひのなきにもあらす右のおと、

原　さるはさりぬへき御あはひのなきにもあらす右のおと、

静十　の中の君　にあはせ奉り給ひて　御うしろみをも物せさせ▼（1ウ）

作　の中のきみにあはせ奉り給ひて　御うしろみをもものせさせ

天　の中の君　にあはせ　給ひて　御うしろみをも丶のせさせ

東　の中のきみにあはせ奉り給ひて　御うしろみをもものせさせ

原　の中の君　にあはせ奉り給ひて▼御うしろみをもものせさせ（1ウ）

静一　給ふへくとことの、ゆいこんにあなたさまにもうち〳〵に

作　給ふへくとことの丶ゆゐ言　にあなたさまにも内　〻　に

天　給ふべくとことの、ゆい言　にあなたざまにも内　〻　に

東　給ふへくとことの、ゆい言　にあなたさまにも内　〳〵に

原　給ふへくとことの、ゆい言　にあなたさまにも内　〻　に

静二　もの給　はせをきてしかはやかて其　ほとにもわたり給ふへ

作　ものたまはせおきてしかはやかて其　程　にもわたり給ふへ

天　ものたまはせおきてしかばやかて其　程　にもわたり給ふへ

東　ものたまはせおきてしかはやかてその程　にもわたり給ふへ

原　ものたまはせおきてしかはやかてその程　にもわたり給ふへ

静三　く有　しかといみしう物　うかり給ひてあなかちにかけ

作　くありしかといみしう物　うかり給ひてあなかちにかけ

天　くありしかといみしうものうかり給ひてあなかちにかけ

東　くありしかといみしう物　うかり給ひてあなかちにかけ

原　くありしかといみしう物　うかり給ひてあなかちにかけ

静四　はなれ給ふもいとおしくてかくは有　成　けり人し　れす

作　はなれ給ふもいとほしくてかくはあるなりけり*人し　れす［三］

天　はなれ給ふもいとほしくてかくはあるなりける人し▼れす（1ウ）

東　はなれ給ふもいとほしくてかくはあるなりける人し　れす

原　はなれ給ふもいとほしくてかくはあるなりけり人し　れす

静五　おほす事　有　てそれならてはなとおほすにもあらすた
作　おほす事　ありてそれならてはなとおほすにもあらすた
天　おぼすことありてそれならてはなとおぼすにもあらす只
東　おほすことありてそれならてはなとおほすにもあらすた
原　おほすこと有　てそれならてはなとおほすにもあらすた

静六　たいかなるにかよをはか　なき物　に思　ひ取　給ひていかて此
作　ゝいかなるにかよをはか　なきものにおもひとり給ひていかて此
天　　いか成　にか世をはか　なき物　に思　ひとり給ひていかで此
東　ゝいかなるにかよをはか▼なき物　におもひとり給ひていかて此（2オ）
原　ゝいかなるにか世をはか　なき物　におもひとり給ひていかて此

静七　よをすてゝしかなほとけの御あと　をまねふまてこそお
作　世をすてゝしかな佛　の御あと▼をまねふまてこそお（1ウ）
天　世をすてゝしかな佛　の御あと　をまねふまてこそお
東　世をすてゝしかな佛　の御あと　をまねふまてこそお
原　世を捨て　しかな佛　の御あと　をまねふまてこそお

静八　ほけなからめせめて身ひとつのくるしみをたにのかれ
作　ほけなからめせめて身ひとつのくるしみをたにのかれ
天　ほけなからめせめてみひとつのくるしみをだにのかれ
東　ほけなからめせめてみひとつのくるしみをたにのかれ
原　ほけなからめせめて身ひとつのくるしみをたにのかれ

静九　て此　五　つのにこりふかきよに又　もむまれこさらなんかつ
作　てこのいつゝのにこりふかきよにまたもうまれこさらなんかつ
天　てこのいつゝのにごりふかき世にまたもうまれこさらなむかつ
東　てこのいつゝのにこりふかきよにまたもうまれこさらなんかつ
原　てこの五　のにこりふかき世にまたも生　れこさらなむかつ

静十　はいけるかきりも人のすゑのをくるゝはくちおしきわさ也▼（2オ）
作　は　いけるかきりも人のすゑのおくるゝはくちをしきわさなり
天　は　いけるかきりも人のすゑのおくるゝは口　惜　きわさなり
東　は　いけるかきりも人のすゑのおくるゝは口　惜　きわさなり
原　は▼いけるかきりも人の末　のおくるゝはくち惜　きわさ也（2オ）

静一　そうとく大したにそうたへん事を　ねかひ給　めるに
作　そうとく大師たにそうたえん事を　ねかひ給ふめるに
天　そうとく大師たにそうたえん事を　ねかひ給ふめるに
東　そうとく大師たにそうたえん事を　ねかひ給ふめるに
原　そうとく太子たにそうたえむ事をはねかひ給ふめるに

静二　なにのいたはりなき身のよのつねにてあかしくらすいと
作　なにのいたはりなきみのよのつねにてあかしくらすいと
天　なにのいたはりなき身のよのつねに　あかしくらすいと
東　なにのいたはりなきみのよのつねにてあかしくらすいと
原　なにのいたはりなきみのよの常　にてあかしくらすいと

静三 心うき事ととし月にそへて思ひなり給へとたゝひとゝ
作 心うき事と年 月にそへて思ひなり給へとたゝひとゝ
天 心うき事と年 月にそへて思ひなり給へとたゝひとゝ
東 心憂き事と年 月にそへて思ひなり給へとたゝひとゝ
原 心うき事と年 月にそへて思ひなり給へとたゝひとゝ

静四 ころ物し給ふうへのかつみる たにあかすおほしたるをた
作 ころ物し給ふ上 のかつみる たにあかすおほしたるを誰
天 ころ物し給ふ かつみる たにあかずおほしたるを誰
東 ころ物し給ふ上 のかつみる▼たにあかすおほしたるを誰（2ウ）
原 ころ物し給ふ上 のかつ見る たにあかすおほしたるをた

静五 れにみゆすりきこえてかさる 道 にも思 ひたゝんさらはさは
作 にみゆつりきこえてかさる 道 にもおもひたゝんさらはさは
天 にみゆすりきこえてかさる 道 にも思 ひたゝんさらばさは
東 にみゆすりきこえてかさる 道 にもおもひたゝんさらはさは
原 れにみゆすり聞 えてかさる【〇道】にもおもひたゝむさらはさは

静六 とて行はなれなはかきり有 御命も かならすたえ給ひ
作 とて行はなれなは限 有 御命も かならすたえ給ひ
天 とて行はなれなはかきりある御命も▼かならすたえ給ひ（2オ）
東 とて行はなれなは限 有 御命も かならすたえ給ひ
原 とて行はなれなは限 りある御命も かならすたえ給ひ

静七 なましくるしみをのかれんとてたちまち五 つのさかさま
作 なましくるしみをのかれんとてたちまち五 つのさかさま
天 なましくるしみをのかれんとてたちまち五 つのさかさま
東 なましくるしみをのかれむとてたちまち五 つのさかさま
原 なましくるしみをのかれむ□□ いつゝのさかさま

静八 のつみにをちなはほとけもよき事とや見給ふへきいとゝ
作 のつみにおちなはほとけもよき事とや見給ふへきいとゝ
天 のつみにおちなは佛 もよき事 や見給ふへきいとゝ
東 のつみにおちなはほとけもよき事とや見給ふへきいとゝ
原 の罪 におちなは佛 もよき事とや見給ふへきいとゝ

静九 おもふ道 には入かたからんたゝおはしますかき りはあさ夕にみえ
作 おもふみちには入かたからむたゝおはしますかき りは朝 夕にみえ
天 思 ふ道 には入かたからむ只 おはしますかき りは朝 夕に見え
東 おもふみちにそ入かたからむたゝおはしますかき りは朝 夕にみえ
原 おもふ道 には入かたからむたゝおはしますかき▼りは朝 夕に見え（2ウ）

静十 奉りてんこそ めやすからめこれたに有 を女とてすへ▼（2ウ）
作 奉りてんこそ▼めやすからめ是 たにあるを女とてすゑ（2オ）
天 奉りてんこそ めやすからめ是 だにあるを女とてすへ
東 奉りてんこそ めやすからめ是 たにあるを女とてすゑ
原 奉りてむこそ めやすからめ是 たにあるを女とてすゑ

静一　をかは心ゆかすなからもとし月にならはえさらぬほたし
作　おかは心ゆかすなからもとし月にならはえさらぬほたし
天　おかは心ゆかすなからもとし月にならはえさらぬほだし
東　【お［を］】かは心ゆかすなからもとし月にならはえさらぬほたし
原　おかは心ゆかすなからもとし月にならはえさらぬほたし

静二　ともこゝらいてこんいつの時にかかし　こき道にはたとりい
作　共　こゝらいてこむいつの時にかかし　こき道にはたとりい
天　ともこゝら出　こむいつの時にかかし　こき道にはたどりい
東　共　こゝらいてこむいつの時にかかし▼こき道にはたとりい（3オ）
原　共　こ□□いてこむいつの時に　かし　こき道にはたとりい

静三　らんあなむつかしやとおほす心のみおとなひ給ふまゝに
作　らんあなむつかしやとおほす心のみおとなひ給ふまゝに
天　らんあなむつかしやとおぼす心のみおとなひ給ふまゝに
東　らんあなむつかしやとおほす心のみおとなひ給ふまゝに
原　らむあなむつかしやとおほす心のみおとなひ給ふまゝに

静四　ふかく成行給へはすこしも人〳〵しきあたりにはなけの
作　ふかく成行給へはすこしも人〳〵しきあたりにはなけの
天　ふかく成行給へはすこしも人ゝ　しきあたりにはなげの
東　ふかく成行給へはすこしも人〳〵しきあたりにはなけの
原　ふかく成行給へはすこしも人ゝ　しきあたりにはなけの

静五　なさけさへいひ出　へき物とは思ひ給はす宮つかへ人のはかなき
作　なさけさへいひ出　へき物とは思ひ給はす宮*つかへ人のはかなき［四］
天　なさけさへいひいでへき物とは思ひ給はす宮つかへ人のはかなき
東　なさけさへいひ出　へき物とは思ひ給はす宮つかへ人のはかなき
原　なさけさへいひ出　へき物とは思ひ給はす宮つかへ人のはかなき

静六　なとにはおもはすなるたはふれこともことにふれて　いひか
作　なとにはおもはすなるたはふれ事　もことにふれてはいひか
天　なとにはおもはすなるたはむれこともことにふれてはいひか
東　なとにはおもはすなるたはふれ事　もことにふれてはいひか
原　なとにはおもはすなるたはふれ事　もことにふれてはいひか

静七　はし給へは下の心のつしやかなるはしる人もなけれはよの　中
作　はし給へは下の心のつしやかなるはしる人もなけれはよの　中
天　はし給へは下の心　つしやかなるはしる人もなけれはよの▼中（2ウ）
東　はし給へは下の心のつしやかなるはしる人もなけれはよの　中
原　はし給へは下の心のつしやかなるはしる人もなけれはよの　中

静八　にはあたに物　し　給ふ御色このみのすき　ありきのかたからん
作　にはあたにもの　し　給ふ御色このみのすき　ありきのかたからむ
天　にはあたに物　し　給ふ御色このみのすき　　かたからむ
東　にはあたに物【〇し】給ふ御色このみのすき　ありきのかたからむ
原　にはあたに物　し　給ふ御色このみのすき▼ありきのかたからん（3オ）

静九　をおほしはヽかりてかうあちきなきひとりすみせさせ
作　をおほしはヽかりてかうあちきなきひとりすみせさせ
天　おほしはヽかりてかうあちきなきひとりずみせさせ
東　をおほしはヽかりてかうあちきなきひとりすみせさ【せ】
原　をおほしはヽかりてかうあちきなきひとり住　せさせ

静十　給ふなといふめりまことのひしりさへ女のすちには道を　も▼（3オ）
作　給ふなといふめりまことのひしりさへ女のすちには道を　も
天　給ふなといふめりまことのひしりさへ女のすちには道を　も
東　給ふなといふめりまことのひしりさへ女のすちには道を▼も（3ウ）
原　給ふなといふめりまことのひしりさへ女のすちには道を　も

静一　うしなふなれはましてかくてひとひもさふらひ給はんほと
作　うしなふなれはましてかくてひとひもさふらひ給はむほと
天　うしなふなれはましてかくてひとひもさふらひ給はむほと
東　うしなふなれはましてかくてひとひもさふらひ給はむほと
原　うしなふなれはましてかくて一日もさふらひ給はむほと

静二　にはあはれと見給ふ御しのひ所　も　をのつからはなとかなからん
作　にはあはれと見給ふ御しのひところも▼おのつからはなとかなからむ」（2ウ）
天　にはあはれと見給ふ御しのひところも　おのつから　なとかなからむ
東　にはあはれと見給ふ御しのひ處　も　おのつからはなとかなからむ」
原　にはあはれと見給ふ御しのひ處　も　おのつからはなとかなからむ

静三　長月廿日のほとにれいの中つかさの宮へおはしましけれは
作　*長月廿日の程　にれいの中つかさの宮へおはしましけれは［三］
天　長月廿日の程　にれいの中つかさの宮へおはしましけれは
東　長月廿日の程　にれいの中つかさの宮へおはしましけれは
原　長月廿日の程　にれいの中つかさの宮へおはしましけれは

静四　宮はつほせんさいのもみちのいとおかしき夕　はへをみせさせ給
作　宮はつほせんさいのもみちのいとをかしきゆふはえを見させ給ふ
天　宮はつぼせんさいのもみちのいとをかしき夕　ばへを見させ給
東　宮はつほせんさいのもみちのいとをかしきゆふはえをみさせ給
原　宮はつほせんさいのもみち　いとをかしき夕　はえを見させ給ふ

静五　ほと成　けり御せうそこきこえ給へはこなたにとて御しとね
作　ほとなりけり御せうそこ聞　え給へはこなたにとて御しとね
天　ほと成　ける御せうそこ聞　へ給へはこなたにとて御しとね
東　ほと成　けり御せうそこ聞　え給へはこなたにとて御しとね
原　ほとなりけり御せうそこ聞　え給へはこな□□とて御しとね

静六　ひきつくろひて御たいめん有　かたみにおかしき御さまかたち
作　ひきつくろひて御對面　ありかたみにをかしき御さまかたち
天　ひきつくろひて御對面　ありかたみにをかしき御さまかたち
東　ひきつくろひて御對面　有　かたみにをかしき御さまかたち
原　ひきつくろひて御對面　ありかたみにをかしき御さまかたち

静七　を御まへの人もめてたくそみん　秋ものこり　なふこそ成行め
作　を御まへの人もめてたくそみん　秋ものこり　なうこそ成行め
天　を御まへの人もめてたくそみん　秋ものこりすくなふこそ成行め
東　を御まへの人もめてたくそみん　秋ものこり　なうこそ成行め
原　を御まへの人もめてたくそ見む▼秋ものこり　なうこそ成行め（3ウ）

静八　れをくらのもみち　いかにそめま　さ　ん此　ころのほとに思　ひたち
作　れをくらのもみち　いかにそめま　さ　ん此　ころのほとにおもひたち
天　れをくらの紅葉　いかにそめま　さ　むこのごろのほとに思　ひ立
東　れをくらの紅葉　はいかにそめま【〇さ】む此　ころのほとにおもひたち▼（4オ）
原　れをくらのもみち　いかにそめま　さ　む此　頃　のほとにおもひたち

静九　給ひねとう　中将　ゑもんのかみなとも物せんとこそいひしかと
作　給ひねとう　中将右衛門　のかみなとも物せんとこそいひしかと
天　給ひねとうの▼中将右衛門　のかみなとも物せんとこそいひしかと（3オ）
東　給　ねとう　中将右衛門　のかみなとも物せんとこそいひしかと
原　給　ねとう　中将右衛門　のかみなとも物せんとこそいひし□□

静十　きこえさせ給ふしかよく侍らんされとをくらといはん山の▼（3ウ）
作　聞　えさせ給ふしかよく侍らんされとをくらといはん山の
天　聞　えさせ給ふしかよく侍らんされとをくら　山の
東　聞　えさせ給ふしかよく侍らんされとをくらといはん山の
原　聞　えさせ給ふしかよく侍らむされとをくらといはん山の

静一　もみちははか〱しきいろにも侍ら　さら　ん　こ　たちなと
作　紅葉　ははか〱しきいろにも侍ら　さら　ん　木　たちなと
天　紅葉　ははか〱しきいろにも侍ら　さら　ん　木　たちなど
東　紅葉　ははか〱しきいろにも侍ら【さら】む【木［御］】たちなと
原　もみちははか〱しき色　にも侍ら　さら　む　木　たちなと

静二　なつかしうきはこと成　は此御らんせらるゝにます事　はさふらふ
作　なつかしうきはことなるは此御覧　せらるゝにます事　はさふらふ
天　なつかしうきはこと成　は此御覧　せらるゝにますことはさふらふ
東　なつかしうきはこと成　は此御覧　せらるゝにます事　はさふらふ
原　なつかしうきはことなるは此御覧　せらるゝにます事　はさふらふ

静三　ましくやとめて給へは〵なにはさはらぬとこそいひためれなとの
作　ましくやとめて給へは〵なにはさはらぬとこそいひためれなとの
天　まじくやとめで給へは〵なにはさはらぬと社　いひためれなとの
東　ましくやとめて給へは〵なにはさはらぬと社　いひためれなとの
原　ましくやとめて給へは〵なにはさはらぬとこそいひためれなとの

静四　給　ひてさるへき御くた物ともまいりてくれ　ぬれはかへり給ふと
作　給　ひてさるへき御くた物ともまゐりてくれ▼［くれ］ぬれは帰　り給ふと（3オ）
天　給　ひてさるへき御くだ物ともまいりてくれ　ぬれは帰　り給ふと
東　給　ひてさるへき御くた物ともまゐりてくれ　ぬれは帰　り給ふと
原　たまひてさるへき御くた物ともまゐりてくれ　ぬれは帰　り給ふと

静五　て山へはあす物せさせ給ひなんやすいしんにてを侍らんと
作　て山へはあす物せさせ給ひなむやすゐしんにてを侍らんと
天　て山へはあす物せさせ給ひなんやずいじんにてを侍らんと
東　て山へはあす物せさせ給ひなむやすいしんにてを侍らんと
原　て山へはあす物せさせ給ひなむやすいしんにてを侍らむと

静六　の給　へはつとめてよりさそひ　給　へされといなこと〳〵しき
作　の給　へはつとめてよりさそひ　給　へされといなこと〳〵しき
天　の給　へはつとめてよりさそひ　給　へされといなこと〳〵しき
東　の給　へはつとめてよりさそひ　給　へされといなこと〳〵しき
原　のたまへはつとめてよりさそひ▼たまへされといとこと〳〵しき（4オ）

静七　すいしんはむつかしか　らんとほゝゐみきこえ給ふ　君　はかへり給ひて
作　すゐしんはむつかしか　らむとほゝゐみきこえ給ふ」*君　は帰　り給　て［六］
天　ずいじんはむつかしか　らむとほゝゐみきこへ給ふ　君　はかへり給　て
東　すいしんはむつかしか▼らむとほゝゐみきこえ給ふ」きみはかへり給　て（4ウ）
原　すいしんはむつかしか　らむとほゝゐみ聞　え給ふ　きみはかへり給　て

静八　御めのとの　子　のあきのふをめしてあすの御まうけおかしき
作　御めのとの　子　のあきのふをめして明日の御まうけをかしき
天　御めのとこ【の】のあきのふをめして明日の御まうけをかしき
東　御めのとの　子　のあきのふをめして明日の御まうけをかしき
原　御めのとの　子　のあきのふをめして明日の御まうけをかしき

静九　さまに大井のわたりにまちきこえよあるしにはさゐもんのか
作　さまに大井のわたりにまちきこえよあるしには左衛門　のか
天　さまに大井のわたりにまちきこえよあるし　は左衛門　のか
東　さまに大井のわたりにまちきこえよあるしには左衛門　のか
原　さま[に]大井のわたりに侍　きこえよあるしにはさ衛門　のか

静十　みをこそたのみきこえめとて有　へき　事　ともの給　ひつけて▼（4オ）
作　みをこそたのみ聞　えめとて有　へき　事　ともの給　ひつけて
天　みをこそたのみ聞　へめとて有　へき▼ことゝものたまひつけて（3ウ）
東　みをこそたのみ聞　えめとて有　へき　事　ともの給　ひつけて
原　みをこそたのみ聞　えめさてあるへき　事　とものたまひつけて

静一　又　の日のつとめて宮へまいり給　ふ御くるまともひきつ
作　またの日のつとめて宮へまゐり給　ふ御くるまともひきつ
天　またの日のつとめて宮へまいり給　ふ御車　ともひきつ
東　またの日のつとめて宮へ参　り給　ふ御くるまともひきつ
原　またの日のつとめて宮へ参　りたまふ御車　ともひきつ

静二　つけてきほひおはす御ともの人もわかきかきりはをくれ
作　ゝけてきほひおはす御ともの人もわかきかきりはおくれ
天　ゝけてきほひおはす御供　の人と若　きかきりはおくれ
東　ゝけてきほひおはす御ともの人ゝわかきかきりはおくれ
原　ゝけてきほひおはす御ともの人も若　きかきりはおくれ

静三　しとはしりの丶しれとさるはいとさはかしうとてさるへき
作　しとはしりの丶しれとさるはいとさわかしうとてさるへき
天　しとはしりの丶しれどさるはいとさはかしうとてさるへき
東　しとはしりの丶しれとさるはいとさわかしうとてさるへき
原　しとはしりの丶しれとさ□□いとさわかしうとてさるへき

静四　はかりこれかれとさふら　はせ給ふ山　におはしましつきて
作　はかりこれかれ　さふら　はせ給ふや*まにおはしましつきて［七］
天　はかりこれかれ〈さむら〉はせ給ふ山　におはしましつきて
東　はかりこれかれ　さふら　はせ給ふやまにおはしましつきて
原　はかりこれかれ　さふら　はせ給ふやまにおはしましつきて

静五　見給へはおほしやりけるもしるく　そめましけるもみちのい
作　見給へはおほしやりけるもしるく　染　増　ける紅葉　のい
天　見給へはおほしやりけるもしるく　染　増　る紅葉　のい
東　見給へはおほしやりけるもしるく▼染　増　ける紅葉　のい（5オ）
原　見給へはおほしやりけるもしるく▼染　増　ける紅葉　のい（4ウ）

静六　ろ〳〵はにしきくろうみゆしつえを折て中将の君せい
作　ろ〳〵はにしきくろうみゆしつ枝を折て中将の君せい
天　ろ〳〵は錦　くろうみゆしつ枝を折て中将の君せい
東　ろ〳〵はにしきくろうみゆしつ枝を折て中将の君せい
原　ろ〳〵はにしきくろうみゆしつ枝を折て中将の君青

静七　かいはをけしきはかりまひたるいとおもし　ろしひかるけ
作　かいはをけしきはかりまひたるいとおもし▼ろしひかる源（3ウ）
天　かいはをけしきはかりまひたるいとおもし　ろくひかる源
東　かいはをけしきはかりまひたるいとおもし　ろしひかる源
原　海　波をけしきはかりまひたるいとおもし　ろしひかる源

静八　むしときこえしいにしへのかさしもかはかりにこそとみな
作　氏ときこえしいにしへのかさしもかはかりにこそとみな
天　氏ときこえしいにしへのかざしもかはかりにこそとみな
東　氏ときこえしいにしへのかさしもかはかりにこそとみな
原　氏と聞　えしいにしへのか□□□かはかりにこそと皆

静九　めてさせ給ふいとまはゆき御よそへになん其たちならひた
作　めてさせ給ふいとまはゆき御よそへになん其たちならひた
天　めてさせ給ふいとまはゆき御よそへになん其たちならびた
東　めてさせ給ふいとまはゆき御よそへになん其たちならひた
原　めてさせ給ふいとまはゆき御よそへになむ其たちならひた

静十　りけんみやま木のかけたに侍らしをとわらひ給ふ時雨▼（4ウ）
作　りけんみやま木のかけたに侍らしをとわらひ給ふ時雨
天　りけんみやま木のかけたに侍らしをとわらひ給ふ時雨
東　りけんみやま木のかけたに侍らしをとわらひ給ふ時雨
原　りけむみやま木のかけたに侍らしをとわらひ給ふ時雨

静一　さ　と　して露ほろ〳〵とみたる丶ほといと丶えん也　かんの君
作　さ　と　して露ほろ〳〵とみたる丶程　いと丶えむなりかんのきみ
天　さ　と　して露ほろ〳〵とみたる丶程　いと丶えむなりかんの君▼（4オ）
東　さ【〇と】して露ほろ〳〵とみたる丶程　いと丶えむなりかんのきみ
原　さ　と　して露ほろ〳〵とみたる丶程　いととえむなりかむの君

静二　たつねこし君　かためとやくれなゐのいろをそめ
作　たつねこしきみかためとやくれなゐのいろをそめ
天　たつねこし君　かためとやくれなゐのいろをそめ
東　たつねこしきみかためとやくれなゐのいろをそめ
原　たつねこし君　かためとやくれなゐのいろを染

静三　ます時雨なるらんときこえ給へは宮
作　ます時雨なるらむときこえ給へは宮
天　ます時雨なるらむときこえ給へは宮
東　ます時雨なるらむときこえ給へは宮▼（5ウ）
原　ます時雨なるらむときこえ給へは宮

静四　ちらぬ間　は　こ丶にちとせもをくら山みて過かた
作　散　ぬま　は　こ丶にちとせもをくら山見て過かた
天　散　ぬま　は　こ丶にちとせもをくら山見て過かた
東　散　ぬま【は】こ丶にちとせもをくら山みて過かた
原　ちらぬ間　は　こ丶にちとせもをくら山見て過かた

静五　き　みねのもみちは　とけうせさせ給ふ
作　き　みねのもみち葉　とけうせさせ給ふ
天　き　みねの紅葉　、とけうせさせ給ふ
東　き　みねのもみち葉　とけうせさせ給ふ
原　き▼みねのもみち葉　とけうせさせ給ふ（5オ）

静六　なのみして山はをくらもなかりけりなへてく
作　なのみして山はをくらもなかりけりなへてく
天　名のみして山はをくらもなかりけりなへてく
東　なのみして山はをくらもなかりけりなへてく
原　なのみして山はをくらもなかりけりなへてく

静七　さ木のもみちしつれは思ふ給　へ　しにはこよなうかはりたる
作　さ木の紅葉　しつれは思う給　へ　しにはこよなうかはりたる
天　さ木の紅葉　しつれは思ふ給　ひ　しにはこよなふかわりたる
東　さ木の紅葉　しつれは思ふ給　へ　しにはこよなうかはりたる
原　さ木のもみちしつれは思ふ給【へ［ひ］】しにはこよなうかはりたる

静八　山　のけしきにこそときこえ給ふとうの君
作　やまのけしきにこそと聞　え給ふとうの君
天　やまのけしきにこそと聞　え給ふとうの君
東　やまのけしきにこそと聞　え給ふとうの君
原　山　のけしきにこそと聞　え給ふとうの君

静九　ふるさとはいつくなるらんをくら山もみちのにしき
作　ふる里　はいつくなるらんをくら山紅葉　のにしき
天　ふる里　はいつくなるらんをくら山もみちのにしき
東　ふる里　はいつくなるらんをくら山紅葉　のにしき
原　ふる里　はいつくなるらむをくら山紅葉　のにしき

静十　たちかさねけり　さか野もはる〳〵と見わたされてきり▼（5オ）
作　立　かさねけり▼さか野もはる〳〵と見わたされてきり（4オ）
天　たちかさねけり　さか野もはる〳〵と見わたされてきり
東　立　かさねけり　さか野もはな〳〵と見わたされてきり
原　立　かさねけり　さか野もはる〳〵と見わたされてきり

静一　のたえまのをみなへしなとはゑにかきたらんにもをとる
作　の絶　間のをみなへしなとは繪にかきたらんにもおとる
天　の　　間のをみなへしなとは繪にかきたらんにもおとる
東　の絶　間のをみなへしなとは繪にかきたらむにもおとる
原　の絶　間のをみなへしなとは繪にかきたらむにもおとる

静二　ましき花　のさかりを秋風のふくな　とたれにかたらんと
作　ましきはなのさ□りを秋風の吹　な　と誰　にかたらむと
天　まじき花　のさかりを秋風の吹　なん　とたれにかたらんと
東　ましきはなのさかりを秋風の吹　な　ど誰　にかたらむと
原　ましき花　のさかりを秋風の吹　な【ン】と誰　□かたらむと

静三　おかしこなた　かなた行おはすに大井　のわたりより　す　こし
作　をかしこ*なた　かなた行おはすに大井　のわたりより　す　こし［八］
天　をかしこなた▼かなた行おはすに大井　のわたりより　す　こし（4ウ）
東　をかしこなた　かなた行おはすに大井▼のわたりより　す　こし（6オ）
原　をかしこなた　かなた行おはすに大井　のわたりより【す〈す（こ）〉】こし

静四　ひきのけてせしやうひきまはしはきのえたなとひきむ
作　ひきのけてせしやうひきまはし萩　のえたなとひきむ
天　ひきのけてせじやうひきまはし萩　のえたなとひきむ
東　ひきのけてせしやうひきまはし萩　のえたなとひきむ
原　ひきのけてせしやうひきまはし萩　のえたなと引▼む（5ウ）

静五　すひて　そらたきも　いとえんにかほりてさすかに人しけ
作　すひて　そらたきものいとえんにかをりてさすかに人しけ
天　すひてそらだきも　いとえんにかをりてさすかに人しげ
東　すひて　そらたきも　いとえんにかをりてさすかに人しけ
原　すひて　空　たきも　いとえんにかをりてさ□□に人しけ

静六　くはみえすいか成　ものゝ秋をゝしむならん此御けはひもし
作　くは見えすいかなるものゝ秌をゝしむならん此御けはひもし
天　くは見へすいか成　ものゝ秋をゝしむならん此御けはひもし
東　くはみえすいか成　ものゝ秌をゝしむならん此御けはひもし
原　くは見えすいかなるものゝ秋をゝしむならむ此御けはひもし

静七　のひ給ふともさりともき丶たらんにひんなきさまかなかん
作　**のひ給ふともさりともき丶たらんにひんなき様　かなかん**
天　のひ給ふともさりともきへたらむにひんなき様　かなかん
東　のひ給ふともさりともき丶たらむにひんなき様　かなかん
原　のひ給ふともさりともき丶たらむにひん□き様　かなかむ

静八　たちめ上人なとにはよもさふらふました丶あやしのしれ
作　**たちめ上人なとにはよもさふらふました丶あやしのしれ**
天　たちめ上人なとにはよもさふらふました丶あやしのしれ
東　たちめ上人なとにはよもさふらふました丶あやしのしれ
原　たちめ上人なとにはよもさふらふました丶あやしのしれ

静九　もの丶をのかとく有ま丶にかくはふるまふに侍らん中〳〵さ
作　**もの丶おのかとく有ま丶にかくはふるまふに侍らん中〳〵さ**
天　もの丶おのかとく有ま丶にかくはふるまうに侍らん中〳〵さ
東　もの丶おのかとく有ま丶にかくはふるまうに侍らん中〳〵さ
原　もの丶おのかとく有ま丶にかくはふるまうに侍らむ中ゝ　さ

静十　やうのものはは丶かり奉るへき事とも思ひたらしなと中▼（5ウ）
作　**やうのものはは丶かり奉るへき事とも思ひたらしなと中**
天　やうのものはは丶かり奉るへき事とも思ひたらしなと中
東　やうのものはは丶かり奉るへき事とも思ひたらしなと中
原　やうのものはは丶かり奉るへき事とも思ひたらしなと中

静一　なこんの君きこえゐ給ふにさゑもんの君　きちかうのなをし
作　**納言　の君きこえゐ給ふにさゑもむのきみきちかうのなほし**
天　納言　の君きこえ　給ふにさ衛門　のきみきちかうのなほし
東　納言　の君きこえゐ給ふにさゑもむのきみきちかうのなほし
原　納言　の君きこえ　給ふにさゑもむの君　きちかうのなほし

静二　二あひのさしぬき　ゆへつきおかしきさましてたち出給ひ
作　**二あゐのさしぬき　ゆゑつきをかしきさまして立　出給ひ**
天　二あひのさしぬき　ゆゑづきをかしきさまして立　出給ひ
東　二あひのさしぬき▼ゆゑつきをかしきさまして立　出給ひ（6ウ）
原　二あひのさしぬき　ゆゑつきをかしきさまして立　出給ひ

静三　て〳〵なきさきよくはと御けしき給はり　給ふさるはさまかへ
作　**て〳〵なきさきよくはと御けしき給はり▼給ふさるはさまかへ（4ウ）**
天　て〳〵なきさきよくはと御けしき　給ふさるはさまかへ
東　て〳〵なきさきよくはと御けしき給はり　給ふさるはさまかへ
原　て〳〵なきさきよくはと御けしき給はり　給ふさるはさまかへ

静四　たるきしのわたり成　けり宮をはしめ奉りて有　か　きり
作　**たる岸　のわたりなりけり宮をはしめ奉りて有　か　きり**
天　たる岸　のわたり成　けり宮をはしめ奉りて有　か▼きり（5オ）
東　たる岸　のわたり成　けり宮をはしめ奉りて有　か　きり
原　たる岸　のわたり成　けり宮をはしめ奉りて有▼か　きり（6オ）

静五　わらひ給ひてしれものはこれなとてそてをひきしろふ
作　**わらひ給ひてしれものは是　なとてそてをひきしらふ**
天　わらひ給ひてしれものは是　なとて袖　をひきしろふ
東　わらひ給ひてしれものは是　なとてそでをひきしろふ
原　わらひ給ひてしれものは是　なとて袖　をひきしろふ

静六　中なこんのつきくし〱いひためる事かたらせ給へは此君　も
作　**中納言　のつきくし〱いひためる事かたらせ給へは此きみも**
天　中納言　のつきくし〱いひた　る事かたらせ給へは此君　も
東　中納言　のつきくし〱いひためる事かたらせ給へは此君　も
原　中納言　のつきくし〱いひためる事かたらせ給へは此君　も

静七　いみしくわらひ給ふけふの御まうけのため中なこんの君
作　**いみしくわらひ給ふけふの御まうけのため中なこんの君**
天　いみしくわらひ給ふけふの御まうけのため中なこんの君
東　いみしくわらひ給ふけふの御まうけのため中なこんの君
原　いみしくわらひ給ふけふの御まうけのため中納言　の君

静八　のゝ給　ひつけたりしかはいかておかしからん事をと思　ふ給へし
作　**のの給　ひつけたりしかはいかてをかしからん事をと思　う給へし**
天　のゝ給　ひつけたりしかはいかてをかしからん事を　思　ふ給へし
東　のゝ給　ひつけたりしかはいかてを　しからん事をと思　ふ給へし
原　のゝたまひつけたりしかはいかてをかしからむ事をとおもふ給へし

静九　かとをれもの、心のをきてはひか〱しくなんとかしこ
作　**かとをれもの丶心のおきてはひか〱しくなんとかしこ**
天　かとをれもの、心のおきてはひか〱しくなんとかしこ
東　かとをれもの、心のおきてはひか〱しくなんとかしこ
原　かとをれもの、心のおきてはひか〱しくなんとかしこ

静十　まりきこえ給ふはかなうよのつねならすしなひ給　ふ　めれは▼（6オ）
作　**まりきこえ給ふ*はかなうよのつねならすしない給　ふ　めれは［九］**
天　まりきこえ給ふはかなうよのつねならすしない給　ふ　めれは
東　まりきこえ給　はかなうよのつねならすしない給　ふ▼めれは（7オ）
原　まりきこえ給ふはかなうよのつねならすしないたまふ　めれは

静一　おかしかり給ひて〵もみちをたかせて　大　みきまいる御と
作　**をかしかり給ひて　紅葉　をたかせて　大　みきまゐる御と**
天　をかしかり給ひて〵紅葉　をたかせ〈て〈し〉〉おほみきまいる御と
東　をかしかり給ひて〵紅葉　をたかせて　大　みきまゐる御と
原　をかしかり給ひて〵紅葉　をたかせて　大　みきまゐる御と

静二　も【に】さふらふはかせめし出　て〵こけのみとりをはらふ人も
作　**も　に　さふらふはかせめしいて丶　苔　のみとりをはらふ人も**
天　も　に　さふらふはかせめしいて丶〵苔　のみとりをはらふ人も
東　も　に　さふらふはかせめしいて丶〵苔　のみとりをはらふ人も
原　も　に　さふらふはかせめしいて丶〵苔　のみ□□をはらふ人も

静三　有けりことひきならしふえふきあはせて　いせのうみな
作　有けりことひきならし笛　ふきあはせて　いせのうみな
天　有けることひきならしふえふきあは〈せ〉ていせのうみな
東　有けりことひきならし笛　ふきあはせて　いせのうみな
原　有けりことひきならし笛　ふきあはせて　伊勢の海　な

静四　とうたふしかもをとらしと思ひかほにあはれになき　そ
作　とうたふしかもおとらしと思ひかほにあはれになき　そ
天　とうたふしかもおとらしと思ひかほにあはれになき　そ
東　とうたふしかもおとらしと思ひかほにあはれになき　そ
原　とうたふ鹿　もおとらしと思ひかほにあはれになき▼そ（6ウ）

静五　へたるほといはんかたなくおもしろし御さかつき給　はすとて
作　へたる程　いはんかたなくおもしろし御さかつきたまはすとて
天　えたる程　いはんかたなくおもしろし御さかつき給　はすとて▼（五ウ）
東　へたる程　いはんかたなくおもしろし御さかつき給　はすとて
原　へたるほといはんかたなくおもしろし御さかつき給　はすとて

静六　なかむれは又　をしまれて秋きりのたちわかるへ
作　詠　むれはまた惜　まれて秋きりのたちわかるへ
天　詠　むれはまたをしまれて秋きりのたちわかるへ
東　詠　むれはまた惜　まれて秋きりのたちわかるへ
原　詠　むれはまた惜　まれて秋きりのたちわかるへ

静七　き心　ちこそ　せねとめてさせ給ふ御さまめてたく宮と
作　きこゝちこそ▼せねとめてさせ給ふ御さまめてたく宮と（5オ）
天　きこゝちこそ　せねとめてさせ給ふ御さまめてたく宮と
東　き心　ちこそ　せねとめてさせ給ふ御さまめてたく宮と
原　きこゝちこそ　せねとめてさせ給ふ御さまめて□□宮と

静八　きこえさせんにことあひぬへし　ちらぬ間はときこえさせ給
作　きこえさせんにことあひぬへし〳〵ちらぬまはと聞　えさせ給ひ
天　きこえさせんにことあひぬへし〳〵ちらぬまはと聞　へさせ給ひ
東　きこえさせんにことあひぬへし〳〵ちらぬ間はと聞　えさせ給
原　聞　えさせんにことあひぬへし〳〵ちらぬ間はと聞　えさせ給ひ

静九　し山のためうしろめたう　と　たは　ふ　れ　つゝ御かはらけ取
作　し山のため[う]しろめたう　と　たは　ふ　れ　つゝ御かはらけとり
天　し山のためうしろめたう　と　たは　む　れ　つゝ御かわらけとり
東　し山のためうしろめたう【○と】たは【ふ[れ]】れ▼つゝ御かはらけとり（7ウ）
原　し山のためうしろめたう　と　たは　ふ　れ　つゝ御かはらけとり

静十　給ふて中なこんの君▼（6ウ）
作　給うて中なこんの君
天　給ひて中なこんの君
東　給うて中なこんの君
原　給うて中なこんの君

静一　いつくとかわきてさためんよの中の色　かにう
作　**いつくとかわきてさためんよの中のいろかにう**
天　いつくとかわきてさためん世の中のいろかにう
東　いつくとかわきてさためんよの中のいろかにう
原　いつくとかわきてさためむよの中のいろかにう

静二　つる人　の心　はあまた　ひ　めくりて有あけの月たかくの
作　**つる人　の心　はあまたゝ　ひ　めくりて有明　の月たかくの**
天　つるひとのこゝろはあまたゝ　ひ　めくりて有明　の月たかくの
東　つる人　の心　はあまた【〇ひ】めくりて有明　の月たかくの
原　つる人　のこゝろはあまたゝ　ひ　めくりて有明　の月たかくの

静三　ほるほとに御くるまに奉るわかき人〳〵かへさの道に
作　**ほるほとに御くるまに奉るわかき人ゝ　かへさの道に**
天　ほる程　に御車　奉るわかき人〳〵かへさの道に
東　ほるほとに御くるまに奉るわかき人ゝ　帰　さの道に
原　ほるほとに御くるまに奉るわかき人ゝ　帰　さの道に

静四　行かくるへき心　まうけにやわかれ〳〵にかへるもたゝなるよ
作　**行かくるへき心　まうけにやわかれ〳〵にかへるもたゝなるよ**
天　行かへるへきこゝろまうけにやわかれ〳〵にかへるもたゝなるよ
東　行かくるへき心　まうけにやわかれ〳〵にかへるもたゝなるよ
原　行かへるへき心　まうけにやわかれ〳〵にかへるもたゝなるよ

静五　りはおかし　中なこんとのはかりそ宮まてさふらひ給　ひ
作　**りはをかし　中納言　殿　はかりそ宮まてさふらひ給　ひ**
天　りはをかし　中納言　とのはかりそ宮まてさふらひ給　ひ
東　りはをかし　中納言　殿　はかりは宮まてさふらひ給　ひ
原　りはをかし▼中納言　殿　はかりそ宮まてさふらひたまひ（7オ）

静六　てまかて給ふ　四てうのほとおはすにいといたうあれた　れ
作　**てまかて給ふ＊四条　のほとおはすにいといたうあれた　れ**［10］
天　てまかて給ふ　四条　のほとおはすにいといたうあれた　れ
東　てまかて給ふ　四条　のほとおはすにいといたうあれた［る］れ
原　てまかて給ふ　四条　のほとおはすにいといたうあれた　れ

静七　とうとましきほとにはあらぬにことのねたえ〳〵　きこ
作　**とうとましきほとにはあらぬにことのねたえ〳〵　きこ**
天　とうとましきほとにはあらぬ▼琴　の音たえ〳〵にきこ（6オ）
東　とうとましきほとにはあらぬにことのねたえ〳〵　きこ
原　とうとましきほとにはあらぬにことのねたえ〳〵　きこ

静八　ゆ何はかりふかきてつかひにはあらねと〽なさけくはゝるつ
作　**ゆ何はかりふかきてつかひにはあらねと〽なさけくはゝるつ**
天　ゆ何はかりふかき手つかひにはあらねと　なさけくはゝるつ
東　ゆ何はかりふかきてつかひにはあらねと〽なさけくはゝるつ
原　ゆ何はかりふかきてつかひにはあらねと〽なさけくはゝるつ

静九　まをとはめつらしうえんなる心　ちし給ひてあき　のふを
作　まおとはめつらしうえんなるこゝちし給ひてあき　のふを
天　まをとはめつらしうえんなる心　地し給ひてあき　のふを
東　まおとはめつらしうえんなる心　ちし給ひてあき▼のふを（8オ）
原　まおとはめつらしうえんなる心　ちし給ひてあき　のふを

静十　御ともにてついちのくつれ　の有　より入　てみ給へはよもき』（7オ）
作　御ともにてついちのくつれ【の有】よりいりてみ給へはよもき
天　御ともにてついぢのくつれ　の有　よりいりて見給へはよもき
東　御ともにてついちのくつれ　の有　よりいりてみ給へはよもき
原　御ともにてついちのくつれ　の有　よりいりてみ給へはよもき

静一　所えてみつの道　もわきかたきほと也　みなみに　むきたる
作　所得てみつのみちもわきかたきほとなり南　に　向　たる
天　所得てみつのみちもわきかたき程　なり南　に　向　たる
東　所得てみつのみちもわきかたきほとなり南【に】向　たる
原　所得てみつのみちもわきかたきほとなり南　に　向　たる

静二　ひんかしのかた　にひのかけかすかにみえて人のけはひす
作　ひんかしのかた▼に火のかけかすかにみえて人のけはひす（5ウ）
天　ひんかしのかた　に火のかけかすかに見へて人のけはひす
東　ひんかしのかた　に火のかけかすかに見えて人のけはひす
原　ひむかしのかた　に火のかけかすかに見えて人のけはひす

静三　やをらより給ふにきし〱となるすのこのをともうるさ
作　やをらより給ふにきし〱となるすのこのおともうるさ
天　やをらより給ふにきし〱となるすのこのおともうるさ
東　やをらより給ふにきし〱となるすのこのおともうるさ
原　やをらより給ふ□□し〱となるすのこのおともうるさ

静四　けれときゝつくる人しもなきそ心やすかりけるされ
作　けれときゝつくる人しもなきそ心やすかりけるされ
天　けれときゝつくる人しもなきそ心やすかりけるされ
東　けれときゝつくる人しもなきそ心やすかりけるされ
原　けれときゝつくる人しもなきそ心やすかりけるされ

静五　としり　け　るやうにことはひきさしつ　からうしてかうし
作　としり　け　るやうにことはひきさしつ　*からうしてかうし　［二］
天　としり〈け（□）〉るやうに琴　ひきさしつ　からうしてかうし
東　としり　け　るやうにことはひきさしつ　からうしてかうし
原　としり　け　るやうにことはひきさしつ▼からうしてかうし（7ウ）

静六　のひまよりかいまみ給へはすたれたかくまきてうきく
作　のひまよりかいまみ給へはすたれ高　くまきてうき雲
天　のひまよりかひま見給へはすたれ高　くまきてうき雲
東　のひまよりかいまみ給へはすたれ高　くまきてうき雲
原　のひまよりかいまみ給へはすたれ高　く巻　てうき雲

静七　ももなくてしつかに行月のおかしきをはしちかくて
作　もなくてしつかに行月のをかしきをはしちかくて
天　もなくてしつかに行月のをかしきをはしちかくて
東　もなくてしつかに行月のをかしきをはしちかくて
原　もなくてしつかに行月のをかしきをはしちかくて

静八　見る人のかほいひしらすらうたけにかたのほとにかゝれる
作　見る人のかほいひしらすらうたけにかたのほとにかゝれる
天　見る人のかほいひしらすらうたけにかたのほとにかゝれる
東　見る人のかほいひしらすらうたけにかたのほとにかゝれる
原　見る人のかほいひしらすらうたけにかたのほとにかゝれる

静九　かみのこちたう　ひかへられ　けるすゑもうちきのすそに
作　かみのこちたう　ひかへられ　ける末　もうちきの裾　に
天　髪　のこちたう▼ひかへられ　ける末　もうちきの裾　に（6ウ）
東　かみのこちたう　ひかへられ▼ける末　もうちきの裾　に（8ウ）
原　かみのこちたう　ひかへられ　ける末　もうちきの裾　に

静十　かきりもみえすたまりておかしきにしほんいろの御そに▼（7ウ）
作　かきりもみえすたまりてをかしきにしをんいろの御そに
天　かきりも見へすたまりてをかしきにしをんいろの御そに
東　かきりも見えすたまりてをかしきにしをんいろの御そに
原　かきりも見えすたまりてをかしきにしをんいろの御そに

静一　なてしこ　なと　のなれたるをなつかしうきなしてかた
作　なてしこ【○なと】のなれたるをなつかしうきなしてかた
天　なてしこ【なと】のなれたるをなつかしうきなしてかた
東　なてしこ　なと　のなれたるをなつかしうきなしてかた
原　なてしこ　なと　のなれたるをなつかしうきなしてかた

静二　もんうきもんなとの　くれ　なゐよりもなまめかしうみ
作　もむうきもむなとの　くれ　なゐよりもなまめかしうみ
天　もむうきもんなとの　くれ　なゐよりもなまめかしう見
東　もむうきもむなとの　くれ　なゐよりもなまめかしうみ
原　もむうきもむなとの【○くれ】なゐよりもなまめかしうみ

静三　ゆるは人からなめりと見給ふにおくのかたにひとりふた
作　ゆるは人からなめりと見給ふにおくのかたにひとりふた
天　ゆるは人からなめりと見給ふにおくのかたにひとりふた
東　ゆるは人からなめりと見給ふにおくのかたにひとりふた
原　ゆるは人からなめりと見給ふにおくのかたにひとりふた

静四　りかけはひしてなを今ひとかへりとそゝのかしきこゆれ
作　りかけはひしてなほ今ひとかへりとそゝのかし聞　ゆれ
天　りかけはひしてなほ今ひとかへりとそゝのかしきこゆれ
東　りがけはひしてなほ今ひとかへりとそゝのかし聞　ゆれ
原　りかけはひしてなほ今ひとかへりとそゝのかし聞　ゆれ

静五　と　いらへもせす月になかめ入て〳〵みしよの秋にといひけつは
作　と　いらへもせす月になかめ入りて〳〵見しよの秋にといひけつは
天　【と〈と(は)〉】　いらへもせす月になかめ入　て〳〵見しよの秋にといひけつは
東　と　いらへもせす月になかめ入りて〳〵見しよの烌にといひけつは
原　と　いらへもせす月になかめ入りて〳〵見しよの秋にといひけつは

静六　つらき人の　なこりなとを思ふにやかゝる　道はいとはるかに
作　つらき人の　なこりなとを思ふにやかゝる*▼道はいとはるかに（6オ）［三］
天　つらき人の　なこりなとを思ふにやかゝる　道はいとはるかに
東　つらき人の　なこりなとを思ふにやかゝる　道はいとはるかに
原　つらき人の▼□こりなとを思ふにやかゝる　道はいとはるかに（8オ）

静七　あはれをしるへき物　とも思ひたらぬわれしもかはかりにて
作　あはれをしるへき物　とも思ひたらぬわれしもかはかりにて
天　あはれをしるへき物　とも思ひたゝぬわれしもかはかりにて
東　あはれをしるへき物　とも思ひたらぬわれしもかはかりにて
原　あはれをしるへきものとも思ひたらぬわれしもかはかりにて

静八　たちかへるへき心　ちもせねはましてよのつねならん人の
作　たちかへるへきこゝちもせねはましてよのつねならむ人の
天　たちかへるへき心　ちもせねはましてよのつねならむ人の
東　たちかへるへき心　ちもせねはましてよのつねならむ人の
原　立　帰　るへき心　ちもせねはましてよのつねならむ人の

静九　あはれを　もかけさらんはなとかならん今のほとにもしの
作　あはれを　もかけさらんはなとかならむ今のほとにもしの
天　哀　を　もかけさらんはなとかならむ今の程　にもしの
東　あはれを▼もかけさらんはなとかならむ今のほとにもしの（9オ）
原　あはれを　もかけさらむはなとかならむ今のほとにもしの

静｜　ひくる人あらはみつけられんもをこかましうと思ひつゝ▼（8オ）
作　ひくる人あらはみつけられんもをこかましうと思ひつゝ
天　ひくる人あらはみつけられむもをこかましうと思ひつ〻
東　ひくる人あらはみつけられむもをこかましうと思ひつゝ
原　ひくる人あらはみつけられむもをこかましうと思ひつゝ

静一　け　られ給へとよしや〳〵行とまるこそやとならめすみはつ
作　け　られ給へとよしや〳〵行とまるこそやとならめ住　はつ
天　け▼られ給へとよしや〳〵行とまるこそ宿　ならめ住　はつ（7オ）
東　け　られ給へとよしや〳〵行とまるこそやとならめ住　はつ
原　け　られ給へとよしや〳〵行とまるこそやとならめ住　はつ

静二　へきよの中かはとこゝにてさへいとはしきかたももよほ
作　へきよの中かはとこゝにてさへいとはしきかたももよほ
天　へきよの中かはとこゝにてさへいとわしきかたももよほ
東　へきよの中かはとこゝにてさへいとはしきかたももよほ
原　へきよの中かはとこゝにてさへいとはしきかたももよほ

静三　され給ふ御くるまあかつきに物せよとてあきのふをはかへし
作　され給ふ御くるまあかつきに物せよとてあきのふをは帰し
天　され給ふ御車　あかつきに物せよとてあきのふをは帰し
東　され給ふ御くるまあかつきに物せよとてあきのふをは帰し
原　され給ふ御車　あかつきに物せよとてあきのふをは帰し

静四　給ひてなを御らんすれはおくのかたより人まうて、今は
作　給ひてなほ御らんすれはおくのかたより人いて　ゝ今は
天　給ひてなほ御らんすれはおくのかたより人いて　、今は
東　給ひてなほ御らんすれはおくのかたより人いて　、今は
原　給ひ□なほ御らむすれはおくのかたより人出　　て今は

静五　いらせ給ひねよはいたう更　侍りいむなる物にさのみめて
作　いらせ給ひねよはいたうふけ侍りいむなる物にさのみめて
天　いらせ給ひねよはいたうふけ侍りいむなる物にさのみめて
東　いらせ給ひねよはいたうふけ侍るいむなる物にさのみめて
原　いらせ給ひね夜はいたうふけ侍りいむなる物にさのみめて

静六　給ふとあなたに　きこえ給ふなといへはやをらすへり入君は
作　給ふとあなたに　きこえ給ふなといへはやをらすへり入君は*　[三]
天　給ふとあなたに　聞　へ給ふなといへはやをらすへり入君は
東　給ふとあなたに　きこえ給ふなといへはやをらすへり入君は
原　給ふとあなたに▼聞　え給ふなといへはやをらすへり入君は（8ウ）

静七　いか、はせんなを思ひたつかたのかなはて心にもあらぬよになか
作　いかゝはせむなほ思ひたつかたのかなはて心にもあらぬよになか
天　いか、はせむなほ思ひたつかたのかなはて心にもあらぬよになか
東　いか、はせむなほ思ひたつかたのかなはて心にもあらぬよになか
原　いか、はせむなほ思ひたつかたのかなはて心にもあらぬよになか

静八　らふほとのなくさめには此　人　をやたのみてましこと〳〵し
作　らふほとのなくさめには此　人　をやたのみてましこと〳〵し
天　らふほとのなくさめにはこの人　をやたのみてましこと〳〵し
東　らふほとのなくさめには此　人▼をやたのみてましこと〳〵し（9ウ）
原　らふほとのなくさめには此　人　をやたのみてましこと〳〵□

静九　きものにもあらねは一　よ二　よにて見さらんも身つからひと
作　きものにもあらねはひとよふた夜にて見さらんも身つからひと
天　きものにもあらねはひと夜ふた夜にて見さらんも身つからひと
東　きものにもあらねはひとよふた夜にて見さらんも身つからひと
原　□ものにもあらねはひと夜ふたよにて見さらむも身つからひと

静十　りのいとをしさこそ　あらめこ、かしこの人き、をは、かるへき▼（8ウ）
作　りのいとほしさこそ▼あらめこゝかしこの人聞　をはゝかるへき（6ウ）
天　りのいとほしさこそ　あらめこ、かしこの人き、をは、かるへき
東　りのいとほしさこそ　あらめこ、かしこの人聞　をは、かるへき
原　りのいとほしさこそ　あらめこ、かしこの人聞　をは、かるへき

静一　きはにもあらすなとおほし成　てひし〱と　おろすにま
作　際　にもあらすなとおほし成　てひし〱と　おろすにま
天　際　にもあらすなとおほし成　てひし〱と▼おろすにま（7ウ）
東　際　にもあらすなとおほし成　てひし〱と　おろすにま
原　際　にもあらすなとおほしなりてひし〱と　おろすにま

静二　きれてもやのひやうふのはさまにしのひ入給ひてうち
作　きれて母屋のひやうふのはさまにしのひ入給ひてうち
天　きれて母屋のひやうふのはさまにしのひ入給ひてうち
東　きれて母屋のひやうふのはさまにしのひ入給ひてうち
原　きれて母屋のひやうふのはさまにしのひ入給ひてうち

静三　しつまるほとにきぬを丶しやりてより給へるにまたよく
作　しつまる程　にきぬをおしやりてより給へるにまたよく
天　しつまる程　にきぬを丶しやりてより給へるにまたよく
東　しつまる程　にきぬを丶しやりてより給へるにまたよく
原　しつまる程　にきぬを丶しやりてより給へるにまたよく

静四　もまとろまねはさとくおとろきておもはすなる御けは　ひ
作　もまとろまねはさとくおとろきておもはすなる御けは　ひ
天　もまとろまねはさとくおとろきておもはすなる御けは　ひ
東　もまとろまねはさとくおとろきておもはすなる御けは　ひ
原　もまとろまねはさとくおとろきておもはすなる御けははひ

静五　をいみしとみるま丶にあさましうあきれていと　をしき
作　をいみしと見るま丶にあさましうあきれていと　ほしき
天　をいみしと見るま丶にあさましうあきれていと　をしき
東　をいみしとみるま丶にあさましうあきれていと　をしき
原　をいみしとみるま丶にあさましうあきれていと▼をしき（9オ）

静六　さま也　かねて心をかはしたらんにて　たにまたよなれぬほ
作　様　なりかねて心をかはしたらんにて　たにまたよなれぬほ
天　さまなりかねて心をかはしたらんにて　たにまたよなれぬほ
東　様　なりかねて心をかはしたらんにて▼たにまたよなれぬほ（10オ）
原　様　なりかねて心をかはしたらむにて　たにまたよなれぬほ

静七　とは思　ひまとひぬへしましてわりなうわな丶きゐたる
作　とはおもひまとひぬへしましてわりなうわな丶きゐたる
天　とはおもひまとひぬへきましてわりなうわな丶きゐたり
東　とはおもひまとひぬへしましてわりなうわな丶きゐたる
原　とはおもひまとひぬへしましてわりなうわな丶きゐたる

静八　ことはり也　〵たゆたふ心のほとはそこにこそしり給はめ〵其よ
作　ことわりなり*〵たゆたふ心のほとはそこにこそしり給はめ〵其よ　［二四］
天　ことわりなり〵たゆたふ心のほとはそこにこそしり給はめ〵其よ
東　ことわりなり〵たゆたふ心のほとはそこにこそしり給はめ〵其よ
原　ことわりなり〵たゆたふ心のほとはそこにこそしり給はめ〵其よ

静九　なからのかけは見さりきと　こそ　いらへまほしかりけれけに
作　なからのかけは見さりきと　こそ　いらへまほしかりけれけに
天　なからのかけは見さりきと　こそ　いらへまほしかりけれけに
東　なからのかけは見さりきと【こそ】いらへまほしかりけれけに
原　なからのかけは見さりきと　こそ　いらへまほしかりけれけに

静十　かたちにほひこそ其　よの人　に　は　をとり侍らん心さしな▼（9オ）
作　かたち匂　ひこそのよの人　に　は　おとり侍らん心さしな
天　かたち匂　ひこそ其　よのひとに　は　おとり侍らん心さしな
東　かたち匂　ひこそそのよの人　に【は】おとり侍らん心さしな
原　かたち匂　ひこそそのよの人　に　は　おとり侍らむ心さしな

静一　とはいかてまくへきふかきためしにいま行すゑの人　に
作　とそいかてまくへきふかきためしにいま行末　のひとに
天　とそいかてまくへきふかきためしにいま行末　のひとに
東　とそいかてまくへきふかきためしにいま行末　のひとに
原　とはいかてまくへきふかきためしにいま行末　の人　に

静二　もいはせんゆめ　むくつけきものに思ひ給ふなといとな
作　もいはせむゆめ　むくつけき□のに思ひ給ふなといとな
天　もいはせむゆめ▼むくつけきものに思ひ給ふなといとな（8オ）
東　もいはせむゆめ　むくつけきものに思ひ給ふなといとな
原　もいはせむゆめ　むくつけきものに思ひ給ふなといとな

静三　つかしうやはらかにかたらひ給ふにのとむとはなけれと　き
作　つかしうやはらかにかたらひ給ふにのとむとはなけれと▼き（7オ）
天　つかしうやわらかにかたらひ給ふにのとむとはなけれと　き
東　つかしうやはらかにかたらひ給ふにのとむとはなけれと　き
原　つかしうやはらかにかたらひ給ふにのとむとはな□れ□　き

静四　つねこたまのへんけ　にやとたちまちにきえまとひし
作　つねこたまのへんけ　にやとたちまちにきえまとひし
天　つねこたまのへんくえにやとたちまちにきえまとひし
東　つねこたまのへんけ　にやとたちまちにきえまとひし
原　つねこたまのへんけ　にやとたちまちにきえまとひし

静五　おそろしさは　すこししつまりぬれとなに心もなううち
作　おそろしさは　すこししつまりぬれとなに心もなう□ち
天　おそろしさは　すこししつまりぬれとなに心もなううち
東　おそろしさは▼すこししつまりぬれとなに心もなううち（10ウ）
原　おそろしさは　すこししつまりぬれとなに心もなううち

静六　とけたらんほと　をみえ奉りけんはつかしさもしぬは
作　解　たらむほと　をみえ奉りけんはつかしさはしぬは
天　解　たらむほと　をみへ奉りけんはつかしさはしぬは
東　解　たらむほと　をみえ奉りけんはつかしさはしぬは
原　とけたらむほと▼を見え奉りけむはつかしさはしぬは（9ウ）

静七　かりわりなくてあせもよゝと　なか　れぬ　＼よを長　月と
作　かりわりなくてあせもよゝと　なか　れぬ」　＼*よをなか月と［一五］
天　かりわりなくてあせもよゝと　なか　れぬ＼し＼よをなか月と
東　かりわりなくてあせもよゝと　なか　れぬ」　＼よをなか月と
原　かりわりなくてあせもよゝと【なか［流］】れぬ　＼よをなか月と

静八　いふにやあらんといひし比　なれとふけにしかはやほとなく
作　いふにやあらんといひし比　なれとふけにしかはやほとなく
天　いふにやあらんといひし比　なれとふけにしかはやほとなく
東　いふにやあらんといひし比　なれとふけにしかはやほとなく
原　いふにやあらむといひしころなれとふけにしかはやほとなく

静九　あけかたちかう　成　ぬ　あきのふ出きてしはふけは思ひかけぬ
作　あけかたちかう　成　ぬ　あきのふ出来てしはふけは思ひかけぬ
天　あけかたちかう　なりぬ　あきのふ出きてしはふけは思ひかけぬ
東　あけかたちかう　成　ぬ　あきのふ出きてしはふけは思ひかけぬ
原　明　かたちかう［~~なりぬ~~］あきのふ出きてしはふけは思ひかけぬ

静十　事　にも有　かなとてかうしはなちてしゝうといふそ▼（9ウ）
作　ことにもあるかなとてかうしはなちてしゝうといふそ
天　ことにも有　かなとてかうしはなちてじゞうといふそ
東　ことにもあるかなとてかうしはなちてしゝうといふそ
原　事　にもあるかなとてかうしはなちてしゝうといふそ

静一　ゐて行かくまいりたりときこえ給へ　いつならはせ給へる
作　ゐて行かくまゐりたりときこえ給へ　いつならはせ給へる
天　ゐて行かくまいりたりときこえ給へはいつならはせ給へる
東　ゐて行かくまゐりたりときこえ給へ　いつならはせ給へる
原　ゐて行かくまゐりたりときこえ給へ　いつならはせ給へる

静二　御たひねのいきたなさならんといふ　た　れにかきこえさ
作　御たひねのいきたなさならんといふ　た　れにかきこえさ
天　御たひ寝のいきたなさならんといふ　た　れにかきこえさ
東　御たひねのいきたなさならんといふ　た　れにかきこえさ
原　御たひねのいきたなさならむといふ【た［こ］】れにかきこえさ

静三　せんかゝる御せうそこきこえさす　へき人もおはしまさすか
作　せんかゝる御せうそこきこえさす　へき人もおはしまさす門
天　せむかゝる御せうそこきこえさす▼へき人もおはしまさす門（8ウ）
東　せむかゝる御せうそこきこえさす　へき人もおはしまさす門
原　せむかゝる御せうそこ聞　えさす　へき人もおはしまさす門

静四　とたかへにやと　いへはうちわらひてそこに道　ひき給はぬ
作　たかへにやと　いへはうちわらひてそこにみちひき給はぬ
天　たかへにやと　いへはうちわらひてそこにみちひき給はぬ
東　たかへにやと▼いへはうちわらひてそこにみちひき給はぬ（11オ）
原　たかへにやと　いへはうちわらひてそこにみちひき給はぬ

静五　にはかくしもうちとけ給ふへき御有さまか【は［な］】あやし
作　にはかくしもうちとけ給ふへき御有さまか　は　あやし
天　にはかくしもうちとけ給ふへき御有さまか　は　あやし
東　にはかくしもうちとけ給ふへき御有さまか　は　あやし
原　にはかくしもうちとけ給ふへき御有さまか　は　あやし

静六　き御物あら　そ　ひかなときこゆるにあやしう　なりてたち
作　の御物あら　か　ひかなときこゆるにあやしう　なりて
天　の御物あら　か　ひかなときこゆるにあやしう　なりて立
東　の御物あら【か】ひかなときこゆるにあやしう　なりてたち
原　の御物あら　か　ひかな□きこゆるにあやしう▼なりてたち（10オ）

静七　かへりまい　り　くるをきゝつけ給ひてあきのふは物　しつや
作　帰　りまゐ【り［る］】くるをきゝつけ給ひてあきのふは物▼しつや（7ウ）
天　かへりまゐ　り　くるをきゝつけ給ひてあきのふは物　しつや
東　帰　りまゐ　り　くるをきゝつけ給ひてあきのふは物　しつや
原　帰　りまゐ　り　くるをきゝつけ給ひてあきのふは物　しつや

静八　よはまたふかゝらん物　をと　て　をき出　給ひて御なをしなと
作　よはまたふかゝらむものをと　て　おき出　給ひて御なほしなと
天　よはまたふかゝらむものをと　て　おきいて給ひて御なほしなと
東　よはまたふかゝらむものをと【○て】おき出　給ひて御なほしなと
原　よはまたふかゝらむものをと　て　おき出　給ひて御なほしなと

静九　ひきつくろひてよへ入　給ひしかた　のかうし御てつからひ
作　ひきつくろひてよへいり給ひしかた　のかうし御手つから引
天　ひきつくろひてよへいり給ひしかたはらのかうし御手つから引
東　ひきつくろひてよへいり給ひしかた　のかうし御手つから引
原　ひきつくろひてよへ入　給ひしかた　のかうし御手つから引

静十　きあけてもろともにいさなひ出給ふにそおとろかれける▼（10オ）
作　あけてもろともにいさなひ出給ふにそおとろかれける
天　あけてもろともにいさなひ出給ふにそおとろかれける
東　あけてもろともにいさなひ出給ふにそおとろかれける
原　あけてもろともにいさなひ出給ふにそおとろかれける

静一　としころのまへわたりによく見奉りておかしき御有
作　年比　のまへわたりによく見奉りてをかしき御有
天　年　ころの前　わたりによく見奉りてをかしき御有
東　年　頃　の前　わたりによく見奉りてをかしき御有
原　年　頃　の前　わたりによく見奉りてをかしき御有

静二　さまをみるたひにいかなる人かゝる人　におもはれ奉らんさ
作　さまをみるたひにいかなる人かゝるひとにおもはれ奉らむさ
天　さまを見るたひにいかなる人かゝるひとにおもはれ奉らむさ
東　さまをみるたひにいかなる人かゝるひとにおもはれ奉らむさ
原　さまをみるたひにいかなる人かゝる人　におもはれ奉らむさ

静三　らん　はいみしきさいはひ人と思　ひわたりしにさはわかお
作　らむ　はいみしきさいはひ人とおもひわたりしにさはわか御
天　らん　はいみしきさいはひ人と思　ひわたりしにさはわか御
東　らん▼はいみしきさいはひ人とおもひわたりしにさはわか御（11ウ）
原　らむ　はいみしきさいはひ人とおもひわたりしにさはわか御

静四　もとはたかきすくせのおはし　けるよといとうれしう思
作　もとはたかきすくせのおはし　けるよといとうれしうおも
天　もとはたかきすく世のおはし▼けるよといとうれしうおも（9オ）
東　もとはたかきすくせのおはし　けるよといとうれしうおも
原　もとはたかきすくせのおはし　けるよ□い□□れしうおも

静五　ひゐたりいつのほとに入せ給ひつらんとこれはかりそあ
作　ひゐたりいつの程　に入せ給ひつらんと是　はかりそあ
天　ひゐたりいつの程　に入せ給ひつらんと是　はかりそあ
東　ひゐたりいつの程　に入せ給ひつらんと是　ばかりそあ
原　ひゐたりいつの程　に入せ給ひつらんと是　はかりそあ

静六　やしかりけ　る　あけかたの月くまなくさし入に女いと〻ま
作　やしかりけ　る」*あけかたの月くまなくさし入に女いと〻ま［六］
天　やしかりけ　り　あけかたの月くまなくさし入に女いと　ま
東　やしかりけ　る」あけかたの月くまなくさし入に女いと〻ま
原　やしかりけ　る　明　かたの月くまなくさし入に女いと　ま

静七　はゆく　てうちそむきゐるかたはらめかんさしのか〻りはし
作　はゆく　てうちそむきゐるかたはらめかんさしのか〻りはし
天　はゆく　てうちそむきゐるかたはらめかんさしのか〻りはし
東　はゆく　てうちそむきゐるかたはらめかんさしのか〻りはし
原　はゆく▼てうちそむきゐるかたはらめかんさしのか〻りはし（10ウ）

静八　もやんことなき人　に　も　をとるましくあてにらうたくみゆ
作　もやむことなきひとに　も　おとるましくあてにらうたく見ゆ
天　もやむことなきひとに　も　おとるましくあてに　見ゆ
東　もやむことなきひとに【○も】おとるましくあてにらうたく見ゆ
原　もやむことなき人　に　も　おとるましくあてにらうたく見ゆ

静九　すりなともせて久しう成ぬれはいたうあれてた〻いと
作　すりなともせて久しう成ぬれはいたうあれてた〻いと
天　すりなともせて久しう成ぬれはいたうあれてた〻いと
東　すりなともせて久しく成ぬれはいたうあれてた〻いと
原　すりなともせて久しう成ぬれはいたうあれて[た〻]いと

静十　しけきくさのうへにすき間もなくをきわたしたる露▼（10ウ）
作　しけ[き]くさのうへにすき間もなくおきわたしたる露
天　しけきくさのうへにすき間もなくおき渡　したる露
東　しけきくさのうへにすき間もなくおき渡　したる露
原　しけき草　のうへにすき間もなくおき渡　したる露

静一　のみつらぬきとめし玉かと　みえ　て中〳〵　花　もみち
作　のみつらぬきとめし玉かと　みえ▼て中〳〵　花　紅葉（8オ）
天　のみつらぬきとめし玉かと　見え　て中〳〵　花　紅葉
東　のみつらぬきとめし玉かとも見　て中〳〵▼はな紅葉（12オ）
原　のみつらぬきとめし玉かと　みえ　て中〻　はな紅葉

静二　よりもあはれにみゆ
作　よりもあはれにみゆ
天　よりもあはれにみゆ
東　よりもあはれにみゆ
原　よりもあはれにみゆ

静三　くるゝまをたのめてもなをあさ露のをきわか
作　くるゝまをたのめてもなほ朝　露のおきわか
天　くるゝ間をたのめてもなほ朝　露のおきわか
東　くるゝ間をたのめてもなほ朝　露のおきわか
原　くるゝ間をたのめてもなほ朝　露のおきわか

静四　るゝはわひしかりけりなきみたるゝむしのこゑ〳〵そ玉
作　□ゝはわひしかりけりなきみたるゝむしの聲　〳〵そ玉
天　るゝはわひしかりけりなき乱　るゝむしの聲　〳〵そ玉
東　るゝはわひしかりけりなきみたるゝむしの聲　〳〵そ玉
原　るゝはわひしかりけりなき乱　るゝむしの聲　〻　そ玉

静五　のうてなよりもこよなくまさりけり　女
作　のうてなよりもこよなく増　りける　女
天　のうてなよりも　　　　増　りてみゆ女▼（9ウ）
東　のうてなよりもこよなく増　りける　女
原　のうてなよりもこよなくまさりける　女

静六　わひしともおもほえぬかなよとゝもにをきそふ
作　侘　しともおもほえぬかなよとゝもにおきそふ
天　侘　しともおもほえぬかなよとゝもにおきそふ
東　侘　しともおもほえぬかなよとゝもにおきそふ
原　わひしともおもほえぬかなよとゝもにおきそふ

静七　そての露　にならひてとつゝましけにいふ　さまもなつか
作　そての露　にならひてとつゝましけにいふ　様　もなつか
天　そての露　にならひてとつゝましけにいふ　さまもなつか
東　そての露　にならひてとつゝましけにいふ　様　もなつか
原　袖　の露▼にならひてとつゝましけにいふ【〇様】もなつか（11オ）

静八　しうな　ま　めきてちかくて見給ふはいとゝらうたし　との
作　しうな　ま　めきてちかくて見給ふはいとゝらうたし*との［一七］
天　しうな　ま　めきてちかくて見給ふはいと　らうたし　との
東　しうな【〇ま】めきてちかくて見給ふはいとゝらうたしとの
原　しうな　ま　めきて近　くて見給ふはいとゝらうたし　との

静九　におはしましてもねられ給はすおかしかりける人　さまかな
作　におはしましてもねられ給はすをかしかりける人　さまかな
天　におはしましてもねられ給はすをかしかりける人のさまかな
東　におはしましてもねられ給はすをかしかりける人　さまかな
原　におはしましてもねられ給はすをかしかりける人　さまかな

静十　なにはかりの人にかあらんとし比　の行かへりにめなれたりし▼（11オ）
作　何　はかりの人にかあらんとし比　の行かへりにめなれたりし
天　何　はかりの人にかあらんとしころの行かへりにめなれたりし
東　何　はかりの人にかあらんとし頃　の行かへりにめなれたりし
原　何　はかりの人にかあらむとし比　の行かへりにめなれたりし

静一　いへゐなれとかくおかしくらうたき　もの、物すへきと
作　家　ゐなれとかくをかしくらうたき　もの〻物すへきと
天　家　居なれとかくをかしくらうたき　もの、物すへきと
東　家　ゐなれとかくをかしくらうたき▼もの、物すへきと（12ウ）
原　家　ゐなれとかくをかしくらうたき　もの、物すへきと

静二　や思ひし一よのたひねもむつかしかりぬへきのきのちか
作　や思　し一よのたひねもむつかしかりぬへきのきのちか
天　や思ひし一よのたひねもむつかしかりぬへきの　　ちか
東　や思　し一よのたひねもむつかしかりぬへきのきのちか
原　や思ひし一よの旅　ねもむつかしかりぬへきのきのちか

静三　さはうとましうしけきむくらはあつかはしうさすかに　又
作　さはうとましうしけきむくらはあつかはしうさすかに　又
天　さはうとましうしけきむくらはあつかはしうさすかにて又
東　さはうとましうしけきむくらはあつかはしうさすかに　又
原　さはうとましうしけきむくらはあつかはしうさすかに　又

静四　あはれにこそ見入られしかさはか、る思　ひのくさもおふる物　か
作　あはれにこそ見入られしかさはか〻るおもひのくさもおふるものか
天　哀　にこそ見入られしか　はか、るおもひのくさもをふるものか
東　あはれにこそ見入られしかさはか、るおもひのくさもおふる物　か
原　あはれにこそ見入られしかさはか、るおもひのくさもおふる物　か

静五　なさはかりすき事このむものとものいま、てしらさり
作　なさはかりすき事このむものとものいま〻てしらさり
天　なさはかりすき事このむものとものいま、てしらさり
東　なさはかりすき事このむものとものいま、てしらさり
原　なさはかりすき事このむものとものの今　まてしらさり

静六　けんよ　われにてさへ　長　きほたしとおほ　ゆるそはらきた
作　けんよ　われにてさへ▼なかきほたしとおほ　ゆるそはらきた（8ウ）
天　けんよ　われにてさへ　なかきほたしとおほ▼ゆるそはらきた（10オ）
東　けんともわれにてさへ　長　きほたしとおほ　ゆるそはらきた
原　けんよ　われにてさへ　長　きほたしとおほ　ゆるそはらきた

静七　なき心には有　ける　なれ行　まゝにしけからんこひくさはそむ
作　**なき心には有　ける　なれ行　まゝにしけからんこひくさはそむ**
天　なき心にはありける　なれゆくまゝにしけからんこひくさはそむ
東　なき心には有　ける　なれ行　まゝにしけからんこひくさはそむ
原　なき心にはありける▼なれゆくまゝにしけからんこひ草　はそむ（11オ）

静八　く山路にはつきなかるへし又　よの中をのかるゝすくせ
作　**く山路にはつきなかるへしまた世の中をのかるゝすくせ**
天　く山路にはつきなかるへし此　世の中をのかるゝすく世
東　く山路にはつきなかるへしまた世の中をのかるゝすくせ
原　く山路にはつきなかるへしまた世の中をのかるゝすくせ

静九　なくてれいの人にてあらんにつけても此かたにうつし心な
作　**なくてれいの人にてあらんにつけても此かたにうつし心な**
天　なくてれいの人にてあらんにつけても此かたにうつし心な
東　なくてれいの人にてあらんに付　ても此かたにうつし心な
原　なくてれいの人にてあらんにつけても此かたにうつし心な

静十　く心　いられしてかゝつらひ　ありく人　のうへさへもとかしう▼（11ウ）
作　**う心　いられしてかゝつらひ　ありく人　のうへさへもとかしう**
天　うこゝろいられしてかゝつらひ　ありくひとのうへさえもとかしう
東　う心　いられしてかゝつらひ▼ありく人　のうへさへもとかしう（13オ）
原　う心　いられしてかゝつらひ　ありく人　のうへさへもとかしう

静一　みくるしきわさ也　今　よりたえ〳〵にならはさは　かれも
作　**見くるしきわさなり今　よりたえ〳〵にならはさは　かれも**
天　見くるしきわさなりいまよりたえ〳〵にならはさはかりも
東　見くるしき業　なり今　よりたえ〳〵にならはさは　かれも
原　見くるしき業　なり今　よりたえ〳〵にならはさは　かれも

静二　め　なれてまたるゝよひもなからましとのとかにおほし
作　**め　なれてまたるゝよひもなからましとのとかにおほし**
天　め　なれてまたるゝ宵　もなからましとのとかにおほし
東　【〇め】なれてまたるゝ宵　もなからましとのとかにおほし
原　め　なれてまたるゝ宵　もなからましとのとかにおほし

静三　やすらふはなをこよなき御まめ心なれとよの中には
作　**やすらふはなほこよなき御まめ心なれとよの中には**
天　やすらふはなをこよなき御まめ心なれとよの中には
東　やすらふは猶　こよなき御まめ心なれとよの中には
原　やすらふは猶　こよなき御まめ心なれとよの中には

静四　あたにいふをみつからもきゝ給ひてはいかなれはとほゝゑ
作　**あたにいふをみつからもきゝ給ひてはいかなれはとほゝゑ**
天　あたにいふをみつからもきゝ給ひて　いかなれはとほゝゑ
東　あたにいふをみつからもきゝ給ひてはいかなれはとほゝゑ
原　あたにいふをみつからも聞　給ひてはいかなれはとほゝゑ

静五　まれ給ふへし中　つかさの宮　へまいり　給ふかへさのつゐてに
作　まれ給ふへし中＊　つかさの宮　へまゐり　給ふかへさのついてに　【八】
天　まれ給ふへしなかつかさのみやへまいり▼給ふかへさのついてに（10ウ）
東　まれ給ふへし中　つかさの宮　へ参　り　給ふかへさのついてに
原　まれ給ふへし中　つかさの宮　へ参　り　給ふかへさのつゐてに

静六　はかならすと丶まり給へり此やとのあるしはこひこのかみ成　ける
作　はかならすと丶まり給へり此やとのあるしはこ肥後の守　成　ける
天　はかならすと丶まり給へり此やとのあるしはこひこの守　成　ける
東　はかならすと丶まり給へり此やとのあるしはこひこの守　成　ける
原　はかならすと丶まり給へり此やとのあるしはこひこの守　なりける

静七　もの丶めになん有　ける　女君は右大臣との丶御子にて此　きた
作　もの丶めになんありける　女君は右大臣殿　の御子にてこのきた
天　もの丶女になんありける　女君は右大臣殿　の御子にてこのきた
東　もの丶めになんありける　女君は右大臣殿　の御子にてこのきた
原　もの丶めになんありける▼女君は右大臣殿　の御子にて此　北（12オ）

静八　のかたのあねなりける人のはら也二　つはかりに成給へるほ
作　のかたのあねなりける人のはら也二　つはかりに成給へるほ
天　の方　のあね成　ける人のはら也二　つはかりに成給へるほ
東　のかたのあね成　ける人のはら也二　つはかりに成給へるほ
原　のかたのあねなりける人のはら也ふたつはかりに成給へるほ

静九　とには丶君　は　はかなく成　給ひ　てしかは　おは君　あはれに心く
作　とには丶君　は　はかなくなり給ひ　てしかは▼をはきみ　あはれに心く（9オ）
天　とには丶君　は　はかなく成　給ひ　てしかは　をは君　そあはれに心く
東　とには丶君【〇は】はかなく成　給ひ▼てしかは　をはきみ　あはれに心く（13ウ）
原　とに母　君　は　はかなく成　給ひ　てしかは　をはきみ　あはれに心く

静十　るしき事に思ひてこまかにはく丶みおふしたてたまふ▼（12オ）
作　るしき事に思ひてこまかにはく丶みおふしたて給　ふ
天　るしき事に思ひてこまかにはく丶みおふしたて給　ふ
東　るしき事に思ひてこまかにはく丶みおふしたて給　ふ
原　るしき事に思ひてこまかにはく丶みおふしたて給　ふ

静一　いはけなきほとはいかにもうしろめたけれはせはきそてに
作　いわけなきほとはいかにもうしろめたけれはせはき袖　に
天　いはけなきほとはいかにもうしろめたけれはせはき袖　に
東　いはけなきほとはいかにもうしろめたけれはせはき袖　に
原　いはけなきほとはいかにもうしろめたけれはせはき袖　に

静二　つ丶みても身をはなたすみ奉りてんおとなしく成　給　は
作　つ丶みても身をはなたす見奉りてんおとなしくなりたまは
天　つ丶みても身をはなたす見奉りてんおとなしく成　給　は
東　つ丶みても身をはなたす見奉りてんおとなしく成　給　は
原　つ丶みても身をはなたす見奉りてんおとなしく成　給　は

静三　はあやしき身にひきそへては人〳〵しきよをもえ　み　給
作　ゝあやしきみにひきそへては人〻　しきよをもえ　見　給ふ
天　　あやしきみにひきそへては人〻　しきよをもえ【み】給ふ
東　はあやしきみにひきそへては人〻　しきよをもえ　見　給ふ
原　ゝあやしき身にひきそへては人〻　しきよをもえ　見　給ふ

静四　ましけれはいかなるたよりをもとめて　も　との、　わたりに
作　ましけれはいかなるたよりをもとめて　も　殿　の　わたりに
天　ましけれはいかなるたよりをもとめて　も　殿　の▼わたりに（11オ）
東　ましけれはいかなるたよりをもとめて【も】殿　の　わたりに
原　ましけれはいかなるたよりをもとめて　も　殿　の　わたりに

静五　ほのめかしなん　あはれとおほしたりしかはことの外　に　は　思ひ
作　ほのめかしなん　あはれとおほしたりしかはことの外　に　は　思ひ
天　ほのめかしなん【と】あはれにおほしたりしかはことのほかに　は　思ひ
東　ほのめかしなん　あはれとおほしたりしかはことの外　に【〇は】ゑひ
原　ほのめかしなむ　あはれとおほしたりしかはことの外　に　は　思ひ

静六　給はしかつは〵心　のやみにまとはぬおやは有　ましけなれは
作　給はしかつは　心　のやみにまとはぬおやはあるましけなれは
天　給はしかつは〵心　のやみにまどはぬおやは有　ましげなれは
東　給はしかつは〵心　のやみにまとはぬおやはあるましけなれは
原　給はしかつは〵こゝろのやみにまとはぬおやはあるましけなれは

静七　かならすかすまへられ給はんと思ひつゝあかしくらす　に
作　かならすかすまへられ給はんと思ひつゝあかしくらす　に
天　かならすかずまへられ給はんと思ひつゝあかしくらす　に
東　かならすかすまへられ給はんと思ひつゝあかしくらす　に
原　かならすかすまへられ給はんと思ひつゝあかしくらす▼に（12ウ）

静八　十二三に成　給ふまゝにめてたくおかしき御さまなれはいと、
作　十二三になり　給ふまゝにめてたくをかしき御さまなれはいとゝ
天　十二三になり　給ふまゝにめてたくをかしき御さまなればいと、
東　十二三になり▼給ふまゝにめてたくをかしき御さまなれはいとと（14オ）
原　十二三になり　給ふまゝにめてたくをかしき御さまなれはいと、

静九　らうたくうれしく　て此春のほとにもきこえんなとか
作　らうたくうれしく　て此春のほとにもきこえむなとか
天　らうたくうれし〈く〉て此春のほとにもきこえむなとか
東　らうたくうれしく　て此春のほとにもきこえむなとか
原　らうたくうれしく　て此春のほとにも聞　えむなとか

静十　みともいひあはせてうち〳〵に其　心まうけともし給ふ▼（12ウ）
作　みともいひあはせてうち〳〵にその心まうけともし給ふ
天　みともいひあはせて内　〻　に其　心まうけともし給ふ
東　みともいひあはせてうち〳〵にその心まうけともし給ふ
原　みともいひあはせてうち〳〵にその心まうけともし給ふ

静一　にかみにはかに心　ちわつらひて　うせにしかははかなくかな

作　にかみにはかにこゝちわつらひて　うせにしかははかなくかな

天　にかみにはかに心　ちわづらひてぞうせにしかははかなくかな

東　にかみにはかに心　ちわつらひて　うせにしかははかなくかな

原　□かみ俄　に心　ちわつらひて　うせにしかははかなくかな

静二　しき事を思　ひ　なけき　つゝ〳〵しのふくさつむへきわすれかた

作　しき事を思　ひ　なけき　つゝ〳〵しのふくさつむへきわすれかた

天　しき事を思　ひ　なき　つゝ　しのぶくさつむへきわすれかた

東　しき事を思　ひ【○歎　き】つゝ〳〵しのふくさつむへきわすれかた

原　しき事をおもひ　なけき　つゝ〳〵しのふくさつむへきわすれかた

静三　みもなけれはしる　所なともよその物　に成　て心ほそかり

作　みもなけれはしる▼處なともよそのものになりて心ほそかり（9ウ）

天　みもなけれはしる　所などもよそのものになりて心ほそかり

東　みもなけれはしる　處なともよそのものになりて心ほそかり

原　みもなけれはしる　處なともよそのものになりて心ほそかり

静四　けれは此　君　をさへはなちてはうらめしきよの中をかた

作　けれはこのきみをさへはなちてはうらめしきよの中をかた

天　けれは此　君　をさへはなちてはうらめしき世の中をかた

東　けれはこのきみをさへはなちてはうらめしきよの中をかた

原　けれは此　きみをさへはなちてはうらめしきよの中をかた

静五　ときふへき心　ちも　せすかつは此　人を　おもはん人をよす

作　時　ふへきこゝちも　せすかつはこの人を　おもはむ人をよす

天　時　ふべき心　地も▼せずかつはこの人を　思　わん人をよす（11ウ）

東　時　ふへきこゝちも　せすかつはこの人を【○お】もはむ人をよす

原　時　ふへき心　ちも　せすかつはこの人を　お　もはむ人をよす

静六　かにてなからへんかきりのよにはあらん　かたちのめてたく

作　かにてなからへむかきりのよにはあらん　かたちのめてたく

天　がにてながらふるかぎりの世にはあらん　かたちのめでたく

東　かにてなからへむかきりのよにはあらん▼かたちのめて度（14ウ）

原　かにてなからへむかきりのよにはあらん　かたちのめて度

静七　おはすれはふゐにひきいて給ふさいはひもなとかなくて

作　おはすれはふいにひき出　給ふ幸　もなとかなくて

天　おはすれはふゐにひきいて給ふ幸　もなどかなくて

東　おはすれはふゐにひきいて給ふ幸　もなとかなくて

原　おはすれはふゐにひき出　給ふ幸　もなとかなくて

静八　はあらんとねんし過してこゝらの　とし月もかさなり

作　はあらんとねむし過してこゝらの　とし月もかさなり

天　はあらんとねんし過してこゝらの　年　月もかさなり

東　はあらんとねむし過してこゝらの　とし月もかさなり

原　はあらんとねむし過してこゝらの▼年　月もかさなり（13オ）

静九　けるにかくおもはすにうつくしき御すくせのいてまうて
作　けるにかくおもはすにうつくしき御すくせのいてまうて
天　けるにかくおもはづにうつくしき御すく世のいでまうで
東　けるにかくおもはすにうつくしき御すくせのいてまうて
原　けるに□くおもはすにうつくしき御すくせのいてまうて

静十　きしかはいとも〳〵うれしうなけきわたりける年　比の▼（13オ）
作　きしかはいとも〳〵うれしう歎　わたりける年　比の
天　きしかはいとも〳〵うれしう歎　わたりけるとし比の
東　きしかはいとも〳〵うれしう歎　わたりける年　頃の
原　きしかはいとも〳〵うれしう歎　わたりけるとし頃の

静一　しるしみえていと心　行　ぬ　れいの宮よりのかへさにしのひま
作　しるしみえていと心　行　ぬ」*れいの宮よりのかへさにしのひま［一九］
天　しるし見へていと心　行　ぬ　れいの都より　帰　さにしのひま
東　しるし見えていと心　行　ぬ」れいの宮よりの帰　さにしのひま
原　しるし見えていとこゝろゆきぬ　れいの宮よりの帰　さにしのひま

静二　きれて入給ふ冬たつまゝに日にいくたひかはれくもり時雨
作　きれて入給ふ冬たつまゝに日にいく度　か晴　曇り　しく
天　きれて入給ふ冬たつまゝに日にいく度　かはれくもり時雨
東　きれて入給ふ冬たつまゝに日にいく度　か晴　曇り　時雨
原　きれて入給ふ冬たつまゝに日にいく度　か晴　くもりしく

静三　るゝこからしにうちゝりたるならのははやり水も見
作　るゝこからしにうちゝりたるならの葉はやり水もみ
天　ゝこからしにうちゝりたるならの葉はやり水も見
東　るゝこからしにうちゝりたるならの葉はやり水も見
原　るゝこからしにうち散　たるならの葉はやり水もみ

静四　えす　うつみてにはのしとねといはまほしく山里の心　ち
作　えす　うつみてにはのしとねといはまほしく山里のこゝち
天　へす　うづみて庭　のしとねといはまほしく山里の心　ち
東　えす［こからしに］うつみてにはのしとねといはまほしく山里の心　ち
原　えす　うつみてにはのしとねといはまほしく山里の心　地

静五　しておかしきをそよめきわたり入　給ふに今もさと
作　してをかしきをそよめきわたり入　給ふに今もさと
天　してをかしきをそよめきわたり入　給ふに今もさと
東　してをかしきをそよめきわたり入▼給ふに今もさと（15オ）
原　してをかしきをそよめきわたり入　給ふに今もさと

静六　ふきいつる風　に　はら〳〵とちりて御　かうむりなをしのそ
作　吹出　る風　に　はら〳〵とちりて御　かうふりなほしのそ
天　吹出　る風　に　はら〳〵とちりておゝん▼かうふりなほしのそ（12オ）
東　吹出　る風【○に】はら〳〵とちりて御　かうふりなほしのそ
原　吹出　る風　に　はら〳〵とちりて御　かうふりなほしのそ

静七　てにとまる　もみちのおかしきをかれ見給へ〳〵二月の雪
作　てにとまる▼紅葉　のをかしきをかれ見給へ〳〵二月の雪（10オ）
天　でにとまる　紅葉　のをかしきをかれ見給へ〳〵二月の雪
東　てにとまる　紅葉　のをかしきをかれ見給へ〳〵二月の雪
原　てにとまる　紅葉　のをかしきをかれ見給へ〳〵二月の雪

静八　こそころもにはをつなれさまかへたるわさなりやとはらひ
作　こそ衣　にはおつなれさまかへたるわさなりやとはらひ
天　こそ衣　に　おつなれさまかへたるわざなりやとはらひ
東　こそ衣　にはおつなれさまかへたるわさなりやとはらひ
原　こそ衣　にはおつなれさまかへたるわさなりやとはらひ

静九　給ふむらさきのこきな　をしにはへ給　へるてつきかほのにほ
作　給ふむらさきのこきな　ほしにはえ給　へるてつきかほのにほ
天　給ふむらさきのこきな　ほしにはへ給　へるてつきかほのにほ
東　給ふむらさきのこきな　ほしにはえ給　へるてつきかほのにほ
原　給ふ紫　　のこきな▼ほしにはえたまへるてつきかほのにほ（13ウ）

静十　ひのあいきやうは女もおかしと見給ふらんかしれいのこまか▼（13ウ）
作　ひのあいけ　うは女もをかしと見給ふらむかし例　のこまか
天　ひ　あいけ　うは女もをかしと見給ふらんかし例　のこまか
東　ひのあいけ　うは女もをかしと見給ふらむかし例　のこまか
原　ひのあいけ　うは女もをかしと見給ふらむかし例　のこまか

静一　にうちかたらひなかきよをさへかけてたのめ給ふ事おほ
作　にうち語　らひなかきよをさへかけてたのめ給ふ事おほ
天　にうち語　らひながきよをさへかけてたのめ給ふ事おほ
東　にうち語　らひなかきよをさへかけてたのめ給ふ事おほ
原　にうち語　らひなかきよをさへかけてたのめ給ふ事おほ

静二　かるへしいかてなのりし給　へかはかりに成　ぬれはいかなり
作　かるへしいかてなのりし給　へかはかりになりぬれはいかなり
天　かるへしいかてなのりし給　へかはかりに成　ぬれはいかなり
東　かるへしいかてなのりし給　へかはかりに成　ぬれはいかなり
原　かるへしいかて□のりしたまへかはかりに成　ぬれはいかなり

静三　ともをろかに思　ふへき中の　ち　きりかはとゆかし　かり　給
作　ともおろかに思　ふへき中の　ち　きりかはとゆかし　かり　給ふ
天　ともおろかに思　ふべき中の　契　　かはとゆかし　かり　給ふ
東　ともおろかに思　ふへき中の　ち　きりかはとゆかし【○かり】給ふ
原　ともおろかにおもふへき中の【ち】きりかはとゆかし　かり　給ふ

静四　にしのひ過　すへきにはあらねといひ出ん事　のつゝましう
作　にしのひすくすへきにはあらねといひ出む事　のつゝましう
天　にしのひすぐすへきにはあらねといひ出んことのつゝまじう
東　にしのひすくすへきにはあらねといひ出む事　のつゝまし▼う（15ウ）
原　にしのひすくすへきにはあらねといひ出む事　のつゝましう

静五 はつかしけれ は〱きの丸 とのに侍らはこそといふもはかな
作 はつかしけれ は〱きのまろ殿 に侍らはこそといふもはかな
天 はづかしけれ【は】〱きのまろ殿 に侍らはこそといふもはかな
東 はつかしけれ は〱きのまろ殿 に侍らはこそといふもはかな
原 はつかしけれ は〱きのまろ殿 に侍らはこそといふもはかな

静六 たちておかし
作 たちてをかし
天 だちてをかし
東 たちてをかし
原 たちてをかし

静七 おほつかなたかうへそめてむらさきの心をくたく
作 おほつかなたかうゐそめてむらさきの心をくたく
天 おほつかな誰かうゐ初 てむらさきの心をくたく▼（12ウ）
東 おほつかな誰かうゐ初 てむらさきの心をくたく
原 おほつかな誰かうゐ初 てむらさきの心をくたく

静八 つまとなりけんなをきこえ給 へかうへたて給 ふは行すゐな
作 つまとなりけんなほ聞 え給 へかう隔 たまふは行すゐな
天 つまとなりけんなほきこえ給 へかう隔 て給 ふは行末 な
東 つまとなりけんなほきこえ給 かう隔 給 ふは行すゐな
原 つまとなりけんなほ聞 えたまへかうへたて給 ふは行末 な

静九 かゝるましき心とうたかひ給ふや〱君によりてをとをきこ
作 かゝるましき心とうたかひ給ふや〱君によりてをとほきこ
天 かゝるましき心とうたかひ給ふや〱君によりてをとをきこ
東 かかるましき心とうたかひ給ふや〱君によりてをとほきこ
原 かゝるましき心とうたかひ給ふや〱君によりてをとほきこ

静十 ひち のくるしさをもならひたれはましていつしるへきあ▼（14オ）
作 ひち のくるしさをもならひたれはましていつしるへきあ
天 ひち のくるしさをもならひたれ ましていつしるへきあ
東 ひち のくるしさをもならひたれはましていつしるへきあ
原 ひち▼のくるしさをもならひたれはましていつしるへきあ（14オ）

静一 たし心そとの給 へと
作 たし心そとの給 へと▼（10ウ）
天 たし心そとの給 へと
東 たし心そとの給 へと
原 たし心そとのたまへと

静二 冬かれのみきはにのこるむらさきは有 にもあら
作 冬枯 のみきはにのこるむらさきはあるにもあら
天 冬枯 のみきはにのこるむらさきはあるにもあら
東 冬枯 のみきはにのこるむらさきはあるにもあら
原 冬枯 のみきはにのこるむらさきはあるにもあら

静三　ぬねさし成　けりとほのかにいふあやし此　むらさきこそ
作　ぬねさしなりけりとほのかにいふあやし此　むらさきこそ
天　ぬねさし成　けりとほのかにいふあやしこのむらさきこそ
東　ぬねさし成　けりとほのかにいふあやし此　むらさきこそ
原　ぬねさしなりけりとほのかにいふあやし此　むらさきこそ

静四　むさし野【の】にもをとるましうなつかしけれとたはふれ　給ふも
作　むさし野【の】にもおとるましうなつかしけれとたはふれ　給ふも
天　むさし野　にもおとるまじうなつかしけれとたはふれ　給ふも
東　むさし野　の　に　おとるましうなつかしけれとたはふれ▼給ふも（16オ）
原　むさし野　の　にもおとるましうなつかしけれとたはふれ　給ふも

静五　いとおかしあ　か　つき露にそほちつゝありき給ふもくる
作　いとをかしあ*　か　つき露にそほちつゝありき給ふもくる　[一〇]
天　いとをかしあ【か】つき露にそほちつゝありき給ふもくる
東　いとをかしあ　か　つき露にそほちつゝありき給ふもくる
原　いとをかしあ　か　つき露にそほちつゝありき給ふもくる

静六　しけれはあさ夕　なかむる所へゐてゆかましとゝたへか
作　しけれはあさゆふなかむる所へゐてゆかましとゝたえか
天　しけれはあさゆふなかむる所へゐてゆかましとゝたへか
東　しけれはあさゆふなかむる所へゐてゆかましとゝたへか
原　しけれはあさゆふなかむる所へゐてゆかましと　たへか

静七　たくおほしなるはしめの御心にはたかひにたるあやに
作　たくおほしなるはしめの御心にはたかひにたるあやに
天　たくおほしなるはしめの御心にはたかひにたるあやに
東　たくおほしなるはしめの御心にはたかひにたるあやに
原　たくおほしなるはしめの御心にはたかひにたるあやに

静八　くさなりやされとの給ひをきし御あたりをさへいと
作　く◦さなりやされとの給ひおきし御あたりをさへいと
天　くさなりやされとの給ひおきし御あたりをさへいと
東　くさなりやされとの給ひおきし御あたりをさへいと
原　くさなりやされとの給ひおきし御あたりをさへいと

静九　おしく　きゝ過す　に　心にまかせたるわたくしの物あつか
作　ほしく　きゝ過す　に　心にまかせたるわたくしの物あつか
天　をしく▼きゝ過す　に　心にまかせたるわたくしの物あつか（13オ）
東　をしく　きゝ過す　に　心にまかせたるわたくしの物あつか
原　ほしく　きゝ過す【〇に】心にまかせたるわたくしの物あつか

静十　ひをしてねちけたる事　にかた〱にきかれ奉らんも▼（14ウ）
作　ひをしてねちけたる事　にかた〱にきかれ奉らんも
天　ひをしてねちけたる事　にかた〱にきかれ奉らんも
東　ひをしてねちけたる事　にかた〱にきかれ奉らんも
原　ひをしてねちけたる事▼にかた〱にきかれ奉らんも（14ウ）

静一　はしたなかるへしうへはかりこそかなしきものにせ
作　はしたなかるへしうへはかりこそかなしきものにせ
天　はしたなかるへしうへばかりこそかなしきものにせ
東　はしたなかるへしうへはかりこそかなしきものにせ
原　はしたなかるへしうへはかりこそかなしきものにせ

静二　させ給ふあまりにかゝる事　もいとをしくけしからすと
作　させ給ふあまりにかゝることもいとほしくけしからすと
天　させ給ふあまりにかゝることもいとほしくけしからすと
東　させ給ふあまりにかゝることもいとほしくけしからすと
原　させ給ふあまりにかゝることもいとほしくけしからすと

静三　もきかせ給ふましけれかのおとゝのわたりにいひさはかん
作　もきかせ給ふましけれかのおとゝのわたりにいひさわかむ
天　もきかせ給ふましけれかのおとゝのわたりにいひさわかん
東　もきかせ給ふましけれかのおとゝのわたりにいひさわかん
原　もきかせ給ふましけれかのおとゝのわたりにいひさわかむ

静四　ことのはさへ　思ひつゝけられ給へははつかしくて有まし
作　ことのはさへ　思ひつゝけられ給へははつかしくて有まし
天　ことの葉さへ　思ひつゝけられ給へははつかしくて有まし
東　ことのはさへ▼思ひつゝけられ給へははつかしくて有まし（16ウ）
原　ことのはさへ　思ひつゝけられ給へははつかしくて有まし

静五　くおほす　うへの御もとにわたり給へは長すひつにすみ
作　くおほす」*うへの御もとにわたり給へは長すひつにすみ▼（11オ）［三］
天　くおほす　うへの御もとにわたり給へは長すびつにすみ
東　くおほす」うへの御もとにわたり給へは長すひつにすみ
原　くおほす」うへの御もとにわたり給へは長すひつにすみ

静六　おこしてあつまりゐる人〳〵の有さまいつれとなく
作　おこしてあつまりゐる人〻　の有さまいつれとなく
天　おこしてあつまりゐる人〻　の有さまいづれとなく
東　おこしてあつまりゐる人〻　の有さまいつれとなく
原　おこしてあつまりゐる人〻　の有さまいつれとなく

静七　めやすくもからきぬの色　、　やすらかにきなしてさふ
作　めやすくもからきぬのいろ〳〵やすらかにきなしてさふ
天　めやすくもからきぬのいろ〳〵やすらかにきなしてさふ
東　めやすくもからきぬのいろ〳〵やすらかにきなしてさふ
原　めやすくもからきぬのいろ〳〵やすらかにきなしてさふ

静八　らひなれたるけはひをおかしと見給ひていて何　事を
作　らひなれたるけはひをゝかしと見給ひていてなに事を
天　らひなれたるけはひをゝかしと見給ひていてなに事
東　らひなれたるけはひをゝかしと見給ひていてなに事を
原　らひなれたるけはひをゝかしと見給ひていて何　事を

静九　きこゆるそときかせよなきほとはたれも〳〵心　ちよ

作　きこゆるそときかせよなきほとは誰　も〳〵こゝちよ

天　きこゆるそときかせよなきほとは誰　も〳〵心　ちよ

東　きこゆるそときかせよなきほとは誰　も〳〵心　ちよ

原　きこゆるそときかせよなきほとはたれも〳〵心　ちよ

静十　けにておかしきうた物語　　も　するとみゆれとまろたに▼（15オ）

作　けにてをかしきうた物語　　も　するとみゆれとまろたに

天　けにてをかしきうた物語　りも▼すると見ゆれとまろだに（13ウ）

東　けにてをかしきうた物語【○りも】すると見ゆれとまろたに

原　けにてをかしきうた物語　　も　すると見□れとまろたに

静一　くれはいみしき　むしなとのはいくるやうにそれ〳〵といひ

作　くれはいみしき　むしなとのはひくるやうにそれ〳〵といひ

天　くれはいみしき　むしなとのはひくるやうにそれ〳〵といひ

東　くれはいみしき　むしなとのはひくるやうにそれ〳〵といひ

原　くれはいみしき▼むしなとのはひくるやうにそれ〳〵といひ（15オ）

静二　ていさりのきをとなしのさとつくり出るやさるはつゐ

作　ていさりのきおとなしのさとつくり出るやさるはつひ

天　ていさりのきおとなしのさとつくり出るやさるはつひ

東　ていさりのきおとなしのさとつくり出るやさるはつひ

原　ていさりのきおとなしのさとつくり出るやさるはつひ

静三　になかれいつるなみたも　あらんをとほゝゑみてきこえ給

作　になかれいつるなみたも　あらんをとほゝゑみてきこえ給ふ

天　になかれ出　るなみたも　あらんをとほゝゑみてきこへ給ふ

東　になかれいつるなみたも▼あらんをとほゝゑみてきこえ給ふ（17オ）

原　になかれ出　るなみたも　あらんをとほゝゑみて聞　え給ふ

静四　にわかき人〳〵はしにかへりわひあへりをとなひたるは

作　にわかき人ゝはしにかへりわひあへりおとなひたるは

天　にわかき人ゝはしにかへりわひあへりおとなひたるは

東　にわかき人ゝはしにかへりわひあへりおとなひたるは

原　にわかき人ゝはしにかへりわひあへりおとなひたるは

静五　中〳〵もてい　て　ゝさに侍　り　もりの下くささへこまた

作　中〳〵もてい　て　ゝさに侍　り〵もりの下草　さへ駒【た】

天　中〳〵もてい　て　ゝさに侍　る〵もりの下草　さへ駒　た

東　中〳〵もてい　て　ゝさに侍　り〵もりの下草　さへ駒　た

原　中ゝ　もてい〈て（□）〉ゝさにはへり〵もりの下草　さへ駒　た

静六　にすさまはと思ふ給ふれはましてわかき人は〵川となかれ

作　にすさまはと思う給ふれはましてわかき人は〵川となかれ

天　にすさまはと思ふ給ふれはましてわかき人は　川となかれ

東　にすさまはと思ふ給ふれはましてわかき人は〵川となかれ

原　にすさまはと思ふ給ふれはましてわかき人は〵川となかれ

静七　すといふ事なくや侍らんたゝ其　水　上　はおまへそしらせ
作　すといふ事なくや侍らんたゝ其　みなかみは御まへそしらせ
天　すといふ事なくや侍らんたゝそのみなかみは御まへそしらせ
東　すといふ事なくや侍らんたゝ其　みなかみは御まへそしらせ
原　すといふ事なくや侍らむたゝそのみなかみは御まへそしらせ

静八　給ふへきといらへきこゆるにえたえてすへりかくるゝも有
作　給ふへきといらへきこゆるにえたへてすへりかくるゝもあり
天　給ふへきといらへきこゆるにえたへてすへりかくるゝも有
東　給ふへきといらへきこゆるにえたへですへりかくるゝも有
原　給ふへきといらへきこゆるにえたへてすへりかくるゝも有

静九　あるはつきしろひうつふしなとすへしあやしきわさ
作　あるはつきしろひうつふしなとすへしあやしきわさ
天　あるはつきしろひうつふしなとすへしあやしきわさ
東　あるはつきしろひうつふしなとすへしあやしきわさ
原　あるはつきしろひうつふしなとすへしあやしきわさ

静十　かな此　ひ　しりをさの　給はんは　みつせ川のしるへにやあらんほ▼（15ウ）
作　かな此　ひ　しりをさの▼給はんは〽みつせ河のしるへにやあらんほ（11ウ）
天　哉此　ひ　しりをさの　給はんは　みつせ河のしるへにやあらん仏
東　哉此【〇ひ】しりをさの　給はんは　みつせ河のしるへにやあらんほ
原　哉此　ひ　しりをさの　給はんは　みつせ河のしるへにやあらんほ

静一　とけの　かほより外にみるへき　ものもおほえぬしれ〳〵
作　とけの　かほより外にみるへき　ものもおほえぬしれ〳〵
天　　の▼かほより外にみるへき　ものもおほへぬしれ〳〵（14オ）
東　とけの　かほより外にみるへき　ものもおほえぬしれ〳〵
原　とけの　かほより外にみるへき▼ものもおほえぬしれ〳〵（15ウ）

静二　しさをとてたち給ふかのむくら　のやとのひしきも
作　しさをとてたち給ふかのむくら　のやとのひしきも
天　しさをとてたち給ふかのむくら　のやとのひしきも
東　しさをとてたち給ふかのむくら▼のやとのひしきも（17ウ）
原　しさをとて立　給ふかのむくら　のやとのひしきも

静三　はしのひ給へとほの〳〵みなきゝてけれはいてそれはほと
作　はしのひ給へとほの〳〵みなきゝてけれはいてそれはほと
天　　しのひ給へとほの〳〵みなきゝてけれはいてそれは仏
東　はしのひ給へとほの〳〵みなききてけれはいてそれはほと
原　はしのひ給へとほの〳〵みなきゝてけれはいてそれは佛

静四　けにやおはすといへはそはなるひと女いり【ん】くはんせおんにてこ
作　けにやおはすといへはそはなる人　如いり　ん　くわむせおんにてこ
天　　にやおはすといへはそはなる人　如いり　ん　くわんせおんにてこ
東　けにやおはすといへはそはなる人　如いり　ん　くわんせおんにてこ
原　　にやおはすといへはそはなる人　如いり　ん　くわんせおんにてこ

中世王朝物語全集

第13巻
第17回配本

第14号　二〇一九年三月

東京都千代田区神田猿楽町二-二-三
笠間書院

中世王朝物語やぶにらみ

―『八重葎』のことなど―

原　豊二

中世王朝物語の世界に対して長らく憧れを抱いていた私であるが、結局はこの分野に疎く、これといった自身の業績は皆無である。思えば、私が大学院に入学した九〇年代の後半ごろは、『源氏物語』の研究はなんとなく落ち着いた感じがあって、これからのメインストリームは必ずや中世王朝物語に移ると、わりと多くの物語研究者が考えていたはずである。かつて「擬古物語」と呼ばれたこれらの作品群は、「中世王朝物語」という新たなジャンル名称を与えられ、それこそテクスト論的な手法によって新地平が拓かれる、そうした期待感に溢れていたのである。

ところが、実際は二〇〇八年の「源氏千年紀」などといったキャッチフレーズよろしく、『源氏物語』が物語研究の中心として揺らぐことはなかった。『源氏物語』の享受論、本文研究、また関連した文化論、歴史との敷衍など研究の流行のようなものはあったものの、世紀末に予感した事態には突き進むことはなかった。もちろん、この間の中世王朝物語の研究成果が学術的に重要であったことに相違はない。

どういうわけでこのような展開になったかについて安易に答えることはできないが、自分なりに整理をしてみると、以下のことが考えられるか。一つに中世王朝物語が中学校や高等学校の教科書に載る作品として無視されている現状があろう。大学入試の問題になることはわりにあるようだが、教室の場で教師たちがこれらの作品について生徒に教える機会はほぼないのである。だから、中世王朝物語は大学で日本文学を学ぶという道に進まなければ、多くの一般の人々には触れることすらないということになる。

ただ、大学の変容も特に九〇年代後半から著しく、日本文学科等の専門コースが減り、古典文学自体を学ぶことがなくなり、この分野に関わる学生の数もだいぶ減った。大学院生のアカデミックポストへの就職も大変厳しくなり、その中で生き残りを図るため、どうしても社会的認知度の高い作品の研究に流れざるを得ない。つまり、中世王朝物語は日本文学研究全体の衰退の荒波をより敏感に受けたということになろう。

それはそうと、私は長らく居住した米子から岡山に住居を移してすぐに、岡山藩主池田光政自筆の『風葉和歌集』と『拾遺百番歌合』の抜書き本を林原美術館から見出すという幸運に恵まれた（「池田光政と「抜書」――『風葉和歌集』『拾遺百番歌合』をめぐって――」『ノートルダム清心女子大学紀要日本語・日本文学編』四十－一）。『風葉和歌集』などは、今まで市井の国学者が写したような写本が多いような印象を持っていたから、藩主自筆の豪華本に感激し、また近世前期という比較的早い書写年代にも驚かされた。これらの写本や巻子本数点ずつが所在確認できたのである。もちろん、池田光政自身は散逸物語や中世王朝物語に対してどこまで興味を抱いていたかはわからない。林原美術館等に多く所蔵される光政自筆の和歌集の写本の一つとしてだけ考えてもよいだろう。ただ、このことを機に私自身に大きな変化が起きてしまったのである。

まずは『風葉和歌集』を悉皆的に調査・研究している名古屋国文学研究会の方々とお知り合いになれたことが大きかった。新たな知見を与えていただいたのと、光政筆本も同研究会の成果の一つに組み込んでいただいた（『風葉和歌集新注』青簡舎）。また、関西大学の林原美術館資料の悉皆調査にも時折同席させていただき、旧池田家蔵本の全体像にも触れることができた。大学の講義においては『無名草子』を例年扱うことになり、自分なりに中世王朝物語（散逸物語も含む）に触れる機会を得ることになった。

こうした体験をする中で、本著の編者である神野藤昭夫氏の存在は大変大きかった。神野藤氏と初めてお目にかかったのは一九九六年で場所は渋谷であった。私がまだ二十四歳の頃である。だから長らくお世話になっていることになる。それで、神野藤氏がライフワークの一つとして散逸物語の研究を進めていたことから、岡山での体験をいつかきちんとお伝えしたいと思っていた。

さて、架蔵の写本『八重葎』を手に入れたのはまだ米子にいた頃で、インターネット・オークションによるものだった。コンピューター画面に「八重葎物語」と書かれた仮表紙と中の本文部分が写っていて、まさかと思いながら『鎌倉時代物語集成』で確認すると同様の内容だったため、しばらく立ち尽くしてしまった。早速、お付き合いの深かった妹尾好信氏に、二〇〇九年に関西大学で開催された中古文学会の折にご報告し、さらにその日の懇親会には神野藤氏の耳に入ることになった。その後の顛末についてはご想像にお任せしたい。

『八重葎』という作品については、その構想がしっかりしているという点で上質の物語と言ってよい。また、完本として残されたということも幸運であった。一方でこの作品の書写年代が、静嘉堂文庫本を除き、新しいということがある。それぞれの写本間の異同が少なく、それは同一系統本がそのままに流布したことを示唆している。『拾遺百番歌合』や『風葉和歌集』にその書名や和歌のないことから、これ以降の成立であろうが、また一説には『徒然草』の影響を受けているという。

『八重葎』の成立時期の特定についてもちろん興味はある。むしろ『別本八重葎』の方に関係するのであろうが、いわゆる「偽作説」云々の問題に成立年代が関わってくるからだ。つまり、作品の成立年代が下れば下るほど「偽作説」が横行するという現象を私たちは見るのである。

結論から言えば、『八重葎』は少なくとも「偽書」ではない。「偽書」というのは、何らかの利益を求めるもので、かつ読者を翻弄し、混乱を引き起こす意図を持っている場合を言う。『八重葎』にはそれがない。また、「偽作」という言い方をした場合においても、それが適当であろうか。作者の偽り、他の作品の一部であるという偽り、また成立年代の偽り、偽作のあり方は多様であるが、いずれの場合も多くは読者側の受け取り方によるところが大きいのではないか。そもそも物語の「語り手」や描かれる作品世界などは偽装されるのが前提なので、物語文学に「偽書」「偽作」を指摘すること自体、違和感を覚える。

もともと、『八重葎』という作品は『源氏物語』や『狭衣物語』に大きな影響を受けている。執筆の段階で、執筆者の生きた時代など全く超越しているのである。かつての呼称「擬古物語」というのを使うのはためらいもあるが、やはり「古《いにしえ》を擬《ぎ》す」ところはあったに違いない。筑紫の地が流離先とされるところなどは、王朝物語そのものであると言える。

再び『八重葎』の成立時期のことを考えてみることはできるだろうか。『徒然草』の影響を『八重葎』に見るということであるが、むしろ『徒然草』は江戸時代に一気に享受層が増えたのだから、『八重葎』作者が兼好法師の生きた時代にこれを執筆したということにはならない。つまり、南北朝時代にこれが書かれたと定める根拠はないのである。静嘉堂文庫本の江戸時代初期の書写という認定をひとまず認めたとしても、この作品はやはり中世後期（あるいは末期）から江戸時代初期（あるいは前期）の成立として考えるのが妥当なのではないか。

しかしながら、繰り返すがこの『八重葎』は「偽書」でも「偽作」でもない。読者の側がある意味で勝手に古いものであると一度は誤解し、その誤認の責任をこの物語に押し付けたに過ぎないのである。実はこうしたところに中世王朝物語に対しての差別というか選別があるように思うのである。そもそも『竹取物語』にせよ『伊勢物語』にせよ作者も成立年代もはっきりとは知れない。『八重葎』と状況は同じであるのだ。後代の作品に『竹取物語』や『伊勢物語』が引用されたり、また注釈や研究が進んだりしたからこそ確かなものと認知されているのである。物語文学は全く時間を超越するものであった。また作者を明らかにしない「無署名のテクスト」でもあった。にもかかわらず、中世王朝物語についてだけその由来の不詳であることを、ことさら否定的に見ることは間違っている。

さて、『八重葎』には「しづえを折て、中将の君、青海波をけしきばかり舞ひたる、いとおもしろし。「光源氏ときこえしいにしへのかざしも、かばかりにこそ」と、みなめでさせ給ふ。」とあって、中将の君（「中納言の君」の誤写説あり）が舞う青海波が描かれる。「光源氏ときこえし」とあるから、ここは『源氏物語』の紅葉賀巻が引用されているわけである。その意味で、『八重葎』は『源氏物語』の作品世界に通底していると言える。しかし、その回想的な叙述は、『源氏物語』において多重の意味を持つ青海波の場面を単線化ないしは平面化させ、矮小なものに変容させてしまったとも言えるようだ。こうしたところは引用の力量としてやや不足を感じる。また、『八重葎』には引歌が多く用いられるという特徴もある（妹尾好信『中世王朝物語　表現の探求』笠間書院）。おそらくこの作品は引用論的に見ればまだまだ多くの課題を抱えているのであろう。この『八重葎』が中世王朝物語という展示ケースの中から取り出され、読まれるテクストとなることを望むばかりである。そのためにも、詳細な解説部分のあるこの度の『中世王朝物語全集』での刊行は特に重要である。

日本語文化圏における古典文学に関わる営為が活性化する時、『八重葎』また『別本八重葎』を含めた中世王朝物語の読者層の裾野は自ずと広がっていくに違いない。中世王朝物語とは、古典文学が十分に文化的コンテンツとして認められているか否かを示す一種の指標のようなものであろう。「源氏帝国主義」の対極ともいえるこれらの作品群を、世俗的な懊悩の埒外で味わえるそういう時代こそが求められている。

（ノートルダム清心女子大学准教授）

静五　そいませさはかりの御身にてそらことは何せさせ給　は
作　そいませさはかりの御身にてそらことは何せさせ給　は
天　そいませさはかりの御みにてそらことは何せさせ給〈は〉
東　そいませさはかりの御みにてそらことは何せさせ給　は
原　そいませさはかりの御身にてそらことは何せさせ給　は

静六　んなとさゝめきてしのひわらふ御まへゝ　まい　り給へはうへは
作　んなとさゝめきてしのひわらふ御*まへゝ　まゐ　り給へはうへは〔三〕
天　んなとさゝめきてしのひわらふ御まへゝ　まゐ　り給へはうへは
東　んなとささめきてしのひわらふ御まへゝ　まゐ　り給へはうへは
原　んなとさゝめきてしのひわらふ御まへゝ【まゐ［わた］】り給へはうへは

静七　しろき　御そに二あひのこうちき奉りて御き丁ひき
作　白　き　御そに二あゐのこうちき奉りて御き丁ひき
天　白　き　御そに二あひのこうちき奉りて御き丁ひき
東　白【き】御そに二あひのこうちき奉りて御き丁ひき
原　白　き　御そに二あひのこうちき奉りて御き丁ひき

静八　よせおかしけなる御ひをけによりゐさせ給ふみつけ給　ひ
作　よせをかしけなる御ひをけによりゐさせ給ふみつけ給　ひ
天　よせをかしけなる御ひをけによりゐさせ給ふみつけ給　ひ
東　よせをかしけなる御ひをけによりゐさせ給ふみつけ給　ひ
原　よせをかしけなる御火をけによりゐさせ給ふみつけ給【ひ［へ］】

静九　てめつらしからん人のやうにいそき出むかはせ給ひて
作　てめつらしからむ人のやうにいそき出む□はせ給ひて
天　てめつらしからむ人のやうにいそき出むかはせ給ひて
東　てめつらしからむ人のやうにいそき出むかはせ給ひて
原　てめつらしからん人のやうにいそき出むかはせ給ひて

静十　かなしういとをしきものにおほしたる御さまもあはれにかた▼（16オ）
作　かなしういとほしきものにおほしたる御さまもあはれにかた
天　かなしういとをしきものにおほしたる御さまもあはれにかた
東　かなしういとをしきものにおほしたる御さまもあはれにかた
原　かなしういとをしきものにおほしたる御さまもあはれにかた

静一一　しけなし御丁に入せ　給ひねすき間　の風もわりな
作　しけなし御丁に入せ　給ひねすき間　の風もわりな
天　しけなし御丁に入せ▼給いねすき間　の風もわりな（14ウ）
東　しけなし御丁に入せ　給ひねすき間▼の風もわりな（18オ）
原　しけなし御丁に入せ　給ひね透　間　の風もわりな

静一二　うふき　入侍るときこえ給へとさもおほえすやとてなを
作　う吹　　侍るときこえ給へとさもおほえすやとてなほ
天　う吹　　侍るときこえ給へと　　おほへすやとてなほ
東　う吹　　侍るときこえ給へとさもおほえすやとてなほ
原　うふき▼　侍るときこえ給へとさもおほえすやとてなほ（16オ）

静三　ついゐ　さ　せ給へはたちより給ひてき丁てつからひきよせ
作　ついゐ　さ　せ給へはたちより給ひてき丁てつからひきよせ
天　ついゐ【さ】せ給へはたちより給ひてき丁てつからひきよせ
東　ついゐ　さ　せ給へはたちより給ひてき丁てつからひきよせ
原　ついゐ　さ　せ給へはたちより給ひてき丁てつからひきよせ

静四　御ひ　をけ取　まかなひて奉り給ふになみたさへこほし
作　御ひ▼をけとりまかなひ　奉り給ふになみたさへこほし（12オ）
天　御ひ　をけとりまかなひ　奉り給ふになみたさへこぼし
東　御ひ　をけとりまかなひ　奉り給ふをなみたさへこほし
原　御火　をけとりまかなひ　奉り給ふになみたさへこほし

静五　給ひてたのもしううれしと見給ふもことはりなりかし
作　給ひてたのもしう嬉　しと見給ふもことわりなりかし
天　給ひてたのもしう嬉　しと見給ふもことわりなりかし
東　給ひてたのもしう嬉　しと見給ふもことわりなりかし
原　給ひてたのもしう嬉　しと見給ふもことわりなりかし

静六　君にもおなしさま成　御ひをけ奉り上ろうたつ人
作　君にもおなしさまなる御火桶　奉り上らうたつ人
天　君にもおなしさまなる御火桶　奉り上らうたつ人
東　君にもおなしさまなる御火桶　奉り上らうたつ人
原　君にもおなしさまなる御火桶　奉り上らうたつ人

静七　ひとりふたり御まへにさふらひてさるへきくた物なとま
作　ひとりふたり御まへにさふらひてさるへきくた物なとま
天　ひとりふたり御まへにさふら　てさるへきくた物なとま
東　ひとりふたり御まへにさふらひてさるへきくた物なとま
原　ひとりふたり御まへにさふらひてさるへきくた物なとま

静八　いりてしめ〳〵と御物かたりきこえおはす　かの御ゆ　い　こんは
作　ゐりてしめ〳〵と御物かたりきこえおはす＊かの御ゆ　ゐ　言　は［三］
天　ゐりてしめ〳〵と御物語　きこへおはす　かの御ゆ　い　言　は
東　ゐりてしめ〳〵と御物かたりきこえおはす」かの御ゆ　ゐ　言　は
原　ゐりてしめ〳〵と御物かたり聞　えおはす　かの御ゆ【ゐ［い］】言　は

静九　いかゝ思　ひなり給ふうへにもきかせ給ひてひか〳〵しきこ
作　いかゝおもひなり給ふうへにもきかせ給ひてひか〳〵しきこ
天　いかゝ思　ひなり給ふうへにもきかせ給ひてひか〳〵しきこ
東　いかゝ思　ひなり給ふうへにもきかせ給ひてひか〳〵しきこ
原　いかゝ思　ひなり給ふうへにもきかせ給ひてひか〳〵しきこ

静十　とかなおとゝのいひをかすともさやうのうしろみまうけ▼（16ウ）
作　とかなおとゝのいひおかすともさやうのうしろみまうけ
天　と哉　おとゝのいひおかすともさやうのうしろみまうけ
東　と哉　おとゝのいひおかすともさやうのうしろみまうけ
原　と哉　おとゝのいひおかすともさやうのうしろみまうけ

静一　てたゝよはしからて大　やけにつ　かう　まつらんこそかしこか
作　てたゝよはしからておほ　やけにつ　かう　まつらんこそかしこか
天　てたゝよはしからておほ　やけにつ【かう［□□］】まつらんこそかしこか
東　てたゝよはしからておほ▼やけにつ　かう　まつらんこそかしこか（18ウ）
原　てたゝよはしからておほ　やけにつ　かう　まつらむこそかしこか

静二　らめまいてゆいこんに　した　なる事をきか　さるはいかなる
作　らめまいてゆゐこんに　した　なる事をきか　さるはいかなる
天　らめまゐてゆいこんに▼した　なる事をきか　さるはいかなる（15オ）
東　らめまゐてゆゐこんに　した【ン】なる事をきか　さるはいかなる
原　らめまゐてゆゐこんに　した【ン】なる事をきか▼さるはいかなる（16ウ）

静三　心ならんなき人のためもうしろめたき　心　なりとの給　は
作　心ならむなき人のためもうしろめたき　心　なりとの給　は
天　心ならむなき人のためもうしろめたき　心　なりとの給　は
東　心ならむなき人のためもうしろめたき　心　なりとの給　は
原　心ならんなき人のためもうしろめたき【心［事］】なりとのたまは

静四　せたりときのふ中宮よりわさと中なこんの君して
作　せたりときのふ中宮よりわさと中なこんの君して
天　せたりときのふ中宮よりわさと中なこんの君して
東　せたりときのふ中宮よりわさと中なこんの君して
原　せたりときのふ中宮よりわさと中納言　の君して

静五　つたへきこえさせ給ひつるとしの内はほともなけれは年
作　つたへ聞　えさせ給ひつるとしの内は程　もなけれは年
天　つたへ聞　へさせ給ひつるとしの内は程　もなけれは年
東　つたへ聞　えさせ給ひつるとしの内は程　もなけれは年
原　つたへ聞　えさせ給ひつる年　の内はほと□なけれは年

静六　かへりてきさらきはかりに思ひたち給はゝうれしかるへき
作　帰　りてきさらきはかりに思ひたち給はゝうれしかるへき
天　帰　りてきさらきはかりに思ひたち給はゝうれしかるへき
東　帰　りてきさらきはかりに思ひたち給はゝうれしかるへき
原　帰　りてきさらきはかりに思ひ立　給はゝ嬉　しかるへき

静七　わさをとの給へはうちにさへさきこえさせ給はん　そからき
作　わさをとの給へはうちにさへさきこえさせ給はん▼そからき（12ウ）
天　わさをとの給へはうちにさへさきこえさせ給はん　そからき
東　わさをとの給へはうちにさへさきこえさせ給はん　そからき
原　わさをとの給へはうちにさへさきこえさせ給はん　そからき

静八　心　ちし侍るなにかひかみたる心つかひは物し侍らんかの母
作　こゝちし侍るなにかひかみたる心つかひは物し侍らんかの母
天　心　ちし侍りなにかひかみたる心つかひは物し侍らんかの母
東　心　ちし侍るなにかひかみたる心つかひは物し侍らんかの母
原　心　地し侍る何　かひかみたる心つかひは物し侍らんかの母

静九　君　そさ大将かさらすはないしにてみかとに奉らんなと思ひ
作　君　そさ大将かさらすはないしにてみかとに奉らんなと思ひ
天　君　そさ大将かさらすはないしにてみかとに奉らんなと思ひ
東　君　ぞさ大将かさらすはないしにてみかとに奉らんなと思ひ
原　きみそ左大将かさらすは内　侍にてみかとに奉らむなとおもひ

静十　かしつきしに思ひの外なるすくせとて心もゆかす　を▼（17オ）
作　かしつきしに思ひの外の　すくせとて心もゆかす　お
天　かしつきしに思ひの外の　すく世とて心もゆかす　お
東　かしつきしに思ひの外の　すくせとて心もゆかす▼お（19オ）
原　かしつきしに思ひの外の　すくせとて心もゆかす　お

静一　としめらるゝ　と　ま　ねふ人の侍れはいとくちをしう思ふ
作　としめらるゝ　と　ま　ねふ人の侍れはいとくちをしう思う
天　としめらるゝ△【△と　ま　ねふ人の侍れはいとくちをしう思ふ
東　としめらるゝ　と　ま　ねふ人の侍れはいとくちをしう思ふ
原　としめらるゝ　と【○ま】ねふ人の侍れはいとくちをしう思ふ

静二　給へらるゝ　とのゝかなしうおほすあまりにさらてもあり
作　給へらるゝ　とのゝかなしうおほすあまりにさらてもあり
天　給へらるゝ○】○とのゝかなしうおほすあまりにさらてもあり
東　給へらるゝ　とのゝかなしうおほすあまりにさらてもあり
原　給へらるゝ　とのゝかなしうおほすあまりにさらてもあり

静三　ぬへき　事ともをあなかちの給ひをかせ給ひてかた
作　ぬへき　事ともをあなかちの給ひおかせ給ひてかた
天　ぬへき　事ともをあなかちの給ひおかせ給ひてかた
東　ぬへき　事ともをあなかちの給ひおかせ給ひてかた
原　ぬへき▼事ともをあなかちの給ひおかせ給ひてかた（17オ）

静四　〱に　あちきなくむつかしきみゝをきかさせ給ふ事と
作　〱に　あちきなくむつかしきみゝをきか　せ給ふ事と
天　〱に▼あちきなくむつかしきみゝをきか　せ給ふ事と（15ウ）
東　〱に　あちきなくむつかしきみゝをきか　せ給ふ事と
原　〱に　あちきなくむつかしきみゝをきか　せ給ふ事と

静五　申給へはあやしそれはひかことならんおとゝもうへも物うけ
作　申給へはあやしそれはひかことならんおとゝもうへも物うけ
天　申給へはあやしそれはひがことならむおとゝもうへも物うけ
東　申給へはあやしそれはひかことならむおとゝもうへも物うけ
原　申給へはあやしそれはひかことならむおとゝもうへも物うけ

静六　にみえ給ふとてうらみの給ふとこそこゝなるこたちのし
作　にみえ給ふとてうらみの給ふとこそこゝなるこたちのし
天　に見へ給ふとてうらみの給ふとこそこゝなるごたちのし
東　に見え給ふとてうらみの給ふとこそこゝなるこたちのし
原　に見え給ふとてうらみの給ふとこそこゝなるこたちのし

静七　れるもの、かのわたりに有|　なんかたりしとき|く大かたも
作　れるものゝかのわたりに有|　なんかたりしとき|く大かたも
天　れるもの、かのわたりに有|　なんかたりしとき、|大かたも
東　れるもの、かのわたりに有|　なんかたりしとき|く大かたも
原　れるもの、かのわた|りにあるなんかたりしとき|く大かたも

静八　さこそほのめかし給へ大将　殿　はしらす|うちにはかうきて|ん
作　さこそほのめかし給へ大将　殿　はしらすうちにはかうきて|ん
天　さこそほのめかし給へ大将　殿　はしらずうちにはかうきて|ん
東　さこそほのめかし給へ大将【〇殿】はしらす|うちにはかうきで|ん
原　さこそほのめかし給へ大将　殿　はしらすうちにはかうきて|ん

静九　さふらひ給ふにおなしえたにてつらなり御らん|せさせ
作　さふらひ給ふにおなしえたにてつらなり御覧|　せさせ
天　さふらひ給ふにおなしえたにてつらなり御覧|　せさせ
東　さふらひ給ふにおなしえたにてつらなり御覧|　せさせ
原　さふらひ給ふにおなしえたにてつらなり御覧|　せさせ

静十　ん|とは二所なからよも思ひ給はし　たゝ|かけはなれんと|せ▼（17ウ）
作　むとは二所なからよも思ひ給はし　たゝかけはなれむとせ
天　む|とは二所なからよも思ひ給はし　たゝ|かけはなれんとせ
東　む|とは二所なからよも思ひ給はし▼たゝかけはなれむとせ（19ウ）
原　ん|とは二所なからよも思ひ給はし　たゝかけはなれむ|とせ

静一　ちにはふき給ふあまり　のつくり事ならんとの給ひあは
作　ちにはふき給ふあまり▼のつくり事ならんとの給ひあは（13オ）
天　ちにはふき給ふあまり　のつくり事ならんとの給ひあは
東　ちにはふき給ふあまり　のつくり事ならんとの給ひあは
原　ちにはふき給ふあまり　のつくり事ならんとの給ひあは

静二　せたるもいみしうおか|しけれとつれなくねんしてした
作　せたるもいみしうをかしけれとつれなくねんしてした
天　せたるもいみしうを|かしけれとつれなくねんしてした
東　せたるもいみしうを|かしけれとつれなくねんしてした
原　せたるもいみしうを|かしけれとつれなくねんしてした

静三　たか|につもりけるかな|と雪にまき　らはしてやみ給ひ
作　ゝ|かにつもりけるかなと雪にまき　らはしてやみ給ひ
天　たか|につもりける哉|　と雪にまぎ　らはしてやみ給ひ
東　たか|につもりける哉　と雪にまき　らはしてやみ給ひ
原　ゝ|かにつもりける哉　と雪にまき▼らはしてやみ給ひ（17ウ）

静四　ぬ　し　は　す【の】ほと　はいと、かきくれ　雪|　あられかちにふりみ
作　ぬ|　し*　は　す　の　ほと　はいとゝかきくれ　ゆき|あられかちにふりみ〔亖〕
天　ぬ　し【は［□］】す　の　ほと▼はいと、かきくれ　ゆきあられかちにふりみ（16オ）
東　ぬ|　し　は　す　の　ほと　はいと、かきくれ　ゆきあられかちにふりみ
原　ぬ　し　は　す　の　ほと　はいと、かきくれてゆき|あられかちにふりみ

静五 たるゝにむ くらのやとはたへてすむへき心 ちも有まし
作 たるゝにむ くらのやとはたへてすむへきこゝちも有まし
天 たるゝにむ〈く〉らのやとはたえてすむへき心 ちも有まし
東 たるゝにむ ぐらのやとはたへてすむへき心 ちも有まし
原 たるゝにむ くらのやとはたへてすむへき心 ちも有まし

静六 けなれとうち〳〵 のまめやか成 かたさへあはれに有
作 けなれとうち〳〵 のまめやかなるかたさへあはれに有
天 けなれとうち〳〵 のまめやかなるかたさへあわれに有
東 けなれとうち〳〵 のまめやかなるかたさへあはれに有
原 けなれとうち【〇〳〵】のまめやかなるかたさへあはれに有

静七 かたくとふらひきこえ給ふになくさむ事おほかるへしつい
作 かたくとふらひきこえ給ふになくさむ事おほかるへしつい
天 かたくとふらひきこえ給ふになくさむ事おほかるへしつい
東 かたくとふらひきこえ給ふになくさむ事おほかるへしつい
原 かたくとふらひ聞 え給ふになくさむ事おほかるへしつい

静八 たちのよそひもおほしやりて女のさうそく一くたり物
作 たちのよそひもおほしやりて女のさうそく一くたり物
天 たちのよそひもおぼしやりて女のさうそく一くだり物
東 たちのよそひもおほしやりて女のさうそく一くたり物
原 たちのよそひもおほしやりて女のさうそく一くたり物

静九 すへきよし中将の君のもとへの給ひたれはうるは し
作 すへきよし中将の君のもとへの給ひたれはうるは し
天 すへきよし中将の君のもとへの給ひたれはうるは し
東 すへきよし中将の君のもとへの給ひたれはうるは▼し（20オ）
原 すへきよし中将の君のもとへの給ひたれはうるは し

静十 きあやをり物あまた取出てうへのおまへにかう〳〵と▼（18オ）
作 きあやおり物あまた取出てうへのおまへにかう〳〵と
天 きあやおり物あまた取出てうへのおまへにかう〳〵と
東 きあやおり物あまた取出てうへのおまへにかう〳〵と
原 き綾 おり物あまた取出てうへのおまへにかう〳〵と

静一 きこゆれはたれに物するにかこれをやかれをやと御
作 きこゆれは誰 に物するにかこれをやかれをやと御
天 きこゆれは誰 に物するにかこれをやかれをやと御
東 きこゆれは誰 に物するにかこれをやかれをやと御
原 きこゆれは誰 に物するにかこれをやかれをやと御

静二 らんしくらふ人〳〵つきしろふに心えさせ給ひてあ
作 らむしくらふ人〻 つきしろふに心えさせ給ひてあ
天 らんしくらふ人〳〵つきしろふに心えさせ給ひてあ
東 らむしくらふ人〳〵つきしろふに心えさせ給ひてあ
原 らむしくらふ人〻 つきしろふに心えさせ給ひてあ

静三 はれと思 ふ人やもたるもしさやうのれうならははえな

作 はれと思 ふ人やもたるもしさやうのれうならははえな

天 はれと思 ふ人やもたるもしさやうのれうならははへな

東 はれと思 ふ人やもたるもしさやうのれうならははえな

原 はれとおもふ人やもたるもしさやうのれうならははえな

静四 きは物 しとみるへきそ 山ふきこきあやのうちきさ

作 きはものしと見るへきそ 山吹 こきあやのうちきさ

天 きは物 しと見るへきそ▼山吹 こきあやのうちきさ（16ウ）

東 きは物 しと見るへきそ 山吹 こきあやのうちきさ

原 きは物 しと見るへきそ▼山吹 こきあやのうちきさ（18オ）

静五 くらのほそなか そあさやかにおかしうはあれ とてまいらせ

作 くらのほそなかこそあさやかにをかしうはあれ▼とてまゐらせ（13ウ）

天 くらのほそなかこそあさやかにをかしうはあれ とてまゐらせ

東 くらのほそなか そあさやかにをかしうはあれ とてまゐらせ

原 くらのほそなかこそあさやかにをかしうはあれ とてまゐらせ

静六 給ふにもれいの人の心 ならましかはこゝらうつくし く ら

作 給ふにもれいの人のこゝろならましかはこゝらうつくし く ら

天 給ふにもれいの人の心 ならましかはこゝらうつくし【く［き］】ら

東 給ふにもれいの人の心 ならましかはこゝらうつくし く ら

原 給ふにもれいの人の心 ならましかはこゝらうつくし く ら

静七 うたきちことも有てかくつれ〳〵成 にむまこあつかひ

作 うたきちことも有てかくつれ〳〵なるにうま子あつかひ

天 うたきちことも有てかくつれ〳〵なるにうま子あつかひ

東 うたきちことも有てかくつれ〳〵なるにうま子あつかひ

原 うたきちことも有てかくつれ〳〵なるにうま子あつかひ

静八 してなくさめてましをあさましうよつかぬ有さま

作 してなくさめてましをあさましうよつかぬ有さま

天 してなくさめてましをあさましうよつかぬ有さま

東 してなくさめてましをあさましうよつかぬ有さま

原 してなくさめてましをあさまし□よつかぬ有さま

静九 こそたかためにもくるしけ れとの給はするつゐてに

作 こそたかため もくるしけ れとの給はするついてに

天 こそたかため もくるしけ れとの給はするついてに

東 こそたかため もくるしけ▼れとの給はするついてに（20ウ）

原 こそたかため もくるしけ れとの給はするついてに

静十 中将の君しのひて此人しれぬ御ものあつかひをき こ え▼（18ウ）

作 中将の君しのひて此人しれぬ御物 あつかひをき【こ】え

天 中将の君しのひて此人しれぬ御物 あつかひをき こ へ

東 中将の君しのひて此人しれぬ御物 あつかひをき こ え

原 中将の君しのひて此人しれぬ御物 あつかひを聞 え

静一　さすれはほゝゑみ給ひていつよりそかゝるもの有　とみ
作　さすれはほゝゑみ給ひていつよりそかゝるものありとみ
天　さすれはほゝゑみ給ひていつよりそかゝるもの有　とみ
東　さすれはほゝゑみ給ひていつよりそかゝるもの有　とみ
原　さすれはほゝゑみ給ひていつよりそかゝるもの有　とみ

静二　ゆるはかりのけしきも見えぬはまろのみや　さ　は見
作　ゆるはかりのけしきもみえぬはまろのみや【さ】は見
天　ゆるはかりのけしきも見へぬはまろのみや　さ　は見
東　ゆるはかりのけしきも見えぬはまろのみや　さ　は見
原　ゆるはかりのけしきも見えぬはまろのみや　さ　は見

静三　るらんおとこといふものゝかれかやう成　やある子なから
作　るらむをとこといふもののかれかやうなるやある子なから
天　るらむをとこといふものゝかれかやう成　やある子なから
東　るらむをとこといふもののかれかやう成　やある子なから
原　るらむをとこといふものゝかれかやう成　やある子なから

静四　も有かたきまめ人なれはさふらふ人〳〵も　すこし
作　も有かたきまめ人なれはさふらふ人〻　も　すこし
天　も有かたきまめ人なれはさふらふ人〻　も▼すこし（17オ）
東　も有かたきまめ人なれはさふらふ人〻　も　すこし
原　も有かたきまめ人なれはさふらふ人〻　も　すこし

静五　あは〳〵しくみ　ゆるなとははつかしくこそあれとの
作　あは〳〵しくみ　ゆるなとははつかしくこそあれとの
天　あは〳〵しくみ　ゆるなとははつかしくこそあれとの
東　あは〳〵しくみ　ゆるなとははつかしくこそあれとの
原　あは〳〵しくみ▼ゆるなとははつかしくこそあれとの（18ウ）

静六　給ふ下にてもそれと見とかめ奉るはかりの御けは
作　給ふ下*にてもそれと見とかめ奉るはかりの御けは　［三五］
天　給ふ下にてもそれと見とがめ奉るはかりの御けは
東　給ふ下にてもそれと見とかめ奉るはかりの御けは
原　給ふ下にてもそれと見とかめ奉るはかりの御けは

静七　ひは露みえさせ給はすかのわたりの事　うるさかり給ふ
作　ひは露みえさせ給はすかのわたりのことうるさかり給ふ
天　ひは露見へさせ給はすかのわたりの事　うるさかり給ふ
東　ひは露見えさせ給はすかのわたりのことうるさかり給ふ
原　ひは露見えさせ給はすかのわたりのことうるさかり給ふ

静八　をいかなれはなとをのかしゝかたらひなけき侍りしに
作　をいかなれはなとおのかしゝかたらひなけき侍りしに
天　をいかなれはなとおのかしゝかたらひなけき侍りしに
東　をいかなれはなとおのかしゝかたらひなけき侍りしに
原　をいかなれはなとおのかしゝかたらひなけき侍りしに

静九　今はいとゝう　とくならせ給はんしか〱の御なくさめ
作　今はいとゝう　とくならせ給はんしか〱の御なくさめ
天　今はいとゝう　とくならせ給はんしか〱の御なくさめ
東　今はいとゝう▼とくならせ給はんしか〱の御なくさめ（21オ）
原　今はいとゝう　とくならせ給はんしか〱の御なくさめ

静十　所　有　とあきのふのあそん　の　かたり侍りしいみしうかく▼（19オ）
作　所▼有　とあきのふのあそん　の　語　り侍りしいみしうかく（14オ）
天　所　有　とあきのふのあそむ　の　語　り侍りしいみしうかく
東　所　有　とあきのふのあそむ【の】語　り侍りしいみしうかく
原　所　ありとあきのふの朝臣　の　語　り侍りしいみしうかく

静一　させ給ふゆめけしきみゆなとこそいましめられ侍り
作　させ給ふゆめけしきみゆなとこそいましめられ侍り
天　させ給ふゆめけしきみゆなとこそいましめられ侍り
東　させ給ふゆめけしき見ゆなとこそいましめられ侍り
原　させ給ふゆめけしきみゆなとこそいましめられ侍り

静二　しおまへにもさ心えさせ給ふへくと申せはうなつ
作　しおまへにもさ心えさせ給ふへくと申せはうなつ
天　しおまへにもさ心へさせ給ふへくと申せはうなつ
東　しおまへにもさ心えさせ給ふへくと申せはうなつ
原　しおまへにもさ心えさせ給ふへくと申□はうなつ

静三　き給ひてまことにかのおとゝのわたりにきゝ給はんはいと
作　き給ひてまことにかのおとゝのわたりにきゝ給はむはいと
天　き給ひてまことにかのおとゝのわたりにきゝ給はんはいと
東　き給ひてまことにかのおとゝのわたりにきゝ給はんはいと
原　き給ひてまことにかのおとゝのわたりに聞　給はむはいと

静四　を　しかるへきわさ也　身つからもそれを思　ひてそしの
作　ほ　しかるへきわさなりみつからもそれを思　ひてそしの
天　ほ　しかるべきわざなりみつからもそれを思　ひてそしの
東　を　しかるへきわさなりみつからもそれを思　ひてそしの
原　【ほ［を］】しかるへきわさなりみつからもそれをおもひてそしの

静五　ふらんわれにてしりかほに　物せんはこゝかしこきゝ　くるし
作　ふらむわれにてしりかほに　物せんはこゝかしこきゝ　くるし
天　ふらむわれにてしりかほに▼物せんはこゝかしこきゝ　くるし（17ウ）
東　ふらむわれにてしりかほに　物せんはこゝかしこきゝ　くるし
原　ふらむわれにてしりかほに　物せんはこゝかしこきゝ▼くるし（19オ）

静六　かるへし人〱も其よしに　もてなさ　なんよかるへき
作　かるへし人〻　も其よしに　もてなさ　なんよかるへき
《夏蔭云もてなさむなんとありしなるへし》
天　かるへし人〻　も其よしにてもてなさ　ん　なんよかるへき
東　かるへし人〻　も其よしに　もてなさ　なんよかるへき
原　かるへし人〻　も其よしに　もてなさ【む歟】なんよかるへき

静七　めつらしきさまになとはきかぬかさやうの下くさに
作　**めつらしきさまになとはきかぬかさやうの下草　に**
天　めつらしきさまになとはきかぬかさやうの下草　に
東　めつらしきさまになとはきかぬかさやうの下草【に】
原　めつらしきさまになとはきかぬかさやうの下草　に

静八　たにとの給ふ物　からしらすかほつ　くらんといひ　しに
作　**たにとの給ふものからしらすかほつ　く　らむといひ　しに**
天　たにとの給ふ物　からしらすかほつ　くらんといひ　しに
東　たにとの給ふ物　からしらすかほつ　くらんといひ▼しに（21ウ）
原　たにとの給ふものからしらすかほつ【く】らむといひ　しに

静九　は又　こよなくかはりたりとてわらひ給ふ　としもくれ
作　**はまたこよなくかはりたりとてわらひ給ふ」としもくれ**
天　はまたこよなくかはりたれとてわらひ給ふ　としもくれ
東　はまたこよなくかはりたりとてわらひ給ふ」としもくれ
原　はまたこよなくかはりたりとてわらひ給ふ　年　もくれ

静十　ぬ　たちかへるそらはきのふにかはるけちめもみえねと▼（19ウ）
作　**ぬ」*たち帰　るそらはきのふにかはるけちめも見えねと**　[三六]
天　ぬ　たち帰　るそらはきのふにかはりけちめも見へねと
東　ぬ」たち帰　るそらはきのふにかはるけちめも見えねと
原　ぬ　たち帰　る空　はきのふ[に]かはるけちめも見えねと

静一　風のをともうちつけにゆるくきゝわたされとり
作　**風のおともうちつけにゆるくきゝわたされ鳥**
天　風のおともうちつけにゆるくきゝ渡　され鳥
東　風のおともうちつけにゆるくきゝ渡　され鳥
原　風のおともうちつけにゆるくきゝ渡　され鳥

静二　のさえつりもかすむ心　ちしておかしきに中なこん殿
作　**のさへつりも霞　むこゝちしてをかしきに中納言　殿**
天　のさえつりも霞　む心　地してをかしきに中納言　殿
東　のさえつりも霞　む心　ちしてをかしきに中納言【殿】
原　のさえつりも霞　むこゝちしてをかしきに中納言　殿

静三　むめの御なをしあをにひのかたもんの御さしぬきを
作　**梅　の御なほしあをにひのかたもんの御さしぬきを**
天　梅　の御なほしあをにひのかたもんの御さしぬきを
東　梅　の御なほしあをにひのかたもんの御さしぬきを
原　梅　の御なほしあをにひのかたもんの御さしぬきを

静四　たを〳〵ときなし給ひてまつこなたにわたり給ひて
作　**たを〳〵ときなし給ひてまつこなたにわたり給ひて**
天　たを〳〵ときなし給ひてまつこなたにわたり給ひて
東　たを〳〵ときなし給ひてまつこなたにわたり給ひて
原　たを〳〵ときなし給ひてまつこなたにわたり給ひて

静五　のち　御くるまに奉りてうちにまいり給ふ御さまの
作　のち▼御くるまに奉りて内　に参　給ふ御さまの（14ウ）
天　のち　御車　に奉りて内　にまいり給ふ御さまの
東　のち　御くるまに奉りて内　に参　給ふ御さまの
原　のち　御くるまに奉りて内　に参　り給ふ御さまの

静六　せちに　な　ま　めかしきそ　けふのことふきにもまさりて
作　せちに　な　ま　めかしきそ　今日のことふきにも増　て
天　せちに〈な（ま）〉ま　めかしきそ▼今日のことふき　も増　て（18オ）
東　せちに　な　【ま】めかしきそ　今日のことふきにも増　て
原　せちに　な　ま　めかしきそ　今日のことふきにも増　て

静七　めてたくみえける　大　やけわたくし物さはかしきほとす
作　めてたくみえける　*おほやけわたくし物さわかしき程　す［三七］
天　めて度　見へける　おほやけわたくし物さはかしき程　す
東　めて度　見えける　おほやけわたくし物さわかしき程　す
原　めて度　見えける▼おほやけわたくし物さわかしき程　す（19オ）

静八　くしてむくらのやとへはをとつれ給ふ　女君有　し御
作　くしてむくらの宿　へはおとつれ給ふ　女君ありし御
天　くしてむぐらの宿　へはおとづれ給ふ　女もありし御
東　くしてむくらの宿　へはおとつれ給ふ▼女君ありし御（22オ）
原　くしてむくらの宿　へはおとつれ給ふ　女もありし御

静九　心　さしのいろ〳〵をおかしうきなし給ふたそかれのかた
作　心　さしのいろ〳〵ををかしうきなし給ふたそかれのかた
天　こゝろさしのいろ〳〵を、かしうきなし給ふたそかれのかた
東　こゝろさしのいろ〳〵ををかしうきなし給ふたそかれのかた
原　こゝろさしのいろ〳〵ををかしうきなし給ふたそかれのかた

静十　はらめかみのかゝりいひしらすあてにらうたけ也　ひも▼（20オ）
作　はらめかみのかゝりいひしらすあてにらうたけなりひも
天　はらめかみのかゝりいひしらすあてにらうたけなりひも
東　はらめかみのかゝりいひしらすあてにらうたけなりひも
原　はらめかみのかゝりいひしらすあてにらうたけなりひも

静一　ときちらしうちとけ給ひてかくてこそ心やすかり
作　ときちらし打　とけ給ひてかくてこそ心やすかり
天　ときちらし打　とけ給ひてかくてこそ心やすかり
東　ときちらし打　とけ給ひてかくてこそ心やすかり
原　ときちらし打　とけ給ひてかくてこそ心やすかり

静二　けれ〳〵玉のうてなもやへむくらとはよくもいひけるふる
作　けれ〳〵玉のうてなもやへむくらとはよくもいひけるふる
天　けれ〳〵玉のうてなもや重むくらとはよくもいひけるふる
東　けれ〳〵玉のうてなもや重むくらとはよくもいひけるふる
原　けれ〳〵玉のうてなも八重むくらとはよくもいひけるふる

静三　ことかなとてかひなをまくらにてふし給ふにまくら
作　ことかなとてかひなをまくらにてふし給ふにまくら
天　ことかなとてかひなをまくらにてふし給ふにまくら
東　ことかなとてかひなをまくらにてふし給ふにまくら
原　ことかなとてかひなを枕　にてふし給ふにまくら

静四　のほとにさうのことのはしすこしみゆれはをよひて
作　のほとにさうのことのはしすこしみゆれはおよひて
天　のほとにさうのことのはしすこしみゆれはをよひて
東　のほとにさうのことのはしすこしみゆれはをよひて
原　のほとにさうのことのはしすこしみゆれはをよひて

静五　ひきよせ給ひて此　物よまろかなかたちなめりいと
作　ひきよせ給ひてこの物よまろかなかたちなめりいと
天　ひきよせ給ひてこの物よまろかなかたちなめりいと
東　ひきよせ給ひてこの物よまろかなかたちなめりいと
原　ひきよせ給ひてこの物よまろかなかたちなめりいと

静六　むつましう思ふへきを又　いかならん人をかひき入ましとお
作　むつましう思ふへきをまたいかならむ人をかひき入ましとお
天　むつましう思ふへきをまたいかならん人をかひき入ましとお
東　むつましう思ふへきをまたいかならん人をかひき入ましとお
原　むつましう思ふへきを又　いかならん人をかひき入ましとお

静七　もふそうし　ろめたきとほゝゑみてきこえ給ふに女いみ
作　もふそうし　ろめたきとほゝゑみてきこえ給ふに女いみ
天　もふそうし▼ろめたきとほゝゑみてきこえ給ふに女いみ（18ウ）
東　もふそうし　ろめたきとほゝゑみてきこえ給ふに女いみ
原　もふそうし　ろめたきとほゝゑみてきこえ給ふに女いみ▼（20オ）

静八　しうはつか　しと思ふてまさくりにし給ふをおなしく
作　しうはつか　しと思ふてまさくりにし給ふをおなしく
天　しうはつか　しと思ふてまさくりにし給ふをおなしく
東　しうはつか▼しと思ふてまさくりにし給ふをおなしく▼（22ウ）
原　しうはつか　しと思ふてまさくりにし給ふをおなしく

静九　はとゆかしけにみゆれと此わたりにもわかこと　くなる人
作　はとゆかしけにみゆれと此わたりにもわかこと▼くなる人（15オ）
天　はとゆかしけにみゆれと此わたりにもわかこと　くなる人
東　はとゆかしけにみゆれと此わたりにもわかこと　くなる人
原　はとゆかしけにみゆれと此わたりにもわかこと　くなる人

静十　も有へししのふとすれとをのつからそれかあらぬかとけ▼（20ウ）
作　も有へししのふとすれとおのつからそれかあらぬかとけ
天　も有へししのふとすれとおのつからそれかあらぬかとけ
東　〻有へししのふとすれとおのつからそれかあらぬかとけ
原　も有へししのふとすれとおのつからそれかあらぬかとけ

静一　しき［みる］見る人もあらんに此　もの〻ねにされはよなと

作　しき　見る人もあらんにこのもの〻ねにされはよなと

天　しき　見る人もあらんにこのもの〻ねにされはよなと

東　しき　見る人もあらんにこのもの〻ねにされはよなと

原　しき　見る人もあらんに此　もの〻音にされはよなと

静二　いちしるくか〻るやつれをしられんもくるしとおほせは

作　いちしるくか〻るやつれをしられんもくるしとおほせは

天　いちしるくか〻るやつれをしられんもくるしとおほせは

東　いちしるくか〻るやつれをしられんもくるしとおほせは

原　いちしるくか〻るやつ□をしられんもくるしとおほせは

静三　いなこ〻にてはつ〻まし心　やすきくまもとめてそ天

作　いなこ〻にてはつ〻ましこ〻ろやすきくまもとめてそあめ

天　いなこ〻にてはつ〻まし心　やすきくまもとめてそあめ

東　いなこ〻にてはつ〻まし心　やすきくまもとめてそあめ

原　いなこ〻にてはつ〻まし心　やすきくまもとめてそあめ

静四　つちをうこかすはかりもひき出　んもの〻上手はおほろ

作　つちをうこかすはかりもひきいてむもの〻上手はおほろ

天　つちをうこかすはかりもひき出　むもの〻上手はおほろ

東　つちをうこかすはかりもひき出　むもの〻上手はおほろ

原　つちをうこかすはかり　ひき出　むもの〻上手はおほろ

静五　けにては　て　ふれぬ物そなとわらひ給ひてさま〱の

作　けにては　て　ふれぬ物そなとわらひ給ひてさま〱の

天　けにては　て　ふれぬ物そなとわらひ給ひてさま〱の

東　けにては【〇て】ふれぬ物そなとわらひ給ひてさま〱の

原　けにては　手　ふれぬ物そなとわらひ給ひてさま〱の

静六　ねをしらへと〻のふるよりまくらにしたるはこよなくお

作　ねをしらへと〻のふるよりまくらにしたるはこよなくを

天　ねをしらへと〻のふるよりまくらにしたるはこよなくを

東　ねをしらへと〻のふるよりまくらにしたるはこよなくを

原　ねをしらへと〻のふるよりまくらにしたるはこよなくを

静七　かしきそ君もね給へいさもろともにとてうち　ふし給

作　かしきそ君もね給へいさもろともにとてうち　ふし給

天　かしきそ君もね給へいまもろともにとてうち▼ふし給（19オ）

東　かしきそ君もね給へいさもろともにとてうち　ふし給

原　かしきそ君もね給へいさもろともにとてうち　ふし給ふ

静八　にそ　身のくちをしさはかへす〱思ひしられ　け　るあけ

作　にそ　身のくちをしさはかへす〱思ひしられ　け　るあけ*　［三六］

天　にそ　身のくちをしさはかへす〱思ひしられ【け□】るあけ

東　にそ▼身のくちをしさはかへす〱思ひしられ　け　るあけ（23オ）

原　にそ　身のくちをしさはかへす〱思ひしられ　け　るあけ▼（20ウ）

静九　行　にかへり給ふとてつまとをしあけて見いたし給ふ
作　**ゆくにかへり給ふとてつまとおしあけて見出　し給ふ**
天　行　にかへり給ふとてつまとをしあけて見出　し給ふ
東　行　にかへり給ふとてつまとをしあけて見出　し給ふ
原　ゆくにかへり給ふとてつまとをしあけて見出　し給ふ

静十　にかきねの雪は春をしらぬかほにこほりとちめて▼（21オ）
作　**にかきねの雪は春をしらぬかほにこほりとちめて**
天　にかきねの雪は春をしらぬかほにこほりとちめて
東　にかきねの雪は春をしらぬかほにこほりとちめて
原　にかきねの雪は春をしらぬかほにこほりとちめて

静一　しろくみゆるにそらはやゝかすみわたりてやふしかくれの
作　**しろくみゆるに空　はやゝかすみわたりてやふしかくれの**
天　しろくみゆるに空　はやゝかすみわたりてやふしかくれの
東　しろくみゆるに空　はや〻かすみわたりてやふしかくれの
原　しろくみゆるに空　はやゝかすみわたりてやふしかくれの

静二　うくひすもいまそめさましてわかやかになく
作　**うくひすもいまそめさましてわかやかになく**
天　うくひすもいまそめさましてわかやかに鳴
東　うくひすもいまそめさましてわかやかに鳴
原　鶯　も今　そめさましてわかやかに鳴

静三　春かすみたちゐにかゝる心とはあしたのそらを
作　**春かすみ立　ゐにかゝる心とはあしたのそらを**
天　春霞　たちゐにかゝる心とはあしたのそらを
東　春霞　たちゐにかゝる心とはあしたのそらを
原　春霞　たちゐにかゝる心とはあしたの空　を

静四　見てもしらなん　しつ心　もなしやとの給ふ
作　**見てもしらなん▼しつこゝろもなしやとの給ふ（15ウ）**
天　見てもしらなん　しつこころもなしやとの給ふ
東　見てもしらなん　しつこゝろもなしやとの給ふ
原　見てもしらなん　しつこゝろもなしやとの給ふ

静五　わかためといかてみるへきをしなへて春　のもの
作　**わかためといかて見るへきおしなへて春　のもの**
天　わかためといかて見るへきおしなへてはるのもの
東　わかためといかて見るへきおしなへてはるの物
原　わかためといかて見るへきおしなへてはるの物

静六　とてかすむかすみをおもはすにも取　なし給ふかなふかき
作　**とてかすむかすみをおもはすにもとりなし給ふかなふかき**
天　とてかすむかすみをおもはすにもとりなし給ふ哉　ふかき
東　とてかすむかすみをおもはすにもとりなし給ふ哉　ふかき
原　とてか□むかすみをおもはすにもとりなし給ふ哉　ふかき

静七 所 をたつね給は、わか心にこそ入給ふへけれとてなをた
作 ところをたつね給はゝわか心にこそ入給ふへけれとてなほ立
天 所 をたつね給は、わか心にこそ入給ふへけれとてなほ立
東 所 をたつね給は、わか心にこそ入給ふへけれとてなほ立
原 所 をたつね給は、わか心にこそ入給ふへけれとてなほ立

静八 ちかへり いてかてにやすらひ給へりとか こその大井 のも
作 帰り いてかてにやすらひ給へりとか」*こその大ゐ のも〔二九〕
天 かへり いてかてにやすらひ給へり こその大井▼の紅（19ウ）
東 帰り▼いてかてにやすらひ給へりとか」こその大ゐ のも（23ウ）
原 かへり いてかてにやすらひ給へりとか 去年の大ゐ のも

静九 みち のえんを宮 つねにの給はせいて、又 さは かりのお
作 みち の宴 をみやつねにの給はせいてゝまたさは かりのを
天 葉 の宴 をみや常 にの給はせいて、またさは かりのお
東 みち の宴 をみやつねにの給はせいて、またさは かりのを
原 みち▼の宴 をみやつねにの給はせいて、又 さは【は】かりのを（21オ）

静十 かしさもかなときこえ給へはかうのとかならすまきれ▼（21ウ）
作 かしさもかなときこえ給へはかうのとかならすまきれ
天 かしさもかなときこえ給へはかうのとかならすまきれ
東 かしさもかなときこえ給へはかうのとかならすまきれ
原 かしさもかなときこえ給へはかうのとかならすまきれ

静一 ありくも其 かへさからそとまつ思 ひ出られ給ひて
作 ありくもそのかへさからそとまつおもひ出られ給ひて
天 ありくもそのかへさからそとまつ思 ひ出られ給ひて
東 ありくもそのかへさからそとまつ思 ひ出られ給ひて
原 ありくもそのかへさからそとまつ思 ひ出られ給ひて

静二 ゑもんの【か〔二〕】みなともわすれぬさまに申され侍るはな
作 右衛門 のか みなともわすれぬさまに申され侍るはな
天 右衛門 のか みなともわすれぬつまに申され侍る花
東 右衛門 のか みなともわすれぬさまに申され侍るはな
原 右衛門 のか みなともわすれぬさまに申され侍るはな

静三 さかりのほとに大はらへ御ともつかうまつりてをしほ
作 盛 のほとに大原へ御ともつかうまつりてをしほ
天 さかりのほとに大原へ御ともつかうまつりてをしほ
東 盛 のほとに大原へ御ともつかうまつりてをしほ
原 盛 のほとに大原 へ御ともつか□まつりてをしほ

静四 の花御らんせさせん神代の事 おほし出 んにます事
作 の花御覧 せさせむ神代のことおほし出 むにます事
天 の花御覧 せさせむ神代の事 おほしいてむにます事
東 の花御覧 せさせむ神代のことおほしいてむにます事
原 の花御覧 せさせむ神代のことおほし出 むにます事

静五　さふらふましときこえ給へはかならすをくらかし給ふ
作　**さふらふましときこえ給へはかならすおくらかし給ふ**
天　さふらふましときこえ給へはかならすおくらかし給ふ
東　さふらふましときこえ給へはかならすおくらかし給ふ
原　さふらふましときこえ給へはかならすおくらかし給ふ

静六　なゝ　　との給　ひくらすに二月の十日ころよりはゝうへ御む
作　**なゝ　　との給　ひくらすに二*月の十日比　よりはゝうへ御む**　〔三〇〕
天　なゝ　む　との給　ひくらすに二月の廿日ころよりはゝうへ御む
東　なゝ　　との給　ひくらすに二月の十日比　よりはゝうへ御む
原　なな【ン】とのたまひくらすに二月の十日頃　より母　うへ御む

静七　ねをやみ給ひてくるしかり給ふ　かりそめにもあらていと
作　**ねをやみ給ひてくるしかり給ふ　かりそめにもあらていと**
天　ねをやみ給ひてくるしかり給ふ　かりそめにもあらていと
東　ねをやみ給ひてくるしかり給ふ▼かりそめにもあらていと（24オ）
原　ねをやみ給ひてくるしかり給ふ　かりそめにもあらていと

静八　大事にみえ　給へはなにかしかれかしとそうともめしよ
作　**大事にみえ▼給へはなにかしかれかしとそうともめしよ（16オ）**
天　大事に見へ　給へはなにかしかれかしとそうともめしよ
東　大事に見え　給へはなにかしかれかしとそうともめしよ
原　大事に見え　給へはなにかしかれかしと僧　ともめしよ

静九　せて御いのりはしめ給ひとのゝうちさわきのゝ　しる
作　**せて御いのり初　め給ひとのゝ内　さわきのゝ　しる**
天　せて御いのり初　め給ひとのゝ内▼さわきのゝ　しる（20オ）
東　せて御いのり初　め給ひとのゝ内　さわきのゝ　しる
原　せて御いのり初　め給ひとのゝ内　さわきのゝ▼しる（21ウ）

静十　ほと思　ひやるへし君はつとそひゐ給ひて御ゆなと▼（22オ）
作　**ほとおもひやるへし君はつとそひゐ給ひて御ゆなと**
天　ほと思　ひやるへし君はつとそひゐ給ひて御ゆなと
東　ほとおもひやるへし君はつとそひゐ給ひて御ゆなと
原　ほとおもひやるへし君はつとそへゐ給ひて御ゆ□□

静一　すゝめ給へと露も御らんし入ねはいみしうおほしな
作　**すゝめ給へと露も御らんし入ねはいみしうおほしな**
天　すゝめ給へと露も御らむし入ねはいみしうおほしな
東　すゝめ給へと露も御らむし入ねはいみしうおほしな
原　すゝめ給へと露も御覧　し入ねはいみしうおほしな

静二　けきよるひるとあつかひいかさまにしてすくひ奉らん
作　**けきよるひるとあつかひいかさまにしてすくひ奉らむ**
天　けきよるひるとあつかひいかさまにしてすくひ奉らむ
東　けきよるひるとあつかひいかさまにしてすくひ奉らむ
原　けきよるひるとあつかひいかさまにしてすくひ奉らむ

静三　とこゝらの御くわんともおほしわたらぬくまなけ也　中宮
作　とこゝらの御くわむともおほしいたらぬくまなけなり中宮
天　とこゝらの御くわんともおほしいたらぬくまなけなり中宮
東　とこゝらの御くわんともおほしいたらぬくまなけなり中宮
原　とこゝらの御くわんともおほしいたらぬくまなけなり中宮

静四　よりもしは〳〵とふらひきこえ給ふたゝ此　御かたをま
作　よりもしは〳〵とふらひきこえ給ふたゝこの御かたをま
天　よりもしは〳〵とふらひきこえ給ふたゝこの御かたをま
東　よりもしは〳〵とふらひきこえ給ふたゝこの御かたをま
原　よりもしは〳〵とふらひ聞　え給ふたゝこの御かたをま

静五　ことの御おやともたのませ給へはなけきおほしたるさまい
作　ことの御おやともたのませ給へはなけきおほしたるさまい
天　ことの御おやと　たのませ給へはなけきおほしたるさまい
東　ことの御おやともたのませ給へはなけきおほしたるさまい
原　ことの御おやともたのませ給へはなけきおほしたるさまい

静六　かてをろかならん中なこんの君　さいしやうの君　なとつけ
作　かておろかならん中納言　の君　さいしやうの君　なとつけ
天　かておろかならん中納言　のきみさいしやうの君　なとつけ
東　かておろかならむ中納言　のきみさいしやうの君　なとつけ
原　かておろかならむ中納言　の君　さいしやうのきみなとつけ

静七　を　かせ給ひ御身つからもをりさせ給はん事　をの給　はす
作　お　かせ給ひ御みつからもおりさせ給はんことをの給　はす
天　お　かせ給ひ御みつからもおりさせ給はんことをの給　はす
東　お▼かせ給ひ御みつからもおりさせ給はんことをの給　はす（24ウ）
原　お　かせ給ひ御みつからもおりさせ給はんことをのたま□□

静八　中つかさの宮　もいみしうなけかせ給ひて心ふかく　きこえ
作　中つかさのみやもいみしうなけかせ給ひて心ふかく　聞　え
天　中つかさのみやもいみしうなけかせ給ひて心ふかく▼きこへ（20ウ）
東　中つかさのみやもいみしうなけかせ給ひて心ふかく　きこえ
原　中つかさの宮　もいみしうなけかせ給ひて心ふかく　聞　え

静九　させ給ふへはたましてかなしうおほすまゝにみつから
作　させ給ふへはたましてかなしうおほすまゝにみつから
天　させ給ふへはたましてかなしうおほすまゝにみつから
東　させ給ふへはたましてかなしうおほすまゝにみつから
原　させ給ふへはたましてかなしうおほすまゝにみつから

静十　わたり給ひて見奉りあつかはせ給ふさらぬ所　〳〵の▼（22ウ）
作　わたり給ひて見奉りあつかはせ給ふさらぬ處　〻　の
天　わたり給ひて見奉りあつかはせ給ふさらぬところ〳〵の
東　わたり給ひて見奉りあつかはせ給ふさらぬ處　〻　の
原　わたり給ひて見奉りあつかはせ給ふさらぬところ〳〵の

静一　御とふらひきこえ入るも　ひまなけ也　かゝる御心　まとひ
作　御とふらひきこえ入るも　ひまなけなり*　かゝる御心　まとひ　〔三〕
天　御とふらひきこえ入るも　ひまなけなり　かゝる御心　まとひ
東　御とふらひきこえ入るも　ひまなけなり」かゝる御こゝろまとひ
原　御とふらひ聞　え入るも▼ひまなけなり　かゝる御こゝろまとひ（22オ）

静二　の折からなれはあらぬねさしなと　へもわたり給はす御心
作　の折からなれはあらぬねさしなと▼へもわたり給はすみこゝ（16ウ）
天　の折からなれはあらぬねさしなと　へもわたり給はすみ心
東　の折からなれはあらぬねさしなと　へもわたり給はすみ心
原　の折からなれはあらぬねさしなと　へもわたり給はすみ心

静三　ちのさまなときこえ給ひて御文　はかりそいくたひと
作　ちのさまなと聞　え給ひて御ふみはかりそいくたひと
天　ちのさまなときこえ給ひて御ふみはかりそいくたひと
東　ちのさまなときこえ給ひて御ふみはかりそいくたひと
原　ちのさまなと聞　え給ひて御ふみはかりそいく度　と

静四　なくかきつくし給ふされとあたりたる御宮　つかへはかゝし
作　なくかきつくし給ふされとあたりたる御みやつかへはかゝし
天　なくかきつくし給ふされとあたりたる御みやつかへはかゝし
東　なくかきつくし給ふされとあたりたる御みやつかへはかゝし
原　なくかきつくし給ふされとあたりたる御宮　つかへはかゝし

静五　給はねはうちはかりへはまいり給ふをうへも御らんして
作　給はねは内　はかりへはまゐり給ふをうへも御らんして
天　給はねはうちはかりへはまゐり給ふをうへも御覧　して
東　給はねは内　はかりへはまゐり給ふをうへも御覧　して
原　給はねは内　はかりへは参　り給ふをうへも御覧　して

静六　さはかり心くるし　き事をゝきてかつかうるは有　ましき
作　さはかり心くるし　き事をおきてかつかふるはあるましき
天　さはかり心くるし　き事をゝきてかつかふるはあるましき
東　さはかり心くるし▼き事をおきてかつかうるはあるましき（25オ）
原　さはかり心くるし　き事をおきてかつかうるはあるましき

静七　事　なりよろつの事をすてゝしつかにこもりゐてよろ
作　ことなりよろつ　をすてゝしつかにこもりゐてよろ
天　ことなりよろつ　をすてゝしつかにこもりゐてよろ
東　ことなりよろつ　をすてゝしつかにこもりゐてよろ
原　ことなり萬　をすてゝしつかにこもりゐてよろ

静八　しくみ　た【て】ねとかたしけなくの給はすれはかしこまり給ひ
作　しく見　た　て　ねとかたしけなくの給はすれはかしこまり給ひ
天　しく見　た　て▼ねとかたしけなくの給はすれはかしこまり給ひ（21オ）
東　しく見【た】て　ねとかたしけなくの給はすれはかしこまり給ひ
原　しく見　た　て　ねとかたしけなくの給はすれはかしこまり給ひ

静九　てうへにもしかく〱なんと仰ことのかしこさをかたり申
作　て上　にもしかく〱なんと仰言　のかしこさを語　り申
天　てうへにもしかく〱なんと仰ことのかしこさを語　り申
東　て上　にもしかく〱なんと仰言　のかしこさを語　り申
原　て上　にもしかく〱なんと仰言　のかしこさを語　り申

静十　給へは物もおほし給はぬ心　ちにも有　かたくおほしよろこふ▼（23オ）
作　給へは物もおほえ給はぬこゝちにもありかたくおほしよろこふ」
天　給へは物もおほえ　ぬこゝち　もありかたくおほしよろこふ
東　給へは物もおほえ給はぬこゝちにもありかたくおほしよろこふ」
原　給へは物もおほえ給はぬ心　ちにもありかたくおほしよろこふ

静一　其比中つかさの宮　の御めのとのおとこ大二になりてつ
作　*其比中つかさの宮　の御めのとのをとこ大弐になりてつ　［三］
天　其比中つかさのみやの御めのとのをとこ大弐になりてつ
東　其比中つかさのみやの御めのとのをとこ大弐になりてつ
原　其頃中つかさのみやの御めのとのをとこ大弐になりてつ

静二　くしへ下るきたのかたは三四年　さきにうせにきいかてさ
作　くしへ下るきたのかたは三四年　さきにうせにきいかてさ
天　くしへ下るきたのかたは三四年　さきにうせにきいかてさ
東　くしへ下るきたのかたは三四年　さきにうせにきいかてさ
原　くしへ下る北　のかたは三四年▼さきにうせにきいかてさ（22ウ）

静三　るへき人もかなかたらひて行かんと思　ひなりて此　御
作　るへき人もかなかたらひてゆかんとおもひなりてこの御
天　るへき人もかなかたらひて行　んとおもひなりて此　御
東　るへき人もかなかたらひて行かんとおもひなりてこの御
原　るへき人もかなかたらひて行かんとおもひなりて此　御

静四　をはのとなりのあるしははやうよりしれるなからひ　に
作　をはのとなりのあるしははやうよりしれるなからひ　に
天　おはのとなりのあるしははやくよりしれるなからひ【○に
東　をはのとなりのあるしははやうよりしれるなからひ　に
原　をはのとなりのあるしははやうよりしれるなからひ　に

静五　て　折く〱いてまうてくるとし四十七八なりける　などい
作　て　をりく〱いてまうてくるとし四十七八なりける　などい
天　て】折く〱いてまうてくるとし四十七八なりける　などい
東　て　折く〱いてまうてくるとし四十七八なりける▼などい（25ウ）
原　て　折ゝ　いてまうてくるとし四十七八なりける　など今

静六　まゝてかくては過し給ふ女君　たちもおほく物し　給　に
作　まゝてかくては過し給ふ女きみたちもおほく物し▼給ふに（17オ）
天　まゝてかくては過し給ふ女きみたちもおほく物し　給ふに
東　まゝてかくては過し給ふ女きみたちもおほく物し　給ふに
原　　まてかくては過し給ふ女きみたちもおほく物し　給ふに

静七　うしろみなきは心くるしきわさになんときこゆ　れはさかし
作　うしろみなきは心くるしきわさになむときこゆ　れはさかし
天　うしろみなきは心くるしきわさになむときこゆ▼れはさかし（21ウ）
東　うしろみなきは心くるしきわさになむときこゆ　れはさかし
原　うしろみなきは心くるしきわさになむときこゆ　れはさかし

静八　われもさ思　ひ給ふれと其ほたしとものあつかひをうる
作　われもさ思　ひ給ふれと其ほたしとものあつかひをうる
天　われもさ思　ひ給ふれと其ほたしとものあつかひをうる
東　われもさ思　ひ給ふれと其ほたしとものあつかひをうる
原　われもさおもひ給ふれと其ほたしとものあつかひをうる

静九　さく思　ふにや侍らんうけひくかたの侍らねはけふ〳〵と
作　さくおもふにや侍らむうけひく方　の侍らねはけふ〳〵と
天　さく思　ふにや侍らんうけひく方　の侍らねはけふ〳〵と
東　さく思　ふにや侍らむうけひく方　の侍らねはけふ〳〵と
原　さく思　ふにや侍らむうけひく方　の侍らねはけふ〳〵と

静十　過　してなにかしかしるましきわさまて取　まかなひていと▼（23ウ）
作　すくしてなにかしかしるましきわさまてとりまかなひていと
天　すくしてなにかしかしるましきわさまてとりまかなひていと
東　すくしてなにかしかしるましきわさまてとりまかなひていと
原　すくしてなにかしかしるましきわさまてとりまかなひていと

静一　たえかたく見るめもかたくなしう侍りゆへつきたる
作　たへかたく見るめもかたくなしう侍りゆゑつきたる
天　たえかたく見るめもかたくなしう侍るゆゑつきたる
東　たえかたく見るめもかたくなしう侍りゆゑつきたる
原　たえかたく見るめもかたくなしう侍りゆゑつきたる

静二　うはもさふらは丶なかたち給へ此　あなたにおはせし
作　うはもさふらは丶なかたち給　へこのあなたにおはせし
天　うはもさふらは丶なかたち給　へこのあなたにおはせし
東　うはもさふらは丶なかたち給　へこのあなたにおはせし
原　うはもさふらは丶なかたちしたまへ此　あなたにおはせし

静三　人は今にひとりや物し給ふこれなと　は思　ひたち給ふ
作　人は今にひとりや物し給ふこれなと　はおもひたち給ふ
天　人は今にひとりや物し給ふこれなと　は思　ひたち給ふ
東　人は今にひとりや物し給ふこれなと　は思　ひたち給ふ
原　人は今にひとりや物し給ふこれなと▼はおもひ立　給ふ（23オ）

静四　ましくや御めいとかきこえし女君　ももろともに　いさな
作　ましくや御めいとか聞　えし女君　ももろともに　いさな
天　ましくや御めいとかきこえし女君　ももろともに　いさな
東　ましくや御めいとかきこえし女きみももろともに▼いさな（26オ）
原　ましくや御めいとか聞　えし女君　ももろともに　いさな

静五 ひ給はゝみんふのたゆふにあはせ奉りてわかひとつの
作 ひ給はゝみんふのたゆふにあはせ奉りてわかひとつの
天 ひ給はゝみんふのたゆふにあはせ奉りてわかひとつの
東 ひ給はゝみんぶのたゆふにあはせ奉りてわかひとつの
原 ひ給はゝみんふのたゆふにあはせ奉りてわかひとつの

静六 あとをもしろしめさせんと思 ふはにつかはしからぬ事
作 あとをもしろしめさせむとおもふはにつかはしからぬ事
天 あとをもしろしめさせむと思 ふはにつかはしからぬ事
東 あとをもしろしめさせむとおもふはにつかはしからぬ事
原 あとをもしろしめさせむとおもふはにつかはしからぬこと

静七 とやおほすといふそれなんいと よ き御なからひ に もの
作 とやおほすといふ*それなんいと よ き御なからひ に もの [三]
天 とやおほすといふそれなんいと【よ】き御なからひ【に】もの
東 とやおほすといふそれなんいと よ き御なからひ に もの
原 ゝやおほすといふそれなむいと よ き御なからひ に もの

静八 し給 はんさも思 ひ給はゝつたへてんをこその秋よりいか
作 し給 はんさもおもひ給はゝつたへてんをこその秋よりいか
天 し給▼はんさも思 ひ給はゝつたへてんをこその秋よりいか（22オ）
東 し給 はんさもおもひ給はゝつたへてんをこその秋よりいか
原 し給 はんさも思 ひ給はゝつたへてんをこその秋よりいか

静九 なるたよりにかこひたりのおとゝの中なこんの君 かよひ
作 なるたよりにかこひたりのおとゝの中納言 のきみかよひ
天 なるたよりにかこひたりのおとゝの中納言 の君 かよひ
東 なるたよりにかこひたりのおとゝの中納言 のきみかよひ
原 なるたよりにかこひたりのおとゝの中納言 の君 かよひ

静十 給ひてよろつにまめやかにきこえ給へはおもはすにうつ く▼（24オ）
作 給ひてよろつにまめやかに聞 え給へはおもはすにうつ▼く（17ウ）
天 給ひてよろつ まめやかにきこへ給へはおもはすにうつ く
東 給ひてよろつにまめやかにきこえ給へはおもはすにうつ く
原 給ひてよろつにまめやかにきこえ給へはおもはすにうつ【〇く】

静一 しき御すくせ有て此 御とくを見る事といみしう
作 しき御すくせ有てこの御とくを見る事といみしう
天 しき御すく世有て此 御とくを見る事といみしう
東 しき御すくせ有てこの御とくを見る事といみしう
原 しき御すくせ有てこの御とくを見る事といみしう

静二 よろこひ給ふめれはなにかはる〱とくたらんとは思ひ
作 よろこひ給ふめれはなにかはる〱とくたらんとは思ひ
天 よろこび給ふめれはなにかはる〱とくたらんとは思ひ
東 よろこひ給ふめれはなにかはる〱とくたらんとは思ひ
原 よろこひ給ふめれはなにかはる〱とくたらむとは思ひ

静三　たち給はんと思　ひ侍るなといへはあなはかなやさて　其
作　たち給はんとおもひ侍るなといへはあなはかなやさて　其
天　立　給はんと思　ひ侍るなといへはあなはかなやさても其
東　たち給はんとおもひ侍るなといへはあなはかなやさて　其
原　たち給はんとおもひ侍るなといへはあなはかなやさて　その

静四　かんたちめのおはすらんをよき　御さいわひとや思　ひ給
作　かんたちめのおはすらむをよき　御さいはひとや思　ひ給ふ
天　かん達　めのおはすらむをよき　御さいわひとやおもひ給ふ
東　かんたちめのおはすらむをよき▼御さいはひとやおもひ給ふ（26ウ）
原　かむたちめのおはすらむをよき　御さいはひとやおもひ給ふ▼（23ウ）

静五　よろつのさえすくれかたち心もかしこうおはすとて大
作　よろつのさえすくれかたち心もかしこうおはすとて大
天　よろつのざへすくれかたち心もかしこうおはすとておほ
東　よろつのさえすくれかたち心もかしこうおはすとて大
原　よろつのさえすくれかたち心もかしかうおはすとて大

静六　やけのかたしけなくめくみ給ふに心　をこりし給ひて
作　やけのかたしけなくめくみ給ふにこゝろおこりし給ひて
天　やけのかたしけなくめくみ給ふにこゝろおこりし給ひ
東　やけのかたしけなくめくみ給ふにこゝろおこりし給ひて
原　やけのかたしけなくめくみ給ふにこゝろおこりし給ひて

静七　おとゝの御ゆいこんに右大臣とのゝ中の君　にあはせ奉り
作　おとゝの御ゆゐ言　に右大臣とのゝ中のきみにあはせ奉り
天　おとゝの御ゆい言　に右大臣とのゝ中のきみにあはせ奉り
東　おとゝの御ゆい言　に右大臣とのゝ中のきみにあはせ奉り
原　おとゝの御ゆい言　に右大臣とのゝ中の君　にあはせ奉り

静八　給ひて御うしろみをも　せ　させ給ふへく又　うち〳〵にも
作　給ひて御うしろみをも　せ　させ給ふへくまたうち〳〵にも
天　給ひて御うしろみをも【せ】させ給ふへくまたうち〳〵にも
東　給ひて御うしろみをも　せ　させ給ふへくまたうち〳〵にも
原　給ひて御うしろみをも　せ　させ給ふへくまたうち〳〵にも

静九　此　とのをたのみきこえてなに　かしとおもはんなん行道もう
作　このとのをたのみきこえてなに　かしとおもはんなむ行道もう
天　このとのをたのみきこえてなに▼かしとおもはんなむ行道もう（22ウ）
東　このとのをたのみきこえてなに　かしとおも見　なむ行道もう
原　このとのをたのみきこえてなに　かしとおもはんなむ行道もう

静十　れしかるへくとかへす〳〵　きこえをき給ひ　て　しかはとの▼（24ウ）
作　れしかるへくとかへす〳〵　聞　えおき給ひ　【て】しかはとの
天　れしかるへきとかへす〳〵もきこえおき給ひし　て　しかはとの
東　れしかるへくとかへす〳〵　きこえおき給ひ　て　しかはとの
原　れしかるへくとかへす〳〵　きこえおき給ひ　て　しかはとの

静一 よりはいとねん比 にたひ〳〵きこえ給へとみかとのひめ

作 よりはいとねんころに度 〻 聞 え給へとみかとの姫

天 よりは たひ〳〵きこえ給へとみかとの姫

東 よりはいとねん頃 に度 〻 きこえ給へとみかとの姫

原 よりはいとねむ頃 に度 〻 聞 え給へとみかとの姫

静二 宮ならてはえ奉らしとてみそちかくなるまて

作 君ならてはえ奉らしとてみそちゝかくなるまて

天 宮ならてはえ奉らしとてみそちゝかくなるまて

東 宮ならてはえ奉らしとてみそちかくなるまて

原 宮ならてはえ奉らしとてみそち近 くなるまて

静三 ひとりすみしてくらし給ふよこの女君なとはおほ す 事

作 ひとりすみしてくらし給ふよこの女君なとはおほ す こと

天 ひとりすみしてくらし給ふよこの女君なとはおほ す こと

東 ひとりすみしてくらし給ふよこの女君なとはおほ す▼こと（27オ）

原 ひとりすみしてくらし給ふよこの女君なとはおほ【ほ】す こと

静四 かなふまてのなくさめ也 さるはえくちの君 なと、おなし

作 かなふまてのなくさめなりさるはえぐちのきみ▼なとゝおなし（18オ）

天 かなふまてのなくさめなりさるはえくちのきみ なと、おなし

東 かなふまてのなくさめなりさるはえくちのきみ なと、おなし

原 かなふまてのなくさめなりさるはえくちのきみ なと、おなし

静五 事 には侍らすや今一 とせ二とせかほとにすさめられ

作 ことには侍らすや今一 とせ二とせか程 にすさめられ

天 事 には侍らすや今一 とせ二とせか程 にすさめられ

東 ことには侍らすや今一 とせ二とせか程 にすさめられ

原 ことには侍らすや今ひとゝせ二とせか程 にすさめられ

静六 給ひて もにすむ、しのわれから とねをなき給はんは

作 給ひて〵もに住 むしのわれから とねをなき給はんは

天 給ひて もに住 むしのわれから とねをなき給はんは

東 給ひて もに住 むしのわれから とねをなき給はんは

原 給ひて もに住 むしのわれから▼とねをなき給はんは（24オ）

静七 いとを しき事 なりやみんふのたゆふかめにておはしまさ

作 いとほ しきことなりやみむふのたゆふかめにておはしまさ

天 いとほ しき事 なりやみむふのたゆふかめにておはしまさ

東 いとほ しきことなりやみむぶのたゆふかめにておはしまさ

原 いとほ［ほ］しきことなりやみむふのたゆふかめにておはしまさ

静八 はつかさくらゐこそ其 中なこんとのにはをよひ侍るましけ

作 はつかさくらゐこそ其 中納言 とのにはおよひ侍るましけ

天 はつかさくらいこその中納言 とのにはおよひ侍るましけ

東 はつかさくらゐこそ其 中納言 とのにはおよひ侍るましけ

原 はつかさくらゐこそ其 中納言 とのにはおよひ侍るましけ

静九　れかほかたちはあまりまけ奉る事　も侍　るまし心　はた
作　れかほかたちはあまりまけ奉ることも侍　るまし心　はた
天　れかほかたちはあまりまけ奉る事　も侍　るまし心　はた
東　れかほかたちはあまりまけ奉ることもはへるまし心　はた
原　れかほかたちはあまりまけ奉ることも侍　るましこゝろはた

静十　まめやか成　ものなれはたかきもみしかきもなへて女の　し▼（25オ）
作　まめやかなるものなれはたかきもみしかきもなへて女の　し
天　まめやかなるものなれはたかきもみしかきもなへて女の　し
東　まめやかなるものなれはたかきもみしかきもなへて女の【し
原　まめやかなるものなれはたかきもみしかきもなへて女の　し

静一　の　ひかたき事　にし給　ふなるわきめもつかひ侍らしこれ
作　の　ひかたきことにし給　ふなるわきめもつかひ侍らしこれ
天　の　ひかたきことにし給▼ふなるわきめもつかひ侍らしこれ（23オ）
東　の】ひかたきことにし給　ふなるわきめもつかひ侍らしこれ
原　の　ひかたきことにし給　ふなるわきめもつかひ侍らしこれ

静二　そまつ何　のたからにもまさりて心行　給はん其外のもて
作　そまつなにのたからにもまさりて心ゆき給はん其外のもて
天　そまつなにのたからにもまさりて心行　　なん其外のもて
東　そまつなにのたからにもまさりて心行　給はん其外のもて
原　そまつなにのたからにもまさりて心行　給はむ其外のもて

静三　なしは大臣大　将のきたのかたにもをとし奉らしよの
作　なしは大臣大　将のきたのかたにもおとし奉らし世の
天　なしは大臣大　将の北　の方　にもおとし奉らし世の
東　なしは大臣大▼将のきたの方　にもおとし奉らし世の（27ウ）
原　なしは大臣大　将の北　のかたにもおとし奉らし世の

静四　中に人のかけめほとくちをしき事　あらんや子なと出
作　中に人のかけめほとくちをしき事　あらんや子なと出
天　中に人のかけめほとくちをしき事やあらん　子なと出
東　中に人のかけめほとくちをしき事　あらんや子なと出
原　中に人のかけめほとくちをしき事　あらんや子なと出

静五　くれはまことのうへの御子にとられあるはほんさいにせ
作　くれはまことのうへの御子にとられあるは本　妻　にせ
天　くれはまことのうへの御子にとられあるは本　さいにせ
東　くれはまことのうへの御子にとられあるは本　妻　にせ
原　くれはまことのうへの御子にとられあるは本　妻　にせ

静六　ためられてあまほうしに成て山里に取　こもれとも
作　ためられてあまほうしに成て山里にとりこもれとも
天　ためられてあまほうしに成て山里に取　こもれとも
東　ためられてあまほうしに成て山里に取りこもれとも
原　ためられてあまほうしに成て山里に取　こもれとも

静七　とよりもよほさぬ道心なれは　ほとけの御心にもかなは
作　とよりもよほさぬ道心なれは　ほとけの御心にもかなは
天　とよりもよほさぬ道心なれは　仏　の御心にもかなは
東　とよりもよほさぬ道心なれは　ほとけの御心にもかなは
原　とよりもよほさぬ道心なれは▼佛　の御心にもかなは（24ウ）

静八　て此よもかのよもいたつら　になさすやすこしも心かしこき
作　て此よもかのよもいたつら▼になさすやすこしも心かしこき（18ウ）
天　て此よもかのよもいたつら　になさすやすこしも心かしこき
東　て此よもかのよもいたつら　になさすやすこしも心かしこき
原　て此よもかの世もいたつら　になさすやすこしも心かしこき

静九　人は〳〵一　よ二　よのふしはよしなしとてしうのゝ給　ふ事　をさへ
作　人は〳〵ひと夜二　夜のふしはよしなしとてしうのの給　ふことをさへ
天　人は〳〵一　夜ふた夜のふしはよしなしとてしうのゝ給　ふ事　をさへ
東　人は〳〵ひと夜二　夜のふしはよしなしとてしうのゝ給　ふことをさへ
原　人は〳〵一　夜二　夜のふしはよしなしとてしうののたまふ事　をさへ

静十　いなひ侍るなと　きゝつたへ侍るされとことはり成　かし▼（25ウ）
作　いなひ侍るなと　きゝつたへ侍るされとことわりなりかし
天　いなひ侍　なとさへきゝつたへ侍るされとことわり成　かし
東　いなひ侍るなと　きゝつたへ侍るされとことわり成　かし
原　いなみ侍るなと　聞　つたへ侍るされとことわり成　かし

静一　おとこたにちへさいかく有　はかたけれはましてはかなき
作　をとこたにちゐさいかくあるはかたけれはましてはかなき
天　男　たにちゐさいかく有　はかたけれ　ましてはかなき
東　をとこたにちゐさいかく有　はかたけれはましてはかなき
原　をとこたにちゐさいかく有　はかたけれはましてはかなき

静二　女におはすれはうれしうめてたき事　にの給　ふもなと
作　女におはすれはうれしうめてたきことにの給　ふもなと
天　女におはすれはうれしうめてたき事　にの給　ふもなと▼（23ウ）
東　女におはすれはうれしうめてたきことにの給▼ふもなと（28オ）
原　女におはすれはうれしうめてたきことにの給　ふもなと

静三　たゝみをつきしろひつゝはちふきおるにはや此人も
作　たゝみをつきしろひつゝはちふきをるにはや此人も
天　たゝみをつきしろひつゝはちふきをるにはや此人も
東　たゝみをつきじろひつゝはちぶきをるにはや此人も
原　たゝみをつきしろひつゝはちふきをるにはや此人も

静四　かたはられてまことにの給ふ事　にひとつしてあた成　事は
作　かたはられてまことにの給ふことにひとつしてあたなる事は
《夏蔭云かたらはれて歟》
天　かたら《らは歟》はれてまことにの給ふことにひとつしてあたなる事は
東　かたは《らは歟》られてまことにの給ふことにひとつしてあた成　事は
原　かたはられてまことにの給ふことにひとつしてあた成　事は

静五　侍らぬなといふもをこかましむかしよりへたてなくいひ
作　侍らぬなといふもをこかまし昔*より隔　なくいひ［三四］
天　侍らぬなといふもおこかまし昔　より隔　なくいひ
東　侍らぬなといふもおこかまし昔　より隔　なくいひ
原　侍らぬなといふもをこかまし昔　より隔　なくいひ

静六　かはす中にてれいもかたみに行かよへは其夕くれにとなり
作　かはす中にてれいもかたみに行かよへは其夕くれにとなり
天　かはす中にてれいもかたみに行かよへは其夕くれにとなり
東　かはす中にてれいもかたみに行かよへは其夕くれにとなり
原　かはす中にてれいもかたみに行かよへは其夕くれにとなり

静七　のあるしまうてきて大二のいひし事　とも心　ちよけに
作　のあるしまうてきて大弐のいひしことゝもこゝちよけに
天　のあるしまうてきて大弐のいひし事　とも心　ちよけに
東　のあるしまうてきて大弐のいひしことゝも心　ちよけに
原　のあるしまうて来て大弐のいひしことゝも心　ちよけに

静八　かたりつ　た　ふれはもとより　すこしひなひなを〳〵しき
作　かたりつ　た　ふれはもとより　すこしひなひなほ〳〵しき
天　かたりつ　た　ふれはもとより　すこしひなひなほ〳〵しき
東　かたりつ　た　ふれはもとより　すこしひなひなほ〳〵しき
原　かたりつ【た】ふれはもとより▼すこしひなひなほ〳〵しき（25オ）

静九　をは君にていかてかなともいひあえすうちゑみうなつき
作　をは君にていかてかなともいひあへすうちゑみうなつき
天　をは君にていかてかなともいひあへすうちゑみうなつき
東　をは君にていかてかなともいひあえすうちゑみうなつき
原　をは君にていかてかなと□いひあへすうちゑみうなつき

静十　て身つからの事は今更のよはひに又　人にみえ奉らんも▼（26オ）
作　て身つからの事は今更のよはひにまた人にみえ奉らむも
天　て身つからの事は今更のよはひにまた人に見へ奉らむも
東　て身つからの事は今更のよはひにまた人にみえ奉らむも
原　て身つからの事は今更のよはひにまた人にみえ奉らむも

静一　よき事　とは思　ひ侍らねといみしうかなしと思ふ君　のた
作　よきことゝは思　ひ侍らねといみしうかなしと思ふきみ▼のた（19オ）
天　よきことゝは思　ひ侍らねといみしうかなしと思ふきみ　のた
東　よきことゝは思　ひ侍らねといみしうかなしと思ふきみ　のた
原　よき事　とはおもひ侍らねといみしうかなしと思ふきみ　のた

静二　めた　によろしき事　にて侍らは命をさへうしなひても
作　めた　によろしきことにて侍らは命をさへうしなひても
天　めた　によろしきことにて侍らは命をさへうしなふても
東　めた▼によろしきことにて侍るは命をさへうしなひても（28ウ）
原　めた　によろしきことにて侍らは命をさへうしなひても

静三　と思　ふ給へはましてこれはよのつね有　事なれはいかゝはせんに
作　と思　う給へはましてこれはよのつねある事なれはいかゝはせんに
天　とおもふ給へはましてこれはよのつねある事なれはいかゝはせんに▼（24オ）
東　と思　ふ給へはましてこれはよのつねある事なれはいかゝはせんに
原　と思　ふ給へはましてこれはよのつねある事なれはいかゝはせんに

静四　思ひよ　は　りてもろともに物し侍　らんとしたけ物の心も
作　思ひよ　わ　りてもろともに物しはへらむとしたけ物の心も
天　思ひよ　わ　りてもろともに物し侍　らんとしたけ物の心も
東　思ひよ【わ［は］】りてもろともに物しはへらんとしたけ物の心も
原　思ひよ　わ　りてもろともに物しはへらむとしたけ物の心も

静五　すこしはわきまへたるわれたに行すゑの事　まてはたと
作　すこしはわきまへたるわれたに行すゑのことまてはたと
天　すこしはわきまへたるわれたに行すゑのことまてはたと
東　すこしはわきまへたるわれたに行すゑのことまてはたと
原　すこしはわきまへたるわれたに行すゑの事　まてはたと

静六　りへて　たゝ　此　比　の御有　さまをひとへにめてたしとみた
作　り得て　たゝ　此　ころの御あり様　をひとへにめてたしとみた
天　り得て　たゝ　此のころの御あり様　をひとへにめてたしとみた
東　り得て　たゝ　此　頃　の御あり様　をひとへにめてたくとみた
原　り得て【〇たゝ】此　頃　の御ありさまをひとへにめてたしと見奉

静七　てまつれはましてわかき心にはひた道　になひき給ひてあ
作　てまつれはましてわかき心にはひたみちになひき給ひてあ
天　てまつれはましてわかき心にはひたみちになひき給ひてあ
東　てまつれはましてわかき心にはひたみちになひき給ひてあ
原　　　　れはましてわかき心にはひたみちになひき給ひてあ

静八　はれ成　事に見え給へは有のまゝにきこえさせはともなひ
作　はれなる事にみえ給へは有のまゝに聞　えさせはともなひ
天　はれなる事に見へ給へは有のまゝに聞　へさせはともなひ
東　はれ成　事に見え給へは有のまゝに聞　えさせはともなひ
原　はれ成　事に見え給へは有のまゝに聞　えさせはともなひ

静九　かたくや　たゝよくたゆめてつくしへま　か　るほとにいさなひ
作　かたくや　たゝよくたゆめてつくしへま　か　るほとにいさなひ
天　かたくや　たゝよくたゆめてつくしへま【か［い］】るほとにいさなひ
東　かたくや　たゝよくたゆめてつくしへま　か　るほとにいさなひ
原　かたくや▼たゝよくたゆめてつくしへま　か　るほとにいさなひ（25ウ）

静十　てましといふそれにまさる事　やはさらは大二に其よしを（26ウ）
作　てましといふそれにまさることやはさらは大弐に其よしを
天　てましといふそれにまさることやはさらは　　　其よしを
東　てましといふそれにまさることやはさらは大弐に其よしを
原　てましといふそれにまさることやはさらは大弐に其よしを

静一　なと　いひてかへりぬ　心のうちにもみるめにあかぬ御さま
作　なと　いひてかへりぬ*　心の中　にもみるめにあかぬ御さま　[三五]
天　なと　いひて帰　りぬ　心の中　にもみるめにあかぬ御さま
東　なと▼いひてかへりぬ」心の中　にもみるめにあかぬ御さま（29オ）
原　なと　いひてかへりぬ　心の中　にもみるめにあかぬ御さま

静二　かたちのめてたきにまよひてよきさいはひもいてき
作　かたちのめてたきにまよひてよきさいはひもいてき
天　かたちのめてたきにまよひてよきさいはひもいてき
東　かたちのめてたきにまよひてよきさいはひもいてき
原　かたちのめてたきにまよひてよきさいはひもいてき

静三　しかなと思ひしかと行すゑたのもしき御もてなしあ
作　しかなと思ひしかと行すゑたのもしき御もてなしあ
天　しかなと思ひしかと行末　たのもしき御もてなしあ
東　しかなと思ひしかと行すゑたのもしき御もてなしあ
原　しかなと思ひしかと行末　たのもしき御もてなしあ

静四　らんともおもはすまつはかくほとふるまてとのにもわたし
作　らんともおもはすまつはかくほとふるまてとのにもわたし
天　らんとも思　はすまつはかくほとふるまてとのにもわたし
東　らんともおもはすまつはかくほとふるまてとのにもわたし
原　らんともおもはすまつはかくほとふるまてとのにもわたし

静五　給はす　おはし　ますとてもぬす人なといふひたふるもの、
作　給はす　おはし▼ますとてもぬす人なといふひたふるものゝ（19ウ）
天　給わす▼　　　　　ぬす人なといふひたふるもの、（24ウ）
東　給はす　おはし　ますとてもぬす人なといふひたふるもの、
原　給はす　おはし　ますとてもぬす人なといふひたふるもの、

静六　しのひありくらんやうによなかあかつきならてみえ給ふ事
作　しのひありくらんやうによなかあかつきならてみえ給ふ事
天　しのひありくらんやうによなかあかつきならて見へ給ふ事
東　しのひありくらんやうによなかあかつきならて見え給ふ事
原　しのひありくらむやうによなかあかつきならて見え給ふ事

静七　もなきをあやしう思ひ　ゐしはさは大二の　、給へるやうに
作　もなきをあやしう思ひ　ゐしはさは大二の　ゝ給へるやうに
天　もなきをあやしう思ひ　ゐしはさは大弐の　、給へるやうに
東　もなきをあやしう思ひ　ゐしはさは大二の　、給へるやうに
原　もなきをあやしう思ひ給ひしはさは大弐の【〇の】給へるやうに

静八　秋風た、はかれ給はんと　に　や又さらておと、へわたり給ふに
作　秋風たゝはかれ給はんと【に】や又さらておとゝへわたり給ふに
天　秋風た、はかれ給はんと　に　や又さらておと、へわたり給ふに
東　秋風た、はかれ給はんと　に　や又さらておと、へわたり給ふに
原　秋風た、はかれ給はんと　に　や又さらておと、へわたり給ふに

静九　してはらから物し給はんも又　いかに　そ　やさはかり　めてた
作　してはらから物し給はんもまたいかに　そ　やさはかり　めてた
天　してはらから物し給はんもまたいかに　そ　やさはかり　めてた
東　してはらから物し給はんもまたいかに　そ　やさはかり　めてた
原　してはらから物し給はんもまたいかにや【○そ】やさはかり▼めてた（26オ）

静十　くあなたこなた　にもてかしつかれ給はんにいもうとにてたに▼（27オ）
作　くあなたこなた　にもてかしつかれ給はんにいもうとにてたに
天　くあなたこなた　にもてかしつかれ給はんにいもうとにてたに
東　くあなたこなた▼にもてかしつかれ給はんにいもうとにてたに（29ウ）
原　くあなたこなた　にもてかしつかれ給はんにいもうとにてたに

静一　おはせてなま〱のこのかみにてかけめに成　て　いつかたさ
作　おはせてなま〱のこのかみにてかけめになりて　いつかたさ
天　おはせてなま〱のこのかみにてかけめになりてはいつかたさ
東　おはせてなま〱のこのかみにてかけめに成　て　いつかたさ
原　おはせてなま〱のこのかみにてかけめに成　て　いつかたさ

静二　まにもめさましきものにをとしめられてかくあちき
作　まにもめさましきものにおとしめられてかくあちき
天　まにもめさましきものにおとしめられかくあちき
東　まにもめさましきものにおとしめられてかくあちき
原　まにもめさましきものにおとしめられてかくあちき

静三　なきすまひにておはせんはむねいたき事　のかきり成　へし
作　なきすまひにておはせむはむねいたきことのかきりなるへし
天　なき住　ゐにておはせんはむねいたき事　のかきり成　へし
東　なきすまゐにておはせんはむねいたき事　のかきり成　へし
原　なきすまゐにておはせんはむねいたきことのかきり成　へし

静四　とてもかくても此　君　にかゝつら　は　んはいと有ましき事と
作　とてもかくてもこの君　にかゝつら　は　んはいと有ましき事と
天　とてもかくてもこの君　にかゝつら　は　んはいと有ましき事と
東　とてもかくてもこのきみにかゝつら【○は】んはいと有ましき事と
原　とてもかくてもこの君　にかゝつら　は　んはいと有ましき事と

静五　思ひなりぬよし何　事　もさきのよの御ちきり　とてす
作　思ひなりぬ*よしなにこともさきのよの御ちきり　とてす［三六］
天　思ひなりぬよしなにこともさきのよの御契　にてとす
東　思ひなりぬよしなにこともさきのよの御ちきり　とてす
原　思ひなりぬよしなにこともさきの世の御ちきり　とてす

静六　くせのまゝに　見はなちきこえてくたらん事はたさらぬ
作　くせのまゝに　見はなち聞　えてくたらむ事はたさらぬ
天　く世のまゝに▼見はなちきこえてくたらむ事はたさらぬ（25オ）
東　くせのまゝに　見はなちきこえてくたらむ事はたさらぬ
原　くせのまゝに　見はなち聞　えてくたらむ事はたさらぬ

静七　わかれの道　ならては一日も有へきことかはと思ひつゝけて
作　わかれのみちならては一日も有へきことかはと思ひつゝけて
天　わかれの道　ならては一日も有へき事　かはと思ひつゝけて
東　わかれのみちならては一日も有へきことかはと思ひつゝけて
原　わかれのみちならては一日も有へきことかはと思ひつゝけて

静八　こなたにきて見　給へはらうたくおかしけなる御さまもみ
作　こなたにきて見▼給へはらうたくをかしけなる御様　もみ（20オ）
天　こなたにきて見　給へはらうたくをかしけなる御様　もみ
東　こなたにきて見　給へはらうたくをかしけなる御様　もみ
原　こなたにきて見　給へはらうたくをかしけなる御様　もみ

静九　んふのたゆふなといふら　ん人にみすへくもあらす心にま
作　んふのたゆふなといふら　ん人に見すへくもあらす心にま
天　むふのたゆふなといふら　む人に見すへくもあらす心にま
東　んふのたゆうなといふら▼む人に見すへくもあらす心にま（30オ）
原　んふのたゆふなといふら　む人に見すへくもあらす心にま

静十　かせぬよの中とはむかしよりいひをき侍れ　と身に▼（27ウ）
作　かせぬよの中とは昔　よりいひおき侍れ　と身に
天　かせぬ世の中とは昔　よりいひをき侍れ　と身に
東　かせぬよの中とは昔　よりいひおき侍れ　と身に
原　かせぬよの中とは昔　よりいひおき侍れ▼と身に（26ウ）

静一　あてゝは此比こそ思ひしられぬれつくしへ行人のいさ
作　あてゝは此頃こそ思ひしられぬれつくしへ行人のいさ
天　あてゝは此頃こそ思ひしられぬれつくしへ行人のいさ
東　あてゝは此頃こそ思ひしられぬれつくしへ行人のいさ
原　あてゝは此頃こそ思ひしられぬれつくしへ行人のいさ

静二　なふへきとせちにいふなれは思ひたちねといつみとのゝ
作　なふへきとせちにいふなれは思ひたちねといつみとのゝ
天　なふへきとせちにいふなれは思ひたちねといつみとのゝ
東　なふへきとせちにいふなれは思ひたちねといつみとのゝ
原　なふへきとせちにいふなれは思ひたちねといつみとのゝ

静三　きたのかたきこえ給ふなき人のためうしろめたくさ
作　きたの方　聞　え給ふなき人のためうしろめたくさ
天　北　の方　きこへ給ふなき人のためうしろめたくさ
東　きたのかたきこえ給ふなき人のためうしろめたくさ
原　北　のかた聞　え給ふなき人のためうしろめたくさ

静四　りとてわかき　に　もあらすとのゝ御心のあはれにたのも
作　りとてわかき　に　もあらすとのゝ御心のあはれにたのも
天　りとてわかき【に】もあらす殿　の御心の哀　にたのも
東　りとてわかき　に　もあらすとのゝ御心のあはれにたのも
原　りとてわかき　に　もあらすとのゝ御心のあはれにたのも

静五　しうおはすを見たてまつれはかくてみをき奉るも
作　**しうおはすを見奉　れはかくてみおき奉るも**
天　しうおはすを見奉　れはかくてみをき奉るも
東　しうおはすを見奉　れはかくてみおき奉るも
原　しうおはすを見奉　れはかくてみおき奉るも

静六　心もとなきすちはことに侍　らねとこゝらのとし月かた
作　**心もとなきすちはことにはへらねとこゝらの年　月かた**
天　心元　なきすちはことに侍　らねとこゝらのとし月かた
東　心もとなきすちはことにはへらねとこゝらのとし月かた
原　心もとなきすちはことにはへらねとこゝらの年　月かた

静七　ときも外〳〵にならはさりしにわかれ奉　　らんかなしさは
作　**ときも外〳〵にならはさりしにわかれたてまつらんかなしさは**
天　ときも外〳〵にならはさりしにわかれたてまつらんかなしさは
東　ときも外〳〵にならはさりしにわかれたてまつらんかなしさは
原　ときも外〻　にならはさりしにわかれ奉　　らむ悲　しさは

静八　これそ　えたふましき　　心　ちのし侍れは思ひたゝん事　は有ま
作　**是　そ　えたふましき　　こゝちのし侍れは思ひたゝんことは有ま**
天　これそ▼えたふましくなんある心　地のし侍れは思ひたゝん事　は有ま（25ウ）
東　是　そ　えたふましき　　心　ちのし侍れは思ひたゝんことは有ま
原　是　そ　えたふましき　　心　ちのし侍れは思ひたえむことは有ま

静九　しく　かへす〳〵きこえしかといつみとのさへいまして
作　**しく　かへす〳〵聞　えしかといつみとのさへいまして**
天　しく　かへす〳〵きこえしかといつみとのさへいまして
東　しく▼かへす〳〵きこえしかといつみとのさへいまして（30ウ）
原　しく　かへす〳〵きこえしかといつみとのさへいまして

静十　此　事　きゝ入　すは命をうし　なふ　かさらてはみやこのうち▼（28オ）
作　**このことき　ゝいれすは命をうし　なふ　かさらてはみやこのうち**
天　此　ことき　ゝいれすは命をうし　なふ　かさらてはみやこのうち
東　このことき　ゝいれすは命をうし【〇なふ】かさらてはみやこのうち
原　このことき　ゝいれすは命をうし　なふ　かさらてはみやこのうち

静一　にも有かたしとせちにせめの給　はすれはえいなひはて
作　**にも有かたしとせちにせめの給　はすれはえいなひはて**
天　にも有かたしとせちにせめの給　はすれはえいなひはて
東　にも有かたしとせちにせめの給　はすれはえいなひはて
原　にも有かたしとせちにせめのたまはすれはえいなひはて

静二　てなん　まからん　にさためぬ君　をもろともにいさなひ
作　**ゝなむ　まからん▼にさためぬ君　をもゝろ□もにいさなひ（20ウ）**
天　　なん　まからむ　にさためぬきみをもろともにいさなひ
東　ゞなん　まからむ　にさためぬきみをもろともにいさなひ
原　でなむ▼まからむ　にさためぬきみをもろともにいさなひ（27オ）

静三　奉らんときこえやり侍れはさやうにうつくしくあはれとお

作　奉らむと聞　えやり侍れはさやうにうつくしくあはれとお

天　奉らむときこえやり侍れはさやうにうつくしく哀　とお

東　奉らむときこえやり侍れはさやうにうつくしくあはれとお

原　奉らむと聞　えやり侍れはさやうにうつくしくあはれとお

静四　ほす人のおはすらん人をいかてにしのくにのはてへゐて

作　ほす人のおはすらん人をいかてにしの國　のはてへゐて

天　ほす人のおはすらん人をいかてにしの國　のはてへゐて

東　ほす人のおはすらん　をいかてにしの国　のはてへゐて

原　ほす人のおはすらん人をいかてにしの国　のはてへゐて

静五　奉らんもとよりをのか身にひきそへ奉る御身なりとも

作　奉らんもとよりおのか身にひきそへ奉る御身なりとも

天　奉らんもとよりおのか身にひき添　奉る御身なりとも

東　奉らんもとよりおのかみにひきそへ奉る御身なりとも

原　奉らむもとよりおのか身にひきそへ奉る御身なりとも

静六　かゝる御さひわひをこそねかふ事にはあらめそれなんあ

作　かゝる御さいはひをこそねかふ事にはあらめそれなんあ

天　かゝる御さいわゐをこそねかふ事にはあらめそれなんあ

東　かゝる御さいはひをこそねかふ事にはあらめそれなむあ

原　かゝる御さいはひをこそねかふ事にはあらめそれなむあ

静七　やにくにかけても有ましき事といふなれはいつかたにつ

作　やにくにかけても有ましき事といふなれはいつかたにつ

天　やにくにかけても有ましき事といふなれはいつかたにつ

東　やにくにかけても有ましき事といふなれはいつかたにつ

原　やにくにかけても有ましき事といふなれはいつかたにつ

静八　けてもわかれ奉らんこそかなしうくるしけれとて打　ひ

作　けてもわかれ奉らんこそかなしうくるしけれとて打　ひ

天　けてもわかれ奉らんこそかなしうくるしけれとて打　ひ

東　けてもわかれ奉らんこそかなしうくるしけれとて打▼ひ（31オ）

原　けてもわかれ奉らむこそ悲　しうくるしけれとて打　ひ

静九　そみ　給ふきゝ給ふ心　ちは今すこしみたれまさりていかに

作　そみ　給ふき*ゝ給ふこゝちは今すこしみたれまさりていかに　[三七]

天　そみ▼給ふきゝ給ふ心　地は今すこしみたれまさりていかに（26オ）

東　そみ　給ふきゝ給ふ心　ちは今すこしみたれまさりていかに

原　そみ　給ふきゝ給ふ心　ちは今すこしみたれまさりていかに

静十　せましあはれ成　事に人もいひしらせみつからの心にも月▼（28ウ）

作　せましあはれなる事に人もいひしらせみつからの心にも月

天　せましあわれなる事に人もいひしらせみつからの心にも月

東　せましあはれなる事に人もいひしらせみつからの心にも月

原　せましあはれなる事に人もいひしらせみつからの心にも月

静一　日にそへて心ふかくちきりの給　はすれはかはり給ふへきさま
作　日にそへて心ふかくちきりの給　はすれはかはり給ふへき様
天　日にそへて心ふかくちきりの給　はすれはかはり給ふへき様
東　日にそへて心ふかくちきりの給　はすれはかはり給ふへき様
原　日にそへて心ふかくちきりのたまはすれはかはり給ふへき様

静二　にも見奉らねといさ又　われたにしらぬ心　のはてはまして
作　にも見奉らねといさまたわれたにしらぬこゝろ　のはてはまして
天　にも見奉らねといさまたわれたにしらぬ心　のはてはまして
東　にも見奉らねといさまたわれたにしらぬこゝろ　のはてはまして
原　にも見奉らねといさまたわれたにしらぬこゝろ▼のはてはまして（27ウ）

静三　行すゑうちとくへくもあらすかれはて給はんあさちかは
作　行末　うちとくへくもあらすかれはて給はんあさちかは
天　行末　うちとくへくもあらすかれはて給はんあさちかは
東　行末　うちとくへくもあらすかれはて給はんあさちかは
原　行末　うちとくへくもあらすかれはて給はむあさちかは

静四　らをも此　人にもてかくされてこそ露のよすかもあらめ
作　らをもこの人にもてかくされてこそ露のよすかもあらめ
天　らをもこの人にもてかくされてこそ露のよすかもあらめ
東　らをもこの人にもてかくされてこそ露のよすかもあらめ
原　らをもこの人にもてかくされてこそ露のよすかもあらめ

静五　たゝ一かたにしたひきこえてましと思　ふには　又　さすか成　こと
作　たゝ一かたにしたひ聞　えてましとおもふには▼またさすかなること（21オ）
天　たゝ一かたにしたひきこへてましとおもふには　またさすかなること
東　たゝ一かたにしたひきこえてましとおもふには　またさすか成　こと
原　たゝ一かたにしたひ聞　えてましとおもふに　またさすかなる事

静六　おほく思ひつゝけられていみしうかなしけれは物もいはす
作　おほく思ひつゝけられていみしうかなしけれは物もいはす
天　おほく思ひつゝけられていみしうかなしけれは物もいはす
東　おほく思ひつゝけられていみしうかなしけれは物もいはす
原　おほく思ひつゝけられていみしうかなしけれは物もいはす

静七　なき給　ふ　大二はやかて其ほとにかよひそめてけりふるめかし
作　なき給　ふ」大弐はやかて　其程　にかよひそめてけりふるめかし
天　なき給　ふ　大弐はやかて　其程　にかよひそめてけりふるめかし
東　なき給　ふ」大弐はやかて　其程　にかよひそめてけりふるめかし
原　なきたまふ　大弐はやかて　其ほとにかよひそめてけりふるめかし

静八　き身の　いまさらかゝるありきのうしろてもをこなるへ
作　き身の　今　さらかゝるありきのうしろてもをこなるへ
天　き身の　今　さらかゝるありきのうしろてもをこなるへ
東　き身の▼今　さらかゝるありきのうしろてもおこなるへ（31ウ）
原　き身の　いまさらかゝるありきのうしろてもをこなるへ

静九　けれは六てうなるをのかいへにわたさんときこゆかくいふに
作　けれは六てうなるおのか家　にわたさんときこゆか*くいふに　［三八］
天　けれは六てうなるおのか家　にわたさんときこゆかくいふに
東　けれは六てうなるおのか家　にわたさんときこゆかくいふに
原　けれは六てうなるおのか家　にわたさむときこゆかくいふに

静十　やよひも　十日あまりに成　ぬうへの御なやみおなしさまに▼（29オ）
作　やよひも　十日あまりになりぬうへの御なやみおなしさまに
天　弥　生も▼十日あまりに成　ぬうへの御なやみおなしさまに（26ウ）
東　やよひも　十日あまりに成　ぬうへの御なやみおなしさまに
原　やよひも　十日あまりに成　ぬうへの御なやみおなしさまに

静一　てみそかにさへなれはたれも〳〵　いみしうおほしなけくに
作　てみそかにさへなれはたれもたれもいみしうおほしなけくに
天　てみそかにさへなれはたれも〳〵　いみしうおほしなけくに
東　てみそかにさへなれはたれも〳〵　いみしうおほしなけくに
原　てみそかにさへなれは誰　も〳〵　いみしうおほしなけくに

静二　御いのりのそうも今まて其　しるしのみえぬはをこな
作　御いのりのそうも今までそのしるしのみえぬはおこな
天　御いのりの僧　も今まて其　しるしなけれは　おこな
東　御いのりのそうも今まてそのしるしの見えぬはおこな
原　御いのりの僧　も今まてそのしるし　見えぬはおこな

静三　ひのたゆきかたに人のみるらんもくちをしき　心　ちして
作　ひのたゆきかたに人のみるらんもくちをしき　こゝちして
天　ひのたゆきかたに人のみゆらんもくちをしき　心　ちして
東　ひのたゆきかたに人のみるらんもくちをしき　心　ちして
原　ひのたゆきかたに人のみるらむもくちをしき▼心　ちして（28オ）

静四　いみしう心をゝこしすゝのをもすりきりつゝいのりさはく
作　いみしう心をおこしすゝのをもすりきりつゝいのりさわく
天　いみしう心をゝこしすゝのをもすりきりつゝいのりさわく
東　いみしう心をおこしすゝのをもすりきりつゝいのりさわく
原　いみしう心をおこしすゝのをもすりきりつゝいのりさわく

静五　にすこしよろしう見え給へは人〳〵うれしうたうとから
作　にすこしよろしう見え給へは人〻　うれしうたふとから
天　にすこしよろしう見へ給へは人〳〵うれしうたうとから
東　にすこしよろしう見え給へは人〻　うれしうたうとから
原　にすこしよろしう見え給へは人〻　うれしうたふとから

静六　せ給ふにあせうちのこひてしはふきゐたるもしたりかほ也
作　せ給ふにあせうちのこひてしはふきゐたるもしたりかほなり
天　せ給ふにあせうちのこひてしはふきゐたる　したりかほなり
東　せ給ふにあせうちのこひてしはふきゐたるもしたりかほなり
原　せ給ふにあせうちのこひてしはふきゐたるもしたりかほなり

静七　中なこんの君　のいみしき御心つくしに　すこしおもやせ給へる
作　中納言　の君　のいみしき御心つくしに　すこしおもやせ給へる
天　中納言　の君　のいみしき御心尽　しに　すこしおもやせ給へる
東　中納言　のきみのいみしき御心つくしに▼すこしおもやせ給へる（32オ）
原　中納言　のきみのいみしき御心つくしに　すこしおもやせ給へる

静八　をきのふけふ物　お　ほえ給ふほとにてかなしとみ給ふまゝに
作　をきのふけふ物　お　ほえ給ふほとにてかなしと見給ふまゝに
天　をきのふけふ物　お　ほえ給ふほとにてかなしと見給ふまゝに
東　をきのふけふ物【お】ほえ給ふほとにてかなしと見給ふまゝに
原　をきのふけふ物　お　ほえ給ふほとにてかなしと見給ふまゝに

静九　うちな　かせ　給ひつゝ心　ちはこよなくさはやかにこそおほゆ
作　うちな　かせ▼給ひつゝこゝちはこよな□□□やかにこそおほゆ（21ウ）
天　打　なけかせ　給ひつゝ心　ちはこよなくさわやかにこそおほゆ
東　うちな　かせ　給ひつゝ心　ちはこよなくさわやかにこそおほゆ
原　うちな　かせ　給ひつゝ心　ちはこよなくさわやかにこそおほゆ

静十　れさりとも此　まゝにやと思ふなときこえ給へはかひなく▼（29ウ）
作　れさりともこのまゝにやと思ふなと聞　え給へはかひなく
天　れさりともこのまゝにやと思ふなときこえ給へはかひなく
東　れさりともこのまゝにやと思ふなときこえ給へはかひなく
原　れさりともこのまゝにやと思ふなと聞　え給へはかひなく

静一　み奉り　侍らましかはいか【に［て］】くちをしくと思ふ給へしに
作　見奉り　侍らましかはいか　に　口　をしくと思　給へしに
天　見奉り▼侍らましかはいか　に　口　をしくと思ふ給へしに（27オ）
東　見奉り　侍らましかはいか　に　口　をしくと思ふ給へしに
原　見奉り　侍らましかはいか　に　口　をしくと思ふ給へしに

静二　けふの御けはひ見奉るはいふへくもあらぬよろこひに
作　けふの御けはひ見奉るはいふへくもあらぬよろこひに
天　けふの御けはひ見奉るはいふへくもあらぬよろこひに
東　けふの御けはひ見奉るはいふへくもあらぬよろこひに
原　けふの御けはひ見奉るはいふへくもあらぬよろこひに

静三　なんときこえ給ふをしけなき命のほとをかくきこえ
作　なむと聞　え給ふをしけなき命の程　をかくきこえ
天　なむと聞　へ給ふをしけなき命の程　をかく聞
東　なむときこえ給ふをしけなき命の程　をかくきこえ
原　なむときこえ給ふをしけなき命のほとをかくきこえ

静四　むは子ならさらん人はいかてと　いとゝなきまさり給ふれいの
作　むは子ならさらん人はいかてと　いとゝなきまさり給ふ例　の
天　んは子ならさらん人はいかてと　いとゝなきまさり給ふれいの
東　むは子ならさらん人はいかてと　いとゝなきまさり給ふ例　の
原　むは子ならさらむ人はいかてと▼いとゝなきまさり給ふ例　の（28ウ）

静五　かたへおはしてやすみ給へこゝにはこれかれ物すれは心もとな
作　かたへおはしてやすみ給へこゝには是　かれ物すれは心もとな
天　かたへおはしてやすみ給へこゝには　かれ物すれは心もとな
東　かたへおはしてやすみ給へこゝには是　かれ物すれは心もとな
原　かたへおはしてやすみ給へこゝには是　かれ物すれは心もとな

静六　きさまにもあらすとの給ふ御心のうちにはかのわたりの
作　きさまにもあらすとの給ふ御心の中　にはかのわたりの
天　きさまにもあらめとの給ふ御心の中　にはかのわたりの
東　きさまにもあらすとの給ふ御心の中　にはかのわたりの
原　きさまにもあらすとの給ふ御心の中　にはかのわたりの

静七　事さへおほし出　ていかにおほしやらん　すこししのひてはわたり
作　事さへおほしいてゝいかにおほしやらん　すこししのひてはわたり
天　事さへおほしいてゝいかにおほしやらん　すこししのひて　わたり
東　事さへおほしいてゝいかにおほしやらん▼すこししのひてはわたり（32ウ）
原　事さへおほしいてゝいかにおほしやらむ　すこししのひてはわたり

静八　給ひねかしあまり成　までのまめやかさなれは宮　つかへもす
作　給ひねかしあまりなるまでのまめやかさなれはみやつかへもす
天　給ひねかしあまり成　までのまめやかさなれはみやつかへもす
東　給ひねかしあまり成　までのまめやかさなれはみやつかへもす
原　給ひねかしあまり成　までのまめやかさなれはみやつかへもす

静九　ましくこもりゐねとかたしけなくの給はせし仰ことを
作　ましくこもりゐねとかたしけなくの給はせし仰ことを
天　ましくこもりゐねとかたしけなくの給はせし仰ことを
東　ましくこもりゐねとかたしけなくの給はせし仰ことを
原　ましくこもりゐねとかたしけなくの給はせし仰ことを

静十　きゝてはわたくしのありきは中〳〵すましき心はへなる▼（30オ）
作　きゝてはわたくしのありきは中〳〵すましき心はへなる
天　きゝてはわたくしのありきは中〳〵すましき心はへなる
東　きゝてはわたくしのありきは中〳〵すましき心はへなる
原　きゝてはわたくしのありきは中〻　すましき心はへなる

静一　そなとつく〳〵とまもらせ給ひてなをわたりて物し給へ
作　そなとつく〳〵とまもらせ給ひてなほわたりて物し給へ
天　そなとつく〳〵とまもらせ給ひてなほ渡　りて物し給へ
東　そなとつく〳〵とまもらせ給ひてなほわたりて物し給へ
原　そなとつく〳〵とまもらせ給ひてなほわたりて物し給へ

静二　花ともゝさかりならん　とせちにの給へはさふらふ人〳〵も
作　花ともゝさかりならん　とせちにの給へはさふらふ人ゝ　も
天　花ともゝさかりならん▼とせちにの給へはさふらふ人〻　も（27ウ）
東　花ともゝさかりならん　とせちにの給へはさふらふ人〻　も
原　花ともゝ盛　ならむ　とせちにの給へはさふらふ人〻　も

静三　わたらせ給ひねかは　かり御心を入　させ奉り給ふもかへりて
作　わたらせ給ひねかは▼かり御心を入　させ奉り給ふもかへりて（22オ）
天　わたらせ給ひねかは　かり御心をいれさせ　給ふもかへりて
東　わたらせ給ひねかは　かり御心を入　させ奉り給ふとかへりて
原　わたらせ給ひねかは　かり御心を入　させ奉り給ふもかへりて

静四　わろき事なりなときこゆれはおはしま　しぬほころひかち
作　わろき事なりなときこゆれはおはしま　しぬほ*ころひかち〔三九〕
天　わろき事なりなと聞　ゆれはおはしま　しぬほころひかち
東　わろき事なりなときこゆれはおはしま　しぬほころひかち
原　わろき事也　なときこゆれはおはしま【ま】しぬほころひかち

静五　なるあこめうちきて　ちいさきわらはのおかしけなるさるへ
作　なるあこめ打　きて　ちひさきわらはのをかしけなるさるへ
天　なるあこめうちきて　ちいさきわらはのをかしけなるさるへ
東　あるあこめ打　きて　ちいさきわらはのをかしけなるさるへ
原　なるあこめ打　きて▼ちいさきわらはのをかしけなるさるへ（29オ）

静六　き御くた物　なともてまいるこゝさへ久　しう見さりけり
作　き御くた物　なともてまゐるこゝさへひさしう見さりけり
天　き御くたものなともてまゐるこゝさへ久　しう見さりけり
東　き御くた物　なともてまゐるこゝさへひさしう見さりけり
原　き御くた物　なともて参　るこゝさへひさしう見さりけり

静七　とて御て　つからみすたかくまかせ給ひてわらはへに御あし
作　とて御て　つからみすたかくまかせ給ひてわらはへに御あし
天　とて御て　つからみすたかくまかせ給ひてわらはへに御あし
東　とて御て▼つからみすたかくまかせ給ひてわらはへに御あし（33オ）
原　とて御て　つからみすたかくまかせ給ひてわらはへに御あし

静八　まいりてはしつかたにそひふし給ふかたはら成　くた物　を
作　まゐりてはしつかたにそひふし給ふかたはらなるくた物　を
天　まいりてはしつかたにそひふし給ふかたはらなるくた物　を
東　まゐりてはしつかたにそひふし給ふかたはらなるくた物　を
原　まゐりてはしつかたにそひふし給　かたはらなるくたものを

静九　うちまさくりつゝ此　子にも給はせつゝあこはうへの御心　ちの
作　うちまさくりつゝこの子にも給はせつゝあこはうへの御こゝちの
天　　　まさくりつゝこの子にも給はせつゝあこはうへの御心　地の
東　うちまさくりつゝこの子にも給はせつゝあこはうへの御心　ちの
原　うちまさくりつゝこの子にも給はせつゝあこはうへの御心　ちの

静十　あしきはいかに見奉るあはめ給ふにうれしとや思ふと▼（30ウ）
作　あしきはいかに見奉るあはめ給ふにうれしとや思ふと
天　あしきはいかに見奉りあわめ給ふにうれしとや思ふと
東　あしきをいかに見奉るあはめ給ふにうれしとや思ふと
原　あしきはいかに見奉るあはめ給ふにうれしとや思ふと

静一　の給へはいなさは侍らすかなしうこそとてふしめになりて
作　**の給へはいなさは侍らすかなしうこそとてふしめになりて**
天　の給へはいなさは侍らすかなしうこそとてふしめになりて
東　の給へはいなさは侍らすかなしうこそとてふしめになりて
原　の給へはいなさは侍らすかなしうこそとてふしめになりて

静二　かほをあかくすりなすいかてさはあらん〳〵平ちうかなみた
作　**かほをあかくすりなすいかてさはあらん〳〵平ちうかなみた**
天　かほゝあかくすりなすいかてさはあらん〳〵平ちうかなみた
東　かほをあかくすりなすいかてさはあらん〳〵平ちうかなみた
原　かほをあかくすりなすいかてさはあらむ　平ちうかなみた

静三　なゝりなさらてはくた物　のついそうならんか　しとされこと
作　**なゝりなさらてはくた物　のついそうならんか　しとされこと**
天　なゝりなさらてはくたもの、ついそうならんか▼しとされこと（28オ）
東　なゝりなさらてはくた物　のついそうならんか　しとされこと
原　なゝりなさらてはくた物　のついそうならんか　しとされこと

静四　し給ふをまめやかにせちにわひしとおもへるけしきの
作　**し給ふをまめやかにせちにわひしとおもへるけしきの**
天　し給ふをまめやかにせちにわひしと思　へるけしきの
東　し給ふをまめやかにせちにわひしとおもへるけしきの
原　し給ふをまめやかにせちにわひしとおもへるけしきの

静五　おかしくらうたきをなをわらはへこそよきなく　さめには
作　**をかしくらうたきをなほわらはへこそよきなく　さめには**
天　をかしくらうたきをなをはらへはこそよきなく　さめには
東　おかしくらうたきをなほわらはへこそよきなく　さめには
原　をかしくらうたきをなほわらはへこそよきなく▼さめには（29オ）

静六　有けれとおほしてよしいはしにくしと思　ふ　らん　いとおそ
作　**有けれ□おほしてよしいはしにくしと思　ふ　らん▼いとおそ（22ウ）**
天　有けれとおほしてよしいはしにくしと思　ふ　らん　いとおそ
東　有けれとおほしてよしいはしにくしと思　ふ▼らむ　いとおそ（33ウ）
原　有けれとおほしてよしいはしにくしとおもふ　らむ　いとおそ

静七　ろしなとの給ひてひもときわたしてにほひみちたる
作　**ろしなとの給ひ□ひもときわたしてにほひみちたる**
天　ろしなとの給ひてひもときわたして匂　ひみちたる
東　ろしなとの給ひてひもときわたして匂　　みちたる
原　ろしなとの給ひてひもときわたして匂　ひみちたる

静八　花とものとり〳〵におかしきをなかめいたし給ふかはさ
作　**花とものとり〳〵にをかしきをなかめいたし給ふ*かはさ**［四〇］
天　花とものとり〳〵にをかしきを詠　いたし給ふかはさ
東　花とものとり〳〵にをかしきをなかめいたし給ふかばさ
原　花とものとり〳〵にをかしきをなかめいたし給ふかは桜

静九　くらの物よりことにすくれてさしいてたるをけたかく心
作　くらの物よりことにすくれてさしいてたるをけたかく心
天　くらの物よりことにすくれてさしいてたるをけたかく心
東　くらの物よりことにすくれてさしいてたるをけたかく心
原　　　の物よりことにすくれてさしいてたるをけたかく心

静十　ふかきかたはこよなくをくれたれとあてににほひやか▼（31オ）
作　ふかきかたはこよなくおくれたれとあてに匂　ひやか
天　ふかきかたはこよなくおくれたれとあてに匂　ひやか
東　ふかきかたはこよなくおくれたれとあてに匂　ひやか
原　ふかきかたはこよなくおくれたれとあてに匂　ひやか

静一　なる　かた　は此　花　にやよそへてましとなつかしうおほしいつるに
作　なる　かた　はこの花　にやよそへてましとなつかしうおほしいつるに
天　成　かた　はこの花　にやよそへてましとなつかしうおほしいつるに
東　なる【〇かた】はこの花　にやよそへてましとなつかしうおほしいつるに
原　なる　かた　はこのはなにやよそへてましとなつかしうおほし出　るに

静二　こひしう打むかは　ま　ほしすゝりひきよせつゝこまかにかき
作　こひしう打むかは　ま　ほしすゝりひきよせつゝこまかにかき
天　こひしう打むかわ　ま　ほしすゝりひき寄せつゝこまかにかき
東　こひしう打むかは　ま　ほしすゝりひきよせつゝこまかにかき
原　恋　しう打むかは【ま】ほしすゝりひきよせつゝこまかにかき

静三　たまひて
作　たまひて
天　たまひて
東　たまひて
原　たまひて

静四　うつるなよよそふるからにいろもかもあはれも　ふか
作　うつるなよよそふるからに色　も香もあはれも　ふか
天　うつるなよよそふるからにいろも香もあわれも▼ふか（28ウ）
東　うつるなよよそふるからにいろも香も哀　も　ふか
原　うつるなよよそふるからにいろも香も哀　も　ふか

静五　き花とこそみれや　ち　よもへぬる心　ちのみするはことは
作　き花とこそ見れや　ち　よもへぬるこゝちのみするはことわ
天　き花とこそみれ八　ち　よもへぬる心　地のみするはことわ
東　き花とこそみれや　ち　よもへぬる心　ちのみするはことわ
原　き花とこそみれや【〇ち】よもへぬる心　ちのみするはことわ

静六　りなりかしきのふけふのほとたに〳〵ちよしもといへはなと
作　りなりかしきのふけふのほとたに〳〵ちよしもといへはなと
天　りなりかしきのふけふの程　たに　ちよしもといへはなと
東　りなり　しきのふけふのほとたに〳〵ちよしもといへはなと
原　りなりかしきのふけふのほとたに〳〵ちよしもといへはなと

静七　つき　せぬ事　ともきこえ給ひ　てすくれたるえたにつけて
作　つき　せぬこと丶も聞　え給ひ　てすくれたるえたにつけて
天　つき　せぬこと丶も聞　え給ひ　てすくれたるえたにつけて
東　つき▼せぬこと丶もきこえ給ひ　てすくれたるえたにつけて（34オ）
原　つき　せぬこと丶も聞　え給ひ▼てすくれたる枝　につけて（30オ）

静八　つかはしつ丶なをなかめおはすにくもりなくのとかにみゆる
作　つかはしつ丶なほなかめおはすにくもりなくのとかに見ゆる
天　つかはしつ丶なほなかめおはすにくもりなくのとかにみゆる
東　つかはしつ丶なほなかめおはすにくもりなくのとかに見ゆる
原　つかはしつ丶なほなかめおはすにくも□なくのとかに見ゆる

静九　そらのけしきもしつ心なくいつかたにつけてもおほしみ
作　そらのけしきもしつ心なくいつかたにつけてもおほしみ
天　そらのけしきもしつ心なくいつかたにつけてもおほしみ
東　そらのけしきもしつ心なくいつかたにつけてもおほしみ
原　そらのけしきもしつ心なくいつかたにつけてもおほしみ

静十　たる丶心にはうら山　しく見わたさせ給ふ　ほとに有し御▼（31ウ）
作　たる丶心にはうらやましく見わたさせ給ふ▼ほとに有し御（23オ）
天　たる丶心にはうら山　しく見わたさせ給ふ　程　に有し御
東　たる丶心にはうら山　しく見わたさせ給ふ　ほとに有し御
原　たる丶心にはうら山　しく見わたさせ給ふ　ほとに有し御

静一　かへりまいらすれはいそき見給ふ
作　かへりまゐらすれはいそき見給ふ
天　かへりまいらすれはいそき見給ふ
東　かへり参　らすれはいそき見給ふ
原　かへり参　らすれはいそき見給ふ

静二　さくらはなふかきいろかを見るま丶になをうつろは
作　さくら花　ふかきいろかを見るま丶になほうつろは
天　さくら花　ふかきいろ香を見るま丶になをうつろは
東　さくらはなふかきいろかを見るま丶になほうつろは
原　さくら花　ふかきいろかを見るま丶になほうつろは

静三　む事　をしそ思　ふ〳〵をとにそ人をとうすはなたのかみに
作　む事　をしそ思　ふ〳〵おとにそ人をと薄　はなたの紙　に
天　んことをしそ思　ふ〳〵おとにそ人をと薄　はなたの紙　に
東　む事　をしそ思　ふ〳〵おとにそ人をと薄　はなたの紙　に
原　む事　をしそおもふ〳〵おとにそ人をとうすはなたの紙　に

静四　さき〳〵よりも物　なけかしけに心　とめたるかきさまもし
作　さき〳〵よりも物　なけかしけにこ丶ろとめたるかきさまもし
天　さき〳〵よりも物　なけかしけにこ丶ろとめたるかき様　も
東　さき〳〵よりも物　なけかしけにこ丶ろとめたるかき様　もじ
原　さき〳〵よりものなけかしけに心　とめたるかき様　もじ

静五　やうなとすくれたる事　はなに事　にもみえねとらうたく
作　やうなとすくれたる事　はなにことにもみえねとらうたく
天　やうなとすくれたる事　はなに事　にも見へねとらうたく
東　やうなとすくれたることはなに事　にも見えねとらうたく
原　やうなとすくれたる事　はなに事　にも見えねとらうたく

静六　みまほ　しきかたはこよなくもと打かへし〳〵見給ひて　こ
作　見まほ　しきかたはこよなくもと打かへし〳〵見給ひて〽こ
天　見まほ▼しきかたはこよなくもと打かへし〳〵見給ひて　こ（29オ）
東　見まほ　しきかたはこよなくもと打かへし〳〵見給ひて　こ
原　見まほ　しきかたはこよなくもと打かへし〳〵見給ひて　恋

静七　ひし　き事もなからましときこえたるうたのもとをやかて
作　ひし　き事もなからましと聞　えたるうたのもとをやかて
天　ひし　き事もなからましときこえたるうたのもとをやかて
東　ひし▼き事もなからましときこえたるうたのもとをやかて（34ウ）
原　　し　き事もなからましときこえたる哥　のもとをやかて

静八　此はしにてならひしつゝふてもちなから　すこしまとろみ
作　此はしにてならひしつゝ筆　もちなから　すこしまとろみ
天　此はしにてならひしつゝ筆　もちなから　すこしまとろみ
東　此はしにてならひしつゝ筆　もちなから　すこしまとろみ
原　此はしに手ならひしつゝ筆　もちなから▼すこしまとろみ（30ウ）

静九　給ふに又くるしかり給　ふとあれはいそきわたり給ひていみ
作　給ふに*又くるしかり給　ふとあれはいそきわたり給ひていみ［四二］
天　給ふ　又くるしみ　給　ふとあれはいそきわたり給ひていみ
東　給ふに又くるしかり給　ふとあれはいそきわたり給ひていみ
原　給ふに又くるしかりたまふとあれはいそきわたり給ひていみ

静十　しとおほしたりさらぬわかれはよのつねなれはあなかち▼（32オ）
作　しとおほしたりさらぬわかれはよのつねなれはあなかち
天　しとおほしたりさらぬわかれはよのつねなれはあなかち
東　しとおほしたりさらぬわかれはよのつねなれはあなかち
原　しとおほしたりさらぬわかれはよのつねなれはあなかち

静一　なけきしつむへきにもあらす御かたみの色　を其まゝに
作　なけきしつむへきにもあらす御かたみのいろを其まゝに
天　なけきしつむへきにもあらす御かたみのいろを其まゝに
東　なけきしつむへきにもあらす御かたみのいろを其まゝに
原　なけきしつむへきにもあらす御かたみのいろを其まゝに

静二　やか　　て此　よを行　はなれていはけなきほとより思ひそめし
作　やか　　てこのよをゆきはなれていわけなきほとより思ひそめし
天　やか　　てこの世を行　はなれていはけなきほとより思ひそめし
東　や【か［り］】てこのよを行　はなれていはけなきほとより思ひそめし
原　やか　　て此　よを行　はなれていはけなきほとより思ひそめし

静三　ほいをもとけてまよひ給ふらん心のやみのしるへを｜も
作　**ほいをもとけてまよひ給ふらん心のやみのしるへ□｜も**
天　ほいをもとけてまよひ給ふらん心のやみのしるへを｜も
東　ほいをもとけてまよひ給ふらん心のやみのしるへを｜も
原　ほいをもとけてまよひ給ふらん心のやみのしるへを｜も

静四　し奉り又｜　かくあちきなき身の　を｜ちつくへき所　も　も｜と
作　**し奉りまた｜かくあちきなき身の▼お｜ちつくへき所　も　も｜と（23ウ）**
天　し奉りまた｜かくあちきなき身の　お｜ちつくへき所　も　ゝ｜と
東　し奉りまた｜かくあちきなきみの　お｜ちつくへき所【○も】も｜と
原　し奉りまた｜かくあちきなきみの　お｜ちつくへき所　も　ゝ｜と

静五　めて｜んと思｜　ふ道のひかりにはむなしくみ｜奉るくちをしさは
作　**□□｜んとおも｜ふ道のひかりにはむなしく見｜奉るくちをしさは**
天　めて｜んと思｜　ふ道のひかりにはむなしく見｜奉るくちをしさは
東　めて｜んとおも｜ふ道のひかりにはむなしく見｜奉るくちをしさは
原　めて｜んとおも｜ふ道のひかりにはむなしく見｜奉るくちをしさは

静六　こよなくなくさむへけ　れと｜　ことをし思ふときこ｜えし　人の
作　**こよなくなくさむへけ　れと〳〵｜ことをし思ふと聞｜　えし　人の**
天　こよなくなくさむへけ　れと｜　ことをし思ふときこ｜えし▼人の（29ウ）
東　こよなくなくさむへけ▼れと｜　ことをし思ふときこ｜えし　人の（35オ）
原　こよなくなくさむへけ　れと｜　ことをし思ふときこ｜えし　人の

静七　おもかけつ｜ねより思｜　ひ出られてあは｜れにこひしけれはわ｜
作　**おもかけつ｜ねより思｜　ひ出られてあは｜れにこひしけれはわ｜**
天　おもかけ常｜　より思｜　ひ出られて哀｜　　にこひしけれは我｜
東　おもかけつ｜ねより思｜　ひ出られてあは｜れにこひしけれはわ｜
原　おもかけつ｜ねよりお｜もひ出られてあは｜れにこひしけれはわ｜

静八　れ｜なからあさまし　く　うかりける心のほとやほとけはやす｜
作　**れ｜なからあさまし　く　うかりける心のほとやほとけはやしゆ｜**
天　　なからあさまし　く　うかりける心のほとやほとけはやしゆ｜
東　れ｜なからあさまし【く】うかりける心のほとやほとけはやしゆ｜
原　れ｜なからあさまし　く　うかりける心のほとやほとけはやしゆ｜

静九　たらふにん｜をたにすて｜させ給ひ　てさはかりの御身を
作　**たらふにむ｜をたにすて｜させ給ひ　てさはかりの御身を**
天　たらふにん｜をたに捨｜　させ給ひ　てさはかりの御身を
東　たらふにん｜をたにすて｜させ給ひ　てさはかりの御身を
原　たらふにん｜をたにすて｜させ給ひ▼てさはかりの御身を（31オ）

静十　さへやつし給ふになに｜の数｜　といふへくもあらぬかけのこ▼（32ウ）
作　**さへやつし給ふになに｜のかす｜といふへくもあらぬかけのこ**
天　さへやつし給ふになに｜のかす｜といふへくもあらぬかけのこ
東　さへやつし給ふになに｜のかす｜といふへくもあらぬかけのこ
原　さへやつし給ふに何｜　のかす｜といふへくもあらぬかけのこ

静一　くさの露のあはれにかけとめられてこゝらの年　月思ひ
作　くさの露のあはれにかけとめられてこゝらのとし月思ひ
天　くさの露のあはれにかけとめられてこゝらの年　月思ひ
東　くさの露のあはれにかけとめられてこゝらのとし月思ひ
原　くさの露のあはれにかけとめられてこゝらのとし月思ひ

静二　わたる道　をもたつねて此よもかのよもいたつらになしたら
作　わたるみちを　たつねて此よもかの世もいたつらになしたら
天　わたるみちを　たつねて此よもかの世もいたつらになしたら
東　わたるみちを　たつねて此よもかの世もいたつらになしたら
原　わたるみちを　たつねて此よもかの世もいたつらになしたら

静三　むこれこそほとけのかたくいましめ給ふ道　なれと心　つよく
作　む是　こそほとけのかたくいましめ給ふみちなれと心　つよく
天　む是　こそ仏　のかたくいましめ給ふ道　なれと心　つよく
東　む是　こそほとけのかたくいましめ給ふみちなれと心　つよく
原　む是　こそほとけのかたくいましめ給ふみちなれとこゝろつよく

静四　思ひとり給ふにはわか身ものこり　すく　なき心　ちし給ふ
作　思ひとり給ふにはわか身も残　り　すく　なきこゝちし給ふ
天　思ひとり給ふにはわかみも残　り　すく　なきこゝちし給ふ
東　思ひとり給ふにはわかみも残　り　すく　なき心　地し給ふ
原　思ひとり給ふには我　身も残　り　【〇すく】なき心　地し給ふ

静五　かしこ　に　はきたのかた六てうへうつり給へはいとゝ　つれ〳〵と
作　*かしこ　に　はきたのかた六条　へうつり給へはいとゝく　つれ〳〵と　[四三]
天　かしこ【に［に］】はきたの方　六条　へうつり給へはいとゝ　つれ〳〵と
東　かしこ　に　はきたのかた六条▼へうつり給へはいとゝ　つれ〳〵と（35ウ）
原　かしこ　に　は北　のかた六条　へうつり給へはいとゝ【〇つれ】〳〵と

静六　心　ほそくなかめ給ふに此　十六日なんひもよろしく侍れは
作　心　ほそくなかめ給ふに此　十六日なん日もよろしく侍れは
天　こゝろほそく詠　給ふにこの十六日なん日もよろしく侍れは
東　心　ほそくなかめ給ふに此　十六日なん日もよろしく侍れは
原　心　ほそくなかめ給ふに此　十六日なん日もよろしく侍れは

静七　かとてしつへくといひをこせ給へる　にたちまちにわか
作　かとてしつへくといひおこせ給へる　にたちまちにわか
天　門　出しつへくといひおこせ給へる▼にたちまちにわか（30オ）
東　かとてしつへくといひおこせ給へる　にたちまちにわか
原　かとてしつへくといひおこせ給へる　にたちまちにわか

静八　れん事　のかな　しさをこと〳〵なくなけきゐ給へり大二の
作　れむことのかな▼しさをこと〳〵なくなけきゐ給へり大弐の（24オ）
天　れむことのかな　しさをこと〳〵なくなけきゐ給へり大弐の
東　れむことのかな　しさをこと〳〵なくなけきゐ給へり大二の
原　れむことの悲　しさをことこと　くなけきゐ給へり大弐の

静九　子ともみんふのたゆふはこのかみにて廿五六にそ見えける
作　子ともみんふのたゆふはこのかみにて廿五六にそ見えける
天　子ともみんふのたゆふはこのかみにて廿五六にそ見へける
東　子ともみんふのたゆふはこのかみにて廿五六にそ見えける
原　子ともみんふのたゆふはこのかみにて廿五六にそ見えける

静十　これそかの宮　の御ち　ぬしには有けるかたちもさるかたに▼（33オ）
作　これそかのみやの御ち　ぬしには有けるかたちもさるかたに
天　これそかのみやの御ち　ぬしには有けるかたちもさるかたに
東　これぞかのみやの御ち　ぬしには有けるかたちもさるかたに
原　これそかのみやの御ち▼ぬしには有けるかたちもさるかたに（31ウ）

静一　あひきやうつきほこりかにおかしきわかうと成　をすこし
作　あいきやうつきほこりかにをかしきわかうとなるをすこし
天　あいきやうつきほこりかにおかしきわかうと成　をすこし
東　あひきやうつきほこりかにをかしきわかうと成　をすこし
原　あひきやうつきほこりかにをかしきわかうと成　をすこし

静二　あさましくくちをしき人のめには何　事　もめてたくかた
作　あさましくくちをしき人のめにはなにこともめてたくかた
天　あさましくくちをしき人の目にはなにこともめてたくかた
東　あさましくくちをしき人のめにはなにごともめてたくかた
原　あさましくくちをしき人のめにはなに事　もめてたくかた

静三　ほならすみなされてちゝぬしのあかほとけといひたる
作　ほならす見なされてちゝぬしのあかほとけといひたる
天　ほならす見なされてちゝぬしのあかほとけといひたる
東　ほならすみなされてちゝぬしのあがほとけといひたる
原　ほならすみなされてちゝぬしのあか佛　といひたる

静四　もことはり也　と　きたのかた人しれす目とゝめ　給ふつき
作　もことわりなり　と　きたのかた人しれす目とゝめ　給ふつき
天　もことはりなり　と　きたの方　人しれす目とゝめ　給ふつき
東　もことはりなり【と】きたのかた人しれす目とゝめ▼給ふつぎ（36オ）
原　もことわりなり　と　きたのかた人しれす目とゝめ　給ふつき

静五　〳〵は女にて三人有けりひとりはきのかみ成　ける人に
作　〳〵は女にて三人有けりひとりはきのかみなりける人に
天　〳〵は女にて三人有けるひとりはきのかみ成　ける人に
東　〳〵は女にて三人有けりひとりはきのかみ成　ける人に
原　〳〵は女にて三人有けりひとりはきのかみ成　ける人に

静六　はやとくあはせてけり三四をもこゝかしこよりいひわた
作　はやとくあはせてけり三四をもこゝかしこよりいひわた
天　はやとくあはせてけり三四をもこゝかしこよりいたわた
東　はやとくあはせてけり三四をもこゝかしこよりいひわた
原　はやとくあはせてけり三四をもこゝかしこよりいひわた

静七　れとまたかたほひなれはまつ此　たひはふようなりといら
作　れとまたかたおひなれはまつこの度　はふようなりといら
天　れとまたかたおひなれはまつこのたひはふようなりといら
東　れどまたかたおひなれはまづこの度　はふようなりといら
原　れとまたかたおひなれはまつこの度　はふようなりといら

静八　へてつくしへゐて行　其日になりて　またあかつきにきたの
作　へてつくしへゐてゆく*其日になりて　またあかつきに北　の　[四三]
天　へてつくしへゐて行　其日になりて▼またあかつきに北　の（30ウ）
東　へてつくしへゐて行　其日になりて　まだあかつきに北　の
原　へてつくしへゐて行　其日になりて　またあかつきに北　の

静九　かたおはしたり見し人にもあらすわかやきてよろしききぬ
作　かたおはしたり見し人にもあらすわかやきてよろしきゝぬ
天　方　おはしたり見し人にもあらすわかやきてよろしききぬ
東　かたおはしたる見し人にもあらすわかやぎてよろしきゝぬ
原　かたおはしたり見し人にもあらすわかやぎてよろしききぬ

静十　とも取　かさねていと心　ちよけなりまつ中　たちのかた　へ▼（33ウ）
作　ともとりかさねていとこゝちよけなりまつなかたちのかた　へ
天　ともとりかさねていと心　地よけなりまつなかたちのかた　へ
東　どもとりかさねていと心　ちよげなりまづなかだちのかた　へ
原　ともとりかさねていと心　ちよけなりまつなかたちのかた▼へ（32オ）

静一　たちよりてけふなんかとてし侍るきこえさせし　やうに
作　□□よりて今日なんかとてし侍る聞　えさせし▼やうに（24ウ）
天　立　よりて今日なんかと出し侍るきこえさせし　やうに
東　たちよりて今日なんかとでし侍るきこえさせし　やうに
原　立　よりて今日なむかとてし侍る聞　えさせし　やうに

静二　あなたに物し給ふ人をさそひたてんとてかくまうて
作　あなたに物し給□□をさそひたてんとてかくまうて
天　あなたに物し給ふ人をさそひたてんとてかくまうて
東　あなたに物し給ふ人をさそひたてんとてかくまうて
原　あなたに物し給ふ人をさそひたてんとてかくまうて

静三　侍るひころよくたゆめをきつれはてうとやうの物　も取
作　はへるひころよくたゆめおきつれは調　度やうのものもとり
天　侍る日比　よくたゆめおきつれは調　度やうのものもと　り
東　はべるひごろよくたゆめをきつれは調　度やうのものもと▼り（36オ）
原　侍　る日頃　よくたゆめおきつれは調　度やうのものもと　り

静四　したゝむへき心　つかひもえ思　ひより侍らてなんひんなき
作　したゝむへきこゝろつかひもえおもひより侍らてなんひむなき
天　したゝむへき心　つかひもえ思　ひ　侍らてなんひんなき
東　したゝむべき心　づかひもえ思　ひより侍らでなんびんなき
原　したゝむへき心　つかひもえ思　ひより侍らてなむひんなき

静五　事なれとゐて行かんあとに入おはしてさるへきやうに
作　事なれとゐてゆかんあとに入おはしてさるへきやうに
天　事なれとゐてゆかん後　に入おはしてさるへきやうに
東　事なれどゐて行かんあとに入おはしてさるべきやうに
原　事なれとゐて行かんあとに入おはしてさるへきやうに

静六　こしらへてもたせ給へらんや又たらいぬきすなとやう
作　こしらへてもたせ給へらんや又たらひぬきすなとやう
天　こしらへてもたせ給へらんや又たらひぬきすなとやう
東　こしらへてもたせ給へらんや又たらひぬきすなどやう
原　こしらへてもたせ給へらんや又たらひぬきすなとやう

静七　のた〱しくみくるしき物ともはつかひ給ふこたちのさ
作　のた〱しくみくるしき物ともはつかひ給ふこたちのさ
天　のた〱しく見くるしき物ともはつかひ給ふこたちのさ
東　のた〱しくみぐるしき物ともはつかひ給ふごたちのさ
原　のた〱しくみくるしき物ともはつかひ給ふこたちのさ

静八　とへものし給へなにのやうには侍らさなれと　なと　うちわ
作　とへものし給へなにのやうには侍らさなれと　なと　うちわ
天　とへものし給へなにのやうには侍らさなれと　なと　うちわ
東　とへものし給へなにのやうには侍らさなれと【○なと】うちわ
原　とへものし給へなにのやうには侍らさなれと　なと　うちわ

静九　らひかたらひてこれはたあやしう侍れと　をきつと丶
作　らひかたらひて是　はたあやしう侍れと　おきづと丶
天　らひかたらひて是　はたあやしう侍れと▼おきつと丶（31オ）
東　らひかたらひて是　はたあやしう侍れと　おきつとと
原　らひかたらひて是　はたあやしう侍れと　おきつとと

静十　かやいふ事の侍　れは又　たいめん給はるまてのかたみに見▼（34オ）
作　かやいふ事の侍　れはまた丶いめん給はるまてのかたみに見
天　かやいふ事の侍　れはまたたいめん給はるまてのかたみに見
東　かやいふ事のはべれはまたたいめん給はるまてのかたみに見
原　かやいふ事のはへれはまたたいめん給はるまてのかたみに見

静一　給はなん　う　れしかるへしなといひてあやをり物　のおかしき
作　給はなん　う　れしかるへしなといひてあやおりもの丶をかしき
《夏蔭云うれしかるへきなるへし》
天　給はなん　う　れしかるへきな《き歟》といひてあやおりもの丶をかしき
東　給はなん【う】れしかるへしなといひてあやおり物　のをかしき
原　給はなん　う　れしかるへきなといひて綾　おりもの丶をかしき

静二　御そ　とも取　いて給　へり　かねてあかつきにときこえ給へは
作　御衣　とも取　いて給　へり」　*かねてあかつきにと聞　え給へは［四］
天　御衣　ともとりいて給　へり　かねてあかつきにときこへ給へは
東　御衣　ども取　いで給　へり」　かねてあかつきにときこえ給へは
原　御衣▼とも取　いて給【へり［ふ］】かねてあかつきにと聞　え給へは（32ウ）

静三　かしこにもとくをき給ひて　まちおはすにくるまのを
作　かしこにもとくおき給ひて　まちおはすにくるまのお
天　かしこにもとくおき給ひて　まちおはすにくるまのお
東　かしこにもとくおき給ひて▼まちおはすにくるまのお（37オ）
原　かしこにもとくおき給ひて　まちおはすにくるまのお

静四　とのきこえけれはれいのしのひ給へる人　にやとたゝ今なと
作　とのきこえけれは例　のしのひ給へるひとにやとたゝ今なと
天　とのきこえけれは例　のしのひ給へる人　にやとたゝ今なと
東　とのきこえけれは例　のしのひ給へるひとにやとたゝ今なと
原　とのきこえけれは例　のしのひ給へる人　にやとたゝ今なと

静五　は有　ましき事を思ひより給ふきたのかたおはしたり　と
作　はあるましき事を思ひより給ふきたのかたおはしたり▼と（25オ）
天　はあるましき事を思ひより給ふ北　の方　おはしたり　と
東　はあるましき事を思ひより給ふきたのかたおはしたり　と
原　はあるましき事を思ひより給ふ北　のかたおはしたり　と

静六　せうそこすれはしゝうむかひにいてきたるそこたちを
作　せうそこすれはしゝうむかひにいてきたるそこたちを
天　せうそこすれはじゝうむかひに出　きたるそこたちを
東　せうそこすればじさうむかひにいできたるそこたちを
原　せうそこすれはじゝうむかひにいてきたるそこたちを

静七　もあすよりはいみしうこひしうこそ思ひ出めまして
作　もあすよりはいみしうこひしうこそ思ひ出めまして
天　もあすよりはいみしう戀　しうこそ思ひ出めまして
東　もあすよりはいみじうこひしうこそ思ひ出めまして
原　もあすよりはいみしう恋　しうこそ思ひ出めまして

静八　ひめ君の　おほさ　なん心くるしといふ〱おりて入ぬたゝ今
作　ひめ君の　おほさ【な】む心くるしといふ〱おりて入ぬたゝ今
天　姫　君のさおほさ　れ　ん心くるしといふ〱おりて入ぬたゝ今
東　ひめ君の　おぼさ　な　ん心ぐるしといふ〱おりて入ぬたゝ今
原　姫　君の　おほさ　な　む心くるしといふ〱おりて入ぬたゝいま

静九　こそまかり侍れかねてかう思　ひそめし道　なれとさし
作　こそまかり侍れかねてかう思　ひそめしみちなれとさし
天　こそまかり侍れかねてかうおもひそめし道　なれとさし
東　こそまかり侍れかねてかう思　ひそめしみちなれとさし
原　こそまかり侍れかねてかう思　ひそめしみちなれとさし

静十　あたりて　は　なをそらよりいてき　たる心　ちしてたえかたく▼（34ウ）
作　あたりて　は　なほそらよりいて来　たるこゝちしてたへかたく
天　當　りて　は　なを空　よりいてき▼たるこゝちしてたえかたく（31ウ）
東　あたりて【は】なほそらよりいで来　たる心　ちしてたへかたく
原　あたりて　は　なほそらよりいて来　たる心　ちしてたへかたく

静一　こそをくれさきたつかなしさはさらぬわかれになくさめ
作　**こそおくれさきたつかなしさはさらぬわかれになくさめ**
天　こそおくれさきたつかなしさはさらぬわかれになくさめ
東　こそおくれさきたつかなしさはさらぬわかれになぐさめ
原　こそおくれさきたつ悲　しさはさらぬわかれになくさめ

静二　てわすれくさもしける物　也　いけるかきりのかゝるこそ　命
作　**てわすれくさもしけるものなりいけるかきりのかゝるこそ　いのち**
天　てわすれくさもしけるもの也　いけるかきりのかゝるこそ　いのち
東　てわすれくさもしげるものなりいけるかぎりのかゝるこそ［い］▼いのち（37ウ）
原　てわすれくさもしけるもの也　いけるかきりのかゝるこそ　いのち

静三　にもまさりて　心　きもゝうするやうにおほえ侍れとて
作　**にもまさりて　心　きもゝうするやうにおほえ侍れとて**
天　にもまさりて　こゝろきもゝうするやうにおほへ侍れとて
東　にもまさりて　心　ぎもゝうするやうにおほへ侍れとて
原　に□まさりて▼心　きもゝうするやうにおほえ侍れとて（33オ）

静四　うちなきつゝいひおはすおやのかなしさはいかなる物　とも
作　**うちなきつゝいひおはすおやのかなしさはいかなる物　とも**
天　うちなきつゝいひおはす親　のかなしさはいか成　物　とも
東　うちなきつゝいひおはすおやのかなしさはいかなる物　とも
原　うちなきつゝいひ□はすおやの悲　しさはいかなるものとも

静五　しり給はねはさしも思ひ出給はすたゝ此　御かたを　たのみき
作　**しり給はねはさしも思ひ出給はすたゝ此　御かたを　たのみ聞**
天　しり給はねはさしも思ひ出給はすたゝこの御かたをのみたのみき
東　しり給はねはさしも思ひ出給はすたゞ此　御かたを　たのみき
原　しり給はねはさしも思ひ出給はすたゝこの御かたを　たのみ聞

静六　こえてはかなかりし身をしもおふしたてられたる人
作　**えてはかなかりし身をしもおふしたてられたる人**
天　こえてはかなかりし身をしもおふしたてられたる人
東　こえてはかなかりし身をしもおふしたてられたる人
原　えてはかなかりし身をしもおふしたてられたる人

静七　にしあれはかゝるわかれのかなしさもいかてなのめならんせ
作　**にしあれはかゝるわかれのかなしさもいかてなのめならんせ**
天　にしあれはかゝるわかれのかなしさもいかてなのめならんせ
東　にしあれはかゝるわかれのかなしさもいかでなのめならんせ
原　にしあれはかゝるわかれのかなしさもいかてなのめならんせ

静八　きあくるなみたにむせていらへたにはか〳〵しうもつゝけ
作　**きあくるなみたにむせていらへたにはか〳〵しうもつゝけ**
天　きあへでなみたにむせていらへたにはか〳〵しうもつゝけ
東　きあぐるなみたにむせていらへだにはか〳〵しうもつゞけ
原　きあくるなみたにむせていらへたにはか〳〵しうもつゝけ

静九　給はぬを御かた心　くるしきさまにもてなして此　まゝ
作　給はぬを御かた心　くるし□□まにもてなしてこのまゝ
天　給はぬを御かた心　くるしきさまにもてなして此　まゝ
東　給はぬを御かた心　ぐるしきさまにもてなしてこのまゝ
原　給はぬを御かたこゝろくるしきさまにもてなして此　まゝ

静十　わかれ奉らんはあまりはるけ所なき心　ちし侍れは▼（35オ）
作　わかれ奉ら▼むはあまりはるけ所な□□ゝちし侍れは（25ウ）
天　わかれ奉ら　んはあまりはるけ所なき心　ちし侍れは
東　わかれ奉ら　んはあまりはるけ所なき心　ちし侍れは
原　わかれ奉ら　むはあまりはるけ所なき心　ちし侍れは

静一　なにはまてともなひ奉りて　かゝるつゐてにすみよしに
作　なにはまてともなひ奉りて　かゝるついてに住　よしに
天　なにはまてともなひ奉りて▼かゝるついてに住　よしに（32オ）
東　なにはまでともなひ奉りて　かゝるついでに住　よしに
原　なにはまてともなひ奉りて　かゝるついてに住　よしに

静二　もまうてさせ奉らん　かつは　あとのしらなみをも御らんし
作　もまうてさせ奉らん　かつは〳〵あとのしらなみをも御らんし
天　もまうてさせ奉らん　かつは　あとのしらなみをも御らんし
東　もまうてさせ奉らん▼かつは　あとのしらなみをも御らんじ（38オ）
原　もまうてさせ奉らむ　かつは　あとのしら浪　をも御覧　し

静三　をくれうへの御心　ちまたいとたゆけにときゝ給ふれはけ
作　おくれうへの御こゝちまたいとたゆけにときゝ給ふれはけ
天　おくれうへの御心　ちまたいとたゆけにときゝ給ふれはけ
東　おくれうへの御心　ちまだいとたゆげにときゝ給ふれはけ
原　おくれうへの御心　ちまたいとたゆけにときゝ給ふれはけ

静四　ふあすのうちにはとのもおはしまさしたとへきかせ給ひ
作　ふあすの中　にはとのもおはしまさしたとへきかせ給ひ
天　ふ明日の中　にはとのもおはしまさしたとへきかせ給ひ
東　ふ明日の中　にはとのもおはしまさじたとへきかせ給ひ
原　ふ明日の中　にはとのもおはしまさしたとへきかせ給ひ

静五　てもあしとの給はせん事　にもあらすさおほしなれ御物　ま
作　てもあしとの給はせん事　にもあらすさおほしなれ御ものま
天　てもあしとの給はせん事　にもあらすさおほしなれ御ものま
東　てもあしとの給はせん事　にもあらずさおぼしなれ御ものま
原　てもあしとの給はせん事▼にもあらすさおほしなれ御ものま（33ウ）

静六　いらせよ君たちもこしらへ給　へなといひて御たいてつか
作　ゐらせよ君たちもこしらへ給　へなといひて御たいてつか
天　いらせよ君達　もこしらへたまへなといひて御たいてつか
東　ゐらせよ君たちもこしらへ給　へなどいひて御だいてづか
原　ゐらせよ君たちもこしらへたまへなといひて御だいてつか

静七　らまかなひそゝのかしかうはい　のこきうすきうちたる
作　らまかなひそゝのかしかい【ねり［はい］】のこき薄　きうちたる
天　らまかなひそゝのかしかうはい　のこきうすきうちたる
東　らまかなひそゝのかしかうばい　のこき薄　きうちたる
原　らまかなひそゝのかしかうはい　のこきうすきうちたる

静八　あやなとくるまより取　出　てこれかれとかしかましう
作　あやなとくるまより取　いてゝこれかれとかしかましう
天　あやなと車　よりとりいてゝこれかれとかしかましう
東　あやなどくるまより取　いでゝこれかれとかしがましう
原　あやなとくるまより取　いてゝこれかれとかしがましう

静九　いひさはき給ふとてもかくてもおなしかなしさ也　うこく
作　いひさわき給ふ*とてもかくてもおなしかなしさなりうこく［四五］
天　いひさわき給ふとてもかくてもおなしかなしさなりうこく
東　いひさはぎ給ふとてもかくてもおなじかなしさなりうごく
原　いひさわき給ふとてもかくてもおなしかなしさなりうこく

静十　へくもおほえ侍らすとなく〳〵きこえ給ふにあないみしや▼（35ウ）
作　へくもおほえ侍らすとなく〳〵聞　え給ふにあないみしや
天　へくもおほえ侍らすとなく〳〵きこえ給ふにあないみしや
東　へくもおぼえ侍らずとなく〳〵きこえ給ふにあないみじや
原　へくもおほえ侍らすとなく〳〵きこえ給ふにあないみしや

静一　しはしにてもみまほしくはおほさてあひなく　かく
作　しはしにても見まほしくはおほさてあひなく　かく
天　しはしにても見まほしく　おほさてあいなく　かく
東　しはしにても見まほしくはおぼさてあひなく▼かく（38ウ）
原　しはしにても見まほしくはおほさてあひなく　かく

静二　きこえ給ふよおほすらん人の　其　ほとにも物し給はゝ
作　聞　え給ふよおほすらん人の　其　ほとにも物し給はゝ
天　きこえ給ふよおほすらん人の▼其　ほとにも物し給はゝ（32ウ）
東　きこえ給ふよおほすらん人の　其　ほどにも物し給はゞ
原　きこえ給ふよおほすらん人の　そのほとにも物し給はゝ

静三　あひ奉り給はさらんくちをしさにかく　心こはくはみえ給
作　あひ奉り給はさらんくちをしさにかく　心こはくは見え給ふ
天　あひ奉り給はさらむくちをしさにかく~~かく~~心こわくは見へ給
東　あひ奉り給はさらんくちをしさにかく　心こはくは見え給
原　あひ奉り給はさらむくちをしさにかく　心こはくは見え給

静四　か女はおとこに見ゆ　めれはかなしうするおやはらからも
作　か女はをとこに見ゆ▼めれはかなしうするおやはらからも（26オ）
天　か女は男　に見ゆ　めれはかなしうするおやはらからも
東　か女はをとこにみゆ　めれはかなしうするおやはらからも
原　か女はをとこにみゆ　めれはかなしうするおやはらからも

静五　大　かたのものになり　侍るとはこれにやあらんさまては
作　おほかたのものになり　侍るとは是　にやあらんさまては
天　おほかたのものにな【り〔る〕】　侍れとは是　にやあらんさまては
東　おほかたのものになり　侍るとは是　にやあらんさまでは
原　おほかたのものになり　侍るとは是　にやあらんさまては

静六　なれかたくもおほすな此　よならすのちのよもそひ給
作　なれかたく　おほすなこの世ならす後　のよもそひ給ふ
天　なれかたく　おほすな此　世ならす後　の世も添　給ふ
東　なれがたくもおほすなこの世ならず後　のよもそひ給ふ
原　なれかたく　おほすな此　世ならす後　の世もそひ給ふ

静七　御中也　ひとよに　かきるみつからをは其かたはしたにし
作　御中なりひとよに　かきるみつからをは其かたはしたにし
天　御中なりひとよに　かきるみつからをは其かたはしたにし
東　御中なりひとよに　かぎるみづからをは其かたはしたにし
原　御中也　ひと世に▼かきるみつからをは其かたはしたにし（34オ）

静八　たひ給はてと打　むつかり給へはおもはすに取　なし給ふ
作　たひ給はてと打　むつかり給へはおもはすにとりなし給ふ
天　たひ給はてとうちむつかり給へはおもはすにとりなし給ふ
東　たひ給はでと打　むづかり給へはおもはずにとりなし給ふ
原　たひ給はてと打　むつかり給へはおもはすにとりなし給ふ

静九　もいみしうはつかしくてたゝまかせられ給へりいつら
作　もいみしうはつかしくてたゝまかせられ給へりいつら
天　もいみしうはつかしくてたゝまかせられ給へりいつら
東　もいみじうはづかしくてたゞまかせられ給へりいづら
原　もいみしうはつかしくてたゝまかせられ給へりいつら

静十　くるまよせよ人〳〵まいり給へなとかひ〳〵しくいひ▼（36オ）
作　くるまよせよ人〳〵まゐり給へなとかひ〳〵しくいひ
天　車　よせよ人〳〵まいり給へなとかひ〳〵しくいひ
東　くるまよせよ人〳〵まゐり給へなどかひ〳〵しくいひ
原　くるまよせよ人〳〵まゐり給へなとかひ〳〵しくいひ

静一　ちらしてよのうちによとにと大二のゝ給　はせしに　こ　はあ
作　ちらしてよの中　によとにと大二のゝ給　はせしに　こ　はあ
天　ちらしてよの中　によとにと大弐のゝ給　はせしに　こ　は明
東　ちらしてよの中　によどにと大二の給　はせしに【こ〔此〕】はあ
原　ちらしてよの中《ウチ》　によどにと大弐のたまはせしに　此《に》　はあ

静二　けぬ　る　はくるまはしらせてよとたゝいそきにいそき
作　けぬ　る　はくるまはしらせてよとたゝいそきにいそき
天　【ぬ】る　車　はしらせてよとたゝいそきにいそき
東　けぬ　る▼はくるまはしらせてよとたゞいそぎにいそぎ（39オ）
原　けぬ　る　はくるまはしらせてよとたゝいそきにいそき

静三　て六てうにおはすれはといまゝてをそくは有しなと
作　て六てうにおはすれはといまゝておそくは有しなと
天　て六条　におはすれはといまゝておそくは有しなと
東　て六でうにおはすればなどいまゝでおそくは有しなど
原　て六てうにおはすれはといまゝておそくは有しなと

静四　いひてまちつる　人〳〵のむまくるまひきつゝけてゆ
作　いひてまちつる　人ゝ　の馬　車　引　つゝけてゆ
天　いひてまちつる▼人ゝ　の馬　車　引　つゝけてゆ（33オ）
東　いひてまちつる　人ゝ　の馬　車　引　つゞけてゆ
原　いひてまちつる　人ゝ　の馬　車　引　つゝけて弓

静五　みやなくゐおいたるおのこともたちさまよひてたのも
作　みやなくひおひたるをの子ともたちさまよひてたのも
天　みやなくいおひたるをの子ともたちさまよひてたのも
東　みやなくゐおひたるをの子どもたちさまよひてたのも
原　やなくひおひたるをのこともたちさまよひてたのも

静六　し　け　にみゆなにはわたりしやうようしつくして舟　に
作　し　け　にみゆな*にはわたりせ　うえうしつくしてふねに［四六］
天　し　け　にみゆなにはわたりしようようしつくしてふねに
東　し【け】にみゆなにはわたりしやうようしつくしてふねに
原　し　け　にみゆなにはわたりせ　うようしつくしてふねに

静七　のり給ふ　女君をもかきいたき　おろしてあた成　御心は
作　のり給ふ」女君をもかきいたき　おろしてあたなる御心は
天　のり給ふ　女君をもかきいたき〈て〉おろしてあた成　御心は
東　のり給ふ」女君をもかきいだき　おろしてあた成　御心ば
原　のり給ふ　女君をもかきいたき　おろしてあた成　御心は

静八　へをたのみきこえて［は］又　見ゆする人もなきこゝのへに　お
作　へをたのみ□□えて　又　みゆつる人もなきこゝのへに▼お（26ウ）
天　へをたのみきこえて　また見ゆする人もなきこゝのへに　お
東　へをたのみきこえて　又　見　づる人もなきこゝのへに　お
原　へをたのみ聞　えて　又　見ゆつる人もなきこゝのへに　お

静九　はしまさ　せ　ん　はいける心ち【も】し侍らねはおなし道　にとかく
作　はしまさ　せ　ん　はいける□□□も　し侍らねはおなしみちにとかく
天　はしまさ　せ　ん　はいける心地　も　し侍らねはおなしみちにとかく
東　はしまさ【せ】ん　はいける心ち　も　し侍らねばおなじみちにとかく
原　はしまさ　せ　ん▼はいける心ち　も　し侍らねはおなしみちにとかく（34ウ）

静十　はからひたり物しとや思ひ給ふ物の心もわきまへ給▼（36ウ）
作　はからひたり物しとや思ひ給ふ物の心もわきまへ給
天　はからひたり物しとや思ひ給ふ物の心もわきまへ給
東　はからひたり物しとや思ひ給ふ物の心もわきまへ給
原　はからひたり物しとや思ひ給ふ物の心もわきまへ給

静一　へはさりともと思ひてなん御ためよろし　からぬ事は思ひ
作　へはさりともと思ひてなん御ためよろし　からぬ事は思ひ
天　へはさりとも　思ひてなん御ためよろし　からぬ事は思ひ
東　へばさりともと思ひてなん御ためよろし▼からぬ事は思ひ（39ウ）
原　へはさりともと思ひてなむ御ためよろし　からぬ事は思ひ

静二　かまへし今こそうれしく侍れと打　わらひおるにそ
作　かまへし今こそうれしく侍れとうちわらひをるにそ
天　かまへし今こそうれしく侍れとうち笑　ひをるにそ
東　かまへじ今こそうれしく侍れとうちわらひをるにそ
原　かまへじ今こそ嬉　しく侍れとうちわらひをるにそ

静三　御てうとなともてきたるさはたはかり給ふにこそ
作　御調　度なとももてきたるさはたはかり給ふにこそ
天　御調　度なとももてきたるさはたはかり給ふにこそ
東　御調　度などももてきたるさはたばかり給ふにこそ
原　御調　度なとももてきたるさはたはかり給ふにこそ

静四　とくちをしういみしけれはことに物　もいはれすひきかつ
作　とくちをしういみしけれはことに物　もいはれすひきかつ
天　とくちをしういみしけれはことにものもいはれすひきかつ
東　とくちをしういみじければことに物　もいはれずひきかづ
原　とくちをしういみしけれはことに物　もいはれすひきかつ

静五　きて　ふし給ふ思ひ給へらん心のほとはとし比よろつに有
作　きて　ふし給ふ思ひ給へらん心のほとはとし比よろつに有
天　きて▼ふし給ふ思ひ給へらん心の程　はとし比よろつに有（33ウ）
東　きて　ふし給ふ思ひ給へらん心の程　はとし比よろつに有
原　きて　ふし給ふ思ひ給へらん心の程　はとし頃よろつにあり

静六　かたく思ひしられはの給　はせん事　を大　かたにそむきき
作　かたく思ひしられはのたまはせんことをおほかたにそむきき
天　かたく思ひしられはの給　はせむことをおほかたにそむき丶
東　かたく思ひしられはの給　はせむことをおほかたにそむき丶
原　かたく思ひしられはの給　はせん事　をおほかたにそむき聞

静七　こえんにもあらすかくこそ　おもへなと心うつくしうきこえ
作　こえんにもあらすかくこそはおもへなと心うつくしう聞　え
天　こえんにもあらすかくこそは思　へなと心うつくしうきこえ
東　こえんにもあらずかくこそはおもへなど心うつくしうきこえ
原　　えむにもあらすかくこそはおもへなと心うつくしう聞　え

静八　給はゝ人しれぬあはれをおもふまてこそあらめきしかた
作　給はゝ人しれぬ哀　をおもふまてこそあらめきしかた
天　給はゝ人しれぬ哀　をおもふまてこそあらめきしかた
東　給はゝ人しれぬ哀　をおもふまてこそあらめきしかた
原　給はゝ人しれぬ哀　をおもふまてこそあらめきしかた

静九　行さきかきあつめ思ひみたる、はかりはいとしもなく
作　行さきかきあつめ思ひみたるゝはかりはいとしもなく
天　行先　かきあつめ思ひみたる、はかりはいとしもなく
東　行先　かきあつめ思ひみたる、はかりはいとしもなく
原　行先　かきあつめ思ひみたる、はかりはいとしもなく

静十　やあらんさるをくまなく　おほしかまへてたゆめ　給ふは▼（37オ）
作　やあらんさるをくまなく　おほしかまへてたゆめ　給ふは
天　やあらんさるをくまなく　おほしかまへてたゆめ　給ふは
東　やあらんさるをくまなく　おぼしかまへてたゆめ▼給ふは（40オ）
原　やあらんさるをくまなく▼おほしかまへてたゆめ　給ふは（35オ）

静一　いか、うらめしからさらん今よりのちもよろつまことし
作　いかゝうらめしからさらむ今よりのちもよろつまことし
天　いか、うらめしからさらむ今よりのちもよろつまことし
東　いか、うらめしからざらむ今よりのちもよろづまことし
原　いか、うらめしからさらむ今より後　もよろつまことし

静二　うむつひきこえん心　ちもせすうしろめたう思ひな　ら　る、
作　うむつひ聞　えんこゝちもせすうしろめたう思ひな　ら▼るゝ（27オ）
天　うむつひきこえん心　ちもせすうしろめたう思ひな　ら　る、
東　うむつひきこえん心　ちもせすうしろめたう思ひな【〇ら】る【る】
原　うむつひきこえむ心　ちもせすうしろめたう思ひな　ら　る、

静三　につけては中〳〵しらぬ御心　をたのみきこえんはうき
作　につけては中〳〵しらぬ御こゝろをたのみ聞　えんはうき
天　につけては中〳〵しらぬ御心　をたのみきこえんはうき
東　につけては中〳〵しらぬ御心　をたのみきこえんは憂
原　につけては中ゝ　しらぬ御心　をたのみ聞　えむは憂

静四　もことはるかたもあらましときやうのかたのみこひし
作　もことわるかたもあらましときやうのかたのみこひし
天　もことわるかたもあらましときやうのかたのみこひし
東　もことわるかたもあらましときやうのかたのみこひし
原　もことわるかたもあらましときやうのかたのみこひし

静五　くてなみたさへとまらぬを又　いかにおほしの給　はんと
作　くてなみたさへとまらぬを又　いかにおほしの給　はんと
天　くてなみたさへとまらぬをまた　いかにおほしの給▼はんと（34オ）
東　くてなみださへとまらぬを又　いかにおぼしの給　はんと
原　くてなみたさへとまらぬを又［は］いかにおほしの給　はんと

静六　つ、まし　有かきりの人は心　ちよけにてこれはかれはと
作　つゝまし」*有かきりの人はこゝちよけにて是　はかれはと［四七］
天　つ、まし　有かきりの人はこ、ちよけにてこれはかれはと
東　つ、まし」有かきりの人は心　地よげにて是　はかれはと
原　つ、まし」有かきりの人はこ、ちよけにて是　はかれはと

静七　うみ山かけてたつねきゝてかしこの入えにあをくなつか
作　うみ山かけてたつねきゝてかしこの入江にあをくなつか
天　うみ山かけてたつねきゝてかしこの入江にあをくなつか
東　うみ山かけてたづねきゝてかしこの入江にあをくなつか
原　うみ山かけてたつねきゝてかしこの入江にあをくなつか

静八　しけに見ゆるはなにそなといへはかれなんなにおふな
作　しけに見ゆるはなにそなといへはかれなんなにおふな
天　しけに見ゆるはなにそなといへはかれなん　　な
東　しげに見ゆるはなにぞなといへはかれなんなにおふな
原　しけに見ゆるはなにそなといへはかれなむなにおふな

静九　にはのあしと申とをしゆるをきゝ給ふ　まゝに
作　にはのあしと申とをしゆるをきゝ給ふ　まゝに
天　にはのあしと申とをしゆるをきゝ給ひ【し】まゝに
東　にはのあしと申とをしゆるをきゝ給ふ　まゝに
原　にはのあしと申とをしふるをきゝ給ふ　まゝに

静十　つのくにのなにはのあしをふく風のそよかゝりき▼（37ウ）
作　つの国　のなにはのあしをふく風のそよかゝりき
天　つの国　のなにはのあしをふく風のそよかゝりき
東　つの國　のなにはのあしをふく風のそよかゝりき
原　つの国　のなにはのあしをふく風のそよかゝりき

静一　と君　に　つたへよ　やそしまかけてなと思ひつゝけられて
作　と君　に　つたへよ〳〵やそしまかけてなと思ひつゝけられて
天　ときみに　つたへよ〳〵やそ嶋　かけてなと思ひつゝけられて
東　と君▼に　つたへよ〳〵やそしまかけてなど思ひつゞけられて（40ウ）
原　と君　に▼つたへよ〳〵やそしまかけてなと思ひつゝけられて（35ウ）

静二　めもあはぬにたゝ此　へたてのまくらのほとにこゑしたゝ
作　めもあはぬにたゝこのへたてのまくらの程　に聲　したゝ
天　めもあはぬにたゝこのへたてのまくらの程　に聲　したゝ
東　めもあはぬにたゞこのへだてのまくらの程　に声　したゝ
原　めもあはぬにたゝ此　へたてのまくらの程　に聲　したゝ

静三　かにて物いふおとこ　は　大二にやときくに有かたきまて物
作　かにて物いふをとこ　は　大弐にやときくに有かたきまて物
天　かにて物いふをとこ　は　大弐にやときくに有かたきまて物
東　かにて物いふをとこ【は】大二にやときくに有かたきまて物
原　かにて物いふをとこ　は　大弐にやときくに有かたきまて物

静四　し給へる御有さまかな中なこんとのゝ心さしふかくもの
作　し給へる御有様　かな中納言　とのゝ心さしふかくもの
天　し給へる御有様　かな中納言　とのゝ心さしふかくもの
東　し給へる御有様　かな中納言　どのゝ心さしふかくもの
原　し給へる御有様　かな中納言　とのゝ心さしふかくもの

静五　し給　ふとき丶てしかはかたちおかしくおはせんとは思ひた
作　し給　ふとき丶てしかはかたちをかしくおはせんとは思ひた
天　し給　　とき丶てしかはかたちをかしくおはせんとは思ひた
東　し給　ふとき丶てしかばかたちをかしくおはせんとは思ひた
原　したまふとき丶てしかはかたちをかしくおはせんとは思ひ奉

静六　てまつりしかとかはかりまてはをしはかられさり　けり
作　てまつりしかとかはかりまてはおしはかられさり　けり
天　てまつりしかとかはかりまてはおしはかれさり▼けり（34ウ）
東　てまつりしかどかばかりまではおしはかられさり　けり
原　　　りしかとかはかりまてはおしはかられさり　けり

静七　たゆふ　にはかたしけなくみえ給へり　と　いへはきたのかた
作　たゆふ▼にはかたしけなくみえ給へり　と　いへはきたのかた（27ウ）
天　たゆふ　にはかたしけなく見へ給へり【と】いへは北　の方
東　たゆふ　にはかたじけなく見え給へり　と　いへばきたのかた
原　たゆふ　にはかたしけなく見え給へり　と　いへは北　のかた

静八　いとうれしうの給　へりをのかかなしう思ふま丶にかたほ
作　いとうれしうの給　へりおのかかなしう思ふま丶にかたほ
天　いとうれしうのたまへりおのかかなしう思ふま丶にかたほ
東　いとうれしうの給　へりおのがかなしう思ふま丶にかたほ
原　いとうれしうの給　へりおのかかなしう思ふま丶にかたほ

静九　ならすやとこそ思ひしになといひかはすをき丶給ふに
作　ならすやとこそ思ひしになといひかはすをき丶給ふに
天　ならすやと　　思ひしになといひかはすをき丶給ふに
東　ならすやとこそ思ひしになどいひかはすをき丶給ふに
原　ならすやとこそ思ひしになといひかはすをき丶給ふに

静十　今　すこし心　ちもきえ入ぬへくつ　らくかなしき事▼（38オ）
作　今　すこしこ丶ちもきえ入ぬへくつ　らくかなしき事
天　いますこし心　ちもきえ入ぬへくつ　らくかなしきこと
東　今　すこし心　ちもきえ入ぬべくつ▼らくかなしきこと（41オ）
原　今　すこし心　ちもきえ入ぬへくつ　らく悲　しきこと

静一　よのつねならすかつうき身なからもなをなからへはかならす
作　よのつねならすかつうき身なからもなほなからへはかならす
天　よのつねならすかつうき身なからもなほなからへはかならす
東　よのつねならすかつうき身なからもなほなからへはかならず
原　よのつねならすかつうき身なからもなほなからへはかならす

静二　心　ならぬよをもみるへきにこそかう心ならすはかりこ
作　心　ならぬよをもみるへきにこそかう心ならすはかりこ
天　こ丶ろならぬよをもみるへきにこそかう心ならすはかりこ
東　心　ならぬよをもみるべきにこそかう心ならずはかりご
原　心　ならぬよをも見るへきにこそかう心ならすはか[り]こ

静二　たるゝ身　とはいかてしり給ふへきなれはさは思　ひつかしとお
作　たるゝ身　とはいかてしり給ふへきなれはさは思　ひつかしとお
天　たるゝ身　とはいかてしり給ふへきなれはさは思　ひつかしとお
東　たるゝ身　とはいかでしり給ふべきなればさは思　ひつかしとお
原　たるゝ身▼とはいかてしり給ふへきなれはさはおもひつかしとお（36オ）

静四　ほしよらん　はつかしさはまいてなのめなるへき心　ちもせね
作　ほしよらん　はつかしさはまいてなのめなるへきこゝちもせね
天　ほしよらん　はつかしさはまいてなのめなるへき心　ちもせね
東　ほしよらん　はつかしさはまいてなのめなるべき心　ちもせね
原　ほしよらん［よらむ］はつかしさはまいてなのめなるへき心　ちもせね

静五　は此　うみにもまろひ入ぬへくかなしきにさはたちまちに
作　はこの海　にもまろひ入ぬへくかなしきにさはたちまちに
天　はこの海　にもまろひ入ぬへくかなしきにさはたちまちに
東　ばこの海　にもまろび入ぬべくかなしきにさはたちまちに
原　はこの海　にもまろひ入ぬへくかなしきにさはたちまちに

静六　なかれ出ぬも　へうきにたえける命にやとくちをしき
作　なかれ出ぬも　へうきにたへける命にやとくちをしき*［四八］
天　なかれ出ぬもし　うきにたえける命にやとくちをしき
東　なかれ出ぬも　へうきにたへける命にやとくちをしき
原　なかれ出ぬも　へうきにたへける命にやとくちをし北

静七　たのかたよりおはしてなとかくうもれてはみえ給ふ　今
作　たのかたよりおはしてなとかくうもれては見え給ふ　今
天　たの方　よりおはしてなとかくうもれては見へ給ふ▼今（35オ）
東　たのかたよりおはしてなどかくうもれては見え給ふ　今
原　　のかたよりおはしてなとかくうもれては見え給ふ　今

静八　さらのよはひに成　てなき人のためうしろめたき心　を
作　さらのよはひになりてなき人のためうしろめたき心　を
天　さらのよはひに成　てなき人を　　うしろめたきこゝろを
東　さらのよはひに成　てなき人のためうしろめたき心　を
原　さらのよはひに成　てなき人のためうしろめたき心　を

静九　あつかひてかゝる道　にいてたち侍るもたゝひとへに　君　の御
作　あつかひてかゝるみちにいてたち侍るもたゝひとへに　君　の御
天　あつかひてかゝる道　に出　たち侍るもたゝひとへに　君　の御
東　あつかひてかゝるみちにいでたち侍るもたゞひとへに▼きみの御（41ウ）
原　あつかひてけ　るみちに出　立　侍るもたゝひとへに　きみの御

静十　行すゑをのとかに見なし奉らんと思ふはか　りにこそ▼（38ウ）
作　行末　をのとかに見なし奉らんと思ふはか▼りにこそ（28オ）
天　行末　をのとかに見なし奉らんと思ふはか　りにこそ
東　行末　をのどかに見なし奉らんと思ふばか　りにこそ
原　行末　をのとかに見なし奉らむと思ふはか　りにこそ

静一　あれ身のあは〱しさもはふきすてゝあはれに思ひ
作　あれ身のあは〱しさもはふきすてゝあはれにおもひ
天　あれ身のあわ〱しさもはふきすてゝあはれにおもひ
東　あれ身のあは〱しさもはぶきすてゝあはれに思　ひ
原　あれ身のあは〱しさもはふきすてゝあはれに思　ひ

静二　いたつき奉るをのれをは有ものともおほした　ら　　てあ
作　いたつき奉るおのれをは有ものともおほした　ら　　てあ
天　いたつき奉るおのれをは有ものともおほした　ら　　てあ
東　いたづき奉るをのれをは有ものともおぼした　ら　　であ
原　いたつき奉るおのれをは有ものともおほした【ら［、］】てあ

静三　たら御身を心つからもてやつし給はん　と　やおとこと
作　たら御身を心つからもてやつし給はん　と　やをとこと
天　たら御身を心つからもてやつし給はん【と】やおとこと
東　たら御身を心つからもてやつし給はん　と　やをとこと
原　たら御身を心つからもてやつし給はん　と　やをとこと

静四　いふものはさのみこそあれわするゝ事はつね　の事なれ
作　いふものはさのみこそあれわするゝ事はつね　の事なれ
天　いふものはさのみこそあれわするゝ事はつね　の事なれ
東　いふものはさのみこそあれわするゝ事はつね　の事なれ
原　いふものはさのみこそあれわするゝ事はつね▼の事なれ（36ウ）

静五　はよしきゝ給へみやこにはおほしいつる人も侍らしのち
作　はよしきゝ給へみやこにはおほしいつる人も侍らしのち
天　はよしきゝ給へみやこにはおほしいつる人も侍らしのち
東　ばよしきゝ給へみやこにはおほしいつる人も侍らじのち
原　はよし聞　給へみやこにはおほし出　る人も侍らしのち

静六　〱はよくいひしとおほしあはせんそかつはしらぬ人〱
作　〱はよくいひしとおほしあはせんそかつはしらぬ人〻
天　〱はよくいひしとおほしあはせんそかつはしらぬ人〱
東　〱はよくいひしとおぼしあはせんぞかつはしらぬ人〻
原　〱はよく□ひしとおほしあはせんそかつはしらぬ人〻

静七　の　見きゝ思　ふ　ら　んほともはつかしとはおほさすやときかる
作　の　見きゝおも　ふ　ら　んほともはつかしとはおほさすやときかる
天　の　見きゝと　ふ　らはむほともはつかしとはおほさすやときかる
東　【の】見きゝ思　ふ　ら　んほともはつかしとはおぼさずやときかる
原　の　見聞　おも【〇ふ】ら　む程　もはつかしとはおほさすやときかる

静八　へくもあらぬ事　ともをうちませ　〱いひつゝけ給へるに
作　へくもあらぬ事ことゝもをうちませ　〱いひつゝけ給へるに
天　へくもあらぬ事　ともをうちませ　〱いひつゝけ給へるに
東　べくもあらぬ事　ともをうちませ　〱いひつゝけ給へるに
原　へくもあらぬ事　ともを打　ませうちませいひつゝけ給へるに

静九　れいの物もいはれ給はねと　せめてす　か　して思ひ　たつ道
作　れいの物　もいはれ給はねと　せめてす　か　して思ひ　たつ道
天　れいのものもいはれ給はねと▼せめてす　か　して思ひ　たつ道（35ウ）
東　れいの物　もいはれ給はねど　せめてす【か［こ］】して思ひ▼たつ道（42オ）
原　れいの物　もいはれ給はねと　せめてす　か　して思ひ　たつ道

静十　たに心やすくと思ひなり給へはせめてためらひてわか▼（39オ）
作　たに心やすくと思ひなり給へはせめてためらひてわか
天　たに心やすくと思ひなり給へはせめてためらひてわか
東　たに心やすくと思ひなり給へばせめてためらひてわか
原　たに心やすくと思ひなり給へはせめてためらひてわか

静一　れ奉らん事をなけきわたりしよりむねふたかり
作　れ奉らむ事をなけきわたりしよりむねふたかり
天　れ奉らむ事をなけきわたりしよりむねふたかり
東　れ奉らむ事をなけきわたりしよりむねふたがり
原　れ奉らむ事をなけきわたりしよりむねふたかり

静二　てなやましうおほえ給へし今は心　行　道　につれられたて
作　てなやましうおほえ給へし今は心　ゆく道　につれられたて
天　てなやましうおほへ給へし今は心　ゆくみちにつれられたて
東　てなやましうおぼえ給へし今は心　ゆくみちにつれられたて
原　てなやましうおほえ給へし今はこゝろゆくみちにつれられ奉

静三　まつれはいかにも其なこりは物し侍らねとかゝる道　は人
作　まつれはいかにも其なこりはものし侍らねとかゝるみちは人
天　まつれはいかにも其なこりは物し侍らねとかゝる道　は人
東　まつればいかにも其なごりは物し侍らねどかゝるみちは人
原　　れはいかにも其なこりは物し侍らねとかゝるみちは人

静四　によりて心　ちのあしきときゝしか　そのたくひにやいと
作　によりてこゝちのあしきときゝしか▼そのたくひにやいと（28ウ）
天　によりて心　ちのあしきと聞　しか　其　たくひにやいと
東　によりて心　ちのあしきときゝしか　そのたぐひにやいと
原　によりて心　ちのあしきときゝしか　そのたくひにやいと

静五　くるしくていかにもをきゐられ侍らぬとまことしう
作　くるしくていかにもおきゐられ侍らぬとまことしう
天　くるしくていかにもおきゐられ侍らぬとまことしう
東　くるしくていかにもおきゐられ侍らぬとまことしう
原　くるしくていかにもおきゐられ侍らぬとまことしう

静六　らうたけにきこえ給ふ　か　たへの人〳〵もゑひ　ふしてく
作　らうたけに聞　え給ふ【か】たへの人〻　もゑひ　ふしてく
天　らうたけにきこえ給ふ　か　たへの人〳〵もゑひ　ふしてく
東　らうたげにきこえ給ふ　か　たへの人〳〵もゑひ　ふしてく
原　らうたけにきこえ給ふ　か　たへの人〻　もゑひ▼ふしてく（37オ）

静七　るしかるもあれはましてひはつなる御身はさもやと

作　るしかるもあれはましてひわつなる御身はさもやと

天　るしかるもあれはましてひはつなる御身はさもやと

東　るしがるもあれはましてひはづなる御身はさもやと

原　るしかるもあれはましてひはづなる御身はさもやと

静八　思ひて御物すゝめよろつにおほしあつかふはなれすち

作　おもひて御物すゝめよろつにおほしあつかふは*なれすち［四九］

天　思ひて御物すゝめよろつにおほしあつかふはなれすち

東　思ひて御物すゝめよろつにおほしあつかふはなれずち

原　思ひて御物すゝめよろつにおほしあつかふはなれす近

静九　かくそひゐるしゝうそおほし入けるほとのいみしさは

作　かくそひゐるしゝうそおほし入けるほとのいみしさは

天　かうそひゐるじゝうそおほし入ける程　のいみしさは

東　か▼くそひゐるしゞうぞおほし入けるほどのいみじさは（42ウ）

原　　くそひゐるしゝうそおほし入けるほとのいみしさは

静十　かつ〳〵みしられけれとかうたちまちに　　思ひさため▼（39ウ）

作　かつ〳〵見しられけれとかうたちまちに　　思ひさため

天　かつ〳〵見しられけれとかうたちまちに［思ひ］▼思ひさため（36オ）

東　かつ〻〻見しられけれどかうたちまちに　　思ひさだめ

原　かつ〳〵見しられけれとかうたちまちに　　思ひさため

静一　給はんとはいかて思ひよるへきわれにてたに思ひいつる御

作　給はんとはいかておもひよるへきわれにてたに思ひいつる御

天　給はんとはいかて思ひよるへきわれにてたにおもひいつる御

東　給はんとはいかて思ひよるべきわれにてたに思ひいづる御

原　給はんとはいかて思ひよるへきわれにてたに思ひ出　る御

静二　有さまのおかしさはましてことはりそかしと心くるしけ

作　有様　のをかしさはましてことわりそかしと心くるしけ

天　有様　のをかしさはましてことわりそかしと心くるしけ

東　有様　のをかしさはましてことわりそかしと心ぐるしけ

原　有様　のをかしさはましてことわりそかしと心くるしけ

静三　れはいひいてんにつけてももよほされ給はん御なみたの

作　れはいひいてんにつけてももよほされ給はん御涙　の

天　れはいひいてんにつけてももよほされ給はん御なみたの

東　れはいひいでんにつけてももよほされ給はん御涙　の

原　れはいひ出　むにつけてももよほされ給はん御なみたの

静四　いとゝしさもいとをしくてよろつにまきらはしてこ

作　いとゝしさもいとほしくてよろつにまきらはしてこ

天　いとゝしさもいとほしくてよろつにまきらはしてこ

東　いとゝしさもいとほしくてよろずにまぎらはしてこ

原　いとゝしさもいとほしくてよろつにまきらはしてこ

静五　とにいひ出ぬをこれさへつれなふ心つきなしとおほす
作　**とにいひ出ぬをこれさへつれなう心つきなしとおほす**
天　とにいひ出ぬをこれさへつれなう心つきなしとおほす
東　とにいひ出ぬをこれさへつれなう心づきなしとおぼす
原　とにいひ出ぬをこれさへつれなう心つきなしとおほす

静六　らんかし此　けふりのきえかへりたえ〳〵に見ゆめるはすま
作　**らんかし此*　けふりのきえかへり絶　〳〵に見ゆめるはすま**　［五〇］
天　らんかしこのけふりのきへかえりたえ〳〵にみゆ　るはすま
東　らんかし此　けふりのきえかへり絶　〳〵に見ゆめるはすま
原　らんかし此　けふりのきえかへりたえ〳〵に見ゆめるはすま

静七　のうらにやいつらあはちのしまはいつこそなと　くち〳〵
作　**の浦　にやいつらあはちの嶋　はいつこそなと　くち〳〵**
天　の浦　にやいつらあわちの嶋　はいつこ　なと丶くち〳〵
東　の浦　にやいづらあはぢの嶋　はいづこぞなど　くぢ〴〵
原　の浦　にやいつらあはちの島　はいつこそなと　くち〳〵

静八　にいふもさすかにかたみ丶に入は
作　**にいふもさすかにかたみ丶に入は▼（29オ）**
天　にいふもさすかにかたみ丶に入は
東　にいふもさすがにかたみ丶に入は▼（43オ）
原　にいふもさすかにかたみ丶に入は▼（37ウ）

静九　もしほやくけふりもたえぬなにをかも思ひ
作　**もしほやくけふりもたえぬなにをかも思ひ**
天　藻塩　やくけふりもたえぬなにをかも思ひ
東　藻塩　やくけふりもたえぬなにをかも思ひ
原　もしほやくけふりもたえぬなにをかも思ひ

静十　こかる丶たくひと　は　せん〳〵わか心にこそ入めとの給ひしは▼（40オ）
作　**こかる丶たくひと　は　せむ〳〵わか心にこそ入めとの給ひしは**
天　こかる丶たくひと【は［や］】せん〳〵わか心にこそ入めとの給ひし
東　こがるたぐひと　は　せん〳〵わが心にこそ入めとの給ひしは
原　こかる丶たくひと　は　せむ〳〵わか心にこそ入めとの給ひしは

静一　まことなりけりかつなからふましく成行は大かたのふか
作　**まことなりけりかつなからふましく成行は大かたのふか**
天　まことなりけりかつなからふましく成行は大かたのふか
東　まことなりけりかつなからふまじく成行は大かたのふか
原　まことなりけりかつなからふましく成行は大かたのふか

静二　さにもあら　ぬを又　しらせ奉らまほし
作　**さにもあら　ぬをまたしらせ奉らまほし**
天　さにもあら▼ぬをまたしらせ　まほし（36ウ）
東　さにもあら　ぬをまたしらせ奉らまほし
原　さにもあら　ぬをまたしらせ奉らまほし

静三　おもひいつる人もあらしなわひはて丶あはち
作　思　ひいつる人もあらしなわひはて丶あはち
天　おもひいつる人もあらしなわひはて丶あはち
東　おもひいつる人もあらしなわびはて丶あはぢ
原　おもひ出　る人もあらしなわひはて丶あはち

静四　のしまのあはときゆともなにはのあしのふきよらんか
作　のしまのあはときゆともなにはのあしのふきよらんか
天　のしまのあはときゆともなにはのあしのふきよらんか
東　のしまのあはときゆともなにはのあしのふきよらんか
原　の島　のあはときゆともなにはのあしのふきよらむ風

静五　せのつてにもき丶給　ふやうはあらんをさはわれゆへとは
作　せのつてにもき丶給　ふやうはあらんをさはわれゆゑとは
天　せのつてにもき丶給　ふやうはあらむをさは丶れゆへとは
東　せのつてにもき丶給　ふやうはあらむをさはわれゆゑとは
原　　のつてにもき丶たもふやうはあらむをさはわれゆゑとは

静六　いかておほさんと思　ふもかなしなみたのとこにみちて
作　いかておほさむとおもふもかなしなみたの床　にみちて
天　いかておほさんと思　ふもかなしなみたのとこにみちて
東　いかておぽさんと思　ふもかなしなみだのとこにみちて
原　いかておほさんとおもふもかなしなみたのとこにみちて

静七　をきもあかり給はねと〳〵身をつくしとなり給　ふ御さ
作　おきもあかり給はねと〳〵身をつくしとなり給　ふ御さ
天　おきもあかり給はねと〳〵身をつくしとなり給　ふ御さ
東　おきもあがり給はねど〳〵身をつくしとなり給　ふ御さ
原　おきもあかり給はねと〳〵みをつくしとなりたまふ御さ

静八　まはいと丶あはれにおかしけなれは大二のむすめ　たちもな
作　まはいと丶あはれにをかしけなれは大弐のむすめ　たちもな
天　まはいと丶あはれにをかしけなれは大弐の娘　たちもな
東　まはいとゞあはれにをかしげなれは大弐のむすめ▼たちもな（43ウ）
原　まはいと丶あはれにをかしけなれは大弐のむすめ　たちもな

静九　つかしうむつひきこえまほしくて心よせきこゆるもい
作　つかしうむつひ聞　えまほしくて心よせきこゆるもい
天　つかしうむつひきこへまほしくて心よせきこゆるもい
東　つかしうむつびきこえまほしくて心よせきこゆるもい
原　つかしうむつひきこえまほしくて心よせきこゆるもい

静十　とむつかしうや　丶　ましけれとうたて心つきなきものに　▼（40ウ）
作　とむつかしうや　丶　ましけれとうたて心つきなきものには
天　とむつかしうや　　　ましけれとうたて心つきなきものには
東　とむつかしうや【〇や】ましけれどうたて心づきなきものには
原　とむつかしうや　丶　ましけれとうたて心つきなきものには

静一　思ひ出られしとなからんあとをおほ　せはなつかしういらへ

作　思ひ出られしとなからんあとをおほ　せはなつかしういらへ

天　思ひ出られしとなからんあとをおほ　せはなつかしういらへ

東　思ひ出られじとなからんあとをおぼ　せばなつかしういらへ

原　思ひ出られしとなからむあとをおほ▼せはなつかしういらへ（38オ）

静二　なとし給ふをきたのかためや　すくおもへり　あかしへ今

作　なとし給ふをきたのかためや　すくおもへり」▼*あかしへ今（29ウ）〔五二〕

天　なとし給ふを北　の方　めや▼すくおもへり　あかしへ今（37オ）

東　などし給ふをきたのかた　や　すくおもへり」　あかしへ今

原　なとし給ふを北　のかためや　すくおもへり　明　石へ今

静三　ときの間とみゆるにはかに風のけしき　あ　やにくに

作　時のまとみゆるにはかに風のけしき　あ　やにくに

天　時の間とみゆるにゝはかに風のけしき【あ［を］】やにくに

東　時の間とみゆるにはかに風のけしき　あ　やにくに

原　時の間とみゆるにはかに風のけしき　あ　やにくに

静四　ふきいてゝ山か何　そとみゆるなみのひまなくうち

作　ふきいてゝ山か何　そとみゆるなみのひまなくうち

天　吹　いてゝ山か何　そとみゆるなみのひまなくうち

東　ふきいてゝ山か何　そとみゆるなみのひまなくうち

原　ふきいてゝ山かなにそとみゆる浪　のひまなくうち

静五　かけてをきもいとくろうそこ所ともみえす舟は今

作　かけておきもいとくらうそこ所ともみえす舩はいま

天　かけておきもいとくらうそこ所とも見へす舩は

東　かけておきもいとくろうそこ所ともみえす船は今

原　かけておきもいとくらうそこ所とも見えす舩は今

静六　たゝうみのそこにしつみぬへくていみしうくるめきた

作　たゝうみのそこにしつみぬへくていみしうくるめきた

天　たゝうみのそこにしつみぬへくていみしうくるめきた

東　たゞうみのそこにしつみぬへくていみしうくるめきた

原　たゝ海　のそこにしつみぬへくていみしうくるめきた

静七　るにわひしき事いひしらすふねのうちかみしも

作　るにわひしき事いひしらすふねのうちかみしも

天　るにわひしき事いひしらす舩　の内　かみしも

東　るにわひしき事いひしらすふねの内　かみしも

原　るにわひしき事いひしらすふねの内　かみしも

静八　こそりてわらはへ女はうなとはまたきに　なきのゝしる

作　こそりてわらはへ女はうなとはまたきに　なきのゝしる

天　こそりてわらはへ女ほうなとはまたきに　なきのゝしる

東　こそりてわらはへ女はうなとはまたきに▼なきのゝしる（44オ）

原　こそりてわらはへ女はうなとはまたきに　なきのゝしる

静九　又なくいみ　し　とおもへとかち取　はいさゝかことゝもおもひ
作　又なくいみ　し　と思　へとかちとりはいさゝかことゝもおもひ
天　又なくいみ　し　とおもへとかちとりはいさゝかことゝもおもひ
東　又なくいみ　し　とおもへとかちとりはいさゝかことゝもおもひ
原　又なくいみ【し［ち］】とおもへとかちとりはいさゝかことゝもおもひ

静十　たらぬ　さまにてほをとりおろしろともをしたてゝ▼（41オ）
作　たらぬ　さまにてほをとりおろしろともおしたてゝ
天　たらぬ　さまにてほをとりおろしろともおしたてゝ
東　たらぬ［に］さまにてほをとりおろしろともをしたてゝ
原　たらぬ　さまにてほをとりおろしろともおしたてゝ

静一　とかくさはくを見るなんたのもしかりけるけにことな
作　とかくさわくを見るなんたのもしかりけるけにことな
天　とかくさわくを見るなんたのもしかりけりけさことな
東　とかくさわくを見るなんたのもしかりけるけにことな
原　とかくさわくを見るなむたのもしかりけるけにことな

静二　くみきはに舟　こき入てつなきけれはたれも〳〵今
作　くみきはにふ　ね　こき入てつなきけれはたれも〳〵今
天　くみきはにふ　ね　こき入てつなきけれはたれも〳〵今
東　くみきはにふ【ね［事］】こき入てつなきけれはたれも〳〵今
原　くみきはにふ　ね　こき入てつなきけれはたれも〳〵今

静三　そいき出　ける心　ちしけるおなし風にて三四日もすく
作　そいきいて　けるこゝちしけるおなし風にて三四日もすく
天　そいきいて▼ける心　ちしけるおなし風にて三四日もすく（37ウ）
東　そいきいて　ける心　ちしけるおなし風にて三四日もすく
原　そいきいて　ける心　ちしけるおなし風にて三四日もすく

静四　れは所せきふねのうちくるしとてや　とり　取出　てゆ
作　れは所せきふねのうちくるしとてや　とり　取いてゝゆ
天　れは所せきふねのうちくるしとてや　とり　取いてゝゆ
東　れは所せきふねのうちくるしとてや　とり　取いて【て】ゆ
原　れは所せきふねのうちくるしとてや▼とり【〇取】いてゝゆ（38ウ）

静五　するなとせんとて大二もきたのかたもあかり給へり
作　するなとせんとて大二もきたのかたもあかり給へり
天　するなとせんとて大弐も北　の方　もあかり給へは
東　するなとせんとて大二もきたのかたもあかり給へり
原　するなとせんとて大似も北　のかたもあかり給へり

静六　君をもいさなひ給へといみしかりしさはきにいとゝ
作　君*をもいさなひ給へといみしかりしさわきにいとゝ　［五二］
天　君をもいさなひ給へといみしかりしさわきにいとゝ
東　君をもいさなひ給へといみしかりしさわきにいとゝ
原　君をもいさなへ給へといみしかりしさわきにいとゝ

静七　有かなきかに成給へは今しもかき　みたれてときこ
作　有かなきかに成給へは今しもかき▼みたれてときこ（30オ）
天　有かなきかに成給へは今しもかき　みたれてときこ
東　有かなきかに成給へは今しもかき　みたれてときこ
原　有かなきかに成給へは今しもかき　みたれてときこ

静八　え給ふしゐての給ふをは　くるしとおほしたれはこと
作　え給ふしひての給ふをは　くるしとおほしたれはこと
天　へ給ふしひての給ふをは　くるしとおほしたれはこと
東　へ給ふしひての給ふをは▼くるしとおほしたれはこと（44ウ）
原　え給ふしひての給ふをは　くるしとおほしたれはこと

静九　君たちはかりひきつれ給へりをくれし　とき　ほ　ひあ
作　君たちはかりひきつれ給へりおくれし　とき　ほ　ひあ
天　君達　はかりひきつれ給へりおくれ〈し〈□〉〉とき〈□〈□〉〉ひあ
東　君たちはかりひきつれ給へりおくれし　とき　ほ　ひあ
原　君たちはかりひきつれ給へりおくれし　とき　ほ　ひあ

静十　ら　そ　ひて心　ちよけなるもいとうら山　し□□□□▼（41ウ）
作　ら　そ　ひてこゝちよけなるもいとうらやましゝうそ
天　ら　そ　ひて心　ちよけなるもいとうら山　しじゞうぞ
東　ら　そ　ひて心　ちよけなるもいとうら山　しじゝうそ
原　ら【そ】ひてこゝちよけなるもいとうら山　しじゝうそ

静一　のこりゐるを心　ちもよはくおほゆれはのこりてかたは
作　のこりゐるをこゝちもよわくおほゆれはのこりてかたは
天　のこりゐるを心　ちもよわくおほゆれはのこりてかたは
東　のこりゐるを心　ちもよわくおほゆれはのこりてかたは
原　のこりゐるを心　ちもよわくおほゆれはのこりてかたは

静二　ならんほうくとも、やりすてんと思　ひ成　てせちに
作　ならんほうくとも、やりすてむと思　ひなりてせちに
天　ならんほうぐとも、やりすてんと思　ひ成　てせちに
東　ならんほうくども、やりすてんと思　ひ成　てせちに
原　ならむほうぐとも、やりすてんとおもひ成　てせちに

静三　そゝのかしやり給ひていとくるしきをせめてため
作　そゝのかしやり給ひていとくるしきをせめてため
天　そゝのかしやり給ひていとくるしきをせめてため
東　そゝのかしやり給ひていとくるしきをせめてため
原　そゝのかしやり給ひていとくるしきをせめてため

静四　らひをき出　てちかきてうとよりつれ〳〵なるまゝ
作　らひおき出　てちかきてう度よりつれ〳〵なるまゝ
天　らひおき出▼てちかきてう度よりつれ〳〵なるまゝ（38オ）
東　らひおき出　てちかきてう度よりつれ〴〵なるまゝ
原　らひおき出　て近　きてう度よりつれ〳〵なるまゝ

静五　にはかな　くか　きあつめたるもしほくさとも取　いて

作　にはかな【○くか歟】きあつめたるもしほくさともとりいて

天　にはかな　くか　きあつめたるもしほくさともとり出

東　にはかな【　くか】きあつめたるもしほぐさともとりいて

原　にはかな　く書　あつめたるもしほくさともとり出

静六　給ふにかの御てなる文　の三つ四つ有をこと〳〵よりも

作　給ふにかの御てなるふみの三つ四つ有をこと〳〵よりも

天　給ふにかの御てなるふみの三つ四つ有をこと〳〵よりも

東　給ふにかの御てなるふみの三つ四つ有をこと〳〵よりも

原　給ふにかの御手なるふみの三つ四つ有をこと〳〵よりも

静七　なつかしうてひきあけ給へるにおかしきふしも　あはれ

作　なつかしうてひき明　給へるにをかしきふしも　あはれ

天　なつかしうてひき明　給へるにをかしきふしも　あはれ

東　なつかしうてひき明　給へるにをかしきふしも　あはれ

原　なつかしうてひき明　給へるにをかしきふしも▼あはれ（39オ）

静八　成　ふしもさま〳〵見所おほくかきなし給ふはかゝら

作　なるふしもさま〳〵見所おほくかきなし給ふはかゝら

天　なるふしもさま〳〵見所おほくかきなし給ふはかゝら

東　成　ふしもさま〳〵見所おほくかきなし給ふはかゝら

原　なるふしもさま〳〵見所おほくかきなし給ふはかゝら

静九　ぬ人　たにあはれとみんをまいていかてかあさかるへきせ

作　ぬ人　たにあはれとみんをまいていかてかあさかるへきせ

天　ぬ人　たにあはれとみんをまいていかてかあさかるへきせ

東　ぬ人▼だにあはれとみんをまいていかで　あさかるべきせ（45オ）

原　ぬ人　たにあはれとみむをまいていかてかあさかるへきせ

静十　きあえぬなみたにもしもなかれぬへし其よにかゝる▼（42オ）

作　きあへぬ涙　にもしもなかれぬへし其よにかゝる

天　きあへぬ涙　にもしもなかれぬへし其よにかゝる

東　きあへぬ涙　にもじもなかれぬへし其よにかゝる

原　きあへぬなみたにもしもなかれぬへし其よにかゝる

静一　わかれは　思　ひかけさ　り　き今はうへの御心　ちもよろしか

作　わかれは　おもひかけさ　り　き今はうへの御こゝちもよろしか

天　わかれは　おもひかけさ　り　き今はうへの御心　地もよろしか

東　わかれは　おもひかけざ　り　き今はうへの御心　地もよろしか

原　わかれは［わかれは］おもひかけさ【り［る］】き今はうへの御心　ちもよろしか

静二　らん　おはしやし給ひけん　あたにおはすと人〳〵はきこえし

作　らん　おはしやし給ひけん▼あたにおはすと人ゝ　は聞　えし（30ウ）

天　らん［や］おはしやし給ひけん　あたにおはすと人ゝ　はきこえし

東　らん　おはしやし給ひけん　あだにおはすと人ゝ　はきこえし

原　らむ　おはしやし給ひけむ　あたにおはすと人ゝ　は聞　えし

静三　らすれと心にはさしもおもはすわすれやし給ひけ

作　らすれと心にはさしもおもはすわすれやし給ひけ

天　らすれと心にはさしもおもはすわすれやし給ひけ

東　らすれと心にはさしもおもはずわすれやし給ひけ

原　らすれと心にはさしもおもはすわすれやし給ひけ

静四　むさりともおほしいつる事もあらんと思ひやらる丶はわ

作　んさりともおほしいつる事もあらんと思ひやらる丶はわ

天　んさりともおほしいつる事もあらんと思ひやらる丶は我▼（38ウ）

東　んさりともおぼしいづる事もあらんと思ひやらる丶はわ

原　むさりともおほしいつる事もあらむと思ひやらる丶はわ

静五　か心　のならひにやぬるよなけれはゆめにさへ有しよは

作　か心　のならひにやぬるよなけれはゆめにさへ有しよは

天　こ丶ろのならひにやぬる夜なけれはゆめにさへ有しよは

東　か心　のならひにやぬるよなけれはゆめにさへ有しよは

原　か心　のならひにやぬるよなけれは夢　にさへ有しよは

静六　みす又　なき物　にき丶わたりし御しらへもきかす成にし

作　みすまたなき物　にき丶わたりし御しらへもきかす成にし

天　見すまたなきものにき丶わたりし御しらへもきかす成にし

東　みすまたなき物　にき丶わたりし御しらべもきかず成にし

原　みすまたなき物　にき丶わたりし御しらへもきかす成にし

静七　よなとかす〳〵思　ひつ丶くるに〳〵みきはまされは中〳〵見

作　よなとかす〳〵おもひつ丶くるに〳〵みきはまされは中〳〵見

天　よなとかす〳〵思　ひつ丶くるに〳〵みきはまされは中〳〵見

東　よなどかす〳〵思　ひつゞくるに〳〵みぎはまされは中〳〵見

原　よなとかす〳〵おもひつ丶くるに〳〵みぎはまされは中〻　見

静八　さしてこまかにひきやりてうみにをとしつ丶

作　さしてこまかにひきやりて海　におとしつ丶

天　さしてこまかにひきやりて海　におとしつ丶

東　さしてこまかにひきやりて海　におとしつ丶▼（45ウ）

原　さしてこまかにひきやりて海　におとしつ丶▼（39ウ）

静九　思ひきやかきあつめたることのはをそこのみくつと

作　思ひきやかきあつめたることの葉をそこのみくつと

天　〵思ひきやかきあつめたることの葉をそこの水くつと

東　思ひきやかきあつめたることの葉をそこのみくつと

原　思ひきやかきあつめたることの葉をそこの水くづと

静十　なしてみんとはとてそてを　丶しあて給へるに御心さし▼（42ウ）

作　なしてみむとはとて袖　をかほにおしあて給へるに御心さし

天　なして見んとはとて袖　をかほにおしあて給へるに御心さし

東　なしてみむとはとて袖　をかほにおしあて給へるに御心さし

原　なして見むとはとて袖　をかほにおしあて給へるに御心さし

静一　の山ふきなるもいと丶心　まとひして
作　の山ふきなるもいと丶こ丶ろまとひして
天　の山ふきなるもいと　心　まとひして
東　の山ふきなるもいと丶心　まとひして
原　の山ふきなるもいと丶心　まとひして

静二　こひしともいはれさりけり山ふきの花いろ
作　こひしともいはれさりけり山吹　の花いろ
天　こひしともいはれさりけり山吹　の花いろ
東　こひしともいはれさりけり山吹　の花いろ
原　恋　しともいはれさりけり山吹　の花色

静三　ころも身をしさらねはとなく〱かきつけ給ふ時
作　ころも身をしさらねはとなく〱かきつけ給ふ時
天　ころも身をしさらねはとなく〱かきつけ給ふ時
東　ころも身をしさらねはとなく〱かきつけ給ふ時
原　ころも身をしさらねはとなく〱かきつけ給ふ時

静四　しもみんふのたゆふよりくるまほならねと御有さま
作　しもみんふの大夫　よりくるま*ほならねと御有様　［五三］
天　しもみんふの太夫　よりくるまほならねと御有様
東　【し】もみんふの大夫　よりくるまほならねと御有様
原　しもみんふの大夫　よりくるまほならねと御有様

静五　をみてけれは人〱のなき折をよきひまと思ひて
作　をみてけれは人〻　のなき折をよきひまと思ひて▼（31オ）
天　を見てけれは人〻　のなき折をよきひまと思ひて
東　をみてげれは人〻　のなき折をよきひまと思ひて
原　をみてげれは人〻　のなき折をよきひまと思ひて

静六　けさうする成けり　いと丶かきくれまとふに今そまこと
作　けさうする成けり　いと丶かきくれまとふに今そまこと
天　けさうする成けり▼いと丶かきくれまとふに今そまこと（39オ）
東　けさうする成けり　いと丶かきくれまとふに今そまこと
原　けさうする也けり　いと丶かきくれまとふに今そまこと

静七　にきえはてぬ　へ　きいと丶ひきかつきてまろひのき給ふ
作　に消　はてぬ　へ　きいと丶ひきかつきてまろひのき給ふ
天　に消　はてぬ　へ　きいと丶ひきかつきてまろひのき給ふ
東　に消　はてぬ　へ　きいと〻ひきかつきてまろひのき給ふ
原　に消　はてぬ【〇へ】きいととひきかつきてまろひのき給ふ

静八　を　なとかくいふせき御もてなしそむかしの御かはりに
作　を　なとかくいふせき御もてなしそむかしの御かはりに
天　を　なとかくいふせき御もてなしそむかしの御かはりに
東　を　なとかくいふせき御もてなしそむかしの御かはりに
原　【〇を】なとかくいふせき御もてなしそむかしの御かはりに

静九　おほしなすらへよ　御有さまもてなしにこそはしかはし

作　**おほしなすらへよ　御有さまもてなしにこそはしかはし**

天　おほしなすらへよ　御有さまもてなしにこそはしかはし

東　おほしなすらへよ▼御有さまもてなしにこそはしがはし（46オ）

原　おほしなすらへよ　御有さまもてなしにこそはしがはし

静十　にも　あらさめれふかき心さしのほとはまけ奉らし何▼（43オ）

作　**にも　あらさめれふかき心さしのほとはまけ奉らし何**

天　にも　あらさめれふかき心さしの程　はまけ奉らし何

東　【○にも】あらざめれふかき心さしのほとはまけ奉らし何

原　にも　あらさめれふかき心さしのほとはまけ奉らし何

静一　か　うとみおほすこのくにへ行し女も侍らすや其

作　**か　うとみおほすこの國　へ行し女も侍らすや其**

天　か　うとみおほすこの國　へ行し女も侍らすや其

東　か　うとみおほすこの国　へ行し女も侍らすや其

原　か▼うとみおほすこの国　へ行し女も侍らすや其（40オ）

静二　たくひにもおほしよはりて一こと御こゑをたにきかさ

作　**たくひにもおほしよわりて一こと御聲　をたにきかさ**

天　たくひにもおほしよわりて一こと御聲　をたにきかさ

東　たくひにもおぼしよわりて一こと御声　をたにきかさ

原　たくひにもおほしよわりて一こと御聲　をたにきか

静三　せ給へつれなくかけはなれ給ふともかはかりもらし

作　**せ給へつれなくかけはなれ給ふともかはかりもらし**

天　せ給へつれなくかけはなれ給ふともかはかりもらし

東　せ給へつれなくかけはなれ給ふともかはかりもらし

原　せ給へつれなくかけはなれ給ふともかはかりもらし

静四　そめ侍れははかなき御心にすかされてやむへきにも

作　**そめ侍れははかなき御心にすかされてやむへきにも**

天　そめ侍れははかなき御心にすかされてやむへきにも

東　そめ侍れははかなき御心にすかされてやむへきにも

原　そめ侍れははかなき御心にすかされてやむへきにも

静五　侍らすこのたのもし人にし給ふ人の御おもむけもゆ

作　**侍らすこのたのもし人にし給ふ人の御おもむけもゆ**

天　侍らすこのたのもし人にし給ふ人の御おもむけもゆ

東　侍らすこのたのもし人にし給ふ人の御おもむけもゆ

原　侍らす此　たのもし人にし給ふ人の御おもむけもゆ

静六　るしきこえんとおほし成てこそかく御心ゆかぬ道　にも

作　**るし聞　えんとおほし成てこそかく御心ゆかぬみちにも**

天　るしきこえんとおほし成てこそかく御心ゆかぬ道　にも

東　るしきこえんとおほし成てこそかく御心ゆかぬ道　にも

原　るしきこえむとおほし成てこそかく御心ゆかぬ道　にも

静七　物し給へついにはのかれぬすくせと　おほしよはれ〳〵いはに
作　物し給へつひにはのかれぬすくせと　おほしよわれ〳〵いはに
天　物し給へついにはのかれぬすく世と▼　よはれ〳〵岩　に（39ウ）
東　物し給へついにはのかれぬすくせと　おほしよわれ〳〵いはに
原　物し給へつひにはのかれぬすくせと　おほしよわれ〳〵いはに

静八　もまつはおいすや侍るおかしきうらのけしき　山のたゝ
作　も松　はおひすや侍るをかしきうらのけしき　山のたゝ
天　も松　はおひすや侍るをかしきうらのけしき　山のたゝ
東　も松　はおひすや侍るをかしきうらのけしき▼山のたゝ（46ウ）
原　も松　はおひすや侍るをかしき浦　のけしき　山のたゝ

静九　すまひをも御らんせよゑにかきたらんのみめなれ
作　すまひをも御らんせよ繪にかきたらんのみめなれ
天　すまひ　も御らんせよ絵にかきたらんのみめなれ
東　すまひをも御らんせよ絵にかきたらんのみめなれ
原　すまひをも御覧　せよ繪にかきたらむのみめなれ

静十　給へらんにまことの　けはひになかめくらへ給へ所〳〵をも▼（43ウ）
作　給へらんにまことの▼けはひになかめくらへ給へ所ゝ　をも（31ウ）
天　給へらんにまことの□　になかめくらへ給へ所〳〵をも
東　給へらんにまことの　けはひになかめくらへ給へ所〳〵をも
原　給へらんにまことの　けはひになかめくらへ給へ所ゝ　をも

静一　をしへ奉らんかうのみしつみ給ひてはいとゝかきみたるゝ
作　をしへ奉らんかうのみしつみ給ひてはいとゝかきみたるゝ
天　をしへ奉らんかうのみしつみ給ひてはいとゝかきみたるゝ
東　をしへ奉らんかうのみしつみ給ひてはいとゝかきみたるゝ
原　をしへ奉らむかうのみしつみ給ひてはいとゝかきみたるゝ

静二　物に侍りひたふる心はつかひ侍らしうとましきもの
作　物に侍りひたふる心はつかひ侍らしうとましきもの
天　物に侍りひたふる心はつかひ侍らしうとましきもの
東　物に侍りひたふる心はつかひ侍らしうとましきもの
原　物に侍りひたふる心はつかひ侍らしうとましきもの

静三　にはおほさてうし　ろやすくおほし成ておほすらん
作　にはおほさてうし　ろやすくおほし成ておほすらん
天　にはおほさてうし　ろやすくおほし成ておほすらん
東　にはおほさてうし　ろやすくおほし成ておほすらん
原　にはおほさてうし▼ろやすくおほし成ておほすらん（40ウ）

静四　人の御うへをもかたり給へなにかしかはゝなん中つかさ
作　人の御上　をもかたり給へなにかしかはゝなん中つかさ
天　人の御上　をもかたり給へなにかしかはゝなん中つかさ
東　人の御上　をもかたり給へなにかしかはゝなん中つかさ
原　人の御上　をもかたり給へなにかしか母　なん中つかさ

静五　の宮の御めのとにて物し給ひてしかは其ゆかりにかの
作　の宮の御めのとにて物し給ひてしかは其ゆかりにかの
天　の宮の御めのとにて物し給ひてしかは其ゆかりにかの
東　の宮の御めのとにて物し給ひてしかは其ゆかりにかの
原　の宮の御めのとにて物し給ひてしかは其ゆかりにかの

静六　みやにはしたしくつかうまつり侍る　此御思ひ人なん
作　みやにはしたしくつかうまつり侍る　此御思ひ人なん
天　みやにはしたしくつかうまつり侍る　此御思ひ人なん
東　みやにはしたしくつかうまつり侍る　此御思ひ人なん
原　みやにはしたしくつかうまつり侍【り［る］】　此御思ひ人なむ

静七　いとよき御なからひにてきこえ　かはし給へはをのつから　な
作　いとよき御なからひにてきこえ　かはし給へはおのつから　な
天　いとよき御なからひにてきこへ［し］　かはし給へはおのつから　な
東　いとよき御なからひにてきこえ　かはし給へはおのつか【ら［み］】な
原　いとよき御なからひにてきこえ　かはし給へはおのつから　な

静八　れ奉りてなつかしき　御けはひもいとよくみしりて
作　れ奉りてなつかしき　御けはひもいとよくみしりて
天　れ奉りてなつかしき　御けはひもいとよくみしりて
東　れ奉りてなつかしき▼御けはひもいとよくみしりて（47オ）
原　れ奉りてなつかしき　御けはひもいとよくみしりて

静九　侍るかゝる御中をかけ　はなれ給　ひてなにかしかめな
作　侍るかゝる御中をかけ　はなれ給　ひてなにかしかめな
天　侍るかゝる御中をかけ▼はなれ給　ひてなにかしかめな（40オ）
東　侍るかゝる御中をかけ　はなれ給　ひてなにかしかめな
原　侍りかゝる御中をかけ　はなれたまひてなにかしかめな

静十　ときこえさせんはおもへはかたしけなしやさるはさきの▼（44オ）
作　と聞　えさせんはおもへはかたしけなしやさるはさきの
天　ときこえさせんはおもへはかたしけなしやさるはさきの
東　ときこえさせんはおもへはかたしけなしやさるはさきの
原　と聞　えさせんはおもへはかたしけなしやさるはさきの

静一　よのすくせもをろかならす思ひしられてかつは、か
作　世のすくせもおろかならす思ひしられてかつは　か
天　世のすく世もおろかならす思ひしられてかつは　か
東　世のすくせもおろかならす思ひしられてかつは　か
原　世のすくせもおろかならす思ひしられてかつは　か

静二　なきをのか身も心をこりせらるゝにや此なめけさ
作　なきおのか身も心おこりせらるゝにや此なめけさ
天　なきおのか身も心おこりせらるゝにや此なめけさ
東　なきおのか身も心おこりせらるゝにや此なめけさ
原　なきおのか身も心おごりせらるゝにや此なめけさ

静三　を御らんせさするなとさま〳〵きこえつゝくれとき
作　**を御覧　せさするなとさま〳〵聞　えつゝくれとき**
天　を御らんしさするなとさま〳〵きこえつゝくれとき
東　を御覧　せさするなとさま〳〵きこえつゝくれとき
原　を御覧　せさするなとさまさまきこえつゝくれとき

静四　かれ給ふへくもあらすいとむ　く　つけくわひしくて
作　**かれ給ふへくもあらすいとむ　く　つけくわひしくて**
天　かれ給ふへくもあらすいとむ　く　つけくわひしくて
東　かれ給ふへくもあらすいとむ【く】つけくわひしくて
原　かれ給ふへくもあらすいとむ　く　つけくわひしくて

静五　あせもなみたもなかれ　いつさるはかの思ひかけさりし
作　**あせもなみたもなかれ▼いつさるはかの思ひかけさりし（32オ）**
天　あせもなみたもなかれ　いつさるはかの思ひかけさりし
東　あせもなみたもなかれ　いつさるはかの思ひかけさりし
原　あせもなみたもなかれ　いつさるはかの思ひかけさりし▼（41オ）

静六　秋の夕　はかはかりにやまとひしにくき心かなとみつ
作　**秋のゆふへはかはかりにやまとひしにくき心かなとみつ**
天　秋の夕　はかはかりにやまとひしにくき心かなとみつ
東　秋の夕　はかはかりにやまとひしにくき心哉　とみつ
原　秋の夕　はかはかりにやまとひしにくき心哉　とみつ

静七　からおほししらる此　かす〳〵いひあつむる中にも　かの御
作　**からおほししらる*このかす〳〵いひあつむる中にも　かの御［五四］**
天　からおほししらる此　かす〳〵いひあつむる中にも　かの御
東　からおほししらるこのかす〳〵いひあつむる中にも▼かの御（47ウ）
原　からおほししらるこのかす〳〵いひあつむる中にも　かの御

静八　うへはみゝとゝまりけりなにしゝう［き］をはなちやり
作　**うへはみゝとゝまりけりなにゝ侍従　をはなちやり**
天　うへはみゝとゝまりけりなにゝじ〻う　をはなちやり
東　うへはみみとゝまりけりなに〻侍従　をはなちやり
原　うへは耳　とゝまりけりなにゝ侍従　をはなちやり

静九　つらんとくやしき事さへやるかたなくていよ〳〵かほを
作　**つらむとくやしき事さへやるかたなくていよ〳〵かほを**
天　つらん　くやしき事さへやるかたなくていよ〳〵かほゝ
東　つらむとくやしき事さへやるかたなくていよ〳〵かほを
原　つらむとくやしき事さへやるかたなくていよ〳〵かほを

静十　ひき入てたけき事とはねをのみなき給ふをみき▼（44ウ）
作　**ひき入てたけき事とはねをのみなき給ふを見聞**
天　ひき入てたけき事とはねをのみなき給ふを見き
東　ひき入てたけき事とはねをのみなき給ふを見き
原　ひき入てたけき事とはねをのみなき給ふを見き

静一　こえんとうへの御そかなくりひきしろふほとにそ［あ］

作　えんとうへの御そかなくりひきしらふ程　にそ

天　こえんとうへの御そかなくりひきしろふほとにそ▼（40ウ）

東　こえんとうへの御そかなくりひきしらふ程　にそ

原　こえむとうへの御そかなくりひきしらふ程　にそ

静二　しゝうかへりきたる此人のみるらんをはゝかりきこゆ

作　侍従　かへりきたる此人のみるらんをはゝかりきこゆ

天　侍従　かへりきたる此人のみるらんをはゝかりきこゆ

東　侍従　かへりきたる此人のみるらんをはゝかりきこゆ

原　侍従　帰　り来　る此人のみるらんをはゝかりきこゆ

静三　へきにもあらねとうちつけなるさまをみえんもさす

作　へきにもあらねとうちつけなるさまをみえむもさす

天　へきにもあらねとうちつけなるさまをみえんもさす

東　へきにもあらねとうちつけなるさまをみえむもさす

原　へきにもあらねとうちつけなるさまをみえむもさす

静四　かにまはゆくをこかましくて出　なんとす

作　かにまはゆくをこかましくていてなんとす

天　かにまはゆくをこかましくていてなんとす

東　かにまはゆくをこかましくていてなんとす

原　かにまはゆくをこかましくていてなむとす

静五　見るめかるかたないとひそかはかりにぬるゝはあま

作　見るめかるかたないとひそかはかりにぬるゝはあま

天　見るめかるかたないとひそかはかりにぬるゝはあま

東　見るめかるかたないとひそかはかりにぬるゝはあま

原　見るめかるかたないとひそかはかりにぬるゝはあま

静六　のそてとこそみれなとしたりかほにいひてたち　出る

作　のそてとこそみれなとしたりかほにいひてたち　出る

天　のそてとこそみれなとしたりかほにいひてたち　出る

東　のそてとこそみれなとしたりかほにいひてたち▼出る（48オ）

原　の袖　とこそみれなとしたりかほにいひてたち　出る

静七　にそ此　おもとはさなゝり　と思　ひてこはあなむくつけ

作　にそこの御もとはさなゝり　と思　ひてこはあなむくつけ

天　にそこの御もとはさな　り　と思　ひてこはあなむくつけ

東　にそこの御もとはさな　り　と思　ひてこはあなむくつけ

原　にそこの御もとはさなゝり▼とおもひてこはあなむくつけ（41ウ）

静八　御心　ちあしきあたりにいとゝかきくれておほさんいと

作　御こゝちあしきあたりにいとゝかきくれておほさむいと

天　御心　地あしきあたりにいとゝかきくれておほさんいと

東　御心　ちあしきあたりにいとゝかきくれておほさむいと

原　御心　ちあしきあたりにいとゝかきくれておほさむいと

静九　をしくといふ〳〵入きて見奉れはなき人のやうに　物
作　ほしくといふ〳〵入きて見奉れはなき人のやうに▼物（32ウ）
天　ほしくといふ〳〵入きて見奉れはなき人のよふに　物
東　ほしくといふ〳〵入きて見奉れはなき人のやうに　物
原　ほしくといふ〳〵入きて見奉れはなき人のやうに　物

静十　し給ふ御そひきのけぬれたる御まみのほとひきつ▼（45オ）
作　し給ふ御そひきのけぬれたる御まみのほとひきつ
天　し給ふ御そひきのけぬれたる御まみのほとひきつ
東　し給ふ御そひきのけぬれたる御まみのほとひきつ
原　し給ふ御そひきのけぬれたる御まみのほとひきつ

静一　くろひ御ゆまい　ら　せなとよろつに心　みるに有かなき
作　くろひ御ゆまゐ　ら　せなとよろつに心　みるに有かなき
天　くろひ御ゆまい〈ら（□）〉せなとよろつにこゝろみるに有かなき
東　くろひ御ゆまゐ　ら　せなとよろつに心　みるに有かなき
原　くろひ御ゆ参　ら　せなと萬　に心　みるに有かなき

静二　かにきえ入つゝたのもしけなく見え給　へはおとろき
作　かにきえ入つゝたのもしけなく見え給　へはおとろき
天　かにきへ入つゝたのもしけなく見へ給　へはおとろき
東　かにきえ入つゝたのもしけなく見え給　へはおとろき
原　かにきえ入つゝたのもしけなく見えたまへはおとろき

静三　さはきてきたのかたへ　もつけやりけるにまとひおは
作　さわきてきたのかたへ　もつけやりけるにまとひおは
天　さわきて北　の方　へ▼もつけやりけるにまとひおは（41オ）
東　さわきてきたのかたへ　もつけやりけるにまとひおは
原　さわきて北　のかたへ　もつけやりけるにまとひおは

静四　してみ給ふにまことにつねよりよはく今〳〵とみゆ
作　して見給ふにまことにつねよりよわく今〳〵とみゆ
天　して見給ふにまことにつねよりよわく今〳〵とみゆ
東　して見給ふにまことにつねよりよわく今〳〵とみゆ
原　してみ給ふにまことにつねよりよわく今ゝ　とみゆ

静五　れはいかさまにせんと思　ひなけく大二もよりきて此
作　れはいかさまにせんと思　ひなけく大弐*もよりきて此［五五］
天　れはいかさまにせんと思　ひなけく大弐もよりきて此
東　れはいかさまにせんと思　ひなけく大弐もよりきて此
原　れはいかさまにせんとおもひなけく大弐もよりきて此

静六　御有　さまにてはいかゝはせん御いのりこそ　此かたに　は　たのも
作　御有　さまにてはいかゝはせん御いのりこそ　此かたに　は　たのも
天　御ありさまにてはいかゝはせん御いのりこそ　此かたに　は　たのも
東　御有　さまにてはいかゝはせん御いのりこそ▼此かたに　は　たのも（48ウ）
原　御有　さまにてはいかゝはせん御いのりこそ　此かたに【は［て］】たのも

静七　しき物なれと此　うらに　さるへきけんさもあらしまた

作　**しき物なれと此　浦　に　さるへきけんさもあらしまた**

天　しき物なれとこの浦　に　さるへきげんざもあらしまた

東　しき物なれどこの浦　に　さるへきげんざもあらしまだ［しき］

原　しき物なれとこの浦　に［て］さるへきげむざもあらしまた

静八　京もちかけれはよひにつかはしてんそのくるらんをまた

作　**京もちかけれはよひにつかはしてんそのくるらんをまた**

天　京もちかけれはよひにつかはしてんそのくるらんをまた

東　京もちかければよびにつかはしてんそのくるらんをまた

原　京も近　けれはよひにつかはしてんそのくるらんをまた

静九　むもおほつかなしいかにせんなといひさはく此　風には

作　**むもおほつかなしいかにせんなといひさわくこの風には**

天　んもおほつかなしいかにせんなといひさわくこの風には

東　むもおほつかなしいかにせんなといひさわくこの風には

原　むもおほつかなしいかにせんなといひさわくこの風には

静十　こき　かへさんはいとよか也　あらきほとにも侍らすたゝ▼（45ウ）

作　**こき　かへさんはいとよかりあらき程　にも侍らすたゝ**

天　吹　かへさんはいとよかりあらきほとにも侍らすたゝ

東　こき　帰　らんはいとよかりあらきほとにも侍らすたゞ

原　こき▼帰　さむはいとよかりあらきほとにも侍らすたゝ（42オ）

静一　なにはへかへり給ひてよろしからんとかちとりきこゆれは

作　**なにはへかへり給ひてよろしからむとかちとりきこゆれは**

天　なにはへかへり給ひてよろしからむとかちとりきこゆれは

東　なにはへかへり給ひてよろしからむとかぢとりきこゆれば

原　なにはへ帰　り給ひてよろしからんとかちとりきこゆれは

静二　さらは　さしてんとてこきいつるにあやにく成　事もな

作　**さらは　さしてんとてこきいつるにあやにくなる事もな**

天　さらは　さしてんとてこきいつるにあやにくなる事もな

東　さらば　さしてんとてこきいつるにあやにくなる事もな

原　【〇さらは】さしてむとてこきいつるにあやにくなる事もな

静三　くやかてもとのえにかへりぬ　やとり取　出　て其わたりさ

作　**くやかてもとの江にかへりぬ」やとりとりいてゝ其わたりさ**

天　くやかてもとの江にかへりぬ　やとりえ　いてゝ其わたりさ

東　くやかてもとの江にかへりぬ」やとり取　いてゝ其わたりさ

原　くやかてもとの江にかへりぬ　やとり取　いてゝ其わたりさ

静四　るへき御いのりのそう　こゝかしこよりもとめいてゝかち

作　**るへき御いのりのそう▼こゝかしこよりもとめいてゝかち（33オ）**

天　るへき御いのりの僧　こゝかしこよりもとめいてゝかち

東　るへき御いのりのそう　こゝかしこよりもとめいてゝかぢ

原　るへき御いのりの僧　こゝかしこよりもとめ出　てかち

静五　まいらせさはく　物　けなとにてとみに　取　入　たる御心　ちに
作　まゐらせさわく　物　のけなとにてとみに　とりいれたる御こゝちに
天　まいらせさわく▼もの、けなとにてとみに　とりいれたる御心　ちに（41ウ）
東　まゐらせさわく　物　けなとにてとみに▼とりいれたる御心　ちに（49オ）
原　参　らせさわく　物　けなとにてとみに　とりいれたる御心　ちに

静六　もあらす物きこしめさてひところによはく成給へは何の
作　もあらす物きこしめさて日頃　によわく成給へは何の
天　もあらす物きこしめさて日比　によはく成給へは何の
東　もあらす物きこしめさで日頃　によわく成給へは何の
原　もあらす物きこしめさて日頃　によわく成給へは何の

静七　か　ひ　なし　を　は君つとそひおはしていみしき事かなめ
作　か　ひ　なし　を　は君つとそひおはしていみしき事かなめ
天　か　い　なし　お　は君つとそひおはしていみしき事かなめ
東　か【ひ】なし　お　は君つとそひおはしていみしき事かなめ
原　か　ひ　なし【を［お］】は君つとそひおはしていみしき事かなめ

静八　をたにみあけ給へ舟　心　ちとの給ひしかはよのつねにこ
作　をたに見あけ給へふねこゝちとの給ひしかはよのつねにこ
天　をたに見あけ給へふねこゝちとの給ひしかはよのつねにこ
東　をたに見あけ給へふね心　ちとの給ひしかはよのつねにこ
原　をたに見あげ給へふねこゝちとの給ひしかはよのつねにこ

静九　そ思ひたゆみしにいかてをのれをすてゝ行かんとはおも
作　そ思ひたゆみしにいかておのれをすてゝゆかんとはおも
天　そ思ひたゆみしにいかておのれをすてゝ行かんとはおも
東　そ思ひたゆみしにいかておのれをすてゝ行かんとはおも
原　そ思ひたゆみしにいかておのれをすてゝ行かんとはおも

静十　ひなり給ふそ京にとゝめ奉らす成　にしも大かたにや▼（46オ）
作　ひなり給ふそ京にとゝめ奉らすなりにしも大かたにや
天　ひなり給ふそ京にとゝめ奉らす成　にしも大かたにや
東　ひなり給ふそ京にとゝめ奉らす成　にしも大かたにや
原　ひなり給ふそ京にとゝめ奉らす成　にしも大かたにや

静一　おほすなとたゝなきになきてきこえ給へといらへも
作　おほすなとたゝなきになきて聞　え給へといらへも
天　おほすなとたゝなきになきてきこへ給へといらへも
東　おほすなとたゝなきになきてきこえ給へといらへも
原　おほすなとたゝなきになきて聞　え給へといらへも

静二　えし　給　はすかくして二日といふあけくれにきえはて
作　えし　給　はすか*くして二日といふあけくれにきえはて　[五六]
天　えし　給　はすかくして二日といふあけくれにきへはて
東　えし　給　はすかくして二日といふあけぐれにきえはて
原　えし▼たまはすかくして二日といふあけくれにきえはて（42ウ）

静三　給ひぬきたのかたいみしとまとひ給　事いはんかたなし
作　給ひぬきたのかたいみしとまとひ給ふ事いはんかたなし
天　給ひぬ北　の方　いみしとまとひ給　事いはんかたなし
東　給ひぬきたのかたいみしとまとひ給　事いはんかたなし
原　給ひぬきたのかたいみしとまとひ給ふ事いはむかたなし

静四　むつかしけにもみえすいときよらにらうたけにてたゝ
作　むつかしけにも見えすいときよらにらうたけにてたゝ
天　むつかしけにも見へすいときよらにらうたけにてたゝ
東　むづかしげにも見えすいときよらにらうたげにてたゞ
原　むつかしけにも見えすいときよらにらうたけにてたゝ

静五　ねいりたら　ん人のさましてさゝやかにふし給へるを
作　ねいりたら　む人のさましてさゝやかにふし給へるを
天　ねいりたら　ん人のさましてさゝやかにふし給へるを
東　ねいりたら▼む人のさましてさゝやかにふし給へるを（49ウ）
原　ねいりたら　む人のさましてさゞやかにふし給へるを

静六　みる心　ち　ともあたらしとも中〳〵也　大二もよゝとな
作　みるこゝち　ともあたらしとも中〳〵なり大二もよゝとな
天　みる心　ち▼ともあたらしとも中〳〵なり大弐もよゝとな（42オ）
東　みる心　ち　ともあたらしとも中〳〵也　大弐もよゝとな
原　見る心　ち　ともあたらしとも中〻　也　大弐もよゝとな

静七　きぬみんふのたゆふにいひあはせてむなしきからを取
作　きぬみんふのたゆふにいひあはせてむなしきからをとり
天　きぬみんふのたゆふにいひ合　てむなしきからをとり
東　きぬみんふのたゆふにいひ合　てむなしきからをとり
原　きぬみんふのたゆふにいひ合　せてむなしきからをとり

静八　いつるほと有　かきりなきのゝしる此　人はまして　せきと
作　いつるほとあるかきりなきのゝしるこの人はまして▼せきと（33ウ）
天　いつるほと有　かきりなきのゝしるこの人はまして　せきと
東　いつるほと有　かきりなきのゝしるこの人はまして　せきと
原　出　るほと有　かきりなきのゝしるこの人はまして　せきと

静九　めんかたなくかくなからたにみるよの中のならひもかな
作　めんかたなくかくなからたにみるよの中のならひもかな
天　めんかたなくかくなからたにみ[る]よの中のならひもかな
東　めんかたなくかくなからたにみるよの中のならひもがな
原　めむかたなくかくなからたに[み]るよの中のならひもがな

静十　ともねもひしけておもへり　そのわたりちかきみつの▼（46ウ）
作　ともねもひしけておもへり」*そのわたりちかきみつの　[五七]
天　ともねもひしけておもえり　其　わたりちかきみつの
東　ともねもひしけておもへり」そのわたりちかきみつの
原　ともねもひしけておもへり　そのわたり近　きみつの

静一　てらのほうしかたらひ出てけふりとなし奉るしゝう
作　てらのほうしかたらひ出てけふりとなし奉る侍従
天　てらのほうしか、けて出てけふりとなしける侍従
東　てらのほうしかたりて出てけふりとなし奉る侍従
原　寺　のほうしかたらひ出てけふりとなし奉る侍従

静二　［き］なんいくへき心　ちもせすと有　事にもかゝる事　にも
作　なんいくへきこゝちもせすとある事にもかゝる事　にも
天　なんいくへき心　ちもせすと有　事にもかゝる事　にも
東　なむいくへき心　ちもせすと有　事にもかゝる事　にも
原　なむいくへき心　ちもせすとある事にもかゝることにも

静三　はなれ奉らてならひにしにけふりにもたちをくれ
作　はなれ奉らてならひにしにけふりにもたちおくれ
天　はなれ奉らてならひにしにけふりにも立　おくれ
東　はなれ奉らてならひにしにけふりにもたちおくれ
原　はなれ奉らてならひにしにけふりにもたちおくれ

静四　しとなきこかれて　やかてうみに　まろひ入けるを人〳〵
作　しとなきこかれて　やかて海　に　まろひ入けるを人〳〵
天　しとなきこかれて　やかて海　に　まろひ入けるを人〳〵
東　しとなきこがれて　やかて海　に▼まろひ入けるを人〳〵（50オ）
原　しとなきこがれて▼やかて海　に　まろひ入けるを人〳〵（43オ）

静五　はやく見つけてひきたすけてけりかくまて思ひ入ぬる
作　はやく見つけてひきたすけてけりかくまて思ひ入ぬる
天　はやく見つけてひきたすけてけりかくまて思ひ入ぬる
東　はやく見つけてひきたすけてけりかくまて思ひ入ぬる
原　はやく見つけてひきたすけてけりかくまて思ひ入ぬる

静六　は有かたき事なれとひとりもたる子をうしなひてた
作　は有かたき事なれとひとりもたる子をうしなひてた
天　は有かたき事なれとひとりもたる子をうしなひてた
東　は有かたき事なれとひとりもたる子をうしなひてた
原　は有かたき事なれとひとりもたる子をうしなひてた

静七　にかはかりに　思　ひなるはかたきわさになんまつはわれこそか
作　にかはかりに　思　ひなるはかたきわさになむまつはわれこそか
天　にかはかりに▼おもひなるはかたきわさになんまつはわれこそか（42ウ）
東　にかはかりに　おもひなるはかたきわさになむまづはわれこそか
原　にかはかりに　おもひなるはかたきわさになむまつはわれ□そか

静八　く　有　へき道なれとなき人のためことなるのちのよの
作　く　有　へき道なれとなき人のためことなるのちのよの
天　く　有　へき道なれとなき人のためことなるのちのよの
東　く　有　べき道なれとなき人のためことなるのちのよの
原　く【○有】へき道なれとなき人のためことなるのちの世の

静九　くとくともならさらん物からかへりてつみうへき事と
作　くとくともならさらん物からかへりてつみうへき事と
天　くとくともならさらん　　かへりてつみうへき事と
東　くとくともならさらん物からかへりてつみうべき事と
原　くとくともならさらむ物からかへりてつみうへき事と

静十　思ひかへせはさはひた道　にも思ひなられすなとなく〳〵▼（47オ）
作　思ひかへせはさはひたみちにも思ひなられすなとなく〳〵
天　思ひかへせはさはひたみちにも思ひなられすなとなく〳〵
東　思ひかへせはさはひたみちにも思ひなられすなとなく〳〵
原　おもひかへせはさはひたみちにも思ひなられすなとなく〳〵

静一　いさめ給へはさらはかたちをやつして御はかの宮　つかへを
作　いさめ給へはさらはかたちをやつして御はかのみやつかへを
天　いさめ給へはさらはかたちをやつして御はかのみやつかへを
東　いさめ給へはさらはかたちをやつして御はかのみやづかへを
原　いさめ給へはさらはかたちをやつして御はかのみやつかへを

静二　たにとせちにきこえてあまに成ぬかの御さうそく　て
作　たにとせちに聞　えてあまに成ぬかの御さうそく　て
天　たにとせちにきこえてあまに成ぬかの御さうそく　て
東　だにとせちにきこえてあまに成ぬかの御さうそく▼て（50ウ）
原　たにとせちに聞　えてあまに成ぬかの御さうそく　て

静三　うとやうの物さるへきは　ほとけにくやうしあま君にも
作　うとやうの物さるへきは▼ほとけにくやうしあま君にも（34オ）
天　うとやうの物さるへきは　ほとけにくやうしあま君にも
東　うとやうの物さるへきは　ほとけにくやうしあま君にも
原　うとやうの物さるへきは　ほとけにくやうしあま君にも

静四　給はせ又かうなからよの中をわたるへきかたもねん比　に
作　給はせ又かうなからよの中をわたるへきかたもねん比　に
天　給はせ又かうなからよの中をわたるへきかたもねんころに
東　給はせ又かうながらよの中をわたるへきかたもねん比　に
原　給はせ又かうなからよの中をわたるへきかたもねむころに

静五　思ひやり給ひてはかなく七日も過ぬれはかなしとても
作　思ひやり給ひてはかなく七日も過ぬれはかなしとても
天　思ひやり給ひてはかなく七日も過ぬれはかなしとても
東　思ひやり給ひてはかなく七日も過ぬれはかなしとても
原　思ひやり給ひてはかなく七日も過ぬれはかなしとても

静六　かくて　月日をふへき道　にもあらねは舟こきいたしてく
作　かくて　も月日をふへきみちにもあらねは舩こきいたしてく
天　かくて　月日をふへきみちにもあらねは舩こきいたしてく
東　かくて　月日をふへきみちにもあらねは船こきいたしてく
原　かくて▼月日をふへきみちにもあらねは舩こき出　してく（43ウ）

静七　たり給ふにうつゝともお　ほえすとてきたのかたはなみたの
作　たり給ふにうつゝともお　ほえすとてきたのかたはなみたの
天　たり給ふにうつゝともおもほえすとてきたのかたはなみたの▼（43オ）
東　たり給ふにうつゝともおもほえすとてきたのかたはなみたの
原　たり給ふにうつゝともお　ほえすとて北　のかたはなみたの

静八　いとまなくて　う　　みもふかく成　心　ちし給ふ　はかなうの給
作　いとまなくて【う［み］】みもふかくなるこゝちし給ふ　はかなうの給　ひ
天　いとまなくて　海　　もふかく成　心　地し給ふ　はかなうの給　ひ
東　いとまなくて　う　　みもふかく成　心　ちし給ふ」はかなうの給【ひ】
原　いとまなくて　海　　もふかくなる心　ちし給ふ　はかなうの給　ひ

静九　いつる一こともなつかしう物し給ひし物　をとむすめ　と
作　いつる一言　もなつかしう物し給ひしものをとむすめ　と
天　出　る一言　もなつかしう物し給ひし物　をとむすめ〈と（も）〉
東　いつる一言　もなつかしう物し給ひし物　をとむすめ　と
原　出　る一言　もなつかしう物し給ひし物　をとむすめ　と

静十　もゝこひきこえけり　まこ　と　やかの有しむくらのやとり▼（47ウ）
作　もゝ戀　聞　えけり」*まこ　と　やかの有しむくらのやとり［五八］
天　もゝ戀　きこえけり　まこ【と】やかの有しむくらの宿　り
東　もゝ戀　きこえけり」まこ　と　やかの有しむくらのやとり
原　もに戀　聞　えけり　まこ　と　やかの有しむくらのやとり

静一　へはたち給へりし又　の日御文　有けりかとさして人け
作　へはたち給へりしまたの日御ふみ有けり門　さして人け
天　へはたち給へりしまたの日御ふみ有けり門　さして人け
東　へはたち給へりしまたの日御ふみ有けり門　さして人げ
原　へは立　給へりし又　の日御ふみ有けり門　さして人け

静二　もみえね　は物まうてやし給ひしさるにてもひとりふた
作　もみえね　は物もうてやし給ひしさるにてもひとりふた
天　も見へね　は物まうてやし給ひしさるにてもひとりふた
東　も見えね▼は物まうてやし給ひしさるにてもひとりふた（51オ）
原　も見えね　は物まうてやし給ひしさるにてもひとりふた

静三　りはとめ給はぬやうはあらしをあやしくも有けるか
作　りはとめ給はぬやうはあらしをあやしくも有けるか
天　りはとめ給はぬやうはあらしをあやしくも有けるか
東　りはとめ給はぬやうはあらしをあやしくも有けるか
原　りはとめ給はぬやうはあらしをあやしくも有けるか

静四　なとこなたかなた見めくらせとかけたにみえねは此　と
作　なとこなたかなた見めくらせとかけたにみえねはこのと
天　なとこなたかなた見めくらせとかけたにみへねはこのと
東　なとこなたかなた見めくらせとかけたにみえねばこのと
原　なとこなたかなた見めくらせとかけたに見えねは此　と

静五　なりによりきてしか〳〵とたつねけれはあるしの女いて
作　**なりによりきてしか〳〵とたつねけれはあるしの女いて**
天　なりによりきてしか〳〵とたつねけれはあるし　女いて
東　なりによりきてしか〳〵とたつねけれはあるしの女いて
原　なりによりきてしかしかとたつねけれはあるしの女いて

静六　きてまつうち　なきていひやるかたなしいと丶心　えす
作　**きてまつ打　なきていひやるかたなしいと丶心　えす**
天　きてまつ打　なきていひやるかたなしいと　こ丶ろえす
東　きてまつ【〇打】なきていひやるかたなしいと〻心　えず
原　きてまつ打　なきていひやるかたなしいと丶心　えす

静七　おもふにきこゆるやう此　あ　な　たに物し給ふひめ君の　御う
作　**思　ふに聞　ゆるやうこのあ　な　たに物し給ふ姫　君の▼御う（34ウ）**
天　おもふにきこゆるやうこのあ【な　[□]】たに物し給ふ姫　君の　御う
東　おもふにきこゆるやうこのあ　な　たに物し給ふ姫　君の　御う
原　おもふにきこゆるやうこのあ　な　たに物し給ふ姫　君の　御う

静八　しろみはきさらき　の　ころほひより大二のきたのかたに
作　**しろみはきさらき　の　ころほひより大弐のきたの方　に**
天　しろみはきさらき　の　ころほひより大弐の北　方　に
東　しろみはきさらき【の】ころほひより大弐の北　の方　に
原　しろみはきさらき　の　ころほひより大弐の北　のかたに

静九　なりてちかきほとに　つくしへ物せん　といてたち給ふを
作　**なりてちかき程　に　つくしへ物せん　といてたち給ふを**
天　なりてちかき程　に　つくしへ物せん▼といてたち給ふを（43ウ）
東　なりてちかき程　に　つくしへ物せん　といてたち給ふを
原　なりて近　き程　に▼つくしへ物せん　といて立　給ふを（44オ）

静十　いとかなしうし給ひてなきしつみて物　し給ふとき丶▼（48オ）
作　**いとかなしうし給ひてなきしつみてものし給ふとき丶**
天　いとかなしう見給ひてなきしつみてものし給ふとき丶
東　いとかなしうし給ひてなきしつみてものし給ふとき丶
原　いとかなしうし給ひてなきしつみてものし給ふとき丶

静一　給へしかにはかにたえ入せ給ひしかは　あまりいみしと物
作　**給へしかにはかにたえ入せ給ひしかは　あまりいみしと物**
天　給へしかにはかにたへ入せ給ひしかは　あまりいみしと物
東　給へしかにはかにたえ入せ給ひしかは▼あまりいみしと物（51ウ）
原　給へしかにはかにたえ入せ給ひしかは　あまりいみしと物

静二　をおほしたるにこそさりともいたつらにはならせ給はしと
作　**をおほしたるにこそさりともいたつらにはならせ給はしと**
天　をおほしたるにこそさりともいたつらにはならせ給はしと
東　をおほしたるにこそさりともいたつらにはならせ給はしと
原　をおほしたるにこそさりともいたつらにはならせ給はしと

静三　思ひあつかひ給けるにかはかりにかきりける御命にや
作　思ひあつかひ給けるにかはかりにかきりける御命にや
天　思ひあつかひ給けるにかはかりにかきりける御命にや
東　思ひあつかひ給けるにかはかりにかきりける御命にや
原　思ひあつかひ給けるにかはかりにかきりけ□御命にや

静四　けに其まゝにてたえはて給ひぬれはたれも〱いは
作　けに其まゝにてたえはて給ひぬれは誰　も〱いは
天　けに其まゝにてたえはて給ひぬれは誰　も〱いは
東　けに其まゝにてたえはて給ひぬれは誰　も〱いは
原　けに其まゝにてたえはて給ひぬれは誰　も〱いは

静五　むかたなく思ひなけき給へしむかし物かたりにこそか
作　むかたなく思ひなけき給へしむかし物かたりにこそか
天　むかたなく思ひなけき給へしむかし物かたりにこそか
東　むかたなく思ひなけき給へしむかし物かたりにこそか
原　むかたなく思ひなけき給へしむかし物かたりにこそか

静六　かる事はきゝつ【た】ふる事に侍るをめにちかくもみ給へ
作　ゝる事はきゝつ【た】ふる事に侍るをめにちかくも見給へ
天　ゝる事はきゝつ　た　ふる事に侍るをめにちかくも見給へ
東　かる事はきゝつ　た　ふる事に侍るをめにちかくもみ給へ
原　ゝる事は聞　つ　た　ふる事に侍るをめに近　くも見給へ

静七　しかなとてまか〱しう打なきぬ有　へき事　ともお
作　しかなとてまか〱しう打なきぬある*へきことゝも思【五】
天　し哉　とてまか〱しう打なきぬ有　へきことゝも思
東　し哉　とてまか〱しう打なきぬ有　へきことゝも思
原　し哉　とてまか〱しう打なきぬ有　へきことゝもお

静八　もひかけねとなけのあはれをつくり出んに其人にち
作　ひかけねとなけの哀　をつくり出むに其人にち
天　ひかけぬとなけの哀　をつくり出むに其人にち
東　もひかけねとなけの哀　をつくり出むに其人にち
原　もひかけねとなげの哀　をつくり出むに其人に近

静九　かきゆかりにてたにかうまてなみたのをちぬへきに
作　かきゆかりにてたにかうまてなみたのおちぬへきに
天　かきゆかりにてたにかうまてなみたのおちぬへきに
東　かきゆかりにてだにかうまてなみたのおちぬへきに
原　きゆかりにてたにかうまてなみたのおちぬへきに

静十　もあらぬを　ましてよそにきく　らん　あたりをかはかり見▼（48ウ）
作　もあらぬを　ましてよそにきく　らん　あたりをかはかり見
天　もあらぬに▼ましてよそにきく【らん〈らん（こん）〉】あたりをかはかり見（44オ）
東　もあらぬを　ましてよそにきく　らん　あたりをかはかり見
原　もあらぬを　ましてよそに聞　らむ　あたりをかはかり見

静一　ゆるは　うきたる事にはあらしと思ひたとられていと
作　**ゆるは　うきたる事にはあらしと思ひたとられていと**
天　ゆるは　うきたる事に　あらしと思ひたとられていと
東　ゆるは▼うきたる事にはあらしと思ひたとられていと（52オ）
原　ゆるは　うきたる事にはあらしと思ひたとられていと

静二　こそあやしきわさに　は　侍れいかてかくなんとは　つけ
作　**こそあやしきわさに　は　侍れいかてかくなむとは▼つけ（35オ）**
天　こそあやしきわさに　は　侍れいかてかくなんとは　つけ
東　こそあやしきわさに【は】侍れいかてかくなむとは　つけ
原　こそあやしきわさに　は　侍れいかてかくなむとは　つげ

静三　給はさりし御からはいかゝし給ひてしと　とふ御なやみ
作　**給はさりし御からはいかゝし給ひてしと　とふ御なやみ**
天　給はさりし御からはいかゝし給ひてしと　とふ御なやみ
東　給はさりし御からはいかゞし給ひてしと　とふ御なやみ
原　給はさりし御からはいかゝし給ひてしと▼とふ御なやみ（44ウ）

静四　のわたりへきこえさせても今はかひなき物からかつは
作　**のわたりへ聞　えさせても今はかひなき物からかつは**
天　のわたりへきこえさせても今はかひなき物からかつは
東　のわたりへきこえさせても今はかひなき物からかつは
原　のわたりへ聞　えさせても今はかひなき物からかつは

静五　まことしうおほ　　すへき御中にもあらすかすならさらん
作　**まことしうおほ　　すへき御中にもあらすかすならさらん**
天　まことしうおほ［く］すへき御中にもあらすかすならさらむ
東　まことしうおほ　　すへき御中にもあらすかすならさらむ
原　まことしうおほ　　すへき御中にもあらす数　ならさらむ

静六　身のなにかはとてやかて其日しのひてけふりになし
作　**身のなにかはとてやかて其よしのひてけふりになし**
天　身のなにかはとてやかて其夜しのひてけふりになし
東　身のなにかはとてやかて其よしのひてけふりになし
原　身のなにかはとてやかて其よしのひてけふりになし

静七　奉り給ふ御しるしさへこゝにのこし給はぬはつくしにと
作　**奉り給ふ御しるしさへこゝにのこし給はぬはつくしにと**
天　奉り給ふ御しるしさへこゝにのこし給はぬはつくしにと
東　奉り給ふ御しるしさへこゝにのこし給はぬはつくしにと
原　奉り給ふ御しるしさへこゝにのこし給はぬはつくしにと

静八　思　ひ給へる成へしかのいまのとのにはあすあさてのほ
作　**思　ひ給へる成へしかのいまのとのにはあすあさてのほ**
天　思　ひ給へる成へしかのいまのとのにはあすあさてのほ
東　思　ひ給へる成へしかのいまのとのにはあすあさてのほ
原　おもひ給へる成へしかの今　のとのにはあすあさてのほ

静九　とにかとてし給ふへきときこえ給へはかゝる　け　からひいみ給
作　**とにかとてし給ふへきと聞　え給へはかゝる　け　からひいみ給ひ**
天　とにかとてし給ふへきときこえ給へはかゝる　け　からひいみ給
東　とにかとてし給ふへきときこえ給へはかゝる【け［此］】がらひいみ給
原　とにかとてし給ふへきと聞　え給へはかゝる　け　がらひいみ給

静十　ぬへきをりなれはあなたさま　にもふかうかくしきこ▼（49オ）
作　**ぬへきをりなれはあなたさま　にもふかうかくし聞**
天　ぬへきをりなれはあなたさま▼にもふかうかくしきこ（44ウ）
東　ぬへきをりなればあなたさま▼にもふかうかくしきこ（52ウ）
原　ぬへきをりなれはあなたさま　にもふかうかくし聞

静一　え給ひしなとつき〱しくきこえなすさらはかく
作　**え給ひしなとつき〱しく聞　えなすさらはかく**
天　へ給ひしなとつき〱しくきこへなすさらはかく
東　え給ひしなとつぎ〱しくきこえなすさらはかく
原　え給へしなとつき〱しく聞　えなすさらはかく

静二　こそ申さめとてかへりぬまいりて有さまくはしくき
作　**こそ申さめとてかへりぬ*まゐりて有さまくはしく聞**　［六〇］
天　こそ申さめとてかへりぬまいりて有さまくわしくき
東　こそ申さめとてかへりぬまゐりて有さまくはしくき
原　こそ申さめとてかへりぬ参　りて有さまくはしく聞

静三　こえさすれはたとへさる事あらんにつけてもつかひのき
作　**えさすれはたとへさる事あらんにつけてもつかひのき**
天　こへさすれはたとへさる事あらんにつけてもつかひのき
東　こえさすれはたとへさる事あらんにつけてもつかひのき
原　えさすれはたとへさる事あらむにつけてもつかひのき

静四　たらんにかくきこえよときこえをく文なとはのこすへき
作　**たらんにかく聞　えよと聞　えおく文なとはのこすへき**
天　たらんにかくきこえよと聞　えおく文なとはのこすへき
東　たらんにかくきこえよと聞　えおく文なとはのこすへき
原　たらむにかくきこえよと聞　えおく文なとはのこすへき

静五　をとの給ふそれなんたつね侍りしにかの御うしろみはす
作　**をとの給ふそれなんたつね侍りしにかの御うしろみはす**
天　をとの給ふそれなんたつね侍りしにかの御うしろみはす
東　をとの給ふそれなんたつね侍りしにかの御うしろみはす
原　をとの給ふそれなむたつね侍りしにかの御うしろみはす

静六　こしなを〱しき人にてをのれをしたひてかく成
作　**こしなほ〱しき人にておのれをしたひてかくなり**
天　こしなほ〱しき人にておのれをしたひてかく成
東　こしなほ〱しき人にておのれをしたひてかく成
原　こしなほ〱しき人にておのれをしたひてかく成

静七　給ひぬるをいとおしか　なしともふかく思ひたらて　行

作　給ひぬるをいとほしか　なしともふかく思ひたらて▼行（35ウ）

天　給ひぬるをいとほしか　なしともふかく思ひたらて　行

東　給ひぬるをいとほしか　なしともふかく思ひたらで　行

原　給ひぬるをいとほしか▼なしともふかく思ひたらて　行（45オ）

静八　道に　のみ心をやりてあはたゝしくいそきたち給ひ

作　道に　のみ心をやりてあわたゝしくいそきたち給ひ

天　道に　のみ心をやりてあはたゝしくいそきたち給ひ

東　道【に】のみ心をやりてあはたゞしくいそきたち給ひ

原　道に　のみ心をやりてあわたゝしくいそき立　給ひ

静九　しかはさやうのかたはよも思　ひより給はしとこそきこえ

作　しかはさやうのかたはよもおもひより給はしとこそ聞　え

天　しかはさやうのかたはよも思　ひより給はしとこそきこへ

東　しかはさやうのかたはよも思　ひより給はしとこそきこえ

原　しかはさやうのかたはよも思　ひ□り給はしとこそ聞　え

静十　侍りつれと　申にまこと　に　やとおほしよるもゆめの心▼（49ウ）

作　侍りつれと　申にまこと【に】やとおほしよるもゆめのこゝ

天　侍りつれと　申にまこと　　やとおほしよるもゆめのこゝ

東　侍りつれと▼申にまこと　に　やとおほしよるもゆめのこゝ（53オ）

原　侍りつれと　申にまこと　に　やとおほしよるもゆめのこゝ

静一　ちそする大二と　きけは其　子のたゆふなとやゐてか

作　ちそする大弐と　きけはその子のたゆふなとやゐてか

天　ちそする大弐と▼きけはその子のたゆふなとやゐてか（45オ）

東　ちそする大弐と　きけはその子のたゆふなどやゐてか

原　ちそする大弐と　きけはその子のたゆふなとやゐてか

静二　くしつらんけさうしよらんにかたかるへきすまひかは

作　くしつらんけさうしよらむにかたかるへき住　ひかは

天　くしつらんけさうしよらむにかたかるへき住　ゐかは

東　くしつらんけさうしよらむにかたかるへき住　ゐかは

原　くしつらむけさうしよらむにかたかるへき住　ゐかは

静三　みつからの本上はたやはらかになつかしうてつよき所は

作　みつからの本上はたやはらかになつかしうてつよき所は

天　みつからの本上はたやわらかになつかしうてつよき所は

東　みつからの本上はたやわらかになつかしうてつよき所は

原　みつからの本上はたやわらかになつかしうてつよき所は

静四　なかりきかしいかに思ひかけられてはふれ行けんあは

作　なかりきかしいかに思ひかけられてはふれ行けんあは

天　なかりきかしいかに思ひかけられてはふれ行けんあは

東　なかりきかしいかに思ひかけられてはふれ行けんあは

原　なかりきかしいかに思ひかけられてはふれ行けむあは

静五　れと思ひしかはさりともわれをわするゝにはあらぬ
作　れと思ひしかはさりともわれをわするゝにはあらぬ
天　れと思ひしかはさりともわれをわするゝにはあらぬ
東　れと思ひしかはさりともわれをわするゝにはあらぬ
原　れと思ひしかはさりともわれをわするゝにはあらぬ

静六　物から心の外にこそゐてゆかれつらめとまたうたかは
作　物から心の外にこそゐてゆかれつらめとまたうたかは
天　物から心の外にこそゐてゆかれつらめとまたうたかは
東　物から心の外にこそゐてゆかれつらめとまたうたかは
原　物から心の外にこそゐてゆかれつら□とまたうたかは

静七　しきかたはそひぬれとかう［〱］さた〱ときゝ給ふには
作　しきかたはそひぬれとかう　さた〱ときゝ給ふには
天　しきかたはそひぬれとかう　さた〱ときゝ給ふには
東　しきかたはそひぬれとかう　さた〱ときゝ給ふには
原　しきかたはそひぬれとかう　さだ〱ときゝ給ふには

静八　あた成　命をたのみうたかひ給ふへきにもあらねは又う
作　あたなる命をたのみうたかひ給ふへきにもあらねは又う
天　あたなる命をたのみうたかひ給ふへきにもあらねは又う
東　あた成　命をたのみうたかひ給ふへきにもあらねは又う
原　あだ成　命をたのみうたかひ給ふへきにもあらねは又う

静九　ちかへしなき道　におほしよはる　にいみしうかなしもと
作　ちかへしなきみちにおほしよわる　にいみしうかなしもと*　［六二］
天　ちかへしなきみちにおほしよはる　にいみしうかなしもと
東　ちかへしなきみちにおほしよはる▼にいみしうかなしもと（53ウ）
原　ちかへしなきみちにおほしよわる　にいみしうかなしもと

静十　よりまことしう思ふへき人に　はあらぬ物　からなを心より▼（50オ）
作　よりまことしう思ふへき人に　はあらぬものからなほ心より
天　よりまことしう思ふへき人に　はあらぬ物　からなほ心より
東　よりまことしう思ふへき人に　はあらぬ物　からなほ心より
原　よりまことしう思ふへき人に▼はあらぬ物　からなほ心より（45ウ）

静一　外にかくてあらんほとの　なくさめにはます事　なくこそ
作　外にかくてあらんほとの　なくさめにはます事　なくこそ
天　外にかくてあらんほとの▼なくさめにはますことなくこそ（45ウ）
東　外にかくてあらんほとの　なくさめにはます事　なくこそ
原　外にかくてあらんほとの　なくさめにはます事　なくこそ

静二　あはれ成　しかこゝにしのひて　わたしてましをさり
作　哀　なりしかこゝにしのひて▼わたしてましをさり（36オ）
天　哀　成　しかこゝにしのひて　わたしてましをさり
東　哀　成　しかこゝにしのひて　わたしてましをさり
原　哀　なりしかこゝにしのひて　わたしてましをさり

静三　とてそのほとにかきりたらん命のはかなさはかなら
作　とてその程　にかきりたらん命のはかなさはかなら
天　とて其　ほとにかき　たらむ命のはかなさはかなら
東　とてそのほとにかきりたらむ命のはかなさはかなら
原　とてその程　にかきりたらん命のはかなさはかなら

静四　すそれによるへきならねと目のまへのわかれはかなしさ
作　すそれによるへきならねと目のまへのわかれはかなしさ
天　すそれによるへきならねと目のまへのわかれはかなしさ
東　すそれによるへきならねと目のまへのわかれはかなしさ
原　すそれによるへきならねと目の前　のわかれはかなしさ

静五　の一すちこそあらめかつおほつかなきなけきまてはそへさ
作　の一すちこそあらめかつおほつかなきなけきまてはそへさ
天　の一すしこそあらめかつおほつかなきなけきまてはそへさ
東　の一すぢこそあらめかつおほつかなきなけきまてはそへさ
原　の一すちこそあら[め]かつおほつかなきなけきまてはそへさ

静六　らましをと取　あつめおほしつゝくるにらうたかりし
作　らましをととりあつめおほしつゝくるにらうたかりし
天　らましをとゝりあつめおほしつゝくるにらうたかりし
東　らましをととりあつめおほしつゝくるにらうたかりし
原　らましをととりあつめおほしつゝくるにらうたかりし

静七　つらつきなつかしかりしけはひはたゝ打　むかひたるこゝ
作　つらつきなつかしかりしけはひはたゝ打　むかひたるこゝ
天　つらつきなつかしかりしけはひはたゝうちむかひたるこゝ
東　つらつきなつか　　りしけはひはたゝ打　むかひたるここ
原　つらつきなつかしかりしけはひはたゝ打　むかひたる心

静八　ちし給ふにやかて御なみたのみもよほすつまに　そ有
作　ちし給ふにやかて御なみたのみもよほすつまに　そ有
天　ちし給ふにやかて御なみたのみもよほすつまに　そ有
東　ちし給ふにやかて御なみたのみもよほすつまに▼そ有（54オ）
原　ちし給ふにやかて御なみたのみもよほすつまに　そ有

静九　ける　御心　ち　のすこしよろしくおほさるゝころなれは
作　ける」*御こゝち　のすこしよろしくおほさるゝ頃　なれは　[空二]
天　ける　御心　ち　のすこしよろしくおほさるゝ頃　なれは
東　ける」御心【ち】のすこしよろしくおほさるゝ比　なれは
原　ける　御心　ち　のすこしよろしくおほさるゝ頃　なれは

静十　れいのわか御かたにてなかめ給ふに〳〵そらにしられぬ雪▼（50ウ）
作　れいのわか御かたにてなかめ玉ふに〳〵そらにしられぬ雪
天　れいのわか御かたにてなかめ給ふに〳〵空　にしられぬ雪
東　れいのわか御かたにてなかめ給ふに〳〵そらにしられぬ雪
原　れいのわか御かたにてなかめ給ふに〳〵そらにしられぬ雪

静一　とふり行　にはのけしきにもいつれかさきにとまつおほ
作　とふりゆく庭　のけしきにもいつれかさきにとまつおほ
天　とふり行　庭　のけしき　もいつれかさきにとまつおほ
東　とふり行　庭　のけしきにもいつれかさきにとまつおほ
原　とふり行　庭　のけしきにもいつれかさきにとまつおほ

静二　さるゝになをうつろはん　といひこし　日のみしさき〱
作　さるゝに猶　うつろはん　といひこし　日のみしさき〱
天　さるゝに猶　うつろはん　といひこし▼日のみしさき〱（46オ）
東　さるゝに猶　うつろはん　といひ　し　日のみしさき〱
原　さるゝに猶　うつろはむ▼といひ　し　日の見しさき〱（46オ）

静三　よりもあはれに心とゝめしはさはそれかかきり成けりな
作　よりもあはれに心とゝめしはさはそれかかきり成けりな
天　よりも哀　　に心とゝめしはさはそれかゝきり成けりな
東　よりもあはれに心とゞめしはさはそれかかきり成けりな
原　よりも[あ]はれに心とゝめしはさはそれかかきり成けりな

静四　をたちかへりきこえてたにけしきもみるへかりきを
作　ほたちかへり聞　えてたにけしきも見るへかりきを
天　ほ立　かへりきこへてたにけしきも見るへかりきを
東　ほたちかへりきこえてたにけしきも見るへかりきを
原　ほたちかへり聞　えてたにけしきも見るへかりきを

静五　とそれさへかへす〱くやし
作　とそれさへかへす〱くやし
天　とそれさへかへす〱くやし
東　とそれさへかへす〱くやし
原　とそれさへかへす〱くやし

静六　われもさこそをしみし物　をさくら花　なと
作　われもさこそをしみし物　をさくら花　なと
天　われもさこそをしみしものをさくら花　なと
東　われもさこそをしみし物　をさくらばな【○なと】
原　われもさこそをしみし物　をさくらはな　なと

静七　もろともにちらす成けん　日は入　はてぬれとひかりは
作　もろともにちらす成けむ▼日はいりはてぬれとひか□は（36ウ）
天　もろともにちらす成けん　日はいりはてぬれとひかりは
東　もろともにちらす成けん　日はいりはてぬれとひかりは
原　もろともにちらす成けむ　日は入　はてぬれとひかりは

静八　なをのこれるにうすきはみたるくものたなひきた
作　なほのこれるにうすきはみたるくものたなひきた
天　なほのこれるにうすきはみたるくものたなひきた
東　なほのこれるにうすきばみたるくものたなひきた
原　なほのこれるにうす黄はみたる雲　の棚　引　た

静九　る　そらはあはれ成　事　にいひをきしを物思ふことになか
作　**る　そらは哀　なることにいひおきしを物思ふことになか**
天　る　そらは哀　なることにいひおきしを物思ふことになか
東　る▼そらは哀　なることにいひおきしを物思ふことになか（54ウ）
原　る　空　は哀　なる事　にいひおきしを物思ふことになか

静十　められ給ふ御心にはまして大かたならさらんや▼（51オ）
作　**められ給ふ御心にはまして大かたならさらんや**
天　められ給ふ御心にはまして大かたならさらんや
東　められ給ふ御心にはまして大かたならさらんや
原　められ給ふ御心にはまして大かたならさらむや

静一　今はたゝむなしきそらをあふきつゝたなひく
作　**今はたゝむなしきそらをあふきつゝたなひく**
天　今はたゝむなしきそらをあふきつゝたなひく
東　今はたゝむなしきそらをあふきつゝたなひく
原　今はたゝむなしき空　をあふきつゝたなひく

静二　くもをかたみとや見んなにゝつけてもまきらはし
作　**雲　をかたみとやみむなにゝ*つけてもまきらはし**　[六三]
天　雲　をかたみとや見んなにゝつけてもまきらはし
東　雲　をかたみとや見むなにゝつけてもまきらはし
原　雲　をかたみとや見む何　につけてもまきらはし

静三　かたきに有　あけの月もやう〳〵　たか　くさし出たり
作　**かたきに有　あけの月もやう〳〵たか　くさし出たり**
天　かたきにあり明　の月もやう〳〵たか　くさし出たり▼（46ウ）
東　かたきに有　あけの月もやう【〳〵】たか　くさし出たり
原　かたきに有　明　の月もやう　〳〵　た【か〈□〉】くさし出たり▼（46ウ）

静四　かはかりはなくさめかねしさらしなやをはすて
作　**かはかりはなくさめかねしさらしなやをはすて**
天　かはかりはなくさめかねしさらしなやおはすて
東　かはかりはなくさめかねしさらしなやおはすて
原　□はかりはなくさめかねしさらしなやをはすて

静五　山の月には有　ともおもへはいとよしかし入かたき道　の
作　**山の月にはありともおもへはいとよしかし入かたきみちの**
天　山の月には有　ともおもへは　よしかし入かたきみちの
東　山の月には有　ともおもへはいとよしかし入かたきみちの
原　山の月には有　ともおもへはいとよしかし入かたき道　の

静六　しるへにはなを此　なけきのしけきこそたつきにはならめ
作　**しるへにはなほこのなけきのしけきこそたつきにはならめ**
天　しるへにはなほこのなけきのしけきこそたつきにはならめ
東　しるへにはなほこのなけきのしけきこそたつきにはならめ
原　しるへにはなほ此　なけきのしけきこそたつきにはならめ

静七　とい と　、　このよをかりそめにおほしならる、には中〱
作　とい と　ゝ　このよをかりそめにおほしならるゝには中〱
天　とい と　、　このよをかりそめにおほしならる、には中〱
東　とい と【○と】このよをかりそめにおほしならる、には中〱
原　とい と　、　此　世をかりそめにおほしならる、には中〻

静八　うれしきちきり成しをあひみしはしめ　つかたほたし
作　うれしきちきり成しをあひ見しはしめ　つかたほたし
天　うれしき契　成しをあひみしはしめ　つかたほたし
東　うれしきちきり成しをあひみしはじめ▼つかたほたし（55オ）
原　うれしきちきり成しをあひみしはし[め]　つかたほたし

静九　にやなとおほえてなれ行さへいとひて　と　たへかちなり
作　にやなとおほえてなれ行さへいとひて　と　たえかちなり
天　にやなとおほへてなれ行さへいとひて　と　たえかちなり
東　にやなとおほえてなれ行さへいとひて【と】たえかちなり
原　にやなとおほえてなれ行さへいとひて　と　たえかちなり

静十　けんよと又　うちかへしく　や　しきはなをくちをしき心▼（51ウ）
作　けんよとまたうちかへしく　や　しきは猶　くちをしき心
天　けんよとまたうちかへしく〈や（た）〉しきは猶　くちをし　心
東　けんよとまたうちかへしく　や　しきは猶　くちをしき心
原　けんよとまたうちかへしく　や　しきは猶　くちをしきこゝろ

静一　のほと、　みつから思ひしられ給ひて御をこなひをいと
作　のほとゝ▼みつから思ひしられ給ひて御おこなひをいと（37オ）
天　のほとと　みつから思ひしられ給ひて御おこなひをいと
東　のほと、　みづから思ひしられ給ひて御をこなひをいと
原　のほ[と]も　みつから思ひしられ給ひて御おこなひをいと

静二　まめやかにし給ふ　かの人の七日〱のほうしともよかは
作　まめやかにし給ふ」*かの人の七日〱のほうしともよかは［六四］
天　まめやかにし給ふ　かの人の七日〱のほうしともよかは
東　まめやかにし給ふ」かの人の七日〱のほうしともよかは
原　まめやかにし給ふ　かの人の七日〻〻のほうじともよかは

静三　のなにかしのそうつは日比の御とくいなりけれはの給　はせ
作　の何　かしの僧都　は日比の御とくいなりけれはのたまはせ
天　の何　某　の僧都　は日頃の御とくいなりけれはの給　はせ
東　の何　某　の僧都　は日比の御とくいなりけれはの給　はせ
原　の何　某　の僧都　は日頃の御とくいなりけれはの給　はせ

静四　つけてたうとくせさせ給ふ　御心　にもたゝけふ〱と思　ひ
作　つけてたふとくせさせ給ふ　御心　にもたゝけふ〱と思　ひ
天　つけてたうとくせさせ給ふ　みこゝろにもたゝけふ〱とおもひ
東　つけてたうとくせさせ給ふ　御心　にもたゞけふ〱と思　ひ
原　つけてたうとくせさせたまふ御心　にもたゝけふ〱と思　ひ

静五　たち給へと此　御　心　ちを見奉りすてん　事　はいかにも

作　たち給へとこの御　こゝちを見奉りすてん　ことはいかにも

天　たち給へとこの御▼心　ちを見奉りすてん　ことはいかにも（47オ）

東　たち給へとこの御　心　ちを見奉りすてん　ことはいかにも

原　たち給へとこの御　心　ちを見奉り捨　む▼ことはいかにも（47オ）

静六　かたくあはれにかたしけなきかたはまさり給へは行　ゑ

作　かたくあはれにかたしけなきかたはまさり給へはゆくへ

天　かたくあはれにかたしけなきかたはまさり給へは行　ゑ

東　かたくあはれにかたじけなきかたはまさり給へは行　へ

原　かたくあはれにかたしけなきかたはまさり給へは行　へ

静七　なくきかれ奉らん事　は有　ましくかく物思　ふけし　きも

作　なくきかれ奉らんことはあるましくかく物思　ふけし　きも

天　なくきかれ奉らんことはあるましくかく　思　ふけし　きも

東　なくきかれ奉らんことはあるましくかく物思　ふけし▼きも（55ウ）

原　なくきかれ奉らむことはあるましくかく物おもふけし　きも

静八　御らんししらはくるしきかたてにいとをしくおほし

作　御覧　ししらはくるしきかたてにいとほしくおほし

天　御覧　ししらはくるしきかたてにいとほしくおほし

東　御覧　ししらはくるしきかたてにいとほしくおほし

原　御覧　ししらはくるしきかたてにいとほしく

静九　みたれんとそれさへもらし給はねとかくなとさふら

作　みたれむとそれさへもらし給はねとかくなとさふら

天　みたれんとそれさへもらし給はねとかくなとさふら

東　みたれむとそれさへもらし給はねとかくなとさふら

原　みたれむとそれさへもらし給はねとかくなとさふら

静十　ふ人〳〵しのひきこえてけれはいみしうかなしとおほす▼（52オ）

作　ふ人〳〵しのひ聞　えてけれはいみしうかなしとおほす

天　ふ人〳〵しのひきこへてけれはいみしうかなしとおほす

東　ふ人〳〵しのひきこえてけれはいみしうかなしとおほす

原　ふ人〻　しのひ聞　えてけれはいみしうかなしとおほす

静一　すへて何事も心に入らん事は有ましきころしも其

作　すへて何事も心に入らん事は有ましきころしも其

天　すへて何事も心に入らん事は有ましきころしも其

東　すへて何事も心に入らん事は有ましきころしも其

原　すへて何事も心にいらむ事は有ましきころしも其

静二　けしきさへみせすもてけちて　い　つ　となき心　ちの

作　けしきさへ見せすもてけちて【い】　つ　となきこゝちの

天　けしきさへ見せすもてけちて　い　つ　となきこ、ちの

東　けしきさへ見せすもてけちて　い　つ　となき心　ちの

原　けしきさへ見せすもてけちて　い【〇つ】となき心　ちの

静三　むつかしさをあはれに物　し　給ふ　事とかなしうおもひ
原　むつかしさをあはれに物　し　給ふ　事とかなしうおもひ
東　むつかしさをあはれに物　し　給ふ　事とかなしうおもひ
天　むつかしさを哀　に物　し　給ふ　事とかなしうおもひ
作　**むつかしさをあはれにものし【給ふ】事とかなしう思　ひ**

静四　きこえ給ふ事よのつねならすかく見させ給ふよに右の
原　聞　え給ふ事よのつねならすかく見させ給ふよに右の
東　きこえ給ふ事よのつねならすかく見させ給ふよに右の
天　きこえ給ふ事よのつねならすかく見させ給ふよに右の
作　**聞　え給ふ事よの常　ならすかくみさせ給ふよ□右の**

静五　おとゝへわたり給はなん　よろ　しかる　へきうれしと御らん
原　おとゝへわたり給はなむ　よろ　しかる　へきうれしと御覧
東　おとゞへわたり給はなむ　よろ　しかる　へきうれしと御らん
天　おとゝへわたり給はなん【よろ〔□□〕】しかる　へきうれしと御らん
作　**おとゝへわたり給はなん　よろ　しかる▼へきうれしと御らん（37ウ）**

静六　せんにさはやき給ふ事　も　あらんなと中宮中つかさの
原　せむにさはやき給ふことも　あらむなと中宮中つかさの
東　せむにさはやき給ふことも　あらんなと中宮中つかさの
天　せむにさはやき給ふ事　も▼あらんなと中宮中つかさの（47ウ）
作　**せむ[に]さはやき給ふことも　あらんなと中宮中つかさの**

静七　宮　なときこえさせ給ふうへも　さ　お　ほしたれとかゝるほと
原　みやなときこえさせ給ふ上　も　さ【○お】ほしたれ□かゝるほと
東　みやなときこえさせ給ふ上　も▼さ　お　ほしたれとかゝるほと（56オ）
天　みやなときこへさせ給ふ上　も　さ　お　ほしたれとかゝるほと
作　**みやなときこえさせ給ふ上　も　さ　お　ほしたれとかゝるほと**

静八　には有まし　き事　とうるさかり給ふに此人しれぬ御　な
原　には有ましきことゝうるさがり給ふに此人しれぬ御▼な（47ウ）
東　には有ましきことゝうるさかり給ふに此人しれぬ御　な
天　には有ましきことゝうるさかり給ふに此人しれぬ御　な
作　**には有ましきことゝうるさかり給ふに此人しれぬ御　な**

静九　けきさへうちそひたれはいとゝいかにといとをしくて
原　[け]きさへうちそへたれはいとゝいかにといとほしくて
東　けきさへうちそひたれはいとゝいかにといとほしくて
天　けきさへうちそひたれはいとゝいかにといとほしくて
作　**けきさへうちそひたれはいとゝいかにといとほしくて**

静十　この比はうへさへもろともにきゝ入　給はぬをよの中には▼（52ウ）
原　この[頃]はうへさへもろともにきゝ入　給はぬをよの中には
東　この比はうへさへもろともにきゝ入　給はぬをよの中には
天　この比はうへさへもろともにきゝいれ給はぬをよの中には
作　**この比はうへさへもろともにきゝ入　給はぬをよの中には**

静一　ひか〱しきやうにきこゆる人も有へしなを御心　ち
作　ひか〱しきやうに聞　ゆる人も有へし猶*　御こゝち［空］
天　ひか〱しきやうにきこゆる人も有へし猶　御心　ち
東　ひが〱しきやうにきこゆる人も有へし猶　御心　ち
原　ひか〱しきやうにきこゆる人も有へし猶　御心　ち

静二　のたのもしけなくおほえ給ふまゝに御くしおろしたまふ
作　のたのもしけなくおほえ給ふまゝに御くしおろし給　ふ
天　のたのもしけなくおほへ給ふまゝに御くしおろし給　ふ
東　のたのもしけなくおほえ給ふまゝに御ぐしおろしたまふ
原　のたのもしけなくおほえ給ふまゝに御くしおろしたまふ

静三　さるはことのゝかくれ給ひしほとにとおほしたちしかとか
作　さるはことのゝかくれ給ひしほとにとおほしたちしかとか
天　さるはことのゝかくれ給ひしほとに　おほしたちしかとか
東　さるはこどのゝかくれ給ひしほとにとおほしたちしかとか
原　さるは故とのゝかくれ給ひしほとにとおほし立　しかとか

静四　はらぬ御さまにておとゝへ御わたりのほとをもあつかひ
作　はらぬ御さまにておとゝへ御わたりのほとをもあつかひ
天　はらぬ御さまにておとゝへ御わたりのほとをもあつかひ
東　はらぬ御さまにておとゞへ御わたりのほとをもあつかひ
原　はらぬ御さまにておとゞへ御わたりのほとをもあつかひ

静五　御らんせられんはよろしかるへしなとかた〱よりきこえ
作　御覧　せられんはよろしかるへしなとかた〱より聞　え
天　御らんせられんはよろしかるへしなとかた〱よりきこえ
東　御らんせられんはよろしかるへしなとかた〱よりきこえ
原　御覧　せられむはよろしかるへしなとかた〱よりきこえ

静六　給へは今まて過　し給ふてけりよそちに一つ二　つ　あま
作　給へは今まてすこし給うてけりよそちに一つ二　つ　あま
天　給へは今まてすこし給ふてけりよそちに一つ二　つ御あま
東　給へは今まてすごし給ふてげりよそちに一つ二▼つ　あま（56ウ）
原　給へは今まてすごし給ふてげりよそちに一つ二　つ　あま

静七　り給へはまたいとわかうお　かしき御さまなれは有も
作　り給へはまたいとわかうを　かしき御さまなれは有も
天　り給へはまたいとわかうを▼かしき御様　なれは有も（48オ）
東　り給へはまたいとわかうを　かしき御様　なれは有も
原　り給へはまたいとわかうを　かしき御様　なれは有も

静八　〱　かなしとをしみきこゆされといむ事のしるし
作　〱　かなしとをしみきこゆされといむ事のしるし
天　〱もかなしとをしみきこゆされといむ事のしるし
東　〱　かなしとをしみきこゆされといむ事のしるし
原　〱　かなしとをしみきこゆされといむ事のしるし

静九　にやこよなくさはやき給ひてまつりのころはつねの

作　にやこよなくさはやき給ひてまつりの比　はつねの▼（38オ）

天　にやこよなくさはやき給ひてまつりの比　は常　の

東　にやこよなくさはやき給ひてまつりの比　はつねの

原　にやこよなくさはやき給ひてまつりの頃　はつねの

静十　おましにもいて給へは中なこんとのをはしめたれも〳〵▼（53オ）

作　おましにもいて給へは中納言　とのをはしめ誰　も〳〵

天　おましにもいて給へは中納言　とのを初　誰　も〳〵

東　おましにもいて給へは中納言　とのを初　誰　も〳〵

原　おましにも出　給へは中納言　殿　をはしめ誰　も〳〵

静一　うれしう思ひきこえ給ふ今すこし　なこりのこり

作　うれしう思ひ聞　え給ふ今すこし　なこりのこり

天　うれしう思ひきこえ給ふ今すこし　なこりのこり

東　うれしう思ひきこえ給ふ今すこし　なごりのこり

原　う□しう思ひきこえ給ふ今すこし▼なこりのこり（48オ）

静二　たれとかはかりに見え給へは心　もとなきほとにもあらす

作　たれとかはかりにみえ給へはこゝろもとなきほとにもあらす

天　たれとかはかりに見へ給へは心　もとなきほとにもあらす

東　たれとかはかりに見え給へは心　もとなきほどにもあらす

原　たれとかはかりに見え給へは心　もとなきほとにもあらす

静三　とて君はうちへまいり給ふかへさに中つかさの宮　へわた

作　とて君は内　へまゐり給ふか*へさに中つかさのみやへわた　［六六］

天　とて君はうちへまいり給ふかへさに中つかさの宮　へわた

東　とて君は内　へまゐり給ふかへさに中つかさのみやへわた

原　とて君は内　へまゐり給ふかへさに中つかさのみや　へわた

静四　り給へは宮　はうへの御かたにてわか君をもてあそひ

作　り給へはみやはうへの御かたにてわか君をもてあそひ

天　り給へはみやはうへの御かたにてわか君をもてあそひ

東　り給へはみやはうへの御かたにてわか君をもてあそひ

原　り給へは宮　はうへの御かたにてわか君をもてあそひ

静五　ておはしますほと也　けりかくなんと御せうそこきこゆ

作　ておはしますほとなりけりかくなんと御せうそこ聞　ゆ

天　ておはしますほとなりけりかくなんと御せうそこきこゆ

東　ておはしますほとなりけりかくなんと御せうそこきこゆ

原　ておはしますほとなりけりかくなむと御せうそこきこゆ

静六　れはこなたにとてもやのみ　すをろして入奉り給ふ

作　れはこなたにとてもやのみ　すおろして入奉り給ふ

天　れはこなたにとてもやのみ　すおろして入奉り給ふ

東　れはこなたにとてもやのみ▼すおろして入奉り給ふ（57オ）

原　れはこなたにとてもやのみ　すおろして入奉り給ふ

静七　たゝ今　なとは思　ひかけさりしにめつらしき御わたり
作　たゝいまなとは思　ひかけさりしにめつらしき御わたり
天　たゝ今　なと　おもひかけさりしにめつらしき御わたり
東　たゞ今　なとはおもひかけさりしにめつらしき御わたり
原　たゝ今　なとはおもひかけさりしにめつらしき御わたり

静八　かなと御なをしひきつくろひ御しとねまいりそへて
作　かなと御なほしひきつくろひ御しとねまゐりそへて
天　かなと御なほしひきつくろひ御しとねまいりそへて
東　かなと御なほしひきつくろひ御しとねまゐりそへて
原　かなと御なほしひきつくろひ御しとねまゐりそへて

静九　御たいめ有　いかにおはすへきにかとうち〳〵にもなけき
作　御對　面ありいかにおはすへきにかとうち〳〵にもなけき
天　御對　面有▼いかにおはすへきにかとうち〳〵にもなけき（48ウ）
東　御對　面有　いかにおはすへきにかとうち〳〵にもなけき
原　御對　面有　いかにおはすへきにかとうち〳〵にもなけき

静十　給へしにかくたいらかに物　し給ふ事　御心にもをと▼（53ウ）
作　給へしにかくたひらかにものし給ふ事　御心にもおと
天　給へしにかくたひらかにものし給ふ事　御心にもおと
東　給へしにかくたいらかにものし給ふ事　御心にもおと
原　給へしにかくたい[ら]かにものし給ふこと御心にもおと

静一　らすおほしめすなときこえ給ふれいのあつしさにも
作　らすおほしめすなと聞　え給ふ例　のあつしさにも
天　らすおほしめすなときこえ給ふれいのあつしさにも
東　らすおほしめすなときこえ給ふ例　のあつしさにも
原　らすおほしめすなときこえ給ふ例　のあつしさにも

静二　侍らすいとくるしけにみえ侍りしかはたゝ今　かうさは
作　侍らすいとくるしけにみえ侍りしかはたゝいまかうさは
天　侍らすいとくるしけに見へ侍りしかはたゞいまかうさわ
東　侍らすいとくるしけに見え侍りしかはたゞいまかうさわ
原　侍らすいとくるしけに見え侍りしかはたゝ今　かうさわ

静三　やき給ふへくも思ふ給へらさりしにあやしきまて
作　やき給ふへくも思う給へらさりしにあやしきまて
天　やき給ふへくも思ふ給へ　さりしにあやしきまて
東　やき給ふへくも思ふ給へらさりしにあやしきまて
原　□き給ふへくも思ふ給へらさりしにあやしきまて

静四　御心に入きこえ　させ給ふ　御とふらひのをろかならぬちから
作　御心に入きこえ　させ給ふ▼御とふらひのおろかならぬちから（38ウ）
天　御心に入きこへ　させ給ふ　御とふらひのおろかならぬちから
東　御心に入きこえ　させ給ふ　御とふらひのおろかならぬちから
原　御心に入聞　え▼さ□給ふ　御とふらひのおろかならぬちから（48ウ）

静五　にやとよろこひ思ふ給へるなとかしこまりきこえ給ふに

作　にやとよろこひ思う給へるなとかしこまりきこえ給ふに

天　にやとよろこひ思ふ給へるなとかしこまりきこへ給ふに

東　にやとよろこひ思ふ給へるなどかしこまりきこえ給ふに▼（57ウ）

原　にやとよろこひ思ふ給へるなとかしこまり聞　え給ふに

静六　わか君みすをひき丶ていとうつくしき御かほにてさ

作　わか君御すをひき丶ていとうつくしき御かほにてさ

天　わか君御すをひき丶ていとうつくしき御かほにてさ

東　わか君御すをひき丶ていとうつくしき御かほにてさ

原　わか君御すをひき丶ていとうつくしき御かほにてさ

静七　し出　給へるを中なこんの君あふきにてまねき給へは

作　しいて給へるを中納言　の君あふきにてまねき給へは

天　しいて給へるを中納言　の君あふきにてまねき給へは

東　しいて給へるを中納言　の君あふきにてまねき給へは

原　し出　給へるを中納言　の君あふきにてまねき給へは

静八　すか〳〵とあふなくはしりおはしてひさについゐさ

作　すか〳〵とあふなくはしりおはしてひさについゐさ

天　すか〳〵とあふなくはしりおはしてひさについゐさ

東　すか〳〵とあふなくはしりおはしてひさについゐさ

原　すか〳〵とあふなくはしりおはしてひざについゐさ

静九　せ給ふいとらうたくて久しく見奉らさりしほとに

作　せ給ふいとらうたくて久しく見奉らさりしほとに

天　せ給ふいとらうたく　久しく見奉らさりしほとに

東　せ給ふいとらうたくて久しく見奉らさりしほとに

原　せ給ふいとらうたくて久しく見奉らさりしほとに

静十　こよ　なくもをとなひさせ給へるか　ななにかしか子になら▼（54オ）

作　こよ　なくもおとなひさせ給へるか　ななにかしか子になら

天　こよ　なく　おとなひさせ給ふる［か］▼かななにかしか子になら（49オ）

東　こよ　なくもおとなひさせ給へるか　ななにかしが子になら

原　こ【よ［と］】なくもおとなひさせ給へるか　ななにかしか子になら

静一　せ給へらんやさらはいと丶かなしう思ひ奉らんときこえ給

作　せ給へらむやさらはいと丶かなしう思ひ奉らんと聞　え給

天　せ給へらむやさらはいと丶かなしう思ひ奉らんときこえ給

東　せ給へらむやさらばいと丶かなしう思ひ奉らんときこえ給

原　せ給へらむやさらはいと丶かなしう思ひ奉らんと聞　え給

静二　へはうなつき給ふ宮　のおまへとはいつれかおほすとの給へ

作　へはうなつき給ふみやの御まへとはいつれかおほすとの給へ

天　へはうなつき給ふみやの御まへとはいつれかおほすとの給へ

東　へはうなつき給ふみやのおまへとはいつれかおほすとの給へ

原　へはうなつき給ふ宮　のおまへとはいつれかおほすとの給へ

静三　は宮の　　かたをみやりて物しけにためらひゐ給ふをな
作　は宮の　御　かたをみやりて物しけにためらひゐ給ふをな
天　は宮の　御　かたをみやりて物しけにためらひ　給ふをな
東　は宮の【御】かたをみやりて物しけにためらひゐ給ふをな
原　は宮の　御　かたをみやりて物しけにためらひゐ給ふをな

静四　を〳〵ときこえ給へはみゝにうつくしき御くちを　あてゝ
作　ほ〳〵と聞　え給へはみゝにうつくしき御くちを　あてゝ
天　ほ〳〵と　の給へはみゝにうつくしき御くちを　あてゝ
東　ほ〳〵ときこえ給へはみゝにうつくしき御くちを▼あてゝ（58オ）
原　ほ〳〵と聞　え給へは耳　にうつくしき御くちを　あてゝ

静五　をのれを思　ふそ宮　は　むつかりてにくしとさゝめかせ給
作　おのれを思　ふそ宮　は　むつかりてにくしとさゝめかせ給ふ
天　おのれをおもふそみやは　むつかりてにくしとさゝめかせ給ふ
東　おのれをおもふぞみやは［にくしと］むづかりてにくしとさゝめかせ給ふ
原　おのれをおもふそ宮　は　むつかりてにくしとさゝめかせ給

静六　さまのいはけなくおかしきに宮　なに〳〵とてちかく
作　さまのいわけなくをかしきにみやなに〳〵とてちかく
天　さまのいはけなくをかしきに宮　なに〳〵とてちかく
東　さまのいはけなくをかしきに宮　なに〳〵とてちかく
原　さまのいはけなくをかしきに宮▼なに〳〵とて近　く（49オ）

静七　よらせ給へはいとゝくひにかひつき給ひてゐてたちねと
作　よらせ給へはいとゝくひにかいつき給ひてゐてたちねと
天　よらせ給へ　いとゝくひにかひつき給ひてゐて立　ねと
東　よらせ給へはいとゝくひにかひつき給ひてゐてたちねと
原　よらせ給へはいと□くひにかひつき給ひてゐてたちねと

静八　身をもませ給ふにいみしうらうたくおかしくて　いた
作　身をもませ給ふにいみしうらうたくをかしくて▼いた（39オ）
天　身をもませ給ふにいみしうらうたくをかしくて　いた
東　身をもませ給ふにいみしうらうたくをかしくて　いだ
原　身をもませ給ふにいみしうらうたくをかしくて　いた

静九　き奉りてれいのまろうとゐのかたにおはしたれは宮
作　き奉りてれいのまらうとゐのかたにおはしたれは宮
天　き奉りてれいのまらうとゐのかたにおはしたれは宮
東　き奉りてれいのまらうどゐのかたにおはしたれは宮
原　き奉りて例　のまらうとゐのかたにおはしたれは宮

静十　もわたり給ひて御物　かたりこまやか　　きこえおはすにく▼（54ウ）
作　も渡　り給ひて御物　かたりこまやか【に歟】きこえおはすにく
天　も渡　り給ひて御物　かたりこまやか　に　きこへおはすにく
東　も渡　り給ひて御物　かたりこまやか【に歟】きこえおはすにく
原　も渡　り給ひて御ものかたり[こ]まやかに　聞　えおはすにく

静一　れはてぬ御まへのたちはなのいとなつかしううちかほ
作　れはてぬ*おまへのたち花　のいとなつかしう打　かを〔六七〕
天　れはてゝおまへのたち花　のいとなつかしう打　かほ
東　れはてぬおまへのたち花　のいとなつかしう打　かを
原　れはてぬお前　のたちはなのいとなつかしう打　かを

静二　るを　よきてほとゝきすのいつち行らんいそかはしけに
作　るを　よきてほとゝきすのいつち行らんいそか　しけに
天　るを▼よきてほとゝきすのいつち行らんいそか　しけに（49ウ）
東　るを　よきてほとゝきすのいづち行らんいそが　しけに
原　るを　よきてほとゝきすのいつち行らむいそか　しけに

静三　なきすてゝ　過　るも此ころはつねよりあはれにみ　ゝ　とゝ
作　なきすてゝ　すくるも此ころはつねよりあはれにみ　ゝ　とゝ
天　なきすてゝ　すくるも此ころはつねよりあはれにみ〈ゝ（へ）〉とゝ
東　なきすてゝ▼すくるも此ころはつねよりあはれにみ　ゝ　とと（58ウ）
原　なきすてゝ　すくるも此ころはつねよりあはれに耳　とゝ

静四　まりてふと
作　まりてふと
天　まりてふと
東　まりてふと
原　まりてふと

静五　ほとゝきすこふるとつけよなき人にしてのた
作　時鳥　こふるとつけよなき人にしてのた
天　時鳥　こふるとつけよなき人にしてのた
東　時鳥　こふるとつけよなき人にしてのた
原　時鳥　こふるとつけよなき人にしてのた

静六　をさとなにはたゝすやと思　ふ事とていはれ給ふを
作　をさとなにはたゝすやと思　ふ事とていはれ給ふを
天　をさとなにはたゝすやと思　ふ事とていわれ給ふを
東　をさとなにはたゝすやと思　ふ事とていはれ給ふを
原　をさと名にはたゝすやとおもふ事とていはれ給ふを

静七　あやし　所こそとまきらはし給へと宮　はいとゝうき
作　あやし　處こそとまきらはし給へと宮　はいとゝうき
天　あやしむ處こそとまきらはし給へとみやはいとゝうき
東　あやし　處こそとまきらはし給へどみやはいとゝうき
原　あやし　處こそとまきらはし給へとみやはいとゝうき

静八　かせ給ひて
作　かせ給ひて
天　かせ給ひて
東　かせ給ひて
原　かせ給ひて

静九　たちかへりなきてしらせよほと丶きすいかなる

作　立　帰　りなきてしらせよ時鳥　いかなる

天　立　帰　りなきてしらせよほと丶きすいかなる

東　立　帰　りなきてしらせよ時鳥　いかなる

原　立　帰　りなきてしらせよほと丶きすいかなる

静十　人のわかれなるらん　かはかり思ひ給へらん事　をつれな▼（55オ）

作　人のわかれなるらん　かはかり思ひ給へらむことをつれな

天　人のわかれなるらん　かはかり思ひ給へらむことをつれな

東　人のわかれなるらん　かはかり思ひ給へらむ事　をつれな

原　人□わかれなるらむ▼か□かり思ひ給へらむことをつれな（49ウ）

静一　くしのひ給ふはなを心　のくまおほくへたて給へりとう

作　くしのひ給ふはなほこゝろのくまおほくへたて給へりとう

天　くしのひ給ふはなほこゝろのくまおほくへたて給へりとう

東　くしのひ給ふはなほこゝろのくまおほくへたて給へりとう

原　くしのひ給ふ□なほ心　のくまおほくへたて給へりと恨

静二　らみ給ふ御さまのおかし　くあなかちにかくすへき

作　らみ給ふ御さまのをかし　くあなかちにかくすへき

天　らみ給ふ御さまのをかし　くあなかちにかくすへき

東　らみ給ふ御さまのをかし▼くあなかちにかくすへき（59オ）

原　み給ふ御さまのをかし　くあなかちにかくすへき

静三　にもあらす心ひとつにくるしきをきこえ　て　たになく

作　にもあらす心ひとつにくるしきを聞　え　て　たになく

天　にもあらす心ひとつにくるしきをきこえ　て　たになく▼（50オ）

東　にもあらす心ひとつにくるしきをきこえ　て　たになぐ

原　にもあらす心ひとつにくるしきを聞こえ【〇て】たになく

静四　さ　ま　ほしけれはえつゝみ給はて過　し秋のもみちのかへ

作　さ【め歟】ま▼ほしけれはえつゝみ給は□□きし秋の紅葉　のかへ（39ウ）

天　さ　ま　ほしけれはえつゝみ給はてすきし秋の紅葉　のかへ

東　さ　ま　ほしければえつゝみ給はですきし秋の紅葉　のかへ

原　さ　ま　ほしけれはえつゝみ給はてすきし秋の紅葉　のかへ

静五　さにむくらのやとり見入て侍　りしにらうたけなりし

作　さにむくらのやとりみ入て侍　りしにらうたけなりし

天　さにむくらの宿　り見入て侍　りしにらうたけなりし

東　さにむくらのやとりみ入て侍　りしにらうたけなりし

原　さにむくらのやとりみ入てはへりしにらうたけなりし

静六　人のとちられたらんはいかゝ思　ひの外におかしうあはれに

作　人のとちられたらんはいかゝ思　ひの外にをかしう哀　に

天　人のとちられたらんはいかゝ思　ひの外にをかしう哀　に

東　人のとぢられたらんはいかゞ思　ひの外にをかしう哀　に

原　人のとちられたらむはいかゝおもひの外にをかしう哀　に

静七　おほえ侍らさらんくね〳〵しうさかしらたつものもみえ

作　おほえ侍らさらんくね〳〵しうさかしらたつものもみえ

天　おほへ侍らさらんくね〳〵しうさかしらたつものも見へ

東　おほえ侍らさらんくね〳〵しうさかしらたつものもみえ

原　おほえ侍らさらむくね〳〵しうさかしらたつものも見え

静八　すあはれに心やすくまことになにかしかよすかと　たの

作　すあはれに心やすくまことになにかしかよすかと　たの

天　す哀　に心やすくまことになにかしかよすかと　たの

東　ずあはれに心やすくまことになにかしかよすかと【た】の

原　すあはれに心やすくまことになにかしかよすかと　たの

静九　むへきにゆへつきたる人に侍りしかは時〳〵まかりかよ

作　むへきにゆゑつきたる人に侍りしかは時ゝ　まかりかよ

天　むへきにゆゑつきたる人に侍りしかは時ゝ　まかりかよ

東　むへきにゆゑつきたる人に侍りしかは時ゝ　まかりかよ

原　むへきにゆゑつきたる人に侍りしかは時ゝ　まかりかよ

静十　ひてよの中のうれはしさもかたみにきこえかはすに▼（55ウ）

作　ひて世の中のうれはしさもかたみに聞　えかはすに

天　ひて世の中のうれはしさもかたみにきこへかはすに

東　ひて世の中のうれはしさもかたみにきこえかはすに

原　ひて世の中のうれはしさもかたみに聞　えかはすに

静一　つきなから　すかれはたましてそむくへくもみえ侍ら

作　つきなから　すかれはたましてそむくへくも見え侍ら

天　つきなから　すかれはたましてそむくへくも見へ侍ら

東　つきなから▼ずかれはたましてそむくへくも見え侍ら（59ウ）

原　つきなから　すかれはたましてそむくへくも見え侍ら

静二　さ　りしかはいとゝ打すてかたくて過し給　へしに　この

作　さ　りしかはいとゝ打　すてかたくて過し給　へしに　此

天　【さ［さ］】りしかはいとゝうちすてかたくて過し給　へしに　此

東　さ　りしかばいとゝ打　すてかたくて過し給　へしに　此

原　さ　りしかはいとゝ打　すてかたくて過したまひしに▼此（50オ）

静三　やよひのすゑつかたにはかにうせにきときゝつけ給へ

作　やよひのすゑつかたに俄　にうせにきと聞　つけ給へ

天　やよひの末　つかた　俄　にうせにきときゝつけ給

東　やよひの末　つかたに俄　にうせにきときゝつけ給へ

原　やよひの末　つかたに俄　にうせにきと聞　つけ給ひ

静四　しかとめのまへのいみしさをすてゝまかるへきにも

作　しかとめの前　のいみしさをすてゝまかるへきにも

天　しかとめのまへのいみしさをすてゝまかるへきにも

東　しかどめの前　のいみしさをすてゝまかるへきにも

原　しかとめの前　のいみしさをすてゝまかるへきにも

静五　侍らさりしほとに其ほとの事は　おほつかなくて過し
作　侍らさりしほとに其程の事は　おほつかなくて過し
天　侍らさりしほとに其程の事は▼おほつかなくて過し（50ウ）
東　侍らさりしほとに其程　の事は　おぼつかなくて過し
原　侍らさりしほとに其程　の事は　おほつかなくて過し

静六　給へしかとさすかにわすれかたくてかくとかめきこ
作　給へしかとさすかにわすれかたくてかくとかめ聞
天　給へしかとさすかにわすれかたくてかくとかめきこ
東　給へしかとさすかにわすれかたくてかくとがめきこ
原　給ひしかとさすかにわすれかたくてかくとかめ聞

静七　えさせ給ふまてに御らんせら　れし事とかたりきこえ
作　えさせ給ふまてに御覧　せら　れし事とかたりきこえ
天　へさせ給ふまてに御覧〈せら〈□□〉れし事とかたりきこへ
東　えさせ給ふまてに御覧　せら　れし事とかたりきこえ
原　えさせ給ふ□てに御覧　せら　れし事とかたりきこえ

静八　給ふに宮　いとはかなくあはれ成　ける事かなかう　月
作　給ふに宮　いとはかなくあはれな【○りけ】る事かなかう▼月（40オ）
天　給ふに宮　いとはかなくあはれ成　事かなかう　月
東　給ふにみやいとはかなくあはれ成　け　る事かなかう　月
原　給ふに宮　いとはかなくあはれ成　け　る事かなかう　月

静九　ころ有しにそのけしきもみせ　給　は　さ　りしはこよなき
作　比　有しにそのけしきも見せ　給　は　さ　りしはこよなき
天　比　有しに其　けしきも見せ　給　は〈さ〉りしはこよなき
東　比　有しにそのけしきも見せ【玉】す　さ　りしはこよなき
原　頃　有しにそのけしきも見せ　給　は　さ　りしはこよなき

静十　ひ　し　り心かなときこえ給ふかへり給ふとてかのむくらの▼（56オ）
作　ひ　し　り心かなと聞　え給ふ帰*り給ふとてかのむくらの［六］
天　【ひ】ししり心かなときこへ給ふ帰　り給ふとてかのむくらの
東　ひ　じ▼り心かなときこえ給ふ帰　り給ふとてかのむぐらの（60オ）
原　ひ　し　り心かなときこえ給ふ帰　り給ふとてかのむくらの

静一　かとおはし過るにいと丶あれぬる心　ちするに月のみ
作　かとおはし過るにいと丶あれぬるこ丶ちするに月のみ
天　かとおはし過るにいと丶あれぬる心　ちするに月のみ
東　かどおはし過るにいとゞあれぬる心　ちするに月のみ
原　門　おはし過るにいと丶あれぬる心　ちするに月のみ

静二　むかしなからにさし入るもあはれすくなからす〈こすゑは
作　昔　なからにさし入るも哀　すくなからす　梢　は
天　昔　なからにさし入るも哀　すくなからす〈梢　は
東　昔　なからにさし入るも哀　すくなからす〈梢　は
原　むかしなからにさし入　も哀　すくなからす〈梢　は

静三　かりそかくるゝまて見をくりぬへうみわたされ給ふに
作　かりそかくるゝまて見おくりぬへうみわたされ給ふに
天　かりそかくるゝまて見おくりぬへうみわたされ給ふ
東　かりそかくるゝまて見おくりぬべうみわたされ給ふに
原　かりそかくるゝまて見おくりぬへうみわたされ給ふに

静四　れいのなみたのほろ〳〵と御そてにかゝりけれは
作　れいのなみたのほろ〳〵と御そてにかゝりけれは
天　れいのなみたのほろ〳〵と御袖　にかゝりけれは
東　れいのなみたのほろ〳〵と御そてにかゝりけれは
原　れいのなみたのほろ〳〵と御そてにかゝりけれは

静五　やへむくらよもきか【もと［露］】はよそにみて行過　るに
作　やへむくらよもきか　もと　はよそに見て行すくるに
天　八重むくらよもきか　もと　はよそに見て行過　るに
東　八重むぐらよもきか　もと　はよそに見て行過　るに
原　□へむくらよもきか　もと　はよそに見て行過　□□

静六　もそてそ露けき　おはしましつきてもこゝには　なら
作　も袖　そ露けき　おはしましつきてもこゝには　なら
天　も衣てそ露けき　おはしましつきてもこゝには▼なら（51オ）
東　も袖てそ露けき　おはしましつきて
原　もそてそ露けき▼お□しましつきてもことには　なら（50ウ）

静七　ひ給はねと御かたはらさひしき心　ちしてねられ給は
作　ひ給はねと御かたはらさひしきこゝちしてねられ給は
天　ひ給はねは御かたはらさひしき心　ちしてねられ給は
東　ねられ給は
原　ひ給はねと御か□はら淋　しき心　ちしてねられ給は

静八　ねはれいの御をこなひにまきらはし給ひてあけか
作　ねはれいの御おこなひにまきらはし給ひてあけか
天　ねはれいの御おこなひにまきらはし給ひて明　か
東　ねはれいの御おこなひにまきらはし給ひてあけが
原　ねは例　の御おこなひにまきらはし給ひて明　か

静九　たちかうおほとのこもるれ〳〵ゆめに　み給へとたゝ
作　たちかうおほとのこもるれ〳〵ゆめに　見給へとたゝ
天　たちかうおほとのこもるれ〳〵ゆめに　見給へと【只】
東　たちかうおほとのこもるれ〳〵ゆめに▼見給へどたゞ（60ウ）
原　たちかうおほとのこもるれ〳〵に夢　に　見給へとたゝ

静十　有　しよの事　そのをりの心　ちのみなれはかひなくなけ▼（56ウ）
作　有　しよのことそのをりのこゝちのみなれはかひなくなけ
天　ありしよの事　其　折　の心　ちのみなれはかひなくなけ
東　有　しよの事　その折　の心　ちのみなれはかひなくなけ
原　有　し世の事　其　折　の心　ちのみなれはかひなくなけ

静一 きくらして夏も過 秋にも成 ぬ うへの御心 ちなを
作 きくらして夏もすき秋にもなりぬ」*うへの御こゝち猶［六九］
天 きくらして夏も過 秋にもなりぬ うへの御こゝち猶
東 きくらして夏もすき秋にもなりぬ」うへの御こゝち猶
原 きくらして夏もすき秋にもなりぬ うへの御心 ち猶

静二 のこり有てなやましけにみえ給へりかゝるには有間の
作 のこり有てなやましけに見え給へりかゝるには有馬の
天 のこり有てなやましけに見へ給へりかゝるには有馬の
東 のこり有てなやましけに見え給へりかゝるには有間の
原 のこり有てなやましけに見え給へりかゝるには有馬の

静三 ゆあみ給ふなんよろしう侍 る ときこゆる人有けれは大
作 湯あみ給ふなんよろしうはへる▼と聞 ゆる人有けれはおほ（40ウ）
天 湯あみ給ふなむよろしう侍 る と聞 ゆる人有けれはおほ
東 湯あみ給ふなむよろしうはへる ときこゆる人有けれはおほ
原 湯あみ給ふなむよろしうはへる ときこゆる人有けれはおほ

静四 やけに御いとまきこえ給ひてうへくし奉りて八月
作 やけに御いとま聞 え給ひてうへくし奉りて八月
天 やけに御いとまきこへ給ひてうへくし奉りて八月
東 やけに御いとまきこえ給ひてうへくし奉りて八月
原 やけに御いとまきこえ給ひてうへくし奉りて八月

静五 十日のほとにおほしたちけり御をくりに人〳〵あまた
作 十日のほとにおほしたちけり御おくりに人ゝ あまた
天 十日のほとにおほしたちけり御をくりに人〳〵あまた
東 十日のほとにおほしたちけり御おくりに人〳〵あまた
原 十日のほとにおほしたちけり御おくりに人ゝ あまた

静六 物し給へとこと更 こと〳〵しかるましくしのひてとの
作 物し給へとことさらこと〳〵しかるましくしのひてとの
天 物し給へとことさらこと〳〵しかるましくしのひてとの
東 物し給へとことさらこと〳〵しかるましくしのひてとの
原 物し給へとことさらことごとしかるましくしのひてとの

静七 給ひて山さきよりみなかへし給ふ秋野のもやう〳〵
作 給ひて山さきよりみな帰 し給ふ秋の野もやう〳〵
天 給ひて山さきよりみな帰 し給ふ秋野のもやう〳〵
東 給ひて山さきよりみな帰 し給ふ秋野のもやう〳〵
原 給ひて山崎 よりみな帰 し給ふ秋の野もやう〳〵

静八 なまめかしく て 山〳〵の にしき もかたへ色 つき つゝお
作 なまめかしく て 山〳〵の にしき もかたへいろつき つゝを
天 なまめかしく て 山〳〵の▼にしき もかたへ色 つき つゝを（51ウ）
東 なまめかしく【て】山〳〵の にしき▼もかたへいろつき つゝを（61オ）
原 なまめかしく て 山ゝ の にしき もかたへ色 つき▼つゝを（51オ）

静九　かしうみゆるはさはいへとゑにもをとるましけ也　あさ夕
作　かしうみゆるはさはいへと繪にもおとるましけなり朝　夕
天　かしうみゆるはさはいへと繪にもおとるましけなり朝　夕
東　かしうみゆるはさはいへと繪にもおとるましけなり朝　夕
原　かしうみゆるはさはいへと繪にもおとるましけ也　朝　夕

静十　見んたになをとき〳〵にうつりかはるけちめはこよなかる▼（57オ）
作　みんたに猶　時　〻　にうつりかはるけちめはこよなかる
天　見んたに猶　時　〳〵にうつりかはるけちめはこよなかる
東　見んたに猶　時　〻　にうつりかはるけぢめはこよなかる
原　見むたに猶　時　〻　にうつりかはるけちめはこよなかる

静一　へきをましてめつらしうみ給ふにはおかしうのみしつ
作　へきをましてめつらしう見給ふにはをかしうのみしつ
天　へきをましてめさましう見給ふにはをかしうのみしつ
東　へきをましてめつらしう見給ふにはをかしうのみしつ
原　へきをましてめつらしう見給ふにはをかしうのみしつ

静二　のおの田をかりていねになひもてるかほのからきもあ
作　のをのたをかりていねになひもてるかほのからきもあ
天　のをのたをかりていねになひもてるかほのからきもあ
東　のをのたをかりていねになひもてるかほのからきもあ
原　のをの田をかりていねになひもてるかほのからきもあ

静三　はれに御らんすこれなんいなのさゝはらなと申をきゝ
作　はれに御覧　す是　なんいなのさゝ原　なと申を聞
天　はれに御覧　す是　なんいなのさゝはらなと申をきゝ
東　はれに御覧　す是　なむいなのさゝはらなと申をきゝ
原　はれに御覧　す是　なむいなのさゝはらなと申をきゝ

静四　給ひても中なこんとのはれいの心にまかせぬ御身にひ
作　給ひても中納言　とのはれいの心にまかせぬ御身にひ
天　給ひても中納言　とのはれいの心にまかせぬ御身にひ
東　給ひても中納言　どのはれいの心にまかせぬ御身にひ
原　給ひても中納言　とのはれいの心にまかせぬ御身にひ

静五　きかけ給ひてかゝる所にたにさゝの庵　もひきむすは
作　きかけ玉ひてかゝる處にたにさゝのいほもひきむすは
天　きかけ給ひてかゝる所　たにさゝのいほもひきむすは
東　きかけ給ひてかく　處にたにさゝのいほもひきむすは
原　きかけ給ひてかゝる處にたにさゝのいほもひきむすは

静六　まほしうおほすにいとゝ
作　まほしうおほすにいとゝ
天　まほしうおほすにいとゝ
東　まほしうおほすにいとゞ▼（61ウ）
原　まほしうおほすにいとゝ

静七　かくてのみいつまてかよに有間山いなのさゝは
作　かくてのみいつまてかよに有馬山いなのさゝは
天　かくてのみいつまてかよに有馬山いなのさゝわ
東　かくてのみいつまてかよに有間山いなのさゝ原
原　かくてのみいつまてか世に有間山いなのさゝ原

静八　らいなとおもへと　おはしましつきてゆにをりたち給ふ
作　らいなとおもへと▼おはしましつきてゆにおりたち給ふ（41オ）
天　らいなとおもへと　おはしましつきてゆにをりたち給ふ
東　いなとおもへと　おはしましつきてゆにおりたち給ふ
原　いなとおもへと　おはしましつきて湯におりたち給ふ

静九　七日にて心みさせ給ふにこよなうよろしうおほえ給へは
作　*七日にて心みさせ給ふにこよなうよろしうおほえ給へは［七］
天　七日にて心みさせ給ふにこよなうよろしうおほへ給へは
東　七日にて心みさせ給ふにこよなうよろしうおほえ給へは
原　七日にて心みさせ給ふにこ□なうよろしうおほえ給へは

静十　いま一　まはりとおほしの給　ふちかき　あたりとをきくに▼（57ウ）
作　いまひとまはりとおほしの給　ふちかき　あたりとほき國
天　今▼ひとまはりとおほしのたまふ近　き　あたり遠　き国（52オ）
東　いまひとまわりとおほしの給　ふちかき　あたりとをき國
原　今　ひとまはり□おほしの給　ふ近　き▼あ□り遠　き国（51ウ）

静一　〱よりとしおいたるおやせうとやうのもの又　わかやかな
作　〱よりとしおいたるおやせうとやうのものまたわかやかな
天　〱よりとしをいたるをやせうとやうのものまたわかやかな
東　〱よりとしおいたるおやせうとやうのものまたわかやかな
原　ゝゝより年　おいたるおやせうと□うのものまたわかやかな

静二　れとなやまし　とみゆるなとをとかくつくろひかきい
作　れとなやまし　とみゆるなとをとかくつくろひかきい
天　れとなやましうとみゆるなとをとかくつくろひかきい
東　れとなやまし　とみゆるなとをとかくつくろひかきい
原　れとなやまし　とみゆるなとをとかくつくろひかきい

静三　たきてのゝしりさはくさまいとあはれになにはかりの
作　たきてのゝしりさはくさまいとあはれになにはかりの
天　たき　のゝしりさわくさまいとあわれになにはかりの
東　たきてのゝしりさはくさまいとあはれになにはかりの
原　たきてのゝしりさわくさまいとあはれになにはかりの

静四　身にもあらぬをたえすもてあつかふらんおもへは命こそ
作　身にもあらぬをたえすもてあつかふらんおもへは命こそ
天　身にもあらぬをたへすもてあつかふらんおもへは命こそ
東　みにもあらぬをたえすもてあつかふらんおもへは命こそ
原　身にもあらぬをたえすもてあつかふらんおもへは命こそ

静五　もとめかたき物　にはあれとまつちかきゆめの　さましか
作　**もとめかたき物　にはあれ[と]まつちかきゆめの　さましか**
天　もとめかたきものにはあれとまつちかきゆめの　覚　しか
東　もとめかたき物　にはあれとまつちかきゆめの▼覚　しか（62オ）
原　もとめかたき物　にはあれとまつちかきゆめの　覚　しか

静六　たきを思ひいて給ふかゝる所にてはいとゝたくひなけ
作　**たきを思ひ出　給ふかゝる所にてはいとゝたくひなけ**
天　たきを思ひいて給ふかゝる所にてはいとゝたくひなけ
東　たきを思ひいて給ふかゝる所にてはいとゝたくひなけ
原　たきを思ひ出　給ふかゝる所にてはいとゝたくひなけ

静七　にみえ給ふを見なれ奉る人〱さへおかしう見奉　れ
作　**にみえ給ふを見なれ奉る人〻　さへをかしうみたてまつれ**
天　にみへ給ふ　見なれ奉る人〱さへをかしう見奉　れ
東　にみえ給ふを見なれ奉る人〱さへをかしうみたてまつれ
原　にみえ給ふを見なれ奉る人〻　さへをかしうみ奉　れ

静八　はましてあたりの山かつなとはおそろしきまておもへり
作　**はましてあたりの山かつなとはおそろしきまておもへり」**
天　はましてあたりの山かつなとはおそろしきまておもえり
東　はましてあたりの山かつなとはおそろしきまておもへり」
原　はましてあたりの山かつなとはおそろしきまておもへり

静九　京よりもこなたかなたの御とふらひいとしけうきこ
作　**京よりもこなたかなたの御とふらひいとしけう聞**
天　京よりもこなたかなたの御とふらひいとしけくきこ
東　京よりもこなたかなたの御とふらひいとしけうきこ
原　京よりもこなたかなたの御とふらひいとしけう聞

静十　え給へは物さひしき御たひゐの心　ちもせすそのわた▼（58オ）
作　**え給へは物さひしき御たひゐのこゝちもせすそのわた**
天　へ給へは物さひしき御旅　ゐの心　地もせすそのわた
東　え給へば物さひしき御たひゐの心　ちもせすそのわた
原　え給へは物さひしき御たひゐの心　ちもせすそのわた

静一　りのものにもほと〱につけてな　にやかや給はせけ
作　**りのものにもほと〱につけてな　にやかや給はせけ**
天　りのものにもほと〱につけてな▼にやかや給はせけ（52ウ）
東　りのものにもほと〱につけてな　にやかや給はせけ
原　りのものにもほと〱につけてな　にやかや給はせけ

静二　れは有かたく又　なき事にめて　のゝしりけりかゝるつ
作　**れは有かたくまたな[き]事にめて　のゝしりけりか*ゝるつ**　[七]
天　れは有かたくまたなき事にめて　のゝしりけりかゝるつ
東　れは有かたくまたなき事にめて　のゝしりけりかゝるつ
原　れは有かたくまたなき事にめて▼のゝしりけりかゝるつ（52オ）

静三　いて［に］ならて　物し給　ふへきならねはかへさにはなにはへわ
作　いて　ならて▼物し給　ふへきならねはかへ[さ]にはなにはへわ（41ウ）
天　いて　ならて　物し給　ふへきならねはかへさにはなにはへ〈わ〉
東　いて　ならて　物し給　ふへきならねはかへさにはなにはへわ
原　いて　ならて　物したまふへきならねはかへさにはなにはへわ

静四　たり給ひてそれより舟にて　すみよしへまうてさせ
作　たり給ひて夫　より舩にて　すみよしへまうてさせ
天　たり給ひて夫　より舩にて　すみよしへ詣　てさせ
東　たり給ひて夫　より舩にて▼すみよしへ詣　てさせ（62ウ）
原　たり給ひてそれより舩にて　すみよしへ詣　てさせ

静五　奉り給ふこゝかしことめつらしき御しやうようにい
作　奉り給ふこゝかしことめつらしき御せうえう　にい
天　奉り給ふこゝかしことめつらしき御せうやう　にい
東　奉り給ふこゝかしことめつらしき御せうやう　にい
原　奉り給ふこゝかしことめつらしき御せうえう　にい

静六　よ〱御心　ちもさはやきはて給へは此御なやみのなから
作　よ〱御こゝちもさはやきはて給へは此御なやみのなから
天　よ〱御心　ちもさはやき果　給へは此はなやみのなから
東　よ〱御心　ちもさわやき果　給へは此御なやみのなから
原　よ〱御心　ちもさわやきはて給へは此御なやみのなから

静七　ましかはいかて御らんすへきとおかしうおほすさふら
作　ましかはいかて御覧　すへきとをかしうおほすさふら
天　ましかはいかて御覧　すへきとをかしうおほすさふら
東　ましかはいかて御覧　すへきとをかしうおほすさふら
原　ましかはいかて御覧　すへきとをかしうおほすさふら

静八　ふ人〱はまして　ちよをもへぬへくわかき人はすゝろ
作　ふ人〻　はまして　千よをもへぬへくわかき人はすゝろ
天　う人〱はまして　千代をもへぬへく　すゝろ
東　ふ人〱はまして　千代をもへぬへくわかき人はすゝろ
原　ふ人〻　はまして［まして］千代をもへぬへくわかき人はすゝろ

静九　にかへりまうく思ふもおかしかりけり　君は夕くれのほ
作　に帰　らまうく思ふもをかしかりけり」*君は夕暮　のほ［七三］
天　にかへらまうく思ふもをかしかりけり　君は夕暮　のほ
東　に帰　らま憂く思ふもをかしかりけり」君は夕暮　のほ
原　に帰　らまうく思ふもをかしかりけり　君は夕暮　のほ

静十　とにさるへきかきりひとりふたり御ともにて其　あ▼（58ウ）
作　とにさるへきかきりひとりふたり御ともにてそのあ
天　とにさるへきかきりひとりふたり御ともにてそのあ
東　とにさるへきかきりひとりふたり御ともにてそのあ
原　とにさるへきかきりひとりふたり御ともにてそのあ

静一　たり見給ふとていつら人〳〵のいふみつのてらは此ほと
作　たり見給ふとていつら人〳〵のいふみつのてらは此ほと
天　たり見給ふとていつら人〻　のいふみつのてらは此ほと
東　たり見給ふとていつら人〻　のいふみつのてらは此ほと
原　たり見給ふとていつら人〻　のいふみつのてらは此ほと

静二　にやとたつねおはすにむら雨のほろ〳〵とかゝりけれは〵なに
作　にやとたつねおはすにむら雨のほろ〳〵とかゝりけれは〵なに
天　にやとたつねおはすにむら雨のほろ〳〵とかゝりけれは〵なに
東　にやとたつねおはすにむら雨のほろ〳〵とかゝりけれは〵なに
原　にやとたつねおはすにむら雨のほろ〳〵とかゝりけれは〵なに

静三　はかくれぬとつら　ゆきか　かこちけんふる事　おほし出られて
作　はかくれぬとつら　ゆきか　かこちけんふることおほし出られて
天　はかくれぬとつら　ゆきか▼かこちけんふることおほし出られて（53オ）
東　はかくれぬとつら▼ゆきか　かこちけんふることおほし出られて（63オ）
原　はかくれぬとつら　ゆきか　かこちけんふることお□し出られて▼（52ウ）

静四　なにしおはゝぬるとも行かんなにはかたたみのゝしま
作　なにしおはゝぬるともゆかん難波　かたたみのゝしま
天　なにしおはゝぬるとも行かん難波　かたたみのゝ嶌
東　なにしおはゝぬるとも行かん難波　かたたみのゝ嶌
原　名にしおはゝぬるとも行かむなにはかたたみのゝし□

静五　の雨の夕くれてらのさまはいとあはれにとしふりたるのき
作　の雨の夕くれてらのさまはいとあはれにとしふりたるのき
天　の雨の夕くれてらのさまはいとあはれにとしふりたるのき
東　の雨の夕くれてらのさまはいとあはれにとしふりたるのき
原　の雨の夕くれ寺　のさまはいとあはれにとしふりたる軒

静六　のいた間にしのふの露しけきをこほうしはらのうちは
作　の垣　まにしのふの露しけきをこほうしはらのうちは
天　の板　間にしのふの露しけきをこ法　師はらのうちは
東　の板　間にしのふの露しけきをこ法　師はらのうちは
原　の板　間にしのふの露しけきをこ法　師はらのうちは

静七　らひ出入もはしたなきほと　にはあらすみゆるにれい
作　らひ出入もはしたなきほと▼にはあらすみゆるにれい（42オ）
天　らひ出入もはしたなきほと　にはあらすみゆるに例
東　らひ出入もはしたなきほと　にはあらすみゆるにれい
原　らひ出入もはしたなきほと　にはあらす見ゆるに例

静八　のふる事まつおほし出　て〵そうたい道なめらかにしてそ
作　のふる事まつおほしいてゝ〵さうたい道なめらかにしてそ
天　のふる事まつおほしいてゝ〵そうたい道なめらかにしてそ
東　のふる事まつおほしいてゝ〵そうたい道なめらかにしてそ
原　のふる事まつおほし出　て〵そうたい道なめらかにして僧

静九　うてらにかへるとうちすんしてこなたかなたゝすみ
作　うてらにかへるとうちすむしてこなたかなたゝすみ
天　うてらにかへる　うちすんしてこなたかなたゝすみ
東　うてらにかへるとうちずむしてこなたかなたゝゝすみ
原　　てらにかへるとうちずむしてこなたかなたゝすみ

静十　ありき給ふほとけの御かさりなとはいとみやひかなれと▼（59オ）
作　ありき給ふほ*とけの御かさりなとはいとみやひかなれと［七三］
天　ありき給ふほとけの御かさりなとはいとみやひかなれと
東　ありき給ふほとけの御かさりなとはいとみやひかなれと
原　ありき給ふほとけの御かさりなとはいとみやひかなれと

静一　はたのさまはさすかにとしふりしほとしるくて　いとし
作　はたのさまはさすかにとしふりしほとしるくて　いとし
天　はたのさまはさすかにとしふりしほとしるくて　いとし
東　はたのさまはさすかにとしふりしほとしるくて▼いとし（63ウ）
原　はたのさまはさすかに年　ふりしほとしるくて　いとし

静二　みふかうすゝけたるも中〳〵いまやうのいまめかしさよ
作　みふかうすゝけたるも中〳〵いまやうの今　めかしさよ
天　みふかうすゝけたるも中〳〵いまやうのいまめかしさよ
東　みふかうすゝけたるも中〳〵いまやうの今　めかしさよ
原　みふかうすゝけたるも中ゝ　いまやうの今　めかしさよ

静三　りあはれにおかしうおほされて〳〵またれけるかねのつく
作　り哀　にをかしうおほされて〳〵またれけるかねのつく
天　り哀　にをかしうおほされて〳〵またれけるかねのつく
東　り哀　にをかしうおほされて〳〵またれけるかねのつく
原　り哀　にをかしうおほされて〳〵またれけるかねのつく

静四　〳〵となかめゐ給ふに山ふき色　のはたのこれはまたは
作　〳〵となかめゐ給ふに山ふき色　のはたのこれはまた［は］
天　〳〵▼となかめゐ給ふに山吹　いろのはたのこれはまたは（53ウ）
東　〳〵となかめゐ給ふに山ふきいろのはたのこれはまだは
原　〳〵となかめゐ給ふに山ふきいろのはたの是　はまだは

静五　なやかなるをむかしの人につかはし給ふきぬの色おほし
作　なやかなるをむかしの人につかはし給ふきぬの色おほし
天　なやか成　をむかしの人につかはし給ふきぬの色おほし
東　なやかなるをむかしの人につかはし給ふきぬの色おほし
原　なやかなるをむかしの人につかはし給ふきぬの色おほし

静六　いてゝもしそれにやあらんなきかすにきけはとたく　ひ
作　出　てもしそれにやあらむなきかすにきけはとたく　ひ
天　いてゝもしそれにやあらむなきかつにきけはとたく　ひ
東　いてゝもしそれにやあらむなきかすにきけばとたく　ひ
原　出　てもしそれにやあらむなきかずにきけはとたく▼ひ（53オ）

静七　おほかる物なれとわすれすおほしわたるすちなれは
作　多　かる物なれとわすれすおほしわたるすちなれは
天　多　かる物なれとわすれすおほしわたるすちなれは
東　多　かる物なれとわすれずおほしわたるすぢなれば
原　おほかる物なれどわすれすおほしわたるすちなれは

静八　うちつけになつかしき心　ちし給ひてたちよりてみ給
作　うちつけになつかしきこゝちし給ひてたちよりて見給ふ
天　うちつけになつかしき心　地し給ひてたちよりて見給ふ
東　うちつけになつかしき心　ちし給ひてたちよりて見給
原　うちつけになつかしき心　ちし給ひて立　よりて見給ふ

静九　にはしのかたに物かきたるやうにみゆいとゝあやしう御
作　にはしのかたに物かきたるやうに見ゆいとゝあやしう御
天　にはしのかたに物かきたるやうに見ゆいとゝあやしう御
東　にはしのかたに物かきたるやうに見ゆいとゞあやしう御
原　にはしのかたに物かきたるやうに見ゆいとゝあやしう御

静十　心とまりてみ給へははないろころも身をし　さらねはと▼（59ウ）
作　心とまりてみ給へははな色　衣　身をし　さらねはと
天　心とまりて見給へははないろころも身をし　さらねはと
東　心とまりてみ給へははないろごろも身をし▼さらねはと（64オ）
原　心とまりてみ給へははないろころも身をし　さらねはと

静一　有　をかの人のてとみなし給ふにむねうちさはけと
作　あるをかの人のてと見なし給ふにむねうちさわけと
天　有　をかの人のてとみなし給ふにむねうちさわけと
東　有　をかの人のてとみなし給ふにむねうちさわけと
原　有　をかの人の手と見なし給ふにむねうちさわけど

静二　いかてさは有へき　事そとせめてみ給ふに有　かなきかに
作　いかてさは有へき▼事そとせめて見給ふにあるかなきかに（42ウ）
天　いかてさは有へき　事そとせめて見給ふに有　かなきかに
東　いかてさは有へき　事そとせめて見給ふに有　かなきかに
原　いかてさは有へき　事そとせめて見給ふにあるかなきかに

静三　すみかれしてかきたれとまかふへくもみえぬにまつ
作　すみかれしてかきたれとまかふへくも見えぬにまつ
天　すみかれしてかきたれとまかふへくも見えぬにまつ
東　すみがれしてかきたれとまかふへくも見えぬにまつ
原　すみかれしてかきたれどまかふへくも見えぬにまつ

静四　ほろ〳〵とこほし給ふ此うたのもとのゆかしけれは又　これ
作　ほろ〳〵とこほし給ふ此うたのもとのゆかしけれはまた是
天　ほろ〳〵とこほし給ふ此うたのもとのゆかしけれはまた是
東　ほろ〳〵とこほし給ふ此うたのもとのゆかしけれはまた是
原　ほろ〳〵とこほし給ふ此哥　のも□のゆかしけれはまた是

静五　にやとほとけの御ひたりのかたに有をもたつね給へと
作　にやとほとけの御ひたりのかたに有をもたつね給へと
天　にや　ほとけの御ひたりの方▼に有をもたつね給へと（54オ）
東　にやとほとけの御ひたりのかたに有をもたつね給へど
原　にやとほとけの御ひたりのかたに有をもたつね給へど

静六　ねすみのくいけるあとのみ有　てもしはみえす此くいけ
作　ねすみのくひけるあとのみありてもしはみえす此くひけ
天　ねすみのくひけるあとのみありてもしはみえす此くひけ
東　ねずみのくひけるあとのみありてもじはみえす此くひけ
原　ねつみのくひけるあとのみありてもじは見えす此くひけ

静七　るしたにや有つらんかゝる物　まてそこなひけんさかなき
作　るしたにや有つらんかゝるものまてそこなひけんさかなき
天　るしたにや有つらんかゝる物　まてそこなひけんさかなき
東　るしたにや有つらんかゝる物　まてそこなひけんさがなき
原　るしたにや有つらんかゝる物　まてそこなひけむさがなき

静八　ものかなとにくゝおほさるゝも此ふてのすさひのあな
作　ものかなとにくゝおほさるゝも此ふてのすさひのあな
天　ものかなとにくゝおほさるゝも此ふてのすさひのあな
東　ものかなとにくゝおほさるゝも此ふでのすさひのあな
原　ものかなとにくゝお□さるゝも此ふてのすさひのあな

静九　かちに見まほし　き御心の行ゑ　なりけりほうしの
作　かちに見まほし　き御心の行へ　なりけりほ*うしの【七四】
天　かちに見まほし　き御心の行へ　なりけりほうしの
東　かちに見まほし▼き御心の行へ　なりけりほうしの（64ウ）
原　かちに見□□し　き御心の行へ▼な□けりほうしの（53ウ）

静十　かけるくはんもんにも大二の御　む　すめのほたいなと有▼（60オ）
作　かける願文　にも大弐の御　む　すめのほたいなとあり
天　かける願文　にも大弐の御　む　すめのほたいなと有
東　かける願文　にも大弐の御　む　すめのほたいなと有
原　かける願文　にも大弐の御【○む】すめのほたいなと有

静一　かゝらぬほとたにあやしうおほしぬへきを思　ひかけ
作　かゝらぬほとたにあやしうおほしぬへきを思　ひかけ
天　かゝらぬほとたにあやしうおほしぬへきを思　ひかけ
東　かゝらぬほとたにあやしうおほしぬへきを思　ひかけ
原　かゝらぬほとたにあやしうおぼしぬへきをおもひかけ

静二　ぬちとせのかたみになをきしかたのたしかにしらまほ
作　ぬちとせのかたみになほきしかたのたしかにしらまほ
天　ぬちとせのかたみになほきしかたのたしかにしらまほ
東　ぬちとせのかたみになほきしかたのたしかにしらまほ
原　ぬ千とせのかたみになほきしかたのたしかにしらまほ

静三　しけれはあきのふをめして此あるしのそうはこゝに物す
作　しけれはあきのふをめして此あるしの僧　はこゝに物す
天　しけれはあきのふをめして此あるしの僧　はこゝに物す
東　しけれはあきのふをめして此あるしの僧　はこゝに物す
原　しけれはあきのふをめして此あるしの僧　はこゝに物す

静四　や此てらをたてそめつらんむかしかたりもたつねまほし
作　や此てらをたてそめつらんむかしかたりもたつねまほし
天　るや此てらをたてそめつらむむかしかたりもたつねまほし
東　や此てらをたてそめつらんむかしかたりもたつねまほし
原　や此てらをたてそめつらむむかしかたりもたつねまほし

静五　きにゐてまいれとの給ふかしこまりてしはしありて
作　きにゐてまゐれとの給ふかしこまりてしはしありて
天　きにゐてまいれとの給ふかしこまりてしはしありて
東　きにゐてまゐれとの給ふかしこまりてしはしありて
原　きにゐてまゐれとの給ふかしこまりてしはしありて

静六　あやしきほうしをゐてまいるかゝるものさへほとけ
作　あやしきほうしをゐてまゐるかゝるものさへ佛
天　あやしきほうしをゐてまいるかゝるものさへ仏
東　あやしきほうしをゐて参　るかゝるものさへ仏
原　あやしき法　師をゐて参　るかゝるものさへ仏

静七　の御あと　をまな　ふはうら山　しうてしにもならま
作　の御あと▼をまな　ふはうらやましうて弟子にもならま（43オ）
天　の御あと　をまな▼ふはうらやましうて弟子にもならま（54ウ）
東　の御あと　をまな　ふはうらやましうて弟子にもならま
原　の御あと　をまな　ふはうらやましうて弟子にもならま

静八　ほしう見給ふあるしはなす　へき事　有て此ころ京に
作　ほしう見給ふあるしはなす　へきこと有て此ころ京に
天　ほしう見給　あるしはなす　へきこと有て此ころ京に
東　ほしう見給ふあるしはなす▼へきこと有て此ころ京に（65オ）
原　ほしう見給ふあるしはなす　へきこと有て此ころ京に

静九　物　し侍ると申ふるき事たつね給ふへきさまもし
作　もの　し侍ると申ふるき事たつね給ふへき様　もし
天　もの　し侍ると申ふるき事たつね給ふへき様　もし
東　もの　し侍ると申ふるき事たつね給ふへき様　もし
原　もの　し侍ると申ふるき事たつね給ふへき様　もし

静十　たらねはたゝゆかしき事　のすちのみ　とい給ふ此山ふき▼（60ウ）
作　たらねはたゝゆかしきことのすちのみ　とひ給ふ此山吹
天　たらねはたゝゆかしきことのすちのみいとひ給ふ此山ふき
東　たらねはたゝゆかしきことのすちのみ　とひ給ふ此山ふき
原　たらねはたゝゆかしきことのすちのみ　とひ給ふ此山ふき

静一　のはたはいつくより物しつるそいまめかしくみゆれは
作　のはたはいつくより物しつるそいまめかしく見ゆれは
天　のはたはいつくより物しつるそいまめかしく見ゆれは
東　のはたはいつくより物しつるそいまめかしく見ゆれは
原　のはたはいつくより物しつるそいまめかしく見ゆれは

静二　ちかきほとしるくてあはれにき　かまほしきとの給ふ
作　ちかきほとしるくてあはれにき　かまほしきとの給ふ
天　ちかきほとしるくてあわれにき　かまほしきとの給ふ
東　ちかきほとしるくてあはれにき　かまほしきとの給ふ
原　近　きほとしるくてあはれにき▼かまほしきとの給ふ（54オ）

静三　これなんいにしやよひのすゑつかたにつくしへくたり給ふ
作　是　なんいにしやよひのすゑつかたにつくしへ下　り給ふ
天　是　なんいにしやよひのすゑつかたにつくしへ下　り給ふ
東　是　なんいにしやよひのすゑつかたにつくしへ下　り給ふ
原　是　なむいにしやよひの末　つかたにつくしへ下　り給ふ

静四　大二とやらんの御むすめのとみにかくれ給ふとてこの
作　大二とやらんの御娘　のとみにかくれ給ふとてこの
天　大弐とやらんの御娘　のとみにかくれ給ふとてこの
東　大二とやらんの御娘　のとみにかくれ給ふとてこの
原　大二とやらんの御娘　のとみにかくれ給ふとて此

静五　てらにゐてまうてゝをさめ給ひし【〇其】御さうそくに侍る
作　てらにゐてまうてゝをさめ給ひし　其　御さうそくに侍る
天　てらにゐてまうてゝをさめ給ひし　其　御さうそくに侍る
東　てらにゐてまうでゝをさめ給ひし　其　御さうそくに侍る
原　寺　にゐてまうてゝをさめ給ひし　其　御さうそくに侍る

静六　御しるしはあのすいかいのうちに物し給ふ御めのとに
作　御しるしはあのすいかいの中　に物し給ふ御めのとに
天　御しるしはあのすいかひの中　に物し給ふ御めのとに
東　御しるしはあのすいがひの中　に物し給ふ御めのとに
原　御しるしはあのすいかいの中　に物し給ふ御めのとに

静七　や侍りけんわかき女　のいといたうかなし【み〔う〕】給へ　しかか
作　や侍りけんわかき女　のいといたうかなし　み　給へ　しかか
天　や侍りけんわかき女　のいといたうかなし　み　給へ▼しかか（55オ）
東　や侍りけんわかき女▼のいといたうかなし　み　給へ　しかか（65ウ）
原　や侍りけむわかき女　のいといたうかなし　み　給へ　しかか

静八　しらおろしてやかてちかくをこなひ給ふ御き日な
作　しらおろしてやかてちかくおこなひ給ふ御き日な
天　しらおろしてやかてちかくをこなひ給ふ御き日な
東　しらおろしてやかてちかくをこなひ給ふ御き日な
原　しらおろしてやかて近　くおこなひ給ふ御忌日な

静九　らてもしは〳〵まうてきていまにいみしうこひな
作　らてもしは〳〵まうて来ていまにいみしうこひな
天　らてもしは〳〵まうて来ていまにいみしうこひな
東　らてもしは〳〵まうて来ていまにいみしうこひな
原　らてもしは〳〵まうて来ていまにいみしう恋　な

静十　き給ふめるなをくはしくきこしめすへき事　に侍ら▼（61オ）
作　き給ふめるなほくはしくきこしめすへきことに侍ら
天　き給ふめるなほくはしくきこしめすへきことに侍ら
東　き給ふめるなほくわしくきこしめすへきことに侍ら
原　き給ふめるなほくはしくきこしめすへきことに侍ら

静一　はかのあま君をゐて奉りてんと申かたくなしう
作　はかのあま君をゐて奉りてんと申かたくなしう
天　はかのあま君をゐて奉りてんと申かたくなしう
東　ばかのあま君をゐて奉りてんと申かたくなしう
原　はかのあま君をゐて奉りてんと申かたくなしう

静二　かたりなせ　とま　か　ふへくもあらねはいとかなしうわき
作　かたりなせ▼とま　か　ふへくもあらねはいとかなしうわき（43ウ）
天　かたりなせ　とま　か　ふへくもあらねはいとかなしうわき
東　かたりなせ　とま　か　ふへくもあらねはいとかなしうわき
原　かたりなせ　どま【が】ふへくもあらねはいとかなしうわき

静三　かへる心ちし　給　へとしゐてつれなくもてなし給　ひて
作　かへる心ちし　給　へとしひてつれなくもてなし給　ひて
天　かへる心ちし　給　へとしひてつれなくもてなし給　ひて
東　かへる心ちし　給　へとしひてつれなくもてなし給　ひて
原　かへる心ちし【○た】まへどしひてつれなくもてなしたまひて

静四　さるへき物なと給はせてかへし給ふ人〳〵のおもふらんも
作　さるへき物なと給はせてかへし給ふ人〻*の思　ふらんも〔七五〕
天　さるへき物なと給はせてかへし給ふ人〳〵のおもふらんも
東　さるへき物なと給はせてかへし給ふ人〻　のおもふらむも
原　さるへき物なと給はせてかへし給ふ人〻　のおもふらむも

静五　はゝかられ　給へといつれもむつま　しきかきりなれはさの
作　はゝかられ　給へといつれもむつま　しきかきりなれはさの
天　はゝかられ　給へといつれもむつま　しき限　りなれはさの
東　はゞかられ　給へといつれもむつま　しき限　りなれはさの
原　はゝかられ▼給□といつれもむつ【ま[ま]】しき限　りなれ【○は】はさの（54ウ）

静六　みもえつゝみ　給はてほうしのをしへしかたをそこは
作　みもえつゝみ　給はてほうしのをしへしかたをそこは
天　み　えつゝみ　給はてほうしのをしへしかたをそこは
東　みもえつゝみ▼給はてほうしのをしへしかたをそこは（66オ）
原　みもえつゝみ　給はてほうしのをしへしかたをそこは

静七　か　とたつねいますにいとく|さたかう露|　しけくかゝる御
作　か　とたつねいますにいとく|さたかう露|　しけくかゝる御
天　か　とたつねいますにいとく|さたかう露|　しけくかゝる御
東　【か［る］】とたつねいますにいとく|さたかう露|　しけくかゝる御
原　か　とたつねいますにいと草|　たかうつゆ|しけくかゝる御

静八　思|　ひをしりかほにむしも外よ　りはなきそへたるに御そ|
作　おも|ひをしりかほにむしも外よ　りはなきそへたるに御そ|
天　思|　ひをしりかほにむしも外よ▼りはなきそへたるに御そ|（55ウ）
東　思|　ひをしりかほにむしも外よ　りはなきそへたるに御そ|
原　思|　ひをしりかほにむしも外よ　りはなきそへたるに御袖|

静九　|てのいとまなくて道もたと|〱しきを御さしぬ
作　|てのいとまなくて道もたと|〱しきを御さしぬ
天　|てのいとまなくて道も　|と〱しきを御さしぬ
東　|てのいとまなくて道もたと|〱しきを御さしぬ
原　　のいとまなくて道もたと|〱しきを御さしぬ

静十　きすこしひきあけてしゐ|てわけ入てそれとみ|つけ▼（61ウ）
作　きすこしひきあけてしひ|てわけ入てそれと見|つけ
天　きすこしひきあけてしひ|てわけ入てそれとみ|つけ
東　きすこしひきあけてしひ|てわけ入てそれとみ|つけ
原　きすこしひきあけてしひ|てわけ入てそれとみ|つけ

静一　給ふ御心まよひいへはさら也|　かくまてよは|く有へき
作　給ふ御心まよひいへはさらなり|かくまてよわ|く有へき
天　給ふ御心まよひいへはさらなり|かくまてよは|く有へき
東　給ふ御心まよひいへはさらなり|かくまてよわ|く有へき
原　給ふ御心まよひいへはさら也|　かくまてよわ|く有へき

静二　事|　かはとせめてためらひしほりあけ|てし|やうとう
作　こと|かはとせめてためらひしほりあけ|てし|やうとう
天　こと|かはとせめてためらひしほりあけ|てし|やうとう
東　こと|かはとせめてためらひしほりあけ|てし|やうとう
原　事|　かはとせめてためらひしほりあげ|てじやう《成》とう《等》

静三　せうか|くなとの給ひてのち
作　せうか|くなとの給ひてのち
天　せうか|くなとの給ひてのち
東　せうか|くなとの給ひてのち
原　せう《證》が《覺》|くなとの給ひてのち

静四　よとむやとまちこし物|　をそこはかと見るに
作　よとむやとまちこしもの|をそこはかと見るに
天　よとむやとまちこし物|　をそこはかと見るに
東　よとむやとまちこし物|　をそこはかと見るに
原　よとむやとまちこし物|　をそこはかと見るに

静五　なみたのたきまさりけりこ　―　の下にもあはれとはみ給ひ
作　**涙のたきまさりけりこ　―　の下にもあはれとは見給ひ**
天　涙のたきまさりけりこ　―　の下にもあはれとは見給ひ
東　涙▼のたきまさりけりこ　―　の下にもあはれとは見給ひ（66ウ）
原　なみたのたきまさりけりこ【け歟】の下にもあはれとは見給ひ

静六　てんをまつ風のこゑのみを　きくはなをかゝるならひと
作　**てんをまつ風の聲　のみを▼きくはなほかゝるならひと（44オ）**
天　てんをまつ風の聲　のみを　きくはなほかゝるならひと
東　てんをまつ風の聲　のみを　きくはなほかゝるならひと
原　てむをまつ風の聲　のみを　きくはなほかゝるならひと

静七　もおほえすいはんかたな　く　おほす
作　**もおほえすいはんかたな　く　おほす**
天　もおほえすいはんかたな〈く（し）〉おほす
東　もおほえすいはんかたな　く　おほす
原　もおほえすいはんかたな　く　おほす▼（55オ）

静八　かゝれとはちきらさりしをなき人もこけの　下
作　**かゝれとはちきらさりしをなき人もこけの　下**
天　かゝれとはちきらさりしをなき人もこけの▼下（56オ）
東　かゝれとはちきらさりしをなき人もこけの　下
原　かゝれとはちきらさりしをなき人もこけの　下

静九　にや思ひいつらんめくりのくさなとひきのけてかひく
作　**にや思ひ出　らんめくりの草　なとひきのけてかひく**
天　にや思ひいつらんめくりのくさなとひきのけてかひく
東　にや思ひいつらんめくりのくさなとひきのけてかひく
原　にや思ひいつらむめくりの草　なとひきのけてかひく

静十　しくみゆるはかのあまのしわさにやとあはれはつきせす　―▼（62オ）
作　**しくみゆるはかのあまのしわさにやとあはれはつきせす」―**
天　しくみゆるはかのあまのしわさにやと哀　はつきせす　―
東　しくみゆるはかのあまのしわさにやと哀　はつきせす」―
原　しくみゆるはかのあまのしわさにやと哀　はつきせす　―

静一　いかにすへきなをかのあまにあひて有　しよの事も
作　**いかにすへきなほかのあまにあひて有　しよの事も**
天　いかにすへきなをかのあまにあひて有　しよの事も
東　いかにすへきなほかのあまにあひて有　しよの事も
原　いかにすへきなほかのあまにあひてありしよの事も

静二　きかまほしきをめしよせんも人めしけき所ひんなかる
作　**きかまほしきをめしよせんも人目しけき所ひむなかる**
天　きかまほしきをめしよせんも人目しけき所ひんなかる
東　きかまほしきをめしよせんも人目しけき所ひむなかる
原　きかまほしきをめしよせんも人目しけき所ひむなかる

静三　へし此かへさにみつ　から物せんと思ふをふとさしのそかん
作　へし此かへさにみつ　から物せんと思ふをふとさしのそかん
天　へし此かへさにみつ　から物せんと思ふをふとさしのそかん
東　へし此かへさにみつ▼から物せんと思ふをふとさしのそかん（67オ）
原　へし此かへさにみつ　から物せんと思ふをふとさしのそかむ

静四　もはしたなくかれもおほえなき心　ち　すへきをなを
作　もはしたなくかれもおほえなきこゝち　すへきを猶
天　もはしたなくかれもおほえなき心【ち】すへきを猶
東　もはしたなくかれもおほえなき心　ち　すへきを猶
原　もはしたなくかれもおほえなき心　ち　すへきを猶

静五　あきのふ　行てあないきこえよとの給ふかしこまりて行
作　あきのふ　行てあない聞　えよとの給ふかしこまりてゆく
天　あきのふの行てあないきこへよとの給ふかしこまりて行
東　あきのふ　行てあないきこえよとの給ふかしこまりて行
原　あきのふ　行てあないきこえよとの給ふかしこまりて行

静六　このてらの下にていとちかゝりけりかとなといふへくも
作　*此　寺　の下にていとちかゝりけり門　なといふへくも　［七六］
天　此　寺　の下にていとちかゝりけり門　なといふへくも
東　此　寺　の下にていとちかゝりけり門　なといふへくも
原　此　寺　の下にていとちかかりけり門　なといふへくも

静七　みえすあはれに心ほそきやり戸をしたてゝともしひ
作　見えすあはれに心ほそきやりとおしたてゝともし火
天　見へすあはれに心ほそきやり戸おしたてゝともしひ
東　見えすあはれに心ほそきやり戸おしたてゝともしひ
原　みえすあはれに心ほそきやり戸おしたてゝともし火

静八　かすかにすき〳〵よりみゆるにそやのをこなひする也
作　かすかにすき〳〵よりみゆるにそやのおこなひするなり
天　かすかにすき〳〵よりみゆるにそやのおこなひするなり
東　かすかにすき〳〵よりみゆるにそやのおこなひするなり
原　かすかにすき〳〵よりみゆるにそやのおこなひするなり

静九　けりおほゝれ　ぬるゐかうのすゐつかたこの人さへかなしと
作　けりおほゝれ　ぬるゐかうのすゐつかたこの人さへかなしと
天　けりおほゝれ▼ぬるゐかうのすゐつかた此　人さへかなしと（56ウ）
東　けりおほゝれ　ぬるゐかうのすゐつかたこの人さへかなしと
原　けりおほゝれ　ぬるゐかうのすゐづかたこの人さへかなしと▼（55ウ）

静十　きくうちたゝけはたそ　な　といひてあけたりしのひ給へ▼（62ウ）
作　きくうちたゝけはたそ　な　といひてあけたりしのひ給へ
天　きくうちたゝけはたそ【な［□］】といひてあけたりしのひ給へ
東　きくうちたゝけはたそ　な　といひてあけたりしのひ給へ
原　きく打　たゝけ□たそ　な　といひてあけたりしのひ給へ

静一　とをのつからいひつたへて　此あたりに物し給　ふなとあま
作　とおのつからいひつたへて▼此あたりに物し給　ふなとあま（44ウ）
天　とおのつからいひつたへて　此あたりに物し給　ふなとあま
東　どおのつからいひつたへて　此あたりに物し給　ふなとあま▼（67ウ）
原　とおのつからいひつたへて　此あたりに物したまふなとあま

静二　君もきゝていとゝ　むかしを思ひ出て人　〳〵しきほと
作　君もきゝていとゝ　むかしを思ひ出てひと〳〵しきほと
天　君もきゝていとゝ　むかしを思ひ出てひと〳〵しき程
東　君もきゝていとゝ　むかしを思ひ出てひと〳〵しきほと
原　君もきゝていと〳〵むかしを思ひ出てひと〳〵しきほと

静三　ならましかはとかすならぬ身のうれひさへうちませて
作　ならましかはとかすならぬ身のうれひさへうちませて
天　ならましかはとかすならぬ身のうれひさへうちませて
東　ならましかはとかすならぬ身のうれひさへうちませて
原　ならましかはとかずならぬ身のうれひさへうちませて

静四　なきゐたりけるにかくおもはすなる御せうそこにあき
作　なきゐたりけるにかくおもはすなる御せうそこにあき
天　なきゐたりけるにかくおもはすなる御せうそこにあき
東　なきゐたりけるにかくおもはすなる御せうそこにあき
原　なきゐたりけるにかくおもはすなる御せうそこにあき

静五　れまとひて中〳〵うれしなともおもはすゝろに
作　れまとひて中〳〵うれしなともおもはすゝろに
天　れまとひて中〳〵うれしなともおもはすゝろに
東　れまとひて中〳〵うれしなともおもはすゝろに
原　れまとひて中ゝ　うれしなともおもはすゞろに

静六　なくめりことはりにおほえて此人も打　なくまちおはす
作　なくめりことわりにおほえて此人もうちなくまちおはす
天　なくめりことわりにおほへて此人もうちなくまちおはす
東　なくめりことわりにおほえて此人もうちなくまちおはす
原　なくめりことわりにおほえて此人もうちなくまちおはす

静七　らんに心　ちなくやといそきたちかへりゐて奉るほと
作　らんにこゝちなくやといそき立　帰　りゐて奉るほと*〔七〕
天　らんに心　ちなくやといそき立　帰　りゐて奉るほと
東　らんに心　ちなくやといそき立　帰　りゐて奉るほと
原　らむに心　ちなくやといそきたち帰　りゐて奉るほと

静八　けの御まへに入　―　奉りてあま君かしこまりきこゆかゝると
作　けの御まへに入　―　奉りてあま君かしこまりきこゆかゝると
天　けの御まへに入　―　奉りてあま君かしこまりきこゆかゝると
東　けの御まへに入　―　奉りてあま君かしこまりきこゆかゝると
原　けの御まへに入【れ】奉りてあま君かしこまりきこゆかゝると

静九　ころともみえすいと物むつかしう　身をたにやす　う　　ふる
作　ころともみえすいと物むつかしう　身をたにやす　う　　ふる
天　ころとも見へすいと物むつかしう▼身をたにやす【う〔ら〕】ふる（57オ）
東　ころとも見えすいと物むつかしう　身をたにやす【う〔ら〕】ふる
原　ころとも見えすいと物むつかしう　身をたにやす　う　　ふる

静十　まふへくもみえぬをあはれにいかにしてくらす　物にかと▼（63オ）
作　まふへくも見えぬをあはれにいかにしてくらす　物にかと
天　まふへくも見へぬをあはれにいかにしてくらす　物にかと
東　まふへくも見えぬをあはれにいかにしてくらす▼物にかと（68オ）
原　まふへくも見えぬをあはれにいかにしてくらす　物にかと

静一　御らんすいひ出給ふへきこと　の　はもおほえ給はすいと
作　御覧　すいひ出給ふへきこと　の　はもおほえ給はすいと
天　御覧　すいひ出給ふへきこと　の　はもおほへ給はすいと
東　御覧　すいひ出給ふへきこと【の】はもおほえ給はすいと
原　御覧　すいひ出　　へきこと　の　はもおほえ給はすいと

静二　いたうなき給ふあるしはたましてせき　あくる心　ちして
作　いたうなき給ふあるしはたましてせき　あくるこゝちして
天　いたうなき給ふあるしはたましてせき　あくる心　ちして
東　いたうなき給ふあるしはたましてせき　あぐる心　地して
原　いたうなき給ふあるしはたましてせき▼あくる心　ちして（56オ）

静三　かたしけなくともえいひ出すやゝためらひ給　ひてさ
作　かたしけなくともえいひ出すやゝためらひ給　ひてさ
天　かたしけなくとも得いひ出すやゝためらひ給　ひてさ
東　かたしけなくともえいひ出ずやゝためらひ給　ひてさ
原　かたしけなくとも得いひ出ずやゝためらひたまひてさ

静四　てもかゝるかたにてたいめんすへきとはそのかみゆめお
作　てもかゝるかたにてたいめんすへきとはそのかみゆめ思
天　てもかゝるかたにてたいめ　すへきとはそのかみゆめお
東　てもかゝるかたにてたいめんすへきとはそのかみゆめお
原　てもかゝるかたにてたいめんすへきとはそのかみゆめお

静五　もひかけさりしをこれこそさためなきよのさかには
作　　ひかけさりしを是　こそさためなき世のさかには
天　もひかけさりしを是　こそさためなき世のさかには
東　もひかけさりしを是　こそさためなき世のさがには
原　もひかけさりしを是　こそ定　めなき世のさがには

静六　有けれ　かくふかきちきりのみしよにははかなくもわか
作　有けれ▼かくふかきちきりの見しよにははかなくもわか（45オ）
天　有けれ　かくふかきちきりのみしよにははかなくもわか
東　有けれ　かくふかきちきりのみしよにははかなくもわか
原　有けれ　かくふかき契　りのみしよにははかなくもわか

静七　れぬるかな今はきゝてもかひなくきかんにつけてはしの
作　れぬるかな今は聞　てもかひなくきかんにつけてはしの
天　れぬる哉　今はきゝてもかいなくきかんにつけてはしの
東　れぬるかな今はきゝてもかひなくきかんにつけてはしの
原　れぬるかな今はきゝてもかひなくきかむにつけてはしの

静八　ふのくさもつみわひぬへけれとなを有けん有　さまの
作　ふの草　もつみわひぬへけれと猶　有けん　さまの
天　ふの草　もつみわひぬへけれとなほ有けん有　様　の
東　ふの草　もつみわひぬへけれどなほ有けんあり様　の
原　ふの草　もつみわひぬへけれどなほ有けむありさまの

静九　ゆかしき　をくはしくきこえ給へとの給ふきこえ　さ　せ給ふ
作　ゆかしき　をくはしく聞　え給へとの給ふ聞*　え　さ　せ給ふ　〔七八〕
天　ゆかしき　をくわしくきこへ給へとの給ふきこへ　さ　せ給ふ
東　ゆかしき▼をくはしくきこえ給へとの給ふきこえ　さ　せ給ふ（68ウ）
原　ゆかしき　をくはしくきこえ給へとの給ふきこえ【○さ】せ給ふ

静十　やうにきこえさせんにつけても　いみしき御心　まとひはな』（63ウ）
作　やうにきこえさせむにつけても　いみしき御心　まとひはな
天　やうにきこへ　んにつけても▼いみしき御こゝろまとひはな（57ウ）
東　やうにきこえさせむにつけても　いみしき御こゝろまとひはな
原　やうにきこえさせむにつけても　いみしき御心　まとひはな

静一　き御ためにもかへりてつみふかゝるへき心　ちし給ふれと
作　き御ためにもかへりてつみふかゝるへきこゝちし給ふれと
天　き御ためにもかへりてつみふかゝるへき心　ちし給ふれと
東　き御ためにもかへりてつみふかゝるへき心　ちし給ふれと
原　き御ためにもかへりて罪　ふかゝるへき心　ちし給ふれど

静二　又おほつかなくしのひ過し侍らんもいとやくなしかの
作　又おほつかなくしのひ過し侍らんもいとやくなしかの
天　又おほつかなくしのひ過し侍らんもいとやくなしかの
東　又おほつかなくしのひ過し侍らんもいとやくなしかの
原　又おほつかなくしのひ過し侍らむもいとやくなしかの

静三　有しむくらのやとのあるしはむかし　人の御　を　はに侍り
作　有しむくらのやとのあるしはむかし　人の御　を　はに侍り
天　有しむくらのやとのあるしはむかしの人の御【お】ばに侍り
東　有しむくらのやとのあるしはむかし　人の御　お　ばに侍り
原　有しむくらのやとのあるしはむ□しの人の御　□　はに侍り

静四　とし比　ひとりすみにて過し給ひしをき　さらきの
作　としころひとりすみにて過し給ひしをき　さらきの
天　としころひとりすみにて過し給ひしをき　さらきの
東　としころひとりすみにて過し給ひしをき　さらきの
原　年　頃　ひとり住　にて過し給ひしをき▼さらきの（56ウ）

静五　ころ中つかさの宮　の御めのとのおとこ大二になりて
作　頃　中つかさのみやの御めのとのをとこ大弐になりて
天　比　中つかさの宮　の御めのとのおとこ大弐になりて
東　ころ中つかさのみやの御めのとのおとこ大弐になりて
原　ころ□つかさの宮　の御めのとのおとこ大弐になりて

静六　つくしへくたるにさそはれ給ひて出たち給【ひ［へ］】しこゝら
作　つくしへ下　るにさそはれ給ひて出たち給　ひ　しこゝら
天　つくしへくたるにさそはれ給ひて出たち給　ひ　しこゝら
東　つくしへくたるにさそわれ給ひて出たち給　ひ　しこゝら
原　つくしへくたるにさそはれ給ひていて立給　ひ　しこゝら

静七　のとし月はなれすな　らひ給ひしかははる〳〵物し給
作　のとし月はなれすな　らひ給ひしかははる〳〵物し給
天　のとし月はなれすな　らひ給いしかははる〳〵物し給
東　のとし月はなれずな▼らひ給ひしかははる〳〵物し給（69オ）
原　の年　月はなれすな　らひ給ひしかははる〳〵物し給

静八　はんをいといみしうおほしたりき其日に成　てをは君
作　はんをいといみしうおほしたりき其日に成　てをは君
天　はんをいといみしうおほしたりき其日に成　ておは君
東　はんをいといみしうおほしたりき其日に成　ておば君
原　はんをいといみしうおほしたりき其日になりてをは君

静九　おはしてしはし御らん　し　をくれかゝるついてに物まうて
作　おはしてしはし御覧　し　おくれかゝるついてに物まうて
天　おはしてしはし御覧　し　おくれかゝるついてに物詣
東　おはしてしはし御覧【〇し】おくれかゝるついてに物詣　て
原　おはしてしはし御覧　し　おくれかゝるついてに物詣　て

静十　もせさせ奉らんかはかりにてはあえなし　なときこえうこ▼（64オ）
作　もせさせ奉らんかはかりにてはあへなし▼など聞　えうこ（45ウ）
天　もせさせ奉らんかはかりにてはあへなし　なときこへうこ
東　もせさせ奉らんかはかりにてはあえなし　なときこえうご
原　もせさせ奉らむかはかりにてはあえなし　なと聞　えうこ

静一　か　してしゐてそゝのかしゐて奉り給ひしかりそめ
作　か　してしひてそゝのかしゐて奉り給ひしかりそめ
天　か▼してしひてそゝのかしゐて奉り給ひしかりそめ（58オ）
東　か　してしひてそゝのかしゐて奉り給ひしかりそめ
原　か　してしひてそゝのかしゐて奉り給ひしかりそめ

静二　の事　と思ふ給　へしかは物なとしたゝむまても侍らす
作　の事　と思う給　へしかは物なとしたゝむまても侍らす
天　のことゝ思ふ給　へしかは物なとしたゝむまても侍らす
東　の事　と思ふ給　へしかば物なとしたゝむまても侍らす
原　の事　と思ふたまへしかは物なとしたゝむまても侍らす

静三　あまなとも御ともにまかてさふらひしを其まゝ舟
作　あまなとも御供　にまかてさふらひしを其まゝ舟
天　あまなとも御供　にまかてさふらひしを其まゝ舟
東　あまなとも御供　にまかでさふらひしを其まゝ舟
原　あまなとも御供　にまかてさふらひしを其まゝ舟

静四　にうつし奉り給ふをあさましくかくたゆめ給ひける
作　にうつし奉り給ふをあさましくかくたゆめ給ひける
天　にうつし奉り給ふをあさましくかくたゆめ給ひける
東　にうつし奉り給ふをあさましくかくたゆめ給ひける
原　にうつし奉り給ふをあさましくかくたゆめ給ひける

静五　ほと又　おまへのきこしめさん事あはれ成　し御心　さしな
作　ほとまたおまへのきこしめさん事あはれなりし御心　さしな
天　程　またおまへのきこしめさん事あわれ成　し御こゝろさしな
東　ほとまたおまへのきこしめさん事あはれ成　し御こゝろさしな
原　ほとまたおまへのきこしめさむ事あはれ成　し御こゝろさしな

静六　と　おほしつゝけていといたうなきしつみ　おはせしにかし
作　と　おほしつゝけていといたうなきしつみ　おはせしにかし
天　と　おはしつゝけていといたうなきしつみ　おはせしにかし
東　と▼おほしつゝけていといたうなきしつみ　おはせしにかし（69ウ）
原　と　おほしつゝけていといたうなきしつみ▼おはせしにかし（57オ）

静七　こにおはしつきては大二のこのかみのみんふのたゆふにあは
作　こにおはしつきては大二のこのかみのみむふのたゆふにあは
天　こにおはしつきては大二のこのかみのみむふのたゆふにあは
東　こにおはしつきては大二のこのかみのみむふのたゆふにあは
原　こにおはしつきては大二のこのかみのみむふのたゆふにあは

静八　せ奉らんなとほの〳〵きこえ侍りしをきゝつけ給　ひて
作　せ奉らむなとほの〳〵聞　え侍りしを聞　つけ給　ひて
天　せ奉らんなとほの〳〵きこへ侍りしをきゝつけ給　ひて
東　せ奉らむなとほの〳〵きこえ侍りしをきゝつけ給　ひて
原　せ奉らむなとほの〳〵聞　え侍りしをきゝつけたまひて

静九　いとゝなみたの色　ふかく見え給ひしかひたすらなき道
作　いとゝなみたの色　ふかく見え給ひしかひたすらなき道
天　いとゝなみたのいろふかく見へ給ひしかひたすらなき道
東　いとゝなみたのいろふかく見え給ひしかひたすらなき道
原　いとゝなみたのいろふかく見え給ひしかひたすらなき道

静十　にとおほし成けるにや五日六日過　るまて露はかりの▼（64ウ）
作　にとおほし成けるにや五日六日過　るまて露はかりの
天　にとおほし成けるにや五日六日すくるまて露はかりの
東　にとおほし成けるにや五日六日すくるまて露はかりの
原　にとおほし成けるにや五日六日すくるまて露はかりの

静一 物も御らんし入さりしかついにかう　ならせ給へるとなく
作 **物も御らんし入さりしかつひにかう　ならせ給へるとなく**
天 物　御らんし入さりしかつひにかう▼ならせ給へるとなく（58ウ）
東 物も御らんし入さりしかつひにかう　ならせ給へるとなく
原 物も御覧　し入さりしがつひにかう　ならせ給へりとなく

静二 〱其　ほとの事いふかしかりしくちすさひのもと
作 **〱そのほとの事いふか　りしくちすさひのもと**
天 〱そのほとの事いふかしかりしくちすさひのもと
東 〱そのほとの事いふかしかりしくちすさひのもと
原 〱そのほとの事いふかしかりしくちすさひのもと

静三 かゝりとつけよとことつてあはときゆともとなきこか
作 **かゝりとつけよとことつてあはときゆともとなきこか**
天 かゝりとつけよとことつてあはときゆともとなきこか
東 かゝりとつけよとことつてあはときゆともとなきこか
原 かゝりとつげよとことづてあはときゆともとなきこが

静四 れ給ひしそのよの事　もいとよくおほえてかたりきこ
作 **れ給ひしそのよのこと　もいとよくおほえてかたりきこ**
天 れ給ひしそのよのこと　もいとよくおほへてかたりきこ
東 れ給ひしそのよのこと▼もいとよくおほえてかたりきこ（70オ）
原 れ給ひしそのよのこと　もいとよくおほえてかたりきこ

静五 ゆうたかはしきかたのましり【〇し】時　たにあかぬわかれの一す
作 **ゆう*たかはしきかたのましり　し　時▼たにあかぬわかれの一す（46オ）［七九］**
天 ゆうたかはしきかたのましり　し　時　たにあかぬわかれの一す
東 ゆうたかはしきかたのましり　し　時　たにあかぬわかれの一す
原 ゆうたかはしきかたのましり　し　時　たにあかぬわかれの一す

静六 ちはいみしうおほしたりしをおほくはわかなさけにきえ
作 **ちはいみしうおほしたりしをおほくはわかなさけにきえ**
天 ちはいみしうおほしたりしをおほくはわかなさけにきへ
東 ちはいみしうおほしたりしをおほくはわがなさけにきえ
原 ちはいみしうおほしたりしをおほくはわかなさけにきえ

静七 ける命　のほとゝきこしめす心　ちうつゝともおほえ給
作 **けるいのちのほとゝきこしめすこゝちうつゝともおほえ給**
天 けるいのちのほとゝきこしめす心　ちうつゝともおほへ給
東 けるいのちのほどゝきこしめす心　ちうつゝともおほえ給
原 けるいのちのほとゝきこしめす心　ちうつゝ□もおほえ給

静八 はねと御そてのしつくはよゝとをちけり　いひもて行
作 **はねと御そての雫　はよゝとおちけり　いひもてゆけ**
天 はねと御そての雫　はよゝとおちけり　いひもて行
東 はねと御そての雫　はよゝとおちけり　いひもて行
原 はねと御そての雫　はよゝとおちけり▼いひもて行（57ウ）

静九　はた、みつからのあやまりになん有けるとくむかへましか
作　はたゝみつからのあやまりになん有けるとくむかへましか
天　はた、みつからのあやまりになん有けるとくむかへましか
東　はたゝみつからのあやまりになん有けるとくむかへましか
原　はた□□つからのあやまりになむ□けるとくむかへましか

静十　はかくいみしきわかれは有なんや月ころ　ふるまて御なの▼（65オ）
作　はかくいみしきわかれは有なんや月ころ　ふるまて御なの
天　はかくいみしきわかれは有なんや月ころのふるまて御なの
東　はかくいみしきわかれは有なんや月ころ　ふるまて御なの
原　はかくいみしきわかれは有なんや月ころ　ふ□まて御なの

静一　りたにきかさりし心ぬるさのあまりそかしさても
作　りたにきかさりし心ぬるさのあまりそかしさても
天　り　きかさりし心ぬるさのあまりそかしさても
東　りだにきかさりし心ぬるさのあまりそかしさても
原　りたにきかさりし心ぬるさのあまりそかしさても

静二　いかなる人にか今たにゆかしきを　との給ふ　いとひんなく
作　いかなる人にか今たにゆかしきを　との給ふ　いとひんなく
天　いかなる人にか今たにゆかしきを▼との給ふ　いとひんなく（59オ）
東　いかなる人にか今たにゆかしきを　との給ふ▼いとひんなく（70ウ）
原　いかなる人にか今たにゆかしきを　との給ふ　いとびむなく

静三　かつは御心　をとりもせさせ給はんとつ、ましうこそいま
作　かつは御心　おとりもせさせ給はんとつゝましうこそ今
天　かつは御こ、ろおとりもせさせ給はんとつ、ましうこそ今
東　かつは御こ、ろおとりもせさせ給はんとつ、ましうこそ今
原　かつは御こ、ろおとりもせさせ給はむとつ、ましうこそ今

静四　きこえさせし御をはのこのかみはし、うの君とて右のお
作　きこえさせし御をはのこのかみはしゝうの君とて右のお
天　きこへさせし御をはのこのかみはしゝうの君とて右のお
東　きこえさせし御おはのこのかみはじゞうの君とて右のお
原　きこえさせし御をはのこのかみはし、うの君とて右のお

静五　と、のうへの御かたにさふらひ給ひしを右大臣殿　また
作　とゝのうへの御かたにさふらひ給ひしを右大臣こそまた
天　と、のうへの御かたにさふらひ給ひしを右大臣こそまた
東　と、のうへの御かたにさふらひ給ひしを右大臣こそまだ
原　と、のうへの御かたにさふらひ給ひしを右大臣こそまだ

静六　中将に物し給　ひしとき御らんしすくさすや侍
作　中将に物し給　ひしとき御覧　しすくさすや侍
天　中将に物し給　ひしとき御覧　しすくさすや侍
東　中将に物し給　ひしとき御覧　しすくさすや侍
原　中将に物したまひしとき御覧　しすくさすや侍

静七　りけん此君むまれ給ふたいらかには物し給ひなからつ
作　りけん此君生　れ給ふたひらかには物し給ひなから月
天　りけん此君生　れ給ふたいらかには物し給ひなからつ
東　りけん此君生　れ給ふたいらかには物し給ひなからつ
原　りけむ此君生　れ給ふたいらかには物し給ひなから月

静八　きころの物思ひにやはかなくきえ給ひしかはかの御かは
作　　ころの物思ひにやはかなくきえ給ひしかはかの御かは
天　きころの物思ひにやはかなくきへ給ひしかはかの御かは
東　きころの物思ひにやはかなくきえ給ひしかはかの御かは
原　　ころの物思ひにやはかなくきえ給ひしかはかの御かは

静九　りにをは君なんおふしたて給ひしときこゆさるへ
作　りにをは君なんおふしたて給ひしときこゆさるへ
天　りにおは君なんおふしたて給ひしと聞　ゆさるへ
東　りにおは君なんおふしたて給ひしときこゆさるへ
原　りにをは君なむおふしたて給ひしときこゆさるへ

静十　きかたにてみんもくちをしかるましき　をといと丶　あ▼（65ウ）
作　きかたにて見んもくちをしかるましき▼をといと丶　あ（46ウ）
天　きかたにて見んもくちをしかるましき　をといと丶　あ
東　きかたにて見んもくちをしかるましき　をといと丶　あ
原　きかたにて見むもくちをしかるましき　をといと丶▼あ（58オ）

静一　はれにおほ　さるおも丶ちなとのかのおと丶ににたりし
作　はれにおほ　さるおも丶ちなとのかのおと丶ににたりし
天　われにおほ　さるおも丶ちなとのかのおと丶ににたりし
東　はれにおほ▼さるおも丶ちなとのかのおと丶ににたりし（71オ）
原　はれにおほ　さるおも丶ちなとのかのおと丶に似たりし

静二　はやと今さらおほしあはせらるかの中たちのつき　く
作　はやと今さらおほしあはせらるか*の中たちのつき　く〔八〇〕
天　はやと今さらおほしあ　せらるかの中達　のつき　く
東　はやと今さらおほしあはせらるかの中たちのつき【く】
原　はやと今さらおほしあはせらるかの中たちのつぎ　く

静三　しくいひたりしそらこともかたり給　ふ　むかしよりふか
作　しくいひたりしそら言　もかたり給　ふ　昔　よりふか
天　しくいひたりしそら言　もかたりたまふ▼昔　よりふか（59ウ）
東　しくいひたりしそら言　もかたり玉　ふ　昔　よりふか
原　しくいひたりしそら言　もかたり給　ふ　昔　よりふか

静四　きほい有　身にてなへての人のもつなるほたしなとも
作　きほいある身にてなへての人のもつなるほたしなとも
天　きほい有　身にてなへての人のもつなるほたしなとも
東　きほい有　身にてなへての人のもつなるほたしなとも
原　きほい有　身にてなへての人のもつなるほたしなとも

静五　あなかちにかけはなれてひた道に思　ひならるれとひ
作　あなかちにかけはなれてひた道に思　ひならるれとひ
天　あなかちにかけはなれ　ひた道におもひならるれとひ
東　あなかちにかけはなれてひた道におもひならるれとひ
原　あなかちにかけはなれてひた道におもひならるれとひ

静六　とり物し給ふうへのおほしなけかん心うさにけふまて
作　とり物し給ふうへのおほしなけかん心うさにけふまて
天　とり物し給ふうへのおほしなけかん心うさにけふまて
東　とり物し給ふうへのおほしなけかん心憂さにけふまて
原　とり物し給ふうへのおほしなけかむ心憂さにけふまて

静七　かくてなからへぬるをか、るわかれはかへりてうれしかるへき
作　かくてなからへぬるをかゝるわかれはかへりてうれしかるへき
天　かくてなからへぬるをか、るわかれは帰　りてうれしかるへき
東　かくてなからへぬるをか、るわかれは帰　りてうれしかるへき
原　かくてなからへぬるをか、るわかれは帰　りてうれしかるへき

静八　道　のしるへなれとなをさは思ひなられすとて又　いみし
作　みちのしるへなれとなほさは思ひなられすとてまた　いみし
天　みちのしるへなれとなほさは思ひなられすとていまたいみし
東　みちのしるへなれとなほさは思ひなられすとてまた　いみし
原　道　のしるへなれどなほさは思ひなられすとてまた　いみし

静九　う　ぬらしそへ　給ふよし今　はこと〳〵はいひてもかなしは
作　う　ぬらしそへ　玉ふよしいまはこと〳〵はいひてもかなしは
天　【く】ぬらしそへ　給ふ　いまはこと〳〵はいひてもかなしは
東　う　ぬらしそへ▼玉ふよしいまはこと〳〵はいひてもかなしは（71ウ）
原　う　ぬらしそへ　給ふよし今　はこと〳〵はいひてもかなしは

静十　ちすの露を玉とみか、んのみこそなき人【の［も］】ため成　へ▼（66オ）
作　ちすの露を玉とみかゝむのみこそなき人　の　ためなるへ
天　ちすの露を玉とみか、む　こそなきひとの　ため成　へ
東　ちすの露を玉とみか、むのみこそなきひとの　ため成　へ
原　ちすの露を玉とみが、むのみこそなき人　の　ためなるへ

静一　けれさらにあらためてさるへきほうしをと思　ふあるし
作　けれさらにあらためてさるへきほうしをと思　ふあるし
天　けれさらにあらためてさるへきほうしをと思　ふあるし
東　けれさらにあらためてさるへきほうしをと思　ふあるし
原　けれさらにあらためてさるへきほうしをとおもふあるし

静二　のかへらんほとに　さ　きこえ給へいと有かたく　なき人の　御
作　のかへらむほとに　さ　聞　え給へいと有かたく　なき人の　御
天　のかへらむほとに　さ　きこへ給へいと有かたく　なき人の　御
東　のかへらむほとに【さ】きこえ給へいと有かたく　なき人の【御】
原　のかへらむほとに　さ　聞　え給へいと有かたく▼なき人の　御（58ウ）

静三　ためはおもたゝしかるへけれと又かろ〱しきこえなす
作　ためはおもたゝしかるへけれと又かろ〱しく聞　えなす
天　ためはおもたゝしかるへけれと又かろ〱しきこへなす
東　ためはおもだゝしかるへけれと又かろ〱しきこえなす
原　た□はおもたゝしかるへけれと又かろ〱しきこえなす

静四　人も侍　らんは御ためいとをしうときこゆ　かゝるきはの
作　人もはへらんは御ためいとほしうときこゆ　かゝるきはの▼（47オ）
天　人も侍　らんは御ためいとほしうときこゆ▼かゝるきはの（60オ）
東　人もはへらんは御ためいとほしうときこゆ　かゝるきはの
原　人もはへらんは御ためいとほしうときこ□　かゝるきはの

静五　ひとは身のくちをしさもたとらぬ物成　にいと思　ひや
作　人　は身のくちをしさもたとらぬ物なるにいと思　ひや
天　人　は身のくちをしさもたとらぬ物成　にいと思　ひや
東　人　は身のくちをしさもたとらぬ物成　にいと思　ひや
原　人　は身のくちをしさもたとらぬ物成　にいとおもひや

静六　りふかき心のほとをめやすくあはれにみ給ふ京な
作　りふかき心の程　をめやすくあはれに見給ふ*京な［六二］
天　りふかき心の程　をめやすく哀　に見給ふ京な
東　りふかき心の程　をめやすく哀　に見給ふ京な
原　りふかき心の程　をめやすく哀　に見給ふ京な

静七　とへも物し給へきゝても〱　あかすのこりおほかるゆめ物
作　とへも物し給へきゝても〱　あかすのこりおほかるゆめ物
天　とへ　物し給へきゝても〱　あかすのこりおほかるゆめ物
東　とへも物し給へきゝても〱▼あかすのこりおほかるゆめ物（72オ）
原　とへも物し給へ聞　ても〱も　あかすのこりおほかるゆめ物

静八　かたりもつねにきこえまほしうとなつかしうきこえ給
作　かたりもつねに聞　えまほしうとなつかしうきこえたまふ
天　かたりもつねにきこへまほしうとなつかしうきこへたまふ
東　かたりもつねにきこえまほしうとなつかしうきこえ給　ふ
原　語　もつねにきこえまほしうとなつかしう聞　え給　ふ

静九　今更　にあまのたくなはくりかへしあはときえに
作　今更　にあまのたくなはくりかへしあわときえに
天　今更　にあまのたくなはくりかへしあわときえに
東　今更　にあまのたくなはくりかへしあわときえに
原　今さらにあまのたぐなはくりかへしあわときえに

静十　し人をこふらんとてつきせすをしのこひ給へる御▼（66ウ）
作　し人をこふらんとてつきせすおしのこひ給へる御
天　し人をこふらんとてつきせすをしのこひ給へる御
東　し人をこふらんとてつきせすをしのこひ給へる御
原　し人をこふらむとてつきせすおしのこひ給へる御

静一　かたちのみし折　よりもおかしうあはれになまめかしき
作　かたちの見しをりよりもをかしうあはれになまめかしき
天　かたちの見しをりよりもをかしうあはれになまめかしき
東　かたちのみしをりよりもをかしうあはれになまめかしき
原　かたちのみしをりよりもをかしうあはれになまめかしき

静二　を見奉るまゝに〳〵しつのをたまきならぬよの中そ
作　を見奉るまゝに〳〵賤　のをたまきならぬよの中そ
天　を見奉るまゝに〳〵賤　のをたまきならぬよの中そ
東　を見奉るまゝに〳〵賤　のをたまきならぬよの中そ
原　を見奉るまゝに〳〵しつのをたまきならぬよの中そ

静三　かへす〳〵もうらめしう身もうきぬへき心　ちそする
作　かへす〳〵もうらめしうみもうきぬへきこゝちそする
天　かへす〳〵もうらめしうみもうきぬへき心　ちそする
東　かへす〳〵もうらめしうみもうきぬへき心　ちそする
原　かへす〳〵もうらめしう身もうきぬへきこゝちそする▼（59オ）

静四　かはかりにそてやしほりしあさ夕　にぬるゝはあま
作　かはかりにそてやしほりしあさゆふにぬるゝはあま
天　いかはかり袖　やしほりしあさゆふにぬるゝはあま
東　かはかりにそてやしほりしあさゆふにぬるゝはあま
原　かはかりに袖　やしほりし朝　夕　にぬるゝはあま

静五　のならひなれともかたはらいたうときこゆ　るさまもいと
作　のならひなれともかたはらいたうと聞　ゆ　るさまもいと
天　のならひなれともかたはらいたうときこゆ　るさまもいと▼（60ウ）
東　のならひなれともかたはらいたうときこゆ▼るさまもいと（72ウ）
原　のならひ　　ともかたはらいたうときこゆ　るさまもいと

静六　たえかたけ也　つきせ　ぬ　御物語にあけかたちかうなりぬき
作　たへかたけなりつきせ　ぬ　御物語にあけかたちかうなりぬき
天　たえかたけなりつきせ　ぬ　御物語に明　かたちかう成　ぬき
東　たえかたけなりつきせ　ぬ　御物語にあけかたちかうなりぬき
原　たえかたけ也　つきせ【ぬ】御物語に明　かた近　うなりぬき

静七　りたちこめてわけ給ふへきかたもみえぬそらのけし
作　りたちこめて分　給ふへきかたもみえぬそらのけし
天　り立　こめて分　給ふへきかたも見へぬそらのけし
東　りたちこめて分　給ふへきかたも見えぬそらのけし
原　り立　こめて分　給ふへきかたも見えぬ空　のけし

静八　きにもきしかたのあかつきおほしいつるにかはる事のみ　お
作　きにもきしかたのあかつきおほし出　るにかはる事のみ▼お（47ウ）
天　きにもきしかたのあかつきおほしいつるにかはる事のみ　お
東　きにもきしかたのあかつきおほしいつるにかはる事のみ　お
原　きにもきしかたのあかつきおほし出　るにかはる事のみ　お

静九　ほく成　にしをなをもとの身にてわれのみつれなきは
作　ほくなりにしをなほもとの身にてわれのみつれなきは
天　ほく成　にしを猶　もとの身にてわれのみつれなきは
東　ほくなりにしを猶　もとの身にてわれのみつれなきは
原　ほくなりにしを猶　もとの身にてわれのみつれなきは

静十　くちをしうあはれにおほさるへしかのほうしのれう又▼（67オ）
作　くちをしうあはれにおほさるへしかのほうしのれうまた［二］
天　くちをしうあはれにおほさるへしかのほうしのれうまた
東　くちをしうあはれにおほさるへしかのほうしのれうまた
原　くちをしうあはれにおほさるへしかのほうしのれう又

静一　あまのためなとおほしやりてこかねおほくつかはし給
作　あまのためなとおほしやりてこかねおほくつかはし給」
天　あまのためなとおほしやりてこかねおほくつかはし給
東　あまのためなとおほしやりてこかねおほくつかはし給
原　あまのためなとおほしやりてこかねおほくつかはし給

静二　よへはみつのてらにまうてゝ　こ　よなふかし侍りしかは
作　よへはみつのてらにまうてゝ　こ　よなうふかし侍りしかは
天　よへはみつのてらに詣　て　こ　よなうふかし侍りしかは
東　よべはみつのてらに詣　て　【こ［と］】よなうふかし侍りしかは
原　よべはみつのてらに詣　て　こ　よなうふかし侍りしかは

静三　御とのゐにも物し給へすなときこえ給ふけふそ京へ
作　御とのゐにも物し給へすなと聞　え給ふけふそ京へ
天　御とのゐにも物し給へすなと聞　へ給ふけふそ京へ
東　御とのゐにも物し給へすなと聞　え給ふけふそ京へ
原　御とのゐにも物し給へすなと聞　え給ふけふそ京へ

静四　かへり給ふ御むかへの人〳〵あまたひき　つゝけまいり給　ひ
作　帰　り給ふ御むかへの人〻　あまたひき　つゝけまゐり給　ひ
天　帰　り給ふ御むかへの人〻　あまたひき　つゝけまいりつとひ
東　帰　り給ふ御むかへの人〻▼あまたひきつきつゝけ参　り給　ひ（73オ）
原　帰　り給ふ御むかへの人〻　あまたひき　つゝけ参　り給　ひ

静五　てなこりなくをこたり給ふをよろこひあへりちう
作　てなこりなくおこたり給ふをよろこひあへり中
天　てなこりなくおこたり給ふをよろこひあへり中
東　てなこりなくおこたり給ふをよろこひあへり中
原　てなこりなくおこたり給ふをよろこひあへり中

静六　なこんとのはまつうちにまいり給　ひて　いなかの事とも
作　納言　殿　はまつ内　にまゐり給　ひて　ゐなかの事とも
天　納言　殿　はまつ内　にまゐり給　ひて　いなかの事とも
東　納言　殿　はまつ内　にまゐり給　ひて　いなかの事とも
原　納言　殿　はまつ内　に參　りたまひて▼ゐなかの事とも（59ウ）

静七　そうし給へはゆの　かしこさをおかしからせ給ふさはかし
作　そうし給へはゆの　かしこさをかしからせ給ふさ*わかし〔八三〕
天　そうし給へはゆの▼かしこさをかしからせ給ふさわかし（61オ）
東　そうし給へはゆの　かしこさをかしからせ給ふさはかし
原　□うし給へはゆの　かしこさをかしからせ給ふさわかし

静八　きほと過　してうへは御ちふつのかさりをいそきおほ
作　きほとすくしてうへは御ちふつのかさりをいそきおほ
天　き程　過　してうへは御ぢぶつのかさりをいそきおほ
東　きほとすくしてうへは御ちふつのかさりをいそきおほ
原　きほとすくしてうへは御ぢふつのかさりをいそきおほ

静九　したるに君もも　と　より此かたにはすゝみ給へる御心
作　したるに君もも【と】より此かたにはすゝみ給へる御心
天　したるに君もも　と　より此かたにはすゝみ給へる御心
東　したるに君もも　と　より此かたにはすゝみ給へる御心
原　したるに君も元　より此かたにはすゝみ給へる御心

静十　にてもろともにあつかひ道　〱の物の上手ともめしよ▼（67ウ）
作　にてもろともにあつかひみち〱の物の上手ともめしよ
天　にて諸　ともにあつかひみち〱の物の上手ともめしよ
東　にて諸　ともにあつかひみち〱の物の上手ともめしよ
原　にてもろともにあつかひみち〱の物の上手ともめしよ

静一　せてこまか成　心しらひそゆへくの給はせつくほうふく
作　せてこまかなる心しらひそふへくの給はせつくほうふく
天　せてこまか成　心しらひそゆへくの給はせつくほうふく
東　せてこまか成　心しらひそゆへくの給はせつくほうぶく
原　せてこまか成　心しらひそへへくの給はせつゝほうぶく

静二　やうの物　なにくれとうち　〱　にも物し給ふにうちま
作　やうの物　なにくれとうち　〱　にも物し給ふにうちま
天　やうの物　なにくれとうち　〱　にも物し給ふにうちま
東　やうの物　なにくれとうち　〱　にも物し給ふにうちま
原　やうのものなにくれとうち【○〱】にも物し給ふにうちま

静三　きれ給ふやう　なれと〱有　を　みるたにこひしき秋の
作　きれ給ふやう　なれと〱あるを▼見るたにこひしき秋の（48オ）
天　きれ給ふやう　なれと〱有　を　見るたに戀　しき秋の
東　きれ給ふやう▼なれと〱有　を　見るたにこひしき秋の（73ウ）
原　きれ給ふやう　なれと〱有　を　見るたに恋　しき秋の

静四　かなしさはなへてたに有　をまして御らんしそめしこの
作　かなしさはなへてたにあるをまして御らんしそめしこの
天　かなしさはなへてたに有　をまして御覧　しそめしこの
東　かなしさはなへてたに有　をまして御らんしそめしこの
原　かなしさはなへてたに有　をまして御覧　しそめしこの

静五 ころもたゝ今　の心　ちし給へはとこもなみたの露し
作 頃　もたゝいまのこゝちし給へはとこもなみたの露し
天 比　もたゝいまの心　地し給へはとこもなみたの露し
東 比　もたゝいまの心　ちし玉へはとこもなみたの露し
原 頃　もたゝいまの心　ちし給へは床　もなみたの露し

静六 けくてねさめかちなり
作 けくてねさめかちなり
天 けくてねさめかちなり
東 けくてねさめかちなり
原 げくてねさめかちなり

静七 つねよりも思　ひそいつるあ　か　つきはしきのはねか
作 つねよりも思　ひそいつるあ　か　つきのしきのはねか
天 つねよりも思　ひそいつるあ【か】つきのしきの羽ねか
東 つねよりもおもひそいつるあ　か　つきのしきの羽　か
原 つねよりもおもひそ出　るあ　か　つきのしきの羽　か

静八 きかきあつめつゝかくなかめあかし給　ふあしたのそらに
作 きかきあつめつゝ*かくなかめあかし給　ふあしたの空　に [四]
天 きかきあつめつゝかくなかめあかし給　ふあしたの空▼に（61ウ）
東 きかきあつめつゝかくなかめあかし給　ふあしたのそらに
原 きかきあつめつゝかくなかめあかしたまふあしたの空　に

静九 うすきりたちまよひて　まかきのきくもおほつかな
作 薄　霧　たちまよひて　まかきの菊　もおほつかな
天 薄　きりたちまよひて　まかきの菊　もおほつかな
東 薄　霧　たちまよひて　まかきの菊　もおほつかな
原 薄　きりたちまよひて▼まかきの菊　もおほつかな（60オ）

静十 くもみちのいろもほのかにおかしきをはしのかたに▼（68オ）
作 く紅葉　の色　もほのかにをかしきをはしのかたに
天 く紅葉　の色　もほのかにをかしきをはしのかたに
東 く紅葉　の色　もほのかにをかしきをはしのかたに
原 く紅葉　の色　もほのかにをかしきをはしのかたに

静一 ついゐて笛をすこしふきならし給ふにわれな
作 ついゐて笛をすこしふきならし給ふにわれな
天 ついゐて笛をすこしふきならし給ふにわれな
東 ついゐて笛をすこしふきならし給ふにわれな
原 ついゐて笛をすこし吹　ならし給ふにわれな

静二 からあはれに心　ほそけれは
作 からあはれにこゝろほそけれは
天 からわはれにこゝろ細　けれは
東 からあはれに心　細　けれは▼（74オ）
原 からあはれにこゝろほそけれは

静三　ふえたけの此　うきふしよの中をそむく山
作　**笛竹のこのうきふしよ世の中をそむく山**
天　笛竹の此　うきふしよ世の中をそむく山
東　笛竹の此　うきふしに世の中をそむく山
原　笛竹の此　うきふしよ世の中をそむく山

静四　ちのしるへともなれとひとりこちゐ給ふさるは月日に
作　**路のしるへともなれとひとりこちゐ給ふさるは月日に**
天　路のしるへともなれとひとりこち　給ふさるは月日に
東　路のしるへともなれとひとりこちゐ給ふさるは月日に
原　路のしるへともなれとひとりこちゐ給ふさるは月日に

静五　そへいと丶ひしりになりまさり給ふかのみつのあまを
作　**そへいと丶ひしりになりまさり給ふかのみつのあまを**
天　そへいと丶ひしりに成　まさり給ふかのみつのあまを
東　そへいと丶ひしりになりまさり給ふかのみつのあまを
原　そへいと丶ひしりになりまさり給ふかのみつのあまを

静六　もたえすとふらひ給ふにあはれにかたしけなくか丶ら
作　**もたえすとふらひ給ふにあはれにかたしけなくか丶ら**
天　もたへすとふらひ給ふにあわれにかたしけなくか丶ら
東　もたえすとふらひ給ふにあはれにかたしけなくか丶ら
原　もたえすとふらひ給ふに哀　にかたしけなくか丶ら

静七　さらましかはとすてける　ほとをうれしう思　ひける
作　**さらましかはとすてける▼ほとをうれしうおもひける**（48ウ）
天　さらましかはとすてける　ほとをうれし　思　ひける
東　さらましかはとすてける　ほとをうれしう思　ひける
原　さらましかはとすてける　ほとを嬉　しうおもひける

静八　とか▼（68ウ）
作　**とか**
天　とか
東　とか▼（75ウ）
原　とか

作楽本奥書

文政の五とせといふとし霜月はしめつかた一わたり本によみ
あはせつ此物語はわか友殿岡従か難波より得て帰れ
るを借て今井清蔭に筆とらせしなり　菅原夏蔭（49オ）

此ものかたりふみは世にいとめつらかなるものそとて夏繁
大人のかしあたへられたるをかたのことくうつしとゝめたるは
慶應の四とせといふとしのきさらきはしめつかたなり
滋野安昌（49ウ）

天保本奥書

文政の五とせといふとし霜月はしめつかた一わたり本によみ
あわせつ此物語はわか友殿岡従か難波より得て帰れ
るを借て今井清蔭に筆とらせしなり　菅原夏蔭（62オ）

筆をとれはものかゝれ杯をとれは酒を思ふ
との給ひしことく世の中にあるとあること
すく世なくては行あふ事かたしわれはやふ
より物かたりものに心いれて明くれのもて
あそひものとてはものゝ本より外なししかるに
こたひとし子の君よりかしあたへ給ふたる此
やえむくらてふ物語はあはれにをかしき
草紙にて言葉のみやひやかなること又うたの
えんにやさしき事中〳〵こと物語にすくれて（62ウ）
をかしうち見るたひ毎にめさましき心地
してたゝにうちすておかんもおこなる
わさとてつたなき筆に書うつすものは
天保十二巳冬月末写之　廣田信子（63オ）

末の世の人しみの住かとなすことなかれ（見返し）

別本八重葎

べつぽんやへむぐら

凡例

一、本編は、『別本八重葎』の本文・現代語訳、注、登場人物一覧、梗概、解題・参考文献一覧、及び翻刻本文からなるものである。
二、底本には、紫草書屋蔵『八重葎』（寶暦九年二月中浣　成章　寛政七年中夏寫之　成孚）を用いた。当該写本は、本作品の現在知られる唯一の伝本である。
三、本文は、底本の全容を再現することを期して、奥書とみられる部分をも対象にふくめた。
四、本文作成にあたっては、広く一般読者にとって読みやすいものとなるよう配慮して校訂方針を定める一方、底本の本文の様態を再現できるよう工夫を凝らして学的精密性を保持することにも努めた。
五、本文の校訂のために加えた操作の基本的な方針は、次のとおりである。
1、底本の変体仮名を通行の仮名にあらため、仮名遣を歴史的仮名遣に統一し、句読点、濁点、送り仮名を加えた。
2、底本の仮名に漢字をあてたり、底本の漢字表記を仮名に開いたりして、読みやすい表記となるよう整理を加えた。
当字、異体字、旧字体は、通行の字体とすることを原則とした。

なお、漢字をあてることによって生じた字音仮名遣等の訂正については、「六の1」の項を参照されたい。
3、反復記号すなわち「〱」「々」「〻（二の字点）」は、これを用いず、漢字あるいは仮名を繰り返し表記した。
4、1～3以外に、底本に改訂を加えた場合がある。これについては、「六の2」の項を参照されたい。
5、会話は「　」で括るとともに、改行一字下げにし、内容の把握がしやすいよう配慮した。
6、消息、和歌の引用、内話（心内語）なども「　」で括ったが、内話（心内語）については省いたところがある。
7、和歌は、二字下げにして示した。

8、本文を段落に分けて、通し番号と見出しを付した。

9、登場人物には、見出し及び現代語訳に、必要に応じて□の中に人物番号を付し、登場人物一覧、梗概と照応させて、理解のたやすさをはかるようにした。

六、底本の様態を容易に再現把握できるように、次のような操作を加えた。

1、仮名を漢字にあてたものについては、ふりがなを施すことによって、底本の表記を示した。

ただし、その際、字音仮名遣等に訂正を加えたものについては、（　）内にこれを示した。当該箇所の訂正前の様態については、翻刻本文を参照されたい。

請《（しやう）》じ　几《き》帳《（ちやう）》　冒《（をか）》し

右の例は、底本（翻刻本文）「せうし」を「請じ」と漢字をあてたが、「請」の仮名遣は「しやう」であることを示す。後の訂正例も同様である。

2、底本とは異なる「五の4」に相当する場合は、本文の右横に、次のように底本の表記を示した。

いとほ《を》しさを

右の例は、底本に「いとをしさを」とある表記を、「いとほしさを」にあらためたことを示したものである。

3、当字、異体字、旧字体の表記を、通行の漢字表記にあらためた場合には、本文の右横に、次のように底本の表記を示した。

本性《上》　阿闍《黎》梨　松《枩》

4、漢字を仮名に開いた場合には、本文の右横に、次のように底本の表記を示した。

こと《事・》　なほ《猶・》　つゆ《露・》

右の例は、「事・」を「こと」に開くことによって生じた二字分目を「・」で示したものである。

5、補助動詞の「たまふ」「はべり」「きこゆ」「まうす」「たてまつる」などは、仮名書きに表記を統一した。底本に漢字が用いられている場合については、本文の右横に、次のように底本の表記を示した。

た《給》まふ　は《侍》べり　き《聞》こゆ　ま《申》うす　た《奉》てまつる

右の例は、それぞれ、底本の表記が、「給ふ」「侍り」「聞ゆ」「申す」「奉る」であることを示している。

6、底本に反復記号「〱」「、」「ゝ（二の字点）」が用いられている場合には、底本の表記を本文の右横に、次の参考例のように、これを示した。

あだあだ《〱》しさ　いとど《、》しく　人び《ゝ》と

なお、反復記号を漢字にあらためることによって、濁音が生じた場合には、反復記号の表記を優先するとともに、「ゞ」「〲」などの表記は用いいなかった。

また「〱」の繰り返し部分が三字以上にわたる場合には、三字目以降は「・」を用い、「〱・」のように記した。

七、現代語訳は、本文に即しながらも、それじたいで読むに堪えるような文章となるよう、時に大胆に訳出を試みることを基本方針とした。

1、逐語的に現代語への置き換えるのではなく、長文を途中で区切ったり、語句を補ったり、時に文意や語感を敷衍して、理解しやすくなるよう努めるとともに、なだらかな文章となるよう意を用いた。

2、引歌その他の引用が認められる場合には、できるだけ隠された含意があらわれるよう敷衍を試みるように努めた。

八、注は、本物語の理解と今後の研究の基礎となるようなものであることを心がけ、解題の補完ともなるよう配慮した。ために煩瑣にわたることを諒とされたい。

1、引歌や本歌、参考歌をあげる場合は、原則として『新編国歌大観』に依り、歌番号を付した。

2、引用の本文は、『源氏物語』をはじめ、調査、検索に用いた索引類の底本に依ることを原則として、私に訂することをさけた。注の叙述において、表記の不統一が生じているのは、このためである。なお、『源氏物語』の場合、本編では『日本古典文学全集』本に依っている。

九、解題では、中世王朝物語としての可能性の是非について、客観的に判断するための情報提供となるよう、底本の伝来について詳述した。また、この物語の理解のための情報については、注ならびに補注とをあわせみられたい。

十、巻末にあげた翻刻本文は、『八重葎』の「八重葎諸本現態本文翻刻一覧」の凡例に準じて作成したが、煩瑣にわたるので、本『別本八重葎』における基本的部分を示せば、次のとおりである。

1、できるだけ本文の様態がわかるよう翻刻することを基本とした。

2、底本の変体仮名は通行の字体にあらためたが、漢字は底本で用いられている表記を生かすようにした。反復記号もまた、底本のままである。

3、底本の丁数、行数ならびに文字数を底本どおりに翻刻し、丁の半折ごとに、下段に括弧内に算用数字でオモテかウラかを（1オ）・（1ウ）のように記した。

4、翻刻本文の右肩に付された＊と、その下の［ ］内に記された漢数字は、『別本八重葎』本文の段落の通し番号を示すものである。これによって本文と翻刻本文の対応箇所の検索が容易にできるようにした。

5、なお、「八重葎諸本現態本文翻刻一覧」凡例に示したところであるが、（4ウ）にみえる【は［や］】は、「や」をミセケチにして、「は」と傍書してあることを示すものである。

別本八重葎

[一]遠く去った男君③を思い嘆く姫君①

一年月積《つ》もりゆくままに、心細《ぼそ》うあはれなる御ありさまなり。

老御達《おいごたち》などは、

二「さる世界《せかい》に行《い》き離《はな》れたまふ《給・・》とても、三目《め》ならぶ人に、まれ《く》の御訪《おとづ》れはなからんやは。ついでにも問《と》はせたまは《給・》ぬがいみじうつらき御心なりけり」と、よろづに言《い》ひあへり。

四正身《さうじみ》はたあながちに物慎《つゝ》ましうしたまふ《給・・》御本性《上》にて、恨《うら》めしげなる御言葉《こと》なども、うちいでさせたまは《給・》ねど、さすがに折をり《ゝ・》は、ただならずあはれにうち嘆《なげ》かせたまふ《給・》めり。

五侍従をぞ御語《かた》らひ人にて、明《あ》け暮《く》れ召《め》しまつはさせたまふ《給・・》。せめて心細《こゝろぼそ》う思《おぼ》しあまる折《をり》をり《く》は、昔《むかし》のことなど《事・》言《い》ひあはせたまひ《給・・》て、慎《つゝ》ましげにうち顰《ひそ》みなどしたまふ《給・・》ぞ、こよなき御世馴《よな》れなりける。

[二]秋月に琴を弾いて偲ぶ姫君①

秋にもなりぬ《妹》。この《此・》頃《ころ》降《ふ》り継《つ》ぎし長《なが》雨、めづらしく小止《をや》みたるに、風いと冷《ひや》やかに吹きすさびて、宵《よひ》月のさし昇《のぼ》るほど、六一年《とせ》の野分に辰巳《たつみ》の廊《らう》なども、片方《かたへ》はこぼれ倒《たふ》れたれば、

[一]　歳月ばかりが積み重なるように流れ去ってゆく。その時の流れに身をまかせるばかりで、頼りにするものとてないお気の毒な生活をお過ごしである。

年老いた女房たちなどは、

「そんな都離れた遠く辺鄙な地に行かれたにしても、歴とお揃いの女方のもとに、たまさかにもお便りがないということがありましょうか。ことのついでにもこちらの様子をお尋ねくださらないとは、なんとも薄情なお心でしたこと」と、あれにつけこれにつけ互いに不平を鳴らしていた。

ご本人①はというと、それはまた極端なほどひっこみ思案のご気性であったから、心の底の不満を漏らすようなお言葉なども口になさらないが、そうはいってもなにかの時どきには尋常ではいられなくて、せつない様子で溜息をついておられる気配がみえる。

侍従②だけをお話し相手にして、日がな一日、絶えずお側に召し寄せておられる。どうにも頼りない気持ちが募って、お心ひとつにしまってはおけなくなる折おりには、昔のことなどを侍従と語りあって、あらわには見られないように顔を顰めて涙をおこぼしになられるのだが、そういうところだけは、たしかに男女の心の機微がおわかりになっているふうなのであった。

[二]　秋にもなった。このところ降り続いていた長雨が、久しぶりにしばし降りやんだところに、風がたいそう冷やかに吹き荒れて、宵の月が皓々と空にさしのぼってくる頃のこ

軒《のき》七をあらそふ蓬葎《むぐら》のみぞ、物むつかしき障《さは》りなりける。

姫君、端近《はしちか》う出でさせたま《給》ひて、月を眺《なが》めさせたまふ。侍従召《め》し出《い》でゝ、御物語《ものがたり》などしたま《給》ひつつ、八御琴《きん》召《め》し寄《よ》す。さるはひたみちに心深《ふか》くもて消《け》ちて過《す》ぐしたま《給》ふめれど、言《い》九ふにもまさる御思ひにて、もののみ悲《かな》しう思《おぼ》さるるままに、これをぞ御紛《まぎ》らはし種《ぐさ》にはせさせたま《給》ひける。一〇古代《こたい》の曲《ごく》のもの、いたくしづめたる手《て》、一《ひと》つ二《ふた》つ弾《ひ》かせたま《給》ふ御手つきぞ、さはいへど、いまめきたる若人《わかうど》のはやりかなるあだあだし《く》さには似《に》させたま《給》はず、深《ふか》うをかしげなりける。侍従も物嘆《なげ》かしう思ひ出《い》でらるる折にて、をかしと聞《き》き居《ゐ》たり。

[三]琴の音に天候急変する

御前近《おまへちか》き荻のけしきありて、いと高《たか》うおとづれたるに、弾《引》きさしたま《給》ひて、

一一いとどしくもの思《おも》ふ宿《やど》の荻の葉《は》に秋《秌》
風立《かぜた》つと聞《き》くが悲《かな》しさ

かうやうの御うちとけごと《事》も、侍従ひとりにぞ恥《は》ぢさせたま《給》はざりける。侍従、

と、先年の野分に南東の廊なども、一部は壊れて倒れたものだから、軒と高さを競うほどの蓬やむぐらばかりが繁茂して、厭わしくも月をさえぎる妨げとなっているのであった。

姫君①は、そんなわけであったから、縁先近くまでお出になられて、月を眺めておいでになる。侍従②をお呼び寄せになり、お話などをぽつりぽつりなさって、琴《きん》の琴《こと》をおそばにとお命じになる。というのも、男君③のことはひたすら心のうち深く思いひそめてお過ごしになられるようだが、言葉では尽くせないお嘆きに、もの悲しい思いが募ると、お心のままに、この琴を悲しみの紛らわせ相手になさっておいでなのだった。今の時代からは遠い古風な楽曲のものを、しごく音色を抑えた弾き方で、一二曲お弾きになる、その手並みは、そんな掻き鳴らしとはいっても、当世風の若い人たちの弾んで軽快ではあるが実に乏しい奏法とは相違して、深い趣を湛えて聞こえるのであった。侍従もため息が出るような思いで、忘れていた過去が思い出される折であったから、興をそそられて聞き入っていた。

[三]　お前近き庭の荻が手招きをするかのような風情に傾いで、それに応えるかのように風が音をたてて吹いてくる、その気配に姫君①は琴を途中で弾きさしなさって、

ただでさえ物思いの深い宿ですのに、人招きをする荻の葉に、秋風までもが吹いて、あのかたはもうおいでにならない、とばかりに風音を聞かされるのは悲しいこと。

と、こうした心許したお歌なども、侍従②ひとりには気遣い

荻原や末葉《すゑ》吹きこす秋風《あきかぜ》にうたて露《つゆ》けき袖《そで》の上《うへ》かな

姫君いたくしづまりたまひて、御涙《なみだ》のこぼるるを、わりなく紛《まぎ》らはさせたまひて、またはかなげに掻《か》き鳴《な》らしたまふほどに、俄《には》かに雲さしおほひて、月も暗《くら》うなり、雨も降《ふ》り出《い》でぬべきに、いと寒《さむ》く気《け》恐《おそ》ろしければ、御《み》格子《かうし》下《お》ろさせたまふ。

[四] 姫君1の急な発熱　先払いの声の接近

老人ども、

「いで、例《れい》ならぬ御端居《はしゐ》かな。むくむく《く》しき夜なるに、風邪などもこそひかせたまへ。かう荒《あ》れにたるところは、鬼《おに》などいふもののありて、めでたてまつるやうもぞある」と、言《い》ひあつかふ。

げにいと悩《なや》ましくしたまひて、臥《ふ》させたまふに、御手《て》など も熱《あつ》くなりにけめ、人びと御あたり去《さ》らず居《ゐ》て、御湯《ゆ》などまゐらするほどに、前駆《さき》の声《こゑ》忍《しの》びやかにて、こなたざまに来《く》るものあり。

「あはれ大将の君《きみ》の御気配《けはひ》思ひ出《い》でらるるや」

「なぞの車にかあらん」など、言《い》ふ。

なさらずお漏らしになるのだった。侍従は、

荻原の、荻の葉先を吹きすぎる秋風のためにこぼれた露に、涙のためであるかのように袖が濡れますのは、いとわしいことでございます。

と応じたが、姫君はすっかり黙りこくってしまわれて、涙のこぼれ落ちるのを、隠しようもないのになにげないしぐさに装って、もういちど弱々しげに琴の音を弾き鳴らされる。と、たちまちに雲が空をおおい、月も隠れて暗くなり、雨まででいまにも降りだされんばかりの空模様に、なんとも肌寒く、恐ろしく感じられて、御格子を下ろさせなさる。

[四]　老女房たちは、

「ほんにまあ、こんなときにかぎってお珍しいこと、庭先近くに出ておいでになるなんて。こんなたいそう気味悪い夜ですのに、風邪などお召しになったらたいへんでございます。このように荒れておりますところには、鬼などというものがいて、人を愛でて魅入ったりすることもあるのです。そうなったらたいへんでございます」と、あれこれ世話口を言い立てる。

案の定、姫君1はおぐあい悪くなさって、横におなりになると、御手なども熱っぽくなったごようすであろうか、女房たちは姫君のおそば近くから離れぬよう侍《じ》して、薬湯など差し上げたりしている。と折しも、先払いの声ひそやかに、こちらのほうにやって来る一行がある。

「ああ、大将の君3がこちらにおいでになられた時のご様子が思い出されてなりませんね」

［五］男君③突然の来訪。喜ぶ老女房たち

ただこの南面《みなみおもて》にさし寄《よ》せて、声《こわ》づくるなれば、覗《のぞ》き見《み》るに、〔三〕狩衣姿《かりぎぬすがた》の見知《し》れるやうなるは、大夫なりけり。

　思《おも》ほえずめづらしきにも、古《ふ》りぬる人は、いとど〔四〕ひとつ涙《なみだ》ぞとどめがたかりける。咳《しはぶ》きがちにて、

「あな嬉《うれ》し。捨《す》つまじかりける命《いのち》かな。あが君のかくておはしますを、この世《よ》に待《ま》ちつけたてまつらんとやは思《おも》ひつる。夢にやあらん。さりとも、しばし覚《さ》めでをあれよ」など、ものくるはしげに言《い》ひしろふを、侍従も聞《き》きつけて、こなたに出《い》で来《き》たり。

　御前《ぜん》などもありしながらなるを、

「あやしう、さてもいつばかりか都《みやこ》には帰《かへ》らせおはしましつる。かう人疎《うと》き葎《むぐら》の門《かど》にのみ閉《と》ぢられて侍《はべ》れば、さる御響《ひゝ》きも承《うけ給は》りはべらぬに、かくておはしますを見たてまつるにも、なほ《猶・》現《うつゝ》とは思《おぼ》えはべ《侍・》らず」とて、うち泣《な》く。

「どこへおいでのお車かしら」などと、口々に言う。

［五］　ところがこの車は、まっすぐにこの南向きの正殿に近寄せて、咳払いをして案内を乞うのである。そこで、覗いてみると、狩衣姿の顔見知りの者と見えるのは、男君③に仕える大夫④なのであった。

　思いもかけない珍しい男君の来訪につけても、年老いた女房は、なおのこと悲喜わかちがたい感情がひとつとなって涙の流れ出るのをとどめることなどできないのであった。年寄りじみた咳をたびたびして、

「なんて嬉しいこと。命を捨てるなんてことはしてはいけなかったわけですこと。わが君がこうして姫君①のもとにお越しになるのを、この世で生きているうちにお待ちできるなんて思ってもみませんでした。夢ではないかしら。たとえ夢だっていい。ほんのしばらくの間でよいから、夢から覚めないでちょうだい」などと、まるで物でも憑いたかのように興奮して言いあっている。それを、侍従②も聞きつけて、こちらのほうにようすを見に出て来た。

　見ると、御前駆の者たちなども昔そのままの姿である。それを侍従は、

「訝《いぶか》しいこと、それはそうにしても君はいったいいつ都にお帰りになられたのでしょうか。このように人の訪れることもない、葎ばかりがわが物顔に生い茂る宿のうちに閉じ込められておりますものですから、お帰りになったという世間のお噂をも耳にすることがございませんでしたのに。現にこうし

［六］姫君1の冷遇に大夫4機嫌をそこねる

御車は、少《すこ》し退《しぞ》きて、蓬《よもぎ》の露乱《みだ》りがはしきに立《た》ちたり。大夫ぞ簀子《すのこ》に尻《しり》かけて語《かた》らふ。

「この一昨日《をとつひ》にぞ朝廷《おほやけ》の御許《ゆる》しかうぶらせたまひつる。昼《ひる》などは、なほ慎《つゝ》ましう思《おぼ》しめしたれば、かく夜《よ》深《ふか》う振《ふ》り延《は》へおはしますなり。乱《らう》がはしからぬ御座所《おましどころ》設《まう》けさせたまへ。姫君などか出でさせたまはぬ」と、言《い》ふに、

「げに埋《む》もれいたきもいかが」とて、入り来《き》て唆《そゝのか》しきこゆれど、宵《よひ》より物《もの》の怪《け》おこりたまふやうにて、悩《なや》ましきに、さらに人の気配《けはひ》もむつかしとて、うちも身動《みじろ》きたまはねば、とかくしあつかふほどに、大夫うちむつかりて、

「かく訪《とぶら》ひおはしましつるを、いかがは。姫君の御気配《けはひ》聞《き》かせたまはぬほどは、さらに御車よりもさし出でさせたまふまじくなん」と、言《い》ふに、老御達《ごたち》ども、

「いで憎《にく》の御心や。かうありがたき御心ざしを見《み》る見る、ただにやは帰《かへ》したてまつりたまふべき。つひに身の御幸《さいはひ》待《ま》ち出でたまふまじき御ひがひがしさかな」など、まが

て、お越しになっておられますのを目のあたりに拝しましても、なおこれが現実のこととは思えないのでございます」と言って、涙をこぼす。

［六］　御車は、庭先からは少し後ろに遠ざかって、蓬の露がここかしことどにおくただ中に置かれてある。大夫4は濡縁に腰をかけて語りかける。

「君3は、この一昨日、朝廷からご赦免をお受けになられたばかりです。昼の間などに気ままに出歩くことは、まだ世間に気兼ねされるようにお考えなものですから、このように夜更けにわざわざお出ましなのです。ひっそりした御座所をご用意ください。姫君1はどうして近くにお出ましにならないのですか」と、言うので、侍従2も、

「ほんとうにあまり内に引っ込んでばかりいるのもどんなものかしら」と思って、姫君のいる御簾の中に入って来て、お会いなさるようにお勧めするが、姫君は宵の時分から物の怪が憑いたようなご様子で、おかげんがすぐれず、そのうえそばに人の気配がするのもいやと言って、身動きひとつなさろうとしない。それで、侍従があれこれ気づかい宥《なだ》めているうちに、大夫は機嫌をそこねて、

「このように、男君が訪ねておいでになられたのに、どうしたことか。姫君のお声をお聞かせくださらないうちは、決して御車からもお姿をお見せになることはないでしょう」と言うと、老女房たちは、

「ほんにまあ、かわいげのない御心ですこと。このようにか

まがしう言《い》ひ嘆《なげ》く。

侍従《じゞう》などの入《い》り来《き》て、言《い》ひあつかふをも、「あなかま」とて、聞《き》き入《い》れたまはねば、「物《もの》の憑《つ》きたてまつりて、ひたぶるごとを言《い》はせたてまつるなめり」とあきれたる心地《ち》す。

[七] 去り行く一行 腹をたてる老女房たち

とかく休《やす》らふほどに、「夜明けはべりぬべし。はしたなくなりては便《びむ》なきわざなるを、明日《あす》の夜《よ》さりこそまうでたまはめ」とて、御車にもさやうにとり申せば、「いかがはせん。めづらしき御心ざしを[一五]燻《ふす》べ顔《がほ》ならんも、やがて絶《た》えはてたまひぬべきにや」とあやふくて、侍従なども思ひ乱《みだ》れたり。

雨そほ降《ふ》るに、御車の音《おと》して出でたまひぬれば、老人《おい》どもは、ものも思《おぼ》えず、外《と》ながら帰《かへ》したてまつるいとほしさを言《い》ひあはせつつ、姫君《ひめぎみ》をあはめ憎《にく》みて、泣《な》きぬべく腹立《はらだ》ち騒《さわ》ぐ。

たじけないご好意を拝見しながら、お目にもかかからずお帰ししてよいものかしら。結局、ご自身のせっかくのご幸運をみすみす受けとめることがおできにならないご偏屈ぶりですこと」などと、縁起でもないようなことを口にして嘆いている。

侍従などが中に入って来て、あれこれ説得するのまでも、「うるさいお黙り」と言って、聞き入れなさらないものだから、侍従は「なにか物がお憑きになって、姫君に乱暴な言葉をおっしゃらせているのでもあろう」と、呆然とするばかりの思いがする。

[七] あれこれぐずぐずと応対にてまどっているうちに、「夜が明けてしまいそうです。明るくなって帰るのでは、間の悪いことになってぐあいのよくないことですから、明日の夜にまたお伺いなさるのがよろしいかと存じます」と言って、御車でお待ちの君にもそのようにはとりはからって申しあげるものだから、「どうにもしかたのないこと。めったにないご厚情ですのに、拗《す》ねた態度でお会いしないように受け取られるようなのも、このままお越しが絶えておしまいになるのではないかしら」と心配のあまり、侍従[2]なども心乱れておろおろするありさまでいる。

雨がしめやかに降るなかを、男君[3]の乗った御車の遠ざかる音がしてお帰りになってしまうと、老女房たちは、すっかり正気を失って、邸の中にお入りもいただかず外にお待たせしたままお帰しするなんてなんともお気の毒なこと、と口々に言いあい、姫君[1]をなんてお考えなしなのでしょうか、と

［八］男君[3]からの手紙。侍従[2]の返歌

夜も明けぬ。姫君《ひめ》なほいと苦《くる》しげにせさせたま《給》せたま《給》ひて、御粥《かゆ》などをもふれさせたまはず、起《お》きもあがらせたまはぬに、御文あり。一六御使《つか》ひは蓑虫《みのむし》のやうにて、まうで来《き》たり。

侍従ぞ取《と》りて見《み》る。

「昨夜《よべ》は置きたる露《つゆ》も払《はら》はんかたなくて、辛《から》かりきや、
一七雨もよに来《く》れど逢《あ》はねば濡《ぬ》れつつぞ我は来《き》にける道の一八
長手《ながて》を
昨夜《よむべ》は帰《かへ》る、今宵《こよひ》さは」

など、多《おほ》くて、濃《こ》き緑《みどり》の紙《かみ》のあやしく香《かう》ばしきに、書《か》いたまへり。御返《かへ》りなど、ましてあるべうもあらぬ御さまなれば、侍従ぞ聞《き》こゆる。

「昨夜《よべ》はいかなる御便《たよ》りにか、
明《あ》けぐれのうはの空より降《ふ》る雨をかへる袖には託《かこ》たざらなむ
夢現《ゆめうつつ》とは一九」

など口疾《くちと》くて、押《お》し包《つつ》みて取《と》らせつ。

蔑み憎んで、涙を流さんばかりに腹立てて声を荒らげる。

［八］　夜もすっかり明けた。姫君[1]はなおも苦しそうになさって、御粥などにも手をつけようとなさらない。起き上がりもなさらない。そういうところに、男君[3]からのお手紙が届く。お使いの者は、雨具を身にまとって蓑虫さながらの姿で参上した。

その手紙を侍従[2]が受け取って見開く。

「昨夜は、衣にしとどに置いた私の涙の露も払い落としようがないほど、つらいことでした。
雨もよよとばかりに降りつづく夜にお訪ねしたけれど、あなたが逢ってくださらないので、雨どころか溢れ出る涙に濡れそぼって、長い道のりをかいなく帰って来たことです。
昨夜はむなしく帰りましたが、今宵はお逢いくださらないことがあろうかと思っております」

などと、愛情深くこまごまと言葉があって、濃い緑色の、奇異に感じられるほど深く香のたきしめられた紙に、お書きになってある。姫君はそれを読むどころか、御返事など、ましてお書きになれそうもないご様子であるから、侍従が代わってご返事申しあげる。

「昨夜は、どこへお出かけのついでのお立ち寄りだったのでしょう。
暁闇《ぎょうあん》の空から降る雨は、これまでうわの空の思いで嘆いて過ごしてまいりました私の涙なのでございます。その

［九］阿闍梨[5]、手紙の正体を見あらわす

今宵《こよひ》ばかりは、なほ御対面《たいめむ》あらんやうなどを言《い》ひあはするほどに、山の阿闍梨《あざり》の君《きみ》、この頃《ころ》、院の悩《なや》ましくせさせたまふ御祈《いの》りに、請《（しやう）》じ下《お》ろさせたまふが、ふとまうでたまへり。

さし覗《のぞ》きたまふより、うち見《み》まはしたまひて、

「この宮《みや》には、例《れい》ならぬ病者《びやうざ》などやある」と、問はせたまふ。人びと、姫君《ひめぎみ》の昨夜《よべ》より悩《なや》ましうせさせたまふよし申《まう》すを、

「さりや、よからぬものの気配《けはひ》するを見《み》つけつれば、罷《まか》り過《す》ぎがたくて、まうでつるなり。いかなる御悩《なや》みにか」など、問《と》はせたまふほどに、御几《き》帳《（ちやう）》のはづれに、ありつる御文《ふみ》の巻《ま》かれたるを、目敏《めざと》に見《み》つけたまひて、

「これまづよからぬものなり」とて、取《と》らせたまふを見《み》れば、大《おほ》きやかなる蓮葉《はちす》なりけり。

侍従、頭《かしら》の毛《け》も立《た》ちて、

「いかなるに」と、わななき言《い》ふを、

「かかるもの、いかにしてか気近《けぢか》う参《まゐ》り来《き》つる」と、問《と》は

空から降ってきた雨ですのに、お帰りの袖が濡れたのはあなたの涙のせいなどに託《かこ》つけないでくださいまし。

夢か現実か、今宵にはおわかりになるでしょう」

と、すばやく詠んで、紙に押し包んで、使いに取らせてやった。

［九］　今宵ばかりは、どうあろうとやはり姫君[1]が男君[3]にお顔あわせなさるような算段をと、女房たちが相談しているところに、山の阿闍梨の君[5]が、このところの院のご病気平癒のご祈禱に、修行で籠もっていた叡山から招き下ろされたのだが、その君がふいにご訪問になられた。

阿闍梨の君は、邸内をあちらこちらぐるりとご覧になるや、

「こちらの宮家には、様子の変わった病者などがいはしないか」と、お尋ねになる。

女房たちが、姫君の昨晩からおかげんがすぐれないようでおられる様子をお話しすると、

「やはりそうであったか。まがまがしいものの気配がするのを目にしたので、そのまま素通りいたしかねて、うかがったしだいである。どのようなご病状か」などと、お尋ねになったりするうちに、御几帳の端のところに、先刻届けられたお手紙が巻かれたままになってある、それを、めざとく見つけられて、

「これがなにはともあれ妖しいものである」と言って、お取り上げになるのを見ると、それはなんとも大きな蓮の葉なのであった。

侍従はおそろしさにぞっとして、髪も総毛立つ思いで、

せたま《給》ふ。

[一〇]阿闍梨5、経文を読誦する

姫君も、この君おはしましつるを聞《き》かせたま《給》ひて、からうして御髪《ぐし》もたげさせたまふ。阿闍梨《黎》の君《きみ》、近《ちか》くよりおはすに、侍従昨夜《よべ》のことわななかしいでたり。君、

「いでそこたちのものはかなきに、悪《あ》しきものの所得《え》てふるまふにこそあれ。かううち荒《あ》れて人気少《けすく》なき所には、〔三〕狐《きつね》などいふ獣《けだもの》らも、人の魂《たましひ》を冒《（をか）》し謀《はか》るわざするなり《也》。悪《あ》しくしては、取《と》られもするなり」など、すくよかにのたまへば、姫君は、むくつけく恐《おそ》ろし、と思《おぼ》す。

老人《おい》どもは、こなたに寄《よ》り来《き》て、

「あが仏《ほとけ》、この難助《なんたす》けさせたまへ」と、手を押《お》しすりつつ、怖《お》ぢあへり。

「今宵《こよひ》は、居明《ゐあか》して経《經》誦《よ》みはべ《侍》らむ。人びと《ゝ》姫君《ひめぎみ》の御あたり去《さ》らずものしたま《給》へ」など、のたま《給》ふ。

「どうしたことで」と、震え声で言うと、
「このようなものが、どのようにして姫君のおそば近くに参ったものか」と、お尋ねになる。

[一〇]　姫君1も、この阿闍梨の君5がおいでになられた、とお聞きになって、やっとのことで頭をもちあげられる。阿闍梨の君が、姫君のおそば近くにおいでになられたところ、侍従が昨晩のできごとを声震わせてようよう話しだした。阿闍梨の君は、

「いやはや、あなたがたが頼りないから、けしからぬものが我が物顔にふるまうのであろう。このように家屋敷が荒れて人の気配少なきところには、狐などという獣めらも、人の魂につけ込んでまどわすような仕打ちをするものなのだ。悪くすると、命を取られたりもするのだ」などと、毅然としたようすでおっしゃるので、姫君は、得体のしれない不気味さと恐怖に襲われるお思いがする。

老女房たちは、こちらの阿闍梨のいるところに集まってきて、

「阿闍梨の君さま、この災厄《わざわい》からどうかお救いくださいませ」と、合掌した手を押し揉んでは、みな恐怖におののいている。

「今宵は、夜の明けるまでずっと侍して、経文を読誦することにいたそう。女房がたは、姫君のおそばから離れずにおいでなされよ」などと、ご指示になる。

〔二〕阿闍梨[5]法力で一夜が無事過ぎる

日暮《く》れゆくままに、雨もうちしきるに、阿闍梨《ざり》の君《きみ》、夜居の僧《そう》になりたまひて、声《こゑ》はいと尊《たふと》くて、仁王経《經》誦《よ》みたまふ《給》。人ゝびとは、この《此》君一人《きみひとり》[二四]を高《たか》き山と頼《たの》みて、御几《みき》帳《(ちやう)》のあたりに頭《かしら》を集《つど》へつつ、わななき居《ゐ》たり。

夜中《よなか》うち過《す》ぐるほどに、風さへ荒荒《あらく》しう吹き出でぬれば、変化《へんぐゑ》の物《もの》、「今宵《こよひ》来ん」と、言《い》ひつるをと、あるかぎり生《い》ける心地《こゝち》もせず。ただこの枕上《まくらがみ》に、[二五]物《もの》の音《おと》ひしひしと聞《き》こえて、この障子《さうじ》なども、揺《ゆ》るがし開《あ》くるやうに思《おぼ》ゆ。

されど、かくて御守《まも》り強《つよ》くおはしますけにや、ことなること《事》もなくて、夜も明《あ》けゆくに、少《すこ》し慰《なぐさ》めて、姫君も起《お》き居《ゐ》たまへり。「この《此》君《きみ》おはしまさずは、ほとほと鬼一口《ひとくち》[二六]に食《く》はるべかりけり」と思《おも》ふに、なほ《猶》恐《おそ》ろしきことかぎりなし。

〔三〕阿闍梨[5]、老松の伐採を命ずる

翌朝《つとめて》、阿闍梨《ざり》の君、御格子《みかうし》まゐらせて御覧ずるに、わびしげにあばれたる庭のうちに、池なども昔《むかし》のかたちもなく、茅原《かやはら》

〔二〕　日が暮れてゆくにつれ、雨もひっきりなしに降りつづく時分、阿闍梨の君[5]は、夜を徹してお護りする夜居の僧におなりになって、たいそう尊いお声で、災厄をはらうための仁王経《にんのうきょう》を読誦される。人びとは、この阿闍梨の君ひとりを頼みの綱とすがって、姫君[1]のおられる御几帳の辺りに額を集めては、震えていた。

夜中過ぎる時分になると、風までも荒荒しく吹きだしてきたものだから、人の姿に化けた変化のものが、「今晩また来よう」と、言ったことを思い出して、その場にいる者たちはみな生きた心地もしない。ほんのこの枕辺《まくらべ》近くで、何者かのみしみしと踏み鳴らす足音が聞こえ、あちらの障子もこちらの障子も、揺り動かして開けようとするかに感じられる。

しかしながら、こうして阿闍梨の君による仏のご加護が堅固でいらっしゃるお蔭であろうか、なんの異変の起こることもなく、しだいに夜も明けてゆく。そのようすに、少し心ほっとして、姫君も起き直られた。「もしこの君がおいでくださらなかったら、すんでのところで鬼に一口で食われてしまうところだった」と思うと、なおも恐ろしいことこのうえない気分が襲ってくる。

〔三〕　翌朝、阿闍梨の君[5]は、女房に御格子をあげさせ、外を御覧になる。すると、いかにもうら寂しく荒廃した庭内は、池なども往時の面影もわからぬほど、茅原などが丈高く生い繁っている。そればかりではない。見るからに気味悪く

など高《たか》う生《お》ひたるうへに、いとけうとげに見《み》やらるる木立《だち》あるを御覧《らん》じて、

[二七]「この松の木の年古《ふ》りて苔《こけ》むせるにぞ、狐《きつね》は寄《よ》りぬべき。これ伐《き》らせたまはば難《なむ》あらじ」と、のたまふ。

「この頃《ころ》[二八]、大和《やまと》の守《かみ》なる人の、よしめきたる前栽《せざい》植ゑさするが、『この木を放《はな》たせたまひてんや』と、たびたび執《と》りまうすを、さらにうけひたまはざなるを、さらばかかるついでに、さもや放《はな》ちきこえまし」など、申すを、

「いとあるまじきことなり。年頃《としごろ》[二九]さるものの領《らう》じて住《す》み処《か》としたるものは、人の家に移《うつ》させつとも、またよからぬわざすべし。ただ伐《き》り倒《たふ》して、川などに流《なが》させたまへ」と、のたまふ。

〔三〕相伝の鏡を守りとして阿闍梨[5]去る

故《こ》宮の持《も》ち伝《つた》へさせたまひて、この姫君の一の御調度《てうど》としおかせたまへる御鏡《かゞみ》[三〇]の、古《ふる》くてあるを取《と》り出でさせたまひて、

「これ、姫君《ひめぎみ》の御あたりに置《お》かせたまひて、な避《さ》けたまひそ。おのれ今《いま》しばし侍りぬべきを、朝廷《おほやけ》の御修法《す(ほふ)》に急《いそ》ぎ参《まゐ》

眺めやられる木立がある。阿闍梨の君はそれを御覧になって、

「この松の木の歳月をへて苔むした根方《ねかた》を、狐は住み処《か》としているにちがいない。これを伐り倒しなされば、これからのち災厄から免れよう」と、おっしゃる。

「近ごろ、大和の守である者で、自分の邸宅に風流な味わいある庭木を植えさせている者がおります。その者が『この木をお譲りしてはくださらぬか』と、たびたびつてを通じて頼んでまいります。そのことを、姫君[1]は、いっこうお聞き入れなさる気配にはないようでございますが、そういうことでしたら、こういう機会に、いっそのことあちらの望みどおりにお譲りしてしまいましょうか」などと、ご相談すると、

「それはけっしてしてはならぬことである。長の年月、そのような妖しいものがとりついて住み処としているものは、人の家に移させたところで、また怪しからぬことをするに相違なかろう。よけいなことなどせずに伐り倒して、川などに流しなされよ」と、おっしゃる。

〔三〕　故宮[6]が、先祖からご相伝になられて、この姫君[1]に伝えるいちばんたいせつなお道具としてお残しになったお鏡で、古くからの由緒あるものがある。それを、阿闍梨[5]は取り出させなさって、

「この鏡を、姫君のおそば近くにお置きになられて、遠ざけなされますな。私めも、いましばらくの間、おそばでご奉仕するのがよろしきことながら、朝廷の命にて院の御病ご平癒

れば、え留《とゞ》まりはべら《侍》ず。されど、今《いま》は悪《あ》しき物《もの》もえ寄《よ》り来《き》はべら《侍》じ」など、のたまひ《給》て、出でさせたまふを、姫君は心細《ぼそ》う思《おぼ》したり。

この君に命《いのち》を懸《か》けきこえたる老人《びと》どもは、泣きののしりて、帰《かへ》らせたまは《給》んことを飽《あ》かず惜《を》しみきこゆれど、あるべき心掟《おきて》などこまやかに言《い》ひ教《をし》へたまひ《給》て、出でさせたまひ《給》ぬれば、[三一]大弐《貳》の家《いへ》の人呼《よ》びとりて、この松《まつ》を伐《き》り倒《たふ》して、鴨《かも》川《河》に祓《はら》へ捨《す》つべきやうなど、言《い》ひつくれば、伐《き》りに伐《き》りて、負《を》ひ持《も》て去《い》ぬ。

[四]古女房の不安も無事過ぎ　源氏の君帰京の報を聞く

人びと《ゞ》むげに具《ぐ》していづちもいづち《く》もあくがれぬべく思《おも》ひゐたるに、かかること《事》さへ添《そ》ひたれば、いとど安《やす》き心地《ち》もなく、うたて思《おぼ》えて、「なほ少《すこ》し気近《けぢか》きところに移《うつ》ろはせたまへ」など、聞《き》こゆれど、[三二]例《れい》の動《どう》なくておはす。

されど、げにまた怪《あや》しきこともなくて、[三三]その八月にぞ、源氏の君《きみ》、世に赦《ゆる》されて、都《みやこ》に帰《かへ》らせたまふ《給》。

のためのご祈禱に急ぎうかがうところであるから、いつまでもここにとどまっていることはかないませぬ。とはいえ、今はもはや祟りなすものも寄り憑いてくることはできますまい」と、言いおいて出てゆかれるのを、姫君は心細いお気持ちにお思いになられた。

この阿闍梨の君に、自分たちの命をお任せしている老女房たちは、声をあげて泣いて、お帰りになられることを満たされぬ思いで惜しみ申しあげるが、阿闍梨の君はしかるべく承知しておかなければならない心構えのあれこれを、事細かに口づからお教えになられて、邸を退出してゆかれた。そこでいたしかたなく、大弐邸の家人《けにん》を呼び寄せて、この松を伐り倒して、鴨川で邪気を祓って流し捨てるよう、子細を申しつけたところ、家人たちは、この松を伐りに伐って小さくして、背負って運び去った。

[四]　女房たちは、ひたすら一緒に連れ立ってどこへでもよいから、この邸からは離れて出てゆきたいと思っていたところに、こういう気味の悪いできごとまで加わったものだから、ますます心安らかな気分もなく、すっかりいやに思われて、「やはり少しは人気《ひとけ》のあるところにお移りなさいませ」などと、お勧めするけれども、姫君[1]はいつものことながら心動かす気配もお見せにならないでいる。

こうしたできごとがありはしたものの、なるほど阿闍梨の君[5]の言うとおり、再び気味悪い徴候の起こることもなく、その年の八月に、源氏の君[3]は帝のお許しが出て、都にお戻

[一五] 来訪の期待むなしく時が流れる

いかなるべき世《よ》にか、かかることを待《ま》ちつけたてまつらんと、月の光《ひかり》の土《つち》の中《なか》に隠《かく》れたらんやうにて、[三四]高《たか》きも卑《いや》しきも、嘆《なげ》きあへるを、かうて再《ふた》び立《た》ち帰《かへ》らせたまへば、かぎりなき世《よ》の喜《よろこ》びに言《い》ひさわぐを、おのづから漏《も》り聞《き》きて、

「さりとも、あはれなりし御心ざしの名残《なごり》なからんやは」と、人びとも頼《たの》みきこえど、みづからも人[三五]知《し》れず下待《したま》ちおはしますに、ほど経《ふ》れど、つゆばかりの御訪《おとづ》れもなし。

例《れい》の御物恥《ものは》ぢには、恋《こひ》しやつらしやなど、うち出でて、人には語《かた》らひたまはねど、げに頼《たの》みがたきは人の心《こころ》なりけりと、さすがにやうやう思《おぼ》し知《し》らるるに「[三六]道もなきまで」など、心ひとつにうち眺《なが》めさせたまふべし。

遠《とほ》き所におはしましけるほどこそ、ことわるかたにも慰《なぐさ》めつれ、年頃《ごろ》の積《つ》もりも、取《と》り返《かへ》し堪《た》へがたう物わびしきに、「さは今《いま》はかぎりなめり」など、例《れい》の心短《みじか》き老人どもの、うちひそめくを聞《き》かせたまひて、げにと思《おぼ》すに、いみじう

りになられた。

[一五] いったいいつの日になったら、こうした源氏の君③のご帰京の時をお迎えできようかと、あたかも月の光が土の中に隠れてしまったかのように思って、身分の高い者も低い者も、それぞれ身のほどに応じて嘆きあっていたが、こうして再び都にお帰りになられたものだから、このうえない世上の喜びとして口々に大騒ぎする。その噂を、姫君①の邸宅でも自然と耳にして、

「時が経《た》ったとはいっても、情愛の深かった君ですから、そのお気持ちの片鱗までもなくなるということはございますまい」と、女房たちも源氏の君の来訪に望みをかけ、姫君ごじしんもまたひそかに心待ちにしておられるのに、いつまでたっても、君からは少しのお便りもない。

いつもどおりの含羞《がんしゅう》ぶりでいらっしゃるから、姫君ごじしんが、君のことを慕わしいとか、わが身がつらい、などと口に出して、女房たちにお話しになることはない。だがしかし、なるほど頼みにならないのは、男の心というものであったかと、いくらおっとりなさっているとはいえ、だんだんおわかりになってくるにつれて、「ああ、つれないあの方の訪れをお待ちしているうちに、わが宿は道もわからないほどにすっかり荒れはててしまった」などと、ご自身の胸ひとつのなかで、思いに耽っておられるようである。

都から遠く離れた地においでの間は、お便りのないのももっともなことと心を慰めてもいたが、歳月の積み重なりを、

心細《こゝろぼそ》し。

〔一六〕前渡りの源氏の君3に声をかける

十月十余《よ》日ばかり、時雨《しぐれ》うちして、木枯《こが》らしになりゆく風の気色《けしき》、山里の心地《こゝち》して、ものさびしうあはれなり。いとど何《なに》ごとにかは紛《まぎ》れたまはむ。日一日《ひとひ》つくづくといいたく眺《なが》め暮《く》らしたまふ。

さるほどに、大弐の甥《をひ》に三河《みかは》の介《すけ》なる者《もの》、この侍従に語《かた》らひつきて、時どきここに来通《きかよ》ふが、暗《くら》うなるほどに入り来《き》て言《い》ふやう、

「ただ今こそ権大納言殿は、この御《み》門《かど》過《す》ぎさせたまへ。さも古《ふ》りがたき御やつれ歩《あり》きかな」など言《い》ふに、さはまことに忘れはてさせたまひけりと思ふにも、なほこの三輪《みわ》の山ぞ悲《かな》しかりける。

されど、ひたぶるにうち捨《す》てさせたまふとはなくて、おのづから紛《まぎ》れ歩《あり》かせたまふやうもやあらん、なかなかおし籠《こ》めて、つれなしづくらんよりは、これより驚《おどろ》かさせたまはば、めづらしきに、さて靡《なび》きもしたまはむかしなど、よ

もとの昔に戻すことはむずかしいと気がくじける思いでいるところに、

「この様子では、今はもうおしまい、君がおいでになることはありそうにはみえない」などと、例によって堪《こら》え性のない老女房どもが、声ひそひそと話すのを、姫君も聞きつけなさって、ほんとうにそうらしいとお思いになるにつけ、心細い気持ちばかりが募ってくる。

〔一六〕　十月の十日も少し過ぎた頃、しぐれがひとしきり音を立て、それが木の葉を枯らす風にと変わってゆく情景は、都のうちであるのに、まるで山里にでもいるように錯覚されて、もの寂しさが惻惻《そくそく》と胸にしみてくる。となるとなおのこと、何をして無聊をお凌げになられようか。姫君は、ただ日がな一日、つくねんとして深く物思いに沈んでお過ごしになるばかりである。

そんなところに、大宰府の次官である大弐の甥にあたる三河の介7である者で、この侍従2と懇ろになって、時どきこの邸に通って来ていた男が、暗くなる時分にやって来て、こう言う。

「つい今しがた権大納言殿3が、このお邸のご門前をお通りです。まったく昔とお変わりにならない忍び歩きですな」などと、言う。そこで侍従はこちらに言葉もかけずに前渡りなさるのは、姫君1のことなどほんとうに忘れはててしまいになったのだと思うにつけて、やはり目印となる杉の木立のかいもなく、お逢いすることも今となってはもうかぎりのこ

ろづに思ひめぐらして、姫君をそそのかしきこゆれど、さらに思《おぼ》しもかけたま《給》はず。

「わが身は、かう数《かず》ならぬ者《もの》にて、人の御忘《わす》れ草をまかせきこえむこそめやすからめ。あいなうさし過《す》ぎたりと思《おぼ》されんが、わりなきこと《事》」とのたまはせて、いよい《く》よ御顔《かほ》引《ひ》き入《い》れつつおはしませば、「遠《とほ》く行き過ぎさせたま《給》はぬほどに」と、急《いそ》ぎて、

　さよしぐれふりにし里をいとふとや空ゆく月のかげも
　　とどめぬ

と、介《すけ》して言《い》ひ懸《か》く。

となのだと、過ぎ去った日々がせつなく思い出されてならないのだった。

　そうはいっても、姫君のことをまったくお見捨てになるということではなくて、たまたま人目に立たないようにお出かけのわけがあるのかもしれない。かえって、心の中にしまいこんで黙って、そしらぬ体を装うよりは、こちらから声をおかけしたら、あちらも珍しく思って、きっと心を動かしなさるにちがいないなどと、侍従はあれやこれやと思案をめぐらしてみて、姫君にお声をかけるようにお勧めしてみるものの、姫君はいっかなお耳をかそうともなさらない。

「私の身は、このように人並みに及ばない者ですから、忘れ草が生えるように、あの方がお忘れになるままにまかせるのが、傍目にもふさわしいでしょう。あちらではもう縁が切れたと思っているのに、出すぎたことをするとお思いになるとしたら、やるせないこと」と、おっしゃって、なおいっそうお顔を袖のうちに引き隠してばかりでいらっしゃるものだから、「御車が遠くに行き過ぎなさらぬうちに」と急いで、侍従が、

　　夜のしぐれの雨がふるばかりの、ふるく寂《さび》れてしまった
　この里を厭うてのことなのでしょうか。空行く月の光も
　さしとどまってくれません。あなたさまも空ゆく月と同
　じなのでございましょう。

と、三河の介を使いとして言葉をかける。

[一七]荒れた庭をわけて近づく源氏の君3を招き入れる

御車はやや行き過ぎぬるに、追《お》ひつきて、「大夫の君《きみ》や候《さぶら》はせたまふ。ここに執《と》り申すべきことなん」とて、気《け》色《しき》を取《と》りて、伝《つた》へきこゆれば、

「げに昔分《わ》けさせたまひし浅茅《あさぢ》が原ぞかし。あはれいかに荒《あ》れまさりつらん」とて、御車に御覧《ごらん》ぜさす。

「げに年《とし》も経《へ》ぬるを。今は三九肘笠《ひぢかさ》のたよりに、託《かこ》ち寄《よ》らんもいかにぞや。うひうひしくさすがなる心地《ち》するを、かれより進《す》み来《き》つるも、ただならずをかしうもあるかな」などのたまはせて、御車引き入れさせたまふ。

やや深《ふか》う入《い》る所なれば、御前《ぜむ》の人びと、指貫《さしぬき》の裾《すそ》引き上《あ》げつつ、草の露を分《わ》け煩《わづら》ふ。月暗《くら》ければ、松多《おほ》く参《まゐ》りて、南《みなみ》の渡殿《わたどの》にさし寄《よ》す。

侍従、さりやとかつがつ嬉《うれ》しきものから、四〇人わろく爪食《つめく》はるれど、けざやぎて円座《わらふだ》さし出《い》づべきにはたあらねば、御座《おまし》所など引き繕《つくろ》ひて、入《い》れたてまつる。大殿油参《おほとなぶらまゐ》りたれど、四一馴《な》れる姿《すがた》も恥《は》づかしとて、屏風の間《はざま》に寄《よ》りおはさうず。

[一七]　君の御車は、門前をだいぶ通り過ぎていたが、追いかけていって、

「大夫の君4はお供でおられますか。ここにお取り次ぎお願いいたしたいことがございます」と言って、意向をうかがって、お伝え申し上げたところ、大夫の君は、

「そういえば、なるほど、昔、草露を分けて君がお通いになった浅茅が原の宿であったよ。ああ、今となっては、どれほど荒れまさっていることであろうか」と思って、御車の君に消息をお目にかける。

「ほんとうに何年も経ってしまった。今は、肘を笠がわりにかざすほかないこのにわか雨に託つけて、にわかに言葉をかけるのもどんなものか。初めて声をかけるような感じがして、いまさらという気分できまりが悪いが、あちらから進んで声をかけてきたのも、昔とはちがった様子ありげで興をそそられることよ」などとおっしゃって、御車を邸内へとお引き入れになられる。

寝殿は庭を少し深く入ったところであるから、君の先払いをする御前駆の人びとは、指貫の裾を幾度となく高く引き上げて、露のしとどにおいた草むらを分け入るのに難儀する。月明かりもなく暗いので、松明を多くかざして、御車を南の渡殿に近寄せる。

侍従は、思ったとおりの成り行きになったと、ともかくも嬉しいものの、照れくささにもじもじするような気にはなるが、いまさら掌をかえすように他人行儀に外に円座をさし出

〔一八〕姫君①の発作。犬の吠え声に一行逃げ去る

さる折しもよ。姫君御胸《むね》[四二]いたくおこりて、悩《なや》ませたまへば、「いかさまにせん」と、あきれたり。

例《れい》はさやうにおどろおどろしき御悩《なや》みなどもことになきを、いみじう苦《くる》しげにせさせたまへば、人びと御押《お》さへや何《なに》やと、惑《まど》ひさわぐ。

あまりほどあらんも忝《かたじけ》なければ、侍従膝《ゐざ》行り出でて、いささかうちふるまふものは、大殿油《おほとなぶら》ふと消《き》えにけり。

かかるほどに、この老御達《ごたち》の中に、里《さと》より来《き》通《かよ》ふ童《わらは》の、昼《ひる》つかた率《ゐ》て来《き》たりける犬の、下《しも》[四三]屋のもとに臥《ふ》したるが、火の光《ひか》りを見つけて、おどろおどろしうとがむるに、御前《ぜん》の人びと怖《お》ぢ惑《まど》ひて、逃《に》げ散《ち》り、御簾《みす》引きかづきなどす。

夜声《こゑ》ものさわがしきに、介《すけ》いみじう制《せい》すれど、なほらう[四四]らうと、いと高《たか》う吠《ほ》えかかりて、この渡殿《わたどの》に寄《よ》り来《く》れば、「あなや」と、言《い》ふままに、御車遣《や》り散《ち》らして、皆《みなに》逃げ失《う》せぬ。

して応対すべきでもないから、御座所を取り繕って、中へとお入れする。灯台を灯《とも》してさしあげるが、君はくたくたに馴れたお召し物姿を見られるのも恥ずかしいと、屏風の間に身を隠すようにして、寄り添っておいでである。

〔一八〕　まさにそんな時であった。姫君①はとつぜん激しい胸の動悸に襲われ、お苦しみになられるので、女房たちは「どうしたらいいのかしら」となすすべもわからず途方にくれている。

姫君は、平生、これほどに重い症状に見舞われることなどもとくにないのに、この時ばかりはたいそうお苦しみの様子でいらっしゃるので、女房たちは姫君の胸に手をおしあてて介抱したりなにやらで、おろおろとあわてふためくばかりである。

君③をお待たせしたまま、あまりに時の過ぎるのも礼を失して恐れ多いことであるから、侍従が膝で進み出て、少しばかり身じろぎしたところが、不意に寝殿の灯火が消えてしまった。

そうこうしているうちに、この老女房のなかに、里から通って来る童がいて、その童が昼時分に連れて来ていた犬が、召使いの住む下家の軒下で臥せっていた。その犬が松明の明かりを見つけて、驚くばかりすさまじいうなり声をあげて吠えたてる。すると、君のご前駆の連中は、恐ろしさにすっかり震え上がって、てんでに逃げ散ったり、御簾を頭からすっぽりかぶったりする。

[一九] 語り手の草子地

源氏《げんじ》[四五]の君《きみ》のこと《事》も、今少《すこ》し書《か》きつかまほしけれど、[四六]蘭菊《らんぎく》の叢《くさむら》の、むげに浅《あさ》くなりなむがいとほ《を》しく。

[二〇] 奥書

この《此》一帖、古人もことに沙汰しおかれぬものにて、作者題号などもなくて侍りしを、伝へ《傳》見はべり《侍》しなり《也》。本は古《ふる》めかしき手して、唐《から》の紙に書《か》かれたるが、いみじうしみさして侍りしかば、異本などもあり《有》がたきままに、所どころ意見をも加へて、「よもぎむぐら」といふ文字のあるに依りて、「八重葎」と名づけはべる《侍》なり《也》。また《又》「院の御なやみ」「権大納言」など書《か》けること《事》、不審少《すくな》からぬは、ただ《只》本のままなり。蓬生《よもぎふ》の君に片引《かたひ》きたる人の所為にや、今なほ《猶》考へ求めはべる《侍》べし。

夜のしじまを破る犬の声の騒がしさに、介[7]が強く叱って鳴きやませようとするが、犬はなおもろうろうと、声高く吠えかかって、この渡殿に近寄って来る。すると、「ああ」と、悲鳴をあげたかと思ったとたん、御車を行き先かまわずに走らせ、てんでにばらばらになって、一行はみな逃げてゆくえがわからなくなってしまった。

[一九]　源氏の君のことも、いま少し書き記したいところではあるが、それでは妖狐《ようこ》の隠れひそむ蘭菊の叢の興趣が、しごく浅いのものになってしまうにちがいない。それには同情の気持ちが湧いてくるので、このあたりで書きさすことにする。

[二〇]　この一帖は、昔の人もとくにその所伝についてとりあげることのないものであって、作者や題号なども不明のままであったものを、伝え見たものである。本は、古体を感じさせる筆跡で、舶来の唐の紙に書かれていたが、虫食いの跡もいちじるしい状態であったので、ほかに異本なども見出せぬままに、あちらこちら私見をも加えて、「よもぎむぐら」という文字の見えるのをよりどころにして、「八重葎」と名づけたものである。

また、「院の御病気」だとか、「権大納言」などと書いてあることなど、訝《いぶか》しい点が少なからずあるのは、ただもとの本のままに従ったものである。

蓬生の君を贔屓《ひいき》にしたひとの著作であろうか。今しばらく考えきわめる必要があろうと思う。

宝《寶》暦九年二月中浣　成章
寛政七年中夏写《寫》之　成孚

宝暦九年二月中旬　成章
寛政七年五月書写　成孚

注

一　年月積もりゆくままに―この物語の冒頭は、「年月積もりゆくままに、心細うあはれなる御ありさまなり」と主人公の紹介のないまま、登場人物の心情が語られるところから始まる。このような冒頭表現のありかたについて考えるための情報として、他の物語の冒頭を列挙して参考に供する。

物語の伝統的な冒頭表現は、「いまはむかし、たけとりの翁といふものありけり」（『竹取物語』）、「むかし、男、初冠して」（『伊勢物語』）、「いまはむかし、男二人して女ひとりをよばひけり」（『平中物語』）、「今は昔、中納言なる人の、女あまた持たまへるおはしき」（『落窪物語』）、「むかし、式部大輔左大弁かけて、清原の王ありけり」（『うつほ物語』「俊蔭」）、「むかし、藤原の君と聞こゆる一世の源氏おはしましけり」（『うつほ物語』「藤原の君」）ように、時と登場人物の紹介から始まる。『源氏物語』の「いづれの御時にか、女御更衣あまたさぶらひたまひける中に」のような場合も、大きく捉えるならば、伝統的な冒頭表現の変奏とみることができる。

『源氏物語』以降の物語にあっても、「今は昔、中納言にて左衛門督かけたる人、上二人となん、かけて通ひたまひける」（『住吉物語』改作本、「新全集」）、「いつの頃にか、権大納言にて大将かけたまへる人、御容貌《かたち》、身の才《ざえ》、心もちゐよりはじめて、世のおぼえもなべてならず」（『とりかへばや物語』）のような、伝統的な冒頭表現があり、『松浦宮』の「むかし、藤原の宮の御時、正三位大納言にて中衛大将かけたまへる、橘冬時と聞こゆる」（『松浦宮』）などは、あえて古体めかすために、このように語り始めたかと思われる。

中世王朝物語でも、必ずしも「昔」でなくとも、時と登場人物をまず語るというタイプの冒頭表現をもった物語は数多い。「この頃の左大臣ときこゆるは、関白殿の御おとうとにこそおはすれ、御身のざえなどもかしこく、何ごとも、あにの殿にはたちまさり給へれば、みかどもいみじくおもきものに思ひ聞え給へり」（『石清水物語』）、「其頃のいうしよくと、世にのゝしられ給ふは、内のおほいとのゝ四位の少将とかや、まことにひかりかゝやき給ふ御さまは、明暮み奉る人さへ、あかぬ心ちするに、ましてほのかにみたてまつるひとの、あぢきなきおもひのたねとなるはことわりぞかし」（『しのびね物語』）、「その頃ひやうぶ卿のみやときこえさせ給ふは、とうだいの二のみやにてぞおわ《は》しける」（『兵部卿物語』）、「中ごろ、吉野のやまざとに、ふりたるみかどの御さゝぎにつかうまつるひぢりはべりけり」（『夢の通ひ路物語』）、「いづれのとしの春とかや、やよひの花ざかり、花徳門の御つぼねにて、二条前関白、大宮大納言、刑部卿、三位頭中将などまいり給て、御鞠侍りしに、見物の人〳〵にまじりて、女どもあまたみえ侍なかに、うちの御心よせに思食ありけり」（『なよ竹物語』）などである。さらに、次のような例もこのタイプに包括できよう。「なにがしの中納言、其頃の有職にて時めき聞え給ひける」（『白露』）、「人の語りしは、昔〻中納言のきみと聞えて、かたち心ばへをかしかりしは、其頃の中宮の御せうと、こ左大臣どの丶御つぎのひとつ子になんおはしける」（『八重葎』）などである。

このような伝統的な物語冒頭表現を一新して、印象的な場面を描出することから、物語を始める物語が登場する。『狭衣物語』は、「少年の春は、惜しめども留まらぬものなりければ、弥生の廿日余にもなりぬ。御前の木立、何となく青み渡れる中に、中島の藤は、「松にとのみも」思はず咲きか丶りて、山ほと丶ぎす待顔なるに、池の汀の八重山吹は「井手の渡りにや」と見えたり」と始まる。「少年の春は」は、『和漢朗詠集』（巻上・春・春夜・二七）所載の白居易の摘句「背燭共憐深夜月　踏花同惜少年春（ともしびをそむけてはともにあはれぶしんやうのつき　はなをふんではおなじくをしむせうねんのはる）」を引用して、弥生三月の情景を描出する。『狭衣物語』作者説には、宣旨が有力だが、その宣旨には今は散逸した『玉藻に遊ぶ権大納言』（六条斎院歌合・天喜三年五月三日庚申・九番・題物語。いわゆる六条斎院禖子内親王家物語合）があり、『無名草子』には、「『玉藻』はいかに」と言ふなれば、「さして、あはれなることもいみじきこともなけれども、『親はありくとさいなめど』とうちはじめたるほど、何となくいみじげに、奥の高き」（『無名草子』「新全集」）と語られる。その冒頭表現が催馬楽「何為《いかにせむ》」の引用から始まっていることが知られる。同じ物語合の席上、提出されたのが『堤中納言物語』所収の『逢坂越えぬ権中納言』であるが、それも「五月待ちつけたる花橘の香も、昔の人恋しう、秋の夕べにも劣らぬ風に、うち匂ひたるはをかしうもあはれにも思ひ知らるるを、山ほととぎすも里なれて語らふに、三日月のかげほのかなるは、折から忍びがたくて、例の宮わたりにおとなはまほしう思さるれど、かひあらじとうちなげかれて、あるわたりの、なほ情けあまりなるまでと思せど、そなたは物憂きなるべし」と、『古今集』歌「さつきまつ花橘のかをかげば昔の人の袖のかぞする」（題しらず／よみ人しらず　巻三・夏歌・一三九、『古今和歌六帖』にも）を引いて同巧の冒頭表現になっている。

歌の引用から始まるという観点では、同じ『堤中納言物語』所収の『このついで』が、「春のものとて、ながめさせたまふ昼つかた、台盤所なる人々、「宰相中将こそ、参りたまふなれ。例の御にほひ、いとしるく」など言ふほどに、つい居たまひて、「昨夜より、殿に候ひしほどに、やがて御使になむ。『東の対の紅梅の下に、埋ませたまひし薫物、今日のつれづれにこころみさせたまへ』とてなむ」とて、えならぬ枝に、白銀の壺二つ付けたまへり」と始まっており、『古今集』歌「おきもせずねもせでよるをあかしては春の物とてながめくらしつ」（やよひのついたちよりしのびに人にものらいひてのちに、雨のそほふりけるによみてつかはしける／在原業平朝臣　巻十三・恋歌三・六一六、『伊勢物語』『古今和歌六帖』にも）からの引用。同じ『堤中納言物語』所収の『貝合』は「長月の有明の月にさそはれて、蔵人少将、指貫つきづきしく引きあげて、ただ一人、小舎人童ばかり具して、やがて、朝霧もよく立ち隠しつべく、ひまなげなるに、「をかしからむところの、あきたらむもがな」と言ひて歩み行くに、木立をかしき家に、琴《きん》の声ほのかに聞こゆるに、いみじううれしくなりて、めぐる」と、これまた『古今集』歌「今こむといひしばかりに長月のありあけの月をまちいでつるかな」（そせいほうし　巻十四・恋歌四・六九一、『古今和歌六帖』『和漢朗詠集』にも）を想起させる表現から始まる。『堤中納言物語』は、十編の短篇のほかに「冬ごもる空のけしきに、しぐるるたびにかき曇る袖の晴れまは、秋よりことに乾くまなきに、むら雲はれ行く月の、ことに光さやけきは、木の葉隠れだになければにや」と始まる物語冒頭の断簡があり、「冬ごもる峰のまさきの顕はれていく秋めぐる時雨なるらん」（『紫禁和歌集（順徳院御集）』　時雨・四三〇）、ついで、一説に『続後拾遺和歌集』「久かたの月のかつらは色そへてしぐるるたびにくもる空かな」（題しらず／前関白左大臣　巻六・冬歌・四一三）を引く。

　引歌こそないが、印象的な場面描出から始める類似のタイプには、『花桜折る少将』の「月にはかられて、夜深く起きにけるも、思ふらむところいとほしけれど、たち帰らむも遠きほどなれば、やうやうゆくに、小家などに例おとなふものも聞こえず、くまなき月に、ところどころの花の木どもも、ひとへにまがひぬべく霞みたり」、『ほどほどの懸想』の「祭のころは、なべて今めかしう見ゆるにやあらむ、あやしき小家の半蔀も、葵などかざして、心地よげなり」がある。

　また、伝統的な物語冒頭のようではあるがと断わって一線を画して見せるところから始まるものに、『思はぬ方に泊りする少将』の「昔物語などにぞ、かやうのことは聞こゆるを、いとありがたきまで、あはれに浅からぬ御契りのほど見えし御事を、つくづくと思ひつづくれば、年の積りにけるほども、あはれに思ひしられけむ」や、『はなだの女御』の「「そのころのこと」と、あまた見ゆる人まねのやうに、かたはらいたけれど、これは聞きしことなればなむ」があり、登場人物の紹介から始まるとはいえ、『虫めづる姫君』などは「蝶めづる姫君の住みたまふかたはらに、按察使の大納言の御むすめ、心にくくなべてならぬさまに、親たちかしづきたまふこと限りなし」とあって直叙的であるし、『はいずみ』も物語の冒頭らしくはあるが、物語世界を「下わたりに、品いやしからぬ人の、事もかなはぬ人をにくからず思ひて、年ごろ経るほどに、親しき人のもとへ行き通ひけるほどに、むすめを思ひかけて、みそかに通ひありきけり」と始めている。『よしなしごと』は「人のかしづくむすめを、故だつ僧、忍びて語らひけるほどに、年のはてに山寺に籠るとて、「旅の具に、筵、畳、盥《たらひ》、半挿《はんざふ》貸せ」と言ひたりければ、女、長筵、何やかや、一《ひとつ》やりたりける」と始まり、もう少し先まで読み進めないと事情が判読できないような冒頭表現になっている。

　『堤中納言物語』は、すべて「今は昔」ふうの伝統的な物語冒頭とは異なるタイプの始まり方をしていること、さらに何の説明もなく、物語世界が始まったりするところに、その冒頭表現の特色がある。これらの特色は、『堤中納言物語』の諸編がいずれも短篇であること、物語世界を切り出したような傾向のあることなどと関係があろう。

ところで、『夜の寝覚』は、「人の世のさまざまなるを見聞きつもるに、なほ寝覚の御仲らひばかり、浅からぬ契りながら、よに心づくしなる例は、ありがたくもありけるかな」と、主題提示型の物語冒頭表現を見せており、『源氏』以降の物語群は、このように新しい冒頭表現が登場していたことがわかる。

では、既に掲出した以外の中世王朝物語ではどうか。ここでは、分類整理して解説することはしないが、列挙すれば、次のようである。

「きりたちわたるあきのそら、よものこずゑも見えは《わ》かず、ものあはれなるやどのさびしさを、さらぬ人だにかなしかるべきに、ましてちゝぎみの御こと、つきせずおぼしなげく御こゝろに、あけくれながめふしたまへる御ありさまぞ、あはれにかなしき」(『あきぎり』)

「春すぎ夏もたけしかば、七夕ひこぼしの心もとなくまちわたる七日のよひもすぎぬるころ、月さしいでゝかげすゞしき夕ぐれの程に、上はせいりやうでんにひとりたゝずませ給て、あはれに御らんじめぐらす」(『あさぢが露』)

「五せち、りむじのまつり、うちつゞきしよのいとまなさに、二の宮の御はかまぎも過にしかば、もゝしきの大宮人もいとまある心ちして、中宮の御方のだいばん所に、わかき人〳〵ゐあつまりて、すぎにし事どもおもひつゞけてかたりいでつゝ、そのことゝなきほどなれど、心ちよげにみえわたさる」(『あまのかるも』)

「つれなくみえしわかれより、うき物に思ひはてにしありあけのそらばかり、かはらぬかたみにて、まちいづるなが月のくれは、ましていひしばかりのかたみだに、むしのねとゝもによはりはてぬる心ちするも「かむこくに、はとりなく〳〵」とかや、うちずんじていで給にしあさけの御すがたは、この世のほかにても、えわするまじくのみ思ひいできこえ給」(『在明の別』)

「ゆふべの雨も吹春風も、猶みる人からにわきける心の色にや、外の木ずゑよりは匂ひことなる花のにしきも、たゞおちこちにかいなき御ながめにて、雲井になれし春の恋しさ「南殿の桜のさかりには、かならずうへの御つぼねにてみせさせ給し物を」などおもほしつゞくるに」(『いはでしのぶ』)

「かぜにもみぢのちる時は、さらでもものがなしきならひといひをけるを、まいてをいのなみだの袖のしぐれははれまなく、こけのしたのいでたちよりほかは、なにのいとなみあるまじき身に、せめてのりんえのごうにや、むかしみきゝし事、人のかたりし事、そゞろに思ひつゞけられて、とはずがたりせまほしき心のみぞいでくる」(『風に紅葉』)

「あふての恋もあはぬなげきも、人の世にはさま〴〵おほかる中に、苔の衣の御なからひばかり、あかぬわかれまで、ためしなくあはれなることはなかりけり」(『苔の衣』)

「とおちの里の衣うつゝちのおとも、あしたの露にことならぬ身を、いつまでとかいそぐらんと、いとはかなくきゝふし給ふよな〳〵は、いとゞ昔の御おもかげのみたちそひて、母上の御心のつらきにつけても」(『木幡の時雨』)

「ちよのかずとるらんたきのしらたまのながれなればにや、身をばあらしの山かぜにさそはれて水のあはともきえなんとおもひ入にしとし月も、かぞふれば十とせあまりにもなりにけり」(『恋路ゆかしき大将』)

「いつのとしとはいひながら、日をへてふりつく《(つゞくカ)》さみだれひまなくて、さしも参りつどひ給し人〻も、かきたえ給へれば、宮はつれ〲なぐさめがたくおぼしめして、中宮の出給へる程なれば、女房どもあまた御前にて、五、すぐ六などうちてあそびに参り給へれば」(『小夜衣』)

「春の空いとえんに霞わたれども、はれぬ心のながめには、明ぼのゝあはれもむなしく御涙にくらされ、夏のなかばもすぎゆけば、あつき御思ひのいやまさりつゝ、萩吹秋の初風に、そよとのよすがをもとめ出給へり」(『松陰中納言物語』「山の井」)

「しとうの露のそこの花のいろおとろへ、すいちくのけぶりのうちに、とりのこゑもまれになりゆけば、春のなごりいまはかぎりにやと、ながめぬ人なきゆふべ、すき〲しき人〻、ひんがし山のほとりに、おかしきすまひあるにあつまりて、れんが、わかのくわいなどは中〲なりとて、ふるき物がたりやさうしのなかに、おぼつかなき事どもをいひあわせつゝ」(『夜寝覚物語』)

「春夏秋冬のゆきかはるにつけて、なぐさむかたとは、つれ〲とうちながめつゝ、空ゆく月をしたふとしもあらねど、にしの山のは、みやこのかたには、かよはずしもあらぬ心のみちさへ、とぢつる心ちして、日頃ふりやまぬ雪のあやにくさには、ましてきしかた、行さきかきくらし物がなしき夕の空、ふみわけたるあとなき庭を、はしぢかうながめおはするさまかたち」(『我身にたどる姫君』)

伝統的な物語冒頭に属するタイプは、既に掲出したからではあるが、『狭衣物語』の系譜を引く雅文調の表現から始まるものが主流をしめることが知られよう。

ここで本『別本八重葎』の「年月積もりゆくままに、心細うあはれなる御ありさまなり」に戻ってみるならば、平安後期から中世王朝物語群の物語冒頭のひとつに連なるものとして特異なものではない。少し踏み込めば、短篇物語らしい物語冒頭表現であると同時に、読者を『源氏物語』の世界に紛れ込ませる巧みな仕掛けになっているとみることができる。

なお、『源氏物語』の世界を模しつつ語る物語の冒頭は、次のようである。

「これは、かの光源氏の御末の、かほる大将ときこえし御あたりのことなれば、そのつゞきめいたるこそ、いとかたはらいたう、つゝましけれど、ゆめ〲さには侍らず」(『山路の露』)

「かくて、正月の御心をきてなど、れいよりもいとこまかにの給をきてければ、人〻もたのもしう見たてまつるに、ついたち、とら一といふに惟光が子にこれひでとて、御かたはらさらずめしつかはせたまふをぞ、只一人御ずいしんにて、又をかべとて、としごろむつましくしたまふ御ぜんばかりめしぐして、むかしおぼゆるあじろ車のなれたるに、したすだれかけて、たゞ、「こゝもとに、人に物きこゆべきを」とて出たまふ」（『雲隠六帖』「雲かくれ」）

なお、『浜松中納言物語』『かぜにつれなき物語』『雫に濁る』『むぐらの宿』『下燃物語』『豊明絵草子』『掃墨物語』『葉月物語』などについては、物語冒頭部分が散逸していたり、物語冒頭と見なしてよいか判然としないので、ここでは掲出していない。

二　さる世界に―「世界」は、ここでは都とは異なる地、地方、田舎の意だが、須磨・明石の地を暗示する。『源氏物語』では、「世界」の用例十五例のうち、「明石」巻に五例、「澪標」巻に一例と集中して用いられる。以下、例証する。須磨の地で暴風雨にさらされた源氏は「近き世界に、ものの心を知り、来し方行く先のことうちおぼえ、とやかくやとはかばかしう悟る人もなし」と思う。明石の地に移った源氏は、明石入道に「知らぬ世界に、めづらしき愁への限り見つれど」といい、明石の君は「おしなべての人だにめやすきは見えぬ世界に、世にはかかる人もおはしけりと見たてまつりしにつけて、身のほど知られて」と思う。入道は源氏に「わが君、かうおぼえなき世界に、仮りにても移ろひおはしましたるは、もし、年ごろ老法師の祈り申しはべる神仏の憐びおはしまして」と思い、源氏は入道に「横さまの罪に当りて、思ひかけぬ世界に漂ふも、何の罪にかとおぼつかなく思ひつるを」と語る。「澪標」巻では、明石の姫君の誕生に源氏は「さるにては、かしこき筋にもなるべき人の、あやしき世界にて生まれたらむは、いとほしうかたじけなくもあるべきかな」と思う。本文の「さる世界に」は、『源氏物語』を知悉した人の表現とみられる。

三　目ならぶ人―「花がたみめならぶ人のあまたあればわすられぬらむかずならぬ身は」（題しらず／よみ人しらず『古今集』巻十五・恋歌五・七五四、『古今和歌六帖』（第五・かたみ・とものり・三四六六）による表現。「花筐《がたみ》」は「目ならぶ」の枕詞で、竹で編んだ籠のこと。その編み目が美しく整い揃っていること。『古今集』歌は、「美しい人がたくさん並んでいるから、今頃は忘れられているだろう。ものの数ほどでもない身は」の意。ここでは、他のお揃いの方々、通い先の意をあらわす。そういうところにはまれまれとはいえ、お便りがあろうの意。

他の用例に、『落窪物語』巻三には、「あやしうも集まりたるかな」と思ふに、また奥の方に、「『目並ぶ』と言ふ声を聞けば、中の君の御許なりし侍従の君なり」（『新全集』）と、『古今集』歌の引用例がある。また『唐物語』第七「東隣の女、宋玉を恋ふること三年、逢ふこと知らぬ涙に沈む話」（『文選』宋玉「登徒子好色賦並序」による）に、女の「恋ひわびて三年になりぬ花がたみめならぶ人のまたもなければ」（浅井峯治『唐物語新釈』）の歌があり、宋玉を「見比べられるような美しい人」の意で用いている。なお、「目ならぶ」ではなく「目ならべず」の表現先行例としては、『万葉集』巻七に「西市尓　但独出而　眼不並　買師絹之　商自許里鴨（にしのいちに　ただひとりいでて　めならべず　かひてしきぬの　あきじこりかも）」（雑歌一二七八）がある。なお、『河海抄』巻二「空蝉」の「うつせみのはにをく露の木かくれてしのひ〳〵にぬる、袖哉」の項に「隠蓑物語にたきもの、めならふ人のあまたあれはわすられぬらんかすならぬ身は是も古今の花かたみの哥に五文字の外はかはらす」とある。「うつせみの」の歌が『伊勢集』を引いたものであることを、『隠蓑物語』（散逸物語）でも『古今集』歌の五文字だけ替えた例があると傍証にあげた例だが、『古今集』歌を通して「目ならぶ」の表現がよく知られていたことをうかがわせる。

四　正身《さうじみ》はたながちに物慎ましうしたまふ御本性にて―「物慎まし」は末摘花を想起させる鍵語。「末摘花」巻、命婦が末摘花を評して源氏に「ただおほかたの御ものづつみのわりなきに、手をえさし出でたまはぬとなむ見たまふる」といい、「蓬生」巻、末摘花が叔母に対して「人にいどむ心にはあらで、ただこちたき御ものづつみなれば、さも睦びたまはぬを」という。同じ「蓬生」巻、源氏は「ひたぶるにものづつみしたるけはひの、さすがにあてやかなるも、心にくく思されて」とある。

「正身」の使用も末摘花を想起させる語彙。源氏の後朝の文に対して、「正身は、御心の中に恥づかしう思ひたまひて、今朝の御文の暮れぬれど、なかなか、咎とも思ひわきたまはざりけり」と見える。ただし、「正身」の用例じたいは、末摘花のみに限定されるものではない。

五　侍従をぞ御語らひ人にて―『源氏物語』の末摘花にも「侍従」が登場する。ただし、源氏との仲をとりもつ役としての乳母子だが、末摘花に近侍して支える存在ではなく、逆に孤立させる役割をはたす点が異なる。この『源氏物語』の侍従について略述すれば、「末摘花」巻、「女君の御乳母子、侍従とて、はやりかなる若人」である。源氏への後朝の歌も「え型《かた》のやうにもつづけたまはねば、「夜更けぬ」とて、侍従ぞ例の教へきこゆる」、源氏は雪の夜に訪れ、女房たちの貧しい姿を見るが、「侍従は、斎院に参り通ふ若人にて、このころはなかりけり」とあり、末摘花の歌を見て源氏は「あさましの口つきや。これこそは手づからの御事の限りなめれ。侍従こそ取り直すべかめれ、また筆のしりとる博士ぞなかべきと、言ふかひなく思す」とある。

「蓬生」巻では、その後の侍従が「侍従などいひし御乳母子のみこそ、年ごろあくがれはてぬ者にてさぶらひつれど、通ひ参りし斎院亡せたまひなどして、いとたへがたく心細きに」、受領の北の方になっている末摘花の叔母の娘たちのもとに通っていると語られる。この叔母は末摘花を娘たちの「使ひ人」にしようと画策し、叔母の意向をうけて「この侍従も、常に言ひもよほせど」とある。大弐の北の方となった叔母は、末摘花の同行を勧誘して、「侍従も、かの大弐の甥だつ人語らひつきて」おり、来訪した叔母に「侍従出で来たり」、「容貌などおとろへにけり」とあるが、「侍従の迎へになむ参り来たる」といい、ついには「さらば、侍従をだに」と連れ去る。その後、末摘花邸を訪れた源氏を迎えたのは「侍従がをばの少将といひはべりし老人」であった。源氏の庇護を受けるにいたった末摘花は二条東院に移るが、九州から上京した侍従は「侍従が、うれしきものの、いましばし待ちきこえざりける心浅さを」思うにいたる。

六　一年の野分に―『源氏物語』「蓬生」巻には、「八月、野分荒かりし年、廊どもも倒れ伏し、下の屋どもの、はかなき板葺なりしなどは骨のみわづかに残りて、立ちとまる下衆だになし」との場面がある。

七　軒をあらそふ蓬葎のみぞ、物むつかしき障りなりける―「蓬」の用例は、『源氏物語』における十二例のうち八例が「蓬生」巻に集中する。そのすべてが末摘花邸の表象のためである。「しげき草蓬をだに、かき払はむものとも思ひ寄りたまはず」、「浅茅は庭の面も見えず、しげき蓬は軒をあらそひて生ひのぼる。葎は西、東の御門を閉ぢ籠めたるぞ頼もしけれど」、「霜月ばかりになれば、雪霰がちにて、外には消ゆる間もあるを、朝日夕日をふせぐ蓬葎の蔭に深う積りて」、「(源氏)昔の跡も見えぬ蓬のしげさかな」、「(惟光)さらにえ分けさせたまふまじき蓬の露けさになむはべる」、「(源氏・歌)たづねてもわれこそとはめ道もなく深きよもぎのもとのこころを」、「下部どもなど遣はして、蓬払はせ、めぐりの見苦しきに、板垣といふものうち堅め繕はせたまふ」、「かくあやしき蓬のもとには置きどころなきまで」。なお『別本八重葎』では、もう一箇所[六]に「御車は、少し退きて、蓬の露乱りがはしきに立ちたり」がある。

これに対して、「葎」の用例は八例、「むぐらの門」四例、「やへむぐら」一例であるが、「蓬生」巻は二例(「蓬」用例部分に既掲出)にとどまる。

なお、「桐壺」巻、更衣の里邸は、「闇にくれて臥ししづみたまへるほどに、草も高くなり、野分にいとど荒れたる心地して、月影ばかりぞ、八重葎にもさはらずさし入りたる」は、本文の表現とは逆になるが、意識されていた可能性あるか。

八　御琴《きん》召し寄す―琴《きん》の琴(七絃琴)は、末摘花に高貴性を与え、源氏を惹きつける役割をもっていた。大弐乳母に継ぐ乳母左衛門の娘大輔命婦は、末摘花が「琴をぞなつかしき語らひ人と思へる」と、源氏の気を引き、おぼろ月夜に「ほのかに掻き鳴らしたまふ」その音を聞いて心惹かれる。「なにばかり深き手ならねど、物の音がらの筋ことなるものなれば、聞きにくくも思されず。いといたう荒れわたりて、さびしき所に、さばかりの人の、古めかしう、ところせく、かしづきすゑたりけむなごりなく、いかに思ほし残すことなからむ、かやうの所にこそは、昔物語にもあはれなる事どももありけれなど、思ひつづけても、ものや言ひ寄らましと思せど、うちつけにや思さむと、心恥づかしくて、やすらひたまふ」とある。

九　言ふにもまさる御思ひ―「こころにはしたゆく水のわきかへりいはで思ふぞいふにまされる」(『古今和歌六帖』第五　いはでおもふ　二六四八)の措辞を響かせる。本歌を引く光源氏の歌が「末摘花」巻に「いはぬをもいふにまさると知りながらおしこめたるは苦しかりけり」とあるのは注目される。『源氏物語』の引用ではほかに、「横笛」巻、夕霧が落葉の宮に語りかける歌「言に出でていはぬもいふにまさるとは人に恥ぢたるけしきをぞみる」、「浮舟」巻、薫の「常にあひ見ぬ恋の苦しさを、さまよきほどにうちのたまへる、いみじく言ふにはまさりて、いとあはれ、と人の思ひぬべきさまをしめたまへる人柄なり」がある。中世王朝物語では、「下行く水の湧き返る」（『石清水物語』上、『恋路ゆかしき』二）を引き、あるいはたんに「湧き返り」（『夜寝覚』二）「湧き返る思ひ」（『海人の刈藻』二）「湧き返る心のほど」（『兵部卿物語』上）」などと本歌を響かせる引歌例がある。

一〇 古代の曲のもの――「古代」もまた末摘花の形象に用いられる鍵語。「末摘花」巻では、源氏の目に映じた姿は「古代のゆゑづきたる御装束なれど、なほ若やかなる女の御よそひには、似げなうおどろおどろしきこと」とあり、年の暮れに末摘花が源氏に贈って来たのは「つつみに衣箱の重りかに古代なる」もの。「蓬生」巻、末摘花邸の「御調度どもも、いと古代に馴れたるが昔様にてうるはしき」ものであった。

一一 いとどしくもの思ふ宿の荻の葉に秋風立つと聞くが悲しさ――「いとどしく物思ふやどの荻の葉に秋とつげつる風のわびしさ」（おもふこと侍りけるころ／よみ人しらず 『後撰集』巻五・秋上・二二〇、『古今和歌六帖』第六・をぎ・三七二二）を利用し、本物語の筋、場面にふさわしく下句の表現を変改したもの。

一二 大将の君の御気配思ひ出でらるるや――「葵」巻の冒頭、桐壺帝譲位後の源氏と藤壺の動静を語る一節に、「（春宮の）御後見のなきをうしろめたう思ひきこえて、大将の君によろづ聞こえつけたまふ」とある。「紅葉賀」の秋、藤壺が「七月にぞ后にゐたまふめりし」とあるのに続いて、「源氏の君、宰相になりたまひぬ」とあり、それは桐壺帝譲位の心準備によるものであった。従って、「葵」巻では、参議兼右大将であったことになる。後、「若菜上」巻では、桐壺帝の寵愛にもかかわらず、「心のままにも驕らず、卑下して、二十がうちには、納言にもならずなりにきかし。一つあまりてや、宰相にて大将かけたまへりけん」とあり、大将の任官は、「葵」巻（光源氏二十二歳）の前年のことになる。

『源氏物語』と符合させて読めば、その頃を思い出していることになる。

一三 狩衣姿の見知れるやうなるは、大夫なりけり――『源氏物語』「蓬生」巻では、惟光が邸内に入って案内を乞うが、「内には、思ひも寄らず、狩衣姿なる男、忍びやかに、もてなしなごやかなれば、見ならはずなりにける目にて、もし狐などの変化にやとおぼゆれど」とある。

なお『源氏物語』では、大弐の乳母の子で腹心の家来として登場する惟光は、「夕顔」「若紫」巻では、五位の官人の称である「たいふ（大夫）」として登場する。「紅葉賀」「花宴」「花散里」巻では、もっぱら「惟光」とよばれる。「須磨」巻では、「民部《みんぶの》大輔《たいふ》」「大輔」とよばれ、民部省の次官の任にあったことになる。しかし、「明石」「澪標」そして「蓬生」では「惟光」の称である。『源氏物語』に符合させて読めば、「須磨」巻以前の、惟光が「大夫」とよばれた時代に遡っての呼称ということになる。

一四 ひとつ涙ぞとどめがたかりける――『源氏物語』「須磨」巻に、源氏を須磨の地に訪ねた宰相中将は「うち見るより、めづらしううれしきにも、ひとつ涙ぞこぼれける」とある。ここは、「うれしきもうきも心はひとつにてわかれぬ物は涙なりけり（もの思ひ侍りけるころ、やむごとなきたかき所よりとはせたまへりければ／よみ人しらず　『後撰集』巻十六・雑二・一一八八）を引く。

なお、この歌を引く場面には、「藤裏葉」巻、明石の姫君の入内に明石の君は「いとうつくしげに雛のやうなる御ありさまを、夢の心地して見たてまつるにも、涙のみとどまらぬは、ひとつものとぞ見えざりける」と語られ、「柏木」巻、柏木亡き後、訪れた夕霧に一条御息所は「「いまはとてこれかれにつけおきたまひける御遺言のあはれなるになん、うきにもうれしき瀬はまじりはべりける」とて、いといたう泣いたまふけはひなり」とある。なお本歌の他の部分を引く例には、『小夜衣』下に「かなしきにもうき事にもとまらぬ涙なれば、まづほろ〳〵とこぼし給へり」があり、『いはでしのぶ』巻一に「例の身にしむ計おぼへ給つゝ、おもひわくかたなき涙は、これも先だつ心地すれど」の例がある。

一五　燻べ顔―『源氏物語』「真木柱」巻、鬚黒は北の方が実家に帰ったことを聞いて「いとあやしう、若々しき仲らひのやうに、ふすべ顔にてものしたまひけるかな」の例がある。嫉妬して拗ねている様子。

一六　御使ひは蓑虫のやうにて―雨風をさけるための姿を蓑虫さながらと譬えたもの。『源氏物語』「明石」巻、風雨の中を京からやってきた使いが「二条院よりぞ、あながちに、あやしき姿にてそほち参れる。道交ひにてだに、人か何ぞとだに御覧じわくべくもあらず」の一節を想起させるものがある。雨に蓑虫を結びつけた歌の例には、「春雨のふるにつけつつみの虫のつける枝をば誰かをりつる」（みのむしつけるえだにふみをつけておこせたる返しに　『兼輔集』二三）、「もみぢばのえだにかかれるみのむしはしぐれふるともぬれじとやおもふ」（おなじ院の御前にて、まゆみのもみぢにみのむしのかかりたるを、うたつかまつれとあるに　『頼基集』一九）、「雨ふらば梅の花がさ有るものを柳につけるみのむしのなぞ」（やなぎにみのむしのつきたるをみて　『和泉式部集』五一四）ほかがあり、形容表現として特異ではない。

なお、「蓑虫」の用語例では、『枕草子』（「虫は」の段）に「虫は、…蓑虫、いとあはれなり。鬼の生みたりければ、親に似て、これもおそろしき心あらむとて、親のあやしき衣ひき着せて、「いま秋風吹かむをりぞ来むとする。待てよ」と言ひおきて、逃げていにけるも知らず、風の音を聞き知りて、八月ばかりになれば、「ちちよ、ちちよ」とはかなげに鳴く。いみじうあはれなり」（「新全集」）がよく知られている。

一七　雨もよに―「雨もよに」は雨がひっきりなしに激しく降るうちにの意。「よに」は「よよに」の略。『後撰集』に「月にだにまつほどおほくすぎぬれば雨もよにこじとおもほゆるかな」（をとこのまでこで、ありありて雨のふる夜、おほがさをこひにつかはしたりければ／これひらの朝臣のむすめいまき　巻十四・恋六・一〇一二）があり、また『源氏物語』では、「椎本」巻に、「（匂宮の）御使は、木幡の山のほども、雨もよにいと恐ろしげなれど」の例がある。

一八 道の長手を―「道の長手を」は延々と長い道をの意。『万葉集』には、「道の長手を」を含む歌が六例あり、そのうち二例が『袖中抄』に見える。ここは『袖中抄』の「むば玉のよりべはかへるこよひさへ我をかへすなみちのながてを」（第十一・四四〇、『万葉集』巻四・相聞・七八四・二句目「きぞはかへしつ」）を引いて、「昨夜《よむべ》は帰る、今宵はさは」と続けて表現する。

一九 夢現とは―『伊勢物語』六十九段（狩の使）にみえる歌「かきくらす心のやみにまどひにき夢うつつとは今宵さだめよ」による。『古今集』（返し／なりひら朝臣　巻十三・恋歌三・六四六）では、結句「世人さだめよ」にも。ここでは「今宵さだめよ」の意がほのめかされる。なお、本歌は、他の物語では、「心のやみに」の部分を生かした引歌が多い。

二〇 山の阿闍梨の君―『源氏物語』「蓬生」巻では、末摘花には「禅師の君」とよばれる法師である兄が登場する。山の阿闍梨の君と姫君との関係は明示されないが、僧という点で共通項がある。ただし、「蓬生」巻の兄の僧とは、性格づけ、役割に懸隔があり、「はかなきことにても、見とぶらひきこゆる人はなき御身なり。ただ御兄の禅師の君ばかりぞ、まれにも京に出でたまふ時はさしのぞきたまへど、それも世になき古めき人にて、同じき法師といふ中にも、たづきなく、この世を離れたる聖にものしたまひて」とある。また源氏が主催する桐壺院の法華八講（「澪標」巻）に参上したことを、末摘花に「権大納言の御八講に参りてはべりつるなり」と語っている。妹尾好信は、「初音巻では「醍醐の阿闍梨の君」とあるので、山（比叡山）の僧ではなく、醍醐寺に住んでいたらしい」という。

二一 院の悩ましくせさせたまふ御祈りに―『源氏物語』では、「澪標」巻で冷泉帝に譲位した朱雀院に符合する。「明石」巻で、桐壺院の幻影を見てから「御目わづらひたまひて、たへ難う悩みたまふ」とあり、さらに翌年、「よろしうおはしましける御目の悩みさへこのごろ重くならせたまひて、もの心細く思されければ」とあって、「七月二十余日のほどに、また重ねて京へ帰りたまふべき宣旨くだる」と、光源氏の赦免につながる。「澪標」巻に入り、「時々おこり悩ませたまひし御目もさわやぎたまひぬれど」とあって、譲位の決意を固めることになる。
なお、院の病気平癒の祈禱に叡山から招かれるという点では、『源氏物語』の横川の僧都を連想させるところがある。

二二 大きやかなる蓮葉なりけり―「濃き緑の紙のあやしう香ばしきに、書いたまへり」（〔八〕）とあった文をさす。美麗とみえたものが、別物であったと語られるのは、妖狐譚によく出てくるモチーフ。【補注】参照。

二三 狐などいふ獣らも、人の魂を冒し謀るわざするなり―「濃き緑の紙のあやしう香ばしきに、書いたまへり」とあるのが、「大きやかなる蓮葉なりけり」とあり、通って来た男君であるようにだますこと。【補注】参照。

二四 高き山と頼みて―『竹取物語』で龍の頸の玉を取りに出かけた大伴御行が海難に遭う条に「船に乗りては、楫取りの申すことをこそ高き山と頼め」とある。「高き山」は高い山のように頼りにする意の慣用句。他に「おりのぼりみるかひもなし白雪の山のたのみし君しなければ」(『公忠集』 この歌、延喜のみかど、かくれさせたまひて、殿上もせざりけるほどに、山に雪のかかりたりけるをみやりてよめる (左注) 三七)、『うつほ物語』「祭りの使」には、三春高基があて宮にあてた恋文に「ここにはうしろめたき人も侍らず、ただ高き山とのみ頼み聞こえてなむ」(「新全集」) の用例がある。後の二例は、上坂信男『竹取物語全評釈 本文評釈篇』(右文書院) の指摘による。

二五 物の音ひしひしと聞こえて—『源氏物語』「夕顔」巻には、「母屋の際に立てたる屏風の上、ここかしこのくまぐましくおぼえたまふに、物の、足音ひしひしと踏みならしつつ、背後より寄り来る心地す」とある。

二六 鬼一口に食はるべかりけり—『伊勢物語』六段(芥河)の「はや夜も明けなむと思ひつつゐたりけるに、鬼はや一口に食ひてけり」とあるによる。謡曲「通小町」に「さて雨の夜は目に見えぬ、鬼ひと口も恐ろしや」とある。後には、横井也有の俳文『鶉衣』の「幽霊説」の冒頭には、「鬼一口のいきほひもなく、妖物語のやつしも叶はず、幽霊はいかなる者ぞ」とあり、さらに浄瑠璃「艶狩剣本地」五になると「惟茂殺すは己を頼まず、鬼一口にかんでやる」などは、勢いよく、一気にの意をあらわす形容的表現になる。

二七 この松の木の年古りて苔むせるにぞ、狐は寄りぬべき—「蓬生」巻では、「もとより荒れたりし宮の内、いとど狐の住み処になりて、うとましうけ遠き木立に、梟の声を朝夕に耳馴らしつつ、人げにこそさやうのものもせかれて影隠しけれ、木霊など、けしからぬ物ども、ところ得て、やうやう形をあらはし、ものわびしき事のみ数知らぬに」とある。古木の洞などに狐が棲むというのは、妖狐譚にはしばしば出てくる設定。【補注】参照。

二八 大和の守なる人の、よしめきたる前栽植ゑさするが—『源氏物語』「蓬生」巻では、女房が「なほいとわりなし。この受領どもの、おもしろき家造り好むが、この宮の木立を心につけて、放ちたまはせてむやと、ほとりにつきて、案内し申さするを、さやうにせさせたまひて、いとかうもの恐ろしからぬ御住まひに、思し移ろはなむ。立ちとまりさぶらふ人も、いとたへがたし」と末摘花に勧めるが、末摘花は肯じない。

二九 さるものの領《らう》じて—「領《らう》」は「りやう」の直音化。『源氏物語』「夢浮橋」巻の僧都の言葉に「あしき物に領《らう》ぜられたまひけむも、さるべき前の世の契りなりけり」の例がある。また「りやう」の例には、「浮舟」巻の右近の言葉に「おほかた、この山城大和に、殿の領《りやう》じたまふ所どころの人なむ、みなこの内舎人といふ者のゆかりかけつつはべるなる」がある。

三〇 御鏡の、古くてあるを—鏡は、霊力をもつものであった。三種の神器のひとつである宝鏡が「私ノ心ナクシテ万象ヲ照ラスニ是非善悪ノ姿現レズト云コトナシ」(『神皇正統記』) とあることを、大槻修論文は指摘する。仏教語の「浄玻璃の鏡」は、地獄の閻魔王庁で、亡者生前の善悪の所業を映し出すものであった。

二一　大弐の家の人呼びとりて―「蓬生」巻では、末摘花の母方の叔母の夫が大弐として登場している。「かの家主大弐になりぬ」とある。

二二　例の動なくておはす―いっこうに反応を示さない意の「動なくて」の用例に、『源氏物語』「明石」巻、源氏から文を贈られ、明石の君が思案し、歌を返す場面「めでたしとは見れど、なずらひならぬ身のほどの、いみじうかひなければ、なかなか世にあるものと尋ね知りたまふにつけて、涙ぐまれて、さらに、例の、動なきを、せめて言はれて、浅からずしめたる紫の紙に、墨つき濃く薄く紛らはして」がある。また「帚木」巻、空蝉に迫る源氏の後を追って来た女房の中将の君が「なみなみの人ならばこそ、荒らかにも引きかなぐらめ、それだに人のあまた知らむはいかがあらん、心も騒ぎて慕ひ来たれど、どうもなくて、奥なる御座に入りたまひぬ」とある。ここの「どう（動）もなくて」はいっこうに平気でいる源氏のこと。

二三　その八月にぞ、源氏の君、世に赦されて、都に帰らせたまふ―これまで、男主人公は「源氏の君」を連想させつつも、明記されることはなかった。ここに至って「源氏の君」の呼称がはじめて登場して、本物であることを示唆することになる。なお、本文では、文末［一九］の語り手の言葉に、もう一箇所「源氏の君」の呼称がみえるにとどまる。

『源氏物語』「蓬生」巻では、「さるほどに、げに世の中に赦されたまひて、都に帰りたまふと、天の下のよろこびにて立ち騒ぐ」とある。これより前、「明石」巻で、朱雀院は病脳から春宮への譲位と源氏の赦免を決意し、「つひに后の御諌を背きて、赦されたまふべき定め出で来ぬ」とあり、さらに「よろしうおはしましける御目の悩みさへこのごろ重くならせたまひて、もの心細く思されければ、七月二十余日のほどに、また重ねて京へ帰りたまふべき宣旨くだる」とあって、帰京した源氏が参内して帝と物語をかわしたのが「十五夜の月おもしろう静かなる」夜であった。本文の「その八月にぞ、源氏の君、世に赦されて、都に帰らせたまふ」は、『源氏物語』の源氏の動静と符合していることになる。

二四　高きも卑しきも、ほどにつけつつ、嘆きあへるを―『源氏物語』「蓬生」巻では、源氏の視点から、「我もいかで、人より先に、深き心ざしを御覧ぜられんとのみ思ひきほふ男女につけて、高きをも下れるをも、人の心ばへを見たまふに、あはれに思し知ること、さまざまなり」と語られる表現があり、「かやうにあわたたしきほどに、さらに思ひ出でたまふけしき見えで月日経ぬ」と続けられる。

二五　人知れず下待ちおはしますに―『源氏物語』「末摘花」巻、源氏のあとをつけてきた頭中将は「物の音に聞きついて立てるに、帰りや出でたまふと、した待つなりけり」とある。なお、『源氏物語』における「した待つ」の用例は、この一例のみ。

二六　道もなきまで―「わがやどは道もなきまであれにけりつれなき人をまつとせしまに」（題しらず／僧正へんぜう　『古今集』巻十五・恋歌五・七七〇、『古今和歌六帖』第二・みち・一〇九二　結句「こふとせしまに」）を引く。

なお、類似句をもつ歌に「わがやどは雪ふりしきてみちもなしふみわけてとふ人しなければ」(題しらず/よみ人しらず『古今集』巻六・冬歌・三二二、『古今和歌六帖』第二・やど・一三一五)があり、これを本歌とする引歌例には、『狭衣物語』巻四に「安く踏み分け給へる跡ども、見え侍らざりし庭のけしきをも、見置き難う思給へられしかばなむ」、『我身にたどる姫君』一に「日頃ふりやまぬ雪のあやにくさには、ましてきしかた、行さきかきくらし物がなしき夕の空、ふみわけたるあとなき庭を、はしぢかうながめおはするさまかたち」、『松陰中納言物語』第二「車違へ」に「ふりつもる庭のしら雪は、ふみわくべき人しなければ、さし入月の影のみこと、ひがほにさえわたる」、『むぐらの宿』に「山ざとは、ゆきふみわけて、われよりほかにたれかとうべきと、しづ心なくて」があるが、類似句「みちもなし」を引く例はみえない。

三七　権大納言殿は、この御門過ぎさせたまへ—明石から、帰京した秋、光源氏は、「ほどもなく、もとの御位あらたまりて、数より外の権大納言になりたまふ」(「明石」巻)とあり、その翌年二月、朱雀帝の譲位、冷泉帝の即位に伴い、内大臣になる。

この「権大納言」を光源氏と符合させれば、帰京した秋から翌年二月頃までにあたることになる。

三八　この三輪の山ぞ悲しかりける—「わがいほはみわの山もとこひしくはとぶらひきませすぎたてるかど」(題しらず/よみ人しらず『古今集』巻十八・雑歌下・九八二)、「みわの山しるしのすぎはかれずともたれかは人のわれをたづねん」(『古今和歌六帖』第五・人をたづぬ・二九三九)をふまえての表現。本歌は、三輪山の神(大物主命)をめぐる古歌謡に由来するか。

「蓬生」巻、末摘花邸のそばを通りかかった源氏の目には、「形もなく荒れたる家の、木立茂く森のやうなる」ありさまが映じていたが、末摘花と対面した源氏は、「年ごろの隔てにも、心ばかりは変らずなん、思ひやりきこえつるを、…杉ならぬ木立のしるさに、え過ぎでなむ負けきこえにける」という。この「杉ならぬ木立のしるさ」は、本『古今集』歌を引いて恋の目印に見立てているとするのが通説だが、『花鳥余情』は、『古今和歌六帖』の「みわの山しるしのすぎはかれずともたれかは人のわれをたづねん」(『続後撰集』巻十五・恋五・九三六　題しらず/よみ人しらず　第三句「わかずとも」)とさらに「わがやどのまつはしるしもなかりけりすぎむらならばたづねきなまし」(匡衡がこころあくがれて女のもとへまかりけるころいひつかはしける/赤染衛門　『金葉集』三奏本第八・恋下・四三八、『今昔物語集』巻二十四・大江匡衡妻赤染読和歌語第五十一)を引いたとみて、「今杉ならはいかにも尋ぬへきたよりあるへきを杉ならぬ木たちなれとうちすきかたくてたつねまいれるよしのたまふなり」(松永本『花鳥余情』)と説いている。ただし、赤染衛門歌は、『今昔』の文脈では、稲荷の「杉むら」で、『古今集』歌を踏まえたものである。

本物語場面としては、「みわの山いかにまち見む年ふともたづぬる人もあらじと思へば」(仲平朝臣あひしりて侍りけるをかれ方になりにければ、ちちがやまとのかみに侍りけるもとへまかるとてよみてつかはしける／伊勢　『古今集』巻十五・恋歌五・七八〇）、あるいは「すぎむらといひてしるしもなかりけりひともたづねぬみわの山もと」（五節にいでてはべりけるひとをかならずたづねむといふをとこ侍けれどおとせざりければ女にかはりてつかはしける／読人不知　『後拾遺集』巻十三・恋三・七三九）を引いた可能性をも検討しうるが、三輪山の神をめぐる伝承歌を踏まえており、特定しがたい。

なお、『古今集』あるいは『古今和歌六帖』歌の引用例には、『狭衣物語』巻四の狭衣の歌「尋ね見るしるしの杉もまがひつゝなを(ほ)神山に身やまどひなん」とあり、『風に紅葉』巻二には「かくてみわへをはしつきたれば、かいすみて、いと心ぼそげなり。みわのやしろもちかしときけば、すぎのむらだちなどみわたされて、宮こはいとゞくもゐはるかに、御をもかげも一きはへだゝりはてぬるぞかしと、心のをかんかたなし。／みわの山身はいたづらにくちぬともしるしのすぎとたれかたづねん」がある。

三九　肘笠のたよりに、託ち寄らんも―『源氏物語』「須磨」巻に「肘笠雨とか降りきて、いとあはたたしければ」の例がある。催馬楽「妹が門《かど》」には「妹が門　夫《せな》が門　行き過ぎかねてや　我が行かば　肱笠の　肱笠の　雨もや降らなむ…」とあり、肘を笠にするようなにわか雨でも降って、それを立ち寄る口実にしたいという恋歌表現となっている。本文の「託ち寄らんも」は「肘笠」の語が孕みもつ恋の情調にそう表現である。なお、「末摘花」巻には、「笠宿《かさやどり》」という類似表現が出てくる。源氏が末摘花の話に心を動かす様子に、命婦が「さやうにをかしき方の御笠宿には、えしもやと、つきなげにこそ見えはべれ」と言い、後に末摘花に後朝の文を夕刻に送る段になって、「雨降り出でて、ところせくもあるに、笠宿せむとはた思されずやありけむ」とある。これもまた催馬楽「妹が門」による表現である。

四〇　人わろく爪食はるれど―『源氏物語』に二例。「帚木」巻、左馬頭の体験談中に「いかが思へると気色も見がてら、雪をうち払ひつつ、なま人わるく爪食はるれど、さりとも今宵日ごろの恨みは解けなむと思ひたまへしに」、「竹河」巻、薫は玉鬘に和琴をさし出されて「あまえて爪食ふべきことにもあらぬをと思ひて、をさをさ心にも入らず掻きわたしたまへるけしきいと響き多く聞こゆ」とある。恥ずかしがるさま。きまり悪くおもう様子。

四一　馴れる姿も―「馴れる姿も」には、先行する和歌に「なれる姿を」の表現例がある。以下に掲出するが、いずれも「なれる姿」を、「これを見よ」「出でてみよ」「みせばや君に」というもので、ここでは、引歌的表現であるとは見ずに「馴れる姿」を訳出するにとどめた。くたくたになった着物を身につけているやつれ姿の意。

だが、引歌的表現が響かせられているとみるならば、普通だったら恋のために「なれる姿」を「見よ」とか「見せばや」というところだが、それさえ恥ずかしいというニュアンスが隠されていると読むことは可能である。以下、例出する。「これを見よ人もすさめぬ恋すとてねをなくむしのなれるすがたを」（物いひける女に、せみのからをつつみてつかはすとて／源重光朝臣『後撰集』巻十一・恋三・七九三、『和漢朗詠集』巻上・夏・蝉・一九八)、「人づてはさしもやはともおもふらむみせばや君になれるすがたを」(百首歌よみける時、恋歌とてよめる/顕昭法師『千載集』巻十四・恋歌四・八六一)、「きみがあたりいまぞすぎ行く出でてみよこひする人のなれるすがたを」(『住吉物語』藤井本　少将(大将)・一五、『住吉物語』真銅本、少将(大将)・四七)、また『源氏物語』「朝顔」巻、光源氏の朝顔への「世に知らぬやつれを、今ぞとだに聞こえさすべくやは、もてなし給ひける」の会話部分の引歌として、古注釈の多くが『住吉物語』の歌として前掲の歌と同じ「君がかどいまぞすぎゆくいでてみよこひする人のなれるすがたを」をあげる。また「若菜下」巻、柏木が小侍従に語る「数にもあらずあやしきなれ姿を、うちとけて御覧ぜられんとは、さらに思ひかけぬことなり」の引歌として、古注釈によっては、本歌あるいは『後撰集』歌があげられている。

四二　御胸いたくおこりて―「胸」が「おこる」の表現例には、「若菜下」巻、紫の上発病の場面に、「胸は時々おこりつつわづらひたまふさま」がある。

四三　下屋―『源氏物語』では、「下《しも》屋」としては三例。主殿に対する雑舎。「帚木」巻、源氏が紀伊守邸に方違えにゆく場面、守は「みな下屋におろしはべりぬるを、えやまかり下りあへざらむ」という。「松風」巻、明石の入道が大堰の山荘を修繕しようとしたところ、預りが「この年ごろ、領《らう》ずる人もものしたまはず、あやしき藪になりてはべれば、下屋にぞ繕ひて宿りはべるを」とあり、「夕霧」巻、御息所の葬儀の場面、「御忌に籠れる僧は、東面、そなたの渡殿下屋などに、はかなき隔てしつつ、かすかにゐたり」とある。『うつほ物語』「俊蔭」巻にも「(従者が)下屋に曹司してありけるを」とある。

ただし、「蓬生」巻の「下の屋」の用例場面として、荒れまさる末摘花邸のさまを「野分荒かりし年、廊どもも倒れ伏し、下の屋どもの、はかなき板葺なりしなどは骨のみわづかに残りて、立ちとまる下衆だになし」があり、注目させられる。

四四　らうらうと、いと高う吠えかかりて…皆逃げ失せぬ。―「らうらう」は朗々か、擬声語か。犬によって、狐が正体をあらわしたり、逃げ去ったりするのは、妖狐譚によくあるモチーフ。【補注】参照。

四五　源氏の君のことも―「蓬生」巻末が語り手の言葉によって語り収められるのと対応する。「蓬生」巻では、「かの大弐の北の方上りて驚き思へるさま、侍従が、うれしきものの、いましばし待ちきこえざりける心浅さを恥づかしう思へるほどなどを、いますこし問はず語りもせまほしけれど、いと頭いたう、うるさくものうければなむ、いままたもついであらむをりに、思ひ出でてなむ聞こゆべきとぞ」とある。

四六　蘭菊の叢の、むげに浅くなりなむがいとほしく―『白氏文集』巻一、諷諭「凶宅」、五言四十四句の古詩の五句・六句「梟鳴松桂枝　狐蔵蘭菊叢」(梟は松桂の枝に鳴き　狐は蘭菊の叢に蔵《かく》る)とある六句目を引く。前半五句目の「梟は」は、「夕顔」巻「夜中も過ぎにけんかし、風のやや荒々しう吹きたるは。まして松の響き木深く聞こえて、気色ある鳥のから声に鳴きたるも、梟はこれにや」、「蓬生」巻に「うとましうけ遠き木立に、梟の声を朝夕に耳馴らしつつ」を想起させる。なお、「浮舟」巻、薫の命をうけた内舎人が右近に言う声は「梟の鳴かんよりも、いともの恐ろし」とある。五句六句ともに、長安の大宅の荒廃したさまを叙す。ここでは、狐の仕業であることをあからさまに明かしてしまう話は、蘭や菊の叢の不気味さ、恐ろしさが浅くなり、話の興趣が乏しくなって気の毒の意。【補注】参照。

【補注】

「狐」には怪異幻想がつきまとっている。注では断片的指摘にとどまるので、「狐」の幻想性について、第一に『源氏物語』の場合、第二に日本の主に説話・記録・物語草子類の場合、第三に漢籍、とくに白居易とその関連作品の場合について、まとめてとりあげ、贅注を加える。

第一に、『源氏物語』では、「狐」はどのような幻想性を持った存在として登場しているか。「狐」という語彙をも含む用例は十二例ある。そのすべてを掲出して概括すれば、次のとおりである。

①「夕顔」巻に、変装して通う源氏はしだいに夕顔に耽溺して「げに、いづれか狐なるならんな。ただはかられたまへかし」と言う。某院では、意識を失って倒れている夕顔の側にいる右近に「荒れたる所は、狐などやうのものの、人をおびやかさんとて、け恐ろしう思はするならん」と言う。夜半過ぎ、風が荒々しく吹いているのは、「まして松の響き木深く聞こえて、気色ある鳥のから声に鳴きたるも、梟はこれにやとおぼゆ」とある。

「蓬生」巻では、荒廃した末摘花邸は「いとど狐の住み処になりて、うとましうけ遠き木立に、梟の声を朝夕に耳馴らしつつ、人げにこそさやうのものもせかれて影隠しけれ、木霊《こだま》など、けしからぬ物ども、ところ得て、やうやう形をあらはし、ものわびしき事のみ数知らぬに」とあり、末摘花邸の前を通りかかった源氏は惟光に邸内を探らせ、案内を乞わせるが「内には、思ひも寄らず、狩衣姿なる男、忍びやかに、…もし狐などの変化《へんげ》にやとおぼゆれど」とあって、本編『別本八重葎』の世界と通いあう情調を醸している。

②「若菜下」巻、紫の上危篤、六条御息所の死霊が出現する場面で、源氏は「まことにその人か。よからぬ狐などいふなるもののたぶれたるが、亡き人の面伏せなること言ひ出づるもあなるを、たしかなる名のりせよ」という。

③「蜻蛉」巻では、浮舟の失踪に、母君は「鬼や食ひつらん、狐めくものやとりもて去ぬらん、いと昔物語のあやしきものの事のたとひにか、さやうなることも言ふなりし」と思う。その浮舟は、「手習」巻で、横川僧都が「いといたく荒れて、恐ろしげなる所かな」と見て、「経読め」と命じ、「「森かと見ゆる木の下を、うとましげのわたりや」と見入れたるに、白き物のひろごりたるぞ見ゆる」姿で横たわっていた。僧のひとりが「狐の変化したる。憎し。見あらはさむ」と言って近づく。浮舟が発見される場面である。「髪は長く艶々として、大きなる木の

根のいと荒々しきに寄りゐて、いみじう泣く」さまに、僧都は「狐の人に変化するとは昔より聞けど、まだ見ぬものなり」と言って近づき「これは人なり」と言い、死んで捨てられたのが生き返ったのかもしれないと言う。それに対して僧のひとりは「まことに人なりとも、狐木霊やうの物の、あざむきて取りもて来たるにこそはべらめ」と言って、宿守を呼んでみせると「狐の仕うまつるなり。この木のもとになん、時々あやしきわざしはべる」と答え、「狐は、さこそは人はおびやかせど、事にもあらぬ奴」とも言う。もの怖ぢせぬ僧が「鬼か、神か、狐か、木霊か。かばかりの天の下の験者のおはしますには、え隠れたてまつらじ。名のりたまへ。名のりたまへ」と衣をとりのけている。『源氏物語』では、狐は、夕顔、末摘花、六条御息所、浮舟の話と結びつけられて、荒廃した邸や場所、それも森の木のもとに棲み、人をだましたり、おどしたりする幻想的存在として語られていることになる。

第二に、説話・記録・物語草子類に出てくる狐の怪異譚として、『日本霊異記』『善家秘記』『狐媚記』『狐の草子』『木幡狐』『玉藻の草紙』(『玉藻の前』)などの例をあげ、補足を加える。

①『日本霊異記』上巻「狐を妻として子を生ましめし縁　第二」は、美濃の国に住む男が曠野で、美しい女と出会い、結婚し、男児を生む。時にその家の飼い犬も子犬を生むが、女をさかんに吠えたてるので、男に犬を殺すように頼む。しかし、男が犬を殺せないでいるうちに、親犬が女にかみつこうとすると、女は狐の正体をあらわす。男は子までなしたゆえ、いつでも来いという。男の言葉に、その後も女は訪れて来たので「来つ寝」(狐)と名づけて、親しんだが、やがて女はいずこともなく立ち去った。その子は「狐の直《あたへ》」と称したが、強力で疾きこと飛ぶ鳥のごとくであった。

この「狐女房」の異類婚姻譚は、のち『扶桑略記』(欽明天皇の条)に収載され、そこから『水鏡』上巻、『神明鏡』巻上に収められる。犬によって正体をあらわすモチーフに注目される。

②同じ『日本霊異記』中巻には「力ある女の、力捔《クラ》べ試みし縁　第四」がある。美濃国に生まれつき体の大きく、強力の女がいて、狐を母として生まれた四代目の子孫であったところから「美濃狐」と呼ばれていた。力を頼みに市場に往来する商人から物を強奪することを生業としていたが、尾張国の体は小さいが強力の女に鞭打たれて打ち負かされ、市場が安穏になる話である。こちらの女は尾張の道場法師の孫、という。

元興寺に住んだ道場法師のことは、『日本霊異記』上巻の「雷の憙《ムガシビ》を得て、生ましめし子の強力在りし縁　第三」にあるほか、都良香に「道場法師伝」(『本朝文粋』巻十二)がある。「美濃狐」の話は、狐の強力な怪異も法師の力には及ばないというモチーフへと発展する要素を内包しているとみることができる。

③異類婚姻譚で著名なものには、『扶桑略記』(宇多天皇寛平八年九月廿二日の条)に「善家秘記云」と引用される三善清行の『善家秘記』(逸文)がある。これは賀陽良藤と狐の婚姻譚であって、『今昔物語集』巻十六「備中国の賀陽良藤、狐

の夫と為りて観音の助けを得たる語」第十七、『元亨釈書』巻二十九「賀陽良藤」、金沢文庫本『観音利益集』所収譚などの源流をなしている。この『善家秘記』は、紀長谷雄の『紀家怪異実録』などとともに、散逸書目であるが、類書掲載の中国の志怪小説の影響のもとに著作されたものとみることができ、賀陽良藤の経験は「皆霊狐之妖惑也」とあり、その「妖惑」を怪異として語るところに『善家秘記』の面目がある。末尾に観音の化身たる「優婆塞」に救済されることが語られる。

④大江匡房の『狐媚記』は、「康和三年（一一〇一）」に、洛中で起きた五つの狐媚の怪異を語るもの。一は、朱雀門前をはじめ、各所に「饌《そなへもの》」が設けられたが、飯や菜とみえたのは、じつは「馬通《うまくそ》」であったり、「牛骨」であったりした。世に「狐の大饗」と言った。二は、源隆康が賀茂の斎院に出かけた際、少年の雲客（殿上人）と女がその牛車を盗み、牛飼童に紅の扇を与えているところを、中原家季が目撃する。翌日見ると、車の前の方に狐の足跡がついており、扇は小牛の角であった。これを知った童は数日にして死んだ。隆康は車を焼こうとしたが、夢に神人があらわれ、報があるから焼くなと言う。はたして明年、図書助になった。三は、主上の行幸の際に何人か、左右の袖で顔を隠してつき従うものがいる。藤原重隆が怪しんで尋ねると、たちまち朱雀門内に逃げ隠れた。四は、僧珍律師が老婆に請われて、六条朱雀大路に出かけた。りっぱな邸で僧への供物も整えられているが接待役がいない。不審に思って出された酒盃などには手をつけずに、講座で幟、鐘を打ったとたん、灯火の色変じて、供物が糞穢の類であることが明らかになった。僧珍は半死の体で逃げ帰ったが、後日、家を尋ねると、その家はまったくかき消えていた。五は、七条京極に買った家を壊して、鳥辺野で葬式の具にして、金銀糸絹に換えたが、後日みると、破れたり古びた履物や瓦、小石、骨、角であった。

これらを紹介した後、匡房はこれらの「狐媚の変異」が、多く（中国の）史籍に載せられているという。殷の妲己が、九尾の狐となり、任氏（『任氏伝』）は人の妻となるも、馬嵬で犬のために殺され、あるいは書生とみえた狐が書物を読む、などなどをあげて、今我朝にして、その妖を見たと結ぶ。

和漢の狐をめぐる怪異幻想の型に注目させられよう（高橋貢『中古説話文学研究序説』桜楓社、小峯和明『院政期文学論』笠間書院）。

⑤『狐の草子』の場合、美女と化した狐にだまされた僧都が、空薫の香高く、琴・琵琶などのりっぱな調度品が並べられているとみえたものは、金剛浄院の床の下で、簾や畳とみえたものは筵や菰切れ、美しい調度品とみえたものは壺の破片、髑髏、衣装も反故や紙裂れであったと語られる。

⑥『木幡狐』は、木幡の里に住む古狐の娘きしゅ御前は、三位中将と交情うるわしく、結婚して、若君を生むが、献上された犬を恐れて出奔、古塚に帰り尼になるが、若君は末繁昌するという物語。御伽草子二十三編の一編。異類婚姻譚だが、犬を恐れるというモチーフに注目される。

⑦『玉藻の草紙』（『玉藻御前物語』『玉藻の前』）の場合。鳥

羽院の寵愛をうけた化生の前とよばれた美女（玉藻の前）は、なにごとにもすぐれていたが、詩歌管絃の夜、灯火が消えると身から光を放った。やがて院が病にかかり重篤となる。陰陽師は玉藻の前のせい、その正体は下野国那須野に住む八百歳をこえる古狐で、天竺、中国をへて渡って来たもの。その祭儀のさなか、玉藻の前は忽然と姿を消す。追討の宣旨が下され、猟犬のためについに狐は退治され、その遺骸は宝蔵に納められたという。

古狐が美女となって人を誑かすが、犬によって殺されるモチーフの話である。

後に浄瑠璃では、殺された狐は殺生石となったと語られ、さらに玉藻の前の正体は、九尾狐であったと語られる系譜へと展開してゆく。

狐をめぐる異類婚姻譚には、ほかにも『信田妻』（葛の葉）説話の系譜やジャンルを越えた広がりがあるが、ここでは指摘にとどめる。

第三に、中国には、狐をめぐる説話が数多くあり、狐をめぐる通有の共同幻想が認められることは、『太平広記』（巻四四七～四五五）を繙くだけでも知ることができる。この中に、唐代伝奇の沈既済「任氏伝」があり、これをもとに白居易は「任氏行」を書き、円仁はそれを購って日本に持ち帰った（『慈覚大師在唐送進録』「任氏怨歌行一帖　白居易」）。しかし、この「任氏行」の一編は『白氏文集』に収載されることなく、わずかに残句をのこすのみだが、一方『源氏物語』の夕顔をめぐる物語との関係が注目されている（新間一美『源氏物語と白居易の文学』和泉書院）。

ここでは、白居易の書いた妖狐譚と関連作品に焦点を絞って、漢籍における狐幻想の一端を略述する。

『白氏文集』巻二にみえる「和古社」は、『元稹集』巻一にみえる「古社」という古伝説に唱和した詩である。

①元稹の一編は、古社の跡に、空洞となった霊木が残って、そこに隠れ棲んだ狐が村人たちをだまし（「古社基阯在　人散社不神　惟有空心樹　妖狐蔵魅人」）、ために良田は荒れ果て、村の主は、その樹を切り倒そうと議したが、怪異あらわれてかなわなかった（「主人議芟斫　怪見不敢前」）。しかるに、山火事がおこって、狐が死ぬにおよんで、人びとは目醒め、村落盛んになるにいたったという。

これに対して、白居易は、この狐が美女と変じ、たそがれともなれば、人びとの心を惑わせ（「妖狐変美女　社樹成楼台　黄昏行人過　見者心徘徊」）、老いたる犬もかえって媒をするありさま（「老犬反為媒」）、若者の十人のうち九人までは帰らない（「歳媚少年客　十去九不迴」）。だが、ある夜、雷のために社は劈かれて妖狐は焼かれて灰となった。天の火もまた災いとなるばかりではない。狐媚の者よ、天の火の来ることがあることを知れと語りおえる。

この二作から、古木に狐が棲みついて、良田を荒野に変じたり（元稹）、美女に変じてその住み処を楼台にみせ、人を惑わしたり（白居易）するなどの怪異をなすモチーフを認めることができる。その霊木は人の伐ることを容易に許さない（元稹）。犬さえもだまされてしまう（白居易）。

　これらのモチーフは、日本における妖狐譚にも出てくるものであり、『別本八重葎』もまた底辺においてこのような共同幻想に支えられていると言えよう。

　山火事（元稹）や雷（白居易）によって狐の怪がなくなる点は、『別本八重葎』では、僧の霊威によって押さえ込まれたり、犬によってその正体が明らかにされたりする点で、差異があることになるが、犬が登場する点では、『任氏伝』が注目される。
　②「任氏行」のもととなった沈既済の『任氏伝』は、次のような話である。鄭六という男が長安の町中で見かけた任氏という美女に惹かれ、その立派な邸であついもてなしを受ける。ところが再度、そこに行くと邸宅もなにもなく、よく狐にだまされる男がいると聞く。狐と知っても諦められない鄭六は、幸い再会した任氏と結婚し、任氏のおかげもあって出世をはたして武官となる。ある時、出張があり、いやがる任氏をともない、馬嵬にさしかかる。すると、猟犬が飛び出て来て、任氏は狐の本性をあらわし逃げ出し、かみ殺されたという。
　犬が狐の本性をあらわすモチーフの通有性に注目されるが、この話は、第二の③の話に類似するとともに、第一の妖狐譚を思わせる『源氏物語』「夕顔」巻に似通っており、そこには白居易の「任氏行」の影響があるという。

　また「新楽府五十首」のうちの一編「古塚狐　誡艶色也」は、古い塚には狐がいて美人となって人を蠱惑する話を、政治社会で暗躍する佞臣に諷するところに主題をおいたものであるが、既に注四六でふれたように、本文末尾は、白居易の同じ諷諭詩に属するところの「凶宅」の「狐蔵蘭菊叢」の表現を踏まえていることになる。

　『別本八重葎』は、和漢の妖狐譚に通う幻想性や表現を多層的に踏まえ、利用して書かれた作品であることをうかがわせる。

別本八重葎　登場人物一覧・梗概・解題

登場人物一覧

老御達
　老人ども　人びと　古りぬる人
1姫君
　正身
2侍従
3大将の君
　あが君・源氏の君・権大納言殿
4大夫
　大夫の君
御使い
5山の阿闍梨
　この君・阿闍梨の君

院
変化の物
大和の守
6故宮〔姫君の父〕
大弐の家の人
大弐
7三河の介〔大弐の甥〕
　介
御前の人びと
里より来通ふ童
〔語り手〕

梗概

遠く離れた男君からは便りもなく、姫君[1]は心細いありさまでありながら、恨むふうでもなく、侍従を話し相手に暮らしていた。［一］（本文段落番号。以下同）

秋の長雨の晴れ間、荒廃した邸の端近に出て、月を見、侍従[2]を召して、琴《きん》の古めかしい曲を弾き、心遣りの歌をかわしていると、にわかに雲が空をおおって月は隠れ、空模様もあやしくなる。［二］［三］

姫君[4]の例ならぬ端居を案じる老女房の言葉どおりに、発熱して様子がおかしくなった姫君に、女房たちは近侍して面倒をみる。とそこへ、先払い声もしのびやか車が近づいてくる。［四］

邸の南面に寄せた車から姿をあらわしたのは、かねて見知った大夫[4]であった。大将の君[3]の来訪と知った老女房たちは感涙にむせぶ。大将の君は、一昨日勅許をえたばかり、気ままに出歩くことはままならないので、こうして夜深くおいでなのだと大夫は言う。しかし、物でも憑いたか、姫君[1]は身動きひとつしようとしない。そのようすに大夫は機嫌をそこね、老女房もまた姫君の態度を悪しざまに嘆く。［五］［六］

そうこうするうちに夜明けが近づく。侍従は「明日の夜に」ととりなして、一行は雨のそぼ降るなかを去ってゆく。老女房たちは腹立てるばかりだった。［七］

夜が明けて、男君[3]からの歌が届けられる。濃い緑の、あやしいほど深く香のたきしめられた手紙には「今宵こそは」とある。その返事は侍従が取り繕って書いた。［八］

そんなところに、山の阿闍梨の君[5]が訪れる。院の病気平癒の祈禱のためであったが、よからぬものの気配がすると訝《いぶか》しがっての来訪であった。阿闍梨が、贈られてきた手紙を手にすると、それは大きな蓮の葉であった。侍従は恐ろしさに総毛立つ思いである。阿闍梨は、「こうした荒れた、人気少ないところには、狐などが人を惑わすのだ」と言い、その晩は、

夜を徹して、読誦した仁王経の力で、人びとの恐怖も事なきを得た。〔九〕〔一〇〕〔一一〕

夜が明けて、庭をながめた阿闍梨[5]は、松の古木に狐がいるにちがいなかろうと言う。この風情ある木が欲しいという大和の守がいるから譲ることにしてはと相談するが、ただただ切り倒して川に流さなければ、よからぬことをするにちがいないと言い、故宮が先祖から相伝してきた鏡を姫君[1]のそば近くに置くようにと、嘆く老女房たちに指示して、院のご祈禱へと去っていった。残された人びとは大弐邸の家人に、この松の木を伐りに伐らせて鴨川に流させた。〔一二〕〔一三〕

女房たちは、恐怖におののき、姫君[1]に転居をすすめるが、姫君は心を動かす気配もみせない。そうしてなにごともなく時が過ぎ、八月になって、源氏の君[3]は赦免されて、帰京した。世間の人びとはこの時を待ち迎え喜ぶ噂を耳にするが、源氏の訪れはない。含羞《がんしゅう》のひとである姫君もまた口に出さないが、嘆きの思いを胸にひそめて、老女房たちのぐちを聞いているばかりである。〔一四〕〔一五〕

しぐれうち降り、木枯らしの吹く季節となった十月十日過ぎの暗くなった時分のこと。門前を権大納言[3]となった源氏が通り過ぎるという。とすれば、私のことなどすっかり忘れはててしまったのだと、過ぎ去った日々に思い沈む姫君[1]のようすに、侍従は、たえかねてこのまま前渡りとは空ゆく月と同じと歌を詠みかける。〔一六〕

昔を思い出した大夫[4]は、その消息をお目にかけると、草の露をわけて南の渡殿へと車を引き入れた。侍従[2]は嬉しさと照れくささのまじった気持ちで、円座を用意して内へと導く。君[1]は、馴れ姿が恥ずかしいと屏風のはざまに身を隠すようにしている。〔一七〕

とその段になって、姫君[1]はまた胸を病んで苦しみだす。女房たちは、その世話におろおろ慌てふためく。君[3]を待たせるのを案じた侍従[2]が、いざり出て、身じろぎしたところ灯火がふと消えてしまった。こうした騒ぎに、老女房の里から通って来る童がいて、その童が昼から連れて来ていた犬がとつぜんろうろうと吠えかかって、渡殿に近づいた。とたんに、「ああ」と声をあげて、一行は皆逃げ失せてしまったのだった。〔一八〕

源氏の君[3]のことも、もう少し書きたいが、それでは狐のひそむ蘭菊の叢の趣がむげに浅いものになりかねないからと語り手はこう書きさす。〔一九〕

さらに、その奥に、宝暦九年二月中旬　成章が記した奥書がある。そこには、この一帖、古くから作者題号も知られないものを伝え見たものであるが、本は古体を感じさせる筆跡、料紙は唐《から》の紙だが、虫食い跡おびただしい。今、異本も見出せないまま、私に解を加え、作中の「よもぎむぐら」という文字に因んで、『八重葎』と名づけた。「院の病気」だとか「権大納言」などとある不審はそのまま、もとの本に従ったが、蓬生の君を贔屓にしたひとの手になるものか。後考を俟つことにしたい。［一〇］

解題

今日、『別本八重葎』と呼ばれる物語は、『八重葎』として知られる物語と区別するために名づけられ、広く用いられるようになった呼称である。表紙には『八重葎』とあるが、内容を異にするものであり、現在までのところ、他に所在を聞かない孤本である。

1書誌

この本の書誌情報は、次のとおりである。

写本一冊。表紙寸法は、二四・二cm×十七・二cm。

外題は、表紙中央に肌色の下地用紙（二一・六cm×六・〇cm）を貼り、その上に下地が装飾的外枠としてみえるように題簽（二〇・五cm×五・五cm）を貼り、大きく「八重葎」と記す。表紙の上部と下部には、淡い青色の雲型墨流し文様。題簽にも中央部に同じ墨流し文様がある。表紙左下には花押がある。

料紙は楮紙、袋綴。和紙の平紐で右上部と下部二箇所を固結びで綴じる。

本文一行目に「八重葎」と記し、二行目から本文を記す。一丁オモテは十一行。それ以降は一面十二行、一行二十五字前後。墨付十一丁。本文は十丁オモテ七行まで。五行分の空白をおいて、十丁ウラに、宝暦九年二月中浣（中旬）に成章が記した奥書、十一丁オモテに寛政七年中夏（五月）に成孚が書写した奥書とがある。その左横には、「月明荘」の正方形印、さらに十一丁ウラには「月明荘」の方形の小印がある。反町茂雄の印である。

裏表紙の右下に「成孚」と自署がある。

帙は、後補、左上部の題簽の右肩に「別本」中央に「八重葎」その右下に「冨士谷成孚書写」とあり、左下部には「幸」

の小さい正方形の印が押されている。「幸」は、吉田幸一蔵であったことを示す。現在、「紫草書屋」架蔵である。

2『別本八重葎』の出現

はじめに本伝本の伝来について少しく精細に述べる。この物語の基本的把握と深くかかわると思われるからである。『八重葎』の存在が世に明らかになったのは、従来、研究史で指摘されることが多かった時より二年早く、昭和十年(一九三五)十二月発行の『弘文荘待賈古書目』第六号によってである。当該号の(17)に「八重葎　富士谷成乎自筆写本　散逸古物語か？　一冊　金五十円」として掲出され、「半紙判一冊。一頁十二行平仮名交り。袋綴。巻末に左の奥書あり。」と記して、奥書部分の翻刻を掲出して、「即ち本書は富士谷成章が宝暦中に古本を写し置けるものをその子成乎(御杖の弟)が更にうつせるものなり。」と記す。さらに「「八重葎」の名は古物語類字抄その他にも見えず。文中に姫君の歌「いとゞしくものおもふやとの萩のはに秋かせたつときくかなしき」と云ふをはじめとして和歌五首あり。風葉和歌集につきて検索するにそのいづれをも載せず。成章の云ふが如く古人の全く知らざりし古物語なるべきか。将又成章の戯れになる創作なるべきか。文は頗る古体を存し凡筆のよくすべきにあらざるが如し。」と記し、「図版第十七号参照」として「本文巻頭と奥書の一部」の写真を掲載している。

しかし、この第六号では「八重葎」が捌けることはなかったらしく、昭和十二年十月発行の『弘文荘待賈古書目』第十号に、再び、(180)「八重葎　富士谷成乎自筆写本　全一冊　金五十円」として掲出されている。奥書の翻刻と奥書の解説までは同文だが、それ以下の解説は「「八重葎」の名は古物語類字抄その他にも見えず。文中の歌は風葉和歌集にも載せず。保存良。」と簡略化して、文中に冒頭部一葉の図版のみを載せる。

この第十号の情報に反応した最初のものに、小木喬の言及がある。小木は『日本文学史中世篇』(至文堂　昭和三十年)の「物語」の章で、『弘文荘待賈古書目』第十号所載の「八重葎」と題するものは、あるいは「むぐら」の残闕か、と推測したわけである。

しかるに、『鎌倉時代物語の研究』（東寳書房　昭和三十六年）では、既に吉田幸一の蔵するところとなっていた本写本を実際に見て、「むぐら」「八重葎」とは別の物語であったと記して、「時代は鎌倉期にはいると思われるが、変化物語とも言うべき特異な作品である。」と簡略な論評を加えている。

さらに、小木は『新版日本文学史中世篇』（至文堂　昭和四十六年）の「物語」の章では、次のように、この物語の概要と性格について述べると同時に、成立年代に疑問を呈している。

「別本八重葎」は「八重葎物語」とは全く違う物語で、吉田幸一蔵本が中古文学創刊号に翻刻された。源氏の蓬生巻と同じ状況、すなわち須磨に赴いた源氏を待ちわびている末摘花の荒れた心細い住居に、狐が源氏一行にばけて脅やかすという話で、いわゆる妖狐譚で、王朝物語とは全く離れた作品である。したがって、その成立年代についでは疑問があるようである。

また、『散逸物語の研究　鎌倉時代編』（笠間書院　昭和四十八年）に至って、「全く特異な作品であるので、筆者は、あるいは江戸時代の偽作ではないかとの疑いを持っている」と述べている。

小木は、王朝物語とは異なる作品であり、時代の下るものという心証を得るにいたったと判断される。

一方、今井源衛は、古典文庫所収の『やへむぐら』（昭和三十六年）の解説において、本書（『別本八重葎』）の存在についてふれ、次のように述べる。

また右（『やへむぐら』をさす）のほかに、弘文荘待賈古書目第十号（昭和十二年十月刊）なるものがあるが、これも現在吉田幸一所蔵である。しかしこの本は袋綴、紙数十葉二十面にすぎず、その内容は源氏物語蓬生巻を拙劣に模したもので、姫君、侍従、山の阿闍梨、大弐の家の人、源氏の君、権大納言殿などという人物名が見える。

かように一部識者の目にふれ、言及されるにとどまっていたこの物語の内容が、広く研究者に知られるようになったのは、吉田幸一が『中古文学』創刊号（中古文学会　昭和四十二年五月）の巻末に「〔資料翻刻〕別本八重葎」として紹介してからである。

その際、静嘉堂文庫蔵『八重葎』とは同名異本であるところから、吉田が『別本八重葎』と題して以来、本物語は、『別本八重葎』と呼称されることとなった。本書でもその呼称を踏襲している。

作品内容については、吉田の勧めを受けて、桑原博史が『王朝文学』第十四号（東洋大学王朝文学研究会　昭和四十二年六月）に「別本八重葎について」を発表するところから、この物語の研究が本格的に始動することになる。

なお、本伝本の翻刻には、市古貞次・三角洋一編『鎌倉時代物語集成』第五巻（笠間書院　平成四年）に『（別本）八重葎』としてある。同書の解題が「鎌倉時代後期の成立か」と記すように、本『別本八重葎』は、鎌倉時代後期に遡る古物語かとする見方から、江戸の偽作とする見方まで、大きく振幅があることになる。

3赤堀又次郎旧蔵のこと

吉田が最初に翻刻した時の凡例の冒頭には、「一、赤堀又次郎翁旧蔵。富士谷成章写本を富士谷成学《ママ》（成章の子で御杖の弟）が寛政七年中夏に書写したものである。」と記す。

小木、今井ともに、『八重葎』の出現が、昭和十二年十月の『弘文荘待賈古書目』第十号にあるように記しており、吉田もまたこの目録によって購求したものと推察されるが、吉田じしんは、『弘文荘待賈古書目』第六号に既に掲載のあることを知っていたらしい。吉田が「やへむくら物語」（廣田信子筆写）の帙の背面に、伝本のメモ書きを残していることは、『八重葎』の解題で既に述べたところだが、本書にかかわる箇所を再掲出すれば、次のとおりである。

一、弘文荘目録第六号（昭和十年十二月）に

八重葎　富士谷成章自筆写本

宝暦九年二月　中院　成章

寛政七年中夏写之　成孚

この部分は、薄い赤鉛筆で大きく枠どられ、これまた赤鉛筆でその上部に「やへむくら物語にあらず」と吉田の字で書き入れられている。これはおそらく入手した際に内容を確認した後に書き入れたものと推測される。

ところで、ここで、注目したいのは、最初の翻刻「凡例」に「赤堀又次郎翁旧蔵」とあることである。

『弘文荘待賈古書目』にも、また写本じたいにも、「赤堀又次郎」の旧蔵であることを確認できる情報は見出すことができない。吉田が何によって、これを記したかは不明である。おそらく書肆である反町茂雄の情報による可能性が大きいかと思われる。

いったい赤堀又次郎とは、どういう人物か。弘文荘とどのような関わりがあって、『別本八重葎』が世に出ることになったか。忘れられた学者の一端にふれて、本伝本の伝来と出現に遡るための手がかりとしたい。

赤堀又次郎は、愛知の出身。慶応二年（一八六六）の生まれ。没年は不詳だが、おそらく戦中のことかと推定される。伊勢神宮信仰の傘下にあった神宮教院に学んだ後、明治二十一年（一八八八）に帝国大学文科大学の別科である古典講習科国書課を卒業している。古典講習科は明治十五年に開業し、明治二十一年をもって廃止されるが、その間の国書課の募集は二度であって、赤堀は、二期目の卒業になる。その年の卒業生一覧は『日本大家論集』第十五編（博文館　明治二十一年八月）によって知ることができる（神野藤昭夫「始発期の近代国文学と与謝野晶子の『源氏物語』訳業」『中古文学』第九十二号　平成二十五年十一月）。その後、陸軍中央幼年学校教授、東京帝国大学文科大学講師、早稲田大学講師などを務めた履歴が知られる。赤堀のひととなりについて、佐藤哲彦の解題（書誌書目シリーズ97『書物通の書物随筆』ゆまに書房　平成二十三年）に述べるところに従って、諸家の評をとりまとめるならば、優れた才幹、見識を有していたのに比して、その人生には不遇の感がつきまとっており、狷介で強い自尊の風が災いして、彼を学界のすね者ともいうべき存在にしたとみえる。

その著書には、『御即位及大嘗祭』（大八洲学会　大正三年）、『佛教史論』（冨山房　大正十二年）、『社寺の経営』（武蔵野書院　大正十五年）、『伊勢神宮　遷宮物語』（文芸社　昭和四年）、『読史随筆』（中西書房　昭和三年、書誌書目シリーズ97再録）、『紙魚の跡』（民友社　昭和五年、書誌書目シリーズ97再録）、『衣食住の變遷』（ダイヤモンド社出版部　昭和七年）、『国体及国史のはなし』（冨山房　昭和十一年）、『唯心史觀』（雄山閣　昭和十二年）など多岐にわたる。編著には、『日本文学者年表』第一冊（大日本図書　明治三十五年、帝国文学会蔵版のち、武蔵野書院、大正十五年）、『語学叢書』第一編（東洋社　明治三十四年）、『心学叢書』全六冊（博文館　明治四十年）、『徳川時代商業叢書　全三巻』（国書刊行会叢書　大正二～三年、復刻版名著刊行会昭和四十年）などがある。

しかし、右のほかに、特に注目すべきは、『国語学書目解題（東京帝国大学御蔵版）』（吉川半七、明治三十五年）に深く関わっていることである。同書の緒言は、赤堀又次郎の手になるものであり、そこには私立言語取調所においてその撰述に着手した後、東京帝国大学御蔵版として出版されるにいたる経緯について、赤堀又次郎の立場で記されており、同書は「みな余が見聞に入りたるを主としたるもの」であると記している。山田孝雄の談話によれば、この出版にあたっては、上田万年が国語学教室の名で出すつもりだったのを、赤堀が自分の名で出版してしまった。そのために上田の不興を買い、絶好状態となったという（伊藤正雄『忘れ得ぬ国文学者たち』右文書院　昭和四十八年　新版二〇〇一年）。この書にかけた赤堀の執念と、その後の赤堀の学界における運命を示唆する一冊であろう。

昭和十三年一月記の福井久蔵撰輯による「国語学大系刊行の辞」（『国語学大系　語法総記一』厚生閣　昭和十三年）には、「赤堀又次郎氏の努力に成る国語学書目解題はそのかみ斯道に入るもの、大きなる手引となつたが、その書中に説かれた大部分の国語学書は彼の大正の大震火災に東京帝国大学国語研究室と共に喪失された。」とあり、赤堀が早くから、国語学の書目に知悉し、それに関わる書に関心を抱き、自身も蒐書に心がけていたことをうかがわせる。

『国語学書目解題』に先立って出版された『語学叢書』第一編（東洋社　明治三十四年）は「文字反」「仮名文字遣（附定家卿口伝　人丸秘抄）」「下官集」「和字正濫鈔」「和字正濫要略」を収めるが、赤堀又次郎の諸本との対比をも加えた厳密な校訂と解題からなるもので注目に値する。「和字正濫通妨鈔」を書き改めた「和字正濫要略」は、それまで写本としてのみ流布していたもので、本叢書で初めて刊行されたものである。また明治三十五年に出た『日本文學者年表』は、後に増訂改版が『日本文學者年表　附悉曇聲明等書目録』（武藏野書院　大正十五年）として出るが、この本は、日本文學者とはあるものの、本冊までは中古までを範囲としたものにすぎないが、歌人や漢詩文をこととする文人たちの著作だけではなく、僧たちの仏教書まであげ、作品についてはその注釈書目をもあげた個性的なもので、増訂に際して「悉曇聲明等書目録」を付しているように、広汎な書目、それも語学書目については、殊に該博な知識を有していたことをうかがわせて、彼の本領がどのようなところにあったかを如実に推察させる。

その一方、『徳川時代商業叢書』についていえば、その第一巻の緒言には、三巻で終わったのは遺憾だが「我国の商業史を専門とせる先輩も、未だ見るに及ばざりし貴重の資料をもこゝに収め得たるは、やゝ満足すべき点なるべし」とあり、江戸・大坂の商業にかかわる新資料を集めたものであり、学者として広汎にして篤実な仕事を残した存在であることが推察される。

このような人物が、『別本八重葎』の伝来にかかわる富士谷成章、御杖、成孚らの著作を所有していたことは、いかにもふさわしい。

4 赤堀又次郎と反町茂雄

反町茂雄の『一古書肆の思い出　2』(平凡社　昭和六十一年)によれば、この赤堀所蔵の優品の古典籍を、反町は昭和九年八月頃から、次々と買いつけるようになったという。そのなかには、富士谷御杖の自筆稿本がいろいろあって、それらは戦前の『富士谷御杖集』(第一巻～第五巻　国民精神文化研究所　昭和十一～十五年)の第一巻に収載されるにいたったとある。ただし、赤堀の手を離れた本がこの集の編纂に生かされたということであって、同集に旧蔵者赤堀又次郎の名が出てくることはない。

さらにまた『風葉和歌集』の古写本、『兵部の宮物語』、『秋月物語』の古写本、『たんさくのゑん(短冊の縁)』という室町時代の小説などもあったことを回想している。『兵部の宮物語』とあるのは、あるいは『兵部卿宮物語』のことではないかと思われる。

こうしたなかに『八重葎』(別本)があったことは、富士谷成章の奥書、成孚の書写で、なおかつ室町時代物語との関連の二面から考えて、その伝来としていかにもふさわしいということができる。

だが、赤堀からの買いつけは、昭和十五年を限りに交渉がとだえ、同書(『一古書肆の思い出』)の3には、戦後まもなく赤堀夫人が戦災に唯一免れた亡夫の遺書を携え、弘文荘を訪れる話が出てくる。赤堀の没年が戦中のことかと推察されるゆえんであるが、その本がじつは長らく所在の知られなかった貴重書『文明本節用集』であり、国会図書館に収蔵されるにいたる経緯が語られている。ちなみにその全貌は、中田祝夫『文明本節用集研究並びに索引』影印編・索引編の二冊（風間書房　昭和四十五年）によって知ることができる。ただし、中田の書では、『文明本節用集』がどのように伝来して、国会図書館の蔵するにいたったかの経緯についてふれるところはない。

こうした顛末を考えあわせるならば、『別本八重葎』は、弘文荘が赤堀又次郎所蔵本を買いつけるようになった昭和九年末以降に、これを入手し、昭和十年十二月発行の『弘文荘待賈古書目』第六号に掲載し、世に知られる契機となったものであるとその伝来事情を推断してほぼ誤らないと思われる。

5冨士谷成章・御杖・成孚

この赤堀又次郎旧蔵の『別本八重葎』とは、どのような本であったか。その奥書および関連情報は、本文ならびに翻刻に別に掲出したとおりだが、便宜あらためて掲出すれば、次のとおりである。

此一帖古人もことに沙汰しおかれぬものにて作者題号なともなくて侍しを傳見侍し也本はふるめかしき手してからの紙にかゝれたるかいみしうしみさして侍しかは異本なとも有かたきまゝに所〻意見をも加へてよもきむくらといふ文字のあるに依て八重葎と名つけ侍也又院の御なやみ権大納言なとかける事不審すくなからぬは只本のまゝなりよもきふの君にかたひきたる人の所為にや今猶考求侍へし

寶暦九年二月中浣　　　成章

寛政七年

中夏寫之

成孚

月明荘　印　　　　（11オ）

月明荘　小印　　　（11ウ）

成孚　　　　　　　（裏表紙）

本奥書は、宝暦九年（一七五九）二月中旬に、富士谷成章（一七三八〜七九）によって、記されたものである。時に成章二十二歳。その本を、その息成孚が寛政七年（一七九五）五月に書写したものが本伝本ということになる。このような由来をもつ本を、成章・御杖・成孚らの著作に関心を抱いた赤堀又次郎が所蔵し、後、弘文荘、吉田幸一蔵を経て、坊間に流出した後、筑波書店の手を経て、紫草書屋架蔵に至ったところに、本伝本の歴史があったことになる。

富士谷成章は、北辺門とよばれる学派の祖である。北辺は京都の富士谷家のあった地名に由来する。成章は、歌人として、和歌を対象として、その品詞分類をとおして、文法研究に画期的な業績を残した学者であるが、語を分解した品詞を、身体服飾表現の比喩に基づき、体言に相当する名《な》、動詞・形容詞に相当する挿頭《かざし》、代名詞・副詞・感動詞・接続詞・接頭語に相当する装《よそひ》、助詞・助動詞・接尾語に相当する脚結《あゆひ》と名づけて、これを帰納的に研究した。その成果が「かざし抄」「あゆひ抄」などの研究として、今に残る。

彼の研究は、その兄、多くの門弟を抱えた儒者で、易学を学問として高め、「開物学」と呼ばれる学を開いた皆川淇園（一七三五〜一八〇七）の研究方法に影響を受けたと言われている。淇園の学的方法には、『助字解』『実字解』『虚字解』などの著作があるように、語学的研究を基礎にしていたという。漢学と国学の違いはあるが、兄淇園の学風から影響を受けたことについては、佐佐木信綱『日本歌学史』（『改訂日本歌学史』博文館　昭和十七年　初版明治四十三年）、時枝誠記『国語学史』（岩波書店　昭和十五年、岩波文庫　平成二十八年）に指摘があるように、彼の学的基盤は国学的なものにとどまるものではなかったわけである。

しかし、成章は四十二歳の若さで世を去ることとなる。その文法研究の骨子は既に示されていたとはいえ、未完であったということになる。

成章の長子は、御杖（一七六八〜一八二四）。御杖は『真言弁』『古事記燈』などの著書で知られ、『古事記』の世界は、言霊の霊力によって表現されたものであるとする、独自な解釈によって知られる国学者である（多田淳典「異色の国学者富士谷御杖の生涯」思文閣出版　一九九五）。『北辺随筆』（文政二年［一八一九］刊）は、彼の考証的な随筆を集めたものだが、その学は、父の帰納、考証的な基盤、伯父皆川淇園の影響の上に立ったうえでの独自性の発揮であった、とみることができる。その中には、父成章の遺文とみるべきものがあり、「音の存亡」などは、注目すべき一編であって、契沖の仕事を高く評価する一方、契沖の五十音図におけるア行の「オ」とワ行の「ヲ」の混乱を正してさえいる。

この御杖の腹違いの弟が、『別本八重葎』に関わる成孚である。成孚は、竹岡正夫が富士谷家所蔵系図をもとに作成した系図（『富士谷成章全集』下巻　八六一頁　風間書房　昭和三十七年）によれば、「元三郎、妾腹、適浪速山本氏、好和歌俳歌《マヽ》、寛政九年正月廿日卒」とある。父成章が四十二歳で亡くなった安永八年（一七七九）当時、明和五年（一七六八）生まれの御杖は十二歳、生年不詳の成孚は、十歳に満たなかったものと思われる。成孚は、その十八年後の寛政九年（一七九七）に没しているから、享年三十に至らない若さであったとみられる。

御杖たちが、父の業を学んだ軌跡は、富士谷成興筆写書入本『あゆひ抄』に、御杖以下、歴代の富士谷家の人びとが欄外に記した数多くの書入があることから知られる（竹岡前掲書）。そのなかには妾腹の弟である傍系の成孚の書入があることは、父亡き後、兄御杖に従って、一門のひとりとして学ぶところがあったことを推測させる。

富士谷成章の著と伝える『和歌梯』は、『和歌梯』（明治十九年七月刊行　布美迺舎蔵版）の内題に「富士谷成章大人著」とあり、本編にも「蘭園主人編」とあって「蘭園」とは成章の号とみられる。ただし、竹岡は、「和歌梯序」に「寛政六年みな月　蘭園のあるじ書」とあり、寛政六年（一七九四）には成章は既に没しており、続く「凡例」に「寛政六年夏五月　富士谷成孚識」とあるところから、「蘭園」は成孚の号であるとみている。

しかしながら、ここは、成章没後であってもやはり『和歌梯』は「蘭園主人編」のものとして、成孚が刊行にまで導いたとみておきたい。御杖に『北辺随筆』があるのは、成章に歌集『北辺成章家集』があることから推察されるように、まさに北辺門の学を意識させるものである場合に通じるものがあると考えるからである。

ところで、この『和歌梯』はどのような性格の歌書か。成章の歌人の指導者としての側面を凡例の冒頭を掲出してうかがうとともに、これを一書へと編集刊行した成孚の仕事として注目すれば、次のとおりである

> 此書、もはら童蒙をみちびきてふかきにいたらん門とす。まづ題をえたるに、その題いかによむべき物ともしられがたきには、その題の下にこまかにかける所をみるべし。いづれもよみかた、よむべき趣向など、古人の歌の心をも

てくはしくのせたり。さてその題につきたる詞のさまぐ〵よみかへられたる詞どもを、やがてその下につゞけていだせり。又その題にいかによみたる歌があると思はむ時のために下に引歌一二首づゝをのせたり。

今、さらに注目しておきたいのは、その凡例末尾には「仮名づかひは、傍につけたるはふるき仮名也。本行にかけるは当世の仮名なり」とあることである。この点については、後にふれることにしたい。

また、成乎の精進を跡をうかがわせるものとしては、早稲田大学図書館に、成乎が注を加えた『源氏物語　成乎　注』の二冊からなる写本がある。一に桐壺・帚木・空蝉、二に夕顔・若紫を収めたものである。その全容は早稲田大学古典籍データベースで見ることができる。表紙に「成乎蔵」とあり、「宗牧堂」の印があり、成乎自筆と見られる。九曜文庫の印記があり、中野幸一旧蔵本である。本文は明らかに『別本八重葎』の書体と同筆。頭注や傍書、墨筆・朱筆による数多くの書入があり、成乎の学精進の跡がなまなましくうかがえる写本である。

『別本八重葎』は、この成乎が、寛政七年（一七九五）五月に、成章本を書写したということになる。亡くなる二年前、二十代後半のことである。

なお『別本八重葎』にある「月明荘」の二種類の印は、弘文荘がとくに優品に押した印記である。

6成章奥書をどう見るかの問題

次に、成章の奥書を、その要点を列挙すれば、次のようになる。

一　この物語は、先人の言及するところなく、作者題号もないものを伝写したものであること。

二　その本は、「ふるめかしき手」すなわち時代の経過を感じさせる筆蹟で、「からのかみ」を料紙に用いたものだが、虫食いの跡はなはだしいものであったこと。

三　参照する異本もないので、そこで自分の見解を加え、作中に「よもきむくら」とある表現を手がかりに『八重葎』と名づけたこと。

四　「院の御なやみ」「権大納言」など不審に思うところが少なからずあるが、もとの本のままであること。

五「よもきふの君」すなわち末摘花の物語に肩入れした人の作かと思われるが、詳しくは後考に委ねること。

これら、成章の記すところに従えば、本伝本の来歴はこのようなものであることになる。

この物語の本文末尾は「らんきくのくさむらのむけにあさくなりなむかいとをしく」と終わっており、この奥書は、その後、五行分の空白をおき、しかも段落を下げて書かれている。従って、物語の作品世界は、語り手の言いさしの表現で完結していると見られる。小木にしても、今井にしてもここまでを『別本八重葎』の物語世界と見て、それをどう捉えるかについて発言して来たことになる。これは、後の多くの研究者たちの一般的理解であろう。

しかし、ここで、『弘文荘待賈古書目』第六号が「成章の云ふが如く古人の全く知らざりし古物語なるべきか。将又成章の戯れになる創作なるべきか」とあったことを想起したい。「成章の戯れになる創作」とすれば、この成章の奥書じたいも創作のうち、この奥書は偽跋であるということになるだろう。

いったい「からのかみ」に書かれ、虫食いの跡はなはだしく、「所々意見をも加へて」、文中の「よもきむくら」という文字をよりどころに「八重葎」という題号をつけたというのは、古物語らしさに信憑性を与える、もっともらしい偽装ともみられる。

そういう仮説を立ててみると、種々の思考が刺激されて出てくる。いささか逸脱の誹りをまぬかれないが、本居宣長の『手枕』にまで話題を広げて、この奥書をどうみるかについての検討を加えることにしたい。

7本居宣長『手枕』における識語と本文表記

『別本八重葎』は、後に詳述するように、『源氏物語』「蓬生」巻には書かれざる空白部分の出来事を描いた一編であるが、本居宣長の『手枕』もまた『源氏物語』「夕顔」巻に書かれざる空白部分を描いた一編である。源氏がいかにして、六条御息所のもとに通うようになったか。その過去を再現しつつ創作したものである。

そこに両者の共通性があることになる。では、『手枕』の場合の識語の有無と性格はどのようなものか。これを参照することによって、成章の奥書の真偽について、考えるヒントを得たいと思う。

『手枕』は、『本居宣長全集』（筑摩書房版）では、次の四本の「手枕」を見ることができる。(1)本居宣長自筆本、(2)荒木田尚賢手写本、(3)寛政七年刊本（以上三本「別巻二」所収　昭和五十一年）、(4)「鈴屋集」七（鈴屋文集下）所収本（筑摩書房版第十五巻　昭和四十四年）である。

四本の識語は、次のようである。

(1)の自筆本に識語はなく、本文そのもので終わっている。

(2)の神宮文庫蔵の荒木田尚賢手写本にある識語は次のとおりである。

此さうしは、ある人のこふまゝに、源氏の物語に、六條御息所の御事の、はじめのもれたるを、詞も何も、かの物語のふりをまねびて、かきそへたる也、さるは此御事は、夕顔巻に、六條わたりの御しのびありきのころと、ゆくりなくかき出て、そはいかなるおこり共、そこにすなはちはいはで、つぎ〳〵やう〳〵に見もて行まゝに、事のさまはおのづからしらるべく物したるぞ、すぐれたるたくみなめるを、今つたなき筆して、さだかに書あらはしたるは、中々に心浅く、かつはおふけなく、かたはらいたきわざになん、本居宣長

これは宣長自身の手になる識語である。この尚賢本は、明和七、八年（一七七〇、七一）から、尚賢が没した天明八年（一七八八）七月までの間の書写か（北岡四良）と大野晋の解題は記す。

(3)の寛政七年（一七九五）の版本の識語は、識語は次のとおりである。

此ふみは源氏の物語に六條御息所の御事のはしめの見えさなるをわか鈴屋大人のかのものかたりのふりをまねひてはやくものし給へりしをおのれこたみこひもとめ出て同しこゝろの友たちのために板にゑりつる也　かくいふは

寛政の四とせといふ年の春　尾張国海部郡大館高門

これは、宣長の識語ではなく、出版元の立場で記された識語である。

(4)の『鈴屋集』七「鈴屋文集下」所収本の識語は、次のとおりである。

此ふみは、源氏の物語に、六條の御息所の御事の、はじめの見えざなるを、かのものがたりの詞つきをまねびて、ものせるなり、

右の識語から二行おいて、春庭の「言の葉の花ちりはめて遠き世ににほふもうれしさくら木の板」の歌が書かれている。右の識語は、春庭の立場で記されたものとみられよう。「鈴屋集」七は、寛政十二年（一八〇〇）の刊行であると、大久保正の解題は記している。

自筆本以外の識語は、それぞれ立場を異にするものであり、叙述に精粗はあるが、内容説明の骨子は、共通している。意図的仮構などを想定する必要のないものであって、物語としては、識語の前で完結していることが明らかである。

『別本八重葎』の場合も、奥書は書写者である成章の立場で記されているわけであるから、物語としては奥書の前で完結していることになる。しかし、書写者の立場としての成章の奥書がおかれていても、それが仮構であるとすれば、奥書さえ含めて物語世界のテキストと見ることが求められることになる。

もう一点、『手枕』では、次のような本文表記における注目すべき事情がある。それは、自筆本と他の三本との間では、仮名遣表記が明らかに異なっていることである。煩瑣ではあるが、宣長自筆本と、他の三本とにおける仮名遣表記を異にする事例をあげてみると、次のとおりである。なお、この間には作中歌の推敲など本文そのものの興味深い異同例もあるが、それらは除外してある。傍線部を付した「　」内の表記が(1)の自筆本。（　）内の表記が他の三本における表記である。例えば「つゐに」（ひ）は、自筆本「つゐに」、他の三本はいずれも「つひに」とあることを示す。なお、三本間のうちで表記の相違がある場合には、（　）内に、(2)・(3)・(4)の順に表記を繰り返し示し、該当箇所に傍線部を施した。

「つゐに」（ひ）、「うへわたし」（ゑ）、「おしみ聞こえぬ」（を）、「ことはり」（わ）、「をくれ奉りては」（お）、口おしう（を）、「おしげなきかたち」（を）、「をのづからありへなん」（お）、「をくれきこえさせ」（お）、「おさ〳〵」（を）、「をのづから事にふれて」（お）、「おりふしの花もみぢを」（を）、「おもほしをきて給へば」（お）、「おり〳〵御とふらひ」（を）、「おり〳〵は」（を）、「きゝをき給ひし」（お）、「ほどとをければ」（ほ）、「御随身《みずいじん》」（御随身《ミズヰジン》・御随身・御随身）、「つまをと」（お）、「ずいじん」（い・ゐ・随）、「をしかゝりて」（お・ナシ）、「思ふたまへかけぬ」（思ひ給へかけぬ・思給へかけぬ・思ひ給へかけぬ）、「まいり侍りて」（ゐ）、「おり〳〵の御せうそこ」（を）、「ゆへ〳〵しくおもりかに」（ゑ）、「おり〳〵は（を）おかしきなをざりごと（ほ）」、「おさ〳〵なきに」（を）、「おりふしの哀ばかり」（を）、「うちをきがたく」（お）、「おりをすぐさず」（を）、「いとをしくて」（いとなくて《ママ》・いとほしくて・いとほしくて）、「しゐても」（ひ）、「よがれのみをきつゝ」（お）、「さはがれ給ふ」（わ）、「思ふ給へしり」（ひ）、「よろしきおりも」（を）、「かう物どをうのみ」（ほ）、「みかうしもまいらで」（ゐ）、「ゐんなる空を」（え）、「おぼしぬべきおりかな」（を）、「やをらをしあけて」（お）、「をのづからきこしめし」（お）、＊「おほけなき心は」（ふ）、「とをうふしたり」（ほ）、「口おしうおぼし」（を）、「なを御かたちも」（猶）、「むもれいたきわざ」（う）、「なをいでがてに」（ほ）、「こはづくり」（わ）、「御心のほどもいとをしく」（ほ）

これらは、どのような性格に由来する表記の違いであるかといえば、基本的には自筆本の仮名遣表記がいわゆる定家仮名遣に準じているのに対して、他の三本が契沖仮名遣（復古仮名遣）に準じているところから来る異同である。この差異の細かな検証については、『八重葎』の解題において示したので、ここではその手順を逐一繰り返さない。

『手枕』におけるこの仮名遣の変更は、じつは宣長自身の手になるものである。宣長はことさら古体を装うために定家仮名遣で書いたわけでない。それまで用いていた仮名遣表記を宣長自身が契沖仮名遣表記に改めた、その結果の変更である。

『手枕』の成立は、『鍚屋翁略年譜』（本居宣長全集』別巻三）の「宝暦十三年（一七六三）」の項には「手枕既に成」とあり、さらにまた大野晋は自筆本の成立について、「宣長が全面的に契沖仮名遣に切り替えた明和五年（一七六八）頃よりも前」（解題）と見ている。この自筆稿本には、後の書入がかなり多く加えられており、その書入の結果が、荒木田尚賢手写本の本文に生かされているという。じっさい後の書入と見られる部分に次のような例がある。

本行に「ひめ宮のいかにうつくしうおひいで給ひぬらんなど《シ》。御《み》心ざしあさから（ぬさま）すなんなど《シ》」とあり、。箇所に「をり〱」の給はせいてつゝ」と補入している。他の箇所にみられる自筆本本文における表記はすべて「おり〱」であるから、この補入は、後の宣長自筆の書入と判断される例であることになる。

類似例に、自筆本の本行「。いかにいひつるぞ」とあり、補入記号「。」の右横に「なほ」とあり、⑵の荒木田尚賢手写本には「なほいかにいひつるぞ」と本行になっているが、⑶板本と⑷『鈴屋集』では「なほ」がない。自筆本における他の例「なを」に徴して、ここの補入も後の書入と判断される。

なお＊を施した「おほけなき心は」は、自筆本のままでよく(2)～(4)が「おふけなき心は」とするのは不審である。

長々と記したが、『手枕』の仮名遣いに表記について、このようなことが看取できるわけである。

8　『別本八重葎』の本文表記と「成章の戯れになる創作」の真偽

ではこの『手枕』の場合を参考に、『別本八重葎』の仮名遣表記に注目してみることにしよう。

一目、こちらは契沖仮名遣に準じて記されていると推断される。しかし、古い写本そのものならば、定家仮名遣に準じた仮名遣で書かれていたにちがいない。適宜、事例をあげてみるならば、傍線部を施した表記は、（　）内に示したような表記であった可能性があるということである。

「ついてにも」（ゐ）、「をり〳〵」（お）、「をやみたるに」（お）、「おかしけなりける」（を）、「おかしと聞ゐたり」（を）、「おとつれたるに」（を）、「こはつくる」（わ）、「まゐらす」（い）、「をとつひ」（お）、「御車のおと」（を）、＊「いとをしさ」（お）、「たちさわく」（は）、「おしつゝみ」（を）、「なほ」（を）、「おしすりつゝ」（を）、おのれ（を）、とほき所（を）、「ことわる」（は）、おのつから（を）

これらは可能性あるもののすべてを網羅したものではなく、重複などをも省いた例示にすぎない。また、必ずしも（　）内の表記通りとは限らないゆれを示している場合もあろう。さらに＊の「いとをしさ」などは、歴史的仮名遣では「いとほしさ」と表記すべき事例である。しかしながら、このような仮名遣表記事例をみるだけでも、現存する成孚伝写の『別本八重葎』は、契沖仮名遣が流布する以前の本文ではありえないといえよう。おそらく十八世紀半ば過ぎの本文であり、それがもし原態の表記を反映しているとすれば、それだけで、『別本八重葎』が江戸時代の擬作であることを証立てていることになる。となると、奥書じたいも成章の偽装ということになる。

『弘文荘待賈古書目』第六号解説にある「成章の戯れになる創作」かとする見方は、必ずしも放恣な想像とばかりはいえないということになるだろう。

だが、ここはなお慎重に検証を試みなければならないところでもある。
いったい右は、成章の奥書に「戯れ」を看て取ることを前提にしたものであった。

しかし、成章の識語が、偽装などではなく、実際を伝えていると見る立場から考えてみたらどうであろうか。と、ここでいちばん問題になるのは、やはり本文の仮名遣についての矛盾、齟齬をどう考えるか、ということになる。

まず、あらためて浮上して来るのは、「いみしうしみさして侍しかは異本なとも有かたきまゝに所〻意見をも加へて」とあるところである。虫損の跡いちじるしい、この本の別の伝本を見ることかなわないままに、そういう箇所に「意見」をも加えて写したものだという。「意見をも加へて」とはどういうことであるか。成章の識語が真実を伝えていると見る立場からすれば、底本をそっくりそのまま写しているのではない、自分の判断を加えて書写したものだと断っていることになる。「本はふるめかしき手してからの紙にかゝれたる」ものであった。この本が契沖仮名遣に準じた表記であったはずがない。契沖仮名遣以前の仮名遣表記で書かれていたに疑いない。「意見をも加へて」には、あるいは仮名遣表記に意を用いるところがあったかもしれない。そう仮説すれば、いちおうの説明はつく。

ここで、『和歌梯』の凡例の末尾に、「仮名づかひは、傍につけたるはふるき仮名也。本行にかけるは当世の仮名なり」とあったことを想起したい。

これは具体的には、「句例」にみえる次のような事例のことをさしている。今、参考までに、春部から、適宜参考事例を選び、「本行にかける」仮名に傍線を付し、「傍につけたる」仮名を（　）内に示した。〔　〕内は当該事例が掲出されている箇所を示す。

「うつしうへて（ゑ）」〔子日〕、「をのか羽風も（お）」〔鶯〕、「今もなを（ほ）」〔残雪〕、「まちとをに（ほ）」〔梅〕、「をそくとく（お）」〔若草〕、「手おりてゆかん（を）」〔早蕨〕、「かねのをとも（お）」〔春曙〕、「おしめとも（を）」〔春月〕、「をとつれかはる（お）」〔春水〕、「打はへて（え）」〔遊絲〕、「花ゆへに（ゑ）」〔花〕、「をのか妻（お）」〔雉〕、「をしなへて（お）」〔苗代〕、「しめはへて（え）」〔苗代〕、「夢もおします（を）」〔蛙〕、「をのれ時しる（お）」〔菫菜〕、「おのへの藤の（を）」〔藤〕

ここでいう「当世の仮名」とは契沖仮名遣、『古言梯』などによって流布しているもの。「古き仮名」とは、定家仮名遣の流れを汲む表記が傍らに付されていることになる。この凡例を書いたのは、成孚であるが、成章自身の仮名遣表記の判断、立場を反映しているものと見てよいであろう。成章自身もまた、宣長がそうであったように、契沖仮名遣を用いるようになっていた。そして、積極的に、先行する底本の仮名遣を改めて、この『別本八重葎』の仮名遣表記としていったのではないか。写本におけるこうした事例のあることは、既に『八重葎』諸本の検討を通じて明らかにしたところである。

このような操作が加えられていると考えてみるならば、奥書からも「成章の戯れになる創作」かとするに有利な判断がつくことになる。

だが、この見方もまた仮説である。これが妥当であるかどうか、さらに検証してみなければならない。

じつは、成章（一七三八〜七九）が『別本八重葎』を書写したのは「宝暦九年（一七五八）二月」のことであった。成章がまだ二十歳の時になる。もとより契沖（一六四〇〜一七〇一）の『和字正濫鈔』は出現していたが、契沖仮名遣の普及に多大の役割を果たした楫取魚彦の『古言梯』の登場は、明和元年（一七六四）のことである。

成章の著作のなかに、『池辺和文集』というものがある。今、成寿（御杖）筆の第一次編集本（竹岡正夫編『富士谷成章全集』下所収）によれば、著作年の記されたものは宝暦九年（一七五八）から、明和（一七六四〜七二）をへて安永（一七七二〜八一）に及んでいる。その逐一について、例証するのは、ここでは断念するが、この間の成章の書いた和文の仮名遣表記に注目してみると一定ではなく、そこには推移とともにゆれがあるのである。

成章が加えた「意見」には古い仮名遣表記の訂正を含んでいたと仮説しても、このような成章自身の仮名遣表記の推移をみるならば、その若き日に書写した伝本が、現存する『別本八重葎』の仮名遣表記と同じであったと判断するのはむずかしい。奥書の述べるところと、本文との齟齬はなお免れ得ないということになる。

では、どう見ることが妥当であるのか。『別本八重葎』の本文は、「寛政七年（一七九五）」に成孚が書写した姿を示しているということになる。父成章が没してから十六年後、成章の書写からは三十六年後のことである。あるいは父成章の手になる親本に既に補訂が加わっていた可能性もあるが、そういう曖昧さを排除していえば、現状の本文の姿は、成孚の手になるものである。そう判断できるのではないか。

それは彼の恣意ではない。父の学説を体してのものである。

『和歌梯』の場合については、既に述べた。成孚の兄御杖に『北辺随筆』があり、その中に、父成章の遺稿ともみるべき「音の存亡」という一編のあることについても、既にふれた。ここで成章は、契沖の見解を支持しつつ、その是正すべき点までをも指摘していたわけであった。それは『あゆひ抄』（大旨・下・経緯《たてぬき》）における重要な指摘のひとつである。『別本八重葎』は、まさにこういう見解を反映しているのである。

もう一度繰り返していうならば、成章がその若き日に書写した『別本八重葎』の本文の仮名遣は、現存する本文と一致するものではなかったであろうこと、ほぼまちがいあるまい。

現存する『別本八重葎』の本文は、『和歌梯』において成孚が述べるところの「当世の仮名」で書かれているのである。それは成孚の所為であり、しかも彼が、後年の父に学んだところに従ったものであるにちがいないこと、「音の存亡」などを見れば明らかである。そう言うことができる。

こう考えてみると、『別本八重葎』の本文の仮名遣表記からは、『別本八重葎』が成章の戯作であったということはもとより、成章が古い仮名遣を勘考訂正した書写本であるという見方も証明するにいたらないことになる。確かなのは、成孚が書写したものとしての『別本八重葎』が伝存するということである。

9　『源氏物語』の時間と『別本八重葎』の時間

ここに来て、ようやく『別本八重葎』の本文が『弘文荘待賈古書目』第六号の言う「古人の全く知らざりし古物語なるべきか」どうかの検討にたどりついたことになる。

従来の研究史は、前段まで縷々述べた議論を問題にすることなしに、物語の内容を紹介し、この本文部分についての疑いを示してみるというのが、基本的なスタンスなのであった。擬作に傾く研究者がいる一方、この物語に後代の擬作とは言い得ない「古物語」性に惹かれる研究者がいて、その間で『別本八重葎』は揺れていたわけである。

じっさいのところ、『弘文荘待賈古書目』が「文は頗る古体を存し凡筆のよくすべきにあらざるが如し」とその末尾で述べるように、いきなり後代の擬作とみるのではなく、この物語がどのような性格、特色をもち、このような物語がどのような文学史的地盤から生まれて来たのかを考えてみるのが順当であろう。

若き日の成章が、「院の御なやみ権大納言なとかける事不審すくなからぬは只本のま丶なりよもきふの君にかたひきたる人の所為にや」と書いたのは、『源氏物語』とくに「蓬生」巻との関連を想起していたからにほかならない。

ここであらためて、『別本八重葎』と『源氏物語』との関係について、検討してみよう。「よもきふの君」が登場する『源氏物語』「蓬生」巻は、「明石」巻から「澪標」巻にかけての『源氏物語』の大枠の時間と雁行している。これに『別本八重葎』を加えて、三者の関係がわかるように、時間的関係を整理してみると、左図のようになる。

ここでは、『源氏物語』の大枠の時間との照応を、「須磨」巻から、主要な事項を適宜選んで示す。現行の「須磨」巻からの「澪標」巻までの年立は、源氏二十六歳から二十九歳にかけてであるが、『別本八重葎』が仮に江戸時代に下る作であったとしても、旧年立に従うのが適当であろうから、光源氏二十五歳から二十八歳のこととなる。ただし、年齢以外に大きな違いがあるわけではない。

次頁の一覧から、どのようなことがわかるか。

『別本八重葎』は、女君が、須磨流謫から帰京した源氏その人とおぼしき男君の訪れをうけるが、じつは本物の源氏ではなく、狐などの変化のたぶらかしであった、という。末摘花の後日を語った「蓬生」巻の世界の空白部を利用しつつ、その間の話として仕立てられた物語である。なおかつ、この物語のその後が、『源氏物語』の世界に復帰しておかしくない話としてある。『源氏物語』の擬作といえば擬作、怪異譚といえば怪異譚、パロディといえばパロディということができるが、『源氏物語』世界の時間と大きな矛盾を来さないように、巧みに嵌め込まれ、その世界との照応を想起、共鳴するように周到な配慮のめぐらされた作品としてあるのではないか。たんなる擬作とか怪異譚とかパロディとかの側面の指摘だけで済ませられる作品ではない。

旧年立 25	旧年立 26	旧年立 27

須磨

旧年立 25

春・源氏須磨謫居を決意
・三月二十余日　京を出立
夏・京の人びとと文通
・明石の入道　源氏に娘を奉らんと思う

旧年立 26

春・三月上巳の禊に暴風雨に遭遇。龍王の使者の夢をみる

明石

・桐壺院の須磨を去れとの夢の諭し
・明石の入道　夢告に　源氏を明石に迎える
夏・初夏の月夜　入道と語る
秋・八月十三夜　明石の君と契りをかわす

旧年立 27

夏・六月頃　明石の君懐妊
秋・七月二十余日　源氏召還の宣旨
・源氏　明石を去る
・源氏帰京　権大納言に昇進
・八月十五日　源氏参内
・故桐壺院追善の法華八講を計画
冬・十月　故院追善の法華八講
・朱雀帝　譲位決意

生

・源氏須磨謫居後　常陸の宮邸窮乏
秋・末摘花の叔母の夫大宰大弐　叔母の同行の勧め　末摘花拒否
冬・故桐壺院追善の法華八講
・末摘花の乳母子侍従の君　叔母北の方に同行

・姫君　遠く去った男君に悲嘆の日々
秋・雨間　心を紛らわす弾琴に　天候急変
・姫君発熱
・先払いの声に「大将の君」を思い出す
・男君の使い大夫の来訪　老女房たち喜ぶ
・一昨日赦免があったというが

旧年立 28

澪標

春・二月二十余日　東宮　冷泉帝として即位
・源氏　内大臣に昇進
・源氏　二条東院を造営
・二月十六日　明石の君　姫君出産
夏・五月雨の頃　源氏　花散里を訪問
秋・源氏　住吉参詣
・斎宮　帰任　六条御息所死去
冬・源氏　藤壺とはかり　前斎宮の入内構想

蓬

春・常陸の宮邸寂寥の春を迎える
夏・四月　源氏　花散里訪問の途中末摘花邸前を通りかかり、訪う
・源氏、末摘花の誠実さに心を動かされ、庇護す
・末摘花、のちに二条東院に移る

別本八重葎

冷遇に機嫌を損ね一行去る
・翌日　男君から「今宵こそは」との文
・阿闍梨　院の病気平癒祈禱の途次立ち寄り　文の正体見破る
・阿闍梨　徹宵　経文読誦する
・老松の伐採と相伝の鏡を守りとせよと指示し阿闍梨去る
・八月　源氏の君　赦免されて帰京の報を聞く
・来訪の期待むなしく時が流れる
冬・十月十余日　権大納言が前渡りをすると聞き　声をかける
・荒れた庭をわけて近づく源氏一行を招き入れる
犬の吠え声に　男君一行は逃げ去る
蘭菊の叢にひそむ狐が正体であることが示唆される

以下、『別本八重葎』をたどりながら、『源氏物語』世界との照応、検証を試みよう。
「蓬生」巻の冒頭はこう語られていた。須磨退去の後、源氏を思い嘆く人びとは多かった。それでも「二条の上（紫の上）など」のような立場の人たちは、便りをかわすことができたが、末摘花は拠り所もなくひそかに胸を痛めるばかりで、窮乏して、荒れゆくにまかせるほかない生活を送っていた。

このような末摘花と対応させられる状況のなかで、『別本八重葎』の姫君は登場させられる。

秋のこと。姫君は侍従を召して琴を弾いている。と天候が急変し、姫君は発熱するが、そこへ先払いの声が聞こえてくる。「あはれ大将の君の御気配思ひ出でらるるや」と『別本』に登場する女房は嗟嘆するように口にする。「末摘花」巻で、源氏が「大将」と呼ばれることはないが、「葵」「賢木」「須磨」巻では、もっぱら「大将」と呼ばれており、女房の言葉は、それを反映して源氏を示唆しているとみることができる（注一二参照）。この時点では、女房たちは源氏の詳しい動静を知らないことになる。

ところが「大夫」が現れて、「この一昨日《をとつひ》にぞ朝廷《おほやけ》の御許しかうぶらせたまひつる」という。「大夫」は、『源氏』ならば「惟光」に相当する存在であるが、「大夫」は、「夕顔」「若紫」巻時代にさかんに用いられる呼称である。例えば、源氏が夕顔をいま一度見ようと東山へ赴く場面では「例の大夫随身を具して出でたまふ」とある。ところが、惟光は「須磨」では「民部大輔」である。女房たちはそういう事情は知らないらしいとみることができる（注一三参照）。

「蓬生」巻では、「さるほどに、げに世の中に赦されたまひて、都に帰りたまふと天《あめ》の下《した》のよろこびにて立ち騒ぐ」とあるが、その赦免、帰京の年月については、「明石」巻に「七月二十余日のほどに、また重ねて京へ帰りたまふべき宣旨くだる」と大枠の時間が語られており、帰京の日は明示されないものの、もとの官位が改まって、権大納言となって宮中に召されるのが、八月十五夜のことであった。

『別本八重葎』の当該場面が「秋にもなりぬ」と始まるのは、ゆるやかながら照応を示して齟齬していないことになる。

ところが、その翌日、送られてきた手紙がじつは蓮の葉であったという怪異は、山の阿闍梨によって見破られる。この山の阿闍梨は院の病気平癒のために叡山から下ってきたのであった。「蓬生」巻では、末摘花の兄の「禅師の君」が登場して、

「故院（桐壺院）の御料の御八講」があり、「権大納言の御八講に参りてはべりつるなり」とあり、それは「澪標」巻に「神無月に御八講したまふ」とあるのに照応する（注三〇参照）。

『別本八重葎』の「山の阿闍梨」の登場は、『源氏』の世界との類似を想起させつつ、理由（院の病気平癒と故院の御八講）と時期（八月と十月）がずらされていはいるものの、そのことによって矛盾を来さぬように登場させられている。

そして新たな情報がもたらされる。「その八月にぞ、源氏の君、世に赦されて、都に帰らせたまふ」。これが、『源氏物語』に照らして、その帰京が「八月」と見てよいことは、確認したばかりであって、『別本八重葎』の『源氏物語』理解が行き届いたものであることがわかる。

狐の化けた源氏一行が再び現れたのは、「十月十余日ばかり」のことであった。

『源氏物語』では、「澪標」巻の冒頭に「かく帰りたまひては、その御いそぎしたまふ。神無月に御八講したまふ」とあって、故院の夢ののち、いちはやくその追善をと源氏は考えたわけであった。同じ十月であるが、「御八講」ののち「十月十余日ばかり」のことの出現と考えればもっともらしい。

『源氏物語』で、源氏が実際に末摘花に再会するのは、翌年の夏「卯月ばかりに、花散里を思ひ出できこえたまひて」、その訪問の途次、末摘花邸の前を通りかかってからのことである。

『別本八重葎』で語られるのは、それまでに起こったひとに知られない事件であったということになる。

このように、『別本八重葎』は、大きな時間枠を「須磨」「明石」「澪標」巻から知られる時間を大枠に、「蓬生」巻と照応させつつ、末摘花再会にいたるまでの、いわば本編では語られることのなかった、もうひとつの話として、『源氏物語』世界にすっぽり嵌まり込み、かつ矛盾を来さぬように配慮した上での作であること、『源氏物語』の出来事、時間順序について知悉したうえで書かれたものであることがわかる。

ここで、前に遡って「年月積もりゆくままに」と語り始められる物語の冒頭表現のありかたについてみてみよう。

「年月積もりゆくままに」には、既に語られてきた、あるいはそう装われる過去が前提にある表現であるとみるならば、これは、具体例でいえば、『源氏物語』のある巻巻の冒頭表現に似た性格を認めることができるであろう。

時と主人公の紹介から始まる伝統的な物語冒頭に対して、物語が印象的な場面描出から始まったり、さりげない物語世界の続きのように始まったりする物語が数多くあることは、冗長をいとわず、注一に掲出して示したところであった。『別本八重葎』のような書き出しじたいは、広く物語史を大局的に通覧してみるならば、平安後期から中世王朝物語にみられる冒頭表現の一群の中に属せしめることが可能であって、特異であるということはない。

いったい、『源氏物語』には、その世界を受けた物語群がある。代表的な例では、『源氏物語』「夢浮橋」巻のその後を語る『山路の露』、あるいは「幻」巻の後、いわゆる源氏「雲隠」後の動静および現存の宇治十帖では語られない話題を語る『雲隠六帖』（雲隠・巣守・桜人・法の師・雲雀子・八橋）などがある。これらの物語は、しばしば「擬作」の名で貶めてみられることが多いが、『源氏物語』に触発されつつ、生み出された物語群として、中世王朝物語という大枠、広がりの中で、捉えることができる。『別本八重葎』もまたその系譜に組み入れることができるが、『別本八重葎』は、その後の物語ではなく、蓬生前後の物語世界の空白部を巧みに利用して、別伝を創出したところに、その個性的な位置があることになる。

10 『別本八重葎』を育んだ地盤と表現

では、このような行き届いた構想の物語は、どのようにして可能になったと考えたらよいか。それは、『源氏物語』のあらすじと年立とが、よく知られるようになった時代が可能にしたと推測できよう。

『源氏物語』内の年立、登場人物の年齢などについては、古注からみられ、ことに今川範政（一三六四〜一四三三）の『源氏物語提要』の先駆的な叙述には注目されるが、全編にわたる体系的な年立は、『花鳥余情』（一四七二成立）を著した一条兼良（一四〇二〜八一）の『源氏物語年立』（『源氏物語諸巻年立』）から始まるとするのが通説である。

『源氏物語』の内容要約もまた、注釈書類の巻巻の最初に記され、さらに梗概書とよばれる、書き手だけではなく読み手との間に共有する『源氏』教養が生まれてきたことが、このような物語が成立して来る背後にあるだろう。

それればかりではない。『別本八重葎』では、源氏取りともいうべき表現語彙がふんだんに用いられており、物語の展開もまた物語史が育んで来た共同幻想性に支えられているといえよう。そうした事例は、注にたびたび記したところである。さらに、そのうえで、怪異とみえる物語を語ってみせて、しかも、むりなくその後の『源氏物語』世界の現実へと回帰接合させて繋げてみせているわけであって、繰り返しになるが、『別本八重葎』の騙りが、作者の教養の一方的な発信としてあるだけではなく、これに共鳴することができる読み手側の教養基盤との共同性のうえに成立した物語であることを示している。

そのような知の共同性を育んだものはどのようなものか。その大きな力となったものとして、『源氏物語』の梗概書をあげることができる。

室町時代に、ぞくぞく生み出され、詳細になって肥大化してゆく注釈書とともに『源氏物語』の世界は、知的な権威となってゆくが、一方、歌や連歌をたしなむ人びとにとっては、この『源氏物語』の世界をいかに勘所をおさえて理解し、その言葉や情景や情趣を共通教養として獲得するかが求められるようになってくる。

こうして登場するのが梗概書であった。和歌教養のためには、和歌とともに『源氏物語』を手っ取り早く理解する書が求められる。あるいは連作によって展開する連歌にあっては前句に対して、どのような情景、情趣の句をつけるかすなわち付合がだいじである。ある語に対して、その付合となりうる語を寄合とよぶが、『源氏物語』のダイジェストとともに、寄合が示されるところに、鎌倉から室町以降にかけて生み出された梗概書群の大きな特色がある。

それらは、書物として横行したというだけではない。注釈にしても、梗概にしても、密室で書かれただけではない。聞き手を前に講義したり、講釈したりするような場があったのである。とくに連歌師たちの講釈は、聞き手を前にしてのライブ性があって、彼らの自在な語りが基盤としてあり、同じ名前をもってはいても、さまざまに個性をもった梗概書として発展、変化を遂げている。

梗概書の語り手（＝書き手）が、たんに『源氏物語』の忠実な要約にとどまらず、本文にはない表現を自在に加えて、そこに創作意欲さえ認められる事例を、宮川葉子が指摘している（「後土御門院自筆『十帖源氏』と猪苗代兼載『源氏一部抜書』」『平成二十八年度中古文学秋季大会資料集』による）。

後土御門院（一四四二〜一五〇〇）の自筆『十帖源氏』は、「十七玉かつら」巻と、その并九帖からなる梗概書であるが、そこには、興味深い本文がみられるという。ここでは、玉鬘の一例のみを掲出する。九州の地から上京した玉鬘一行が、長谷に詣でて、椿市の宿で、夕顔の侍女右近と再会する場面。『源氏物語』にはこうある。

右近は、人知れず目とどめて見るに、中にうつくしげなる後手の、いといたうやつれて、四月の単衣《ひとへ》めくものに着こめたまへる髪のすきかげ、いとあたらしくめでたく見ゆ。心苦しうかなしと見たてまつる。

この箇所を当該の『十帖源氏』では次のように語る。

いづくにわたらせ給ふぞと問へば、ゆびをさして、是にと申せば、いそぎ障子をあけてみ奉るに、しほかぜにもまれてやせくろみたまへど、見いれけだかくましくけるを、我座せきをさつてよび奉り、なきみわらひみむかしのこといまの事ども申。

これは『源氏物語』の本文を横において内容をまとめたという域を越えている。聞き手が眼前にいるかのごとく、右近の玉鬘との再会譚の場面を語っている。紙背の向こうから自在で創造的な語りくちの口吻が伝わって来るようである。忠実、簡略に内容を要約する梗概にとどまらない表現営為をもつ梗概書がある、ということである。

もうひとつ別の例をあげてみよう。

室町時代の歌人で、連歌師であった心敬（一四〇六〜七六）が自作の発句・和歌を集めた『芝草』から抄出した作品に、彼が自注を施した『芝草句内岩橋』というものがある。文明二年（一四七〇）奥州会津の地で求めに応じて著したものという。上野英子（「連歌師たちの源氏物語本文――心敬の連歌自注にみる源氏本文とその矛盾点を中心に」『実践国文学』第五十五号　平成十一年三月）の指摘によれば、

いてゝ川辺にはらへする人

うらめしなそなたにむくへいきす玉

六条御息所、車あらそひのうらめしさに、かもの川へに、よなく忍ひいてゝ、あふひの上を、なやまし給ひし、そのいきす玉、つゐに葵の上を、とり侍しことゝもなり、霊字也（横山重・野口英一編『心敬集論集』吉昌社　昭和二十一年）

とある。車争いのうらめしさから、六条御息所の生霊が、賀茂川に夜な夜な忍び出て、葵の上を悩まし、その生霊がついには葵の上を取り殺した、その話を本としていると説いている。

既に上野の指摘するところだが、「源氏最要抄」にも同様の内容が記されている。

そのより御やす所はかも河におりたち夜とともに水をかきなかしいさこをまき我はちすゝき給へ〳〵と水神にいのり給ふ　夜ことにかやうにせさせたまふほとに御たましゐかとみたれけれはさてはこのいのりかなひけるにやとて物おもひそらにみたるゝ我たまをむすひとゝめんしたかひのつま（中野幸一編「源氏最要抄」『源氏物語古註釈叢刊』第五巻　武蔵野書院　昭和五十七年）

「源氏最要抄」は、応永二十三年（一四一六）に耕雲が足利義持に進上したことが知られる梗概書である。耕雲は南朝の廷臣であったが、後、和歌指南をもって足利幕府にも親近した花山院長親（?～一四二九）であって、彼の著作かとみられる（伊井春樹『源氏物語注釈史の研究』桜楓社　昭和五十五年）。しかし、『源氏物語』にこのような叙述場面はない。さらに『源氏』にはない歌も見出される大胆なものであって、改作ともよびうるもの（中野幸一）であるが、これが共通の教養基盤となって、心敬の自注に現れていることになる。ここでは、このような営為が、注釈とか梗概とかのレベルを超える物語世界を構想する基盤としてあったことに注目したい。

こうした梗概書群のなかで代表的な例には、その源は南北朝時代にさかのぼるとされる『源氏大鏡』や『源氏小鏡』がある。『源氏大鏡』は『源氏物語』のすべての和歌を含み、和歌を中心に、時に『源氏物語』の本文の表現を巧みにアレンジ利用しながら、物語の梗概化を進めるところに特色があるのに対して、『源氏小鏡』は、内容簡潔であり、取り上げられている和歌も主だったものに限られてはいるが、寄合を含んだものだけではなく、絵入りのもの、簡略なものから増殖したものまで、さまざまな個性を発揮するものへと様相を変えつつ江戸時代にいたるまで広く流布したこと、数多くの写本や版本によって、これを知ることができる。たとえば岩坪健編『『源氏小鏡』諸本集成』（和泉書院　平成十七年）などを繙けば、その多様性が一見できるし、田尻紀子編『新撰増注光源氏之小鏡――影印・翻刻・研究』（おうふう　平成七年）では、大量の増補が加えられた姿を見ることができる。また中野幸一編の「九曜文庫蔵源氏物語享受資料影印叢書」（勉誠出版　平成二十一年）には、第六巻に「慶長古活字本」「明暦版本」、第七巻に「源概抄」「寛永古活字本」があり、これを影印の姿でみることができる。

ところで、『別本八重葎』は、「源氏の君のことも、今少し書きつかまほしけれど、蘭菊の叢の、むげに浅くなりなむがいとほしく」という語り手（＝書き手）の草子地的な一文によって終わっている。これは白居易「凶宅」の「梟鳴松桂枝　狐蔵蘭菊叢」（梟は松桂の枝に鳴き　狐は蘭菊の叢に蔵る）を引くものであって、これによって、『別本八重葎』の一連の怪異が「狐」の仕業であることを語り手が明言していることになる。

もとより『別本八重葎』の本文に、「かううち荒れて人気《け》少なき所《ところ》には、狐などいふ獣《けだもの》らも、人の魂《たましひ》を冒し謀《はか》るわざするなり」とか「この松の木の年古《ふ》りて苔むせるにぞ、狐《きつね》は寄《よ》りぬべき。これ伐らせたまはば難あらじ」とあって、狐による怪異であることは、読者に示唆されているわけではあるが、末尾の語り手の言葉によって明確化されることになる。

しかし、このような怪異の着想や表現は『別本八重葎』の独創などではない。

「蓬生」巻では、荒廃した末摘花邸は「いとど狐の住み処になりて、うとましうけ遠き木立に、梟の声を朝夕に耳馴らしつつ、人げにこそさやうのものもせかれて影隠しけれ、木霊《こだま》など、けしからぬ物ども、所を得て、やうやう形をあらはし、ものわびしきことのみ数知らぬに」とあり、末摘花邸では、案内を乞う惟光のことを「内には、思ひもよらず、狩衣姿なる男、忍びやかに、（中略）もし狐などの変化《へんげ》にやとおぼゆれど」とあって、「狐」の語が「梟」の声とともに、怪異な情調を醸しだしている。

ここに、白居易の「梟鳴松桂枝　狐蔵蘭菊叢」の引用による共鳴があることは、注四六に記したところであり、さらに「狐」をめぐる怪異幻想については、補注に記したところである。

ところで、このような『源氏物語』「蓬生」巻の一節を、『新撰増注光源氏之小鏡』は、次のように、

名《な》あるうへ木もなどもたかくしげり人めまれなればきつねは蘭菊《らんぎく》の草むらにかくるゝとは申せどもひるなれども人にもおそれずわがすみ所にしてたへず梟《ふくろう》ハ松桂《せうけい》の枝になきてきゝなれぬ人のみゝには物すごく山びこのこたまなどい

ふものはかたちなき物なれどおそろしさのあまりにうしろへとりつくやうにおもひなされてと白居易の詩句じたいをわかりやすく本文化して語って見せている。たんに『源氏物語』の注として掲出、指摘されるだけではなく、それを梗概の中に取り込み語り直してみる。そういう梗概書の世界における営みがあって、『別本八重葎』末尾の「蘭菊の叢の、むげに浅くなりなむがいとほしく」もまた、このような梗概書との呼応のうえに出てくる表現であるということができるであろう。

このように考えてみると、本『別本八重葎』の成立が，鎌倉時代に遡ることはないだろう。かといって、年立の成立や、梗概書の普及のしかる後に成立したというのも、硬直的判断である。むしろ源氏享受のやわらかな創造を許す時代の坩堝のなかで、生まれ出た物語とみるのが適切ではないか。『弘文荘待賈古書目』第六号の解説末尾は「文は頗る古体を存し凡筆のよくすべきにあらざるが如し」と述べていた。じっさい、源氏物語にとどまらない、巧みな和歌引用を響かせた文章は、凡筆とはいいがたい。その実態については、本文と注によって、示したところである。さらに怪異の個性を創出しつつ、源氏物語的世界に回帰させる結構は、掬すべき魅力をもった中世王朝物語群に属する作品であると位置づけることができる。本文、訳、注、解題の執筆作業をとおして得た論者の感触、判断はこのようなものである。「王朝物語とは全く離れた作品」とか「源氏物語蓬生巻を拙劣に模したもの」とする見方には従えない。

『別本八重葎』は、成立としては南北朝から室町時代に下る可能性はあるが、いわゆるお伽草子の公家もの群とは明らかに一線を画し、中世王朝物語群にあって、表現の魅力と個性を読者との知的共同性の上で輝かせるタイプの物語として出現した作品である。そう評価しても、本物語に「かたびきたる人の所為」とばかりはいえぬであろう。

【参考文献一覧】

年号表記は、文献資料の表記によることを原則とし、発刊順によった。なお、関連文献等については、解題をも参照されたい。

『弘文荘待賈古書目』第六号（昭和十年十二月）
『弘文荘待賈古書目』第十号（昭和十二年十月号）
小木喬「物語」（『日本文学史中世篇』至文堂　昭和三十年）
小木喬『鎌倉時代物語の研究』（東寶書房　昭和三十六年）
今井源衛『やへむぐら』（古典文庫　昭和三十六年）
吉田幸一「別本八重葎（資料翻刻）」（『中古文学』創刊号　昭和四十二年五月）
小木喬「物語」（『新版日本文学史中世篇』至文堂　昭和四十六年）
小木喬『散逸物語の研究　鎌倉時代編』（笠間書院　昭和四十八年）
桑原博史「別本八重葎について」（『王朝文学』第十四号　東洋大学王朝文学研究会　昭和四十二年六月）
↓『中世王朝物語の基礎的研究　資料と史的考察』「小夜衣について〔付　別本　八重葎〕」風間書房　昭和四十四年）
大槻修「別本八重葎」の位置づけ」（『平安文学研究』第五十一輯　昭和四十八年十二月）
↓『中世王朝物語の研究』「妖怪・変化の『別本八重葎』物語」（世界思想社　一九九三年）
神野藤昭夫「別本八重葎」（『研究資料日本古典文学①物語文学』明治書院　昭和五十八年）
市古貞次・三角洋一編『鎌倉時代物語集成』第五巻　八重葎（別本）（笠間書院　一九九二年）
塩田公子『別本八重葎』―『源氏物語』世界からの自立―（『物語―その転生と再生』新・物語研究　２　有精堂　一九九四年）
佐藤幸子「別本八重葎」『中世王朝物語・御伽草子事典』（勉誠出版　二〇〇二年）
妹尾好信「通釈『別本八重葎』付・通釈『八重葎』（補遺）」（『表現技術研究』一一　広島大学表現技術プロジェクト研究センター　二〇一六年三月）

別本八重葎　現態本文翻刻

八重葎

*年月つもりゆくまゝに心ほそうあはれなる御ありさま［一］なりおいこたちなとはさるせかいにいきはなれ給とてもめならふ人にまれ〳〵の御おとつれはなからんやはついてにもとはせ給はぬかいみしうつらき御心なりけりとよろつにいひあへりさうしみはたあなかちに物つゝましうし給御本上にてうらめしけなる御こと葉なともうちいてさせ給はねとさすかに折ゝはたゝならすあはれにうちなけかせたまふめり侍従をそ御かたらひ人にてあけくれめしまつはさせ給せめてこゝろほそうおほしあまるをり〳〵はむかしの事なといひあはせ給てつゝましけにうちひそみなとし給そこよなき御よなれな（1オ）りける*炑にもなりぬ此ころふりつきしなか雨めつら［二］しくをやみたるに風いとひやゝかに吹すさひてよひ月のさしのほるほと一とせの野分にたつみのらうなともかたへはこほれたふれたれはのきをあらそふ蓬むくらのみそ物むつかしきさはりなりける姫君はしちかう出させ給て月をなかめさせたまふ侍従めしいてゝ御ものかたりなとし給つゝ御きんめしよすさるはひたみちに心ふかくもてけちてすくし給めれといふにもまさる御思ひにてものゝみかなしうおほさるゝまゝにこれをそ御まきらはしくさにはせさせ給けるこたいのこくのものいたくしつめたるてひとつふたつひかせ給御手つきそさはいへといまめきたるわかうとのはやりかなるあた〳〵しさにはにさせ（1ウ）給はすふかうをかしけなりける侍従も物なけかしう思ひいてらるゝ折にてをかしと聞ゐたり*おまへちかき［三］荻のけしきありていとたかうおとつれたるに引さし給て

いとゝしくものおもふやとの荻のはに炑かせたつときくかかなしさ

かうやうの御うちとけ事も侍従ひとりにそはちさせ給はさりける侍従

荻原やすゑ葉吹こすあきかせにうたてつゆけきそてのうへかな

姫君いたくしつまり給て御なみたのこほるゝをわりなくまきらはさせ給て又はかなけにかきならし給ほとにはかに雲さしおほひて月もくらうなり雨もふりいてぬへきにいとさむくけおそろし（2オ）けれはみかうしおろさせ給*老人ともいてれいならぬ［四］御はしゐかなむく〳〵しき夜なるに風なともこそひかせたまへかうあれにたるところはおになといふものゝありてめてたてまつるやうもそあるといひあつかふけにいとなやましくし給てふさせ給に御てなともあつくなりにけめ人ゝ御あたりさらすゐて御ゆなとまゐらするほとにさきのこゑしのひやかにてこなたさまにくるものありあはれ大将のきみの御けはひ思ひいてらるゝやなその車にかあらんなといふ*たゝこのみなみおもてにさしよせてこわつくる［五］なれはのそきみるにかりきぬすかたのみしれるやうなるは大夫なりけりおもほえすめつらしきにもふりぬる人はいとゝひとつなみたそとゝめかたかりけるしはふきかち（2ウ）

にてあなうれしすつましかりけるいのちかなあか君の
かくておはしますをこのよにまちつけたてまつらんとやは
おもひつる夢にやあらんさりともしはしさめてをあれよ
なとものくるはしけにいひしろふを侍従もきゝつけてこ
なたにいてきたり御せんなともありしなからなるをあ
やしうさてもいつはかりかみやこにはかへらせおはしまし
つるかう人うときむくらのかとにのみとちられてはへれ
はさる御ひゝきもうけ給はりはへらぬにかくておはします
をみたてまつるにも猶うつゝとはおほえ侍らすとて
うちなく*御車はすこししそきてよもきの露みたり［六］
かはしきに立たり大夫そすのこにしりかけてかた
らふこのをとつひにそおほやけの御ゆるしかうふらせ（3オ）
給つるひるなとはなほつゝましうおほしめしたれはかく
よふかうふりはへおはします也らうかはしからぬおまし
ところまうけさせたまへ姫君なとか出させ給はぬといふに
けにむもれいたきもいかゝとて入きてそゝのかしきこゆれと
よひよりものゝけおこりたまふやうにてなやましきに
さらに人のけはひもむつかしとてうちもみしろき給はねは
*とかくしあつかふほとに大夫うちむつかりてかくとふらひ［七］
おはしましつるをいかゝは姫君の御けはひきかせ給はぬほと
はさらに御車よりもさし出させ給ましくなんといふに
老こたちともいてにくの御心やかう有かたき御心さしを
みる〳〵たゝにやはかへしたてまつり給へき終に身の御さい
はひまち出給ましき御ひか〳〵しさかななとまか〳〵（3ウ）

しういひなけくしゝうなとのいりきていひあつかふ
をもあなかまとてきゝいれたまはねはものゝつきたてまつり
てひたふることをいはせたてまつるなめりとあきれたる
心ちすとかくやすらふほとに夜明侍ぬへしはした
なくなりてはひむなきわさなるをあすのよさりこそまう
て給はめとて御車にもさやうにとり申せはいかゝはせん
めつらしき御心さしをふすへかほならんもやかてたえはて
給ぬへきにやとあやふくて侍従なとも思ひみたれたり
雨そほふるに御車のおとして出給ぬれはおい人ともは
ものもおほえすとなからかへしたてまつるいとをしさを
いひあはせつゝひめきみをあはめにくみてなきぬへくはら
たちさわく*夜も明ぬひめ君なほいとくるしけにせさ（4オ）［八］
せ給て御かゆなとをもふれさせ給はすおきもあからせ
たまはぬに御文あり御つかひはみのむしのやうにて
まうてきたり侍従そとりてみるよへは置たるつゆ
もはらはんかたなくてからかりきや

　雨もよにくれとあはねはぬれつゝそ我はきにける

道のなかてをよむへはかへるこよひさはなとおほくて
こきみとりのかみのあやしくかうはしきにかいたまへり
御かへりなとましてあるへうもあらぬ御さまなれは侍
従そきこゆるよへはいかなる御たよりにか

　あけくれのうはの空よりふる雨をかへる袖に【は［や］】

かこたさらなむゆめうつゝとはなとくちとくておしつゝみてとら
せつ*こよひはかりはなほ御たいめむあらんやうなとをいひ（4ウ）［九］

あはするほとに山のあさりのきみ此ころ院のなやましくせさせ給御いのりにせうしおろさせたまふかふとまうてたまへりさしのそきたまふよりうちみまはし給てこのみやにはれいならぬひやうさなとやあるとゝはせたまふ人〻ひめきみのよへよりなやましうせさせ給よし申をさりやよからぬものゝけはひするをみつけつれはまかりすきかたくてまうてつる也いかなる御なやみにかなととはせ給ほとに御きてうのはつれにありつる御ふみのまかれたるをめさとにみつけ給てこれまつよからぬものなりとてとらせ給をみれはおほきやかなるはちす葉なりけり侍従かしらのけもたちていかなるにとわなゝきいふをかゝるものいかにしてかけちかうまゐりきつるととはせ給姫君も*この（5オ）［一〇］

君おはしましつるをきかせ給てからうして御くしもたけさせたまふ阿闍梨のきみちかくよりおはすに侍従よへのことわなゝかしいてたり君いてそこたちのものはかなきにあしきものゝところえてふるまふにこそあれかううちあれて人けすくなき所にはきつねなといふけたものらも人のたましひをおかしはかるわさする也あしくしてはとられもするなりなとすくよかにのたまへは姫君はむくつけくおそろしとおほすおい人ともはこなたによりきてあかほとけこのなんたすけさせたまへと手をおしすりつゝおちあへりこよひはゐあかして經よみ侍らむ人〻ひめきみの御あたりさらすものし給へなとの給*日くれゆく［一一］

まゝに雨もうちしきるにあさりのきみ夜居のそうに（5ウ）なりたまひてこゑはいとたふとくて仁王經よみ給人〻は此きみひとりをたかき山とたのみてみきてうのあたりにかしらをつとへつゝわなゝきゐたりよなかうちすくるほとに風さへあら〳〵しう吹出ぬれはへんくゑのものこよひこんといひつるをとあるかきりいけるこゝちもせすたゝこのまくらかみにものゝおとひし〳〵ときこえてこゝかしこのさうしなともゆるかしあくるやうにおほゆされとかくて御まもりつよくおはしますけにやことなる事もなくて夜もあけゆくにすこしなくさめて姫君もおきゐたまへり此きみおはしまさすはほと〳〵鬼ひとくちにくはるへかりけりとおもふに猶おそろしきことかきりなし*つとめてあさり［一二］

の君みかうしまゐらせて御覧するにわひしけにあはれ（6オ）たる庭のうちに池なともむかしのかたちもなくかやはらなとたかうおひたるうへにいとけうとけにみやらるゝ木たちあるを御らんしてこの杢の木の年ふりてこけむせるにそきつねはよりぬへきこれきらせ給はゝなむあらしとの給このころやまとのかみなる人のよしめきたるせさいうゑさするかこの木をはなたせ給てんやとたひ〳〵とり申をさらにうけひ給はさなるをさらはかゝるついてにさもやはなちきこえましなと申をいとあるまし事也としころさるものゝらうしてすみかとしたるものは人の家にうつさせつとも又よからぬわさすへしたゝきりたふして川なとになかさせたまへとの給*こ宮のもちつたへさせ給て［一三］

この姫君の一の御てうとゝしおかせたまへる御かゝみ（6ウ）

のふるくてあるをとり出させ給てこれひめきみの御あたりにおかせ給てなさけ給そおのれいましはし侍ぬへきをおほやけの御すほうにいそきまゐれはえと、まり侍らすされといまはあしきものもえよりき侍らしなとの給て出させたまふを姫君は心ほそうおほしたりこの君にいのちをかけきこえたる老ひとともはなきの、しりてかへらせ給はんことをあかすをしみきこゆれとあるへき心おきてなとこまやかにいひをしへ給て出させ給ぬれは大貮のいへの人よひとりてこのまつをきりたふしてかも河にはらへすつへきやうなといひつくれはきりにきりてをひもていぬ*人〻むけにくしていつちも〳〵あくかれぬへくおもひゐたるに〔一四〕

か、る事さへそひたれはいと、やすき心ちもなくうたておほ（7オ）えてなほすこしけちかきところにうつろはせたまへなときこゆれとれいのとうなくておはすされとけにまたあやしきこともなくてその八月にそ源氏のきみ世にゆるされてみやこにかへらせ給*いかなるへきよにかか、る事をまち〔一五〕

つけたてまつらんと月のひかりのつちのなかにかくれたらんやうにてたかきもいやしきもほとにつけつ、なけきあへるをかうてふた、ひたちかへらせたまへはかきりなきよのよろこひにいひさわくをおのつからもりき、てさりともあはれなりし御心さしのなこりなからんやはと人〻もたのみきこえとみつからも人しれすしたまちおはしますにほとふれと露はかりの御おとつれもなしれいの御ものはちにはこひしやつらしやなとうち出て人にはかたらひ給はねとけにたのみ（7ウ）かたきは人のこ、ろなりけりとさすかにやう〳〵おほししらる、に道もなきまてなと心ひとつにうちなかめさせ給へしとほき所におはしましけるほとこそことわるかたにもなくさめつれ年ころのつもりもとりかへしたへかたう物わひしきにさはいまはかきりなめりなとれいの心みしかき老人とものうちひそめくをきかせ給てけにとおほすにいみしうこ、ろほそし*十月十よ日はかりしくれうちしてこからしに〔一六〕

なりゆく風のけしき山里のこ、ちしてものさひしうあはれなりいと、なに事にかはまきれ給はむ日ひとひつく〳〵といといたくなかめくらし給さるほとに大弐のをひにみかはのすけなるものこの侍従にかたらひつきて時々こ、にきかよふかくらうなるほとに入きていふやうた、今こそ（8オ）権大納言殿はこのみかとすきさせたまへさもふりかたき御やつれありきかな、といふにさはまことに忘はてさせ給けりと思ふにも猶このみわの山そかなしかりけるされとひたふるにうちすてさせ給とはなくておのつからまきれありかせ給やうもやあらん中〻おしこめてつれなしつくらんよりはこれよりおとろかさせ給は、めつらしきにさてなひきもし給はむかしなとよろつに思めくらして姫君をそ、のかしきこゆれとさらにおほしもかけ給はすわか身はかうかすならぬものにて人の御わすれ草をまかせきこえむこそめやすからめあいなうさしすきたりとおほされんかわりなき事とのたまはせていよ〳〵御かほひきいれつ、おはしませはとほく行過させ給はぬほとにといそきて（8ウ）

さよしくれふりにし里をいとふとや空ゆく月の
かけもと丶めぬとすけしていひかく*御車はや丶行すき〔一七〕
ぬるにをひつきて大夫のきみやさふらはせ給こ丶にとり申
へき事なんとてけしきをとりてつたへきこゆれはけに
昔わけさせたまひしあさちか原そかしあはれいかにあれま
さりつらんとて御車にこらんせさすけにとしもへぬるを
今はひちかさのたよりにかこちよらんもいかにそやうひ〳〵しく
さすかなる心ちするをかれよりす丶みきつるもた丶ならす
をかしうもあるかな丶との給はせて御車引入させたまふ
や丶ふかういる所なれは御せむの人〻さしぬきのすそ引
あけつ丶草の露をわけわつらふ月くらけれは松おほく
まゐりてみなみのわたとのにさしよす侍従さりやとかつ〳〵（9オ）
うれしきものから人わろくつめくはるれとけさやきてわら
ふたさしいつへきにはたあらねはおまし所なと引つくろひ
ていれたてまつるおほとなふらまゐりたれとなれるすかたも
はつかしとて屏風のはさまによりおはさうす*さる折し〔一八〕
もよ姫君御むねいたくおこりてなやませたまへはいかさま
にせんとあきれたりれいはさやうにおとろ〳〵しき御なやみ
なともことになきをいみしうくるしけにせさせ給へは
人〻御おさへやなにやとまとひさわくあまりほとあらんも
かたしけなけれは侍従ゐさり出ていさ丶かうちふるまふ物
はおほとなふらふときえにけりか丶るほとにこの老こたち
の中にさとよりきかよふわらはのひるつかたゐてきたりける
犬のしもやのもとにふしたるか火のひかりを見つけて（9ウ）
おとろ〳〵しうとかむるに御せんの人〻おちまとひてにけ
ちりみす引かつきなとす夜こゑものさわかしきにすけい
みしうせいすれとなほらう〳〵といとたかうほえか丶りて
此わたとのによりくれはあなやといふま丶に御車やり
ちらしてみなにけうせぬ*けんしのきみの事も今すこし〔一九〕
かきつかまほしけれとらんきくのくさむらのむけにあさく
なりなむかいとをしく

〔以下五行分空白〕（10オ）

*此一帖古人もことに沙汰しおかれぬものにて作〔二〇〕
者題号なともなくて侍しを傳見侍し也本は
ふるめかしき手してからの紙にか丶れたるかいみしう
しみさして侍しかは異本なとも有かたきま丶に
所〻意見をも加へてよもきむくらといふ文字
のあるに依て八重葎と名つけ侍也又院の御
なやみ権大納言なとかける事不審すくなから
ぬは*只本のま丶なりよもきふの君にかたひきたる
人の所為にや今猶考求侍へし
寶暦九年二月中浣　　成章（10ウ）

寛政七年
中夏寫之
成孚
月明荘（印）（11オ）
月明荘（小印）（11ウ）
成孚（裏表紙）

神野藤昭夫（かんのとう　あきお）
一九四三年、東京生まれ。早稲田大学大学院博士課程修了。博士（文学）。跡見学園女子大学名誉教授。著書に『散逸した物語世界と物語史』『知られざる王朝物語の発見　物語山脈を眺望する』『与謝野晶子の源氏物語翻訳と自筆原稿』。共編著に『中世王朝物語を学ぶ人のために』『新編伊勢物語』『越境する雅楽文化』ほか。

中世王朝物語全集　13
八重葎
別本八重葎

二〇一九年三月三一日　第一刷　発行

校訂
訳者　神野藤昭夫

発行者　池田圭子

発行所　有限会社　笠間書院
〒一〇一-〇〇六四　東京都千代田区神田猿楽町二-二-三
電話　〇三-三二九五-一三三一（代）
FAX　〇三-三二九四-〇九九六
振替　〇〇一一〇-一-五六〇〇二

印刷・製本　シナノ印刷

装丁　大石一雄

ISBN978-4-305-40093-2

中世王朝物語全集

- **1** あきぎり　福田百合子／浅茅が露　石埜敬子・伊藤　博・鈴木一雄
- **2** 海人の刈藻　妹尾好信
- 3 有明の別　中野幸一・横溝　博
- **4** いはでしのぶ　永井和子
- **5** 石清水物語　三角洋一
- **6** 木幡の時雨　大槻　修・田淵福子／風につれなき　森下純昭
- **7** 苔の衣　今井源衛
- **8** 恋路ゆかしき大将　宮田　光／山路の露　稲賀敬二
- **9** 小夜衣　辛島正雄
- **10** しのびね　大槻　修・田淵福子／しら露　片岡利博
- **11** 雫ににごる　室城秀之／住吉物語　桑原博史
- **12** とりかへばや　友久武文・西本寮子
- **13** 八重葎　神野藤昭夫／別本八重葎　神野藤昭夫
- 14 兵部卿宮　工藤進思郎／松浦宮物語　室城秀之・河添房江・三角洋一／雲隠六帖　小川陽子
- **15** 風に紅葉　中西健治／むぐら　常磐井和子
- **16** 松陰中納言　阿部好臣
- 17-18 夢の通ひ路物語　樋口芳麻呂・塩田公子
- **19** 夜寝覚物語　石埜敬子・伊藤　博・鈴木一雄
- **20**-**21** 我が身にたどる姫君　大槻　修・大槻福子・片岡利博
- 22 物語絵巻集（藤の衣物語絵巻・下燃物語絵巻・豊明物語絵巻　他）　伊東祐子
- 23 別巻

■…既刊